MARIE BRENNAN

DER ONYXPALAST
FALLENDER STERN

Ins Deutsche übersetzt von
Andrea Blendl

Die deutsche Ausgabe von DER ONYXPALAST: FALLENDER STERN
wird herausgegeben von Cross Cult, Teinacher Straße 72, 71634 Ludwigsburg.
Herausgeber: Andreas Mergenthaler; Übersetzung: Andrea Blendl;
verantwortlicher Redakteur und Lektorat: Markus Rohde;
Lektorat: Kerstin Feuersänger; Korrektorat: Peter Schild;
Satz: Rowan Rüster/Cross Cult; Coverillustration: Martin Frei;
Printausgabe gedruckt von CPI books GmbH, Leck.
Printed in the EU.

Titel der Originalausgabe: ONYX COURT 3: A STAR SHALL FALL

Copyright © 2010 by Bryn Neuenschwander
German translation copyright © 2020 by Cross Cult.

Print ISBN 978-3-96658-069-4 (Juni 2020)
E-Book ISBN 978-3-96658-070-0 (Juni 2020)

WWW.CROSS-CULT.DE

DRAMATIS PERSONAE

Sterbliche
Die mit einem Sternchen markierten
Personen sind geschichtlich belegt.

Galen St. Clair – *ein Gentleman und Prinz am Onyxhof*
Charles St. Clair – *ein Gentleman mit gutem Namen und wenig Vermögen; Galens Vater*
Cynthia St. Clair – *eine junge Dame, die eine Mitgift benötigt; Galens Schwester*
Philadelphia Northwood – *eine junge Dame mit großem Vermögen*

Jonathan Hurst
Laurence Byrd – *Freunde von Galen St. Clair*
Peter Mayhew

Dr. Rufus Andrews – *ein Arzt und Gelehrter, Mitglied der Königlichen Gesellschaft*
*****George Parker**, Graf von Macclesfield – *Präsident der Königlichen Gesellschaft und Architekt des neuen Kalenders*
*****Henry Cavendish** – *ein brillanter junger Gelehrter, Sohn von Lord Charles Cavendish*
*****James Bradley** – *Königlicher Astronom von König Georg II.*

*Charles Messier – *ein französischer Astronom*
*John Flamsteed – *der erste Königliche Astronom, jetzt tot*
*Edmond Halley – *ein Astronom, der auf Kometen spezialisiert und Mitglied der Königlichen Gesellschaft war, jetzt tot*
*Sir Isaac Newton – *ehemaliger Präsident der Königlichen Gesellschaft, jetzt tot*
*Dr. Samuel Johnson – *ein gelehrter Gentleman mit sehr festen Überzeugungen*
*Elizabeth Vesey
*Elizabeth Montagu } – *Damen aus dem Blaustrumpfzirkel*
*Elizabeth Carter

Edward Thorne – *Leibdiener von Galen St. Clair*
*Kitty Fisher – *eine Kurtisane*

Sir Michael Deven
Dr. John Ellin
Lord Joseph Winslow } – *ehemalige Prinzen vom Stein, jetzt tot*
Dr. Hamilton Birch

Fae

Lune – *Königin des Onyxhofs*
Valentin Aspell – *Großsiegelbewahrer*
Amadea Shirrell – *Oberste Kammerherrin*
Sir Peregrin Thorne – *Hauptmann der Onyxwache*
Sir Cerenel – *Leutnant der Onyxwache*
Dame Segraine – *Ritterin in der Onyxwache*
Dame Irrith – *ein Irrwisch und Ritterin aus dem Tal des Weißen Pferdes*
Carline – *eine Elfendame, jetzt in Ungnade gefallen*

Rosamund Goodemeade – *eine hilfsbereite Braunelfe*
Gertrude Goodemeade – *ebenfalls eine hilfsbereite Braunelfe und Rosamunds Schwester*
Savennis – *ein Höfling mit akademischer Neigung*
Wrain – *ein Irrwisch, ebenfalls ein Gelehrter*

Magrat – *ein Kirchengrimm*
Hafdean – *Wirt im* Crow's Head
Angrisla – *ein Nachtmahr*
Podder – *ein Hauself und Diener des Prinzen vom Stein*
Schwarzzähnige Meg – *die Hexe aus dem Fluss Fleet*

Ktistes – *ein Zentaur, Enkel von Kheiron*
Wilhas vom Ticken – *ein gutmütiger Zwerg*
Niklas vom Ticken – *ein übellauniger Zwerg, Bruder von Wilhas*

Lady Feidelm – *eine irische Sidhe und ehemalige Seherin*
Abd ar-Rashid – *ein Dschinn aus Istanbul*
Il Veloce – *ein Faun, der schon lange am Onyxhof lebt*

Wayland der Schmied – *König vom Tal des Weißen Pferdes in Berkshire*
Invidiana – *ehemalige Königin des Onyxhofs, jetzt tot*

PROLOG

GRESHAM COLLEGE, LONDON
20. *Juni* 1705

Dafür, dass er die intellektuelle Elite Englands enthielt, war der Raum wirklich schäbig. Er war klein, hatte wenige Fenster, sodass die Wärme dieses Frühsommertags beinahe unerträglich wirkte, und war voll mit Gentlemen, die sich auf die angenehmere Luft auf ihren Landsitzen fernab des Gestanks von London freuten. Einige lauschten interessiert den Briefen, die vorgelesen wurden: einem Meinungsaustausch zwischen zweien ihrer Kollegen, der die Insel Formosa betraf. Andere fächerten sich wirkungslos mit jeglichen Papieren, die sie in die Hände bekamen, Luft zu und wünschten, sie würden es wagen, einzunicken. Aber die Argusaugen ihres Präsidenten ruhten auf ihnen, und obwohl Sir Isaac Newton mehr als sechzig Jahre zählte, hatte ihn das Alter nicht im Geringsten gebremst oder die Schärfe seiner Zunge gedämpft.

Mit ihren nüchtern gefärbten Mänteln erweckten sie einen Eindruck von uniformer Zustimmung, so völlig anders als die jungen Kavaliere aus Londons *Beau Monde*, die jede Gelegenheit für einen Streit nutzten. Nichts hätte der Wahrheit ferner liegen können. *Nullius in verba* war ihr Motto: auf niemandes

Worte. Dies war der Tempel der Fakten, der sorgfältigen Beobachtung und der noch sorgfältigeren Argumentation. Die Männer der Königlichen Gesellschaft von London, der wichtigsten wissenschaftlichen Körperschaft des Königreichs England, respektierten keine altertümliche Autorität. Sie respektierten nur die Wahrheit. Und wenn sie feststellten, dass sie uneinig darüber waren, was die Wahrheit war, konnten ihre Diskussionen wirklich sehr hitzig werden.

Aber beim zweiten Punkt der Tagesordnung, der vom neuen Savilischen Professor für Astronomie in Oxford präsentiert wurde, gab es wenig zu diskutieren. Genau genommen hatten auch nur die wenigsten Männer die Kapazität für eine solche Debatte. Der Beweis gründete auf Newtons *Philosophiae Naturalis Principia Mathematica*, die weniger von ihnen verstanden, als es vorgaben. Edmond Halleys Berechnung bedeutete für sie daher wenig. Der fundamentale Punkt jedoch war klar.

Die Laufbahn eines Kometen war keine Parabel, sondern eine Ellipse. Und das bedeutete, dass ein Komet, wenn er aus dem Blickfeld verschwunden war, nach einer gewissen Zeit zurückkehren würde.

Ein Punkt, der für zwei Mitglieder von Halleys Publikum von recht großem Interesse war.

»Die Messungen, die Flamsteed 1682 in Greenwich vorgenommen hat, sind außergewöhnlich präzise«, sagte der Professor mit einem Nicken, das den Beitrag des abwesenden Königlichen Astronomen anerkannte. »Sie schenken uns eine Grundlage für die Untersuchung der weniger präzisen Berichte über Kometenerscheinungen in der Vergangenheit – 1607, 1531, 1456 und so weiter.«

Zurück bis zu den Tagen der Stuart-Könige, der Tudors und der Lancasters. Viele, die heute hier anwesend waren, erinnerten sich an den Kometen von vor dreiundzwanzig Jahren, doch der Bart eines Mannes musste wahrlich grau sein, wenn er irgendwelche von den anderen gesehen hatte, die Halley aufzählte.

Das eine Mitglied des Publikums, das diese Ehre für sich beanspruchen konnte, hatte überhaupt keinen Bart. Er war ein junger Kavalier, den man öfter in den Hallen von Londons Fechtmeistern fand. Seine Freunde wären überrascht gewesen, ihn in solch nüchterner Kleidung zu sehen oder ihn dabei zu erwischen, wie er sich mit falkenartiger Intensität auf die langweiligen Details astronomischer Mathematik konzentrierte.

Allerdings nicht halb so überrascht, wie sie gewesen wären, wenn sie je das wahre Gesicht ihres Freundes gesehen hätten.

»Eine Frage, wenn ich bitten darf«, sagte der Kavalier, unterbrach Halleys Vortrag seiner *Astronomiae Cometicae Synopsis* und zog ein schnelles Stirnrunzeln von Newton auf sich. »Könnte irgendetwas den Kometen von seiner Bahn ablenken?«

Der gut eingeübte Vortrag des Savilischen Professors hielt inne. »Wie bitte?«

»Ihr sagt, dass der Komet weit weg von der Sonne reist und nur alle fünfundsiebzig oder sechsundsiebzig Jahre zurückkehrt. Könnte irgendetwas diese Rückkehr verhindern und ihn in den Weltraum hinausschleudern?«

Halleys Mund öffnete und schloss sich mehrmals, ohne dass irgendetwas herauskam. »Ich nehme an«, sagte er schließlich verblüffend unsicher, »dass eine große Masse Schwerkraft auf den Kometen ausüben und seine Bahn stören könnte, sodass die Rückkehr nicht wie erwartet stattfinden würde. Aber ihn völlig wegfliegen zu lassen ... Warum, Sir, solltet Ihr Euch über so etwas Gedanken machen?«

Nun ruhten alle Blicke im Raum auf dem Kavalier – außer denen, die zu Lord Joseph Winslow gehörten, der ihn als Gast mitgebracht hatte. Winslow hatte einen höchst seltsamen Gesichtsausdruck, als wünschte er sich sehnlichst, dass sein Kamerad nicht mit einer solch bizarren Frage unterbrochen hätte ... aber als wollte er auch unbedingt Halleys Antwort wissen.

»Es scheint mir«, sagte der junge Kavalier, »dass die exzentrischen Wanderungen eines solchen astronomischen Objekts vielleicht eine Gefahr für uns hier darstellen.«

Eine erschrockene Stimme kam von anderswo im Publikum. »Wenn sich die Umlaufbahnen ungünstig schneiden würden – könnte ein Komet die Erde treffen?«

»Unsinn.« Newtons scharfe Antwort schnitt ihnen allen das Wort ab. »Der Herr hat den Himmel nach seinem Willen geschaffen. Wenn es sich zutragen sollte, dass irgendetwas darin eine Katastrophe über die Erde bringt – wie es sich wohl bei der Sintflut ereignet hat –, dann ist das ebenfalls der Wille des Herrn. Wir dürfen deshalb schlussfolgern, dass kein Bedarf besteht, einen Kometen aus seiner Flugbahn abzulenken.«

Der Kavalier war wirklich tapfer, denn er bestand auf seinem Punkt, sogar im Angesicht von Newtons Missfallen. »Aber was ist mit kleineren Bedrohungen? Hat man dem Einfluss von Kometen nicht Naturkatastrophen zugeschrieben? Wenn eine solche ...«

»Genug davon.« Der Präsident der Königlichen Gesellschaft stand auf und funkelte Winslows Gast finster an. »Kometen sind mechanische Körper, die den Gesetzen der Bewegung und universellen Gravitation gehorchen. Falls sie irgendeinen Effekt haben, der darüber hinausgeht, ist dieser vorteilhaft, weil er Dämpfe verteilt, die die Prozesse der Vegetation und Putrefaktion auf der Erde nähren, und vielleicht die flüchtigeren Bestandteile der Luft zur Verfügung stellt. Eure Befürchtungen sind närrisch, und Ihr werdet mit ihnen nicht weiter unsere Zeit verschwenden.«

Sir Isaac Newton hatte einen durchdringenden Blick, doch einen ebensolchen besaß der junge Kavalier. Er stand auf, ohne die Augen von denen des großen Mannes abzuwenden, und machte eine kurze Verbeugung, ehe er den Raum verließ. Winslow murmelte eine Entschuldigung und folgte ihm.

Der Kavalier lief draußen am Ende der Treppe auf und ab und knurrte eine Reihe an Flüchen. »Es ist nicht der Wille seines göttlichen Herrn – es ist *unser* Zutun, und unsere Schuld.«

»Das würde ich Sir Isaac gegenüber nicht äußern«, sagte Winslow und versuchte es mit einem Hauch Humor. »Er wird dir wahrscheinlich nicht glauben, wenn du ihm erzählst, dass auf jenem Kometen ein Drache ist und dass ein Haufen Feen ihn dorthin geschickt haben.«

Drache. Ein Wort, das in den aufgeklärten Hallen des Gresham College nicht oft ausgesprochen wurde. Ebenso wenig wie das Wort *Fee*, und doch stand sie hier: Dame Segraine vom Onyxhof, Ritterin bei einer Feenkönigin, die in männlicher und sterblicher Tarnung gekommen war, um die Warnung zu bestätigen, die sie erhalten hatten.

Sie legte eine Hand an den Eckpfeiler der Mauer neben ihr. Die Architektur war alt. Dieses Gebäude war eines der wenigen, die im Großen Feuer von 1666 nicht verbrannt waren. Flammen hatten vier Fünftel der Fläche innerhalb der Mauern von London verschlungen und etwas vom Land außerhalb, während die sterbliche Bevölkerung der Stadt darum gekämpft hatte, ihr Vordringen aufzuhalten.

Eine der beiden Schlachten, die in jenen infernalischen Tagen getobt hatten. Die andere hatte zwischen den Feenbewohnern der Stadt und dem Geist des Feuers selbst stattgefunden: einem Drachen.

Den sie 1682 auf einen Stern am Himmel verbannt hatten – ohne zu wissen, dass der Stern zurückkehren würde.

In den Kammern der Königlichen Gesellschaft beendete Edmond Halley seine Präsentation gerade mit den Worten: »Ich rate der Nachwelt, im Jahr 1758 genauestens danach Ausschau zu halten, da zu dieser Zeit die Wissenschaft in ihrer Vorhersage bestätigt werden könnte.«

»Wir haben dreiundfünfzig Jahre«, sagte Winslow zu Dame Segraine. »Dank eurer irischen Seherin sind wir auf Halleys Arbeit und ihre Konsequenzen für uns aufmerksam geworden. Wir haben Zeit zur Vorbereitung.«

Und vorbereiten mussten sie sich – denn ohne Zweifel hatte ihr verbannter Feind sie nicht vergessen. Ob aus einem Sehnen nach Rache oder einfach schrecklichem Hunger, er würde die Beute suchen, die er zuvor schon gekostet hatte.

London.

Dreiundfünfzig Jahre. Als Winslow die Tür zum Innenhof des Gresham College öffnete, murmelte Dame Segraine: »Ich hoffe, das wird reichen.«

TEIL EINS

Congelatio
Herbst 1757

»*Gereinigt durch das Schwert und vom Feuer verschönert
hatten wir dann Londons verhasste Mauern gesehen.*«
THOMAS GRAY
»On Lord Holland's Seat near M—e, Kent«

Die Schwärze wird von einer Million Lichtpunkten besprenkelt. Sterne, Galaxien, Nebel: Wunder des Himmels, die sich in ihrem ewigen Tanz bewegen.

Weit in der Ferne – unmöglich weit – brennt ein heller Funke. Als eine Sonne unter vielen stimmt er die Melodie an, zu der seine Untertanen tanzen, im Einklang mit dem unabänderlichen Gesetz der Schwerkraft. Planeten und ihre Monde und die kurzen Besucher, die die Menschen Kometen nennen.

Ein solcher Besucher kommt näher.

Das längliche Objekt ist fester gefroren als der Winter selbst. Die Sonne ist noch weit entfernt, zu weit entfernt, um es zum Leben zu erwecken. Das Licht scheint kaum überhaupt auf die schwarze Substanz, die ihm entgegenkommt. Der Geist, der in dem Kometen lebt, schläft, von der endlosen Kälte des Weltraums in tiefe Erstarrung gezwungen.

Es schläft seit über siebzig Jahren. Die Zeit wird jedoch bald kommen, da dieser Schlaf enden wird, und wenn er dies tut...

Wird die Bestie sich ihre Beute suchen.

MAYFAIR, WESTMINSTER
30. September 1757

Die Sänfte verließ die Stadt über Ludgate und zwängte sich durch das Gedränge von Fleet Street und Strand, ehe sie in die ruhigere Gegend von Westminster kam. Ein beständiger Nieselregen fiel schon den ganzen Tag, den die Träger ignorierten, abgesehen davon, dass sie im stets präsenten Schleim aus Matsch und weniger angenehmen Dingen ihre Füße vorsichtig aufsetzten. Die Gardinen der Sänfte waren zugezogen und hielten den unerfreulichen Anblick draußen, ebenso die Abenddämmerung, die früher als üblich hereinbrach.

Im Inneren reichten die Schwärze und das rhythmische Schaukeln beinahe, um Galen in den Schlaf zu wiegen. Er unterdrückte ein Gähnen, als würde sein Vater zusehen: *Wieder spät auf gewesen, um zu feiern, zweifellos,* hätte der alte Mann gesagt, *und dein Einkommen in Vauxhall zu verspielen.* Als hätte er viel Einkommen, das er ausgeben konnte, oder irgendeine Neigung zu solchen Beschäftigungen. Aber dies war die einfachste Erklärung für Galens lange Nächte und häufige Abwesenheit, und so ließ er seinen Vater weiter daran glauben.

Er sollte ohnehin besser wach werden. Galen hatte die Clarges Street schon früher besucht, aber dies wäre seine erste förmliche Versammlung dort, und es würde keinen guten Eindruck hinterlassen, wenn er seinen Mitgästen ins Gesicht gähnte.

Ein gedämpfter Ruf von einem der Sänftenträger, als sie langsamer wurden. Dann kippte das Transportmittel und schaukelte alarmierend eine Treppe hinauf. Galen zog gerade rechtzeitig die Gardine zur Seite, um zu sehen, wie seine Sänfte durch den Vordereingang des Hauses aus dem Regen und in die Eingangshalle getragen wurde.

Er stieg vorsichtig aus, wobei er den Kopf einzog, um zu vermeiden, dass er seinen Hut verschob. Ein Bediensteter stand bereit. Galen nannte seinen Namen und versuchte, nicht ungeduldig zu wirken, als der Diener wegging. Hier zu warten, während es von der Sänfte auf den gemusterten Marmor tröpfelte, machte ihn fürchterlich nervös, als sei er ein Handwerker, der gekommen war, um einen Gefallen zu erbitten, statt ein geladener Gast. Zum Glück kehrte der Diener schnell zurück und verbeugte sich. »Ihr seid sehr willkommen, Sir. Darf ich bitten?«

Galen bezahlte die Sänftenträger und übergab dem Diener seinen Mantel, Hut und Gehstock. Dann holte er tief Luft und folgte dem Mann in den Salon.

»Mr. St. Clair!« Elizabeth Vesey stand von ihrem Stuhl auf und kam zu ihm herüber, dann streckte sie eine schlanke Hand aus. Er verbeugte sich darüber, so elegant er konnte, sodass seine Lippen sie leicht streiften. Gerade genug, dass sie hübsch errötete. Es war natürlich ein Spiel, aber eines, dessen sie nie überdrüssig wurde, obwohl sie jenseits der Vierzig war. »Ihr seid sehr willkommen, Sir. Ich hatte befürchtet, dass Euch dieser schreckliche Regen daheim halten würde.«

»Überhaupt nicht«, sagte Galen. »Mein Weg hierher wurde vom Gedanken an Eure Gesellschaft gewärmt, und ich werde die Erinnerung daran wie eine Flamme nach Hause tragen.«

Mrs. Vesey lachte in einem melodischen Tonfall, der zu ihrem irischen Akzent passte. »Oh, gut gemacht, Mr. St. Clair – wirklich gut gemacht. Stimmst du da nicht zu, Lizzy?«

Dies galt einer größeren, breiter gebauten Frau, einer von mindestens einem Dutzend, die im Raum verteilt waren. Elizabeth Montagu hob eine Augenbraue und sagte: »Gut gesprochen zumindest – aber meine Liebe, hast du ihn nicht über die angemessene Kleidung für diese Anlässe aufgeklärt?«

Galen wurde rot und zögerte. Mrs. Vesey sah von seiner mit einer Schleife zusammengebundenen Perücke bis zu den polierten Spangen an seinen Schuhen an ihm hinab und schnalzte traurig mit der Zunge. »In der Tat, Sir, haben wir eine sehr strenge Kleiderordnung für unsere Versammlungen, wie ich Ihnen doch deutlich erklärt habe. Nur *blaue* Strümpfe sind erlaubt!«

Er blickte verblüfft auf seine Strümpfe aus schwarzer Seide hinunter, und seine Anspannung machte einem erleichterten Lachen Platz. »Ich bitte untertänigst um Verzeihung, Mrs. Vesey, Mrs. Montagu. Blaues Kammgarn, wie Ihr angewiesen habt. Ich werde mich bemühen, nächstes Mal daran zu denken.«

Mrs. Vesey hakte ihren Arm unter seinen und sagte: »Achtet darauf, dass Ihr das tut! Ihr seid viel zu steif, Mr. St. Clair, besonders für jemanden, der so jung ist. Ihr dürft uns oder unseren kleinen Blaustrumpfzirkel nicht zu ernst nehmen. Wir sind hier bloß Freunde, die zusammenkommen, um Gedanken und die Künste zu teilen. Würdet Ihr Euch wie für den Hof kleiden, würdet Ihr uns alle in den Schatten stellen!«

In ihren Worten lag eine gewisse Wahrheit. Nicht, dass er für den Hof gekleidet gewesen wäre. Nein, sein grauer Samt war für jeglichen derart feinen Anlass viel zu nüchtern, obwohl er mit der neuen Weste, die Cynthia ihm geschenkt hatte, sehr zufrieden war. Aber es stimmte, dass wenige der Anwesenden auch nur annähernd solche Eleganz zeigten, und tatsächlich hätte einer der beiden anwesenden Gentlemen ein Geschäftsmann sein können, der für einen Arbeitstag gekleidet war.

Galen ließ sich von Mrs. Vesey im Raum umherführen und vorstellen. Einige der Anwesenden hatte er schon früher getroffen, doch er wusste ihre Gedankenstütze zu schätzen. Er fürchtete ständig, dass er einen Namen vergessen würde. Die beiden Gentlemen waren ihm neu. Derjenige, der wie ein Geschäftsmann wirkte, war ein gewisser Benjamin Stillingfleet – der entsprechend Mrs. Veseys Ansage gewöhnliche blaue Strümpfe trug –, und der andere, eine gedrungene Gestalt mit lauter Stimme, stellte sich als der große Dr. Samuel Johnson heraus.

»Es ist mir eine Ehre, Sir«, sagte Galen und verbeugte sich vor ihm.

»Natürlich ist es das«, brummte Johnson. »Kann in dieser Stadt nirgendwo hingehen, ohne dass ich erkannt werde. Verdammt nervig.« Sein Kopf zuckte seltsam zwischen seinen Schultern, und Galen riss verunsichert die Augen auf.

»Wenn Ihr nicht erkannt werden wollt«, antwortete Mrs. Montagu schnippisch, »hättet Ihr nicht Jahre Eures Lebens in dieses Wörterbuch stecken sollen.« Sie ignorierte seine Geste und seine schlechten Manieren, und Galen hielt es für das Beste, ihrem Beispiel zu folgen.

Mrs. Veseys Salon war ein Meisterstück an zurückhaltender Eleganz. Die Stühle waren mit chinesischer Seide bezogen, die sich im warmen Leuchten der Kerzen sehr vorteilhaft zeigte. Dem Raum fehlten die Schnörkel und weitere Ausstaffierung der großen Salons in Paris, aber das hier war immerhin eine bescheidene Angelegenheit. Insgesamt kaum mehr als ein Dutzend Gäste. Mrs. Montagu empfing in ihrem eigenen Haus an der Hill Street viel größere Gruppen, und sie war nichts im Vergleich zu den französischen *Salonnières*. Galen jedoch freute sich über den kleinen Rahmen. Hier konnte er glauben, wie Mrs. Vesey sagte, dass er unter Freunden war, und sich nicht so nervös fühlen.

Als er sich mit einem Glas Punsch auf einen Stuhl zurückzog, nahm Johnson den Faden eines Gesprächs wieder auf, den er offenbar hatte fallen lassen, als Galen den Raum betreten hatte. »Ja, ich weiß, dass ich März gesagt habe«, erklärte er Stillingfleet ungeduldig, »aber die Arbeit dauert länger als erwartet – und es gibt außerdem noch ein anderes Projekt, eine Serie namens *The Idler*, die nächsten Monat beginnt. Tonson kann warten.« Sein Gehabe, während er sprach, war höchst ungewöhnlich – er zeigte weitere seltsame Ticks mit Kopf und Händen. Es war keine Schüttellähmung, sondern etwas ganz anderes. Galen war hin- und hergerissen, ob er starren oder wegsehen sollte.

»Shakespeare«, murmelte Mrs. Vesey Galen nicht ganz flüsternd zu. »Dr. Johnson arbeitet an einer neuen Ausgabe der Stücke, aber ich fürchte, sein Enthusiasmus lässt nach.«

Johnson hörte sie, was sie zweifellos beabsichtigt hatte. »Die Arbeit vernünftig zu machen«, sagte er würdevoll, »braucht Zeit.«

Mrs. Montagu lachte. »Aber Ihr bestreitet den fehlenden Enthusiasmus nicht, wie ich sehe. Welches Stück ist es, das Ihr gerade bearbeitet?«

»*Ein Sommernachtstraum*, und das ist auch ein völliger Blödsinn«, sagte Johnson. »Billiger Humor – für erlesene Geschmäcker wenig ansprechend – voller Blumenfeen und ähnlicher Dummheiten. Welche moralischen Lehren sollen wir daraus ableiten? Erzählt mir nicht, dass er über heidnische Zeiten geschrieben hat. Es ist die Pflicht eines Autors, die Welt zu verbessern, und …«

»Und Gerechtigkeit ist eine Tugend, die von Zeit oder Ort unabhängig ist«, beendete Mrs. Montagu für ihn. »Das habt Ihr schon früher gesagt. Aber muss es bei Feen eine Moral geben?«

Der Autor runzelte scharf die Stirn. »Es kann keinen Grund für sie geben«, sagte Johnson, »wenn sie keinem moralischen Zweck dienen.«

Galen stellte fest, dass er wieder auf den Beinen war, ohne dass er den Übergang bemerkt hatte, und sein Glas Punsch so fest in der Hand hielt, dass er befürchtete, das feine Glas würde zersplittern. »Aber Sir, Ihr könntet wohl genauso gut sagen, dass es keinen Grund für einen Baum oder einen Sonnenuntergang oder einen … einen *Menschen* geben kann, wenn sie keinem moralischen Zweck dienen!«

Johnsons weiße Augenbrauen hoben sich. »In der Tat gibt es keinen. Der moralische Zweck eines Menschen ist es, gegen die Sündigkeit anzukämpfen und nach Gott zu suchen, um sich von seinem Fall reinzuwaschen. Was Bäume und Sonnenuntergänge betrifft, so darf ich Euch auf die Heilige Schrift verweisen, im Speziellen das Buch Genesis, worin uns erzählt wird, wie der Herr den Tag und die Nacht schuf – und deshalb, wie wir annehmen dürfen, den Übergang zwischen den beiden – und auch Bäume, und dies ist die Bühne, auf die er seine am meisten geliebte Kreation setzte, die jener zuvor erwähnte

Mensch ist. Aber zeigt mir, wenn Ihr wollt, wo die Bibel von Feen und deren Platz in Gottes Plan spricht.«

Während Galen stotterte und nach Worten suchte, fügte er – beinahe sanft – an: »Falls solche Kreaturen tatsächlich überhaupt existieren, was ich extrem zweifelhaft finde.«

Hitze und Kälte strömten in abwechselnden Wellen durch Galens Körper, sodass er zitterte wie Espenlaub. »Nicht alle Dinge«, rang er sich ab, »die auf der Welt existieren, sind in der Heiligen Schrift dargelegt. Aber wie kann irgendetwas sein, das nicht Teil von Gottes Plan ist?«

Irgendwie gelang es Johnson, gleichzeitig Ekel und Freude auszustrahlen, als sei er über die Trivialität des Themas entsetzt, aber erfreut, dass Galen ein Argument zu seiner Verteidigung vorgebracht hatte. »Ganz genau. Sogar die Teufel in der Hölle dienen seinem Plan, indem sie die Menschheit in Versuchung zu ihren niedrigeren Instinkten führen und deshalb die Ausübung ihres freien Willens bedeutsam machen. Aber wenn Ihr vorhabt, mich zum Thema Feen zu überzeugen, Mr. St. Clair, dann werdet Ihr mehr tun müssen, als Euch hinter göttlicher Unfehlbarkeit zu verstecken.«

Er wünschte sich *irgendetwas*, hinter dem er sich verstecken konnte. Johnson hatte die Haltung eines Jägers, der nur darauf wartete, bis der Fasan aus der Deckung kam, damit er ihn abschießen konnte. Oh, wenn diese Debatte nur nicht so *früh* gekommen wäre! Galen war neu im Blaustrumpfzirkel. Er hatte noch kaum sein Gleichgewicht gefunden. Mit mehr Zeit und Selbstbewusstsein hätte er seine Ideale ohne Furcht, sich lächerlich zu machen, verteidigt. Aber hier und heute war er ein Neuankömmling, der einem Mann gegenüberstand, der doppelt so alt und doppelt so breit war wie er und der alle Gelehrsamkeit und Reputation auf seiner Seite hatte.

Eine Flucht hätte aber nur Verachtung nach sich gezogen. Galen war sich seines Publikums bewusst – nicht nur Johnsons, sondern auch Mrs. Veseys und Mrs. Montagus, Mr. Stillingfleets und all der anderen Damen, die mit großem Vergnügen auf seinen nächsten Zug warteten. Und andere, die nicht anwesend waren und seine größte Anstrengung verdienten. Galen wählte seine Worte sorgfältig: »Ich würde sagen, dass Feen existieren, um ein Gefühl von Bewunderung und Schönheit in unser Leben zu bringen, das den Geist erhebt und ihn etwas zur Transzendenz lehrt.«

»Transzendenz!« Johnson lachte schallend. »Von etwas namens *Senfsamen*?«

»Da gibt es auch Titania«, entgegnete Galen und wurde rot. »Feen müssen ebenfalls ihre niedrigeren Klassen haben, genau wie unsere eigene Gesellschaft ihre Bauern und Seeleute, Handwerker und Arbeiter hat, ohne die der Landadel und Hochadel keine Beine hätte, auf denen er stehen kann.«

Johnson schnaubte. »Das müssten sie – wenn sie überhaupt existieren würden. Aber das hier ist nichts weiter als eine hübsche Übung für den Intellekt, Mr. St. Clair. Feen leben nur in bäuerlichem Aberglauben und den minderwertigen Werken von Shakespeare, wo ihr einziger Zweck dümmliche Unterhaltung ist.«

Mrs. Montagu rettete ihn. Galen wusste nicht, welche Worte seinem Mund entsprungen wären, hätte sie sich nicht eingemischt, aber die Dame brachte das Gespräch auf *Macbeth* und lenkte Dr. Johnson zum Thema Hexen, wo er nur zu gerne hinwollte.

Aus den Fesseln des Blicks des großen Schriftstellers befreit, sackte Galen schlaff zurück auf seinen Stuhl. Schweiß stand auf seiner Stirn, bis er sie mit einem Taschentuch trocken wischte.

Unter dem Vorwand, seinen Punsch nachzufüllen – für diese informellen Abende gab es nichts Stärkeres zu trinken und auch keine Diener, die die Gläser versorgten –, ging er zum Beistelltisch, weg von den beobachtenden Blicken.

Aber nicht weg von Mrs. Vesey, die ihm folgte. »Es tut mir sehr leid, Mr. St. Clair«, murmelte sie und bemühte sich diesmal, nicht belauscht zu werden. »Er ist ein sehr großer Mann, aber auch ein sehr großer Schwätzer.«

»Ich war viel zu nah daran, zu viel zu sagen«, erzählte er ihr und hörte die Furcht in seiner eigenen Stimme. »Es wäre so leicht, ihm zu beweisen, dass er falsch liegt …«

»In einem Aspekt vielleicht«, sagte Mrs. Vesey. »Er wird über moralische Zwecke diskutieren, bis man seinen Sarg zunagelt, und dann wird er in den Himmel kommen, um noch etwas weiter zu diskutieren. Aber Ihr würdet jenes Geheimnis niemals verraten – nicht eher als ich.«

Selbst so viel zu sagen, war gefährlich. Von allen, die in diesem Raum versammelt waren, kannten nur sie beide die Wahrheit. Vielleicht konnte man diese mit der Zeit wenigen anderen anvertrauen. Tatsächlich war Galen genau deshalb hergekommen, um zu sehen, ob dies möglich wäre. Stattdessen hatte er Dr. Johnson vorgefunden, der in Galen die Sehnsucht weckte, mit den Worten herauszuplatzen, die in seinem Herzen brannten.

Es gibt Feen auf der Welt, Sir, schrecklicher und glorreicher, als Ihr Euch vorstellen könnt, und ich kann sie Euch zeigen – denn sie leben hier in London unter uns.

Oh, die flammende Freude, dies dem anderen Mann ins Gesicht schleudern zu können – doch es würde nichts Gutes bringen. Dr. Johnson würde ihn für verrückt halten, und obwohl es ihn überzeugen würde, wenn er sie sähe, wäre es auch ein unvorstellbarer Vertrauensbruch. Die Fae lebten aus gutem Grund verborgen. Christlicher Glaube, so wie ihn der Schriftsteller zur Schau stellte, konnte sie tief verwunden, ebenso wie Eisen und andere Dinge aus der sterblichen Welt.

Galen seufzte und stellte sein Glas ab, dann drehte er sich und warf über seine Schulter einen Blick auf den Rest des Raums. »Ich hatte gehofft, hier ähnlich Denkende zu finden. Nicht Männer wie ihn.«

Mrs. Vesey legte eine Hand auf seinen mit Samt bekleideten Arm. *Sylphe* nannten ihre Freunde sie, und im sanften Kerzenlicht wirkte sie wie eine, als könne keine Masse aus Partikeln ihr Wesen beschweren. »Mr. St. Clair, Ihr lasst Eure Ungeduld mit Euch durchgehen. Ich verspreche Euch, solche Geister existieren, und wir werden zu einem angemessenen Zeitpunkt mit ihnen sprechen.«

Zeit. Sie sprach davon mit dem müßigen Vertrauen einer Frau, die ihre gebärfähigen Jahre hinter sich hatte und der Gott vielleicht weitere zwei oder drei Lebensdekaden gewähren würde. Mrs. Vesey schrieb Galens Ungeduld seiner Jugend zu und betrachtete sie nur als die hitzköpfige Eile eines Mannes von kaum einundzwanzig Jahren, der noch nicht gelernt hatte, dass alle Dinge zum rechten Zeitpunkt passieren müssen.

Sie verstand nicht, dass sehr bald ein Zeitpunkt kommen würde, an dem vielleicht all diese Ruhe zerstört würde.

Doch das war ein weiteres Geheimnis, das er nicht verraten konnte. Mrs. Vesey wusste von den Feen. Eine besuchte sie jede Woche zum Tratschen. Aber sie wusste wenig über ihre Geschichte, die Myriade an geheimen Arten, auf die sie das Leben sterblicher Menschen berührten, und sie wusste nichts von der Bedrohung, die ihnen bevorstand.

Es war bereits 1757. Mit jedem Tag, der verstrich, kam der Komet näher und brachte den Drachen aus dem Großen Feuer mit sich. Und wenn dieser Feind zurückkehrte, würde sich die daraus folgende Schlacht vielleicht auch auf die Straßen des sterblichen Londons erstrecken.

Er konnte ihr das nicht erklären. Nicht während er in diesem eleganten Raum stand, umgeben von wunderschönem Luxus, von Literatur und Konversation und mit chinesischer Seide bezogenen Stühlen. Alles, was er tun konnte, war es, nach Verbündeten zu suchen: anderen, die wie er und Mrs. Vesey zwischen den beiden Welten standen und vielleicht eine Möglichkeit finden konnten, sie beide sicher zu machen.

Mrs. Vesey beobachtete ihn mit besorgtem Blick, die Hand immer noch an seinem Ellbogen. Er lächelte sie so hoffnungsvoll an, wie er konnte, und sagte: »Mrs. Vesey, dann stellt mich unbedingt anderen hier vor. Ich vertraue darauf, dass Ihr mich nicht falsch leiten werdet.«

TYBURN, WESTMINSTER
30. September 1757

Irrith behauptete oft völlig aufrichtig, dass sie die unmittelbare Präsenz der Natur wertschätzte. Sonnenlicht und Sternenlicht, Wind und Schnee, Gras und die uralten Wälder von England. Das war, tief in ihrem Herzen, ihre Heimat.

In Augenblicken wie diesen jedoch, bis zu den Knöcheln in kaltem Matsch und triefend nass vom Regen, musste sie zugeben, dass die Natur auch eine unangenehme Seite hatte.

Sie wischte sich die verfilzten Strähnen ihres rotbraunen Haares aus den Augen und blinzelte durch die Finsternis nach vorn. Das konnte *vielleicht* Licht am Horizont sein – nicht nur das einsame Schimmern eines kerzenbeleuchteten Hauses hier und dort, sondern die massenhafte Beleuchtung von Westminster und dahinter der Stadt London selbst.

Oder vielleicht bildete sie es sich nur ein.

Der Irrwisch seufzte und zog seinen Stiefel aus dem schmatzenden Matsch. Im Herzen war sie eine Fae aus Berkshire. Ihre Heimat war das Tal, und obwohl sie einige Jahre in der Stadt verbracht hatte, hatte sie sie vor langer Zeit verlassen – aus gutem Grund. Dennoch war das schnell vergessen gewesen, als Tom Toggin mit all seinen überzeugenden Argumenten aufgetaucht war. Sie konnte seinen Rückweg übernehmen, den Hauselfen Zeit mit seinen Vettern bei den rustikalen Annehmlichkeiten des Tals verbringen lassen und ihre eigene Langeweile mit all dem Aufregenden lindern, das London zu bieten hatte. Es hatte wie eine tolle Idee geklungen, als er es gesagt hatte, besonders als er eine Bestechung angeboten hatte.

Vielleicht hatte er gewusst, was sie auf der Straße erwartete. Der Regen hatte angefangen, kurz nachdem sie aufgebrochen war, und sie den gesamten Weg aus Berkshire begleitet.

Während sie marschierte, vertrieb Irrith sich die Zeit mit einer Vision darüber, wie sie an die Eingangstreppe irgendeines Bauern stolperte, patschnass und armselig, und um eine Unterkunft für die Nacht bat. Der Bauer würde ihr helfen, und im Gegenzug würde sie seine Familie für neun Generationen segnen – nein, nur für Regenschutz war das etwas zu viel. Drei Generationen, von ihm bis zu seinen Enkeln. Und sie würden für die nächsten sechs Generationen Geschichten erzählen, von der Feenreisenden, die ihr Vorfahr gerettet hatte, davon, wie Magie für eine kurze Nacht ihr Leben berührt hatte.

Irrith seufzte. Wahrscheinlicher würde die Bauersfrau kreischen und sie »Teufel« nennen. Oder sie würden sie anstarren, die ganze Bauernfamilie, und sich fragen, was für eine seltsame Kreatur an ihre Tür gekommen war und was sie möglicherweise von ihnen wollen konnte.

Sie wusste, dass sie gerade ungerecht war. Die Landbewohner hatten die Fae nicht vergessen. Das Gepäck, das sie bei sich trug, war Beweis genug dafür. Aber ob Westminster am Horizont war oder nicht, sie näherte sich gerade der Stadt, und sie hatte nicht viel Vertrauen in deren Wissen über ihre angemessenen Verpflichtungen dem Feenvolk gegenüber.

Wie lange war es her, dass sie London zuletzt gesehen hatte? Irrith versuchte zu zählen, dann gab sie auf. Die Zeit machte keinen Unterschied. Sterbliche veränderten sich so schnell, besonders in der Stadt. Ob sie sechs Monate oder sechs Jahre fort gewesen war, sie hatten sicherlich in ihrer Abwesenheit seltsame neue Moden erfunden.

Sie schob den Sack auf ihrer Schulter, den Tom ihr gegeben hatte, höher. Ja, das waren definitiv Lichter vor ihr, und etwas ragte in der Mitte der Straße auf. Konnte das vielleicht der Galgen von Tyburn sein? Der dreieckige Rahmen wirkte vertraut, aber sie konnte sich nicht erinnern, dass so viele Häuser in seiner Nähe gewesen waren. Bei Esche und Dorn, wie *groß* war die Stadt geworden?

Ein Rascheln in der Hecke zu ihrer Linken war ihre einzige Vorwarnung.

Irrith warf sich ausgestreckt in den Matsch, als eine schwarze Gestalt auf sie zu stürzte. Deren Sprung ließ sie direkt über Irrith hinwegfliegen, sodass sie weiterglitt und in den Dreck fiel. Ein Schwarzer Hund, wie Irrith sah, als sie sich aufrappelte. Kein gewöhnlicher Hund, kein Mastiff von irgendjemandem, der seinem Halter entkommen war. Das hier war ein Padfoot oder Skriker, ein Fae in der Gestalt eines Hundes.

Und er war nicht hier, um sie wieder in London willkommen zu heißen.

Der Hund stürzte vorwärts, und Irrith duckte sich. Aber dabei wurde ihr ihr Fehler klar: Die Bestie zielte nicht auf sie. Ihre Kiefer schlossen sich um den geölten Stoff des Sacks, den Irrith trug, und rissen ihn aus dem Matsch.

Irrith knurrte. Ihre aufkeimende Panik erstarb unter dem Stiefeltritt ihres Zorns. Sie hatte diesen Sack *nicht* im Regen den ganzen Weg aus Berkshire hergeschleppt, nur um ihn an einen Padfoot zu verlieren. Sie stürmte vorwärts und landete halb auf dem Rücken der Kreatur. Deren Füße knickten unter dem unerwarteten Gewicht ein, und sie gingen beide zu Boden, wieder in den Matsch. Irrith packte ein Ohr und riss gnadenlos daran. Der Schwarze Hund knurrte und versuchte, sie zu beißen, doch sie war auf seinem Rücken, und jetzt hatte er den Sack verloren. Der Irrwisch rupfte an der Kordel und schaffte es ganz zufällig, ihren Gegner vor den Kopf zu treten, als sie über den Boden schlitterte. Er schüttelte wimmernd den Kopf, dann stürzte er sich wieder auf sie, und diesmal lag sie flach auf dem Rücken und hatte keine Chance, sich zu verteidigen.

Kurz bevor sich die massiven Kiefer der Bestie um ihr Bein schließen konnten, durchbrach ein Geräusch das Plätschern des Regens. Irrith hätte nie gedacht, dass sie je dankbar sein würde, dieses Geräusch zu hören: Kirchenglocken.

Der Schwarze Hund jaulte, wich zurück und wand sich. Aber über Irrith wogte das Geläut harmlos hinweg, und so ergriff sie ihre Chance und den Sack. Sie packte ihn mit ihren schmutzigen Händen, zielte auf den Galgen von Tyburn und rannte los.

Zu dem Zeitpunkt, als die Glocken aufhörten, war sie tief zwischen den Häusern, die sich nun um die einst ländliche

Straße drängten. Irrith wurde langsamer, japste nach Luft und spürte, wie ihr Herz pochte. Würde der Hund ihr hierher folgen? Sie bezweifelte das. Zu groß das Risiko, dass jemand den Tumult hörte und herauskam, um nachzusehen. Und jetzt wusste der andere Fae, dass sie geschützt war und er nicht.

Andererseits hätte Irrith, wenn man sie gefragt hätte, gesagt, dass kein einheimischer Fae auch nur im Traum einen Kameraden auf der Straße angreifen würde, so nahe am Herrschaftsgebiet seiner Königin. Einen Sterblichen vielleicht, aber keinen Irrwisch wie sie.

Vielleicht war er kein Einheimischer. Aber was machte er dann auf der Straße nach Tyburn, und warum hatte er darauf gewartet, bis sie mit der Lieferung aus dem Tal vorbeikam?

Das war eine gute Frage. Sie wusste, dass die Fae von London ihre Probleme hatten, aber vielleicht hatte sie diese unterschätzt. Wie viel hatte sich hier, abgesehen von der Landschaft, noch verändert?

Sie hatte nicht daran gedacht, Tom Toggin zu fragen. Wenn sie keine Lust hatte, den ganzen Weg zurück nach Berkshire zu laufen – an jenem Schwarzen Hund vorbei, der sie vielleicht immer noch jagte –, war ihre einzige Möglichkeit, diese Frage zu beantworten, weiterzugehen und, während sie wie eine im Matsch ertränkte Ratte aussah, bei der Königin des Onyxhofs vorzusprechen.

DER ONYXPALAST, LONDON
30. September 1757

Die beengte und wenig moderne Umgebung von Newgate, mitten in der Innenstadt von London, war so spät am Abend ein ungewöhnliches Ziel für einen Gentleman, doch solange Galen die Sänftenträger bezahlte, hatten sie keinen Grund, Fragen zu stellen. Nachdem der Regen endlich aufgehört hatte, lieferten sie ihn an der Vordertür einer Pfandleihe ab, die nachts geschlossen hatte, und gingen ihres Weges. Sobald sie ganz außer Sicht waren, schlich Galen um die Ecke in eine schmale Gasse hinein, wobei er versuchte, die Schuhe und schwarzen Seidenstrümpfe, die Mrs. Montagu verspottet hatte, zu schützen, und daran scheiterte.

Die Tür, die er suchte, lag an der hinteren Mauer der Pfandleihe, und falls irgendjemand sie bemerkte – was er nicht sollte –, dann nahm er zweifellos an, dass sie in den vollgestellten Raum führte, in dem der Ladenbesitzer Waren verwahrte, die nicht in die Auslage im vorderen Zimmer passten. Stattdessen brachte sie Galen in einen winzigen Zwischenraum, der kaum groß genug war, dass er sich hineinquetschen und trotzdem die Tür hinter sich schließen konnte. Als er in jenem erstickenden Raum stand, murmelte er »Nach unten« und spürte, wie der Boden nachgab.

Das Gefühl war schwindelerregend, egal wie oft er es erlebte. Galen spannte sich immer an und erwartete einen schmerzhaften Aufschlag, und immer landete er so weich wie eine Feder. Er hätte ein gewöhnlicheres Treppenhaus vorgezogen. Aber mit jenen Worten trat er aus der gewöhnlichen Welt in eine, die alles war, nur nicht das.

Seine Füße standen auf einem abgeschliffenen Block aus schwarzem Marmor, und kühles Licht leuchtete um ihn herum auf. Die Kammer, in der er sich jetzt befand, hatte eine hohe Kuppel – nichts im Vergleich zu der gewaltigen Höhe der St.-Pauls-Kathedrale, doch nach der Enge im Vorraum oben fühlte es sich so an. Die Mauern bildeten schlanke Rippen, die für das Gewicht, das auf ihnen ruhte, unangemessen wirkten, und das waren sie zweifellos. Etwas anderes als die Kunst des Architekten hielt die schattenhafte Decke fest.

Es war bei Weitem nicht das größte Wunder hier.

Leute vom Land erzählten immer noch Geschichten über Feenreiche, die in hohlen Hügeln versteckt waren, doch wenige, falls überhaupt jemand, hätten erwartet, eines unter der Stadt London zu finden. Soweit Galen wusste, war der Onyxpalast einzigartig. Nirgendwo sonst in Großbritannien oder möglicherweise auf der ganzen Welt lebten Fae so dicht mit Sterblichen zusammen. Doch hier hatten sie einen Palast, der eine eigene Stadt war, voller Schlafzimmer und Gärten, Tanzsäle und langer Galerien mit Kunstwerken, alles gegen die Feindseligkeit der Welt darüber geschützt. Er war ein Spiegel jener Welt, der ein seltsames und verändertes Abbild warf, und einer, den nur wenige Auserwählte betreten konnten.

Galen seufzte, als er die matschigen Spuren sah, die er hinterließ, als er von dem Rundstein hinuntertrat. Er wusste, dass er, falls er aus der Kammer ginge und eine Minute später zurückkäme, feststellen würde, dass der Dreck verschwunden war. Es gab hier unsichtbare Kreaturen, die effizienter als die hingebungsvollsten Diener waren und die geringste Verschmutzung als persönliche Beleidigung aufzunehmen schienen. Oder das hätten sie, wenn sie irgendein Selbstgefühl gehabt hätten. Soweit Galen es verstand, hegten sie überhaupt sehr wenige Gedanken, kaum mehr als die Feenlichter, die an den zarten Säulen entlang der Mauern leuchteten. Trotzdem wünschte er sich einen Fußabstreifer, an dem er seine Füße hätte säubern können, damit er keine Matschklumpen in einem so wundervollen Palast verteilte.

Es half nichts. Galen wollte seine Bedenken gerade hinter sich lassen und weitergehen, als ein plötzlicher Luftwirbel am Saum seines Mantels zupfte.

Eine weitere Gestalt stieg aus der Öffnung in der Decke herab und sank schnell, ehe sie sanft auf dem Rundstein zum Stehen kam. Galens eigene matschige Fußabdrücke wurden von einem gewaltigen Fleck verdeckt, als sich die triefend nasse und schmutzige Gestalt rührte, ausrutschte und wenig feierlich auf ihrem Hintern landete.

»Blut und *Knochen*!«, fluchte die Gestalt, und die Stimme war viel zu hoch, um männlich zu sein. Galen sprang vorwärts, bot instinktiv seine Hand an und ruinierte prompt seinen Handschuh, als der Neuankömmling die Hilfe annahm, um aufzustehen.

Dass sie eine Fee war, da konnte er sicher sein. Die Zartheit ihrer Hand – wenn schon nicht ihrer Worte – machte alles andere unwahrscheinlich. Aber er konnte wenig mehr erkennen. Sie schien sich im Matsch gewälzt zu haben, obwohl etwas davon anschließend vom Regen abgewaschen worden war. Ihr Haar, ihre Haut, ihre Kleidung waren ein einziges unbestimmtes Braun, in dem ihre Augen einen erstaunlichen Kontrast boten. Sie enthielten hundert Grüntöne, die sich veränderten und tanzten, wie es keine menschliche Iris getan hätte.

Sie wirkte im Gegenzug ziemlich erschrocken vor ihm. »Ihr seid *menschlich*!«, rief sie und starrte ihn durch die triefende Verwüstung in ihren Haaren an.

Welche höfliche Antwort konnte ein Gentleman darauf geben? »Ja, bin ich«, sagte er und hob das Säckchen hoch, das sie fallen gelassen hatte.

Die Fee riss es ihm weg, dann verzog sie das Gesicht. »Entschuldigung. Heute Nacht hat schon einmal jemand versucht, mir das abzunehmen. Ich würde es lieber selbst tragen, wenn es Euch nichts ausmacht.«

»Überhaupt nicht«, sagte Galen. Mit einem bedauernden Seufzen zog er den ruinierten Handschuh und dazu den sauberen aus und ließ sie auf den Boden fallen. Die unsichtbaren Diener konnten diese beiden ebenso gut nehmen, wenn sie kamen, um das hier wegzuputzen. »Darf ich Euch zu Euren Gemächern eskortieren? Dieser Marmor ist mit nassen Füßen gefährlich.«

Er dachte, dass sie unter all dem Dreck vielleicht ein Irrwisch sein mochte. Sie hielt sich nicht mit der höfischen Eleganz einer Elfendame. Nachdem sie den Sack dicht neben sich gestellt hatte, setzte sie sich wieder hin – diesmal mit Absicht – und zog ihre triefenden Stiefel aus, gefolgt von ihren Strümpfen. Die Füße darunter waren unnatürlich bleich und so zart wie ihre Hände. Sie stellte sie auf eine saubere Stelle auf dem Boden, dann stemmte sie sich hoch. »Ich werde tropfen«, sagte sie und machte einen vergeblichen Versuch, den Saum ihres Mantels auszuwringen, »aber es ist besser als nichts.«

Ihre Bemühungen mit dem Mantel enthüllten darunter eine Kniebundhose. Galen unterdrückte eine schockierte Äußerung. Fae betrachteten menschliche Bräuche, einschließlich Ansichten über angemessene Kleidung, als unterhaltsame Vergnügungen, die sie kopierten oder ignorierten, wie es ihnen gefiel. Und er vermutete, dass Kniebundhosen in diesem Wetter praktischer waren. Hätte sie einen Rock getragen, hätte sie sich bei all dem durchnässten Gewicht nicht mehr bewegen können. »Trotzdem, bitte gestattet es mir. Ich wäre ein Unhold, wenn ich Euch in einem solchen Zustand verlassen würde.«

Die Fae nahm ihren Sack wieder auf und seufzte. »Nicht zu meinen Gemächern. Ich glaube nicht, dass ich welche habe, außer Amadea hat sie die ganze Zeit für mich behalten. Aber Ihr könnt mich zur Königin bringen.«

Diesmal ließ sich seine Äußerung nicht unterdrücken. »Zur Königin? Aber ... dieser Schlamm ... und Ihr ...«

Sie richtete sich zu ihrer vollen Größe auf, was ihr matschiges Haar ungefähr auf Höhe seines Kinns brachte. »Ich bin Dame Irrith aus dem Tal des Weißen Pferdes, von der Königin selbst für Dienste am Onyxhof zur Ritterin geschlagen, und ich versichere Euch, Lune wird mich sehen wollen, trotz Matsch und allem.«

Die Stunde war spät, doch das war für die Bewohner des Onyxpalasts recht egal, weil für sie die Anwesenheit oder Abwesenheit der Sonne wenig Unterschied machte. Dies war immerhin Londons Schatten: ein unterirdischer Feenpalast, der aus der Stadt selbst heraufbeschworen war, wo weder Sonne noch Mond je schienen.

Was leider bedeutete, dass Leute in der Nähe waren und den merkwürdigen Aufmarsch von Irrith und dem jungen Mann an ihrer Seite beobachteten. Sie hielt sich trotzig, ignorierte sie alle und redete sich ein, dass es nicht viel nützen würde, wenn sie doch zuerst auf die Suche nach einem Bad ginge. In Anbetracht der verworrenen Gänge des Onyxpalasts würde sie auf ihrem Weg dorthin an genauso vielen Leuten vorbeikommen wie auf ihrem Weg zur Königin. Wenigstens waren die Beobachter gemeine Untertanen, nicht die Höflinge, deren beißender Humor ihren zerzausten Zustand als leichtes Ziel betrachtet hätte. Sie verbeugten sich, machten ihr Platz und stiegen vorsichtig über ihre matschigen Fußspuren hinweg, sobald Irrith vorbei war.

Ihr Plan war es, erst zu den Gemächern der Königin zu gehen, weil sie hoffte, sie dort vorzufinden, doch etwas ließ sie unterwegs innehalten: der Anblick eines Paars Elfenritter, die auf beiden Seiten von zwei hohen, mit Kupfer vertäfelten Türflügeln Wache standen. Sie waren Mitglieder der Onyxwache, und deshalb mussten sie aus dem gesamten Hofstaat nur zwei Personen salutieren.

Sie salutierten dem jungen Mann an ihrer Seite. »Lord Galen.«

Lord... Zu spät wurde Irrith klar, dass die Verbeugungen auf dem Weg hierher nicht ihr gegolten hatten. Natürlich nicht – wie lange war es her, dass sie im Onyxpalast gewesen war? Und wer sollte sie unter der trocknenden Matschschicht erkennen? Sie drehte sich zu dem Gentleman und rief anklagend: »Ihr seid der Prinz vom Stein!«

Er errötete liebenswürdig und murmelte etwas halb Verständliches darüber, dass er seine guten Manieren vergessen hatte. Wahrscheinlicher, dachte Irrith, war er zu schüchtern gewesen, um es anzusprechen. Neu, kein Zweifel. Ja, sie erinnerte sich daran, dass sie etwas von einem neuen Prinzen gehört hatte. Die menschlichen Gefährten der Königin kamen und gingen, wie es die Sterblichen so oft taten, und dieser hier war eindeutig noch nicht lange genug in seiner Stellung, um sich daran gewöhnt zu haben, dass ihn irgendjemand »Lord« nannte. Sie bemitleidete ihn ein wenig. Der Gefährte einer Feenkönigin zu sein, lebender Beweis ihres Schwurs, in Harmonie mit der sterblichen Welt zu existieren, war keine geringe Bürde.

»Irrith?« Das kam von der Wache auf der rechten Seite. Dame Segraine starrte sie an, während ihre Lanze zur Seite wich.

»Ja.« Irrith druckste nervös herum. Dass Segraine und Sir Thrandin an dieser Tür Wache standen, bedeutete, dass die Königin auf deren anderer Seite war. Irrith konnte sich nicht erinnern, welcher Raum dahinter lag, aber es waren nicht Lunes Gemächer, wo sie einige Hoffnung auf eine Privataudienz oder zumindest eine mit nur wenigen anwesenden Damen gehabt hätte. Ihr gesunder Fae-Verstand sagte ihr, dass sie warten sollte.

Der gesunde Fae-Verstand allerdings war etwas für Hauselfen und andere derart betuliche Kreaturen. »Ich habe etwas für die Königin – tatsächlich sogar zwei Dinge. Beide davon sind wichtig. Der Prinz hat, weil er ein Gentleman ist, angeboten, mich zu eskortieren.«

Segraine betrachtete sie zweifelnd. Die Ritterin war unter den Fae am Onyxhof immer eine von Irriths engsten Freundinnen gewesen, aber sie scherte sich mehr um die guten Sitten, als sich der Irrwisch Mühe machte. »Du wirst den Teppich ruinieren«, sagte sie.

Was, wie Irrith eingestehen musste, mehr als einfach eine Frage der guten Sitten war. Im Tal bestanden die »Teppiche« aus Efeu und wilden Erdbeeren am Boden, denen etwas Dreck nichts ausmachte. Hier waren sie wahrscheinlich mit Süßwasserperlen oder anderen Narreteien bestickt. Sie erledigte das Thema, indem sie ihren Mantel auszog und das letzte Wasser aus ihren Haaren auf den feuchten Kleiderhaufen auswrang. »Gib mir ein Taschentuch, dass ich mir die Füße abwischen kann, und das sollte ausreichen.«

Galen wandte seinen Blick mit einem erneuten wilden Erröten ab, und Segraines Kamerad starrte sie an. Irrith musste zugeben, dass sie das mit Absicht getan hatte. Sie hatte bei Hof den Ruf, höchstens halb zivilisiert zu sein, und es amüsierte sie, diesem alle Ehre zu machen.

Oder ihn zu entehren, wie man wohl eher sagen konnte.

Als sie barfuß auf dem Marmor stand, in nichts weiter als einer feuchten Kniebundhose und einem Leinenhemd, musste sie darum kämpfen, nicht zu zittern. Dann erschien ein Quadrat aus weißer Spitze in ihrem Blickfeld: ein Taschentuch, vom Prinzen angeboten, der sie immer noch nicht direkt ansehen wollte. Irrith trocknete sich die Füße ab, sah die schmutzige Spitze reumütig an und schrubbte die Hinterseite ihrer Hose ein wenig, um weiteres Tropfen zu unterbinden. Danach würde der Prinz das Taschentuch wohl kaum zurücknehmen, also legte sie es sachte auf ihrem dreckigen Mantel ab und sagte: »Ich bin sicher, jemand kann das zurückgeben, nachdem es gereinigt wurde. Darf ich jetzt die Königin sehen?«

»Das machst du am besten«, sagte Segraine, »bevor du Lord Galen noch weiter blamierst.« Sie klopfte an der Tür. Nach einem Augenblick ging diese einen Spalt auf, und sie besprach sich in einem kurzen Flüstern mit jemandem dahinter. Irrith konnte Geräusche hören: das lebhafte Gemurmel einer Konversation und ein Klirren, das sie nicht identifizieren konnte. Dann nickte Segraine und schwang die Tür weiter auf, und der Saaldiener auf der anderen Seite verkündete: »Der Prinz vom Stein und Dame Irrith aus dem Tal!«

Galen bot ihr seinen Arm an, und sie gingen zusammen hinein.

Irrith verfluchte ihre Entscheidung in dem Augenblick, als sie eintrat. Welchem Zweck dieser Saal früher gedient hatte, daran konnte sie sich nicht erinnern. Doch nun enthielt er eine lange Tafel, die völlig mit Silber und Kristall und Porzellanschüsseln vollgestellt war und an der sich einer neben dem anderen die am höchsten in der Gunst stehenden Höflinge aus Lunes Reich aufreihten. Ein formelles Dinner, und Irrith war barfuß und in einem feuchten Hemd gekommen, um der Königin des Onyxhofs unter die Augen zu treten.

Die auf einem gewaltigen Perlenstuhl am Kopf der Tafel saß und ehrlich überrascht die Augenbrauen hob. Diamanten und Edelsteine aus Sternenlicht glitzerten auf der Vorderseite von Lunes Kleid und blitzten über dem Mitternachtsblau ihrer Robe. Ihr Silberhaar war in einer perfekten Frisur hochgesteckt und von einem kleinen Saphirdiadem gekrönt. Selbst wenn Irrith ihre feinste Kleidung getragen hätte, hätte sie sich neben Lune schäbig gefühlt, und der Irrwisch war wirklich nicht fein gekleidet. Wenn sie genau jetzt im Boden hätte versinken können, hätte sie es getan.

Aber der Onyxpalast tat ihr nicht den Gefallen, eine Grube aufzutun, und so musste sie vorwärtslaufen und der Führung von Galens Arm folgen. Vorbei an den Reihen der sitzenden Höflinge, Elfenlords und Elfenladys, und den Botschaftern von anderen Feenhöfen, die ganze Länge der unglaublich langen Tafel entlang, bis zu einem respektvollen Abstand vor Lunes Stuhl, wo Irrith sich auf ein Knie sinken ließ, während Galen weiterging und der Königin die Hand küsste.

»Dame Irrith.« Lunes Stimme, wie der Rest von ihr, war undeutbar. »Was führt dich nach London?«

Es gab keine andere Möglichkeit, als den Sack vorzustrecken, den sie immer noch festhielt. »Euer Gnaden, ich bringe Bezahlung von Wayland dem Schmied, König des Tals des Weißen Pferdes. Im Tausch gegen zwei Uhren, ein Teleskop und ein Ding, von dem ich den Namen vergessen habe, geliefert vom Hauselfen Tom Toggin.«

»Eine Armillarsphäre«, sagte Galen und nahm den Sack für die Königin an. Der geölte Stoff war so schmutzig wie seine Trägerin, aber er öffnete die Lasche, wischte sich an einem zweiten Taschentuch die Hand sauber und zog einen kleinen Laib Brot heraus.

Lune nahm es ihm ab und inhalierte den Duft, als genösse sie einen feinen Wein. Irrith verstand den Impuls. Man konnte die Sterblichkeit in dem Brot beinahe riechen. Eine seltsame Schwere, doch sie war ebenso anziehend wie abstoßend. In dieser simplen Mischung aus Mehl, Wasser und Hefe lag Sicherheit vor der menschlichen Welt, durch menschliche Hände den Fae geopfert. Die Nahrung auf den Tellern ihrer Höflinge diente dem Vergnügen, aber das hier war auf seine Weise Leben: die Fähigkeit, ohne Furcht vor Eisen oder anderem Verderben unter den Sterblichen zu wandeln.

Mit einem Nicken gab Lune den Laib zurück an Galen. Er überreichte den Sack dem Saaldiener, der ihn mit weißen Handschuhen entgegennahm und mit einer Verbeugung den Raum verließ. »Wir danken dir, Dame Irrith«, sagte die Königin, gerade trocken genug, um anzudeuten, dass sie nicht die geringste Ahnung hatte, warum Irrith ihr Dinner mit einer einfachen Lieferung unterbrochen hatte.

Irrith hatte nicht vor, zuzugeben, dass sie es nur getan hatte, um jener hitzköpfigen Verkündung ihrer eigenen Wichtigkeit zu entsprechen. Sie blickte weit genug hoch, um zu sehen, dass, ja, alle sie beobachteten. Der Großsiegelbewahrer, Valentin Aspell, verzog angeekelt seine dünnen Lippen. »Ich habe dir noch etwas anderes zu erzählen, das vielleicht unter vier Augen gesagt werden sollte.«

»Also gut«, sagte Lune nach kurzem Nachdenken und stand auf. Stühle rutschten im gesamten Raum nach hinten, als ihre Gäste sich ebenfalls erhoben. »Bitte, setzt Euer Mahl fort. Lady Amadea, Lord Galen, wenn ich bitten darf.«

Galen gab Irrith einen Wink, und sie folgte ihm, Lune und der Obersten Kammerherrin in ein Nebenzimmer. Es schien eine Art Salon zu sein, wo Stühle für Privatgespräche zusammengestellt waren, und der Teppich war – während ihm Süßwasserperlen fehlten – unter Irriths Füßen luxuriös weich. Amadea murmelte an der Tür einen kurzen Zauber, sodass ihre Worte von den Leuten im Nachbarraum nicht mitgehört werden konnten, und dann waren sie allein.

Lune setzte sich. Sie gab keinen Wink, dass die anderen es ihr nachtun sollten, aber in dieser privateren Atmosphäre zeigte ihr Gesichtsausdruck größere Wärme. »Irrith. Das ist ein unerwartetes Vergnügen. Ich hatte keine Ahnung, dass du nach London zurückkommen wolltest. Amadea, wenn ihr Zustand dich besorgt, dann lass ein Tuch bringen, um den Teppich zu schützen.«

Amadea ging zur Hintertür, als Irrith einen Knicks machte, wobei sie sich wie ein richtiger Hofnarr vorkam. »Tom Toggin hat mich überredet, Waylands Bezahlung für ihn herzubringen. Was im Namen der uralten Mab ist an diesem Ort passiert, Majestät? Draußen beim Galgen von Tyburn stehen Häuser, und der Fluss Fleet ist verschwunden!«

Belustigung blitzte in Lunes silbernen Augen auf. »Der Fleet ist noch da, nur unterirdisch. Sie haben eine Einhausung darüber gebaut, ach, vor wie vielen Jahren, Galen?«

Der Prinz dachte darüber nach. »Das neueste Stück? Kurz nachdem ich auf die Welt gekommen bin. Vielleicht vor neunzehn Jahren? Man kann den Fluss noch sehen, Dame Irrith, von Ludgate bis zur Themse.«

Was ihr einen Eindruck davon gab, wie lange sie fort gewesen war. »Und was sagt die Schwarzzähnige Meg dazu?«

Lunes Belustigung verflog. »Was du erwarten würdest. Flusshexen sind unter den besten Umständen keine angenehmen Kreaturen, und diese Umstände sind eher schlimm.«

Irrith hatte das hässliche Geschöpf einmal zuvor gesehen, lange vor der Einhausung des Flusses. Schaudernd sagte sie: »Dann bin ich bloß froh, dass ich ihren Fluss nicht überqueren musste. Aber das ist es nicht, was ich dir erzählen muss ...« Ein Hauself kam durch die Tür, unterbrach sie und legte ein Stück fester Plane aus, wobei er Irriths Füße beinahe anhob, sodass der Stoff schneller platziert werden konnte. Nachdem der Teppich angemessen geschützt war, wartete sie, bis der Hauself fort war, dann sagte sie: »Du hättest dieses Brot beinahe nicht bekommen. Ein Schwarzer Hund hat mir bei Tyburn aufgelauert und versucht, es zu stehlen.«

»Was?« Die Königin sprang mit einem schnellen Seidenrascheln auf die Füße.

»Ich habe mich nicht zum Spaß im Dreck gewälzt – Madam.« Sie fügte die Höflichkeitsanrede verspätet an. Der Aufenthalt im Onyxpalast brachte langsam die alten Manieren zurück, die sie im Tal vergessen hatte. »Er hat mich in der Nähe des Galgens angesprungen und versucht, den Sack zu stehlen. Zum Glück hatte Wayland mir erlaubt, einen Bissen Brot zu nehmen, als ich London näher kam, damit ich unbeschadet in die Stadt laufen konnte. Der Schwarze Hund hatte kein solches Glück. Ich bin entkommen, als die Kirchenglocken läuteten.«

Lune drückte eine schlanke Hand an ihre Stirn, dann senkte sie sie. »Wir verdenken dir dieses Geschenk deines Königs nicht. Hast du den Hund erkannt?«

Irrith schüttelte den Kopf. »Vielleicht, wenn ich sein anderes Gesicht gesehen hätte. Aber es hat geregnet. Ich kann nicht einmal sagen, von welcher Art er war – Padfoot, Skriker oder was sonst.«

Die Königin tauschte einen Blick mit ihrem Prinzen. Irrith übersah Galens hilfloses Schulterzucken nicht. Tatsächlich neu.

Aber da lag noch etwas anderes in seinem Verhalten, und sie hatte nicht die Zeit, sich genauer damit zu befassen. Sie wollte ihre Unverfrorenheit nicht verschlimmern, indem sie den Prinzen anstarrte. Nicht vor Lune.

Nun, sie hatte ihre Pflicht getan, das sterbliche Brot übergeben, auf das der Onyxhof angewiesen war, und von demjenigen erzählt, der versucht hatte, es zu stehlen. Wenige Menschen in der Umgebung von London opferten den Fae immer noch Brot oder Milch. Lune musste Kuriositäten aus der Menschenwelt mit entfernteren Höfen gegen deren Überschuss eintauschen. Jene Fae, die so vernünftig waren, an Orten zu leben, die weniger von Eisen und Kirchen übersät waren, hatten viel weniger Bedarf an Schutz.

Aber Irrith wusste, dass es damit nicht aufhörte. Neunzehn Jahre, seit der Fleet eingehaust worden war, hatte der Prinz gesagt. Tom hatte den Lauf der Zeit angedeutet, aber Irrith hatte sich geweigert, nach einer Zahl zu fragen. Nun konnte sie die Frage nicht mehr für sich behalten. »Majestät – wie lange noch, bis der Komet hierherkommt?«

Die Königin sank auf ihren Stuhl, als sei sie plötzlich müde, und gab ihrem Prinzen einen Wink, dass er antworten solle. Galen sagte: »Wir wissen es nicht genau. ›Hierherkommen‹ ... Wir kennen den Zeitpunkt des Perihels des Kometen, aber nicht den Punkt, an dem der Drache seinen Sprung machen wird.«

Was Irrith über Astronomie wusste, hätte in eine Eichelspitze gepasst, also formulierte sie ihre Frage einfach um. »Wie viel Zeit habt Ihr noch?«

»Anderthalb Jahre«, sagte er. »Vielleicht weniger.«

Sie erschauderte. *So wenig Zeit.* Sie hatten über fünfzig Jahre gehabt, als die erste Warnung von der Seherin gekommen war. Wo war die Zeit hin?

»Es wird reichen«, flüsterte Lune. Sie klang, als würde sie das glauben, und vielleicht tat sie das. Die Königin des Onyxhofs hatte sich schon früher Herausforderungen gestellt. Ihr Gesicht allerdings war bleicher als üblich. Irrith konnte sich nicht vorstellen, wie es sein musste, über Jahrzehnte unter einer solchen Bedrohung zu leben und die Zeit abzuzählen wie ein Sterblicher. Zu wissen, dass sie davonlief. Fünfzig Jahre davon konnten, wie es schien, sogar einer Feenkönigin das Leben aussaugen.

Diese Schwäche zu sehen, selbst für einen Augenblick, machte Irrith nervös. »Mit deiner Erlaubnis, Madam«, sagte der Irrwisch, »würde ich mich jetzt gerne waschen. Ich wollte keine Zeit verschwenden, dieses Brot zu dir zu bringen ...«

»Ich weiß dein Pflichtbewusstsein zu schätzen«, sagte Lune, richtete sich auf ihrem Stuhl auf und vertrieb oder verbarg ihre Erschöpfung. »Amadea wird dir ein angemessenes Gemach zuweisen. Außer du hattest vor, ins Tal zurückzukehren?«

Irrith dachte an den eingehausten Fleet und an die Häuser um Tyburn und den Hof unter der Führung eines neuen und unerfahrenen Prinzen. So viele Veränderungen. Und wenig mehr als ein Jahr, bis der Komet zurückkehren und möglicherweise all dem ein Ende machen würde. »Ich werde bleiben, zumindest für eine Weile.«

»Gut.« Lune lächelte, aber ihr Lächeln war angespannt und enthielt eine gewaltige Last aus Sorgen. »Dieser Hof braucht alle Freunde, die er finden kann.«

Als der schmutzige und halb angezogene Irrwisch mit Lady Amadea verschwunden war und Galen allein mit der Königin zurückblieb, stand Lune wieder auf. Anstatt in den Speisesaal zurückzukehren, ging sie jedoch zum offenen Kamin und legte ihre Hand auf den Sims.

»Also«, sagte sie mit einer melodischen und ruhigen Stimme. »Wie ist dein Abend gelaufen?«

Galen wünschte, dass Dr. Johnson sie jetzt sehen könnte, wie sie in all der königlichen Pracht strahlte, die dem hannoverschen König von Großbritannien so fehlte. Im leuchtenden Glanz ihres Haars lag Transzendenz, und ein Porträtmaler hätte bei der Chance, ihr überirdisches Abbild auf Leinwand zu bannen, wohl geweint. Sie war der Grund, weshalb er zwischen den Welten lebte, der verborgene Prinz an einem verborgenen Hof – trotz der Bedrohung, die ihnen bevorstand.

Eine Bedrohung, die an diesem Hof nie in Vergessenheit geriet. »Angenehm, aber nicht produktiv«, musste Galen zugeben. »Vielleicht können wir unter ihnen andere Verbündete finden, aufgeschlossene Gentlemen oder Damen wie Mrs. Vesey. Aber ihr Interesse gilt hauptsächlich Literatur, Kunst und ähnlichen Themen. Ich bezweifle, dass irgendjemand dort viel Hilfe anbieten kann. Nicht gegen einen Drachen.« Die letzten Worte kamen als Flüstern heraus.

Lunes Hand spannte sich um den Rand des Kaminsimses. Eine schlanke Hand, langfingrig und bleich – aber alles, was Galen tun musste, war, zu ihrem Gegenstück zu blicken, um an die Gefahr erinnert zu werden, die ihnen bevorstand. Ein Handschuh verbarg die geschwärzte, gelähmte Klaue ihrer linken Hand, die Narbe, die der Drache aus dem Feuer in der Schlacht an ihr hinterlassen hatte.

Ihr zeitloses Gesicht ließ einen einfach vergessen, dass sie damals dabei gewesen war, vor beinahe hundert Jahren.

Uralte Geschichte für die sterblichen Einwohner der Stadt. Wenige alte Fachwerkhäuser lagen verstreut immer noch an den Straßen, jenseits des Ausbreitungsgebiets des Großen Feuers, und das Monument nahe der Brücke von London erinnerte an die Katastrophe. Doch abgesehen von diesen wenigen Denkmälern, wer verschwendete jetzt noch einen Gedanken daran?

Die Fae taten das. Keine Verstreichen von Zeit konnte ihre Erinnerungen an jene verzweifelten, infernalischen Tage eintrüben, als sie gegen eine Bestie gekämpft hatten, die zu mächtig gewesen war, als dass sie sie hätten töten können. Am Ende hatten sie sie nur eingesperrt und verbannt – und beides hatte sich mit der Zeit nicht als perfekte Lösung herausgestellt.

Der Anblick von Lunes behandschuhter und zerstörter Hand befeuerte Galens Entschlossenheit. Sie würde durch den Drachen keine zweite Wunde erleiden. Er würde sie davor beschützen.

Irgendwie.

Er suchte verzweifelt nach Inspiration und fand keine. »Madam – sicher wissen Fae besser als jeglicher Sterbliche, wie man eine derartige Kreatur bekämpft. Man erzählte mir, dass du früher irgendeine Waffe gegen sie hattest ...«

Ihr schnelles Herumwirbeln ließ ihren Rock fliegen. »Hatten wir. Und meine erste Handlung, als Feidelm mich warnte, dass der Komet zurückkehren würde, war es, wieder danach zu suchen. Ich habe Jahrzehnte damit verbracht, der Möglichkeit irgendeiner Waffe hinterherzujagen, von einem Ende von Europa zum anderen – Schweden, die deutschen Länder, übers Mittelmeer. Meine Botschafter haben überall nach irgendeinem Mittel gefragt, um den Drachen zu zerstören. Ich würde jeglichen Preis dafür bezahlen, das mit Sicherheit tun zu können. Bisher sind leider alles, was wir haben, Möglichkeiten.«

»Aber wenn du ihn nicht töten kannst«, sagte Galen, »mit all den magischen Kräften, die dir zur Verfügung stehen – was lässt dich dann annehmen, dass bloße Sterbliche es besser machen können?«

Er versuchte, die Verzweiflung nicht durchscheinen zu lassen. Es war verachtenswert von ihm, sie zu zeigen, besonders weil Lune ihm diese große Ehre und Bürde auferlegt hatte, ihn zu ihrem Prinzen zu machen. Aber sie flatterte in seiner Kehle wie ein panischer Vogel, der versuchte, sich zu befreien, und ließ seine Stimme zittern, als er sprach.

Unglaublicherweise lächelte Lune. Mehr Emotionen, als er benennen konnte, lagen in diesem Lächeln, doch keine davon war Verachtung. Sie sagte: »Alles von großer Wichtigkeit, was an diesem Ort getan wurde – *alles*, was den Onyxpalast zu dem Wunder gemacht hat, das er ist, und ihn gegen Bedrohungen geschützt hat –, wurde von Sterblichen und Fae gemeinsam getan. Ohne euer Volk wären wir nicht hier. Als ich also hörte, dass der Drache zurückkehren würde, galt mein erster Gedanke nicht Waffen. Er galt dem Prinzen an meiner Seite.«

Einem Prinzen, der gealtert und gestorben war, ohne je eine Antwort zu finden. Und andere waren nach ihm gekommen, während die Jahre in ihrem unabänderlichen Lauf verstrichen waren, allen von ihnen hatte Lune vertraut, alle von ihnen waren – letztendlich – gescheitert.

Nun war Galen an der Reihe, diese Bürde zu tragen und unter ihr zu fallen.

Ich hätte nie zustimmen sollen, als sie mir den Titel anbot, dachte er todunglücklich und verkrampfte seine Hände, bis die Fingerknöchel schmerzten. *Sie hat etwas Besseres verdient.*

»Ich habe nicht die geringste Ahnung«, fuhr die Königin fort, die sich seiner trübseligen Gedanken nicht bewusst war, »welche Begegnung der Welten uns diesmal retten wird. Aber ich bin sicher, dass wir es gemeinsam tun müssen. Ob es irgendein Effekt in der Natur des Onyxpalasts ist oder einfach die Folge meiner Regierung über die Jahrhunderte, das war immer der Fall. Ich werde beitragen, was ich kann, und du wirst dasselbe tun, und daraus wird die Antwort kommen.«

Sie klang nicht selbstgefällig. Sie kämpfte seit zu vielen Jahren mit dieser Frage, um selbstgefällig zu sein. Aber die Zuversicht in ihrer Stimme schenkte Galen Mut.

Was meine Art tun kann, wenn so wenige jetzt überhaupt noch an Magie glauben ...

Seine plötzliche Idee musste ein hörbares Geräusch produziert haben, denn Lune hob ihre feinen Augenbrauen. »Ja?«

»Ich ...«, sagte Galen und zögerte. »Ich weiß nicht, wie das hilfreich sein könnte.«

»Wir haben alles probiert, was vielleicht hilfreich sein könnte«, sagte sie mit einem Hauch müder Belustigung. »Wir können ebenso gut die Dinge versuchen, die es *nicht* sein könnten.«

Es wirkte dünner und schwächer, je länger er darüber nachdachte, aber die Königin wartete. Galen sagte: »Naturwissenschaften.«

Sie lachte nicht oder tat es sofort ab. Es war etwas, das die Sterblichen beitragen konnten und über das die Fae wenig wussten: das rationale Verständnis der Welt, das durch Beobachtung und Experimente erreicht wurde. Jeden Tag gab es neue Entdeckungen, die Lichtstrahlen auf die dunklen Mysterien der Natur warfen. Es hatte sie vor der Gefahr, die ihnen bevorstand, gewarnt. Vielleicht konnte es sie auch retten.

Lune folgte dem Gedanken zu seiner unvermeidbaren Schlussfolgerung, genau während Galen es tat. Wenn solches Wissen ihnen helfen sollte, gab es nur einen Ort, um dieses zu suchen. »Die Königliche Gesellschaft«, sagte sie.

Eine Vereinigung der gelehrtesten Männer in Großbritannien mit Verbündeten in ganz Europa. Lunes breiter werdendes

Lächeln machte es Galen warm ums Herz – bis ein neuer Gedanke es ihm wieder kalt werden ließ. Damit er Zugang zur Königlichen Gesellschaft bekommen konnte, würde er die letzte Person, der er etwas schuldig sein wollte, um einen Gefallen bitten müssen.

Sie wusste es genauso gut wie er. Sie fragte: »Kannst du die Unterstützung deines Vaters bekommen?«

Ich weiß es nicht. Aber er zwang sich zu lächeln, weil es genau das war, was die Königin von ihm, ihrem Prinzen, brauchte, und er jeden Preis bezahlt hätte, um den sie ihn gebeten hätte. »Ja, Madam, das kann ich.«

Erinnerung: 12. September 1682

Im gewöhnlichen Lauf der Dinge war die Nacht die ideale Zeit für Heimlichtuerei und Verschwörungen. Aufrichtige Männer waren im Bett, nur gelegentlich schlug ein Wächter Alarm, und die Finsternis ergab eine freundliche Deckung gegen solche Blicke.

Das Königliche Observatorium in Greenwich arbeitete jedoch nicht entsprechend der gewöhnlichen Regeln der Gesellschaft. Hier schliefen die Männer während des Tags und standen abends auf, um die Sterne, den Mond und die entfernten Planeten zu beobachten.

Was zu einem gewissen Problem wurde, wenn andere gerne heimlich und ohne Erlaubnis ihre Instrumente benutzen wollten.

Aber der Onyxhof bot vielen Kreaturen, die stolz auf ihre Heimlichkeit waren, ein Zuhause. Wenn es ihnen auch seltsam vorkam, im Sonnenlicht zu arbeiten, passten sie sich an.

Sie hatten guten Grund, sich bei dieser Unternehmung Erfolg zu wünschen. Also zogen sie am helllichten Tag nach Greenwich und bewegten sich entweder getarnt oder unsichtbar unter den Astronomen und Sekretären und Dienern, die dort arbeiteten, wobei sie winzige Kristallphialen bei sich trugen. In jenen Phialen waren die Essenzen von Feenkräutern, die in den Gärten des Onyxpalasts gesammelt worden waren, um sie auf die kommende Nacht vorzubereiten.

Die Inhalte der Phialen wurden in Nahrung gegeben, in Wein, in das bittere Kaffeegetränk, das, wie einige der Männer schwuren, ihre Sinne schärfte und sie während ihrer Nachtwachen wachhielt. Einer nach dem anderen schliefen die Männer im Observatorium ein und träumten die Träume, die ihnen geschenkt wurden.

Lune erreichte den Gipfel des Hügels, als ein Puck sich bückte, um Visionen auf die Augenlider des letzten Schlafenden zu träufeln, eines Mannes, der sich im Gras am Fuß von Flamsteeds riesigem Teleskop eingerollt hatte. Hinter ihr schleppten drei kräftige Kobolde eine schwere Truhe den Hang herauf. Ein Mann in seinen Vierzigern, dessen Haar auf dem Kopf schütter wurde, japste theatralisch, als er durch das Tor zum Hof stolperte. »Ich schwöre, es wird jedes Mal steiler.«

»Das ist das letzte Mal, dass du hier heraufsteigen musst, Jack.« Lune trat vom gepflasterten Hof auf das Gras, dann blieb sie stehen und starrte zum Teleskop und den Sternen dahinter hinauf.

Denjenigen, den sie suchte, konnte sie nicht sehen, aber dafür waren Teleskope da.

Jack Ellin, der Prinz vom Stein, nickte fröhlich. »In der Tat. Entweder verbannen wir diese Bestie über die Grenzen der Welt hinaus – oder sie befreit sich und verbrennt uns alle zu

Asche. So oder so, ich müsste den Hügel nie mehr heraufsteigen.«

Bei all seiner Fröhlichkeit zeigte er nichts als Präzision, als er die unterschiedlichen Fae in ihre Aufgaben einwies. Sobald er durch das Teleskop des Königlichen Astronomen die nötigen Messungen vorgenommen hatte, schickte er einige seiner agileren Assistenten den Mast hinauf, wo sie die Seile losmachten, die das sechzig Fuß lange Rohr an seinem Platz hielten. Andere hebelten die Truhe auf, sodass der Blick auf ein weiteres, kürzeres Teleskop frei wurde – und dieses war anders als alle anderen auf der Welt.

Lune lief ungeduldig auf und ab, während ihre Untertanen dieses am Mast verankerten und eine Plattform aufstellten, damit sie neben seinem Okular stehen konnten. Jack ignorierte ihre Unruhe. Ihr Teleskop hin und her zu zerren, hätte die Spiegel in ihrer sorgfältigen Ausrichtung verschoben, und jeder Fehler in dieser Hinsicht konnte zu einer Katastrophe führen. Unter seiner Leitung befestigte ein Irrwisch mit feinfühligen Fingern sie an ihrem Platz, erst das große Teleskop, dann das kleine.

Schließlich sagte er: »Wir sind bereit.«

»Bist du sicher?«, fragte Lune.

Sein verschmitztes Gesicht bemühte sich um Sorglosigkeit, erreichte sie aber nicht ganz. »Ob ich sicher bin, dass ein umgekehrtes Modell einer revolutionären Teleskopkonstruktion, aus Feenholz und Feenmetall gearbeitet, erfolgreich den Geist eines Drachen durch den Äther fokussieren und auf einen Kometen lenken wird, der so weit entfernt ist, dass er nur mithilfe der fortschrittlichsten astronomischen Ausrüstung in England gerade noch sichtbar ist? Natürlich, Euer Gnaden. Ich würde nie etwas anderes andeuten.«

Trotz der Ernsthaftigkeit ihrer Aufgabe lächelte Lune. Aber Jack war sich der Gefahr sehr wohl bewusst, und so fügte er an, zu leise, als dass die anderen es gehört hätten: »Was tun wir, falls das hier scheitert?«

An Lunes linker Hüfte hing das Londonschwert, das wichtigste Objekt in den königlichen Regalien des Onyxhofs. Sie berührte dessen Griff mit ihren heilen Fingern. »Ich habe noch eine zweite Hand. Und das Gefängnis hält wohl noch eine Weile länger.«

Sie drehten sich beide um, um die Ankunft einer zweiten Truhe zu beobachten, diesmal aus Weißdorn. Sobald sie vor ihren Füßen ins Gras gestellt worden war, zogen sich alle Fae zurück und ließen die Königin und den Prinzen am Fuß des Teleskops allein. Alle von ihnen zogen Waffen – als ob diese viel nützen würden. Jack bot Lune mit einer höflichen Verbeugung seinen Arm an und half ihr auf die Plattform.

Dann kniete er sich hin und hob den Deckel von der Weißdorntruhe.

Innerhalb jenes schützenden Holzes stand ein kleines Kästchen aus schwarzem Eisen, abgesehen von einem flammenbewehrten Schild auf seinem Deckel ungeschmückt. Als er es zum ersten Mal berührt hatte, vor sechzehn Jahren, war es kalt gewesen. Nun schützten Handschuhe seine Hände kaum vor der Hitze. Das Gefängnis, in das sie den Geist des Großen Feuers von London gezwungen hatten, konnte ihn nicht für immer halten. Die fremdartigen Zauber, die auf dem Eisen lagen, wurden unter seiner Macht geschwächt.

Er betete – stumm, sodass die Fae es nicht hörten –, dass das hier funktionieren würde. Selbst wenn Lune ihre andere Hand opferte, um den Drachen wieder in die Falle zu zwingen, würde sie dies in eine hoffnungslose Zwickmühle bringen. Sie konnten die Bestie nicht töten, und wie es schien, konnten sie sie auch nicht gefangen halten. Das Exil war ihre einzig verbliebene Option.

Jack hob das Kästchen heraus und stieg zu Lune hoch, die neben dem Okular stand. »Hoffen wir«, sagte sie, »dass Isaac Newton ein so großartiger Denker ist, wie du behauptest.«

»Das ist er«, versprach Jack ihr und öffnete das Kästchen.

Ein Strahlen wie aus dem Herzen der Sonne brannte heraus, in das wartende Okular. Ein gewöhnliches Teleskop fing das schwache Licht des Weltraums auf und brachte es fokussiert zum menschlichen Auge. Dieses hier, das aus der reflexiven Konstruktion von Professor Newton abgeleitet war, nahm das intensive Licht des Geistes des Drachen und sandte es in die Leere hinaus. Jenes unerträgliche Brennen traf die makellose Handwerkskunst der Spiegel und wurde hinausgeschleudert, in einer unabänderlichen Linie, direkt auf den bärtigen Stern zu, den Flamsteed schon seit vielen Monaten beobachtete.

Jack konnte über dem stummen Brüllen des Drachen nichts hören. Vielleicht hatte Lune geschrien, vielleicht auch er. Aber dann war das Licht fort, das Kästchen zerbröckelte in seinen Händen zu Rost, und seine Finger wurden sogar unter den Lederhandschuhen versengt.

Und Lune schwang das Londonschwert und hackte die Seile durch, die das Teleskop in Position hielten. Es stürzte auf den Boden und trennte die letzte Verbindung zwischen dem Drachen und diesem Ort.

Danach war das einzige Geräusch der stetige Wind von der Themse.

Lune flüsterte: »Es hat funktioniert.«

Jack blickte nach oben. Er dachte, dass er am Himmel etwas erkennen konnte, das zuvor nicht sichtbar gewesen war: den wegziehenden Kometen, der unnatürlich hell leuchtete. Dann verblasste er und war aus dem Blickfeld verschwunden.

Der Drache aus dem Feuer war fort.

DER ONYXPALAST, LONDON
1. Oktober 1757

Als sie zum ersten Mal in den Onyxpalast gekommen war, hatte Irrith das unterirdische Bauwerk für ein undurchschaubares Labyrinth gehalten, durch das sie nur wenigen auswendig gelernten Pfaden folgen konnte.

In dem Jahrhundert, das seitdem verstrichen war, hatte sich diese Meinung nicht sehr geändert.

Aber es gab eine Kammer, zu der sie ihren Weg mit verbundenen Augen finden konnte, denn sie hatte sich beim ersten Mal, als sie durch einen ihrer gewölbten Eingänge getreten war, in sie verliebt. Es gab viele Gärten, die sich in die seltsamen Ecken des Onyxpalasts drückten. Dieser hier, der Nachtgarten, war bei Weitem der prächtigste. Hier schlängelte sich der Walbrook, Londons lange vergessener Bach, durch grasbewachsene Fleckchen und Schatten spendende Bäume. Hier blühten Blumen, die unabänderlich den Jahreszeiten über ihnen trotzten und deren Samen sowohl aus der sterblichen Welt oben als auch aus den entfernten Tiefen des Feenlandes geholt worden waren. Es war keine reine Natur – mit seinen Springbrunnen und charmanten Pfaden glich der Nachtgarten eher dem Landschaftsbild eines Dichters –, aber Irrith liebte es dennoch.

Und so verließ sie nach einem unruhigen Schlaf das Gemach, das ihr zugewiesen worden war, und ihre trostlosen Schritte führten sie zum Nachtgarten.

Sie blickte auf, als sie in den grünen, weiten Raum trat, und sah die Feenlichter in der künstlichen Nacht über ihr glitzern. Manchmal bildeten sie von selbst Formen, die die derzeitige Stimmung bei Hof widerspiegelten, doch momentan trieben sie ziellos umher und bildeten kein identifizierbares Muster.

Irrith seufzte und ging weiter. Dann sah sie etwas vor ihr, das ihre Laune hob und sie zum Rennen verleitete.

Ein Pavillon stand nahe einem Ende des Nachtgartens, umgeben von einer weiten Wiese, und darin bewegte sich eine Gestalt, die in den leblosen Steingalerien des Onyxpalasts völlig fehl am Platze wirkte. Hufe klapperten ein erschrockenes Stakkato auf den polierten Brettern des Pavillonbodens, als Irrith die Rampe hinaufsprang, und dann fing ein Paar Arme sie am höchsten Punkt ihres Sprungs auf.

»Ktistes!«, rief sie freudig. »Ich dachte, du seist fortgegangen!«

»Das hatte ich vor«, sagte der Zentaur und setzte sie sanft ab. »Aber Ihre Majestät bat mich zu bleiben. Es ist viele lange Jahre her, Dame Irrith.«

»Fünfzig, glaube ich. Ich habe im Tal die Zeit vergessen.«

Ktistes lachte. »Ausgerechnet du, die du so oft unter den Sternen bist, aber so selten deren Tanz beobachtest.«

Er deutete nach oben, als er das sagte, nicht auf die Decke des Nachtgartens mit ihren falschen Sternbildern, sondern auf das Dach seines Pavillons. Das Gebäude war nach den Maßstäben des Onyxpalasts neu. Lune hatte es nach dem Großen Feuer für Ktistes' Gebrauch bauen lassen, als er aus Griechenland gekommen war, um dabei zu helfen, die Schäden zu reparieren, die der Onyxpalast erlitten hatte. Der Zentaur machte sich nichts aus einer Unterkunft – er schlief gerne auf dem weichen Gras im Garten –, aber das Dach war für ihn wertvoll.

Es war einst die Decke irgendeiner Kammer an einem anderen Ort im Palast gewesen, und die Splitter aus Sternenlicht, die in seine Oberfläche eingesetzt waren, bewegten sich in einem perfekten Abbild des Himmels über ihnen.

Irrith winkte dies mit einer Hand ab. »Jahre. Warum sollte ich sie zählen?«

»Nur um deiner Freunde willen, die deine Abwesenheit bedauern. Aber du dachtest, ich würde nach Griechenland zurückkehren, und so verzeihe ich dir. Komm, setz dich mit mir ins Gras.« Ktistes stieg die kurze Rampe in den Garten hinunter.

Neben ihm fühlte Irrith sich winzig. Sein kräftiger Pferdekörper, so dunkelgrau, dass er beinahe schwarz war, war so groß wie sie. Sein olivfarbener menschlicher Torso überragte sie. Aber er ließ seine Vorderbeine mit den weißen Abzeichen im Gras einknicken, und sie setzte sich mit etwas Abstand hin, dann war es nicht so schlimm.

Irrith sagte: »Amadea hat mir erklärt, dass mein früheres Gemach weg ist. Nicht ›an jemand Wichtigeren als dich weitergegeben‹ – sondern *verschwunden*. Ktistes, was geht hier vor?«

Eine Locke aus seinem schwarzen Haar, das altmodisch gewellt war, fiel nach vorne, als er den Kopf senkte. »Ah. Der Onyxpalast zerfällt.«

»Er tut *was*?«

»Die Mauer«, sagte Ktistes, »die die Stadt London umgibt – oder eher umgab – und sie von den Städten jenseits davon trennte, die jetzt Teil der größeren Stadt geworden sind. Die Sterblichen reißen immer mehr davon ab, weil sie den Fluss ihrer Wagen und Reiter stört. Ein Stück in der Nähe von Bishopsgate wurde entfernt, kurz nachdem du weggegangen warst, und als die Königin die Auswirkungen sah, bat sie mich zu bleiben.«

Irrith fühlte sich auf obskure Weise, als hätte sie den Onyxpalast verraten – als hätte ihr Fortgehen jenen Riss verursacht. »Ohne die Mauer zerfällt der Palast?«

Der Zentaur machte eine Handbewegung, die wohl andeuten sollte, dass das kompliziert war. »Die Mauer ist die Einfassung des Onyxpalasts. Wenn die Einfassung zerstört wird, beginnen die Ränder seiner Existenz zu zerfallen. Aber weil er kein direktes Spiegelbild ist, tritt der Zerfall an unerwarteten Orten auf – wie zum Beispiel in deinem alten Gemach.«

Sie hatte jenes Gemach gerngehabt. Seine Säulen waren im Stil von Bäumen geschnitzt gewesen, mit Blättern aus grünem Achat. Sie wollte es dringend zurück. »Dann reparier es.«

»Das versuche ich schon«, sagte der Zentaur mit einem Hauch Bitterkeit.

Er hatte die Palasteingänge repariert, nachdem sie im Feuer verbrannt waren. Kein Fae am Onyxhof hatte dies geschafft, bis Lune schließlich einen Botschafter nach Griechenland gesandt hatte, um dort um Hilfe zu bitten. Ktistes, der Enkel – das Enkelfohlen? – des weisen Zentauren Kheiron, hatte vollbracht, was sie nicht geschafft hatten.

Er konnte das hier schaffen. Er *musste*.

Ihre trostlose Laune war zurück. Schlimmer noch: Statt über den Onyxpalast nachzudenken, wandte Irrith ihre Aufmerksamkeit einer persönlicheren Wunde zu. »Ich habe sogar mein Kabinett verloren.«

Ktistes' kräftige weiße Zähne blitzten in einem unerwarteten Lächeln auf. »Hältst du mich für einen so schlechten Architekten, dass mich das Verschwinden deines Gemachs unerwartet getroffen hätte? Oder für einen so schlechten Freund, dass ich deine liebsten Besitztümer damit hätte verschwinden lassen?«

»Du hast sie gerettet?« Irrith sprang hoffnungsvoll auf die Beine.

»Ja, das habe ich, kleiner Irrwisch. Ich werde sie in dein neues Quartier bringen lassen – was, hast du gedacht, ich hätte sie hier gelagert und meinen Pavillon mit deinem gesamten Tand und Plunder vollgestellt?« Ktistes lachte. »Ich habe deine Faszination dafür nie verstanden.«

»Es ist *sterblicher* Tand und Plunder«, sagte Irrith und ließ sich wieder ins Gras sinken. Sie hatte wenig Interesse an den Edelsteinen und Fossilien, die andere in ihren Kuriositätenkabinetten aufhoben, aber alles, was von Menschen gemacht war, war faszinierend für sie. Ihre Sammlung zurückzulassen, als sie nach Berkshire gegangen war, war ein schrecklicher Fehler gewesen. »Echte Sterbliche sind natürlich besser, aber ich kann sie nicht in eine Schublade sperren. Wo wir beim Thema sind – hast du gewusst, dass der neue Prinz in die Königin verliebt ist?«

Der Zentaur erstarrte, sein Profil so ernsthaft wie eine der Statuen aus seinem Heimatland. Er sagte bedächtig: »Wir sprechen nicht darüber.«

»Aber du weißt es.«

»Jeder weiß es.« Ktistes musste seinen Kopf nicht drehen, um Irriths Blick zu erwidern, obwohl sie jetzt stand. Seine dunklen Augen waren tiefgründig, eher wie die eines Pferdes als die eines Menschen. »Aber niemand spricht davon. Lord Galen glaubt, es ist ein Geheimnis, von dem nur sein Herz weiß.«

Irrith rümpfte die Nase. Geheimnis? Wohl kaum, wenn Galens Blick jeder Bewegung von Lune folgte. »Das wird nicht gut enden.«

Ktistes nickte, obwohl er es schaffte, die Geste gleichgültig wirken zu lassen. Wie *konnte* es gut enden? Fae liebten selten, und Lune hatte ihr Herz bereits vor sehr langer Zeit verschenkt. Galen konnte sich nach ihr verzehren, so viel er wollte. Das würde ihm gar nichts bringen. Dies war eine Geschichte, die so alt war wie die Fae selbst, und sie führte selten zu irgendetwas Gutem für den Sterblichen.

Es würde allerdings interessant zu beobachten sein. Liebe war etwas, das Irrith nicht verstand, genauso wenig, wie sie die Sterblichkeit verstand, aber sie fand beides faszinierend: Geschichten in einer unbekannten Sprache, von denen sie nur Bruchstücke übersetzen konnte. Und es gab keinen Ort auf der Welt, der besser dazu geeignet war, solche Geschichten zu hören, als der Onyxpalast, wo Fae ungesehen zwischen Sterblichen lebten.

Oder zumindest unterhalb von ihnen. Ruhelosigkeit ergriff Irrith, ein Streben, die Zeit, die sie hatte, zu nutzen. Aber sie würde Schutz brauchen, ehe sie nach oben ging – und dank Toms Bestechung konnte sie es sich leisten, einigen zu kaufen. »Ktistes, von wem könnte ich Brot ergattern?«

Der Zentaur schüttelte seinen Lockenkopf. »Ich nehme an jenem Handel nicht teil, wie du sehr wohl weißt. Jedoch könnte das schwierig werden. Nach dem, was man hört, verlangen die Leute im Tausch mehr als früher.«

Vielleicht war das die Erklärung für den Schwarzen Hund: irgendein Fae, der bei anderen schwer verschuldet war und verzweifelt genug, einen Angriff auf den Kurier zu riskieren. Trotz Ktistes' entmutigender Worte sprang Irrith auf die Füße. »Dann fange ich besser an. Ich muss immerhin fünfzig Jahre Abwesenheit gutmachen. Soll ich dir irgendetwas mitbringen?«

»Ein schönes Bündel Heu«, sagte Ktistes ernst.

Das war ein alter Scherz zwischen ihnen. Lachend machte Irrith sich auf die Suche nach Brot.

LEICESTER FIELDS, WESTMINSTER
1. Oktober 1757

Der Morgen war weit genug fortgeschritten, dass die Sonne über die Dächer geklettert war und ihr helles Licht freigiebig über den offenen Platz von Leicester Fields ergoss. Als Galen aus seiner Sänfte stieg, zuckte er zusammen und bedeckte seine Augen mit einer Hand, während er Münzen für die Sänftenträger heraussuchte. Dann blieb er einen Augenblick stehen, als sie ihre Last aufnahmen und davontrotteten, weil er hoffte, dass er zu Kräften kommen würde.

Das stellte sich als unkluge Entscheidung heraus. Ein unangenehmer Gestank wehte von irgendwo her, und irgendeine Haushälterin schimpfte einen Botenjungen mit Worten, die eher einer Fischhändlerin in Billingsgate angemessen gewesen wären. Galen schluckte die Übelkeit hinunter und hastete die schmale Treppe vor dem Stadthaus seiner Familie hinab, dann durch die Tür in den Keller.

Drinnen machte jemand ein erschrockenes Geräusch, und es gab eine schattenhafte Bewegung, die einem Knicks ähnelte. Als er wieder klar sehen konnte, erkannte er Jenny, die die Arme voller Leinen hatte. Galen versuchte, sich im schmalen Korridor an ihr vorbeizudrängen, aber das Dienstmädchen knickste erneut und sagte: »Bitte um Verzeihung, Sir – Euer Vater hat uns allen befohlen, es Euch zu sagen. Er möchte Euch sehen.«

Und kannte die Gewohnheiten seines Sohns gut genug, um zu erraten, durch welche Tür Galen hereinkommen würde. »Danke, Jenny«, sagte er und verwarf seinen Plan, die Treppe für die Bediensteten hinaufzuschleichen.

Edward war in seinem Schlafzimmer und stellte gerade ein frisch poliertes Paar Schuhe beiseite. Als Galen eintrat, stand er auf, verbeugte sich und sagte: »Du siehst schrecklich aus.«

»Ich fühle mich schrecklich.« Galen fand seinen Weg zu einem Stuhl rein aus Erinnerung und ließ sich darauf fallen. »Und das war schon, *bevor* ich gehört habe, dass Vater mich sehen will.«

»Jemand anderer hat dir das beigebracht, ich verstehe.« Edward machte sich nicht die Mühe, seine Erleichterung zu verbergen. Der ältere St. Clair verabscheute die lockere Art des Leibdieners seines Sohnes, aber nicht ausreichend, um ihn zu entlassen. Es war Wunder genug, dass Edward schon seit über einem Jahr in ihrem Haushalt war, ohne weiterzuziehen, wie es für Bedienstete üblich war.

Zumindest wirkte es auf außenstehende Beobachter wie ein Wunder. Galen wusste, warum der Kerl ein Angestellter im Haushalt St. Clair geworden war und warum er blieb. Lune hatte ihn nach dem Tod seines vorherigen Herrn, des verstorbenen Prinzen, geschickt. Obwohl er selbst kein Fae war, war Edward Thorne der uneheliche Sohn von einem von Lunes Rittern und einer sterblichen Frau, und als solcher war er der perfekte Vermittler zwischen den beiden Welten.

Das bedeutete auch, dass Edward im Gegensatz zu Galens Vater nicht annahm, dass Galen seine Nacht damit verbracht hatte, in einem Bordell am Haymarket zu feiern. »Lange Nacht bei Hof?«, fragte er, nur ein wenig zu scharf, während er die Perücke vom Kopf seines Herrn zog.

Galen beugte sich auf dem Stuhl vor, damit Edward den passgenau geschnittenen Mantel von seinen Schultern gleiten lassen konnte. »Ich wünschte nur, das wäre es«, sagte er. »Nein, ausnahmsweise sind Vaters Annahmen beinahe richtig:

Ich habe meine Nacht mit Trinken verbracht und nicht geschlafen.«

Seine Augen waren geschlossen, aber er hörte das kurze Schweigen, als Edward innehielt, ehe er seinen Mantel beiseitelegte und ein frisches Hemd holte. »Du klingst nicht so, als hättest du Spaß gehabt.«

»Hatte ich nicht.« Die Kraft, die er aus Lunes Zuversicht gezogen hatte, war wie der Morgentau verschwunden, nachdem er sie verlassen hatte. Er hatte im Brandy Inspiration gesucht und keine gefunden.

Ein kühles Glas wurde ihm in die Hand gedrückt. Galen schnüffelte daran, die Augen immer noch geschlossen. Wasser, das eine Dosis von Dr. Tauntons Stärkenden Tropfen enthielt. Er trank die Mixtur aus, seufzte und wandte sich dem Waschbecken zu, das Edward gerade gefüllt hatte. Das hatte die wohltuende Wirkung, ihn zu wecken, obwohl das kühle Spritzen seine Kopfschmerzen verschlimmerte.

»Er hatte gestern Abend seine elektrische Behandlung«, warnte Edward, als er Galen in ein anderes Hemd half. »Aber sie scheint nicht gut gewirkt zu haben. Es war schon ein teuflischer Morgen.«

Darauf schien es außer einem Grunzen keine angemessene Antwort zu geben.

Aber eine Verzögerung hätte nichts gebracht, außer dass sein Kater noch weiter fortgeschritten wäre, und so stieg Galen kurze Zeit später mit frischer Kleidung und ebensolcher Perücke, um ihm den Anschein von Würde zu verleihen, die Treppe zum Studierzimmer seines Vaters hinauf, um sich dem Löwen in seinem von Büchern gesäumten Käfig zu stellen.

Charles St. Clair hatte allerdings nichts vom Erscheinungsbild eines Löwen, sondern war fett und hatte Gicht. Er trug einen nüchternen schwarzen Mozartzopf, einen ziegelroten Mantel und saß auf seinem bequemsten Sessel, als Galen eintrat. Einen schuhlosen Fuß hatte er vor sich hochgelegt – ein sicheres Zeichen, dass sein Bein schmerzte. Beim Geräusch an der Tür blickte er nicht von der Akte auf, die er auf seinem anderen Knie balancierte, sondern ließ Galen schweigend einige lange Minuten warten, ehe er die Akte schließlich zuklappte und seinen Sohn mit stechendem Blick fixierte.

»Wenn du verheiratet bist«, sagte St. Clair und spie jedes Wort aus, »dann kannst du deine Stunden verbringen, wie du willst, und deine Frau wird unter den Konsequenzen leiden – aber solange du noch unter meinem Dach wohnst, Junge, wirst du dich wie ein zivilisierter Mann verhalten. Ich werde nicht zulassen, dass du im Morgengrauen zum Dienstboteneingang hereinschleichst, nachdem du deine Nacht mit Gott weiß welchem Lotterleben verschwendet hast.«

Es gab nichts, was Galen darauf erwidern konnte. Er konnte seinem Vater wohl kaum erzählen, dass es ein Feenhof war, kein Bordell, der seine Stunden in Beschlag nahm, und keine andere Antwort hatte jemals viel geholfen. Galen hatte sie alle versucht. Also wartete er einfach mit gesenktem Kopf, bis sein Vater mit den Höflichkeitsfloskeln fertig war und auf den wirklichen Grund kam, aus dem er ihn gerufen hatte.

St. Clair schnaubte angeekelt. »Kannst nicht einmal für dich selbst sprechen, stehst einfach nur da wie ein rückgratloser Wurm. Mir tut die Frau leid, die mit dir geschlagen wird: Sie wird feststellen, dass sie eine Ehefrau hat, keinen Ehemann.«

Heirat. Nervosität ließ die Medizin und den verbliebenen Schnaps in Galens Magen toben. Er hätte sich denken müssen, dass dies das Ansinnen seines Vaters war. Sie redeten selten, außer über eine kleine Anzahl unangenehmer Themen. »Ich würde mich ungern irgendeiner Frau aufbürden wollen«, wagte er zu sagen, »bis ich sicher wäre, dass ich ihrer würdig bin.«

»Zu schade für sie, wer auch immer sie ist.« St. Clair schob sich ächzend auf die Beine, grunzte, als seine in Socken gekleideten Zehen den Boden berührten, und ging zu seinem Schreibtisch, wo er die Akte mit einem Knall fallen ließ. »Du wirst dir eine Frau suchen, Junge, und zwar bald.«

Galen zuckte zusammen. Das war noch direkter als üblich. »Sir – ich kann nicht einfach durch London ziehen, Frauen ihrer Mitgift nach abwägen und mein Angebot machen, wenn ich eine ausreichend schwere Börse finde.«

»Warum nicht? Der Name St. Clair ist gut, auch wenn unsere Finanzen etwas geschwächt sind. London strotzt vor reichen Männern, die begierig darauf sind, ihre Töchter in eine bessere Familie einheiraten zu lassen. Deine Jugend wird kaum einen Unterschied machen – einige würden sie vielleicht als Vorteil betrachten.« St. Clair schnaubte wieder. »Ich würde meinen, du kannst sogar eine Hübsche finden, wenn du sorgfältig genug suchst.«

Die Worte kamen heraus, ehe er sie aufhalten konnte: »Und Zuneigung?«

Sein Vater sagte gar nichts. Das Schweigen reichte. Es war tatsächlich weniger schlimm, als es hätte sein können. Beim letzten Mal, als Galen etwas Derartiges gefragt hatte, war er dafür geohrfeigt worden. Aber er war nicht dumm genug, das Schweigen für irgendeine Art Sentimentalität seines Vaters zu halten.

»Ich weiß«, flüsterte Galen und starrte auf seine Schuhe. »Zuneigung hat damit nichts zu tun. Entscheidend ist nur Geld.« Cynthia war beinahe zwanzig und brauchte eine Mitgift, um einen würdigen Ehemann anzuziehen, und nach ihr warteten Daphne und Irene mit demselben Bedürfnis. Die Bürde, die Finanzen der Familie zu kitten, fiel Galen zu, dem Ältesten und ihrem einzigen Bruder.

Bitterkeit schmerzte ihn. *Ja, es ist meine Verantwortung, sie zu kitten – wie es die von Vater war, sie zu zerstören.*

Er schaffte es, zumindest dies nicht über seine Lippen kommen zu lassen. Der Gedanke an Lune bewahrte ihn davor, es auszusprechen: Falls er seinen Vater schlimm genug erzürnte, würde er vielleicht in Leicester Fields eingesperrt, und dann wäre er den Fae überhaupt nicht von Nutzen. Aber dies war die Quelle seines Schmerzes: Wie konnte er sich an eine Frau binden – wie konnte er eine junge Frau an *ihn* binden –, wenn sein Herz bereits anderweitig vergeben war?

Wenige Männer hätten darin ein Problem gesehen. Männer nahmen sich andauernd Geliebte, manchmal unter demselben Dach wie ihre Ehefrauen. Ihr Name und ihre Zuneigung mussten nicht an dieselbe Empfängerin gehen. Aber Galen könnte die Unaufrichtigkeit nicht ertragen, besonders wenn seine Frau nie von der zweiten Welt, die er bewohnte, wissen dürfte. Und Lune ... sie hätte ihn dafür verabscheut.

Es war hoffnungslos, und Galen wusste es. Er konnte die Feenkönigin verehren, bis die Sonne kalt wurde, doch er würde sie nie haben, weder als Geliebte noch als Frau. Sein Verstand konnte sich einen solchen Ausgang nicht einmal vorstellen. In diesem Fall musste er jene Leere mit Gedanken an Cynthia und Daphne und Irene füllen. So sehr er seinen Vater auch hasste, er liebte seine Schwestern. Wenn ihre Zukunft von seinem Opfer abhing, dann musste er entschlossen handeln und das tun, was sein Vater befahl.

St. Clair wartete mit steigender Verachtung und Ungeduld auf seine Antwort. Galen biss die Zähne zusammen und machte sich bereit, die düstere Genugtuung des Märtyrertums anzunehmen.

Doch ein Einfall schoss ihm in den Kopf, als er seinen Mund aufmachte. Er war mit einem Ziel hergekommen, einem, das er unter dem Angriff seines Vaters beinahe vergessen hatte – und nun hatte er ein Mittel, um es zu erreichen. »Wenn ich das tun soll, Sir, für Euch und für meine Schwestern – dann muss ich im Gegenzug um einen Gefallen bitten.«

Röte kroch bis zum Rand von St. Clairs Perücke hoch. »Du bist nicht in der Position, Bedingungen zu stellen, Junge.«

Aber das war er. Galen konnte kaum gegen seinen Willen verheiratet werden. Und nun hatte er ein Verhandlungsargument, das er nicht vorausgesehen hatte, als er an diesem Morgen nach Hause gekommen war. »Ich bitte nicht um viel. Nur dies: Gebt mir ein Empfehlungsschreiben an Eure Bekannten in der Königlichen Gesellschaft.«

Nun wölbten sich die Augenbrauen nach oben. »Welche Geschäfte könntest du mit ihnen möglicherweise vorhaben?«

Seine Überraschung war verständlich. Galen machte das Lernen deutlich mehr Freude als dem durchschnittlichen jungen Gentleman, aber er hatte nie irgendein Interesse an der Verbindung seines Vaters mit der Königlichen Gesellschaft gezeigt. In Wahrheit genierte er sich für diese Verbindung. Galen wusste sehr gut, dass Charles St. Clair sich eine Mitgliedschaft erkauft hatte, weil er das Prestige und sie das Geld gewollt hatten. Dies war natürlich damals gewesen, als die St. Clairs noch Geld gehabt hatten. Aber sein Vater hatte nie viel aus dem Privileg gemacht, und genauso wenig hatte das Galen. Er sagte: »Ich kann mir meiner Geschäfte nicht sicher sein – nicht, bis ich mit Männern gesprochen habe, die mich besser beraten können. Aber eine Heirat, Sir, ist wohl kaum der einzige Weg, wie ich unserer Familie von Nutzen sein kann.«

»Du glaubst, du kannst mit irgendeiner Art spekulativem Unternehmen dein Vermögen machen?«

Warum nicht? Immerhin hast du genau so deines vernichtet. Galen schleuderte erneut den Gedanken an Lune zwischen diese Antwort und seinen Mund, hob die Hände mit einem sanften Lächeln und ließ seinen Vater die Schlüsse ziehen, die er wollte.

St. Clair brummte leise, dann sagte er: »Ich werde es in Erwägung ziehen. Sie sind ohnehin bis November vertagt. Inzwischen kannst du mir beweisen, dass du deine Verpflichtung in dieser Familie ernst nimmst. Fang an, eine Frau zu suchen.«

Es war ein unglücklicher Zeitpunkt, um auf die Suche zu gehen. Die Aristokratie und der Landadel waren über Sommer und Herbst auf ihre Landsitze aufgebrochen, und Londons gesellschaftlicher Kalender bot wenig Aussicht auf Erfolg. Die St. Clairs blieben nur, weil Aldgrange, ihr Besitz in Essex, im Unterhalt als Residenz zu teuer war. »Ich kann Euch ein Versprechen anbieten«, sagte Galen, als er eine Möglichkeit sah, sein Schicksal aufzuschieben. »Vor dem Ende der nächsten Ballsaison werde ich einer passenden jungen Dame einen Antrag machen. Reicht das?«

Sein Vater betrachtete ihn mit zynischem Blick. »Wenn du das nicht einhältst, wirst du die Konsequenzen erleiden.« Er entließ Galen, indem er ihm den Rücken zudrehte. Der junge Mann unterdrückte ein Seufzen und ging zur Tür.

Das gab ihm bis zum Frühsommer. Wenn bis dahin Londons Sicherheit erreicht wäre, würde er es wagen, dem alten Mann zu trotzen und sein Versprechen zu brechen? Aber da gab es

Cynthia zu bedenken und seine jüngeren Schwestern. Er konnte deren Mitgift nicht mit Feengold bezahlen.

Nein, es gab kein Entkommen für ihn. Damit hatte sein Vater recht: Er hatte eine Verpflichtung. *Komme, was wolle, ich muss eine Frau für mich finden.*

MITTEN IN LONDON
7. Oktober 1757

Der Lärm und Gestank der Stadt schlugen Irrith direkt ins Gesicht, als sie aus einer nicht existierenden Lücke zwischen zwei Gebäuden an der Cloak Lane glitt. Sie rümpfte die Nase, grinste aber trotz ihres Ekels. Das war der Geruch der Menschlichkeit, ganz echt, bis hin zu ihrem Kohlenrauch und Dreck.

Auf der Straße drängte sich überall um sie herum eine dichte Menschenmenge – von denen dank der Zauber, die den Onyxpalast schützten, keiner ihr plötzliches Erscheinen bemerkte. Ein riesiger Wagen stand knapp rechts von ihr still, dessen Fahrer auf der Kutschbank stand und über was auch immer seinen Weg versperrte fluchte. Die Dinge mochten sich verändern, aber Obszönitäten gehörten nicht dazu: Er beleidigte die Eltern, Sauberkeit und sexuellen Gewohnheiten des Schuldigen, wie es sein Vater und Großvater seit Ewigkeiten vor ihm getan hatten.

Dennoch wirkte irgendetwas falsch. Die Straße war voll, aber es schien nicht so, als sei es mitten am Tag. Der Irrwisch blickte nach oben und versuchte festzustellen, welche Uhrzeit es war. Obwohl der Onyxpalast nicht wie manche Feenreiche außerhalb der Zeit stand, ließ seine unveränderte Düsternis es so wirken, als täte er das.

Der Himmel über ihr lag in unnatürlicher Finsternis. Schwere, von Rauch befleckte Wolken hingen tief in der Luft, doch es war nicht nur ein bevorstehender Sturm. Das Licht hatte etwas Seltsames, ominös und unheimlich, wie nichts, was sie je zuvor erlebt hatte.

Es lief ihr kalt den Rücken hinunter. Um sie herum ging die Stadt ihren Geschäften nach – aber nun bemerkte sie, dass andere ihr Unwohlsein teilten. Sie warfen nervöse Blicke himmelwärts oder hefteten ihre Augen auf ihre Schuhe und versuchten, diese Veränderung der natürlichen Ordnung zu ignorieren.

Stirnrunzelnd begann sie, sich die Straßen entlangzuarbeiten, duckte sich unter einem niedrig hängenden Ladenschild hinweg und glitt in den Strom aus Passanten, wo sie dem stehenden Wagen auswichen. Trotz Gehsteigen auf jeder Seite der Straße und der zerlumpten Jungen mit ihren Besen an den Kreuzungen waren ihre Strümpfe und ihr Mantel mit Matsch befleckt, ehe sie zwanzig Schritte weit gekommen war. Sie hatte vergessen, an Holzschuhe zu denken, als sie den Zauber zusammengestellt hatte, der sie tarnte.

Vor ihr stand eine Menschenmenge da und redete, Zinnbecher in den Händen. Diese schienen sie in einem Laden gekauft zu haben, der sich in eine kleine Einbuchtung im Untergeschoss eines größeren Gebäudes drängte. Als sie näher kam, erhaschte Irrith einen überraschenden Duft nach Wacholder.

»Für einen Penny betrunken!«, rief der Mann hinter der Theke, als er sah, dass sie hinschaute. »Ein kleiner Preis, um Eure Sorgen zu verlieren.«

Irrith fand es generell einfacher, wie ein Mann auszusehen, wenn sie nach oben ging, aber sie hatte sich nicht die Mühe gemacht, sich zu einem Gentleman zu machen. Die meisten

Leute, die herumstanden, waren raue Kerle, die wahrscheinlich wenig mehr als einen Penny ausgeben konnten. Irrith fischte ein Blatt aus ihrer Tasche, verzauberte es, während sie hinging, und übergab dem Verkäufer das resultierende silberne Zwei-Penny-Stück. »Nur einen«, sagte sie hastig und rümpfte die Nase über den Wacholdergeruch. Er gab ihr einen Zinnbecher und ihr Wechselgeld, und als Irrith das Fass sah, wurde ihr endlich bewusst, wo sie war: in einem Ginausschank.

Sie hatte in Berkshire von dem Getränk gehört, es aber nie gekostet. Ein Nippen später beschloss sie, dass ein einziger Schluck reichte. Der Gin wirkte fest entschlossen, ihren Mund, ihre Kehle und ihre Nase zu verätzen. Hustend nickte sie zum Dank und trat zur Seite.

Der Kerl mit der schlaffen Haut neben ihr starrte gerade mit grimmiger Miene in den schwarzen Himmel. »Was verursacht das?«, fragte Irrith ihn.

Er hatte das leichenhafte Gesicht eines Töpfers, was allzu gut zu seiner Antwort passte. »Aber natürlich der Komet.«

Irrith ließ ihren Ginbecher fallen. »Der Komet?«

Ihr Informant winkte mit einer Hand zum Himmel. »Der, von dem dieser kluge Kerl gesagt hat, dass er zurückkommen würde. Halley. Er ist hier.«

»Und jetzt«, lallte ein anderer, »wird die Welt direkt verbrennen.«

Der getarnte Irrwisch hob seinen Becher vom Boden auf. Ein Großteil des Gins war verschüttet, und jetzt wünschte sie, sie hätte ihn wieder. »Aber ... ich dachte, er sollte erst in einem Jahr zurückkommen.« Ihr Herz schlug doppelt schnell. *Das kann nicht wahr sein.*

Eine Frau, die wie ein Dienstmädchen gekleidet war, nickte zustimmend. »Meine Herrin hat das *Gentleman's Magazine* gelesen und mir erklärt, dass ich keine Angst haben muss, weil das hier ein anderer Komet ist. Wie man das allerdings bestimmen kann, weiß nur Gott. Für mich sehen all diese Sterne gleich aus.«

»Und wie würdest du dann den Himmel erklären?«, wollte der Töpfer wissen.

Niemand konnte das. Aber Irrith erfuhr zu ihrer Überraschung, dass die Sterblichen in London Halleys Vorhersage ebenso wenig vergessen hatten wie die Fae. Sie schienen sogar eine Vorahnung über ihre Gefährdung zu hegen. »Merkt euch meine Worte«, sagte der Töpfer, »dieser Komet oder der nächste, einer davon wird direkt auf uns krachen, und dann wird es eine neue Sintflut geben.«

»Feuer, keine Flut«, beharrte das Dienstmädchen. »Wir werden durch den Schweif des Kometen fliegen und verbrennen, genau wie dieser Kerl gesagt hat.«

Irrith lauschte mit aufgerissenen Augen. Nicht alle teilten diese Furcht. Jemand begann einen Streit mit dem Dienstmädchen und zitierte irgendein anderes Magazin, um zu beweisen, dass sie nicht in Gefahr waren. Niemand erwähnte einen Drachen. Trotzdem fragte sie sich, ob der schwarze Himmel in Wahrheit ein Vorzeichen war. Selbst wenn das hier nicht derselbe Komet war – welcher er nicht zu sein schien, denn London stand nicht in Flammen –, wirkte er wie ein schreckliches Omen.

Als der Streit zu Ende ging, verließ sie die Ginschänke und wanderte weiter. Eigentlich hatte sie heute vorgehabt, sich zu vergnügen, Ladenbesitzer anzuschwindeln und neue Kuriositäten für ihr Kabinett zu sammeln, aber in diesem grimmigen Licht hatte sie dazu einfach nicht die richtige Laune. Irrith blieb mitten in Cheapside stehen, umgeben von feinen Läden, und machte ein Gesicht, das gleichzeitig Frust und Besorgnis zeigte.

Vor fünfzig Jahren war sie zurück nach Berkshire gegangen, weil es Dinge gab, die sie an London hasste. Hauptsächlich die Feenhöflinge: Giftschlangen, allesamt, die eine Sache sagten und eine andere meinten und einen dann bissen, wenn man ihnen den Rücken zudrehte. Je länger sie blieb, desto größer war das Risiko, dass sie in deren politischen Ränkespielen gefangen wurde.

Aber sie liebte die Stadt auch. Sie liebte sie wegen ihrer eleganten Stein- und Ziegelgebäude, die standen, wo einst Lehm und Holz gewesen waren. Wegen der Ginschänken, wo die arme und arbeitende Bevölkerung herumstand und Gift trank und darüber redete, was ihre Herrinnen heute in der Zeitung gelesen hatten. Wegen der kleinen Kästen, in denen die Leute reisten, die an langen Stangen getragen wurden, und wegen der verwirrenden Auswahl an ihren Perückenstilen, und wegen der chinesischen Tapeten, die im Laden vor ihr verkauft wurden.

Einige Tage hier würden nicht reichen, um jenen Durst zu stillen. Nicht nach fünfzig Jahren Abwesenheit und nicht, wenn all das hier vielleicht in anderthalb Jahren sein Ende finden würde.

Sie konnte immer noch beim ersten Hauch von Politik nach Berkshire fliehen.

Irrith sprang zur Seite, um einer Kutsche auszuweichen, die sich ihren Weg durch die Menge erzwang, und fand sich an einer Mauer wieder, die mit Werbung tapeziert war. Eine davon fiel ihr ins Auge, weil ein Wort darin nicht auf ein Blatt Papier gehörte, das an die Wand eines Ladens in Cheapside geklebt war.

DR. RUFUS ANDREWS
präsentiert
seine WUNDERSAME MENAGERIE
mit vielen seltsamen und seltenen
Halbblütern und Homunculi
einschließlich des
WILDEN VON ORONUTO,
zweier
ROTER INDIANERMÄDCHEN,
die an der Hüfte zusammengewachsen sind,
und, höchst wundersam und seltsam,
des halb menschlichen, halb ziegenartigen
OLYMPISCHEN SATYRS.

Sie starrte dieses letzte Wort an, dann rieb sie sich die Augen. Es tat ihr nicht den Gefallen zu verschwinden.

Da stand mehr, im Kleingedruckten, das sich am unteren Ende des Blatts drängte. Wie es schien, konnte man diese Wunder in irgendeinem Gebäude am Red Lion Square gegen Eintrittsgeld ansehen. Damen wurden freundlich darauf aufmerksam gemacht, dass der Satyr für ihre delikate Konstitution vielleicht schockierend sein konnte.

Irrith war bereit, mehr als schockiert zu sein, falls dieser Dr. Andrews einen echten Fae in seiner Menagerie hatte. Konnte er das? Die griechischen Fae waren nicht so wie die englischen. Eisen störte sie nicht. Vielleicht konnte ein Satyr in sterblicher Gefangenschaft überleben, ohne zu vergehen.

Ihre Finger packten den Rand des Blatts. Die Hälfte blieb kleben, als sie es abriss, doch der Satyr gelangte ebenso in ihre Hand wie die Adresse.

Irrith hatte keine Ahnung, wo der Red Lion Square war, und sie wäre nicht allein dorthin gegangen, selbst wenn sie es gewusst hätte. Sollte es wahr sein, dass dieser Mann einen Satyr gefangen hielt, würde sie Hilfe brauchen, um ihn zu befreien.

DER ONYXPALAST, LONDON
7. Oktober 1757

Der reine Klang von Silber hallte am polierten Gestein der Mauern wider, als Irrith sich der Reihe an Kammern näherte, die kollektiv als Tempel der Waffen bekannt waren. Im Herzen von London verborgen, wo Außenstehende sie nicht leicht angreifen konnten, erlebten die Fae vom Onyxhof selten eine Schlacht. Trotzdem übten sich jene unter ihnen darin, die der Kampfkunst zugeneigt waren, weil sie ebenso wenig fähig waren, ihre Fähigkeit zu vernachlässigen, wie der Regen aufhören konnte, nach unten zu fallen.

Sie hatten sämtliche Kriegsausstattung, abgesehen von Belagerungsausrüstung, zu ihrer Verfügung: Äxte, Streitkolben, sowohl große als auch kleine Schwerter, Rüstungen aus mehreren Jahrhunderten. Eine lange Galerie war zu einem Bogenschießstand umgebaut worden, eine andere war dem Pistolentraining gewidmet. Aber der Raum, den Irrith suchte, war der zentrale, eine große, achteckige Kammer, deren glatter Boden mit einer festgetrampelten Mischung aus Staub und Stroh bedeckt war, weil sich die Herren des Übungsplatzes weigerten, diese von irgendjemandem wegputzen zu lassen. Hier fand sie eine große Gruppe, die wohl das gesamte Schlachtkontingent des Onyxpalasts sein mochte und die zwei von ihnen bei der Arbeit beobachtete.

Zum zweiten Mal an diesem Tag pochte Irriths Herz ihr bis zum Hals. Sie kämpften gerade gegen den Drachen.

Ihr Verstand holte sie einen Moment später ein. Als sie blinzelte, erkannte sie die schreckliche Bestie als nichts weiter als einen Zauber, der still im Zentrum des Raums brüllte. Aber es gab bei Hof viele, die sich an ihren Feind erinnerten. Die Illusion war unangenehm lebensecht. Die schlangenartige Kreatur würde, wenn sie sich aufrichtete, beinahe an die hohe Decke der Kammer reichen, und ihr Fleisch war schwarz verkohlt über geschmolzenen Flammen. Es gab Salamander im Onyxpalast, eidechsenartige Geister aus elementarem Feuer, aber sie waren im Vergleich zum Drachen wie ein Bach zum gewaltigen Meer.

Die beiden, die sich der Bestie stellten, ein kräftiger Gnom und ein Elfenritter, mühten sich mit einer seltsamen Waffe ab. Sie war beinahe unsichtbar, außer wo das Licht sich glühend an der ein oder anderen leuchtenden Facette spiegelte. Irrith war sich ihrer vollen Länge nicht bewusst, bis der Ritter fluchte, den Halt am Griff verlor und den gewaltigen Speer in den Staub fallen ließ. Er steckte seine Hände unter die Arme, zitterte und ignorierte den Spott des Gnoms, und Irrith wurde bewusst, was dies für eine Waffe sein musste.

»Elementares Eis«, sagte Segraine und erschreckte sie damit. Irrith hatte die Dame nicht kommen hören. »Aus Jotunheim. Das behaupten zumindest die Schweden, die es uns geschickt haben. Ob das wahr ist oder nicht, es ergibt eine schreckliche Waffe – schrecklich für *uns*, nicht unseren Feind.«

Jetzt verstand Irrith die Versammlung. »Ihr macht euch bereit, gegen ihn zu kämpfen.«

Ihre Freundin zuckte mit den Schultern. »Was können wir sonst tun?«

Irgendetwas Neues, dachte Irrith. Sie hätte das jedoch nie gesagt. Unter dem Kommando von Sir Peregrin Thorne, Hauptmann der Onyxwache, hatten sich Segraine und ihre Kameraden bereits einmal dem Drachen gestellt und ihn in den Flammen des Großen Feuers bekämpft. Ihr Wille, dies ein zweites Mal zu tun, zeigte nur, wie tapfer sie waren – oder wie närrisch. Irrith selbst hatte, obwohl sie gelegentlich tapfer war, nicht vor, ein zweites Mal auch nur in die Nähe jener Kreatur zu kommen. Bei aller Liebe zur Stadt, sollte der festgelegte Tag kommen und sie hätten keinen besseren Plan, als sich dem Drachen in der Schlacht zu stellen, würde sie zurück nach Berkshire gehen. London konnte ebenso gut ohne sie wie mit ihr verbrennen.

Segraine wirkte nicht viel enthusiastischer. Die Ritterin bot einen beeindruckenden Anblick, selbst in einem einfachen Seidenhemd und einer alten Hose. Die Strenge ihres fest zusammengebundenen Haars lenkte Aufmerksamkeit auf ihr markantes Profil und ihre breiten Schultern. Sie war Leutnant der Onyxwache gewesen, ehe sie ihren Platz an Sir Cerenel abgetreten hatte. Irrith fragte sich, ob das daran gelegen hatte, dass ihre Freundin genau wie sie selber nach vorne geblickt und die drohende Niederlage gesehen hatte.

Dann bemerkte Segraine ihren prüfenden Blick, und der bloße Augenkontakt brachte Irrith dazu, sich über jenen Gedanken zu schämen. »Wohlgemerkt«, fügte die Ritterin an, »all das setzt voraus, dass es überhaupt einen Drachen zu bekämpfen *gibt*.«

Irrith blinzelte verwirrt. »Was? Glaubst du, dass die Königin lügt oder dass Feidelm die Vision erfunden hat?«

Ihre Freundin verzog die Lippen zu etwas, das nicht ganz ein Lachen war. »Wenn wir Glück hätten. Nein, wir haben einen

Feind. Die Frage ist, ob er einen Körper haben wird, den wir angreifen können. Denk daran: Was sie gefangen haben, war sein Geist. Und der ist kaum etwas, das man erstechen kann.«

Der Speer lag auf dem Boden und dampfte in der kalten Luft ein wenig. Die Trainingsgruppe löste sich auf und das Publikum mit ihr. Eine Handvoll Leute ging mit Sir Peregrin zur gegenüberliegenden Tür hinaus, der Gnom und ein anderer hoben die Waffe auf, und der Rest schlenderte murmelnd davon. »Das reicht für heute«, sagte Segraine, »aber ich bezweifle ohnehin, dass du hergekommen bist, um zu beobachten, wie wir mit einem Stück Eis herumfuchteln.«

Das brachte Irrith dazu, sich an ihr Ansinnen zu erinnern. »Ich habe in Cheapside ein Plakat gesehen«, sagte sie und zog das zerrissene Blatt aus ihrer Tasche. »Glaubst du, dass dieser Mann einen echten Satyr hat?«

Segraine nahm den Fetzen und betrachtete ihn. Einige der Fae, die noch nicht hinausgegangen waren, traten näher und lasen über die Schultern der Ritterin mit. »Ich weiß nicht«, murmelte sie und starte das Kleingedruckte am unteren Ende an. »Allerdings ist das schon vorgekommen.«

Hempry, ein kleiner Kobold mit kräftigen Gliedern, las nicht über Segraines Schulter, sondern unter ihrem Ellbogen durch. Er sagte in seinem breiten Yorkshiredialekt: »Dieser Zentaurenkerl vor sechs Jahren.«

»Ktistes?«, fragte Irrith alarmiert.

»Nein, ein Freund von ihm.« Das kam von einem zweiten Kerl aus dem Norden, einem Duergar, den Irrith nicht kannte. »Irgendein Idiot, der vom Kontinent herübergekommen war. Hat sich vielleicht am Hafen erwischen lassen oder direkt am Schiff, von dem er kam – haben die Geschichte nie aus ihm rausgekriegt.«

»Was ist mit ihm passiert?«

»Nichts Schlimmes«, sagte Segraine und reichte Irrith das Blatt zurück. »Wir haben ihn gerettet, ehe der Mann, der vorhatte, ihn auszustellen, seine Werbeversprechen einlösen konnte. Adenant, wird Il Veloce vermisst? Oder irgendwelche anderen Faune oder Satyre?«

Die Fragen waren an einen der Ritter gerichtet, der in Richtung Ausgang geschlendert war, aber jetzt durch die Kammer zurückkam. Er hielt inne, betrachtete sie verwirrt und sagte: »Nicht soweit ich weiß.«

»Könnte ein weiterer Besucher sein«, schlug der Duergar vor.

Segraines Kichern war trocken. »Oder einfach ein Mann in Ziegenfellhosen. Das ist auch schon vorgekommen.«

»Gibt es Ärger?«, fragte Adenant.

Irrith verlagerte ihr Gewicht, als die Aufmerksamkeit aller auf sie fiel. »Woher soll ich das wissen? Ich habe das hier entdeckt, das einen Satyr wie eine Sensation am Bartholomäusmarkt bewirbt, und dachte, dass ihr es zumindest sehen solltet.« Es wirkte wie eine sehr kleine Sache, nachdem sie ihre Anstrengungen gegen die Drachenillusion beobachtet hatte – obwohl der mögliche Satyr, falls er existierte, da wohl anderer Meinung wäre.

Adenant und Segraine tauschten einen Blick, und sie sagte: »Wir sollten es uns zumindest ansehen.«

»Ich komme mit euch«, sagte Irrith, kaum früher als Hempry und der Duergar.

»Das braucht kein ganzes Regiment«, sagte Adenant trocken. »Fragt Peregrin, aber ich nehme an, er wird sagen, dass zwei reichen.«

Hempry brummte aufsässig und gab erst nach, als Segraine versprach, ihn bei jeglichem Rettungsversuch einzuplanen.

Sobald sich die anderen zerstreut hatten, sagte die Ritterin zu Irrith: »Arrangiere eine Vorführung. Ich werde es dem Hauptmann und der Königin erzählen.«

»Und dem Prinzen?«, fragte Irrith. »Immerhin ist das hier eine sterbliche Angelegenheit.«

Segraines Zögern war kaum sichtbar, aber es war da. »Und dem Prinzen«, stimmte sie zu.

Warum die Pause? Alles, was mit den Sterblichen von London zu tun hatte, fiel unter die Autorität des Prinzen. Lune hätte dies wahrscheinlich zu Peregrin und Segraine gesagt. Genauso hatte man es bei den Prinzen gehandhabt, die Irrith gekannt hatte. Aber dieser hier war neu, wie ihr wieder einfiel. Vielleicht vertraute Segraine ihm noch nicht völlig.

Sie wollte nicht wirklich fragen. Das war Politik und damit etwas, von dem sie sich weit fernhalten wollte. Stattdessen schwenkte sie das Plakat in ihrer Hand und zeigte Segraine ihr unverschämtestes Grinsen. »Dann nur noch eine Frage.«

»Und die wäre?«

Irriths Grinsen wurde breiter. »Wer von uns muss die Dame sein?«

CRANE COURT, LONDON
10. November 1757

Empfehlungsschreiben waren leider nicht ausreichend, um einen Mann in die heiligen Hallen der Königlichen Gesellschaft zu bringen. Um in jene erhabene Körperschaft zu gelangen, musste Galen sich von seinem Vater persönlich mitnehmen lassen.

Er hatte extrem widerwillig angefangen, an den wenigen gesellschaftlichen Ereignissen teilzunehmen, die sich in dieser

Jahreszeit anboten, wenn die meisten Leute, die es sich leisten konnten – und die deshalb angemessene Ziele darstellten – sich aus London zurückgezogen hatten. Es machte ihm keinen Spaß, und Charles St. Clair murrte über die fehlenden Resultate. Folglich war keiner von ihnen zufrieden.

Aber es erreichte, was Galen brauchte: Gemeinsam fuhren sein Vater und er zum Crane Court, einer schmalen Gasse, die von der Fleet Street wegführte, zum Heim der Königlichen Gesellschaft von London zur Verbesserung des Natürlichen Wissens.

Was auch immer Galen von diesem Ort erwartet hatte, er sah es nicht. Die Fassade vor ihm hätte zu jedem von Tausenden Stadthäusern in London gehören können. Das Gebäude hatte eine schmale Front, drei Fenster breit, und eine kurze Treppe, die zur Tür hinaufführte, alles im einfachen palladianischen Stil. Aber die Gesellschaft, die sich innerhalb dieser Mauern traf, zählte zu ihren vergangenen Mitgliedern einige der hellsten Köpfe in ganz Großbritannien: Robert Boyle, Robert Hooke, Sir Christopher Wren, das führende Genie, das London nach dem Großen Feuer wiederaufgebaut hatte. Edmond Halley, dessen Berechnungen die Rückkehr des Geists jenes Feuers nach Hause angekündigt hatten. Sir Isaac Newton selbst.

Charles St. Clair sagte gar nichts zu seinem Sohn, weder während der Hinfahrt noch als sie ankamen. Er ging einfach die Treppe hinauf und klopfte mit dem Knauf seines Gehstocks an die Tür. Ein uniformierter Bediensteter hieß sie willkommen und führte sie zum *Piano Nobile* hinauf, wo ein geräumiger Saal, der den Garten überblickte, die Bühne für das abendliche Treffen bilden würde. Er enthielt eine Sammlung an Stühlen mit Cabriole-Beinen, eine Menge Kerzen mit Spiegeln, die ihr Licht reflektierten, und eine kleine Anzahl Gentlemen, alle respektabel mit grau gepuderten Perücken und Halstüchern gekleidet.

Mit einer Schroffheit, die an Unhöflichkeit grenzte, stellte sein Vater ihn im Saal vor. Galen verbeugte sich, plauderte und war irgendwie erleichtert, als er durch den Beginn der Versammlung gerettet wurde. Vielleicht würde das hier weniger peinlich, nachdem sie beendet wäre und er mehr hätte, über das er sich unterhalten konnte.

Leider wurden die Zeichen intellektueller Brillanz von der Versammlung ebenso wenig demonstriert wie vom Gebäude. Galen konnte ihr die Routineangelegenheiten verzeihen, mit denen sie anfing: Jede Gesellschaft, die länger als eine kurze Zeit überleben wollte, musste sich auf ordentliche Weise organisieren. Er stellte jedoch bald danach fest, dass er gegen den Drang zu gähnen ankämpfte, als jemand einen unendlichen Auszug aus einem vermutlich noch unendlicheren Vortrag über die Lymphgefäße von Tieren vorlas. Galen verlor nach einigen Minuten den Faden und wurde erst wieder aufmerksam, als die Gruppe dem Doktor, der die Vorlesung gehalten hatte, dankte.

Er gab sich mehr Mühe, bei dem Brief, der folgte, aufmerksam zu bleiben, und wurde mit einem Namen belohnt, den er erkannte: Dr. Halley. Für einen Augenblick dachte er, dass vielleicht jemand den Kometen erwähnen würde. Aber nein. Das Thema war Magnetismus und Halleys Arbeit an Tabellen über diesen. Was sicherlich für Navigatoren auf See sehr nützlich war – nur nicht für Galen.

Sei geduldig, sagte er zu sich selbst und senkte die Hand, die mit den Manschetten am gegenüberliegenden Ärmel spielen wollte. *Das ist deine erste Versammlung.* Die Unruhe, die ihn bei Mrs. Vesey geplagt hatte, war zurückgekehrt. Sein Herz schlug immer schneller, sein Atem wurde flacher, als er an sein

Ansinnen dachte. Was kümmerte es ihn, ob irgendeinem Arbeiter außergewöhnliche Tumore am Kopf gewachsen waren? Zweifellos war es für den Arbeiter selbst höchst unangenehm, und Galen mühte sich, Mitleid zu empfinden, aber es fiel ihm schwer.

Zu dem Zeitpunkt, als eines der Mitglieder einen Stein vorzeigte, den die New River Company ausgegraben hatte, worin Galen überhaupt nichts von Interesse oder Wert sehen konnte, war er vor Ungeduld beinahe außer sich. Zum Glück – aber auch frustrierenderweise – schien dies das Ende der Tagesordnung für diesen Abend zu sein. Nach einem Dank an den Mann, der den Stein präsentiert hatte, löste sich die Versammlung der Gesellschaft auf, und Galen hatte Angst, dass sein Geistesblitz tatsächlich Zeitverschwendung gewesen war.

Aber die Gesellschaft bestand aus mehr als nur ihren Vorträgen. Was sie vor allem auszeichnete, waren ihre Mitglieder, deren Interessen sich auf jedes Feld der philosophischen Wahrheitsfindung erstreckten. Wenn es irgendwo Hilfe geben mochte, dann bei ihnen – und das bedeutete, dass Galen noch nicht aufbrechen durfte. Er verbeugte sich vor seinem Vater und sagte: »Ich danke Euch, Sir, dass Ihr mich heute Abend hergebracht habt. Ich würde gerne noch eine Weile bleiben. Es gibt hier Gentlemen, mit denen ich gerne sprechen würde.«

St. Clair brummte: »Miete eine Sänfte, keine Kutsche.« Und mit diesem mürrischen Ratschlag verabschiedete er sich.

Galen holte tief Luft, straffte die Schultern und überblickte den Raum. Seine größte Erfolgsaussicht bot ein Mann, den er vor der Versammlung begrüßt hatte, der beste Bekannte seines Vaters hier. Galen ging zu ihm, ehe er zu nervös werden konnte. »Dr. Andrews, wenn ich Euch für einen Moment stören dürfte?«

Der Doktor war ein älterer Gentleman, beinahe das Gegenstück zu Galens Vater: bleich statt rot, dünn statt kräftig, was einer langen Krankheit geschuldet war. »Ja, Mr. St. Clair?«

»Dieser Bezug auf Dr. Halleys Arbeit hat mich zum Nachdenken gebracht – habe ich nicht vor einer Weile etwas über irgendeine vorhergesagte Rückkehr eines Kometen im *Gentleman's Magazine* gelesen?«

Andrews deutete zur Vorderseite des Raums. »Dort, Mr. St. Clair, ist der Mann, den Ihr fragen müsst: Lord Macclesfield ist ein zwanzigmal besserer Astronom als ich.«

Galen fühlte sich, als hätte er jenen angeblich interessanten Stein verschluckt. Obwohl die St. Clairs zwar eine gute Familie waren, waren sie nicht einmal in der Nähe des Rangs des Präsidenten der Gesellschaft, des Grafen von Macclesfield. Als er seinen Plan gefasst hatte, mit den Männern hier zu sprechen, hatte er nicht *so* hoch gezielt.

»Kommt«, sagte Andrews. »Ich stelle Euch vor.« Als er sich bewegte, hatte Galen keine andere Wahl, als ihm zu folgen.

Der Graf war in ein Gespräch mit einem anderen Mann vertieft, drehte sich aber um, als Andrews näher kam. »Mein Lord, darf ich Euch Mr. Galen St. Clair vorstellen?«

Galen verbeugte sich tief, als Andrews ihn dem Grafen und Lord Charles Cavendish, dem Vizepräsidenten der Gesellschaft, vorstellte. Dann sagte der Doktor: »Mr. St. Clair hat Fragen über diese Kometenangelegenheit.«

Eine Mischung aus Mitleid und Ärger blitzte im Gesicht des Grafen auf. »Ich könnte diesen Benjamin Martin in die Tiefen der Hölle verdammen – ja, und John Wesley auch –, weil er die Köpfe der Menschen mit solchen Befürchtungen füllt. Nein, mein Junge, die Erde wird am zwölften Mai *nicht* durch den Kometenschweif fliegen. Und selbst wenn sie es täte, gäbe es keinen

Grund zur Annahme, dass dies zum Ende der Welt führen würde. Während Halley vorgeschlagen haben mag, dass ein Komet der Grund für die Sintflut war, folgt daraus nicht unbedingt, dass *sein* Komet ähnliche Konsequenzen hervorrufen wird.«

Galen verfluchte seine helle Haut, die seine geringste Beschämung der ganzen Welt verkündete. »Mein Lord ... das war nicht der Grund für meine Frage.«

»Oh.« Macclesfields Gesichtsausdruck hätte Teil einer Komödie sein können. »Verzeihung, Mr. St. Clair. Was wolltet Ihr wissen?«

Woraufhin Galen bewusst wurde, dass er nicht annähernd eine kohärente Frage parat hatte. »Ich ... das heißt ... den Stand der Dinge, was den Kometen betrifft, mein Lord. Die Erwartung seiner Rückkehr, die Vorbereitungen für seine Sichtung, alles über die Natur von Kometenkörpern, was zu Halleys Zeit nicht bekannt war ...« *Alles, was wir vielleicht nutzen könnten, um den Drachen auf seiner Kutsche zu halten, sodass er nicht herunterkommen kann, um uns erneut zu quälen.* Segraine hatte dies versucht, aber vor fünfzig Jahren. Sicherlich hatten die Astronomen seither Neues erfahren.

Der Graf seufzte. »Um die Wahrheit zu sagen, Mr. St. Clair, befürchte ich, dass uns die Franzosen die Schau stehlen werden, was den Kometen betrifft. Ich habe mit Bradley vom Königlichen Observatorium gesprochen, doch derzeit wird seine Aufmerksamkeit sehr von anderen Themen in Beschlag genommen. Das entscheidende Problem ist natürlich der Zeitpunkt des Perihels des Kometen ...«

»Seine engste Annäherung an die Sonne«, steuerte Cavendish bei.

Galen überspielte seine Irritation mit einem Lächeln. »Mit dem Ausdruck bin ich vertraut.«

»Gut!«, rief Macclesfield. »Auch mit Newtons *Principia*?«

»Im Prinzip, mein Lord«, sagte Galen und sorgte mit seinem Wortspiel für vereinzeltes Gelächter, »aber nicht in der Anwendung. Ich bin kein großer Mathematiker.«

»Aber Ihr kennt die Gedanken. Das Problem hat mit der Schwerkraft zu tun: Der Flug des Kometen wird von seiner Annäherung an Jupiter und Saturn gebremst werden. Und die Gleichungen, um dies zu berechnen, Sir, sind teuflisch kompliziert.«

Kompliziert, jedoch nicht unmöglich. Die Fae hatten dies bereits getan, aus reiner Notwendigkeit. Tatsächlich war dies das größte Werk von Galens Vorgänger gewesen. Das Perihel würde sich im März 1759 ereignen. Die Gefahr für sie würde allerdings vielleicht früher eintreffen.

»Wird Mr. Bradley wohl nach dem Kometen suchen, wenn er kommt?«, fragte Galen. Nach der Überzeugung von Wrain, einem der Feengelehrten im Onyxpalast, wäre die Beobachtung ihr Untergang: Genau wie die Bestie über ein Teleskop verbannt worden war, würde sie so auch zurückkehren. Es hatte Spezialausrüstung gebraucht, um die Kreatur gegen ihren Willen zu bannen, doch gewöhnliche Linsen und Spiegel würden vielleicht reichen, um sie wieder herabzuziehen. Und der Königliche Astronom mit seinen überlegenen Instrumenten hatte die größte Chance, den Kometen früh zu sichten, zumindest in England.

»Zweifellos wird er das«, sagte Macclesfield sorglos, »doch wie ich sagte, hat er im Moment andere Dinge im Sinn.«

Dann fragte Cavendish nach Bradleys Gesundheitszustand, der nicht gut war, und das Gespräch verlagerte sich von dort weiter. Enttäuscht, aber pflichtbewusst nahm Galen sich einen Augenblick, um Dr. Andrews beiseite zu ziehen. »Ich danke Euch, Sir, für diese Vorstellung.«

»Keine Ursache«, sagte Andrews. »Es freut mich zu sehen, dass Ihr Interesse an solchen Themen habt, Mr. St. Clair. Habt Ihr vor, unsere Versammlungen weiterhin zu besuchen?«

Galen konnte sich gerade so davon abhalten, das Gesicht zu verziehen. »Sooft ich darf, Dr. Andrews. Abhängig vom guten Willen meines Vaters.«

Er musste nicht mehr sagen. Andrews und sein Vater waren Bekannte, keine engen Freunde. Der Mann hatte Charles St. Clair gegen Gicht behandelt, ehe ihn seine eigene Krankheit gezwungen hatte, sich aus der aktiven Praxis zurückzuziehen. Ihr Grad an Vertrautheit war ausreichend, dass Andrews es verstand, und nicht so stark, dass er beleidigt gewesen wäre. »Ich verstehe. Wenn Ihr wollt, Mr. St. Clair, könnte ich an seiner Statt als Euer Pate dienen. Ich bin jede Woche hier und wäre Euch überaus gerne behilflich, dasselbe zu tun.«

Dankbarkeit wärmte Galen bis zu seinen Fußsohlen. »Ich wäre Euch höchst verpflichtet, Sir.«

»Dann ist das leicht zu machen«, sagte Andrews. »Ich werde ihm morgen schreiben.«

RED LION SQUARE, HOLBORN
11. *November* 1757

Die Hackney-Kutsche umkreiste die grüne Wiese im Zentrum des Red Lion Square und kam vor Nummer 17 ratternd zum Stehen. Der Kutscher sprang herab, um die Tür zu öffnen, und ein großer Gentleman in einem nüchternen roten Mantel stieg mit einer eleganten Bewegung aus. Dann drehte er sich um und streckte eine Hand aus, um seiner Begleiterin zu helfen, ihre Röcke durch die schmale Öffnung zu manövrieren.

Sie brauchte die Hilfe. Die falschen Hüften, die ihr Kleid an jeder Seite verbreiterten, waren wie Flügel zusammengefaltet worden, um in die Kutsche zu passen, und erschwerten es ihr nun, die Hand des Gentlemans zu erreichen. Als sie ihren Mantel zurückschlug, um einen sicheren Halt auf dem Tritt zu bekommen, verfing sich der gesteppte Halbleinenkörper ihres Kleids am Türrahmen. Der Kutscher rettete es, ehe es zerreißen konnte, und mit einem Stolpern und einem wenig damenhaften Fluch war sie frei.

Während ihr Begleiter ihre Fahrt bezahlte, brachte die junge Frau ihre Röcke und ihren Mantel wieder in ungefähre Ordnung. Und dann waren sie allein, und Irrith hatte für einen Moment die Freiheit, sie selbst zu sein statt des schüchternen sterblichen Mädchens, das sie spielte – und das auch noch schlecht. »Wie im Namen von Esche und Dorn kommt irgendjemand mit diesen Dingern zurecht?«

Segraine zuckte mit den Schultern und wirkte von Kopf bis Fuß wie ein Gentleman. »Übung, schätze ich.«

»Klar. Genau wie es ›Glück‹ war, dass du unsere Wette gewonnen hast. Zu beidem gehört Magie, da bin ich mir sicher.«

Das Grinsen der Ritterin war flüchtig. Irrith war überzeugt, dass ihre Freundin beim Würfeln geschwindelt hatte, aber sie war trotz größter Mühe daran gescheitert, sie auf frischer Tat zu ertappen. Im Ergebnis war sie diejenige, die sich mit ellenlangen Stoffen und einem Unterkleid herumschlagen musste, dessen Architektur jede Kathedrale stolz gemacht hätte. Währenddessen durfte Segraine die Rolle ihres großzügigen älteren Bruders spielen, der sie mitgebracht hatte, um die Wundersame Menagerie zu sehen.

Die sich offenbar hinter der unschuldigen Fassade von Nummer 17 am Red Lion Square befand. Das Haus sah aus wie alle anderen in der Zeile: drei Stockwerke aus roten Ziegeln, mit einem Dachboden für die Diener darüber und Kellern darunter und für Irriths Auge nicht von tausend anderen zu unterscheiden, an denen sie auf ihrem Weg aus der Stadt vorbeigeholpert waren. Reiter ritten über den Platz, zweifellos unterwegs in wichtigen Geschäften, drängten sich an einer Handvoll Kutschen und Sänften vorbei und zerstreuten dabei Fußgänger.

Diesen Besuch zu arrangieren, hatte viel länger gedauert, als es sollte. Der Besitzer der Wundersamen Menagerie war den ganzen letzten Monat krank gewesen – das behauptete zumindest sein Diener – und hatte sich erst jetzt genug erholt, um Geschäfte zu machen. Lune hatte ihnen verboten, ohne Beweise für einen echten Satyr einzubrechen, und so waren sie zum Warten gezwungen gewesen. Aber jetzt, wo die Zeit gekommen war, war Irrith widerwillig. Sie beäugte die blau bemalte Tür, als sei sie das Maul einer Bestie, die darauf wartete, sie zu verschlucken. »Sollen wir hineingehen?«, fragte Segraine.

Irrith holte tief Luft. »Was auch immer wir dort drinnen finden werden – es ist nicht so, als könne er wissen, was *wir* sind. Also sind wir ganz sicher.«

»Richtig«, stimmte ihre Freundin zu.

Sie blieben noch einen Moment auf dem festgetrampelten Schmutz der Straße stehen. Dann sagte Segraine in einem forschen Tonfall: »Also komm, Pru. Du warst diejenige, die den Wilden aus Oronuto sehen wollte«, und marschierte zum Haus hinüber.

Irrith folgte ihr mit so viel Eleganz, wie sie aufbringen konnte. Segraine klopfte energisch an der Tür, dann wartete sie mit hinter dem Rücken gefalteten Händen. Als ein Bediensteter die Tür öffnete, verkündete sie: »Mr. Theodore Dinley und Miss Prudence Dinley. Wir haben einen Termin bei Dr. Andrews.«

»Ja, Sir, Ihr werdet erwartet.« Der Hausdiener verbeugte sich, bat sie hinein, nahm ihre Mäntel und führte sie nach oben in den Salon. Irrith hatte wenig, mit dem sie diesen vergleichen konnte, aber der Ort wirkte seltsam. Er war spärlich möbliert, und eine Hälfte des Raums war abgesehen vom Teppich auf dem Boden gänzlich leer. Hier, nahm sie an, präsentierte Dr. Andrews seine Ausstellung.

Andrews selbst kam einen Augenblick später herein. Als sie ihn sah, musste Irrith die Berichte über seine Krankheit glauben. Er war bleich, mit einer unnatürlichen Röte um die Augen. Alt genug, um seine graue Perücke eigentlich nicht zu brauchen, und dünn wie ein Birkenstamm, hätte er auf der Stelle tot umfallen können, und sie wäre nicht überrascht gewesen. Aber er begrüßte sie mit angenehmer Gelassenheit, schüttelte Segraine die Hand und beugte sich über die von Irrith. »Ich bin höchst erfreut, Euch in meiner Ausstellung willkommen zu heißen. Ihr versteht natürlich – dies ist kein simples Spektakel für das gemeine Volk. Ich bin ein Gelehrter, und mein Ziel ist es, die vielen wundersamen Wesen, die die Welt enthält, mit jenen von interessierter Disposition zu teilen. Bitte, setzt Euch. Die Vorführung wird sofort beginnen. Möchtet Ihr etwas Kaffee?«

Ein Diener schenkte für sie ein, während ein anderer die Gardinen zuzog, sodass sie im Halbdunkel saßen. Kerzenleuchter erhellten den nackten Raum, wo die Ausstellungsstücke auftreten sollten. Irrith nahm ihre Kaffeetasse mit einer Grimasse an. Ihrer Ansicht nach war das Zeug nur geringfügig besser als Gin.

Das erste Wunder, das gezeigt wurde, war enttäuschenderweise nicht einmal lebendig und wurde von einem

Bediensteten getragen. »Ein mumifizierter Pygmäe vom afrikanischen Kontinent«, sagte Dr. Andrews und begann, über die Gestalt zu referieren. Irrith starrte sie an und fragte sich, ob er einst ein Fae gewesen sein mochte, aber nein. Wie es schien, gab es wirklich so klein gewachsene Menschen.

Der Wilde von Oronuto kam als Nächster herein. Das Kerzenlicht im verdunkelten Salon verlieh seiner nachtschwarzen Haut und den fremdartigen Gesichtszügen einen bösartigen Anschein, doch der Mann selbst wirkte gelangweilt und ging schnell hinaus, als er entlassen wurde. Ihm folgten weitere konservierte Exemplare, diese nicht einmal ganze Körper, sondern nur Stücke, und Dr. Andrews sah ständig Miss Prudence Dinley an, ob sie gleich in Ohnmacht fallen würde. Irrith betrachtete mit grausiger Neugier einen Schädel, in den ein Loch gebohrt worden war – laut Dr. Andrews während der Besitzer noch am Leben gewesen war.

Große Skizzen begleiteten die jungen Roten Indianerschwestern, die wie der Oronuto entsprechend ihrer einheimischen Bräuche gekleidet waren, mit einigen Zugeständnissen an das englische Bedürfnis nach Sittsamkeit. Die Skizzen stellten andere Zwillingspaare dar, die mit aneinandergewachsenen Körperteilen geboren worden waren, und Dr. Andrews hob den Stoff hoch, der die Hüften der Schwestern bedeckte, um seinem Publikum zu zeigen, dass ihr seltsamer, unbeholfener Gang, bei dem sie einander die Arme um die Taille legten, kein Quacksalbertrick war. Ihr Fleisch war wirklich miteinander verwachsen. Segraine drückte mit einem Finger darauf, nur um sicherzugehen.

Und schließlich, gerade als Irrith beinahe den Grund vergessen hatte, aus dem sie hier waren, führte ein Diener den olympischen Satyr herein.

Ihr wurden vor Erleichterung die Knie weich. Die kränkliche Kreatur, die in die Mitte des Zimmers humpelte, war kein Satyr und wahrscheinlich nie näher an Griechenland gewesen als am Südufer der Themse. Sein rotes Haar ließ ihn eher wie einen Iren wirken. Aber an seinem Gang war etwas Seltsames, und als Irrith genauer hinsah, bemerkte sie, dass seine sockenlosen unteren Beine deformiert waren, wie deutlich unter dem Bund seiner Hose zu sehen.

Deformiert, aber nicht voller Ziegenfell. Sie waren hier fertig. Segraine allerdings kümmerte sich mehr als Irrith um ihre Dinley-Rollen und zeigte kein Anzeichen, dass sie aufbrechen wollte. Dr. Andrews stützte den rothaarigen Mann vor ihnen und fing an, die verformten Knochen in seinen Beinen zu erklären.

»Verzeiht mir, Dr. Andrews«, unterbrach ihn Irrith. Wenn sie sich noch nicht verabschiedeten, konnte sie ebenso gut etwas Spaß haben. »Ist das hier, was Ihr als einen olympischen Satyr anpreist? Ich hatte Ziegenhufe, Panflöten erwartet – derartige Dinge.« Faune waren diejenigen mit Ziegenhufen. Laut Ktistes hatten Satyre menschliche Füße. Aber so klang es besser.

Dr. Andrews wirkte verärgert. »Entschuldigung, Miss Dinley. Ich fürchte, die Werbung, die Ihr gesehen habt, ist das Werk eines Mannes, den ich angestellt hatte und der mich überzeugte, dass eine solche Formulierung notwendig sei, um Aufmerksamkeit zu erregen. Wäre er nicht, dann versichere ich Euch, dass ich diesen Kerl mit wissenschaftlicheren Worten beschrieben hätte.«

»Also ist er *kein* Satyr.«

Offensichtlich sah der liebe Doktor das Risiko verschwindenden Profits näher kommen. Er sagte hastig: »Eigentlich,

Miss Dinley, denke ich, dass er vielleicht einer ist – auf gewisse Weise. Das lasterhafte Verhalten, das den Satyren in der Kunst der Griechen und Römer zugeschrieben wird, kann sehr wohl ein Echo der Praktiken jener beiden Gesellschaften sein, doch warum die Beschreibung ziegenartiger Körperteile? Ich habe die Theorie, dass es auf gewisse Art von Missbildungen wie denen, die hier zu sehen sind, stammt: Genau wie der Mythos der Zentauren aus einer Rasse berittener Männer hervorgegangen sein mag, so können Fälle dieser Missbildung zur Basis einer gesamten Rasse ziegenartiger Kreaturen geworden sein, denen die Menschen die Bürde ihres eigenen lasterhaften Verhaltens auferlegten.«

»Also glaubt Ihr nicht, dass es so etwas wie einen echten Satyr gibt.« Sie versuchte sehr angestrengt, das Lachen aus ihrer Stimme fernzuhalten.

»Miss Dinley«, sagte Andrews in einem herablassenden Tonfall, »ich habe als junger Mann Italien und Griechenland bereist und keine derartigen Kreaturen gesehen. Dies ist das Ähnlichste, was ich kenne.« Er deutete auf den armen, vergessenen Mann neben ihm.

Irrith blinzelte unschuldig. »Aber nur, weil Ihr sie nie gesehen habt, bedeutet das nicht, dass sie nicht existieren.«

Segraine schritt ein, ehe Irrith eine Gelegenheit bekam herauszufinden, welche Art von Verärgerung sie provozieren konnte. »Komm, Pru, wir haben genug von der Zeit des guten Doktors in Beschlag genommen.«

Seufzend gab Irrith nach. »Also gut, Teddy. Ich bin sowieso am Verhungern. Wir haben den Satyr gesehen. Jetzt will ich mein Abendessen.«

Segraine dankte Dr. Andrews höflich und nahm sein Angebot an, seinen Bediensteten eine Kutsche rufen zu lassen.

Sobald Irrith sicher in deren Inneren war, mit ihren Röcken und allem Drum und Dran, sagte sie: »Wäre es nicht lustig, wenn wir Ktistes hinschicken würden, um quer über all seine vornehmen Teppiche zu traben?«

»Das wäre lustig«, stimmte ihre Freundin zu, »aber nicht gut. Lass uns zurückfahren. Die Königin wartet auf unseren Bericht.«

DER ONYXPALAST, LONDON
11. *November* 1757

»Wöchentliche Versammlungen«, sagte Galen, »und ich werde so viele besuchen, wie ich kann. Ich fürchte, die Zeit selbst wird wenig ergiebig, außer die Qualität der Vorträge steigert sich gewaltig...«

»Aber sie ist es wert, weil du die Bekanntschaft der Männer dort machst.« Lune nickte. »Wenn jemand aufstehen und einen Vortrag halten würde, der die Lösung für unser Problem liefert, schön mit einem Schleifchen verpackt, wäre ich wirklich sehr überrascht.«

Spinettmusik bildete einen angenehmen Hintergrund für ihr Gespräch, weil Lunes Zofe Nemette zur Entspannung ihrer Herrin spielte. Verschiedene andere Damen saßen müßig da, spielten Backgammon oder stickten. Eine gab einem menschlichen Kind gezuckerte Fruchtstücke zu essen. Bei einigen von ihnen, das wusste er, war die Gelassenheit eine Maske. Die Hofdamen der Königin dienten nicht bloß der Dekoration. Lune nutzte sie exzellent in ihren politischen Verhandlungen mit anderen Höfen. Aber wie er annahm, schenkten manche von ihnen allem, was um sie herum vorging, wenig Aufmerksamkeit.

Ein Klopfen an der Tür ließ Lady Yfaen aufspringen. Sie sprach kurz mit jemandem draußen, dann drehte sie sich um und knickste. »Dame Segraine und Dame Irrith, Eure Majestät, vom Red Lion Square zurückgekehrt.«

»Schickt sie herein.« Lune legte den Fächer weg, mit dem sie gespielt hatte, und richtete sich auf ihrem Stuhl auf.

Die beiden hatten ihre sterbliche Tarnung abgelegt, allerdings nicht die Kleidung, die für ihren Besuch oben angemessen war. Männliche Kleidung war an Segraine ein häufiger Anblick, wenn auch gewöhnlich nicht so fein. Aber der zarte Irrwisch an ihrer Seite ...

Die matschige, scharfzüngige Kreatur, die Galen letzten Monat hereingebracht hatte, um Lune zu sehen, war verschwunden. An ihrer Stelle stand eine züchtige junge Dame in Strümpfen und Röcken, ihr rotbraunes Haar ordentlich unter einer mit Spitze gesäumten Kappe hochgesteckt, von wo zwei Locken entkamen, um über ihren Schultern zu tanzen. Das Kleid gehörte, wie Galen dachte, Nemette. Er hatte dieses Muster aus Pfingstrosen und Bienen schon früher gesehen. Irrith wirkte verblüffend schüchtern.

Zumindest bis die Königin sagte: »Sonne und Mond – ich hätte dich beinahe nicht erkannt«, und Irrith auf eine Art schnaubte, die mit ihrer Kleidung überhaupt nicht zu vereinbaren war.

»Hab meine Wette mit Segraine verloren«, murmelte der Irrwisch und schlug sich mit einer Handfläche auf eine falsche Hüfte, sodass die gesamte Struktur wackelte.

»Ich bin die Größere von uns beiden«, sagte die Ritterin gleichmütig, obwohl ein Grinsen um ihre Mundwinkel zuckte. »Es hätte seltsam ausgesehen, wenn du die Rolle meines Bruders gespielt hättest.«

»Zauber können das überdecken, wie du sehr gut weißt. Majestät«, fuhr Irrith fort, als sei sie beflissen, zu entkommen und sich umzuziehen, »die Wundersame Menagerie hat keine Fae dabei. Dr. Andrews erklärte, jemand anderer hätte dieses Plakat geschrieben, um Publikum anzuziehen.«

Galen schreckte hoch. »Hast du Dr. Andrews gesagt?«

Lune hob ihre anmutig geschwungenen Augenbrauen. »Du kennst ihn?«

»Ein Bekannter meines Vaters, der angeboten hat, der Pate für meine Besuche bei der Königlichen Gesellschaft zu sein. Diese Menagerie, bei der ihr wart, war seine?« Sie hatten den Namen nicht erwähnt, nur den Ort.

»Es könnte in London zwei Dr. Andrews geben«, antwortete Irrith schulterzuckend. »Dieser hier hat ausgesehen, als stünde er mit einem Fuß im Grab.«

Hart, aber nicht unzutreffend. »In der Tat – er hat Schwindsucht. Ich fürchte, sein Gesundheitszustand ist wirklich sehr schlecht.«

»Könnte er nützlich sein?«, fragte Lune.

Der Gedanke war ihm bereits gekommen. Galen kaute nachdenklich auf seinem Daumennagel – eine Gewohnheit, die ihm seine Mutter vergeblich versucht hatte, abzugewöhnen. »Ich muss gestehen, als ich an die Königliche Gesellschaft dachte, hatte ich vor allem Astronomen in Betracht gezogen. Aber ich bin nicht sicher, ob sie viel für uns tun können. Es wirkt unwahrscheinlich, dass es irgendeine effektive Möglichkeit gibt, den Drachen auf seinem Kometen gefangen zu halten. Was bedeutet, dass wir nach irgendeinem Mittel suchen, ihn auf der Erde zu besiegen. Dr. Andrews ist Arzt und vielleicht auch ein wenig Chemiker – nun, intellektuelle Männer bringen sich alle möglichen Dinge bei, und ich kann mir vorstellen, dass er nicht anders ist. Seine primäre Bildung allerdings ist in Medizin.«

Die Königin faltete ihren Fächer eine Rippe nach der anderen, während sie mit den Fingern über den Rand strich. »Es wäre nicht das erste Mal, dass ein Arzt von Nutzen für uns ist. Ich muss zugeben, ich würde es bevorzugen, den Drachen zu töten. An diesem Punkt scheint es der einzige Weg, sicherzustellen, dass er uns nie wieder Schwierigkeiten bereitet. Und vielleicht weiß dieser Dr. Andrews etwas, das helfen könnte.«

»Er wirkte ziemlich klug, Madam«, sagte Irrith mit einem Knicks, der bewies, dass sie nicht oft ein solch elegantes Kleid trug. »Und er weiß von allen möglichen Arten von seltsamen Dingen.«

»Ich werde es versuchen, Madam«, versprach Galen der Königin. Visionen tanzten vor seinem inneren Auge: eine Versammlung von Fae, wie eine zweite Königliche Gesellschaft, und er selbst stand vor ihnen und stellte einen wissenschaftlichen Plan vor, den Drachen niederzumetzeln. Er wäre nie fähig, in einer Rüstung mit einer Lanze in der Hand auf ihn zuzureiten, wie ein Held aus den Geschichten – aber das hier konnte er tun.

Und dann würde Lune ihn anblicken, und diese silbernen Augen würden wärmer, und dann …

Irrith beobachtete ihn. Plötzlich bekam Galen Angst, dass seine Gedanken sich in seinem Gesicht zeigen mochten, wurde rot und entschuldigte sich. Träume von Heldentum nützten niemandem etwas, wenn er sie nicht in die Tat umsetzte.

TEIL ZWEI

Destillatio
Winter 1758

»*Wenn sich die Skala des Seins mit solch regelmäßigem Fortschritt hebt, so hoch wie der Mensch, dürfen wir durch eine Parallelität an Vernunft annehmen, dass sie immer noch stückweise durch jene Wesen fortschreitet, die von einer ihm überlegenen Natur sind, weil es einen unendlich größeren Abstand und Raum für unterschiedliche Grade an Perfektion zwischen dem überlegenen Wesen und dem Menschen als zwischen dem Menschen und dem winzigsten Insekt gibt [...] In diesem System des Seins gibt es keine Kreatur, die in ihrer Natur so wundervoll ist und so sehr unsere spezielle Aufmerksamkeit verdient wie der Mensch, der den Zwischenraum zwischen Tier und intellektueller Natur ausfüllt, der sichtbaren und unsichtbaren Welt, und jenes Bindeglied in der Kette aus Wesen ist, die oft der nexus utriusque mundi genannt wird.*«
JOSEPH ADDISON
The Spectator, Nummer 519

Mit würdiger Eleganz zeichnen die Planeten das Verstreichen der Zeit in den Jahren ihrer unterschiedlichen Bögen auf. Die Ellipsen werden enger, als der Komet nach innen zieht, die Jahre werden immer kürzer, als würde die Zeit selbst schneller verlaufen. Sie drängen sich um die Sonne, die kleinen Planeten: Kugeln aus Gestein und seltsameren Dingen, Merkur, Venus, Mars.

Und in ihrer Mitte die Erde.

Sie ist nicht mehr als ein Fleck in der Entfernung. Kaum einmal das. Die Sonne ist der Gott des Kometen, das Leuchtfeuer, das ihn nach Hause ruft und ihn verabschiedet, wenn er weiterzieht, und die Sonne ist hell in der Leere. Aber für die Kreatur, die den Kometen reitet, ist die Sonne nichts: nur der Funke, der sie wieder entzünden wird.

Die Erde ist alles. Denn während die Bestie schläft, träumt sie und erinnert sich an die Stadt, in der sie geboren wurde.

RED LION SQUARE, HOLBORN
13. *Januar* 1758

Leichter Schnee begann zu fallen, als Galen vor Dr. Andrews' Haus aus seiner Sänfte stieg. Er freute sich über den Anblick. Es waren graue, trostlose Weihnachten gewesen, und etwas weißer Zuckerguss würde London vielleicht attraktiver machen – zumindest bis der Kohlerauch ihn in schwarze Krusten verwandelte.

Er bezahlte die Sänftenträger und hastete bibbernd zur Tür hinüber. Der Diener brauchte fürchterlich lang, bis er aufmachte, und verbeugte sich tief, als er Galen hineinließ. »Entschuldigung, Mr. St. Clair. Dr. Andrews ist gerade in seinem Labor. Wenn Ihr so freundlich wärt, im Empfangszimmer zu warten, ist er gleich bei Euch.«

Galen willigte ein und wurde nach oben zum hinteren Empfangszimmer geführt. Während er wartete, rieb er sich die kalten Hände vor dem Feuer und überblickte den Raum. Dieser besaß die Art vager Gewöhnlichkeit, die das Heim vieler Junggesellen charakterisierte. Andrews hatte sich ausreichend bemüht, sein Empfangszimmer mit Stühlen, Tischen und so weiter zu möblieren, aber ohne Frau, die dieses modisch einrichtete, war das Resultat völlig vernachlässigbar.

»Ah, Mr. St. Clair.« Dr. Andrews trat hinter ihm ein, während er immer noch seine Weste zuknöpfte. »Ich habe die Zeit vergessen, oder ich wäre eher bereit gewesen, Euch zu empfangen.«

»Das ist in Ordnung. Euer Diener sagte, dass Ihr in Eurem Labor wart ...« Galen verstummte, als er Flecken auf Andrews' Handrücken bemerkte.

Der Doktor sah sie und holte hastig ein Taschentuch heraus, mit dem er sie wegwischte. »Ja, in meinem Keller. Ich habe dort unten einen Raum, in dem ich Dissektionen durchführe. Verzeihung, ich komme gewöhnlich nicht mit Blut an den Händen nach oben. Soll ich das Hausmädchen für uns Kaffee kochen lassen?«

Er läutete mit einem Glöckchen und winkte Galen auf einen Stuhl. »Ich rühre selbst keine Schnäpse an und trinke nur gelegentlich Wein«, gestand der ältere Gentleman, »aber Kaffee ist zu meinem großen Laster geworden.«

Mit diesem Geständnis konfrontiert, versuchte Galen nicht, sein eigenes schuldbewusstes Lächeln zu verbergen. »Meines ebenso. Seine Wirkung ist ganz wunderbar: Er macht den Verstand klar, die Hand ruhig, hilft der Verdauung ...«

»Er hat meine eigene Gesundheit wundervoll gestärkt«, sagte Andrews. »Tatsächlich habe ich erst letzte Woche eine gewisse Dame angewiesen, ihrem kränklichen Kind regelmäßige Dosen zu verabreichen, um Infektionen abzuwehren.«

»Sehr klug«, sagte Galen. »Aber ich hatte den Eindruck, dass Ihr keine Medizin mehr praktiziert?«

Andrews machte eine unbestimmte Handbewegung, die dazu gedacht sein konnte, alles oder nichts auszudrücken. »Generell nein. Aber ich mache Ausnahmen für wenige vertraute Familien.«

Zweifellos die einflussreichsten und respektabelsten. Galen verstand das völlig. »Eure Zeit wird hauptsächlich von Euren Studien in Beschlag genommen?«

»Und meiner Krankheit«, sagte Andrews offen, als das Dienstmädchen mit dem Kaffeetablett eintrat. Danach zu urteilen, wie schnell sie zurückgekehrt war, hatte der Doktor über seine Vorliebe für das Getränk nicht gelogen. Es musste bereits fast fertig gewesen sein, als Galen angekommen war. Sie stellte das Tablett auf einem Tischchen mit Säulenbeinen an einer Seite ab, dann knickste sie, und Andrews winkte sie hinaus. Er schenkte den Kaffee selbst ein. »Ihr werdet Euch, wie ich sicher bin, gedacht haben, dass ich an Schwindsucht leide.«

»Mein herzliches Beileid«, sagte Galen. »Ich hatte eine Tante, die von derselben Krankheit dahingerafft wurde, und auch zwei ihrer Kinder.«

Andrews reichte ihm eine Kaffeetasse. »Bei so vielen Krankheiten auf der Welt wundere ich mich manchmal darüber, dass überhaupt jemand von uns das Erwachsenenalter erreicht. Aber das sorgt für diesen glücklichen Zufall in meinem Leben, dass meine Zeit von zwei Facetten desselben Problems vereinnahmt wird.«

»Ihr erforscht Eure eigene Krankheit?«

»Was sollte ich sonst tun mit der Zeit, die mir bleibt? Besonders, wenn ich diese Zeit verlängern will.«

»Dann bleibt Ihr deshalb also in London«, sagte Galen verständig. Die meisten Schwindsüchtigen, die es sich leisten konnten, zogen in gesündere Klimazonen, wo die Luft wärmer und trockener war und vielleicht ihr Leben verlängern würde. Der feuchte, kühle Regen in London war nicht gut für solche Menschen.

Aber Andrews wirkte verwirrt. »Was hat London damit zu tun?«

Verunsichert antwortete Galen nun: »Die Königliche Gesellschaft. Ich habe angenommen, es gäbe unter deren Mitgliedern Männer, die Euer Interesse teilen, und dass Ihr hierbleiben wollt, um enger mit ihnen zusammenzuarbeiten, ohne die Verzögerung durch Briefe.«

Der Doktor trank während dieser Antwort Kaffee. Galen konnte nicht sagen, ob ihn genau dann ein normaler Hustenanfall erwischte oder ob die Antwort dafür sorgte, dass Andrews sich an seinem Getränk verschluckte. Galen saß auf seiner Stuhlkante, nicht sicher, was er tun sollte, als der Gentleman übereilt seine Tasse abstellte und ein Taschentuch herauszog.

»Ich wünschte bei Gott, dass das so wäre«, sagte Andrews. »Kommt schon, Mr. St. Clair, Ihr habt gesehen, wie unsere Versammlungen sind. Nette, ordentliche Angelegenheiten, angemessen für Gentlemen, und gelegentlich führt jemand vom Kontinent oder von anderswo in Großbritannien ein Experiment vor, das *tatsächlich* ›unser naturwissenschaftliches Wissen verbessert‹, wie es der Name will. Aber die wöchentlichen Aktivitäten sind oft öde und extrem trivial.«

Galen flüchtete sich ins Betrachten seines Kaffees. »Das würde ich so nicht sagen, Dr. Andrews.«

»Natürlich nicht. Ihr seid ein höflicher junger Mann. Nein, ich fahre zum Crane Court, weil ich gelegentlich mein Haus verlassen muss, sonst werde ich wahnsinnig, und es scheint mir ein ebenso gutes Ziel wie alle anderen. Aber ich habe hier ein sehr angenehmes Arrangement und keinerlei Verlangen, es zu stören, indem ich anderswo hinziehe. Außerdem«, fügte der Doktor mit aufrichtiger Offenheit hinzu, »würde ich lieber in England sterben als in irgendeiner ausländischen Stadt.«

Beschämung hinterließ einen sauren Geschmack in Galens Mund. Er kultivierte diese Freundschaft in der Hoffnung auf irgendeinen Vorteil für den Onyxhof. Er hatte nie auch nur daran gedacht, Andrews' eigene Probleme in Betracht zu ziehen. Soweit er wusste, konnten die Fae keine Krankheiten heilen. Trotzdem gab es vielleicht irgendeine Chance, dass sie dem Mann helfen konnten. »Ich bin selbst kein Arzt, Dr. Andrews, aber ich würde Euch gerne jegliche Unterstützung geben, die ich geben kann. Es wäre wirklich großartig, wenn wir mehr über die Schwindsucht lernen könnten, was uns erlauben würde, andere davor zu retten.«

Die Rötung, die die Augen aller Schwindsüchtigen in einem späten Stadium umringte, verlieh Andrews' Miene einen seltsamen Ausdruck. »Nicht nur diese Krankheit, Mr. St. Clair. England hat bereits Sir Isaac Newton hervorgebracht, der die Mysterien des mechanischen Universums entschlüsselte. Er widmete sich jedoch den Mysterien lebender Körper nur wenig. Wir brauchen ein zweites Genie.«

»Und Ihr habt vor, dieser Mann zu sein?«, fragte Galen, ehe er bedenken konnte, wie unhöflich die Frage war.

Andrews' spöttisches Lächeln schien ihm selbst zu gelten. »Ich bin wahrscheinlich nicht erfolgreich. Newton war jünger, als ich jetzt bin, als er mit seiner *Principia Mathematica* die Welt auf den Kopf stellte. Aber ich kann mir keinen höheren Zweck vorstellen, als das, was von meinem Leben noch bleibt, der Suche dieses Sterns zu widmen.«

Tatsächlich brannte das Feuer für dieses Ziel in seinen Augen. Das brachte Galen einen Geistesblitz – einen, der so weit über das Ausmaß seines ursprünglichen Plans hinausging, dass er zögerte, ihn auch nur in Betracht zu ziehen.

Wenn Andrews *mit* den Fae arbeiten würde – direkt, im vollen Wissen darüber, was sie waren ...

Das wäre ein ziemliches Risiko. Galen würde absolut sicherstellen müssen, dass der Mann vertrauenswürdig war. Es konnte jedoch wert sein, es darauf ankommen zu lassen. Ansonsten würde Galen das, was er von Dr. Andrews erfuhr, in einen Feenkontext übersetzen müssen, mit einer großen Gefahr von Fehlern. Er tat dies jetzt seit zwei Monaten mit wenigen Ergebnissen. Wäre es nicht viel produktiver, die beiden zusammenzuführen?

Natürlich nicht heute. Trotzdem brachte dieser Einfall Galen mit einer Hand auf dem Herzen auf die Beine. »Dr. Andrews, ich schulde Euch viel für Eure Patenschaft in der Königlichen Gesellschaft. Ich wiederhole mein Angebot von vor einem Augenblick, so närrisch es auch sein mag. Die Arbeit, die Ihr auf Euch nehmt, Sir, könnte die Rettung für mehr Leute bedeuten, als Ihr wisst. Ich werde *alles* in meiner Macht Stehende tun, um Euch zu helfen.«

DER ONYXPALAST, LONDON
17. Januar 1758

Ktistes hatte sich als königlicher Vermesser und Architekt große Mühe gegeben, Irrith zu erklären, welche Teile des Onyxpalasts sich gerade wegen der stückweisen Zerstörung der Mauer auflösten, damit sie diese meiden konnte.

Sie bekam selbst heraus, dass einer der Orte auf dieser Liste nicht einmal in der Nähe der Mauer war.

Die meisten Leute hätten das nicht bemerkt. Der Onyxpalast war wie ein Kaninchenbau, verworrene Gänge mit noch weniger Sinn oder Ordnung als die Straßen über ihm. Außerdem bedeutete die verzerrte Spiegelung von oben nach unten, dass die zerstörten Teile nicht am Rand des Palasts waren, sondern sich stattdessen quälend durch seine Mitte zogen. Aber in der Liste des Zentauren gab es eine Inkonsistenz, und die setzte sich in Irriths Hinterkopf fest wie ein Kieselstein in ihrem Schuh und ärgerte sie. Und als ihr bewusst wurde, was sie störte – nun, da gab es nichts anderes zu tun, als den Grund dafür zu suchen.

Nicht Ktistes. Der würde nur wieder lügen. Irrith ging zur Quelle.

Der Weg zu der angeblich zerstörten Stelle führte hinter die Badekammern, wo sich Salamander unter großen Kupferkesseln mit Wasser einrollten, die in die Wannen geschüttet werden konnten. Der Gang wurde von zwei hüfthohen Bronzesäulen versperrt, die eine Schranke aus Weißdornholz hielten. Es war keine echte Barriere. Die Fae mochten Weißdorn zwar nicht, doch ein simpler Zweig konnte kaum jemanden davon abhalten, weiterzugehen. Der Zweck war es, einen müßigen Wanderer davor zu warnen, den Gang zu betreten.

Irrith war keine müßige Wanderin. Sie war über alle Maßen gelangweilt: Die Bestechung, die Tom Toggin ihr gegeben hatte, um die Lieferung nach London zu bringen, war so gut wie aufgebraucht, sodass sie kein Brot mehr hatte, um sicher nach oben zu gehen, und es gab wenig, um sich hier unten zu amüsieren. Diese Nachforschungen versprachen wenigstens etwas Unterhaltung. Sie duckte sich unter der Schranke durch und ging weiter den Gang entlang.

Die Schwärze um sie herum wurde nur von dem Feenlicht durchbrochen, das sie mitgebracht hatte, und trug Zweifel in sich. Vielleicht *war* dies eine zerstörte Stelle. Vielleicht würde sie das gleich auf die harte Tour herausfinden.

Bei diesem Gedanken war sie plötzlich desorientiert und stolperte. Als sie sich aufrichtete, stellte sie fest, dass sie die Weißdornbarriere und den gewöhnlichen Korridor dahinter anstarrte, durch den sie gerade gekommen war.

Ktistes hatte sie davor gewarnt. Eine der ersten Auswirkungen des Zerfalls war, dass Fae vielleicht in einen Teil des Onyxpalasts traten und an einem völlig anderen herauskamen, obwohl der Zentaur befürchtete, dass mit der Zeit vielleicht Schlimmeres passieren würde. Das hier war eindeutig, was er gemeint hatte.

Oder vielleicht sollte es nur so scheinen.

Einige Pucks im Tal liebten diesen Zauber, der einen Reisenden so desorientiert machte, dass er in einen Bach oder einen Stierpferch taumelte. Aber es gab Wege, solche Tricks zu umgehen – falls es tatsächlich ein Trick war.

Irrith spannte ihre Schultern an und begann, rückwärts zu gehen, wobei sie den Boden einen vorsichtigen Schritt nach dem anderen mit den Zehen ertastete.

Sie fühlte das Unwohlsein – den Schwindel –, doch diesmal war es wie Regen, der an einem geölten Mantel abfloss. Irrith grinste voll Genugtuung. *Erwischt.*

Dann verschwand der Boden unter ihr, und sie fiel.

Ihr Kinn krachte gegen den Rand des Lochs, aber sie schaffte es, ihren Fall zu bremsen, indem sie mit den Fingern an der Kante des schwarzen Gesteins entlangschrammte. Irrith schmeckte Blut. Sie wartete, bis ihr Kopf wieder klar war, dann zog sie sich unter Schmerzen hoch, bis sie ein Bein auf den Boden über ihr strecken und sich in Sicherheit rollen konnte.

Sie blieb einen Augenblick japsend liegen, dann spuckte sie das Blut aus und lugte über die Kante. Der Boden der Grube war gut mit Kissen gepolstert. *Definitiv das Werk der Königin.*

Die meisten Leute, die in diesem Palast Geheimnisse haben, würden sie stattdessen mit Pfählen füllen.

Das Loch durchzog den Korridor von einer Seite zur anderen, doch es war nicht so breit, dass ein agiler Irrwisch nicht darüber springen konnte. Irrith traf die Vorsichtsmaßnahme, einen Stillezauber zu verhängen, ehe sie ihren Versuch machte, und landete mit einem ordentlichen Salto auf der anderen Seite. Zwei Hindernisse waren bewältigt, und sie blieb vorsichtig, als sie weiterging, um nicht Kopf voraus in ein drittes zu rennen. Doch der Rest des Gangs war frei, und dann bog er um eine Ecke in eine kurze Säulenhalle mit altmodischen Rundbögen, den Vorraum zu einem größeren, gut ausgeleuchteten Raum dahinter. Aus diesem Raum kam eine wütende Stimme.

»*Dieserr verrdammte Federrtrrieb hierr brricht ständig!*«

Die Worte waren abrupt und so laut, dass Irrith beinahe aus der Haut fuhr, ehe sie sie richtig hörte. Sobald sie das tat, blinzelte sie – denn das war sicher kein Englisch.

Ebenso wenig sprach es die zweite Stimme, die ihm antwortete. »*Aberr natürrlich! Ich hab dirr ja gesagt, dass err nicht so viel Zugkrraft aushalten wwirrd.*«

Der Tonfall war zänkisch und resigniert. Die Worte waren nicht an sie gerichtet. Irrith versteckte sich hinter einer Säule und lugte in die Kammer, von der Ktistes und die Königin nicht wollten, dass sie sie fand.

Zwei Fae brummelten über einem Paar Werkbänken, auf denen unvertrauter Kram und Werkzeuge verstreut lagen. Die Tische wären für einen Menschen kaum kniehoch gewesen, und selbst für Irrith waren sie niedrig, aber für die beiden, die von Hauselfengröße und sehr muskulös waren, passten sie perfekt. Die Geräte, die sie hielten, wirkten in ihren dickfingrigen Händen unpassend fein, und beide hatten, wie sie sah, ihre langen Bärte aus dem Weg gebunden, um die winzigen Dinge, die sie anstarrten, besser sehen zu können.

Woran arbeiteten sie denn? Irrith riskierte einen längeren Blick. Die Feenlichter über den Werkbänken spiegelten sich in winzigen Metallstücken, zu klein, um sie aus dieser Entfernung zu identifizieren. Aber sie bemerkte etwas Seltsames: ein ruhiges, regelmäßiges Rasseln, das unter dem Brummen des blondbärtigen Fae erklang.

Die Kammer war, wie ihr bewusst wurde, mit Uhren gefüllt. Eine stand auf einem Brett an der Wand hinter den Fremden. Zwei Pendeluhren standen in entgegengesetzten Ecken, und ein sehr kleines Gerät balancierte auf einer Tischkante, einen Hauch vom Absturz entfernt. Eine Taschenuhr auf dem Boden schien bereits heruntergefallen zu sein.

Tom Toggin hatte Uhren ins Tal gebracht. Und Irrith hatte Gerüchte über die verrückten deutschen Zwerge gehört, die mit dem neuen deutschen König nach England gekommen waren und jetzt Uhren und Taschenuhren für die Königin bauten.

Aber was machten sie versteckt hier unten?

Sie versuchte immer noch, das herauszufinden, als jede Uhr im Raum anfing, zur vollen Stunde zu schlagen. Es waren nicht nur diejenigen, die sie sehen konnte. So, wie es klang, war die gesamte Wand an beiden Seiten des Eingangs, von ihrem Versteck hinter der Säule aus nicht zu sehen, mit Uhren behängt. Und die beiden Zwerge ließen die Geräte, an denen sie gerade arbeiteten, buchstäblich fallen, um zu einer Tür an der anderen Seite der Kammer zu hasten.

An deren Vorderseite stand etwas, das wie eine Sonnenuhr aussah, aber Irrith wusste nicht, welchen Nutzen eine solche im sonnenlosen Reich des Onyxpalasts haben konnte. Ihr Blatt begann sich ohne Vorwarnung zu drehen und ließ sie zusammenzucken. Dann packte der rotbärtige Zwerg es, und zwei Dinge passierten gleichzeitig: Erstens ging die bronzebeschlagene Tür auf, und zweitens erschütterte ein Geräusch, das zu tief war, um es zu hören, Irriths Knochen bis ins Mark.

Ein Geräusch wie das einzelne *Tick* der eigenen Uhr der Erde.

Ihre Zähne schmerzten von seiner Wucht, und ihr Schädel dröhnte wie eine Trommel. Irrith hatte in ihrem Leben viele schreckliche Geräusche gehört, bis hin zu und einschließlich des Brüllens des Drachen selbst, aber sie hatte nie etwas wie das hier erlebt – als hätte sie gerade einen der zahllosen Augenblicke ihres unsterblichen Lebens verstreichen hören.

Sie stand immer noch mit offenem Mund da, als die Tür ganz geöffnet war und ein Puck herauskam und sie sah.

»He, du! Was hast du hier zu suchen?«

Die Mienen der beiden Zwerge wären komisch gewesen, wenn sie nur hätte bleiben und sie ansehen können. Aber ihr Instinkt setzte ein, als würde sie wild in den Wäldern von Berkshire herumlaufen, und Irrith sprintete los.

Sie kam nicht sehr weit. Drei Schritte brachten sie zum anderen Ende der Säulenhalle, und dann rannte sie mit voller Wucht gegen etwas, das sich erstaunlich wie eine unsichtbare Mauer anfühlte.

Eine Stimme drang durch den resultierenden Nebel, aber sie hätte nicht sagen können, ob diese auf Deutsch oder Englisch sprach. Zu dem Zeitpunkt, als sie wieder bei Sinnen war, war sie umstellt: Die beiden Zwerge und der Puck standen über ihr, wo sie auf den Boden gestürzt war. Alle drei hatten einen identischen misstrauischen Gesichtsausdruck.

Der rote Zwerg wollte wissen: »Wwarrum hast du uns ausspioniert?«

Irrith widerstand dem Drang, seinen starken deutschen Akzent zu verspotten – sie war immerhin in der Falle –, und sagte: »Ich habe nicht spioniert.«

»Wwie nennst du das, wwenn du dich verrsteckst und beobachtest, wwas anderre tun?«

Hätte er eine Frage mit noch mehr Ws aussuchen können? Irrith unterdrückte ein Lachen. Ihr Gesicht fühlte sich ohnehin zu geprellt an für Gelächter. »Ich nenne es Neugier.«

Der dritte Fae runzelte die Stirn. Er war zumindest Engländer: ein Lubberkin, allerdings überraschend aggressiv. »Neugier. Richtig. Du bist einfach zufällig durch die Verteidigungsanlagen gerutscht, weil du neugierig warst.«

Erwartete er, dass jene Verteidigungsanlagen sie *weniger* neugierig machten? Sie machten es nur offensichtlich, dass es da etwas zu finden gab. Der rotbärtige Zwerg war wesentlich bedrohlicher. Er knackste mit den Fingerknöcheln und sagte: »Wwirr wwerrden sie verrschwwinden lassen.«

»Jetzt hört mal«, sagte Irrith hastig, stand auf und nahm so viel Würde zusammen, wie sie aufbringen konnte, so kurz, nachdem sie sich selbst bewusstlos geschlagen hatte. »Ich bin eine Ritterin des Onyxhofs.«

»Ach?«, fragte der Zwerg unbeeindruckt.

Der Lubberkin nahm den Blonden beiseite und bückte sich, um ihm etwas ins Ohr zu murmeln. Irrith, die gerade ein Wettstarren mit dem anderen Zwerg verlor, konnte das Flüstern trotzdem mithören. »Vielleicht ist sie eine Sanistin. Bewacht sie. Ich gehe die Königin informieren.«

Eine Sanistin? Irrith fragte nicht. Der Puck durchsuchte sie nach Waffen und fand keine, dann sagte er: »Ich bin gleich zurück, um mich mit dir zu befassen. Versuch nichts Dummes.« Dann ging er zwischen denselben Säulen hinaus, die Irrith zuvor nicht hatte passieren können, und ließ sie mit zwei deutschen Zwergen zurück und dem Verdacht, dass sie vielleicht doch Ktistes hätte fragen sollen.

»Interessant«, meinte Lune, während sie mit einem schlanken Finger an ihre Wange tippte.

Sie sagte nichts weiter, aber Galen entspannte sich. Familienangelegenheiten hatten ihn nach seinem Treffen mit Dr. Andrews mehrere Tage lang davon abgehalten, nach unten zu kommen, und inzwischen hatte er mehr als genug Zeit gehabt, um seine Idee, direkt mit dem Mann zu arbeiten, infrage zu stellen. Wenn Lune jedoch zustimmte ...

»Die Entscheidung liegt in deinen Händen«, sagte sie. »Wenn du glaubst, dass es nützlich wäre, diesen Mann an den Onyxhof zu bringen, ist das dein Vorrecht als Prinz.«

Was er natürlich wusste, sehr genau sogar. Lune hatte es erklärt, als sie ihn für die Stellung ausgewählt hatte. Er hatte Autorität über alle Angelegenheiten, die die Interaktion zwischen Sterblichen und Fae betrafen, einschließlich der Entscheidung, sie nach unten zu bringen. Dies war jedoch das erste Mal, dass Galen versucht hatte, dieses Vorrecht auszuüben.

Die Aussicht machte ihn extrem nervös. Es gab Möglichkeiten, alles wieder in Ordnung zu bringen, falls er falsch entschied – aber es war natürlich weitaus besser, von Anfang an keine falsche Entscheidung zu treffen. Der wachsame Blick von Lunes Großsiegelbewahrer, Valentin Aspell, machte ihm dies furchtbar bewusst. »Ich werde es noch nicht tun«, sagte Galen und zwang sich, damit aufzuhören, seine Finger zu kneten. »Ich kenne den Mann nicht gut genug – und es lohnt sich, ihn über sein Wissen weiter auszuhorchen, um sicherzugehen, dass es die Mühe wert ist. Aber ich werde dich informieren, bevor ich ihm irgendetwas enthülle.«

Einer von Lunes Saaldienern kam in das Privatgemach und verbeugte sich tief. »Madam, der Lubberkin Cuddy ist hier, aber er will mir nicht sagen, was sein Ansinnen ist. Er beharrt darauf, dass es Eurer Aufmerksamkeit wert ist.«

Dem Saaldiener standen große Zweifel ins gefiederte Gesicht geschrieben, aber Lune und Galen richteten sich beide auf. Cuddy war bereits draußen? Ein kurzes Durchzählen im Kopf sagte Galen, dass der Zeitpunkt korrekt war. Es waren elf Tage gewesen, wenn auch nur knapp. Und alles, was er ihnen so kurz nach seinem Herauskommen zu erzählen hatte, war sicher die Zeit der Königin wert.

Lune winkte Aspell hinaus. »Wir werden Cuddy allein anhören, Lord Valentin. Stellt sicher, dass wir nicht wegen irgendetwas Geringerem als dem Drachen selbst gestört werden.«

Der schlangenhafte Lord ging mit einer Verbeugung hinaus. Einen Augenblick später trat Cuddy ein, und der Saaldiener schloss die Tür hinter ihm. »Majestät«, sagte der Lubberkin und fiel auf ein Knie, »da war eine Spionin außerhalb der Zwergenwerkstatt, die beobachtet hat, wie ich herausgekommen bin. Ich befürchte, dass die Sanisten den Raum nun doch gefunden haben.«

Galens Magen verkrampfte sich. »Wer ist die Spionin?«

Der Lubberkin schüttelte den Kopf. »Ich kenne ihren Namen nicht. Ich könnte sie beschreiben …«

»Nicht nötig«, sagte Lune. »Wir werden sie uns selbst ansehen. Ist sie gesichert?«

Cuddy sprintete, um die Tür für sie aufzumachen, achtete aber darauf, zu antworten, ehe er die Klinke drückte. »Die Brüder bewachen sie in der Säulenfalle. Ich weiß nicht, wie sie an den anderen Hindernissen vorbeigekommen ist. Ich bin sofort zu Euch geeilt, Madam.«

Dann waren sie draußen im öffentlicheren Thronsaal, wo sich einige der höher in ihrer Gunst stehenden Höflinge müßig aufhielten. Alle sprangen auf die Beine, als der Saaldiener verkündete: »Die Königin und der Prinz vom Stein!« Eine Welle aus Verbeugungen und Knicksen begleitete sie durch den Saal, und neugieriges Flüstern erhob sich hinter ihnen.

Sie nahmen einen geheimen Weg, einen der vielen, die den Onyxpalast durchzogen, bis sie den Eingang zum Hauptkorridor erreichten. Cuddy schob die Weißdornholzbarriere zur Seite, und Lune legte eine Hand auf das Gestein am Boden. Die Verteidigungsanlagen, die ihre Berührung erkannten, ließen sie ungehindert durch.

Zwei kräftige Gestalten warteten am Rand der Säulenfalle und dazu eine schlanke, die auf die Füße sprang, als sie näher kamen. Galen erkannte sie sofort und war über sich selbst überrascht. Im Onyxpalast gab es viele Fae, und sie hier hatte er erst zweimal gesehen. Aber Irrith hatte einen lebhaften Eindruck hinterlassen – obwohl dieser Eindruck hauptsächlich aus Matsch bestand.

»Euer Gnaden!«, rief sie aus und ließ sich wieder fallen.

Galen zuckte zusammen. Ihre Knie mussten hart auf dem Boden aufgeschlagen sein, obwohl sie keinen Mucks machte. Lune sagte, in einem sowohl verblüfften als auch misstrauischen Tonfall: »Irrith? Sonne und Mond – was tust du hier?«

»Beweisen, dass Ktistes ein schlechter Lügner ist«, sagte der Irrwisch. Dann, als sie verspätet ihre eigene Unverfrorenheit bemerkte, fügte sie an: »Madam.«

»Der Zentaur?« Galen schüttelte verwirrt den Kopf. »Was meinst du damit, dass er ein Lügner ist?«

Sie zögerte und legte eine Hand auf das Gestein, als würde sie sich aufrichten wollen, ehe sie sich erinnerte, dass ihr niemand die Erlaubnis gegeben hatte, sich zu erheben. »Er hat mir erzählt, dass das hier eine zerstörte Stelle sei. Wegen der Mauer. Aber sie ist überhaupt nicht in der Nähe der Mauer, oder? Ich glaube, wir sind irgendwo in der Nähe der Fish Street. Mein Lord.«

Ihre Genauigkeit verblüffte Galen. Wenige Fae versuchten, die Verbindungen zu London über ihnen über die Eingänge hinaus nachzuvollziehen. Nur Lune und er, die an den Onyxpalast selbst gebunden waren, verstanden sie instinktiv.

»Der Weg war mit Weißdornholz versperrt«, sagte Lune. Seit jenem ersten Ausruf waren die Emotionen aus ihrer Stimme gewichen, und sie war wieder kühl und undurchschaubar. »Selbst wenn du geglaubt hast, dass es aus dem falschen Grund war, wusstest du, dass der Durchgang verboten war. Und falls das es nicht klargestellt hätte, müssen die anderen Verteidigungsanlagen das getan haben. Dennoch bist du weitergegangen. Warum?«

Galen wunderte sich über ihre Kühle. Cuddy hatte Irrith beschuldigt, eine Sanistin zu sein, aber das bezweifelte er. Der Irrwisch war schon vor dem Beginn dieses Problems aus dem Onyxpalast fort gewesen. Es gab keinen Grund, anzunehmen, dass sie in den wenigen kurzen Monaten seit ihrer Rückkehr von ihnen überzeugt worden war. Er bezweifelte, dass Irrith überhaupt eine Zeitung las.

Jene wandernden grünen Augen enthielten das Echo einer alten Wunde. »Madam ... niemand hat mich geschickt. Ich war wirklich einfach nur neugierig. Und ich vermute, es war dumm von mir, aber ich ... ich habe meine Lektion gelernt. Ich weiß es besser, als irgendjemandem irgendwas zu erzählen, das ich gesehen habe.«

Die misstrauische Verbitterung in diesen Worten schockierte ihn. Sie passte nicht zu der Irrith, die er zuvor erlebt hatte. Die Königin und sie führten eindeutig ihre eigene Konversation, getrennt von den vieren, die sie beobachteten, und als er einen Blick um sich herum warf, sah er, dass Cuddy und die Zwerge nicht mehr verstanden als er.

Die Trennung wurde noch schärfer, als Lune abweisend mit einer Hand winkte. »Das ist nicht mehr wichtig, Irrith. Er ist verlegt worden. Das hier allerdings ist eine andere Sache.«

Was auch immer »er« war, die Enthüllung seiner Verlegung reichte, dass Irrith beinahe die Augen aus dem Kopf sprangen. Dann drang der Rest der Antwort der Königin zu ihr durch, und der Irrwisch drehte sich weit genug, um einen Blick über ihre Schulter auf die Werkstatt der Zwerge hinter ihr zu werfen. Die Tür mit der Sonnenuhr stand einen Spalt offen, gab aber nicht den Blick nach drinnen frei. »Ich habe kaum etwas gesehen – aber natürlich macht das keinen Unterschied, oder, Euer Gnaden? Ich weiß, dass es hier *irgendetwas* gibt. Doch ...« Sie beugte ihre Finger ein Stück, als sei sie kurz davor, diese zur Faust zu ballen, dann sagte sie: »Ich werde nicht die Letzte sein, die hier herunterkommt. Jene Verteidigungsanlagen haben mich nicht aufgehalten, und du herrschst über einen Hof mit sehr neugierigen Fae, Madam.«

Sie hatte recht. Bisher hatten sie funktioniert – und mit etwas Glück würden sie nur noch etwas länger funktionieren müssen –, doch die Verteidigungsanlagen waren bei Weitem nicht ausreichend. Galen konnte ihr kaum erklären, warum es nicht mehr waren: Die gewaltigen Zauber in der Nähe, hinter der Sonnenuhrentür, machten es extrem unklug, viele andere Zauber innerhalb kurzer Entfernung zu platzieren. Falls sie es versuchten, befürchtete Ktistes, dass dies wohl tatsächlich ein zerstörter Teil des Onyxpalasts werden würde.

Ganz leise sagte Irrith: »Ich könnte dir mein Wort geben.«

Galen sah Lune zufällig direkt an, als sie dies sagte. Deshalb erhaschte er die winzige Verengung der Augen der Königin, die Anspannung ihrer geschwungenen Lippen. Fae konnten ihr geschworenes Wort nicht brechen, was Irriths Angebot zur perfekten Lösung machte. Wenn sie schwor, wäre sie *unfähig*, zu erzählen, was sie gesehen hatte. Warum verstörte diese Aussicht Lune?

Er wusste es genauso wenig, wie er wusste, was Irrith in der Vergangenheit beinahe erzählt hatte. Die eine Sache, die er verstand, war, dass diese ganze Affäre Gefahr lief, sich weit jenseits ihres Nutzens aufzublähen. Irrith hier zu finden, hatte Lune eindeutig verstört, so sehr, dass ihre Reaktion vielleicht zu hart würde.

Das zu sagen, war jedoch mehr als nur ein wenig schwierig. »Madam«, setzte Galen unsicher an, dann verschluckte er den Rest.

Lune presste die Lippen wieder zusammen, ehe sie ihm ihre Aufmerksamkeit zuwandte. »Ja?«

Jetzt musste er *irgendetwas* sagen. Galen hielt seine Hände besänftigend hoch und fuhr fort: »Ich weiß, dass Dame Irrith als Fae unter deine statt unter meine Autorität fällt. Aber falls ich ... einen Vorschlag unterbreiten darf ...«

Die Königin gab ihm mit einem Hauch Ungeduld einen Wink, dass er weitersprechen solle.

Er fühlte sich, als hätte sich ein sehr scharfer Stein in seiner Kehle verkeilt. Um dieses Hindernis herum sagte Galen: »Vielleicht ist in diesem Fall mehr durch eine Enthüllung zu gewinnen als durch Heimlichtuerei. Nicht nur, was Dame Irrith betrifft, sondern den Hof insgesamt.«

Cuddy schaffte es nicht, ein Schnauben zu unterdrücken, und Lunes Augenbrauen hoben sich zweifelnd in die Höhe. »Welchen Gewinn siehst du?«

Galen verbrachte wenig Zeit unter den Fae außerhalb von Lunes Umfeld, doch Edward Thorne hörte Dinge und gab sie an seinen Herrn weiter. »In deinem Reich herrscht sehr viel Furcht davor, dass die Zeit abläuft. Wir haben ein Jahr – vielleicht weniger, falls ein Astronom früh eine Entdeckung macht. Wenn deine Untertanen wüssten, dass es mehr Zeit gibt ...«

Er hielt inne, weil er sehen konnte, wie Lune die Komplikationen und Gegenargumente durchdachte. »Es hat den Palast nicht beschädigt«, murmelte sie beinahe unhörbar. »Obwohl einige natürlich versuchen werden zu behaupten, dass es das hat. Aber wenn wir die Details seiner Funktion nicht spezifizieren – um jene zum Schweigen zu bringen oder zumindest zu verwirren, die wissen wollen würden, warum wir die Bedrohung durch den Kometen nicht schon vernichtet haben ...«

»Das fragen sie sowieso«, erinnerte Galen sie. Dann wünschte er sich, er hätte eine taktvollere Formulierung gefunden. »Aber das hier ist zumindest ein konkreter Schritt, etwas, auf das sie sich berufen können, wenn sie sich fragen, ob ...«

Der Rest dieses Satzes wurde verschluckt, dank etwas verspätetem Taktgefühl, aber Lune beendete ihn für Galen. »Ob wir überhaupt irgendetwas erreicht haben.«

Alle anderen hatten sich in diesem Gespräch völlig zurückgehalten. Irrith schien die Luft anzuhalten. Galen sagte: »Wenn die Frage der Geheimhaltung weggenommen wird, dann hat Dame Irrith nichts zu verraten, sei es aus Versehen oder mit Absicht.«

Lune lächelte. Nach der Wärme zu urteilen, die ihm dies schenkte, hätte die Sonne in jener kleinen Säulenhalle aufgehen können. Und auch Irrith strahlte ihn mit unverhohlener Dankbarkeit an. *Dieser Ort hat zu viele Geheimnisse,* dachte Galen und seufzte innerlich vor Erleichterung. *Ich bin froh, dass ich wenigstens eines davon enthüllen kann.*

»Ich werde eine Mitteilung entwerfen«, sagte Lune. »Inzwischen, Irrith, kannst du ebenso gut sehen, wofür du gekommen bist. Galen, wenn du so freundlich wärst, ihr den Kalenderraum zu zeigen? Ich bin in meinen Gemächern.« Mit einem Wirbel aus raschelnden Röcken war sie verschwunden.

Irrith hatte ausgesprochen gemischte Gefühle, als sie die bleiche Gestalt der Königin weggehen sah und sie mit zwei verrückten Zwergen, einem unfreundlich wirkenden Puck und einem sehr jugendlichen Prinzen zurückblieb. Aber Galen trat vor, um ihr höflich auf die Füße zu helfen, und obwohl sie die Hilfe körperlich nicht brauchte, nahm sie sie gerne an.

»Hier entlang«, sagte der Prinz und trat aus der Säulenhalle in den größeren Raum der Werkstatt dahinter.

Als sie sich an ihr vorhergehendes Erlebnis erinnerte, stupste Irrith mit einem Finger in die Lücke zwischen den Säulen. Er traf auf eine vertraute Mauer. »Äh ... Lord Galen ...«

Er drehte sich um, sah, dass sie immer noch dort stand, und wurde liebenswürdig rot. »Ach ja.« Galen kam zurück und streckte eine Hand aus, wieder höflich, wie bei einer Aufforderung zum Tanz. Irrith nahm sie, und er führte sie hindurch.

Seltsame Geräte und halb vollendete Projekte stellten den Raum voll. Auch nicht nur Uhren und Taschenuhren: Sie entdeckte den Vetter eines der Objekte, die Tom Toggin ins Tal gebracht hatte, das Galen eine Armillarsphäre genannt hatte. Das hier allerdings hatte viel zu viele Ringe, die in schiefen Winkeln zueinander eingesetzt waren, als hätte jemand versucht, die himmlischen Umlaufbahnen, die sie darstellten, in eine nützlichere Konfiguration zu zwingen.

Vielleicht hatte man das. Wie alles andere, was in diesen Tagen die Aufmerksamkeit der Königin vereinnahmte, hatte auch das hier, wie Irrith vermutete, mit der Rückkehr des Kometen zu tun.

»Was ist *das*?«, fragte sie und deutete an der Armillarsphäre vorbei auf etwas noch Seltsameres.

»Ein Planetarrium.« Die Antwort kam von dem blondbärtigen Zwerg, der jegliche Animosität abgelegt zu haben schien, sobald die Königin mit Irrith fertig gewesen war. Sein rotbärtiger Freund wirkte allerdings weniger leicht zu überzeugen.

Irrith starrte das Objekt an. Es hatte Zahnräder wie eine Uhr und dünne Arme, die Kugeln in verschiedenen Größen hielten. »Und ein Planetarium ist …«

»Ein Modell derr Himmel. Es ist nützlicherr als eine Arrmillarrsphärre.« Er kam herüber, um es ihr zu demonstrieren, indem er die Arme verstellte, sodass sie die goldene Kugel in der Mitte umkreisten. Irrith vermutete, dass diese die Sonne darstellte, aber damit endete ihr Verständnis auch schon.

Der Zwerg lächelte, als sie ihn ansah, obwohl dies unter dem Bart schwer zu erkennen war. »Ich bin Wilhas vom Ticken. Das ist mein Brruderr Niklas.« Bart oder nicht, es war leicht zu erkennen, dass der andere Zwerg die Stirn runzelte.

Nun, wenn er sie schon nicht mochte, konnte sie ebenso gut direkt auf die Frage kommen, die sie *wirklich* beantwortet haben wollte. Irrith deutete auf die Tür mit der Sonnenuhr und fragte: »Und was ist *das*?«

Galen räusperte sich und sagte: »Äh ja. Dame Irrith ... ich weiß nicht, welche Neuigkeiten euch draußen im Tal erreichen, aber vielleicht erinnerst du dich an die Maßnahmen, die vor einigen Jahren getroffen wurden, um den Kalender zu korrigieren?« Irrith nickte. Die Sterblichen in Berkshire waren deshalb *immer noch* verwirrt und mussten ihren Almanach prüfen, um zu sehen, welche Märkte und Feste am selben Datum gehalten wurden wie zuvor und welche am selben Tag ohne Rücksicht auf den Kalender. »Das Parlament hat sich große Mühe gegeben, um allen begreiflich zu machen, dass dies nur eine Änderung des Stils war, um die Ungenauigkeiten der Zeitmessung zu korrigieren, die sich über die Jahrhunderte angesammelt hatten, und dass sie, obwohl dem zweiten September 1757 der vierzehnte September folgte, keine *echte* Zeit verlieren würden.«

Wilhas kicherte leise in seinen Bart.

Galen grinste selbst ein wenig und sagte: »Das ... stimmte nicht ganz.«

Irriths Blick wanderte zu der schweren Tür, auf deren Oberfläche die Sonnenuhr genagelt war. »Also ist das ...«

»Der Kalenderraum«, sagte der Prinz. »Er enthält die elf Tage, die übersprungen wurden, als die Anpassung stattfand. *Alle* von diesen elf Tagen: die, die von jedem Mann, jeder Frau und jedem Kind in ganz Großbritannien verloren wurden.«

Der Irrwisch hatte nicht die geringste Ahnung, wie viele Sterbliche im Königreich lebten, doch selbst ihr unzulänglichstes Raten brachte schockierende Ergebnisse. »Wie viel Zeit ist da *drin*?«

»Die vom Tickens könnten es dir erklären«, sagte Galen. »Ich mache mir nicht die Mühe, mitzuzählen. Mehr, als der Onyxhof wahrscheinlich je braucht, selbst in Anbetracht dessen, wie der Raum funktioniert. Sobald die Tür geschlossen ist, öffnet sie sich erst wieder elf Tage später – aus der Perspektive desjenigen, der draußen steht. In der Kammer allerdings ist es eine andere Sache. Wenn man einen Tag drinnen verbringt, kommt man elf Tage später heraus. Wenn man vierzehn Jahre drinnen verbringt, kommt man *trotzdem* elf Tage später heraus.«

Als Irrith ihn anstarrte, zuckte er mit einem beschämten Grinsen mit den Schultern. »Nein, ich kann dir nicht erklären, wie es funktioniert. Das hier wurde gebaut, ehe ich an den Onyxhof kam. Du kannst Wilhas fragen, wenn du willst, aber ich fürchte, von der Erklärung würde dir der Kopf schwirren.«

Der Zwerg antwortete mit seinem eigenen fröhlichen Schulterzucken. »Wwirr könnten hineingehen und die Türr zumachen. Ich bin sicherr, dass ich sie verrstehen lassen könnte, mit genug Zeit.«

In dem Moment, als Irrith bewusst wurde, dass sie sich bewegte, hatte sie schon mehrere Schritte auf die Tür zugemacht. »Darf ... darf ich es mir ansehen?«

Galen verbeugte sich und schwang die Tür auf. Einen halb begierigen, halb widerwilligen Schritt nach dem anderen ging Irrith um ihn herum und blickte in den Raum.

Und sah die Uhr.

Bewegung und Stille: irgendwie beides gleichzeitig. Irrith wusste, ohne zu fragen, dass das Pendel in einem großen Bogen über den Boden schwang, obwohl seine Bewegung so langsam war, dass es stillzustehen schien. Sie starrte es ohne zu blinzeln an, *unfähig* zu blinzeln, weil der Stein, der jenen Bogen machte, zu groß war, um von ihm wegzusehen, unentrinnbar, bedrückend in seinem Gewicht, als würde sie einem grob behauenen Stück Zeit selbst gegenüberstehen ...

Dann füllte etwas anderes ihr Blickfeld, weil Galen sie an den Schultern gepackt und herumgerissen hatte, sodass die Uhr hinter ihr war. Sein Gesicht war so *jung* – sein ganzes Leben weniger als ein Wimpernschlag in der gewaltigen Dauer des Universums, weniger als der *Gedanke* an einen Wimpernschlag. Sterblich. Vergänglich. Genau so fühlte *Irrith* sich, und wenn sie vergänglich war, wozu machte das dann ihn?

Der Prinz redete gerade. Worte. Sie konzentrierte sich darauf. »... trifft anfangs die meisten Leute so«, sagte er jetzt. »Man gewöhnt sich irgendwann daran. So sehr irgendjemand das kann. Ich kann nicht behaupten, dass *ich* mich daran gewöhnt habe. Nicht ganz.«

Worte. Zunge und Lippen und Luft. »Dieses Gewicht ...«

»Fünfundzwanzig Tonnen, so sagt man mir zumindest. Aber es ist nicht die physische Last, die du spürst. Die Uhr tickt einmal am Tag, und wenn sie das tut ... ist es, als würde man den Herzschlag der Erde selbst hören.«

Sie hatte ihn gehört, als sie die Tür geöffnet hatten und der Puck herausgekommen war. Irrith mochte zwar eine Fae und unsterblich sein, doch die Erde war viel älter als sie. Kein Wunder, dass sie sich bei diesem Anblick, bei diesem Ton fühlte wie ein Maikäfer.

»Jetzt verstehst du eine der Grenzen dieses Raums«, sagte Galen wehmütig. »Sogar Fae finden ihn nicht angenehm. Sterbliche ...« Sein Blick verfinsterte sich durch etwas Tieferes als Furcht. »Aber er gibt uns mehr Zeit, und so nutzen wir ihn.«

Seine Hände lagen immer noch auf ihren Schultern. Irrith vermutete, dass Galen im normalen Lauf der Dinge ein Gentleman war, der sich sehr um seinen Anstand sorgte, doch solche Angelegenheiten schien er durch den Drang, sie von der Uhr abzulenken, vergessen zu haben. Die beiden Quellen an

Wärme, die sie durch ihren Mantel und ihr Hemd spürte, waren tröstlich gegen die Kälte, die ihr in die Knochen gefahren war.

Es wäre leicht gewesen, abgewandt zu bleiben, zwischen den Säulen hinauszugehen und nie zurückzublicken. Aber das hätte bedeutet, ihre Furcht gewinnen zu lassen. Und wenn dieser jungenhafte Prinz sich der Uhr stellen konnte, dann konnte sie das auch.

Irrith löste sich sanft von ihm, streckte ihre Schultern und drehte sich zurück zur Tür.

Diesmal war sie vorbereitet. Diesmal war es nicht so schlimm. Sie schaffte es, ihre Aufmerksamkeit von der schrecklichen Unentrinnbarkeit des Pendels zu reißen und dem Zifferblatt darüber zuzuwenden. Makelloses Gold glänzte auf einer Scheibe, die so hoch wie ein Riese war und auf deren Vorderseite vierundzwanzig Stunden markiert waren. Dahinter lag eine undurchschaubare Masse an Zahnrädern, die von einem Gerät, das wie ein umgekehrtes V aussah, und einem einzigen, scharfzahnigen Rad beherrscht wurde. Mit *echten* Zähnen, so schien es Irrith – oder waren das Klauen? Der Mechanismus war viel zu hoch oben, als dass sie sicher sein konnte.

Und dann war da der Flaschenzug, ein gewaltiger Zylinder, um den ein Kabel gewickelt war, wie sie es noch nie gesehen hatte. Daran hing eine absurd kleine Kugel. »Wenn sie sinkt, hilft sie dabei, die Uhr anzutreiben«, sagte er über ihre Schulter. »Einmal im Jahr ziehen sie sie wieder hoch.«

Gegen ihren Willen drehte sie sich wieder zum Pendel. Es hing nicht an einem Tau, sondern an einer sanft leuchtenden Lichtsäule, die in der Dunkelheit über ihnen verschwand. »Und wo führt das hin?«

»Zum Mond.« Galen breitete die Arme aus, als sie ihn misstrauisch betrachtete. »Falls das eine Lüge ist, Dame Irrith, dann haben sie mich auch angelogen. Es hat mit der Mechanik der Uhr zu tun. Sie mussten das Pendel an irgendetwas sehr weit Entferntes hängen, und so haben sie einen Strahl vom Mond heruntergezogen.«

Irrith erschauderte und wandte sich ab. Der Rest des Raums war im Vergleich gewöhnlich: Tische, Regale, jede flache Oberfläche mit Büchern und Papieren und Tintenfläschchen und Bündeln aus Schreibfedern vollgeräumt. Sie versuchte, sich vorzustellen, wie es sein musste, tagelang, ganz zu schweigen von jahrelang, hierzubleiben. Sie erschauderte erneut.

Verstörend – aber auch faszinierend. Feenmagie war etwas Vertrautes. Das hier, mit seinen Zahnrädern und Flaschenzügen und Berechnungen, war anders als alles, was sie je gesehen hatte. Ein Zusammenprallen zweier Welten, mit Ergebnissen, die sie sich nur ausmalen konnte.

Und ich fand es seltsam, als Fae anfingen, Schusswaffen zu tragen.

Galen verbeugte sich, als sie aus dem Raum trat. »Jetzt hast du es also gesehen. Ich erwarte, dass die Königin eine Wache vor diesem Raum aufstellen wird, um jegliche Manipulation durch andere zu verhindern ... aber wenn du gerne bei unseren Anstrengungen gegen den Drachen helfen willst, bin ich sicher, dass ich arrangieren kann, dass du wieder hier hereingelassen wirst.«

Irrith war nicht sicher, ob sie je wieder einen Fuß über jene Schwelle setzen wollte. Sie war nicht einmal sicher, ob sie nicht zurück ins Tal fliehen wollte, wo es Erdboden statt dem Planeten Erde gab und die Fae lebten, wie sie es seit Ewigkeiten getan hatten. Der Prinz meinte dies jedoch so freundlich, dass sie sagte: »Danke, Lord Galen. Ich ... ich werde darüber nachdenken.«

Er verbeugte sich wieder und bot ihr seinen Arm an. »Dann lass mich dich zurück zum Rest des Onyxpalasts begleiten.«

Erinnerung: 2.–14. September 1752

In der Finsternis der Nacht am zweiten September brachten sie die letzten Komponenten an ihre Position.

Gold, das von der Sonne selbst gezogen war, in eine perfekte, fünfzehn Fuß hohe Scheibe gehämmert, ihre Vorderseite mit vierundzwanzig eingravierten Stunden markiert. Die Zeiger waren aus Sternenlicht, glitzernd und kühl. Dahinter Zahnräder aus Metall, die Ritzel aus Stein fingen und auf hölzernen Achsen ritten, alles aus jeder Ecke von Großbritannien genommen. Das verzahnte Ankerrad war der Stoff von Albträumen selbst, denn der geplante Diebstahl würde geschehen, während ein Großteil des Königreichs schlief: Jeder Mensch, der im Schlaf lag, wenn die Stunde um Mitternacht verstrich, würde elf Tage zur Gesamtmenge an Zeit, die in diesem Raum lagerte, hinzugeben.

Und diese Stunde war beinahe gekommen. Die vom Tickens zogen an einem Seil, während sie einander deutsche Flüche zu knurrten, und hoben den Flaschenzug an seinen Platz. Der Block war ein Baumstamm, perfekt rund, dessen Ringe hundert Jahre zählten. Der Baum war einheimisch, das Tau, das ihn umschloss, nicht. Lune hatte hart mit den Svartalfar darum verhandelt, ein Stück, das aus den Wurzeln eines Berges, dem Geräusch eines Katzenfußtritts und dem Atem eines Fischs gewoben war. Nichts Geringeres konnte die gewaltige Last des Antriebsgewichts halten: einer Sphäre aus Alter, im Verhältnis zu ihrer Größe überproportional schwer. Der walisische Riese Idris stand bereit, um den Flaschenzug zum ersten Mal aufzuziehen. Er würde jedes Jahr an diesem Datum zurückkehren, um das erneut zu tun, solange die Königin ihn überreden konnte, denn nur die Kraft eines Riesen konnte dies leisten.

»Schnell«, flüsterte Hamilton Birch, Prinz vom Stein, atemlos. Seine Taschenuhr hielt er in einer schweißnassen Hand fest. Wenn sie den richtigen Augenblick verpassten, würde es keine zweite Chance geben.

Der Flaschenzug wurde an die richtige Stelle eingesetzt. Der Riese zerrte grunzend am Tau. Das Antriebsgewicht begann sich vom Boden zu heben.

Und die in Silber gekleidete Königin des Onyxhofs stand da und wartete, sowohl die gesunde als auch die verkrüppelte Hand ausgebreitet.

Das Antriebsgewicht erreichte den höchsten Punkt seiner Bahn und hing dort, zu schwer, um zu schaukeln, während Idris sich gegen den Zug stemmte. »Eine Minute«, rief Lord Hamilton aus und warf einen Blick durch die Sonnenuhrentür, um seine Taschenuhr mit dem akkurateren Regulator in der Werkstatt der Zwerge abzugleichen.

Lune neigte ihr Kinn nach oben und hob die Arme zur schwarzen Decke über ihr.

Weit, weit über ihr. Die Zwerge und Ktistes hatten diese Kammer verändert und ihre Decke angehoben, um Platz für die Uhr zu schaffen. Und jetzt war etwas im Gestein, nicht ganz ein Eingang, eher wie eine Luke, die nur eine Sache durchlassen würde.

Mondlicht.

Der Sichelmond hing niedrig am Himmel über ihnen. Sein Licht traf eine Linse, die an der Spitze des Monuments für das Große Feuer platziert war, dann einen Spiegel dahinter. Das versilberte Metall reflektierte es nach unten, durch den hohlen

Schaft jener riesigen Säule, in die Kammer an ihrer Unterseite – und dann noch weiter. Das Licht gehorchte Lunes Ruf, drang durch und schien in die Kammer mit der Uhr herunter.

Auf den zweiten Stein, der am Boden wartete, genau vor der Königin.

Als die Zeiger der Taschenuhr Mitternacht erreichten und der Regulator draußen die Stunde schlug, zerrten die Zwerge die hölzernen Stützen weg. Der Pendelstein, ein Hinkelstein, der aus Stonehenge gestohlen worden war, hing mitten in der Luft, nur von einem Strahl Mondlicht gehalten.

Und dann begann er sich zu bewegen.

Idris hatte sein Tau losgelassen, und das Antriebsgewicht hatte sein unmerkliches Sinken begonnen. Lune trat zurück und ließ die Hände hängen. Hamilton sah zu, während er angespannt die Luft anhielt.

Als der Regulator zu schlagen begann, war es in der Welt außerhalb dieses Raums der zweite September. Als er zum letzten Mal schlug, war das Datum der vierzehnte September.

Und all die Tage dazwischen, die Daten, die keine einzige Seele in Großbritannien je erlebt hatte, kamen in diesen Raum geflutet. Hamilton *spürte*, wie sie kamen, vorbeiglitten wie die verschwendeten Tage seiner Jugend, nach den Erlebnissen dufteten, die hätten sein können. Eine enorme Zeitmenge, die ihn bis zum Kern seiner Seele erschütterte, und doch gar keine.

Als das letzte Stück davon vorbei war, zerrte Niklas vom Ticken die Sonnenuhrentür zu und drehte ihren inneren Zeiger, um den Mechanismus zu sperren.

Nun waren die fünf mit der Uhr allein.

»Also«, sagte sein Bruder Wilhas, »wwirr haben elf Tage, bevorr wwirr sie zum errsten Mal öffnen dürrfen. Wwerr wwill Schach spielen?«

ROSENHAUS, ISLINGTON
23. *Januar* 1758

Zum Großteil war die Bewirtschaftung des Haushalts St. Clair das Reich von Galens Mutter, die ihr Bestes tat, um die Ausgaben zu reduzieren, während sie für die Außenwelt immer noch einen respektablen Anschein wahrten. Es gab jedoch einige Punkte, zu denen sein Vater starke Meinungen hatte, und einer davon waren die größeren Kosten einer Mietkutsche im Vergleich zu einer Sänfte. Aber Islington war an einem so kalten Tag eine miserable Strecke entfernt, und so zahlte Galen für die Annehmlichkeit einer Kutsche, in der er mit Fußwärmer und schwerem Mantel an den Ausläufern des Stadtrands und durch die immer noch grünen Felder der Dörfer im Norden von London fuhr.

Er kam jeden Monat hier entlang, um einen Nachmittag in Gesellschaft der beiden Leute zu verbringen, bei denen er darauf vertraute, dass sie ihm beibrachten, was er wissen musste, ohne seine Unkenntnis zu tadeln.

Der Fahrer setzte ihn auf dem eisigen Boden vor dem *Angel Inn* ab. Nachdem er den Mann bezahlt hatte, brachte Galen seinen Fußwärmer in den Gasthof. Dann ging er zurück in die Kälte hinaus, vorgeblich, um mit jemandem in der Stadt Geschäfte zu machen.

Sein Weg führte ihn jedoch von den Häusern weg an die Hinterseite der Kutschstation und zu dem im Winter verblühten Rosenbusch, der dahinter stand.

Während er seine Hände in einem vergeblichen Versuch, wieder Blut in sie zu bringen, aneinander rieb, sagte Galen zu dem Busch: »Ich nehme nicht an, dass ein verlorener und frierender Reisender um ein heißes Getränk bitten dürfte?«

Der Rosenbusch antwortete ihm nicht. Nach einem Augenblick verschoben sich jedoch die Äste und verwoben sich zu einem Torbogen über einer Treppe, die ihn nach drinnen ließ.

Die Wärme in der Kammer darunter umfing ihn wie eine liebevolle Umarmung. Galen atmete mit einem Seufzen reinen Genusses aus. »Meine Damen, ich würde euch für das Haus meines Vaters stehlen, wenn ich könnte. Oder noch besser, hier einziehen und nie mehr weggehen.«

Galens modebewusste Freunde hätten diesen Ort als »rustikal« abgetan, und das war er. Mode hatte die Einrichtung hier nie berührt. Nackte Holzbalken stützten die Decke, und die Möbel waren aus schwerer Eiche, deren primäre Dekoration die Jahre an Öl waren, die in ihre Oberfläche gerieben waren. Die Stühle waren lächerliche Dinger, ihre Polster mit viel zu viel Plüsch ausgestopft, aber Galen bezweifelte, ob in ganz Großbritannien bequemere Sitzplätze existierten. Blumen blühten hier und dort trotz der Kälte oben, und es duftete nach allen guten Dingen: frisch gebackenem Brot, sanftem Holzrauch und dem süßen Honig des ausgezeichneten Mets der Schwestern.

Die beiden selbst sahen aus wie ein Paar ländlicher Hausfrauen aus einem Gedicht, als drei Fuß große Miniaturen abgebildet. Zumindest bis Gertrude Goodemeade mit der Art eines überwältigend freundlichen Armee-Unteroffiziers auf ihn zuging. Galen lachte und fummelte mit tauben Fingern am Halsteil seines Mantels herum, bevor er ihn mit einer Verbeugung übergab.

Ihre Schwester Rosamund, bis auf die Stickerei auf ihren Schürzen beinahe Gertrudes Zwilling, reichte ihm eine Tasse Met, sobald er die Handschuhe ausgezogen hatte. »Trink das aus, Lord Galen, und komm, setz dich ans Feuer. Du wirkst durchgefroren.«

Dr. Andrews' Glaube an die heilende Wirkung von Kaffee war nichts im Vergleich zur Meinung der Schwestern über den Met, den sie brauten. Er wärmte Galen bis in die Zehen. Dies waren nach seiner Einschätzung die beiden freundlichsten Fae in ganz Großbritannien. Ein Paar Braunelfen aus dem Grenzland, die schon lange genug hier in Islington wohnten, dass sie ihren Akzent hätten verlieren sollen. Gertrude und Rosamund Goodemeade nannten beinahe jeden einen Freund und ließen ihren Worten Taten folgen.

Während er die Tasse leerte, schürte Rosamund das Feuer, und Gertrude holte das Teeservice hervor. Mit ihrem resolut ländlichen Kleidungsstil war es komisch, sie dabei zu beobachten, wie sie das feine Ritual durchführte, den Tee zu servieren, als sei sie ganz die Herzogin von Portland, und aus Porzellantassen trank. Er hätte sie allerdings niemals ausgelacht.

Weil diese beiden seine besten Unterstützer waren, sogar noch besser als Cynthia, die ihn nur zu einer Hälfte seines Lebens beraten konnte. Schon seit seiner Investitur als Prinz hatte er sich auf die beiden Schwestern verlassen, die ihm die vielen Dinge über den Onyxhof beibrachten, die er wissen sollte, aber nicht wusste. Galen konnte sich kaum vorstellen, dass sich der Prinz von Wales je wegen solcher Dinge an Landfrauen wandte, aber die Goodemeades waren anders. Unter ihrem fröhlichen und provinziellen Äußeren lauerten wahrlich zwei sehr wache Geister.

»Also«, sagte Rosamund, als sie alle mit Tee versorgt waren, »worum soll es diesen Monat gehen, Lord Galen?«

Er saß schon seit beinahe einer Woche auf dieser Frage und wartete auf seine Gelegenheit, sie zu stellen. »Was könnt ihr mir über diesen Irrwisch aus Berkshire, Dame Irrith, erzählen?«

»Oh, wir kennen sie schon seit dem Ende des Kriegs«, sagte Rosamund. Galen brauchte einen Augenblick, um zu realisieren, welchen sie meinte. Würde er sich je an ihre Art gewöhnen, sich auf die Bürgerkriege des vorherigen Jahrhunderts zu beziehen, als seien diese jüngste Geschichte? Sie scherten sich wenig um Schlachten in fremden Ländern, erinnerten sich jedoch recht gut an jene in der Heimat. »Sie war einmal da, um uns zu besuchen ...«

»Zweimal«, korrigierte Gertrude sie. »Ach, aber du warst beim zweiten Mal in der Stadt. Das hatte ich vergessen.«

Galen starrte düster auf die dunkle Oberfläche des Bohea in seiner Teetasse. »Ich ... Dame Irrith hat den Kalenderraum gefunden. Ich habe die Königin überzeugt, dass es besser wäre, die Existenz dieses Raums zuzugeben, als sie zu bestrafen. Aber es schien etwas zwischen ihnen zu stehen, und ich hatte gehofft, dass ihr wisst, was es ist.«

Das Ausdrücken seiner Hoffnung war bloß eine Höflichkeitsfloskel. Manchmal fragte er sich, ob es im Onyxpalast irgendetwas gab, das die Goodemeades *nicht* wussten.

Rosamund seufzte unglücklich. »Tja, das wissen wir. Alte Geschichte aus deiner Perspektive, und keine Sache, die wir mit den meisten Leuten teilen. Sie kann in eine gefährliche Richtung führen. Aber weil sie für die Sicherheit von Lunes Thron wichtig ist, solltest du sie wahrscheinlich wissen.« Sie runzelte die Stirn. »Eigentlich hätte Lune sie dir erzählen sollen. Ich frage mich ... ach, egal.«

Sie fragte sich offensichtlich, warum Lune es nicht getan hatte. Dazu hatte es natürlich vor Irriths Rückkehr keinen Grund gegeben. Seitdem ... »Ich glaube, Ihre Gnaden sorgt sich mehr um den Kometen.«

Zwei Lockenköpfe nickten verständig, wenn auch nur seines Stolzes wegen, vermutete Galen. Rosamund sagte: »Die hässlichen Details sind unwichtig, aber der Kern der Sache ist dies: Einige Aufrührer im Onyxpalast haben Irrith beinahe dazu verleitet, ihnen zu erzählen, wo der Londonstein ist.«

Galens Herz setzte einen Schlag aus. Der Londonstein ... Er war leicht genug zu finden, wenn man den gewöhnlichen Kalksteinblock meinte, der am Nordende der Cannon Street stand. Heutzutage war er eher ein Hindernis für Passanten als irgendetwas anderes, seine Geschichte als das Herz von London von den meisten vergessen. Im Onyxpalast allerdings hatte seine Funktion als Stätte für Eide einen sehr spezifischen Nutzen, jedes Mal, wenn ein neuer Prinz gekrönt wurde.

Der Stein enthielt sowohl Galens als auch Lunes Souveränität. Egal welche Eide der ausgewählte Mann schwor, welche Rituale die Königin durchführte, niemand wurde wirklich Prinz, ehe er seine Hand auf die Feenreflexion des Londonsteins legte. Genau deshalb war er versteckt, vor allen Blicken verborgen. Falls irgendjemand Zugang zu ihm erlangte, konnte dieser jemand theoretisch versuchen, den Onyxpalast für sich selbst zu vereinnahmen.

Rosamund nickte. »Ich muss dir die Gefahr nicht erklären. Das war direkt nachdem wir die Nachricht über die Rückkehr des Kometen bekamen, und auch direkt nachdem sie dieses Gesetz verabschiedet hatten, das England und Schottland zu einem Königreich macht. Sie ...«

»Warte«, sagte Galen verblüfft. »Das Vereinigungsgesetz? Wie könnte das relevant sein?«

Gertrude schnaubte verächtlich und verschränkte die Arme. »Es hat das Königreich England abgeschafft, und du glaubst, das ist gar nichts?«

Sie war nicht wirklich wütend. Er hatte keine der Braunelfen je ernsthaft wütend gesehen. Sie wirkte jedoch beleidigt. Immer noch verblüfft sagte Galen: »Aber die beiden Länder wurden seit über hundertfünfzig Jahren vom selben Monarchen regiert. Es macht kaum einen Unterschied, außer für die Regierung.«

Er bereute die Worte, sobald er sie ausgesprochen hatte. Galen hätte nie gedacht, dass solch freundliche braune Augen *brennen* konnten, aber Gertrude belehrte ihn eines Besseren. Die Arme fest verkrampft, die Lippen zusammengepresst, bis sie weiß wurden, und so kindergroß sie auch sein mochte, in ihrer Miene lag nichts Kindisches. *Das* war echter Zorn.

Rosamund legte ihrer Schwester beruhigend eine Hand aufs Knie, auch wenn es wenig nützte. »Feen sind ... provinzielle Kreaturen, Lord Galen, selbst jene, die in London leben. Und Lunes ganzer Selbstzweck – oder jedenfalls ein Teil davon – ist es, England zu schützen. Also wie sieht das aus, wenn es plötzlich kein England mehr gibt?«

Galen wurde immer noch halb von der vor Wut rasenden Gertrude abgelenkt. Er schaffte es jedoch, sich zu fangen, ehe er herausstellte, dass es immer noch ein England *gab*. Es war jetzt nur Teil des Vereinigten Königreichs von Großbritannien. Er schaffte es auch, den zweifellos desaströsen Impuls abzufangen, zu fragen, was sie von Großbritanniens neuen deutschen Königen hielten. Waren allerdings in ihren Augen die schottischen Stuarts überhaupt besser gewesen?

Es ist ein seltsamer Tag, wenn Feenpolitik wie das sicherere Thema wirkt, dachte er wehmütig. »Also haben Lunes Feinde dies und die Rückkehr des Kometen als Argument genutzt, um ... sie abzusetzen?« Das klang unangenehm vertraut.

Gertrude hatte ihre Emotionen genug in den Griff bekommen, um zu sprechen. »Ja. Undankbare Bast...«

»*Gertrude!*«, rief Rosamund aus und lief knallrot an.

»Na, das *sind* sie doch!«

auf dem Parkett«, sagte Carline. »Ich komme danach wieder zu dir.«

Es war ein Theater. »Wo wirst du sein?«, fragte Irrith, aber ihre Begleiterin war bereits in der Menge verschwunden.

Falls das hier eine Täuschung war, war es nicht Carlines üblicher Stil. Irrith runzelte die Stirn, bezahlte und ging hinein. Dort suchte sie sich einen Platz auf einer der Bänke ohne Rückenlehne, die auf dem Parkett standen. Weil das Theater voll war, musste sie um ihren Platz kämpfen, aber der Aufenthalt in London hatte sie an den Nutzen ihrer Ellenbogen erinnert. Bald hatte sie einen Anteil an einem grünen Kissen, der groß genug für ihr Gesäß war, gerade rechtzeitig, bevor das Stück begann.

Sie war schon früher im Theater gewesen, wenn auch nicht in diesem speziellen. Es amüsierte sie, dabei zuzusehen, wie Sterbliche Geschichten, die nie passiert waren, erfanden und spielten. Mit ihren einstudierten Gesten und dem bombastischen Deklamieren ihrer Dialoge wurden sie beinahe zu etwas anderem als der Menschheit, seltsamen Wesen in einer rituellen Schau.

Sie hatte nie zuvor etwas wie das hier gesehen.

Es war, als seien echte Personen auf der Bühne, die sich nicht bewusst waren, dass ein Publikum sie beobachtete. Sie lachten und riefen und schluchzten, ganz so, als würden ihnen diese Dinge wirklich passieren. Wenn ihre Worte eloquenter und ihr Leben seltsamer waren, als sie es bei jeglicher realen Person gewesen wären, so steigerte dies nur den Effekt, wie ein Poliertuch, das die feine Körnung von Holz hervorbringt.

Es war Magie. Die Zauber und Amulette der Feen waren nichts gegen das hier. Während einer der Pausen für Applaus wurde Irrith bewusst, dass sie dieses Stück sogar schon einmal gesehen hatte. Es war ein altes, *Die Stadterbin*, das letztes

»Das bedeutet nicht, dass du sie so *nennen* kannst ...«

»Meine Damen!« Galen sprang von seinem Stuhl auf und riss Gertrudes Teetasse aus dem Weg, ehe sie diese auf den Boden schleudern konnte, um ihren Punkt zu betonen. Sie hatte Rosamunds Lieblingsmuster – natürlich mit Rosen am Rand –, und er wollte wirklich nicht herausfinden, ob das die Schwestern zu einem echten Streit anheizen würde. »Es tut mir leid, dass ich gefragt habe. Ich danke euch sehr für die Erklärung, aber hätte ich gewusst ...«

Rosamunds Zorn verschwand, als hätte er nie existiert, und sie fing an, ihm zu versichern, dass es nicht seine Schuld war, dass er gerne so viele Fragen stellen durfte, wie er wollte und wann er wollte. Gertrude, die offenbar immer noch wegen seiner Kommentare über das Vereinigungsgesetz schmollte, holte sich ihre Tasse zurück und leerte deren Inhalt bis auf die Teeblätter. Als sie fertig war, hatte sie sich genug beruhigt, dass Galen eine letzte Frage wagte. »Hat die Königin sie verbannt?«

»Irrith?« Gertrude schüttelte den Kopf und fing an, das Teeservice einzusammeln. »Nein, Lune wusste, dass sie es nicht böse gemeint hatte. Wie Rose sagte, sie wurde verleitet. Aber Irrith ging weg, weil es ihr zu viel von allem gewesen war, was sie an diesem Ort hasst: Politik und Täuschung und Leute, die einander in den Rücken fallen.«

Galen konnte es ihr nachfühlen. Wäre Lune nicht gewesen, hätte er gern seine ganze Zeit unter den gewöhnlichen Fae verbracht und die Intrigen der Höflinge gemieden.

Wäre Lune nicht gewesen ...

»Danke«, sagte er. »Jetzt ergibt es mehr Sinn. Cuddy dachte, Irrith sei eine Sanistin, und ich glaube, Ihre Gnaden hat es auch vermutet, zumindest kurzzeitig.«

»Irrith?« Rosamund schüttelte energisch den Kopf. »Sie ist Lune treu. Schon seit hundert Jahren. Sie würde nie irgendetwas tun, um ihr zu schaden.«

Er freute sich, das zu hören. Dann sagte Gertrude: »Wir hätten dich gerne länger zu Gast, aber ich glaube, du solltest gehen, mein Lieber. Es beginnt zu schneien.«

Wie sie das feststellen konnte, obwohl ihr Heim unterirdisch gebaut war, wusste Galen nicht, doch er trat in die bitterkalte Luft hinaus und bemerkte, dass sie recht hatte. Er fuhr mit frischen Kohlen im Fußwärmer, die die Kühle zurückdrängten, nach Westminster zurück und grübelte den ganzen Weg über Irrith nach.

DER ONYXPALAST, LONDON
11. *Februar* 1758

Schallendes Gelächter kündigte Irriths Ziel an, ehe sie es sehen konnte. Dies war die Unterwelt des Onyxpalasts, weit entfernt von den eleganten Vergnügungen der Höflinge. Hier drang die feuchte Kühle vom Fluss durch das Gestein, und die Annehmlichkeiten der feinen Gesellschaft wurden selten gesehen. Die Möbel in dem Raum, den Irrith aufsuchte, hatten nichts von den grazilen sterblichen Moden, die die Königin und den Prinzen umgaben. Stühle mit Spindelbeinen, die zur Restoration der Monarchie modern gewesen waren, drängten sich um schwere Tische, die die Tage der alten Elisabeth Tudor gesehen hatten, und alle davon waren von der jahrhundertelangen Benutzung geschwärzt.

Doch einige Neuheiten erreichten diesen Ort. Die Fae, die sich im *Crow's Head* sammelten – alle aus dem gemeinen Volk –, tranken Kaffee und Tee und Gin neben dem vertrauten

Bier und Ale. Es war eine ganz eigene Mode, allerdings eine, mit der wenige Höflinge gespielt hätten. Dies waren sterbliche Getränke, und sie wurden nicht als Opfer gegeben. Sie zu konsumieren, konnte eine Fee verändern. Irrith, die einen menschlichen Kellnerjungen an der Schulter erwischte, wählte die Sicherheit von Feenbier.

Magrat war, wie sie sah, nicht so vorsichtig. Der Kirchengrimm saß gebückt in einer Ecke und beobachtete die Welt durch die Lücke zwischen ihren knochigen Knien, einen Ginbecher in der skelettartigen Hand. Es war ihre übliche Haltung, und Irrith konnte verstehen, warum. Die Kirche, in der Magrat gespukt hatte, war damals zerstört worden, als der fette Heinrich eine neue Frau über seine Treue zur katholischen Kirche gestellt hatte. Sie war auch kaum der einzige Grimm, der in jenen Zeiten sein Heim verloren hatte. Einige hatten sich, wie Irrith hörte, darauf verlegt, bei Quaker-Versammlungen und Ähnlichem zu spuken. Das endete jedoch selten gut. Der eifrige Glaube der Methodisten und Baptisten und anderer Nonkonformisten war zu unangenehm, selbst für die Toleranz eines Kirchengrimms. Viele verließen die sterbliche Welt gänzlich und flohen ins Feenland selbst.

Und einige, wie Magrat, suchten sich anderswo ein neues Heim. Der Goblin, der einst gewusst hatte, ob die Toten in den Himmel oder die Hölle fahren würden, handelte jetzt mit einer anderen Art an Informationen. Sie waren nicht politisch. Magrat scherte sich einen Dreck darum, welchen Nutzen diese Geheimnisse fanden. Sie kümmerte sich nur darum, ob sie bezahlt wurde.

Irrith ließ sich auf die Bank gegenüber von ihr gleiten und erntete ein Nicken. »Du hast mich den ersten Albtraum eines Kindes gekostet«, sagte der Goblin ohne große Umschweife.

»Ich habe gegen den Toten Rick gewettet, dass du nach dieser Sache mit dem Stein nicht zurückkehren würdest.«

Dem Irrwisch drehte sich der Magen um. Blut und Knochen – wie war das zum Allgemeinwissen geworden? Es war ein Staatsgeheimnis gewesen, als sie fortgegangen war.

»Keine Sorge«, erklärte Magrat ihr nach einem Schluck Gin. »Niemand wird deshalb noch hinter dir her sein. Dein Wissen wurde zu wertlosem Staub, als die Sterblichen das Ding ans Nordende der Cannon Street verlegt haben. Mab allein weiß, wo es jetzt hier unten ist.«

Den *Stein* verlegt? Irrith tat ihr Bestes, um den Schrecken aus ihrem Gesicht fernzuhalten. Der Londonstein war das Herz des Onyxpalasts. Wenn die Sterblichen ihn bewegt hatten ... sie war überrascht, dass noch *irgendetwas* vom Palast hielt.

Heimlichtuerei war jetzt eher, als würde man die Stalltür zumachen, nachdem das Pferd weggelaufen war, aber sie schuldete sie Lune trotzdem. »Ich bin gekommen, um zu kaufen, nicht um zu verkaufen«, sagte Irrith. »Erzähl mir von den Sanisten.«

Magrat hatte keine Augenbrauen, aber die gräuliche Haut über ihren schwarzen Augen schlug Falten. »Sanisten, ja? Das wird dich etwas kosten.«

Es kostete sie immer etwas. Aber Irrith wusste, dass es nicht so viel kosten musste, wie Magrat behauptete. »Was willst du?«

»Brot. Drei Stücke.«

Irrith lachte dem Goblin ins Gesicht. »Dafür könnte ich den Namen des nächsten Prinzen kaufen. Das ist kein Brot wert, Magrat, und ich habe sowieso keines, was ich dir geben könnte. Brot ist heutzutage mehr wert als Eide.« Eine Übertreibung, aber nicht viel. »Wie wäre es mit der Erinnerung an einen Kuss?«

Magrat rollte vor übertriebenem Ekel mit den Augen. Irrith fügte an: »Nicht einfach irgendeinen Kuss. Den letzten, den ein junger Mann seiner Geliebten gab, ehe er fortging und von den Jakobiten getötet wurde.« Das war alles, was von Tom Toggins Bestechung übrig war, und Irrith hatte es für eine spezielle Nutzung aufbewahrt. Die Frau hatte, als ihr Geliebter fortging, befürchtet, dass er sterben würde, was der Erinnerung eine Vorahnung von Trauer verliehen hatte.

»Einverstanden«, sagte sie ohne Zögern und spuckte in ihre Handfläche. Irrith tat dasselbe, und sie schüttelten sich die Hände. Sie hatte die gefangene Erinnerung natürlich nicht mitgebracht. Zu viele Fae hier hatten lange Finger. Das Händeschütteln reichte, um die Abmachung zu besiegeln.

»Es ist eine billige Information«, gab Magrat zu. »Viele Leute wissen von den Sanisten. Aber ich kann dir mehr erzählen als die meisten. Es ist eigentlich lustig, dass du mich überhaupt fragst, wo du doch selbst schon mit ihnen zu tun hattest.«

»Hatte ich?« Das versetzte Irrith einen unangenehmen Schrecken. Sie hatte sich über das Flüstern des Lubberkins gewundert – hatte er irgendwie ins Schwarze getroffen?

Magrat schwenkte ihre überlangen Finger durch die Luft. »Nicht unter jenem Namen. Sie haben erst angefangen, sich selbst Sanisten zu nennen, nachdem du fortgegangen warst. Und Carline lässt sich nirgends in der Nähe jener Leute sehen – nicht öffentlich.«

Ein zweiter Schreck, unangenehmer als der erste. *Carline.* Ehemals eine der engsten Hofdamen der Königin und der Grund, warum Irrith den Onyxpalast verlassen hatte und nie zurückkommen wollte. »Du sprichst von Leuten, die die Königin ersetzen wollen.«

Der Kirchengrimm streckte ein dürres Bein, um etwas über den Boden zu Irrith zu schieben. »Sieh selbst.«

Das Ding stellte sich als zerrissenes, schmutziges Blatt Papier heraus. Irrith nahm es und stellte fest, dass in großen Lettern ein Titel obenauf gedruckt war. *Die Esche und der Dorn.* Datiert auf den 10. Februar 1758.

»Eine *Zeitung*?« Irrith senkte sie, um Magrat anzustarren. »Es gibt eine Zeitung im Onyxpalast?«

»Zwei sogar. Was nützt eine Zeitung, wenn sie keine andere hat, mit der sie streiten kann? *Die Sonne und der Mond* ist diejenige, die die Loyalisten lesen. Diese hier veröffentlicht Beiträge von Sanisten.«

Irrith drehte leicht den Kopf, um das *Crow's Head* zu überblicken. Sie hatte bemerkt, dass andere Fae Papiere lasen, die wie Zeitungen wirkten, aber sie hatte angenommen, dass sie diese von oben mitgebracht hatten. Zweifellos hatten einige von ihnen das getan – aber nicht alle. Sie konnte sich nicht genug konzentrieren, um die zu lesen, die sie in der Hand hielt, also wiederholte sie wie betäubt Magrats Worte. »Sanisten. In einer Zeitung publiziert. Willst du sagen, dass sie ihren Verrat *öffentlich* machen?«

Der Grimm schwenkte eine Hand. »Ja und nein. Meistens sprechen sie nicht darüber, sie zu ersetzen. Sie erwähnen nur, wie schlimm es ist, dass die Königin verwundet ist und nicht geheilt werden kann, und verweisen darauf, wie auch der Palast leidet, wenn Teile davon zerfallen. Und wenn sie sich wirklich mutig fühlen, fragen sie, wie man ihn heil machen könnte.«

Irriths Finger verkrampften sich um das schmutzige Papier. Das hier war nicht Carlines alter Verrat. Jener war einfacher, verdammenswerter Ehrgeiz gewesen, wobei sie Dinge wie die

Rückkehr des Kometen als Vorwand genutzt hatte, um Unterstützer gegen Lune zu sammeln. Diesmal ... *Blut und Knochen.*

Diesmal hatten sie ein schlagendes Argument.

»*Mens sana in corpore sano*«, sagte Magrat. »Das ist Latein, weißt du. ›Ein gesunder Geist in einem gesunden Körper‹ – nicht, dass irgendjemand in diesem schwarzen Labyrinth furchtbar gesund ist, aber niemand hat mich gefragt, bevor sie den Namen ausgesucht haben. Was die Sanisten wissen wollen, ist: Wie können wir den Palast stark machen, wenn seine Königin dies nicht ist?«

Sie musste nicht mehr sagen. Irrith wusste ganz genau, was sie meinte. Lune hatte in der Vergangenheit zwei Wunden erlitten: eine von einem Eisenmesser und eine durch den Drachen. Keine davon würde je richtig heilen. Was bedeutete, dass das Feenreich von einer Königin regiert wurde, die nicht heil war.

Die Königin *war* ihr Reich. Es war das Grundprinzip der Feensouveränität. Das Band zwischen den beiden war der Grundstein der Autorität. Carline hatte versucht, den Londonstein zu finden, weil dieser der Angelpunkt war, der Ort, wo sie ihr vielleicht die Autorität entwinden konnte. Jetzt versuchte sie anscheinend etwas anderes: die Macht der öffentlichen Meinung und das Gewicht der Feentradition.

Was, wenn die Sanisten recht hatten? Was, wenn das, was London zu seinem eigenen Wohl brauchte, eine neue Königin war?

Irrith schaute weg, um Magrat davon abzuhalten, ihre Miene zu deuten. Kein guter Plan: Das *Crow's Head* war voller anderer Fae, von denen einige lauschten, andere nicht, aber von denen alle wahrscheinlich willens waren, Gerüchte zu verkaufen, falls man den richtigen Preis bot. Der Kombüsengeist, der im Gedränge der Taverne an ihr vorbeiglitt, hatte keine Ohren, mit denen er hören konnte, noch Augen, um zu sehen – oder, was das betraf, einen Kopf, an dem solche Dinge sitzen konnten –, aber das würde ihn nicht aufhalten. Wenn er den Kaffee in seiner Hand trinken konnte, konnte auch er Geschichten weitererzählen.

»Willkommen zurück in London«, sagte Magrat trocken. »Ein Schlangennest, wo alle die Schwänze verknotet haben, weil niemand ganz willens ist, seinen Platz aufzugeben. Außer dir vor fünfzig Jahren.«

Als sie türkische Teppiche und schmutzige Läufer gegen saubere Erde und wilde Erdbeeren eingetauscht hatte, Politik und Spionage und Rebellion gegen das Jagen unter dem Sommermond. Es wäre leicht genug, dieser Falle wieder zu entkommen. Alles, was sie tun musste, war es, ihren Alebecher abzustellen, zum nächsten Ausgang hinauszumarschieren und ins Tal zurückzukehren.

Es wäre leicht genug. Fortzubleiben war härter gewesen. Alles, was es gebraucht hatte, war Tom Toggin und die Erinnerung an die kommende Gefahr, um sie zurück in die Stadt zu ziehen. Denn, wie Magrat sagte, sie war nicht ganz willens, diese aufzugeben.

Aus dem Augenwinkel sah Irrith die Lippen des Kirchengrimms zucken. Plötzlich misstrauisch wollte der Irrwisch wissen: »Hast du noch etwas mit dem Toten Rick gewettet? Vielleicht darüber, wie ich zurück ins Tal kriechen werde, ehe diese Saison vorbei ist?«

Das Lächeln des Grimms bestand ganz aus Zähnen. »Genau das glaubt *er*. Ich wäre dir verbunden, wenn du das nicht tätest. Ich kann ein Paar Augen von ihm gewinnen.«

Das Spielen war wenigstens etwas, das Irrith verstand. Genauso verstand sie eine Herausforderung. Sie erwiderte Magrats

Grinsen wild: »Also gut. Ich könnte einen guten Weg sehen, dir zu entsprechen ... wenn du *mir* im Gegenzug etwas gibst.«

»Eisen soll deine Seele versengen«, sagte der Goblin, aber das Gift war nur halbherzig. »Ich hätte es besser wissen sollen, als dir das zu erzählen. Nun gut, was willst du?«

»Mehr Informationen. Nicht jetzt. Ich hebe mir deine Schulden für später auf. Und ich werde etwas Kleines verlangen.«

Magrat dachte darüber nach, dann spuckte sie wieder in ihre Hand. Als sich ihre feuchten Handflächen vereinten, sagte der Kirchengrimm: »Ich zähle auf deine Sturheit. Enttäusche mich bloß nicht.«

DER ONYXPALAST, LONDON
12. Februar 1758

Mein eigener Hof sollte keine Ablenkung für mich sein.

Lune erkannte die Narrheit jenes Gedankens schon während sie ihn dachte. Politische Schwierigkeiten lösten sich nicht von selbst, nur weil es eine Bedrohung von außen gab. Einige vielleicht, aber andere wurden schlimmer. Für jede Fee, die beschloss, dass eine verwundete Königin ein Problem für später war, nachdem der Drache besiegt wäre, gab es eine andere, die fand, dass sie jetzt mehr denn je eine Herrscherin brauchten, die heil war.

Das Beste, was sie tun konnte, war es, einen Finger an jenem Puls zu halten und zu versuchen vorauszusehen, wo echte Schwierigkeiten ausbrechen mochten. Zu diesem Zweck traf sie sich unter vier Augen mit ihrem Großsiegelbewahrer, Valentin Aspell.

»Wie Ihr wohl erwartet, Madam«, sagte der Lord mit seiner leisen, zischenden Stimme, »ist die Reaktion gemischt. Manche nehmen es als Zeichen der Hoffnung auf: Wenn Ihr etwas so Gewaltiges wie den Kalenderraum schaffen könnt, dann könnt Ihr sicher auch den Onyxpalast heilen.«

Er ließ einen Hauch Tadel durchscheinen. Die Hauptverantwortlichkeit des Großsiegelbewahrers, zumindest öffentlich, war die Erhaltung verzauberter Gegenstände. Während der Kalenderraum kaum etwas war, das in die königliche Schatzkammer gepasst hätte, wäre er wohl unter seine Autorität gefallen. Lune hatte das Geheimnis jedoch nur mit den wenigen geteilt, die es wissen mussten, und Aspell hatte nicht dazugehört.

Zeichen der Hoffnung waren gut. Sie wusste es allerdings besser, als anzunehmen, dass diese die Mehrheit darstellten. »Was ist mit dem Rest?«

Der Großsiegelbewahrer nahm einen sauber zusammengebundenen Stapel Zeitungen und verzog das Gesicht, als die billige Tinte auf seine Finger abfärbte. »Die sanistischen Reaktionen sind so, wie Ihr erwarten würdet. Das völlige Fehlen von Logik und Vernunft ist absolut erstaunlich. Einige haben den voreiligen Schluss gezogen, dass der Kalenderraum operiert, indem er *Euer* Leben aussaugt, Madam, und dass Ihr deshalb nun sterblich seid.«

Lune seufzte. Sie wusste es besser, als anzunehmen, dass die gemeinen Untertanen in ihrem Reich alle dumm waren. Einige Goblins und Pucks waren tatsächlich sehr schlau, genau wie einige ihrer Höflinge völlige Narren waren. Aber viele dieser gemeinen Fae waren ungebildet und wussten nichts über das hinaus, was ihre eigene Natur betraf, und das machte sie zur leichten Beute für Gerüchte.

Von denen einige, wie sie wusste, absichtlich gestreut wurden.

Aspell schüttelte den Kopf, ehe sie fragen konnte. »Ich stimme Euch zu, Madam, dass es unter den Sanisten eine Art Führung gibt – eine Gruppe, die aktiv danach trachtet, Euch zu ersetzen. Aber sie sind vorsichtiger als die Idioten, die im *Crow's Head* trinken. Ich bezweifle, ob wir es schaffen, sie zu finden, bis sie einen eindeutigen Schachzug machen.«

Die Tatsache, dass er recht hatte, machte es nicht einfacher zu akzeptieren. Und selbst wenn sie die Führung der Sanisten bräche, würden die Meinungen bleiben. Das mochte ihr eine kurze Atempause schenken, aber mehr nicht.

Sie hob eine Hand, um sich an der Stirn zu kratzen, dann zwang sie sich, diese zu senken. Während zwischen ihnen beiden keine große Wärme herrschte, konnte sie Aspells Effektivität nicht tadeln. Er diente ihr beinahe kontinuierlich seit ihrer Thronbesteigung und hatte seinen Nutzen öfter bewiesen, als sie zählen konnte. Früher oder später würde er den richtigen Faden finden, an dem er ziehen musste, um diesen Knoten zu lösen.

Sie hoffte nur, dass es früher wäre. Es wäre angenehm, ein Problem weniger zu haben, mit dem sie sich beschäftigen musste.

»Behaltet Carline im Auge«, sagte Lune schließlich. »Falls sie nicht beteiligt ist, werden sie vielleicht noch an sie herantreten. Informiert mich, wenn Ihr irgendein Anzeichen für Ärger entdeckt.«

Gewöhnlich setzte sie die Spione des Großsiegelbewahrers für eine Vielzahl an Zwecken ein, aber in der Sache des Kometen waren sie nutzlos, und die Sanisten waren mit Abstand ihre zweitgrößte Sorge. Alles andere konnte warten. Valentin Aspell verbeugte sich tief und sagte: »Madam, ich werde alles tun, was ich kann.«

ST. JAMES, WESTMINSTER
14. *Februar* 1758

Ekelhaft kalter Regen spülte in sporadischen Wellen über Westminster hinweg, doch das Innere von *Gregory's* war warm und mit den wettstreitenden Düften von Kaffee, Perückenpuder und Parfüm überladen. Das Ende der Weihnachtsfeiertage, die Sitzungsperiode des Parlaments und die Aussicht auf den kommenden Frühling bedeuteten, dass die Oberschicht von ihren Landsitzen nach London zurückkehrte und sich für den Beginn der Saison bereitmachte.

Von Galens Kameraden hatten sich zwei auf diese Weise zurückgezogen, während einer – wie Galen selbst – aus Mangel an Geld, um den Landsitz bewohnbar zu machen, in London geblieben war. Heute war die erste neue Versammlung ihres üblichen Clubs, den Mayhew die Nutzlosen Sprösslinge getauft hatte. Es war eher ein Scherz als alles andere. Sie waren einfach eine kleine Freundesgruppe, die sich in einem Kaffeehaus traf, nichts so Organisiertes wie White's oder sogar die Clubs der Huren oder der Schwarzen. Es war jedoch der einzige, zu dem Galen gehörte. Es gab einen für Männer, die mit den Fae zu tun hatten, doch dieser war eine unangenehme Sache. Die Gruppe passte zu schlecht zusammen, und als Prinz wurde er nervös, wenn er sie besuchte.

Außerdem hätten jene Männer ihm bei seinem momentanen Problem nicht helfen können. Galen leerte seine Kaffeetasse, stellte sie klirrend auf den Tisch und sagte: »Freunde, ich brauche eure Unterstützung. Ich muss eine Frau finden.«

Seine Verkündung rief entsetzte Blicke hervor. Jonathan Hurst, mit fünfundzwanzig der Älteste in ihrer Gruppe, fragte: »Wozu? Nach jedem vernünftigen Maßstab hast du mindestens fünf weitere Jahre freier Hurerei vor dir, ehe du an eine Ehefrau gefesselt werden solltest.«

»Erzähl mir nicht, dass du einen Bastard gezeugt hast«, sagte Laurence Byrd misstrauisch.

Peter Mayhew klopfte ihm auf die Schulter. »Er hat gesagt, eine Frau *finden*, Idiot. Wenn er einen Bastard hätte, besagt die Logik, dass dieser eine daran gebundene Frau mit sich brächte.«

»Nicht falls die Mutter tot oder unpassend ist! Vielleicht braucht er eine andere Frau, die das Kind für ihn großzieht.«

»Das brauche ich *nicht*«, sagte Galen, ehe ihre Spekulationen ihm genug Skandale andichten konnten, um die Klatschtanten der Gesellschaft eine Woche lang zu beschäftigen. »Es gibt kein Kind – zumindest keines, von dem ich weiß. Aber mein Vater zwingt mich dazu.«

Verständnisvolles Murmeln erklang um den Tisch. Alle hatten seinen Vater schon getroffen und kannten Charles St. Clairs Art. »Früher oder später musste das passieren«, stimmte Byrd ein, seine Miene jetzt mitleidsvoll düster. »Nun, es gibt einen Silberstreifen am Horizont: Je früher du verheiratet bist, desto schneller kommst du unter seiner Fuchtel weg. Darauf kannst du dich zumindest freuen.«

Nicht unbedingt. Galen wusste es besser, als zu glauben, dass seine Heirat und der Auszug aus Leicester Fields Freiheit von seinem Vater bedeuten würden. Er kannte Männer von dreißig Jahren, die sich immer noch wanden, wenn ihre Väter sprachen.

Keiner seiner Kameraden litt ganz so sehr unter der väterlichen Hand. Die Väter von Byrd und Mayhew hatten beide einen freundlicheren Charakter, und der von Hurst war vor sieben Jahren gestorben – obwohl das die unglückliche Auswirkung hatte, dass er nun für zwei dickköpfige jüngere Brüder verantwortlich war, die beide nicht dazu neigten, ihn als Patriarchen in ihrem Haushalt zu respektieren.

»Meine Runde«, sagte Mayhew, stand auf, um mehr Kaffee zu kaufen, und bahnte sich seinen Weg durch den Raum.

Hurst zog die gefalteten Manschetten an seinem Mantel mit einer präzisen Bewegung glatt und sagte: »Also gut. Du hast um unsere Hilfe gebeten, und wir werden sie gewähren. Was brauchst du?«

»Eine Frau«, erinnerte Byrd ihn.

»Und jegliche weibliche Kreatur im heiratsfähigen Alter ist gut genug? Vorausgesetzt, wie man wohl annehmen kann, dass sie zwei Beine, zwei Augen und all die anderen Teile hat, die eine solche Kreatur gewöhnlich besitzt ...«

Galen lachte. »Ich habe verstanden, was du meinst, Hurst, und er hat das auch. Er spielt nur den Idioten. Was deine Frage betrifft ...« Sein Gelächter wurde zu einem Seufzen. »Die wichtigste Bedingung ist, wie ihr euch vorstellen könnt, Wohlstand.«

Hurst nickte. »Deine Schwestern.«

Mayhew war gerade zurückgekommen, und die Tassen klirrten auf dem Tisch, als er sie abstellte. Er war der Jüngste in ihrer Gruppe: achtzehn, genau in Daphnes Alter. Galen wusste sehr genau, dass sein Freund eine nicht sehr geheime Zuneigung zu seiner mittleren Schwester hegte. Er wusste leider ebenfalls, dass die Mayhews in einer noch schlimmeren Lage waren als die St. Clairs. Egal welchen Wohlstand Galen durch seine Heirat erlangen würde, sein Vater würde nie einwilligen, Daphne jemanden von einem solch geringen Stand heiraten zu lassen.

»Wie groß ist die Summe, die du brauchst?«, fragte Byrd. Falls er Mayhews Missfallen bemerkte, zeigte er kein Anzeichen, sondern nahm einfach eine der Tassen.

Eine Zahl zu wählen, hinterließ einen bitteren Nachgeschmack in Galens Mund, aber er hatte sich selbst an jenem Morgen, während Edward ihn rasierte, versprochen, dass er das hier auf genau dieselbe Weise angehen würde wie die Bedrohung durch den Drachen: identifizieren, was getan werden musste, die potenziellen Möglichkeiten evaluieren, um dies zu erreichen, und sie dann eine nach der anderen verfolgen, bis er einen Erfolg erzielte. Es war eine verschlagene Art, zu einer Heirat zu kommen, aber es war auch die einzige Möglichkeit, wie er sich überhaupt dazu bringen konnte.

»Fünftausend«, sagte er letztlich. »Mehr, falls möglich.« Was es unwahrscheinlich machte, dass er die Tochter eines Gentlemans erobern würde. Jene mit gutem Vermögen suchten eine bessere Beute als ihn.

Seine Kameraden nickten, und Hurst fragte: »Sonst noch etwas?«

Nun wurde es zu einer Sache nicht von Notwendigkeit, sondern von Wünschen. Und das war viel gefährlicheres Territorium. »Das Übliche«, sagte Galen und versuchte, darüber zu scherzen. »Einen angenehmen Charakter, gute Hygienegewohnheiten, keinen Wahnsinn in der Stammlinie ...«

»Keine Vorliebe für Schoßhündchen«, schlug Byrd vor. »Kann die verdammten Dinger nicht ausstehen. Ich werde dich nie besuchen, wenn du eine Frau mit einem Hund heiratest.«

Aber Hurst nahm seinen Blick nicht von Galen. Auch er suchte nach einer Frau, wenn auch weniger dringend. Als Vorstand seines eigenen Haushalts lag es nun an ihm, einen Erben zu sichern. »Du bist ein Romantiker, St. Clair«, sagte er über Byrds Beschwerden über nutzlose Hunde hinweg. »Sicher musst du dir an einer Ehefrau mehr ersehen als ein moderates Vermögen und gute Gesundheit.«

Byrd beendete seine Tirade. Auch Mayhew beobachtete ihn jetzt. Sie würden nicht davon ablassen, das wusste Galen. Sie verstanden ihn zu gut.

Eine Feenkönigin, dachte er, während Bilder von Lune seinen Kopf füllten. Sie saß auf ihrem Thron oder spazierte müßig im Garten, schön wie der Mond.

Er schloss die Augen. »Ein ruhiges Temperament«, sagte er, wobei er die Worte eines nach dem anderen entließ, als würde er Schätze auf den Tisch legen. »Gut ausgebildet, nicht nur in Sprachen und Musik und Tanz, sondern Geschichte und Literatur. Und vor allem einen scharfen Verstand, neugierig und schlau. Jemand, mit dem ich mich über mehr als bloße Tändelei unterhalten kann.«

Schweigen folgte seiner Beschreibung. Galen zwang sich, seine Augen wieder aufzumachen, und stellte fest, dass er mit drei sehr unterschiedlichen Gesichtsausdrücken konfrontiert war. Byrd, immer der Zyniker, fand seine Stimme als Erster wieder. »Eine solche Frau wirst du an der kurzen Leine halten müssen. Neugier und die Stabilität einer Ehe gehen selten Hand in Hand.« Mayhew klopfte ihm wieder auf die Schulter.

»Ich meine es völlig ernst«, beharrte Galen und wurde rot. »Wohlstand ist schön und gut, aber das ist die Bedingung meines Vaters, nicht meine. Und er ist nicht derjenige, der mit ihr leben muss, bis der Tod uns scheidet. Ich will verdammt sein, wenn ich mir eine Frau nehme, die ich nicht respektiere.«

Das brachte Byrd zum Schweigen und ließ Hurst nachdenklich dreinschauen. »Das verkleinert zumindest dein Feld, und das ist ein Vorteil. Du wirst spezifische Ziele verfolgen, was sie oft wertschätzen. Judith Chamberlain zum Beispiel.«

»Zu alt«, war Byrds unmittelbares Urteil. »Er kann sich keine Frau nehmen, die anderthalb Mal so alt ist wie er.«

Was eine Übertreibung war, aber Hurst ließ sie ihm durchgehen. »Abigail Watts. Cecily Palmer. Die Älteste von Northwood – wie heißt sie doch gleich ...«

»Philadelphia«, warf Mayhew nach einer kurzen Pause ein.

Byrd hatte Einwände gegen sie alle. »Abby Watts würde niemals eine Geliebte tolerieren. Das Palmer-Mädchen ist in einen anderen Kerl verschossen. *Sie* wäre diejenige, die *dich* betrügen würde, St. Clair. Und Philadelphia – pah! Kannst du dir einen unpraktischeren Namen vorstellen?«

»Also, verdammt noch mal, Byrd. Du lehnst jedes Mädchen in England ab, wenn wir dir die geringste Chance geben!«

Er begegnete Mayhews Anschuldigung mit einem Schulterzucken. »Wie sie es verdienen, mein Freund.«

»Jede Heirat ist ein Kompromiss«, sagte Hurst – eine so autoritative Erklärung, dass sie einen beinahe vergessen lassen konnte, dass er selbst noch Junggeselle war.

»Ich werde bei der Schönheit Kompromisse machen«, sagte Galen. Es konnte ohnehin niemand dem Vergleich mit Lune standhalten. »Aber nicht beim Vermögen und auch nicht beim Respekt. Wenn das bedeutet, dass es am Ende Schoßhündchen gibt, dann, Byrd, wirst du das einfach aushalten müssen.« Er zog ein kleines Notizbuch und einen Bleistift aus seiner Tasche. Als er eine leere Seite aufschlug, fragte er Hurst: »Welche Namen hattest du noch gleich vorgeschlagen?«

DER ONYXPALAST, LONDON
11. *März* 1758

Irrith hatte nicht das Temperament für Spionage und Intrigen und war auch nicht dazu bereit, ihre Gedanken in einer der

Zeitungen im Onyxpalast zu veröffentlichen. Aber für einige Wochen *Die Esche und der Dorn* zu lesen, ärgerte sie genug, dass sie das eine tat, worin sie gut war, nämlich die Quelle ihres Problems zu suchen.

Carline.

Nicht Lady Carline, nicht mehr. Sie hatte ihre Stellung in Lunes Schlafgemach nach ihrem unglückseligen Versuch, Irrith zu verleiten, verloren. Allerdings wohnte sie immer noch in denselben Räumen wie immer, und genau dort suchte Irrith sie auf. Sie schlug ungeduldig mit einer Faust an die Tür.

Ein sterblicher Diener öffnete die Tür, eine faltige alte Frau, ganz anders als die wunderschönen Jugendlichen, die die Elfendame zuvor bedient hatten. Die Frau betrachtete sie zweifelnd. »Was wollt Ihr?«

»Carline. Und meine Angelegenheit mit ihr ist ernst, also versuch nicht einmal ...«

»Irrith?« Der überraschte Ruf war unverwechselbar Carlines samtene Stimme.

Die Frau runzelte die Stirn und ließ Irrith hinein. Die Kammer dahinter war peinlich luxuriös, mit Bänken mit roten Kissen in irgendeinem orientalischen Stil. Carline räkelte sich auf einer davon mit einem Weinglas in der Hand. Sie stand auf, als Irrith eintrat. »Ach, du bist es wirklich. Ich hatte gehört, dass du wieder in London bist, aber ich muss gestehen, ich hätte nie gedacht, dass du zu mir kommen würdest.«

Der üppige Körper der gefallenen Lady zeigte sich sogar in dem relativ einfachen Kleid, das sie trug, sehr vorteilhaft, und sie überragte Irrith um beinahe einen Kopf. Unbeeindruckt stemmte der Irrwisch die Hände in die Hüften und funkelte finster nach oben. »Das wäre ich auch nicht, nur habe ich dir etwas zu sagen.«

Die schwarzen Augenbrauen hoben sich. »Wie ich sehe, hast du dich nicht verändert. Oder eher, du hast dich zurück zu dem verwandelt, was du warst, ehe ich versucht habe, dich gesitteter zu machen. Also gut, sei offen: Sag, weshalb du gekommen bist.«

»Hör auf damit, die Königin stürzen zu wollen.«

Das vorherige Heben der Augenbrauen war eine elegante Mimik gewesen. Diesmal schossen Carlines Brauen hoch wie erschrockene Krähen. »Wie bitte?«

Irrith kramte eine gefaltete Ausgabe der neuesten *Die Esche und der Dorn* aus ihrer Tasche und schwenkte sie. »Du hat nicht aufgehört, oder? Selbst nachdem Lune es herausgefunden hat. Ich habe es dir vor fünfzig Jahren erklärt, Carline: Man *wählt* seinen Monarchen nicht einfach ab.«

»Die Sterblichen haben das getan«, sagte Carline. Sie hatte sich von ihrer Überraschung erholt und stellte ihr Weinglas mit einem Klirren ab. »Vor siebzig Jahren. Und jetzt versuchen die jakobitischen Prätendenten, durch die Wahl des Schwertes den Thron zurückzuerlangen – was ist besser? Aber ich hege nicht den Wunsch, mit dir politische Philosophie zu diskutieren, Irrith, so unterhaltsam es auch wäre, das Ergebnis zu beobachten. Weil ich einen Ort habe, zu dem ich jetzt muss, lass mich stattdessen dies sagen: Komm mit mir. Ich würde dir gern etwas zeigen.«

Irrith wich zurück, weil sie eine Falle spürte. »Nein.«

»Was erwartest du – dass ich dich ersteche und in einer Gasse liegen lasse? Ich verspreche, dass ich dir nicht schaden will.«

Carline mochte zwar größer sein als sie, aber sie wäre nie fähig, Irrith zu töten, besonders dann nicht, wenn Irrith eine Pistole in ihrer anderen Tasche hatte. »Ich habe meine Lektion darüber gelernt, dir zu vertrauen.«

Die ehemalige Lady seufzte enttäuscht. »Ich gestehe, das war ein Fehler von meiner Seite. Ich habe dich nicht für klug genug gehalten, zu durchschauen, was ich gerade tat. Nun, *ich* habe *meine* Lektion gelernt. Keine Tricks mehr.« Sie legte ihren Kopf schief und sah mit einem Gesichtsausdruck, den man beinahe zuneigungsvoll nennen konnte, auf Irrith herunter. »Du hattest allerdings einen gewissen Charme. Unbelesen, unzivilisiert – ich habe es genossen, dich in die *Beau Monde* einzuführen und zu beobachten, wie du sie verstörst. Betrachte das hier als Gefallen, als Bezahlung für diese Ablenkung. Ich werde dir sogar Brot geben. Und wenn es vorbei ist, werde ich dir die Frage beantworten, wegen der du gekommen bist.«

Dass Carline gefährlich war, bezweifelte Irrith nicht. Aber es war eine Gefahr von einer Art, der sie ausweichen konnte, solange sie die Augen offenhielt. Und das Angebot hatte, wie sie zugeben musste, ihre Neugier geweckt. »Also gut. Aber wenn du mich doch hintergehst, wirst du herausfinden, wie unzivilisiert ich tatsächlich sein kann.«

COVENT GARDEN, WESTMINSTER
11. *März* 1758

Carline führte sie nach oben und nach Westen. Zuerst hielt Irrith dies für eine weitere ihrer üblichen *Beau-Monde*-Angelegenheiten, wo sie sich mit den Wohlgeborenen der Gesellschaft und schönen Menschen vergnügte. Aber ihr Ziel lag in einem Labyrinth aus schmalen Straßen knapp nördlich des Themseufers, wo eine Menschenmenge, sowohl fein als auch nicht, vor einem großen Gebäude wartete. »Drei Schilling für einen Sitz

Jahrhundert von einer Frau geschrieben worden war. Aber dieser neue Schauspielstil ließ alles frisch wirken. Sie woben mit nicht mehr als den Werkzeugen des gewöhnlichen Lebens eine Illusion, bis das Publikum verschwand und es nichts als die Geschichte auf der Bühne gab. Hier war eine reiche Erbin, und dort die beiden Männer, die um sie werben wollten, und Irrith musste darum kämpfen, sich daran zu erinnern, dass sie einfach Sterbliche waren, die eine Rolle spielten.

Sterbliche – und eine Fee.

Irrith blieb der Mund offen stehen, als Carline auf die Bühne kam. Daran, dass es die Elfendame war, hegte sie keinen Zweifel. Carline sah fast genau wie sie selbst aus. Der Tarnzauber diente nur dazu, den Feenschein aus ihren Gesichtszügen fernzuhalten. Aber sie trug prächtige Kleidung, die für die Geliebte eines reichen Mannes angemessen war, denn das war die Rolle, die sie spielte: Diana, die Geliebte des jüngeren der beiden Möchtegern-Brautwerber.

Das störte die Magie des Stücks, und das nahm Irrith Carline übel. In den Szenen, an denen Diana nicht beteiligt war, konnte sie sich kurz erneut verlieren, doch jedes Mal, wenn die Feenschauspielerin auftauchte, war Irrith wieder in einem lärmenden und übertriebenen Theater und beobachtete Leute in Kostümen, die vorgaben, etwas zu sein, das sie nicht waren. Und Carline war nicht gut darin: Sie konnte keine Emotionen vorspielen, nicht wie es die Menschen konnten. Für Fae gab es wenig Abstand zwischen Affektiertheit und Gefühl, und ohne Letzteres verstanden zu haben, war es schwierig, Ersteres zu beherrschen.

Als das Stück beendet war, wandte Irrith sich dem betrunkenen jungen Gentleman neben ihr zu. »Was hat diese Frau dort oben gemacht?«, wollte sie wissen.

»Mrs. Pritchard?« Er schien vergessen zu haben, wie Irrith ihre Ellenbogen benutzt hatte, denn er sah sie freundlich, wenn auch unstet an. »Zu alt für die Rolle von Charlot, aber sie ist so hübsch, dass ...«

»Nicht die Erbin«, sagte Irrith ungeduldig. »Die andere. Die Geliebte. Diana.«

»Ach, sie.« Der Gentleman blinzelte, dann wandte er sich seiner Begleiterin zu. *Deren* Beruf war recht offensichtlich, und er schien ihren Namen vergessen zu haben. Die Frau, die ein Zoll dick geschminkt war, zuckte bloß mit den Schultern. Er gab das Schulterzucken an Irrith weiter. »Sie spielt gelegentlich hier. Weiß nicht, warum Garrick sie lässt. Sie ist überhaupt nicht gut.«

Irrith konnte es sich denken. Die weitere Anwendung ihrer Ellenbogen brachte sie durch die Menge und wieder in die Lobby hinaus, und dann folgte sie zwei Gentlemen zum Hintereingang des Theaters.

Sie waren gekommen, um Mrs. Pritchard zu sehen, wurden aber an der Tür abgewiesen. Irrith lungerte ein Stück entfernt herum, bis Carline herauskam, die jetzt wieder einfache Kleidung trug.

Der Irrwisch schüttelte ungläubig den Kopf, als Carline auf sie zukam. »Na gut, also hast du den Regisseur verzaubert, damit er zulässt, dass du dich öffentlich zur Närrin machst. Warum musste ich das sehen?«

Carline wirkte verletzt – ganz aufrichtig. »Mr. Garrick kennt meinen Wert. Einige der wichtigsten Leute in London sind gekommen, um mich spielen zu sehen. Hat dir das Stück nicht gefallen?«

Sie klang, als würde sie das wirklich glauben: dass die reichen Gentlemen und ihre Ladys kamen, um *sie* zu sehen und nicht die wundervolle Mrs. Pritchard. »Es hat mir gefallen«, sagte Irrith widerwillig. »Aber warum ist das wichtig?«

Sie sprang zurück, als Carline versuchte, sie am Arm zu packen. »Hör damit auf«, zischte die Dame zwischen den Zähnen hervor. »Wir haben Aufmerksamkeit erregt, Irrith, und wenn du keine neuen Freunde finden willst, kommst du schnell mit mir.«

Als sie einen Blick um sich herum warf, sah Irrith, dass sie beinahe allein in der Gasse waren, bis auf zwei Pfeife rauchende Schauspieler, eine Prostituierte, die versuchte, Kunden aufzutreiben, und einen rau wirkenden Kerl, der viel zu viel Interesse an Carline und ihr selbst zeigte. Sie liefen schnell um eine Ecke, dann noch eine, dann eine dritte. Die Elfendame kannte eindeutig ihren Weg durch dieses Labyrinth. Sie kamen plötzlich auf einen freien Platz hinaus, der von Tavernen umringt war, in denen das Geschäft florierte: der Markt von Covent Garden, wie Irrith bewusst wurde, viel zwielichtiger, als sie ihn zuletzt gesehen hatte.

Auch hier waren Prostituierte und Diebe, aber draußen im Freien zu sein, schenkte ihnen einen Grad an Sicherheit vor Letzteren, und Carlines Begleitung schreckte viele von Ersteren ab. Nicht alle jedoch. Ein halb verhungertes Wrack fragte mit geschwollenen Lippen, ob der Gentleman vielleicht die Gesellschaft von *zwei* Ladys wünschte. »Nein, danke«, sagte Irrith und hastete an ihr vorbei.

Carline atmete die stinkende Luft tief ein, dann ließ sie sie mit einem lauten Seufzen heraus. »Ich habe dich hergebracht, damit du die Wahrheit sehen kannst. Das ist es, was ich heutzutage tue – kein Verrat oder Intrigen oder Aufhetzen der Sanisten. Du hast keinen Grund, mir zu glauben, Irrith, aber ich schwöre dir: Ich will Lunes Krone nicht.«

Sie hatte recht. Irrith hatte keinen Grund, ihr zu glauben. »Du wolltest sie früher.«

»Das ist wahr.« Sie blickte nachdenklich über den Tumult auf dem Platz. »Aber mit Lunes Krone kommen Lunes Probleme, oder nicht? Vor fünfzig Jahren war es anders: Die Rückkehr des Drachen war gerade verkündet worden, und wir hatten all diese Zeit, in der wir uns ausdenken konnten, wie wir ihn loswerden würden. Jetzt haben wir kaum noch ein Jahr. Die Königin kann über diesen Kalenderraum sagen, was sie will, aber ich kenne die Wahrheit. Sie hat keinen Plan. Der Onyxpalast wird brennen, und vielleicht auch London. Warum sollte ich das zu meiner Schuld statt ihrer machen?«

Irrith schmeckte Galle. »Also wartest du bis danach. Bis alles zerstört wurde.«

Carline sah sie mitleidsvoll an. »Und wie würde mir das nützen? Ich strebe nicht danach, über Asche zu regieren. Nein, kleiner Irrwisch: Meine politischen Ambitionen sind beendet. Mein Plan ist es, dieses letzte Jahr damit zu verbringen, alles zu tun, was ich immer wollte, alles, was man nur in London tun kann. Und dann, wenn dieser Schweifstern am Himmel erscheint, werde ich an irgendeinen Ort ziehen, wo er nicht ist.« Nun heftete sie ihre Blicke auf einen entfernten Punkt – einen, der, wie Irrith vermutete, nicht auf dieser Welt lag. »Das Feenland, denke ich. Ich habe nicht den Wunsch, ins Exil in irgendein ländliches Loch wie dein Tal zu gehen. Aber ich habe mich noch nicht entschieden. Vielleicht wird es stattdessen Frankreich.«

Ihre Worte trafen sie bis ins Mark. Hatte Irrith nicht beinahe dasselbe geplant, als sie im Herbst hergekommen war? Den Onyxhof zu genießen, solange es ihn noch gab, und ihn dann seinem Schicksal zu überlassen?

Nun galt die Galle in ihrer Kehle ihr selbst. Sie hätte nie gedacht, dass sie sich Carline verbunden fühlen konnte.

Als hätte sie diese Gedanken gehört, lachte die Elfendame leise. »Ich bin auch nicht die Einzige. Es war anders, als uns der Drache überraschte, indem er im Großen Feuer geboren wurde. Wir saßen in der Falle und hatten wenig andere Wahl, als zu kämpfen. Jetzt wissen wir, dass er kommt. Nur die Narren wollen sich ihm in den Weg stellen.«

Trotz der Beweise aus der Vergangenheit stellte Irrith fest, dass sie Carline glaubte. »Also was wollen die Sanisten?«

Als Antwort bekam sie ein Schulterzucken. »Ganz genau, was sie sagen, könnte ich mir vorstellen. Einen neuen Herrscher – vermutlich einen, der sowohl gesund ist als auch einen Plan hat, um den Drachen zu besiegen. Aber das werde nicht ich sein. In Wahrheit glaube ich, dass sie nur die Hälfte dessen bekommen werden, was sie anstreben, und das wissen sie. Sie können jeglichen Hof aufbauen, den sie wollen, nachdem dieser hier verschwunden ist.«

Falls das wahr war, verachtete Irrith sie. Lune war verwundet, ja, und das war ein Problem, das einer Lösung bedurfte. Den Drachen den Hof zerstören zu lassen, war jedoch überhaupt keine Lösung. »Was ist mit den Sterblichen?«

»Was soll mit ihnen sein?« Das klang wie ehrliche Verwirrung, nicht gekünstelte Unschuld.

Irrith sagte: »Wenn der Drache den Onyxpalast zerstört und der Hof vernichtet wird – was wird aus dem sterblichen London?«

»Es wird weitergehen, wie immer«, sagte Carline geringschätzig. »Selbst wenn ihre Stadt erneut zerstört wird, werden sie sie einfach wiederaufbauen. Das haben sie schon früher getan. Aber das meinst du nicht, oder?« Sie betrachtete Irrith mit kühler Ironie. »Was du meinst, ist, wie werden sie nur ohne Feen unter ihren Füßen klarkommen?«

Sie sprachen jetzt viel zu offen an einem viel zu öffentlichen Ort. Selbst wenn niemand in der Nähe sie verstünde oder Grund hätte, sich darum zu scheren, machte es Irrith trotzdem nervös. Im Tal standen Fae nicht auf dem Dorfplatz und diskutierten Waylands Angelegenheiten. Aber Carlines sardonische Frage verlangte eine Antwort. »Wir haben so viel für sie getan.«

Das Zucken von Carlines Lippen verspottete ihren Einwand. »Haben wir das?«

»Wir haben den Drachen aufgehalten. Ohne uns hätte er den Rest von London niedergebrannt.«

»Und mit uns hat er nur den *Großteil* von London verbrannt. Solch ein Geschenk für die Bevölkerung dieser Stadt! Es ist nicht nur so, dass wir daran gescheitert sind, ihn früher aufzuhalten. *Wir haben ihn gefüttert.* Mit unseren Kriegen und unserer Magie. Wäre er ohne uns überhaupt ein Drache *geworden*? Oder wäre es ein einfaches Feuer geblieben, die Art, wie London sie schon früher gesehen hat? Denk darüber nach, Irrith, bevor du so selbstgerecht über das sprichst, was wir getan haben: Vielleicht macht ausgerechnet unsere Präsenz in dieser Stadt und die Zauber, die die Welt oben an die Welt unten binden, die Probleme von London zu etwas Größerem, als die Menschen alleine lösen können ... oder schafft Probleme, wo vorher keine waren.« Carlines Lächeln war giftig. »Ohne uns wäre der Komet nichts weiter als ein Licht am Himmel.«

Irrith fühlte sich, als hätte sie Feuer verschluckt. Carline lag falsch. Das musste sie. Der Onyxhof war wichtig ...

Für wen? Für Fae wie Irrith – und ja, wie Carline –, die den Sterblichen nahe sein wollten, sie beobachten und mit ihnen sprechen und sich im gespiegelten Strahlen ihrer Leidenschaft sonnen. Kurze Leben, die begannen und endeten wie Glühwürmchen und deshalb umso strahlender waren. Aber welchen Nutzen hatten die Glühwürmchen davon?

Carline erkannte den Egoismus darin, wie Irrith ihn nicht erkannt hatte. Und weit entfernt davon, ihn zu bereuen, nahm sie ihn an und suhlte sich darin. Aber wenn die Musik aufhörte, würde sie den Ball verlassen.

Würde Irrith dasselbe tun?

»Denk darüber nach, kleiner Irrwisch«, sagte Carline leise und beugte sich unangenehm nahe zu ihr. »Entscheide, ob du der Königin glaubst, dass dieser Ort, dieser Hof, so großartig ist, dass er es wert ist, ihn zu erhalten. Oder gestehe dir die Wahrheit ein – nutze diese Sterblichen, solange du kannst –, und dann zieh weiter. Du hast die Ewigkeit zu erleben. Willst du das für jene riskieren, denen es ohne dich besser ergehen würde?«

Sie wartete nicht auf eine Antwort. Vielleicht wusste sie, dass Irrith keine geben konnte. Ohne einen Blick zurück ließ Carline Irrith im Lärm des Markts von Covent Garden stehen, in der Menschenmenge und doch allein.

NEUE FRÜHLINGSGÄRTEN, VAUXHALL
11. *März* 1758

Galen lief mit ruhelosen Schritten auf dem Deck der Barke auf und ab und stolperte gelegentlich, wenn der Fluss gegen die Reling schlug und das Schiff ohne Vorwarnung schaukeln ließ. Das störte die Gruppe aus Violas nicht, die die Passagiere unterhielt, weil sie in der Mitte des Decks saß, aber er hatte sich an den Bug geflüchtet, wo die kleinen Turbulenzen im Fluss am kräftigsten zu spüren waren.

Besser das, als eine Kutsche zu nehmen. Als die Barke in die Nähe des Westufers zur wartenden Treppe kam, konnte er eine bewegungslose Reihe an Fahrzeugen sehen, die die Straße zum Eingang der Frühlingsgärten von Vauxhall verstopften. Hätte seine Familie jene Route genommen, hätte er noch mehr Zeit damit verbracht, seinen Eltern dabei zuzuhören, wie sie über die Respektabilität dieses Ortes stritten, und noch weniger Gelegenheit gehabt, dem zu entkommen.

Ein Schritt hinter ihm, der unerwartet hart auf dem Deck landete, als die Barke in den rauen Gewässern schwankte. Es war ein windiger Abend, und als Galen sich umdrehte, sah er, wie Cynthia ihren Schlapphut festhielt, damit keine plötzliche Böe ihn wegreißen konnte. Er trat vor und band die Schleife am Kinn seiner Schwester neu, und sie lächelte dankbar. »Die Barkenmänner brauchen kaum zu rudern«, sagte sie und strich mit einer Hand über ihren Sarsenettrock. »Sie könnten einfach die Damen an Deck holen, und wir würden den ganzen Weg flussaufwärts segeln.«

Galen bot ihr seinen Arm an, um sie zu stützen. Von weiter hinten im Boot hörte er seinen Vater in einem Tonfall, der keine Widerrede duldete, zu seiner Mutter sagen: »Es ist mir verdammt egal, was im Gebüsch vor sich geht, solange der Vater Geld hat, um Schweigen zu kaufen.«

Er zuckte zusammen. Cynthia drückte mit ihrer Hand seinen Arm, und sie blieben, wo sie waren, während die anderen Passagiere sich vor der Ankunft an die Reling drängten. »Das ist *seine* Meinung«, erinnerte sie ihn, wobei sie sich auf die Zehenspitzen stellte, um es ihm ins Ohr zu murmeln. »Nicht deine.«

Als könne er sich so einfach von seinen Verwandten distanzieren. »Ich werde trotzdem davon hinuntergezogen«, sagte

Galen. Er versuchte, etwas Enthusiasmus für diesen Abend aufzubringen, und scheiterte. »Ich bin gekommen, um ein Vermögen zu suchen, und jeder wird das wissen. Welche junge Dame will einen solchen Mann heiraten?«

Wieder ein Drücken von Cynthias Hand. »Ich sehe überhaupt keinen solchen Mann.«

»Du bist meine Schwester und voreingenommen.«

»Ja – aber das bedeutet nicht, dass ich falsch liege. *Ich* sehe einen Mann, der fest entschlossen ist, das zu tun, was am besten für seine Familie ist, besonders weil es das zukünftige Glück seiner Schwestern betrifft. Junge Damen finden derartige Dinge sehr rührend.«

Die Barke trieb sanft gegen das untere Ende der Treppe zum Ufer und wurde vertäut. Passagiere begannen auszusteigen, wobei die Gentlemen den Ladys dabei halfen, wieder an Land zu gehen. »Rührend«, sagte Galen, gegen seinen Willen amüsiert. »Also bin ich jetzt eine Wohltätigkeitsangelegenheit.«

»*Alles* ist für eine warmherzige junge Dame eine Wohltätigkeitsangelegenheit«, antwortete Cynthia fröhlich, die ihn weniger begleitete, als dass sie ihn zur Reling der Barke steuerte. »Es ist unsere Berufung, weißt du, und im Herzen gerührt zu sein, ist unser wichtigstes Talent. Ich selbst habe darin sehr schlechte Noten bekommen, weil ich mit zu viel Vernunft belastet bin – aber du hast ohnehin nicht vor, *mich* zu heiraten.«

Dieser letzte Kommentar rief bei ihrer Mutter einen alarmierten und verwirrten Blick hervor, da sie eindeutig nicht sicher war, worüber sie gerade sprachen, aber ganz sicher, dass es zu viel Fröhlichkeit für diese Gelegenheit zeigte. »Cynthia, häng nicht an seinem Arm«, tadelte sie ihre älteste Tochter und machte mit ihrem gefalteten Fächer eine verscheuchende Geste. »Aus der Entfernung sieht das aus, als wärt ihr beide ein

Paar, wenn die Leute nicht sehen können, dass ihr verwandt seid, und dann werden sie nicht näher kommen.«

Galen konnte seiner Mutter ihre Besorgnis kaum verdenken. Sie hatte von Natur aus eine nervöse Disposition, und seine Übereinkunft mit seinem Vater hatte sie in hellen Aufruhr versetzt. Nichts wäre gut genug, außer sowohl Galen als auch Cynthia wären bis zum Ende der Saison verlobt. Erst dann würde sie wieder ruhen. Sie mochte die Vergnügungsgärten zwar nicht als Jagdgrund nach Ehepartnern wertschätzen – dort gab es viel zu viele Gelegenheiten für unangemessene Stelldicheins auf den dunklen Seitenpfaden der Spazierwege –, aber die Wohltätigkeitsveranstaltung an diesem Abend war respektabel genug und würde wahrscheinlich die Art von Mann und Frau anziehen, die sowohl Cynthia als auch er brauchten.

Er stählte sich und half erst seiner Schwester, dann seiner Mutter zur Treppe. Der ältere St. Clair funkelte ihn finster an, als er ihm Hilfe anbot, also wartete er, bis der alte Mann vorbeigegangen war, ehe er ihm wie ein braves Schäflein folgte.

Auf der Straße weiter oben ließ Cynthia sich unauffällig zurückfallen, sodass sie gemeinsam laufen konnten, während sie der Menschenmenge zu den wartenden Kutschen und dem Gebäude, das den Eingang zu den Frühlingsgärten darstellte, folgten. »Alles wird gut«, versicherte sie ihm, als sie ihre Eltern etwas weiter vorausgehen ließ. »Falls es hilft, denk hieran: Du magst zwar glauben, dass du der Jäger bist, doch in Wahrheit wirst du gejagt. All jene Mütter mit unverheirateten Töchtern, die danach trachten, dich in ihre Falle zu locken. Du hast kaum eine Chance, armer Junge.«

Ein Hauch von Schmerz verbarg sich hinter jenen lockeren Worten. Keine solch glückliche Falle erwartete Cynthia. Sie hatte einem möglichen Gatten keinen Vorteil jenseits ihres guten Charakters zu bieten. »Dann werde ich an deiner statt jagen«, versprach Galen.

Sie hatte nicht Daphnes Schönheit, aber Cynthia war das einzige St.-Clair-Kind, das die Grübchen ihrer Mutter geerbt hatte. Diese blitzten kurz im Laternenlicht auf, als der Garteneingang näher kam. »Wir können zusammenarbeiten, wie ein Paar Bluthunde. Ich werde angemessene junge Damen zu dir bringen, und du findest Gentlemen für mich. Mit einem solchen Bündnis kann ein Erfolg nicht lange auf sich warten lassen.«

Galen lächelte zu seiner Schwester hinunter und fühlte, wie sich seine Laune besserte. »Falls es hier irgendwelche jungen Männer gibt, die deines guten Herzens würdig sind, meine Liebe, werde ich sie dir ausnahmslos zu Füßen legen.« Und mit diesen Worten gingen sie durch das Gebäude in die Frühlingsgärten dahinter.

Trotz des windigen Abends wurde der breite Spazierweg gut von Kugeln beleuchtet, die an den Bäumen hingen. Unter jenen Lichtern spazierte die Crème de la Crème aus Londons Gesellschaft, von reichen Kaufleuten bis zur Aristokratie selbst, zur Musikbegleitung durch das Orchester im Hain.

Und mindestens die Hälfte von ihnen war auf der Jagd nach Ehegatten, für sie selbst oder für ihre Nachkommen.

Zumindest musste er die Spreu nicht vom Weizen trennen. Das Ridotto al Fresco an jenem Abend war eine Wohltätigkeitsveranstaltung für die eine oder andere würdige Sache – vielleicht das Findlingsspital oder Soldaten, die in der jakobitischen Rebellion verwundet worden waren. An einem gewöhnlichen Abend durfte jeder, der sich den einen Schilling Eintritt leisten konnte, hereinkommen. Ärmere Leute sparten ihre Pennys, dann zogen sie ihre schäbige beste Kleidung an, um über die

Musik und die Gemälde und die Pracht der Bessergestellten zu staunen.

Seine Mutter hatte recht, musste Galen zugeben. Der Ort hatte keinen ganz guten Ruf. Hoffentlich wusste Cynthia, dass sie sich vom Druidenpfad und anderen derartig dunklen Ecken weit fernhalten sollte, wo junge Kerle unbegleiteten jungen Damen Fallen stellten. Heute Abend sollte es sicherer sein, weil die Prostituierten verjagt worden waren, aber nicht jeder Sohn eines Hochadligen respektierte die Würde einer Frau so sehr, wie er es sollte.

Ein Buffet war in der Rotunde zu ihrer Linken aufgebaut, etwas besser als die übliche überteuerte Ware in den Gärten. Peter Mayhew drückte sich dort herum und machte eine enttäuschte Miene, als er sah, dass Daphne sie nicht begleitet hatte. »Hurst ist irgendwo dort«, erzählte er Galen, während er vage auf die riesigen Gärten deutete. »Wenn ich ihn sehe, werde ich ihm sagen, dass du hier bist. Ich glaube, er hat vor, den Abend damit zu verbringen, für dich zu jagen.«

Offenbar würde Galen jegliche Unterstützung bekommen, die er aushalten konnte, und noch mehr. Er war dankbar, als er Dr. Andrews in der Nähe des Orchesters erkannte, den einen Mann in London, mit dem er über etwas anderes als Heiratsaussichten reden konnte.

Der spindeldürre Mann drehte sich um, als Galen seinen Namen rief. »Ach, Mr. St. Clair. Hier, um die gut gemeinten Mühen der Marinegesellschaft zu unterstützen?«

Also wurde heute für die Marine gesammelt. »Ja, natürlich«, sagte Galen, als hätte er das gewusst. Andrews verzog den Mund und konnte seine Belustigung nicht ganz verbergen. Um zu beweisen, dass er das Abendprogramm nicht völlig ignoriert hatte, fügte Galen an: »Mr. Lowe soll später singen, glaube ich.

Hattet Ihr schon das Vergnügen, ihn zu hören? Ein wirklich feiner Tenor.«

»Eine feine Stimme, aber ein minderwertiges Verständnis der musikalischen Kunst«, sagte Andrews. »Man würde meinen, Letzteres könnte man lehren und Ersteres nicht, doch es scheint Mr. Lowes Kapazitäten zu übersteigen. Trotzdem ein prächtiger Sänger – ich will ihn nicht schlechtmachen. Hanway hätte ihn sonst nicht für diese Veranstaltung engagiert.«

»Wie laufen Eure Forschungen?«, fragte Galen, und sie verbrachten einige unterhaltsame, wenn auch grausige Minuten damit, über die medizinischen Künste zu diskutieren. Diese völlig unangemessene Konversation wurde jedoch von der Ankunft Cynthias, die eine weitere junge Dame im Schlepptau hatte, unterbrochen. »Oh, Entschuldigung – Galen, ich wollte dich meiner Freundin Miss Northwood vorstellen.«

Er verbeugte sich, während er innerlich seufzte. *Von einer Verpflichtung zur anderen, aber diese hier ist weniger angenehm.* Northwood – das war einer der Namen, die Hurst vorgeschlagen hatte. Diejenige, deren Vornamen Byrd verspottet hatte.

Philadelphia war wirklich ein großspuriger Name für seine Trägerin. Sie war überaus dünn und von dieser Art von Schlichtheit, die sich in feiner Kleidung am schlimmsten zeigte. Eleganz betonte nur das Fehlen davon in ihrem Gesicht. Nicht hässlich, nur sehr durchschnittlich – auf die Art, die Komplimente für ihre feinen geraden Zähne anzog. Und selbst jene erschienen nur kurz in einem unbeholfenen Lächeln.

»Wir wären wahrlich miserable Gentlemen, wenn wir etwas gegen die Gesellschaft von zwei hübschen Mädchen hätten«, sagte Galen und ersetzte die Wahrheit durch Höflichkeit. »Und falls Ihr unser Thema mitgehört habt – ich verspreche Euch, dass wir zivilisierter sein *können*. Gerade vor wenigen Minuten haben Dr. Andrews und ich den Sänger, Mr. Lowe, diskutiert. Habt Ihr ihn schon gehört, Miss Northwood?«

»Einmal«, sagte sie in einem weichen Alt. »Nicht der subtilste in seiner Interpretation der Melodie – aber man bemerkt jenen Fehler über der Pracht seiner Stimme kaum.«

Was ihr Dr. Andrews' sofortige Billigung einbrachte. Die beiden fingen eine Debatte darüber an, wessen musikalische Interpretation der von Lowe überlegen war, während Cynthia Galen einen Blick zuwarf, den er allzu einfach deuten konnte. Dies war also ihre Hilfe für ihn: Miss Northwood als mögliches Ziel. Er hatte nicht gewusst, dass sie Freundinnen waren.

Sie wirkte nett genug. Und Galen hatte in der Tat gesagt, dass Schönheit nicht seine wichtigste Bedingung sei. Tatsächlich – als er die bunte Chinaseide ihres Kleids und die kunstvolle Schnürung um dessen Ausschnitt bemerkte – erinnerte er sich jetzt, warum Hurst sie wohl vorgeschlagen hatte. Philadelphia Northwoods Vater war einer der Direktoren der Bank von England. Reich und begierig darauf, dass seine Tochter in eine bessere Familie einheiratete. Kurzum, genau das, wonach Galen suchte.

Er nahm seinen Mut zusammen und wartete auf einen günstigen Moment. Als dieser kam, fragte er: »Miss Northwood – tanzt Ihr?«

Sie hob die Augenbrauen. Galen hatte den deutlichen Eindruck, dass dies keine Frage war, die ihr oft gestellt wurde. Junge Männer, die sie sahen, nahmen zweifellos an, dass mangelnde Schönheit auf ihrer Seite zertrampelte Zehen auf deren Seite bedeutete, und fragten anderswo. Aber die Musiker spielten einen Kontertanz an, und man hatte im Hain zu diesem Zweck eine Tanzfläche gebaut. Sie sagte: »Ja, Mr. St. Clair – wenn ich aufgefordert werde.«

»Dann gestattet mir bitte, eine Aufforderung auszusprechen«, sagte er und bot ihr seinen Arm an, um seine Worte zu unterstreichen.

Cynthias ermutigendes Lächeln folgte ihnen, als sie sich den anderen Tänzern anschlossen. Das war leicht genug, leichter als Konversation. Er hatte viele Tanzstunden genommen und sie zweifellos auch. Er setzte seinen Hut fester auf den Kopf, damit ihn kein trügerischer Wind wegschnappen konnte, und gab Miss Northwood seine Hand, die sie mit einem Knicks nahm.

Sie tanzte wie aus dem Lehrbuch, jede Bewegung präzise so wie ihr eigener Tanzmeister sie ihr diktiert haben musste, ohne irgendein bestimmtes Flair oder Eleganz. Doch sie trat ihm auch nicht auf die Zehen, und sobald er über diese Sicherheit im Klaren war, wurde Galen bewusst, dass er doch eine Konversation führen musste. »Mir war nicht bekannt, dass Ihr mit meiner Schwester befreundet seid«, setzte er an und ergriff das erste sichere Thema, das ihm in den Sinn kam.

»Cynthia und ich teilen gewisse Wohltätigkeitsinteressen«, antwortete Miss Northwood, während sie einander in einer Allemande umkreisten. »Die Gesellschaft zur Verbesserung der Bildung unter den armen Bedürftigen.«

Eine völlig respektable Beschäftigung für junge Damen aus guter Familie. »Und füllt Ihr alle Eure Tage mit der Verbesserung der einen oder anderen Sache?«, fragte er mit einem Lächeln, um zu zeigen, dass er das nicht abwertend meinte. »Oder entbehrt Ihr hier und da eine Stunde für frivole Unternehmungen?«

Ihre sorgfältige Maske aus Freundlichkeit vertiefte sich kurz zu etwas Ehrlicherem, als sie einander für eine Promenade an der Hand nahmen. »Ich bin keine Methodistin, Mr. St. Clair. Wenn ich jeden Tag mit nichts als guten Taten füllen würde,

würde ich meine Kerze bald bis auf einen Stumpf abbrennen. Eine gelegentliche frivole Vergnügung stellt, wie ich finde, etwas vom verlorenen Wachs wieder her – wenn Ihr mir meine peinliche Wahl einer Metapher verzeiht, die, wie ich befürchte, irgendwo einen falschen Lauf genommen hat. Ich hätte mich für Lampenöl entscheiden sollen.«

Er reagierte mit verblüfftem Gelächter – einem echten, nicht dem höflichen Kichern, das jeder Gentleman für gepflegte Konversationen übte. »Verziehen, Miss Northwood. Welche Art von Vergnügung zieht Ihr vor?«

Sie zögerte nur für den flüchtigsten Augenblick. Hätte er durch den Tanz in jenem Moment von ihr weggesehen, hätte er ihn verpasst. »Ich lese gerne.«

Wie es viele durchschnittliche junge Ladys taten, deren Zeit nicht von den Zwängen der Tändelei und sozialen Intrigen beansprucht wurde. »Romane?«

Sie reagierte mit einem scharfen Blick, ehe sie den Platz mit der Dame des benachbarten Tanzpaars tauschte. Zu dem Zeitpunkt, als sie wieder zusammenkamen, war die sorgfältige Maske zurück. »Manchmal. Auch Geschichte, Philosophie, Übersetzungen klassischer Werke ...«

Galen bemerkte seinen Fehler. Er hätte ihn früher entdecken sollen. Cynthia kannte ihn und wusste, wo seine Prioritäten bei der Brautschau liegen würden. »Ich bitte um Verzeihung, Miss Northwood. Wäre sie nicht auf unserem Landsitz in Essex, würde ich Euch meine eigene Bibliothek zeigen, und Ihr würdet verstehen, dass ich Euch gleichgesinnt bin. Dieser Tage muss ich mich mit einer Leihbücherei begnügen.« Es war die einzige Möglichkeit, wie er an neue Bücher kommen konnte. Sein Vater lehnte die Ausgabe, sie zu kaufen, entschieden ab.

»Begnügen?« Sie lachte. »Sie sind eine wundervolle Institution, denn wenn ich jedes Buch kaufen würde, das ich lesen will, würde mich mein Vater zu Wasser und Brot verdonnern, um die Ausgaben wiedergutzumachen.«

Nicht nur die Zuflucht eines wenig hübschen Mädchens, das nichts Besseres bekommen konnte. Nein: Sie hegte eine echte Passion für das Lernen. *Vauxhall ist ein schrecklicher Ort für sie*, dachte Galen. Es betonte jede gute Eigenschaft, die sie nicht besaß, während es jene verbarg, die sie hatte. *Sie würde sich in einem anderen Kontext viel besser machen.*

Der Tanz endete jetzt, was für sie beide eine gute Sache war. Ihre Unaufmerksamkeit hatte dazu geführt, dass ihre Schritte ungenauer wurden, seine ebenso wie ihre. »Miss Northwood«, sagte er, als er seine abschließende Verbeugung machte, »habt Ihr Euch schon die Kuriositäten im Britischen Museum angesehen?«

»Ich dachte, es sei noch nicht für die Öffentlichkeit zugänglich.«

Er lächelte. »Das ist es nicht, aber man kann sie überreden, gelegentlich ausgewählte Besucher hineinzulassen. Ich würde mit Freuden einen kleinen Ausflug arrangieren.« Cynthia würde helfen, da war er sicher. Und für die Gelegenheit, solchen Reichtum zu ergattern, würde ihm sein Vater die Ausgaben nicht verübeln.

Als er diese Worte ausgesprochen hatte, sah er, dass das Lächeln, das Miss Northwood gezeigt hatte, als sie ihn kennengelernt hatte, falsch gewesen war, ihr Versuch der Koketterie, die von einer jungen Frau im heiratsfähigen Alter erwartet wurde. *Das hier* war die echte Miss Northwood, und die offene Ehrlichkeit dieses Lächelns war viel bezaubernder. »Mr. St. Clair, für diese Gelegenheit würde ich barfuß nach Bloomsbury laufen.«

Als sie sich dem Rand der Menge näherten, sah Galen, wie Cynthia fragend eine Augenbraue hob. Er nickte ihr zu, während ihm vor Dankbarkeit warm ums Herz wurde. *Vielleicht gibt es andere Aussichten. Noch ist nichts sicher. Aber danke, geliebte Schwester – das ist ein sehr guter Anfang.*

DER ONYXPALAST, LONDON
11. *März* 1758

An der Kammertür standen zwei Elfenritter, Mitglieder der Onyxwache, doch es war der Kammerdiener, an dem Irrith nicht vorbeikam. »Lord Galen ist beschäftigt«, sagte er.

Irrith funkelte ihn wild an. Der Diener blinzelte nicht einmal. Er hatte Feenblut, das war offensichtlich. Es zeigte sich daran, wie seine Augen standen. Eindeutig hatte er genug von den Fae gesehen, um sich vom finsteren Starren eines schlanken Irrwischs nicht beeindrucken zu lassen.

Sie hatte auch nichts, womit sie ihn bestechen konnte. Tändelei stand außer Frage. Irrith war nicht Carline, weder in ihren Neigungen noch in ihren Talenten. Sie musste sich auf etwas wie die ehrliche Wahrheit verlassen. »Es hat mit dem Drachen zu tun.« Das Wort war praktisch ein magischer Schlüssel, der im gesamten Onyxpalast Türen öffnete.

Aber anscheinend nicht diese Tür. »Also gut, Ma'am«, sagte der Diener mit einer Verbeugung. »Wenn Ihr Eure Nachricht gerne bei mir hinterlassen wollt …«

»Will ich nicht. Hör mal, Einfaltspinsel: Ich habe eine Frage an den Prinzen, und bis ich eine Antwort bekomme …«

Die Tür schwang plötzlich weiter auf und gab den Blick auf einen halb angezogenen Lord Galen frei. Seine Hemdsärmel wölbten sich seidenweiß aus seiner aufgeknöpften Weste, und seine Perücke fehlte. Irrith kämpfte darum, ihn nicht anzustarren. Ohne seine sorgsam frisierten Locken sah er völlig anders aus – irgendwie sowohl älter als auch jünger, und definitiv weniger affig.

Galen strich verunsichert mit einer Hand über seinen kurz geschorenen Kopf, als würde er gerade erst realisieren, dass es vielleicht nicht angemessen war, ohne Perücke eine Dame an der Tür zu empfangen. Sein Haar war kastanienbraun, dunkler als ihr eigenes. »Dame Irrith. Komm herein.«

Er sagte nicht: *Damit ich nicht ewig mitanhören muss, wie mein Diener mit dir diskutiert.* Irrith scherte sich nicht sehr darum, warum er sie hineinließ. Sie gehorchte schnell, glitt am Diener vorbei und hielt sich sogar davon ab, ihn anzugrinsen.

Die Gemächer des Prinzen hatten sich seit dem letzten Mal, als sie sie gesehen hatte, sehr verändert – was immerhin mehr als fünfzig Jahre und mehrere Prinzen her war. Sie waren *hell*! Jemand hatte, vielleicht auf Galens Anstoß hin, die schwarzen Mauern mit einer Art Farbe oder Tapete in einer angenehmen Hellblauschattierung bedeckt. Teppiche machten die Steinböden weich, und elegante Stühle standen herum, ebenso wie einige kräftigere Möbelstücke. Zweifellos dienten jene den Annehmlichkeiten der korpulenteren Fae am Onyxhof.

Irrith verbeugte sich, aber Galen winkte dies mit einer Hand ab und bedeutete ihr mit einer Geste, dass sie sich an einen kleinen Tisch setzen sollte. »Möchtest du etwas zu trinken? Nein? Danke, Edward. Das wäre alles.«

Der Mann verbeugte sich und zog sich in einen Nebenraum zurück. Wenn er ein richtiger Bediensteter am Onyxhof war, würde er am Schlüsselloch lauschen. *Na, soll er doch*, dachte

Irrith. Lune würde ihn nicht dem Prinzen dienen lassen, wenn sie seiner Diskretion nicht vertraute.

Es war schwierig, Galen mit diesem Titel zu versehen, so jung und unsicher, wie er war. Er schien allerdings in Lunes Abwesenheit leichter zu atmen. Er zögerte einen Augenblick, ehe er offensichtlich beschloss, sich nicht zurückzuziehen und richtig anzukleiden. Stattdessen setzte er sich Irrith gegenüber. »Also. Du hast etwas über den Drachen zu sagen.«

»Ich ...«, sagte Irrith und stockte. »Ähm. Das ist ...«

Ein Grinsen zuckte um seine Mundwinkel. »Das war etwas, das du gesagt hast, um an Edward vorbeizukommen.« Irrith blickte peinlich berührt zu Boden. »Es ist schon in Ordnung. Meine Zeit ist nicht so wertvoll, wie er denkt. Was wolltest du?«

Ihr war sehr seltsam zumute, als sie in diesem hellen und feinen Raum saß. Er fühlte sich überhaupt nicht wie der Onyxpalast an – eher wie der Salon eines modebewussten Gentlemans, der zufällig keine Fenster hatte. Ein kleines Stück der sterblichen Welt, das in sich abgeschlossen hier unten existierte. »Du bist sterblich«, sagte Irrith.

Das Grinsen kam zurück und lauerte offensichtlicher. »Ja«, stimmte Galen zu.

»Und du bist ein Teil des Onyxhofs. Sogar der Prinz. Also musst du glauben, dass dieser Ort etwas wert ist. Richtig?«

Das verscheuchte das Grinsen nicht ganz, aber Galen hob die Augenbrauen. »Natürlich tue ich das.«

»Warum?«

Er starrte sie mit leicht geöffneten Lippen an. Das Spiel der Emotionen in seiner Miene zu beobachten, war faszinierend. Galen hatte ein sehr ausdrucksstarkes Gesicht mit großen Augen, einem empfindsamen Mund und Haut, die leicht ein

Erröten verriet. Und seine Laune veränderte sich so schnell, so einfach! Sie hätte ihn eine Woche lang beobachten können, und es wäre ihr nie langweilig geworden.

Dieser empfindsame Mund öffnete und schloss sich einige Male, während Galen nach Worten suchte. Schließlich sagte er: »Ihre Gnaden hat mir erzählt, dass du während des Großen Feuers für den Onyxpalast gekämpft hast. Hast du ihn damals nicht für wert befunden, erhalten zu werden?«

»Doch.«

»Hast du deine Meinung geändert?«

Irrith rutschte auf der gepolsterten Sitzfläche herum. »Ich ... weiß nicht. Es scheint mir nur ... als würden wir, die Fae, uns an euch *klammern*. An Sterbliche. Weil ihr uns Dinge gebt, Gefühle, Erlebnisse, die wir anders nicht bekommen können. Aber was bekommt *ihr* im Gegenzug? Oh, manchmal inspirieren wir einen Künstler – aber ist ein Gemälde oder ein Musikstück so wichtig? Und manchmal verliebt sich ein Sterblicher in eine Fee, aber wie oft endete das gut für ihn?«

Irrith verdammte ihre gedankenlose Zunge schon, als die Worte herauskamen, aber zu spät, um sie noch aufzuhalten. Galen lief in einem faszinierenden, zerbrechlichen Rosa an. Glaubte er wirklich, dass niemand im Onyxpalast von seiner unerwiderten Liebe wusste, wenn jede seiner Gesten sie in die Welt hinausrief?

Aus Mitleid mit seinem Unbehagen sagte Irrith: »Ich stimme der Königin zu, soweit das geht. Mir gefällt der Gedanke, dass Sterbliche und Fae eine Art Harmonie haben ...« Sie seufzte. »Sogar im Tal treiben wir auseinander. Die Leute kümmern sich mehr um Zeitungen aus London, die neueste Mode oder Klatsch über den Adel, den nächsten Ball oder ein Konzert oder was auch immer für eine Versammlung geplant wird. Das berührt natürlich Waylands Reich nicht. Wir sind darin völlig sicher. Aber die Fae gehen immer seltener hinaus. Und wenn wir nicht hinausgehen, welchen Sinn hat es dann, überhaupt dort zu sein? Warum nicht gleich ins Feenland ziehen?« Oder nach Frankreich. Wie Carline.

»Weil wir euch brauchen«, sagte Galen.

»Wirklich? Warum?«

Er seufzte und strich sich wieder mit den Händen über die Kopfhaut. Einer seiner Fingernägel war völlig abgenagt. »Ich weiß nicht, ob ich es erklären kann.«

Wenn er das nicht konnte, wer dann? »Du bist der Prinz vom Stein«, erinnerte Irrith ihn. »Die sterbliche Hälfte der Herrscher des Onyxhofs. Von allen Leuten solltest du eine Antwort haben.«

Wie er seinen Mund zusammenpresste, das Wandern seines Blicks, illustrierte widerstreitende Emotionen. Peinliche Berührung, Nervosität, Frust. Irrith hatte ihn eindeutig an etwas erinnert, das er wusste und an das er nicht zu denken versuchte. *Er ist ein sehr seltsamer Prinz*, dachte sie. Sie hatte genug Prinzen gesehen, um sie vergleichen zu können. *Und es liegt auch nicht nur daran, dass er neu ist.*

Galen sagte, scheinbar aus dem Nichts: »Es gibt hier solche Schönheit – und auch solche Hässlichkeit.«

Magrats Gesicht lag nahe. »Und das ist irgendwie gut für Sterbliche?«

»Auf gewisse Weise.« Er stand vom Tisch auf, die Hände halb erhoben, und umfing leere Luft, als würde er versuchen, die Idee in seinem Kopf zu packen. »Was auch immer eine Fee ist – schön oder hässlich, freundlich oder grausam, amüsant oder schockierend rüde –, ihr seid *rein*. Man sagt, das Böse existiert auf der Welt, weil ohne es das Gute keine Bedeutung hätte. Ich frage mich manchmal, ob die Fae genau das sind. Nicht böse ... ich meine nicht, dass ...« Galens halb gedankenverlorenes Stottern wurde zu einer Entschuldigung, ehe er sah, dass Irrith nicht beleidigt war. »Eher wie die ... die Pigmente, mit denen ein Maler arbeitet. Die reinen Farben, bevor sie gemischt werden. Wenn ihr hasst, dann *hasst* ihr. Wenn ihr liebt ...«

»Dann lieben wir für immer.« Oder zumindest Lune tat dies. Irrith hatte ihr Herz nie verschenkt und hatte auch nicht vor, das je zu tun. »Aber wie hilft das *London*?«

»Wie hilft Wasser oder Luft oder das Nach-unten-Ziehen der Schwerkraft? Jene Dinge *sind* einfach, und ohne sie gibt es kein London.«

Irrith schüttelte ungeduldig den Kopf und hüpfte von ihrem eigenen Stuhl. »Es *gab* aber ein London, ehe es einen Onyxhof gab. Der war nicht immer hier, weißt du. Ich habe die Stadt bis vor hundert Jahren nie gesehen, aber ich kann mir nicht vorstellen, dass sie damals irgendwie weniger *real*, weniger voll von Leben war, als sie keinen Haufen niederträchtiger, sich ständig einmischender Feen hatte, die unter ihren Füßen freundlich und hässlich und so weiter waren.«

»Hundert Jahre«, sagte Galen mit einem Ausbruch von verblüfftem Gelächter. »Die Zauber und Amulette, weißt du – die kann ich ohne große Probleme akzeptieren. Es ist die Unsterblichkeit, die mein Verstand nicht fassen kann. Du siehst keine hundert Jahre alt aus.«

Sie war viel älter als das. Sie vermutete jedoch, dass Galen sie nicht über den Schwarzen Tod oder irgendwelche anderen Bruchstücke, an die sie sich aus der lang vergangenen Geschichte der Menschheit erinnerte, reden hören musste. Stattdessen kam sie auf den ursprünglichen Punkt zurück. »Was würde passieren, wenn wir alle weggehen würden? Nicht nur aus London – sondern alle von Waylands Hof und von Hernes und aus jedem anderen Feenreich in England. Keine Feen mehr. Was würdet ihr verlieren?«

Galen wirkte, als würde der bloße Gedanke ausreichen, um ihn in Stücke zu brechen. »Ich ...«

Er würde Lune verlieren. Ein gedankenloser junger Mann hätte das vielleicht ausgesprochen. Irrith hatte viele Sterbliche gekannt, die kaum über ihre eigenen Wünsche hinausdachten. Galen hatte trotz all seiner Jugend und Unsicherheit ein größeres Herz als das. Aber *warum*? Es frustrierte sie, dass sie dies nicht verstehen konnte. Was brachte ihn dazu, sich so sehr um die Fae zu sorgen?

Irgendwann hatten sich seine Hände zu hilflosen Fäusten geballt. Nun entspannten sie sich, ein Gelenk nach dem anderen. Galens Augen – beinahe dasselbe Blau wie die Wände – waren unfokussiert und blickten in die Entfernung, und in ihnen lag ein Quell an Gefühlen, tief genug, dass Irrith darin ertrinken konnte. Galen sagte wehmütig: »Du willst eine einzige Antwort, ein Ding, das ich benennen kann, das für alle Fae gleichzeitig gilt. Ich weiß nicht, ob es so simpel ist – ob es so simpel sein *kann*. Das Gute kommt auf viele unterschiedliche Weisen. Manches davon ist großartig, wie die Errettung Englands vor der spanischen Armada. Manches davon ist klein, wie das Retten eines einzigen Kinds vor dem Verhungern in der Gosse. Wenn ich ein einziges Ding benennen muss ...« Er drehte sich zu ihr, und das Verlangen in seinem Blick ließ Irrith bis in die Zehenspitzen erschaudern. »Ihr seid unsere Brücke ins Feenland. Wenn ihr weggeht, dann liegt es jenseits unserer Reichweite. Und das wäre ein schrecklicher Verlust.«

Er glaubte es. Das tat er wirklich. Irrith war an Fae gewöhnt, die sich nach dem Strahlen der Sterblichen sehnten, aber jenes Sehnen in seinem Blick zurückgespiegelt zu sehen ...

»Ich gehe nicht weg.«

Ihre eigene Stimme, die ohne Anweisung sprach. Aber die Worte waren, wie Irrith sich bewusst wurde, wahr. Sie wiederholte sie. »Ich gehe nicht weg. Andere wahrscheinlich schon, weil es einfacher ist, als zu kämpfen. Aber ich werde bleiben. Wenn nichts anderes, dann verdient London zumindest so viel von uns: dass wir die Dinge, die wir kaputt gemacht haben, reparieren.«

Das klang gut. Und es war einfacher, als das andere zu sagen, was sie im Kopf hatte, das, was Galens Blick in ihr wachrief: *Ich kann es dir nicht verweigern.*

So seltsam es war, ein Sterblicher wollte etwas von ihr – und sie wollte es geben, wenn sie konnte.

Galen nahm ihre Hand und küsste sie, dann packte er ihre Finger, als würde er ein Seil festhalten. »Danke, Dame Irrith.«

Gewöhnliche Worte, eine Höflichkeitsfloskel, die tausendmal am Tag hin und her geworfen wurde. Aber die Worte und die Berührung seiner Hand blieben bei ihr, lange nachdem sie hinausgegangen war.

TEIL DREI

Fermentatio
Frühling 1758

»*Ich umwerbe andere in Poesie, doch ich liebe dich in Prosa.
Und sie haben meine Launen, aber du hast mein Herz.*«
MATTHEW PRIOR
»Eine bessere Antwort auf Cloe Jealous«

In einem bestimmten Licht könnte man beinahe ein Gesicht in der dunklen Masse erkennen. Eine lange Schnauze hier, zwei Vertiefungen dort, die wohl Augen sein könnten, raubtierhaft in den Staub und das Eis gesetzt. Hunger regt sich in dem Traum. Das Strahlen der Sonne wärmt den Kometen: Hitze, Licht, Feuer. Dinge, an die sich der Schlafende erinnert. Gleich und gleich gesellt sich gern, und er ist ein Verwandter der Sonne, ein verlorenes Kind, das weiter weggeschickt wurde, als es je gehen sollte. Es gibt nichts zu verbrennen hier draußen in der Schwärze. Selbst der stärkste Geist wird von dieser absoluten Kälte vernichtet. Sie haben besser gearbeitet, als sie es wussten, jene Feinde, jene Fänger, als sie ihren Feind verbannten. Dieses Gefängnis ist eine schlimmere Folter als alles, was er je gekannt hat.

Doch die Befreiung kommt. Hitze, Licht, Feuer. Dinge, an die sich der Schlafende erinnert.

Dinge, die er wieder kennen wird. Bald.

DER ONYXPALAST, LONDON
2. April 1758

Niklas vom Ticken funkelte Irrith an, als sie durch die Säulen in die Vorkammer des Kalenderraums trat. Sie konnte nie sagen, ob er sie besonders hasste oder ob er jene Miene der ganzen Welt zuwandte. Sogar seine Gespräche mit seinem Bruder klangen wie Streit – obwohl, zugegeben, *alles* auf Deutsch wie Streit klang. So oder so, der rotbärtige Zwerg wandte sein finsteres Starren bald wieder dem halb fertigen Gerät auf seiner Werkbank zu und tat so, als sei Irrith nicht da.

Das passte ihr ganz gut. Wilhas war sowieso ein viel angenehmerer Gesprächspartner. »Was baut er da, einen Vogelkäfig?«, fragte Irrith und kümmerte sich nicht darum, ob der andere Zwerg mithörte.

»Einen Drrachenkäfig«, sagte Wilhas. Sein wildes und blutrünstiges Grinsen verflog einen Augenblick später. »Das ist die Idee. Bisherr allerrdings ...«

»Funktioniert es nicht.« Irrith fragte nicht, warum er gerade nicht im Kalenderraum daran arbeitete. Sie hatte diesen Fehler genau einmal gemacht und als Belohnung eine halbstündige Tirade von Niklas bekommen – sie hatte die Zeit mit den gesammelten Uhren gemessen –, ganz kehlige Konsonanten und Spucke, deren Kernaussage war, dass die Zeit außerhalb der Zeit in der Kammer nur nützlich war, wenn man nicht ständig herauskommen musste, um etwas zu holen oder jemanden zu befragen oder seine Ergebnisse zu testen. Und offensichtlich passierte das oft.

Der geschlossenen Tür nach zu urteilen, war gerade jetzt jemand im Kalenderraum. Oder mehr als eine Person vielleicht. Wilhas redete andauernd von »Körpertagen«, was Irrith nicht ganz verstand. Es hatte etwas damit zu tun, dass jede Person drinnen für jeden Tag, den die Gruppe im Raum blieb, einen Tag verbrauchte – aber die Summe der gesammelten Zeit war groß genug, dass niemand außer Wilhas sich besonders darum sorgte, wie viele sie vielleicht verbrauchten.

Falls sie keine Lösung fanden, würden sie ohnehin nie eine Chance haben, die übrigen Tage zu verwenden.

Irrith warf einen zweifelnden Blick auf den Drachenkäfig. Bisher war er wenig mehr als eine chaotische Ansammlung von Metallstreifen, wie ein Fass, bei dem alle Planken locker waren und das dann ungefähr zwei Drittel davon verloren hatte. Was auch immer Niklas gerade für ein Metall benutzte, es wirkte nicht wie ein besonders gutes Gefängnis.

»Das ist kein Eisen, oder?«, fragte sie. Ktistes hatte eine beiläufige Bemerkung darüber gemacht, dass die Zwerge eine Möglichkeit suchten, Eisen so zu schmieden, dass es Fae nichts mehr ausmachte, aber bisher war, soweit sie wusste, nichts daraus geworden.

Wilhas schüttelte den Kopf, und sie atmete auf. Eisen schien wie die logische Wahl. Immerhin war der Drache nur eine Art Salamander – ein wirklich, wirklich groß geratener

Salamander – und deshalb eine Kreatur von Feenart. Aber die Kiste, in der Lune die Bestie am Ende des Großen Feuers gefangen hatte, war aus solidem Eisen gewesen, und das hatte nur für kurze Zeit funktioniert. Die Macht des Drachen war einfach zu gewaltig, um sie so einfach einzusperren.

Trotzdem hatte die Kiste ihnen zehn Jahre Frieden geschenkt, und ihre schwächer werdende Struktur hatte weitere sechs zusammengehalten, bis sie auf den Gedanken gekommen waren, den Drachen auf einen Kometen zu verbannen. Falls Niklas nur die Hälfte dieses Resultats erzielen konnte, wäre es immer noch mehr, als sie jetzt hatten.

Sie setzte sich auf die Kante von Wilhas' Werkbank und erntete ein finsteres Starren wie von seinem Bruder, während er verschiedene Werkzeuge in Sicherheit brachte. Die Zwerge faszinierten sie beinahe so sehr wie Sterbliche. Sie waren nach England gekommen, als die Krone an einen deutschen Vetter, Georg I., vererbt worden war, und soweit Irrith es sagen konnte, betrachteten sie Lune als Gegenstück der Georgs: Königin über ganz Feengroßbritannien. Solange sie das nicht so aussprachen, dass irgendwelche von Feengroßbritanniens anderen Monarchen – oder deren Botschafter – es hören konnten, nahm Irrith an, dass es nicht störte. Zumindest bedeutete es, dass sie hart für Lune arbeiteten.

An verschiedenen Dingen, von denen einige plausibler waren als andere. »Was denkst du?«, fragte Irrith.

»Wworrüberr? Überr den Käfig von meinem Brruderr?« Wilhas zuckte mit den Schultern, was wahrscheinlich ein kluger Zug war, wenn Niklas gleich neben ihm stand. Er lauschte nicht, oder schien es zumindest nicht zu tun, aber Irrith hatte bereits mehr Raufereien zwischen ihnen unterbrochen, als ihr lieb war.

»Über die derzeitigen Pläne«, sagte Irrith. »Oder das Fehlen derselben.«

Der blonde Zwerg fummelte an einem Spiegel herum und verzog den Mund zu einer Grimasse. »Es gibt Pläne. Viele Pläne. Den Drrachen auf seinem kleinen Sterrn zu halten. Ihn zu fangen, wenn err herrunterrkommt. Ihn zu töten, falls wwirr können. Alles davon wwärre gut, ja? Falls wwirr schaffen, dass es funktionierrt.«

Was sie, wenn man Irrith fragte, überhaupt nicht zu Plänen machte. »Wayland hat einmal ein Schwert geschmiedet, vor ewigen Zeiten, das ... He!« Sie deutete auf die beiden kräftigen Fae. »Ihr beiden seid Zwerge!«

Niklas wirbelte herum und sah sie an, während seine fleischige Hand einen winzigen Hammer gepackt hielt. »Du hast vorr, wegen Grram zu frragen.«

»Ich komme aus dem Tal des Weißen Pferdes«, erinnerte sie ihn. »Unser König, der Schmied Wayland, war derjenige, der dieses Schwert gemacht hat. Aber er hat gesagt, dass Gram zerbrochen und neu geschmiedet wurde, ehe es benutzt wurde, um den Drachen Fafnir zu töten – und dass ein Zwerg es neu geschmiedet hat. Könnt ihr nicht etwas Ähnliches tun?«

»Rreginn wwarr ein Norrdmann«, sagte Niklas, dessen Gesicht fast so rot anlief wie sein Bart. »Kein Deutscherr. Du verrstehst? Nicht aus unserrem Land. Wwirr sind nicht alle gleich, frröhliche kleine Schmiede, die vorr sich hin hämmerrn ...«

Wilhas drückte seinem Bruder eine Hand auf den Mund, um den Wortschwall zu stoppen, von dem immer weniger wie Englisch klang, und Irrith streckte die Hände in die Luft. »Es tut mir leid, dass ich gefragt habe! Ich dachte nur ... Egal.«

Niklas hatte sich mittlerweile von seinem Bruder losgerissen, machte sich wieder an die Arbeit und knurrte auf Deutsch leise weiter. »Ganz ehrlich«, sagte Irrith, »wäre es mir lieber, wenn er auf dem Kometen bleibt oder hier gefangen wird und wir eine Schlacht völlig vermeiden.«

Wilhas schüttelte seine Hand aus – Irrith dachte, dass Niklas ihn wohl gebissen hatte – und sagte: »Es ist nichts falsch am Kämpfen.«

»Doch, wenn man keine Waffe hat! Segraine hat mir erzählt, dass sie sich immer noch mit diesem Jotuneis mühen, aber nicht sehr weit gekommen sind. Knochenbrecher will Splitter als Munition heraushacken.«

Wilhas kaute auf einem verfügbaren Stück Schnauzbart, ehe er den Kopf schüttelte. »Selbst wenn man sie rrund genug machen könnte, glaube ich nicht, dass die Kugeln die Explosion überrstehen würrden. Zu viel Feuerr, und Eis ist zu brrüchig.« Das Kauen wurde zu einem meditativen Lutschen, und er rollte die Augen nach oben, um die Decke zu betrachten. »Außerr man könnte es ohne Feuerr machen ...«

»Angst vorr einerr kleinen Schlacht?« Das kam von Niklas, obwohl er sich nicht die Mühe machte, sich umzudrehen.

Er klang, als würde er versuchen, sie zu ärgern. Irrith jedoch empfand keine Beschämung über ihre Feigheit. »Habt ihr mich mal *angesehen*? Ich bin keine von diesen Fae, die wie Ästchen aussehen und sich wie Steinriesen fühlen. Der Drache hat mir an der Pie Corner nur mit einem Schwanzpeitschen den Arm gebrochen. Wenn eine Schlacht kommt ...«

Er drehte den Kopf weit genug, um sie zu verhöhnen. »Wwas? Du wwirrst wweglaufen?«

Weglaufen ...

»Oder verstecken«, sagte sie und riss die Augen auf.

Wilhas beendete seine Meditation und schüttelte den Kopf. »Du wwärrst sicherrerr, wwenn du fliehst. Dich verrstecken ...«

»Nicht mich«, sagte Irrith. »London.«

Jetzt starrten beide Zwerge sie an.

»Die Stadt verstecken!«, rief sie. Die Idee lockte sie von ihrem Platz auf der Werkbank. Sie musste auf und ab laufen. »Der Onyxpalast ist ein Ort der Macht, richtig? Der Drache hat damals ein bisschen davon gefressen und wollte mehr. Alle sind sich ziemlich sicher, dass er wieder nach uns suchen wird. Aber was, wenn er uns nicht finden kann?«

»Dann wwirrd err anderrswwo hingehen«, sagte Wilhas.

Dann wird er das Problem von jemand anderem. Irrith sagte das jedoch nicht. Was, wenn der Drache stattdessen ins Tal zog? »Dann verstecken wir ganz England.«

Sie wusste nicht, ob es möglich war, dass jemandem die Augen buchstäblich aus dem Kopf fielen, aber die Zwerge versuchten es offensichtlich. Irrith grinste. »Ich weiß, ich weiß. Eine ganze Insel – wir können ebenso gut Schottland mit dazu werfen, wo wir schon dabei sind –, ich bin wahnsinnig. Vielleicht habt ihr aber bemerkt, dass wir gerade an einem ziemlich wahnsinnigen Ort stehen. Esche und Dorn – wer sieht sich die größte Stadt in England an und sagt, ich glaube, wir brauchen da drunter einen Feenpalast? Wer stiehlt elf Tage von Millionen Menschen und lagert sie in einem *Raum*? Falls irgendjemand uns vor dem Drachen verstecken kann, dann ist es jemand an diesem Hof, und sei es nur, weil er zu verrückt ist, um zu bemerken, dass das nie funktionieren wird.«

Niklas verschränkte streitlustig die Arme. »Angenommen, es funktionierrt. Angenommen, wwirr verrstecken England. Angenommen, derr Drrache bleibt auf seinem Kometen, statt irrgendwwo anderrs hinzugehen – das sind viele Annahmen. Aberr sogarr dann verrlagerrt das nur das Prroblem. Die Bestie kommt trrotzdem zurrück.«

Er sagte das nur, um zu widersprechen. Sein Starren hatte sich verändert. Irrith antwortete ihm dennoch. »Und inzwischen hattet ihr fünfundsiebzig weitere Jahre, um herauszubekommen, wie man Jotuneis zu nützlichen Kugeln verarbeitet.«

Sie durfte einen kurzen Augenblick voll Stolz genießen, dann brachte Wilhas sie mit einem einzigen Wort zurück auf den Boden. »Wwie?«

»Fragt nicht *mich*«, sagte Irrith und hielt protestierend die Hände hoch. »Ich habe gesagt, dass *irgendjemand* wahnsinnig genug wäre, das herauszubekommen. Ich war seit fünfzig Jahren nicht hier. Mein Wahnsinn ist außer Übung.« Wilhas starrte sie immer noch an. »Was? Ihr braucht dafür einen Puck, keinen Irrwisch! Das sind diejenigen mit all den Tricks!«

»Dann wwerrden wwirr dirr Pucks holen«, sagte er mit einem entschiedenen Nicken. »Wwie viele brrauchst du?«

»Gar keinen. Ich hatte die Idee. Meine Arbeit hier ist getan.«

Wilhas lächelte. »Wwirr wwerrden sehen, wwas die Königin sagt.«

Irrith wurde viel zu spät klar, dass sie ihren Mund hätte halten sollen.

DER ONYXPALAST, LONDON
3. *April* 1758

Weil er sich an Irriths ersten Besuch in seinen Gemächern erinnerte, hatte Galen Edward angewiesen, den Irrwisch durchzulassen, falls sie wieder zu ihm käme. Als Irrith jedoch versuchte, sich ohne auch nur die geringste Höflichkeit an Edward vorbeizudrängen, hielt der Leibdiener sie mit einem effizienten Arm auf. »Dame Irrith, ich habe Euch *gesagt*...«

Ihre zweifellos obszöne Antwort wurde verschluckt, als sie sah, dass Galen nur wenige Fuß entfernt stand, bis auf seine Schuhe und seinen Hut angezogen. Galen sagte: »Verzeihung, aber ich fürchte, ich habe einen Termin. Kann deine Angelegenheit warten?«

Sie antwortete mit ihrer üblichen Unverfrorenheit. »Solange es dich nicht stört, einen weiteren Tag zu verlieren.«

Edward ließ seinen blockierenden Arm mit einem finsteren Starren sinken. Wie alle guten Leibdiener konnte er die Gedanken seines Herrn lesen: Wenn das hier mit dem Kometen zu tun hatte, dann durfte es nicht verschoben werden. Die Tage verstrichen stetig. Es war schon Frühling, und sobald der Winter käme, würden die Astronomen anfangen, den Himmel abzusuchen.

Sein Termin bestand darin, seine Mutter, Cynthia, Miss Northwood und Mrs. Northwood durch die Sammlungen des Britischen Museums im Montagu House zu eskortieren, und Galen freute sich darauf, aber er hatte noch etwas Zeit, ehe er aufbrechen musste. »Ist dir eine Idee gekommen?«

»Ja«, sagte sie und ging mit einem Gesichtsausdruck an Edward vorbei, der gerade noch so keine herausgestreckte Zunge war. »Und ich habe sie den Zwergen erklärt, und das hätte alles sein sollen. Aber jetzt will Lune, dass ich sie in die Tat umsetze.«

Ihr Tonfall und ihre Haltung verkündeten deutlich, dass es damit irgendein Problem gab. Galen konnte dieses nicht sehen. »Was soll ich jetzt für dich tun?«

»Sie überreden, dass jemand anderer das machen soll!«

»Dame Irrith ...« Edward wartete mit seinem Hut und seinen Schuhen, aber Galen scheuchte ihn für den Moment weg. »Ich hatte den Eindruck, dass du daran interessiert seist, uns zu helfen.«

Sie druckste herum und wich seinem Blick aus. »Ja.«

»Wo liegt dann das Problem?«

Er hörte, wie ihr der Atem stockte, ehe sie sich umdrehte und sich plötzlich sehr für die Porzellanfigur eines Jagdhunds auf einem Tisch in ihrer Nähe interessierte. »Ich kann es auf keinen Fall tun. Weil ich nicht die geringste Ahnung habe, wie.«

Jener Hund hätte das Eingeständnis aus ihr zerren können, so gequält kam es heraus. Galen biss sich auf die Zunge. Er war an Lune gewöhnt, die selten ihren innerlichen Zustand verriet, selbst wenn sie aufgewühlt war, oder ihre wichtigsten Höflinge, die dem Modell ihrer Königin folgten. Er war nicht an jemanden wie Irrith gewöhnt, deren Versuche an Gerissenheit genauso scheiterten wie seine eigenen.

Das allerdings gab ihm ein Gefühl der Verbundenheit mit ihr. *Keiner von uns ist nur halb so poliert, wie uns dieser Ort gerne hätte.*

»Was ist die Idee?«, fragte Galen und lauschte, während Irrith diese zusammenfasste. Niemand hatte seines Wissens bisher vorgeschlagen, sich vor dem Drachen zu verstecken. Er musste zugeben, dass der Gedanke einen gewissen Reiz hatte. Wie man ihn jedoch in die Tat umsetzen sollte – da war er gezwungen, sich einzugestehen, dass er nicht mehr Ahnung hatte als sie.

Während er nach einem Ansatzpunkt suchte, fragte er: »Haben Fae nicht gewisse Mittel, um sich vor Sterblichen zu verbergen? Zauber und so etwas?«

»Ja, aber wir versuchen nicht, uns vor einem Sterblichen zu verstecken, oder?« Irrith gestikulierte mit dem Porzellanhund, und Galen verschwendete einen Moment mit der Hoffnung, dass sie diesen nicht an die Wand werfen würde, um ihre Frage zu betonen. Das Stück war ein Geschenk vom französischen

Botschafter, dem Feenbotschafter – obwohl Galen es in Wahrheit nicht sehr vermisst hätte.

Was schützte Sterbliche gegen Fae? Eisen. Christlicher Glaube, sei er durch Gebete oder Kirchenglocken oder andere Zeichen ausgedrückt. Aber London war damit bereits gerüstet – und außerdem *verbarg* dies nichts.

Edward räusperte sich diskret. Galen blickte auf, bereit, auf nur wenigen Minuten mehr Verzögerung zu bestehen, und stellte fest, dass sein Diener Hut und Schuhe weggelegt hatte. »Mit Verlaub, Sir, aber ich glaube, es gibt einen Weg, wie sich Sterbliche vor Fae verstecken können. Dame Irrith – wenn ein Mann seinen Mantel von innen nach außen stülpt, verleiht ihm das nicht eine gewissen Unsichtbarkeit?«

Ihre grünen Augen weiteten sich. Irrith stand mit offenem Mund da, dann zog sich ein Grinsen über ihr Gesicht. »Du bist ein Genie«, verkündete sie. »Wie heißt du eigentlich? Genies sollten Namen haben.«

Der Diener machte eine seichte Verbeugung vor ihr. »Edward Thorne, Ma'am.«

»Edward Th...« Neugier blitzte auf. »Bist du Peregrins Sohn?«

Eine zweite, tiefere Verbeugung. »Ich habe diese Ehre, ja.«

»Ha! Du bist klüger als dein Vater, Mr. Thorne. Frag mich irgendwann dazu, wie er das erste Mal nach Berkshire kam, das Abenteuer, das er mit einem Milchmädchen hatte. Frag nur nicht, wenn er in der Nähe ist.« Irrith wippte auf ihren Fersen. »Nach außen gekehrte Kleidung! Ich hätte darauf kommen sollen.« Ihr Gesicht wurde traurig, als sie sich an Galen wandte. »Aber London trägt gar keine Kleidung.«

Er hatte keine Antwort darauf, doch Edward hatte ihm zumindest eine Idee geschenkt, welchen Rat er anbieten konnte.

»Ihre Majestät hat dich zwar angewiesen, dies in die Tat umzusetzen, Dame Irrith, aber ich bezweifle, dass sie meinte, dass du es allein machen musst. Darf ich vorschlagen, Hilfe zu rekrutieren? Andere haben vielleicht nützliche Vorschläge, die du zu einem richtigen Plan koordinieren kannst.«

Irrith rümpfte die Nase vor ihm. »Wirke ich auf dich koordiniert?«

»Du bist ein Vorbild an Eleganz.«

»Das habe ich nicht gemeint, wie du genau weißt«, sagte Irrith, aber sie bekam etwas Farbe. Galen hatte die Worte im Scherz ausgesprochen, doch sie waren auch wahr. Sie bewegte sich wie ein junger Fuchs, mit natürlicher statt eingeübter Eleganz.

Edward hatte die Schuhe und den Hut wieder genommen. Galen seufzte und winkte ihn heran. »Ich bin völlig zuversichtlich, dass du dies umsetzen kannst, Dame Irrith, und es könnte uns entscheidend helfen. Falls Zeit im Kalenderraum deine Gedankengänge unterstützen würde, bin ich sicher, dass Ihre Gnaden sie genehmigen wird. Inzwischen muss ich dich um Entschuldigung bitten, aber ...«

Sie nickte schon, ehe er fertig war. »Klar. Tut mir leid, dass ich dich aufgehalten habe. Aber das hier hat sehr geholfen.«

»Das freut mich«, sagte er und setzte den Hut auf seinen Kopf. »Lass mich wissen, wenn ich weiter von Nutzen sein kann.«

DER ONYXPALAST, LONDON
6. April 1758

Ktistes hätte eine Statue von einem Zentaur sein können, seine Hufe in einem Viereck ins Gras gesetzt, während er in die

Entfernung blickte, wo mehrere Höflinge einander um einen Springbrunnen jagten. Ihr Kichern und ihr falsches, überraschtes Kreischen brachten Irrith dazu, dass sie sie anbrüllen wollte, sie sollten still sein, aber sie machte sich keine Illusionen über das Gewicht, das ihr ihr Ritterschlag verlieh. Selbst wenn sie ihnen sagen würde, dass sie versuchte, ihre frivolen kleinen Leben zu retten.

»Ziemlich schwierig«, sagte der Zentaur schließlich, »London zu verstecken. Die Stadt selbst, innerhalb der Mauern, das wäre zu machen. Sie hat nur eine Quadratmeile oder so. Weil das der Teil ist, der im Onyxpalast reflektiert wird, und die Macht dieses Palasts genau das ist, wonach der Drache hungert, wäre es vielleicht genug.«

Irrith schüttelte den Kopf. »Willst du wirklich darauf wetten, dass es das *sein* wird? Es hat schon genug gebrannt, Ktistes. Ich werde sich das nicht wiederholen lassen.«

Er seufzte und scharrte unruhig mit den Hufen, was die Illusion einer Statue zerstörte. »Willst du dann die ganze Welt verstecken? Es gibt anderswo Städte und auch Feenreiche. Du kannst nicht sicher sein, dass er nicht den Cour du Lys angreift oder meine Brüder in Griechenland oder Leute in Ländern, von denen du noch nie gehört hast. Leute, die nicht vorbereitet sind.«

»Vielleicht«, gab sie zu. Das war die Sorge, die sie, wie die Sterblichen sagten, nachts wachhielt – oder es hätte, wenn sie schlafen würde. Die Nervosität von Galen und dem ganzen Rest hatte sie angesteckt und machte Schlaf zu einem Luxus für später. »Ich glaube aber nicht, dass er das wird.«

Der Zentaur verschwendete selten Worte. Er betrachtete sie nur geduldig und wartete auf eine Erklärung.

Irrith biss sich auf die Lippe und sagte: »Du hast ihn nie gesehen, Ktistes. Ich schon. Ich war dabei, als er versuchte, den

Onyxpalast zu verschlingen. Nachdem er London verschlungen hat, wird er sich anderswo hinwenden – zu all jenen anderen Orten, die du genannt hast. Weil er nie genug fressen kann. Aber er wird erst weiterziehen, wenn er *diesen* Ort hat.« Er hatte die Duftmarke – oder eher den Geschmack – wie ein Bluthund. Und er brauchte keinen Jäger, der ihn weitertrieb.

»Dann ist es, wie ich vorhin gesagt habe: Du musst nicht die ganze Insel abdecken.«

Sie grinste. Das war besser, als ihre Verunsicherung zu zeigen. »Also, ich möchte nicht wetten, dass er nicht auf seinem Weg nach London Oxford auffressen würde. Besser, wir lassen ihn keinen Halt finden, oder?« Das Grinsen verflog, obwohl sie versuchte, es festzuhalten. »Ignorier die Größenordnung. Hilf mir, herauszubekommen, *wie* man das schaffen kann, und dann können wir diskutieren, ob man es so großflächig tun kann. Was zählt als Kleidung?«

Ktistes hob eine Hand und ließ die zitternden Blätter einer Espe über seine Finger streichen. »Was kleidet das Land«, murmelte er vor sich hin.

Dann warf sich sein Pferdeteil scharf herum, sodass er seinen Pavillon ansah. Ein strahlendes Lächeln zog über sein Gesicht. »Da ist deine Antwort, Dame Irrith.«

Sie starrte ihn an. »Dein ... Pavillon?«

»Gebäude! Städte. Häuser und Kirchen und all die Dinge, die die Sterblichen auf das Antlitz des Landes gebaut haben. Kleiden sie nicht dessen Nacktheit?«

Irrith blinzelte einmal, dann ein zweites Mal. Ihre Stimme schien verschwunden zu sein. Als sie sie wiederfand, kam sie mit Worten. »Du willst ... London ... *umstülpen*.«

Ktistes hielt inne, die Hände mitten in der Luft, wohin er sie in einer großen Geste geschwenkt hatte. »Wie könnte man dies tun?«, überlegte er. Der Unterton in seiner Stimme war pure Neugier, ein kluger Verstand, dem man etwas gegeben hatte, mit dem er spielen konnte. »Der Onyxpalast – aber nein, dieser Ort ist nicht das Innere von London, und ihn nach ›außen‹ zu bringen, würde unsere Probleme nur vergrößern. Vielleicht allerdings ein Erdbeben, um die Gebäude selbst aufzureißen? Wir haben vor Jahren ganz aus Versehen zwei verursacht, aber wenn wir eines mit Absicht auslösen würden ...«

»Dann würde das *London zerstören*«, sagte Irrith. »Und jede andere Stadt, die man verstecken will. Ktistes, der Gedanke ist, eine Zerstörung zu *verhindern*.«

Seine Mundwinkel fielen nach unten. Nach einem Augenblick taten dies auch seine Hände. »Stimmt«, gab er zu. Der mächtige Zentaur wirkte kurz wie nichts weiter als ein kleiner Junge, den seine Mutter getadelt hatte. »Daran habe ich nicht gedacht.«

Genau deshalb hat Lune einen Prinzen. Der Gedanke kam aus dem Nichts und grub sich in Irriths Verstand wie ein Pfeil. Ktistes war Grieche und hatte einen Großteil seines Lebens irgendwo in jenem Mittelmeerland verbracht. Die Unterschiede zwischen ihm und den englischen Fae waren zahlreich. Letzten Endes jedoch hatte er mehr mit Irrith gemeinsam als mit Galen. Sie mochten zwar an den Rändern von sterblichen Orten herumlungern und den berauschenden Wein sterblicher Leidenschaften trinken, aber das war nicht das Zentrum ihrer Welt, das Erste, woran ihr Verstand dachte. Menschliches Leben, die menschliche Gesellschaft, war ein nachträglicher Gedanke.

Genau deshalb behielt Lune einen Mann an ihrer Seite, für den es der *erste* Gedanke war. Egal wie viel Mühe sie der Betrachtung sterblicher Bedürfnisse widmete, es würde immer jene Augenblicke geben, wenn sie aus ihren Gedanken glitten.

Wie sie aus denen von Ktistes geglitten waren. Und man konnte nur einem Sterblichen zutrauen, dass er immer das tat, was Irrith dieses eine Mal mit Ktistes getan hatte, und die Königin auffing, wenn sie ausglitt.

Der Zentaur dachte immer noch nach und bemerkte Irriths Abschweifen nicht. Ein Vorderhuf tippte einen ruhelosen Rhythmus auf dem Boden. *Vermisst er es, zu galoppieren?*, fragte Irrith sich. Der Nachtgarten war groß, aber nichts im Vergleich zu den weiten Wiesen in Ktistes' Land. Oder lebte er als gelehrter Zentaur so sehr in seinem eigenen Verstand, dass es kaum einen Unterschied machte, wo er sein Zuhause hatte?

Vielleicht hatte sie genau deshalb daran gedacht, ihn zu unterbrechen, als er von Erdbeben in London gesprochen hatte. Die Aussicht, ihr Zuhause – beide davon – zu verlieren, entsetzte sie bis in die Tiefen ihrer Feenseele.

»Wir werden uns etwas einfallen lassen«, sagte sie. Vielleicht sollte sie Galens Angebot mit dem Kalenderraum annehmen? Das tief gehende Schaudern, das jener Möglichkeit folgte, war Antwort genug. Sich im selben Raum mit dieser Uhr einsperren zu lassen, tagelang ... Fae waren auf ihre eigene Art zu Wahnsinn fähig. Sie hegte nicht den Wunsch, das selbst zu erleben.

»Ich werde weiter nachdenken«, sagte Ktistes immer noch reumütig.

Ebenso würde das Irrith. Aber nicht hier, wo all diese schwarzen Schatten ihren Geist lähmten. Die Königin hatte ihr befohlen, eine Lösung für dieses Rätsel zu finden. Sicherlich würde das reichen, um ein Stück Brot aus der königlichen Truhe zu quetschen.

Wenn sie London umstülpen sollte, würde sie hingehen und es persönlich erforschen müssen.

LONDON, OBEN UND UNTEN
9. April 1758

Irrith konnte ihren Ohren nicht ganz trauen, als die Königin ihr erklärte, dass sie den Lordschatzmeister fragen gehen sollte.

Sie hatte genug Erfahrung am Onyxhof, um zu wissen, dass Lune sich wie Englands sterbliche Herrscher mit einem Zirkel aus Leuten umgab, die sowohl Ratgeber als auch Stellvertreter waren und sich um verschiedene Angelegenheiten kümmerten, damit die Königin es nicht selbst tun musste. Wayland tat dasselbe, allerdings ohne die schicken Titel und so weiter. Aber Irrith dachte, sie hätte von ihnen allen gehört, und der Lordschatzmeister war nirgends auf der Liste gewesen.

Es schien allerdings, dass das Problem mit dem geopferten Brot ernst genug war, dass Lune die Vorsichtsmaßnahme getroffen hatte, jemanden zu ernennen, der es überwachte: was durch den Handel des Onyxhofs mit anderen Ländern hereinkam, an wen es ausgezahlt wurde, und – sofern irgendjemand dies nachvollziehen konnte – was danach damit passierte. Handel war natürlich nicht die einzige Brotquelle. Manche Fae hielten Sterbliche an der Leine, nur damit sie ihnen ein regelmäßiges Opfer brachten. Und alles davon wurde, ungeachtet der Quelle, gehortet, gehandelt, geschenkt, gestohlen, als Bestechung genutzt und in heimlichen Abmachungen gegeben, ehe es schließlich gegessen wurde. Ein Versuch, jene Transaktionen aufzuzeichnen, war nichts Geringeres als Wahnsinn.

»Wenn man darüber nachdenkt«, sagte Irrith zu dem Sekretär hinter dem Schreibtisch, »hat mir Ktistes einmal eine Geschichte erzählt, von einem Kerl, der dazu verdammt war, für immer einen Felsen einen Hügel hinaufzurollen ... hast du sie gehört?«

Der Sekretär, ein diensteifriges kleines Ding von einem Irrlicht, war unbeeindruckt. »Ich tue, was Ihre Gnaden und der Lordschatzmeister mir befehlen. Im Moment haben sie mir keine Befehle erteilt, die die Ausgabe von Brot an Euch betreffen. Aber wenn Ihr Euren Fall meinem Herrn präsentieren wollt ...«

»Ich will.« Das kam zwischen Irriths Zähnen heraus. *Mab hab Gnade: Sie behandeln es wie Geld.* Irrith hatte immer Geheimnisse für die wertvollste Währung im Onyxpalast gehalten, aber dies schien sich zu ändern, während die sterbliche Welt ihr Bestes tat, um den Feenaberglauben ihrer Vergangenheit abzuschütteln.

Sie legte ihren Fall dem Lordschatzmeister vor, der sie überraschte, weil er ein phlegmatischer, methodischer Dobie namens Haariger How war. Die meisten Beamten an Lunes Hof waren elfenhafte Typen, aber sie vermutete, dass, wenn es um Buchführung ging, ein Hauself ideal war. Dieser hier wirkte vernünftiger als ein gewöhnlicher Dobie – zu vernünftig sogar. Ihn zu überzeugen, war nicht allzu einfach. Aber das magische Schlüsselwort *Drache* kombiniert mit einer glaubwürdigen Erklärung, wie ihre Verwendung von Brot dem Hof nützen konnte, überredete ihn schließlich, und er befahl dem Sekretär, ihr eine Wochenration zu geben.

Irrith hätte gerne mehr gehabt. Sie schuldete bereits unterschiedlichen Fae mehr als sieben Stück. Segraine wäre wohl bereit, die Schuld ein Jahrhundert lang aufzuschieben, aber andere würden das nicht. Leider war dies offensichtlich alles, was sie heute bekommen würde. Sie beobachtete amüsiert, wie der Sekretär die sieben Stück mit übertriebener Sorgfalt abzählte und sie dann ein zweites Mal zählte, ehe er zufrieden war und sie in ein Taschentuch einschlug. Als Irrith versuchte, dieses zu nehmen, schob er ihre Hand weg. »Alle Auszahlungen aus der königlichen Schatzkammer müssen aufgezeichnet werden«, sagte er und holte ein Tintenfässchen und eine mottenzerfressene Greifenfeder als Schreibinstrument heraus. »Das ist das Gesetz.«

»Gesetz!« Seinem Funkeln nach zu urteilen, billigte der Sekretär ihr höhnisches Lachen nicht. »Das ist eine sterbliche Sache.«

»Und auch eine Feensache, Dame Irrith. Auf Befehl der Königin und von Lord Alan.«

Eines der alten Prinzen. Irrith wartete und versuchte nicht, ihre Ungeduld zu verbergen, während der Sekretär eine Notiz in seiner Akte machte und dann eine Quittung schrieb, die er ihr überreichte.

Auf dem Zettel stand: *Sieben (7) Stück aus der Schatzkammer, wie folgt: drei (3) Roggen, zwei (2) Gerste, eins (1) brauner Weizen, eins (1) weißer Weizen. Ausgegeben an Dame Irrith durch Rodge, Sekretär der Schatzkammer, am 9. April 1758.*

Irrith warf ihn angeekelt weg. »Du könntest ebenso gut ein sterblicher Sekretär sein, mit deinen Daten und Zahlen.« Eine kleine Uhr stand auf dem Schreibtisch vor ihm: wahrscheinlich das Werk der vom Tickens und der Grund, warum der Sekretär die Quittung datieren konnte. Der Onyxpalast lag nicht so außerhalb der menschlichen Zeit wie die tieferen Weiten des Feenlands. Das hätte Interaktionen mit der sterblichen Welt zu schwierig gemacht. Aber in der unveränderlichen Dunkelheit jener steinernen Hallen verloren die meisten Fae den Überblick über das Datum. Und wenige von ihnen sorgten sich darum.

Rodge sparte sich seine fehlende Sorge offensichtlich für die Fae auf, mit denen er zu tun hatte. Er blickte nicht einmal hoch, als Irrith das Brot nahm und hinausging.

Sie lagerte sechs Stück bei Ktistes. Der Zentaur war immer in der Nähe seines Pavillons, und wenige hätten es riskiert, ihn zu bestehlen. Aber der sicherste Ort auf der Welt war ihr Magen, wo es seine unerklärliche Arbeit tun und sie vor Bedrohungen schützen konnte. Irrith aß das Weißbrot, verzog das Gesicht bei dessen kreideartigem Geschmack und ging nach oben auf die Straße.

Dunkelheit schlug ihr entgegen, doch diesmal war es nicht die seltsame Düsternis aus dem letzten Herbst, sondern einfache Nacht. Der Himmel war jedoch so bedeckt, dass sie die Uhrzeit nicht abschätzen konnte. Irrith hatte den Eingang von Billingsgate gewählt, der sie in einen weniger noblen Stadtteil führte. Nachdem sie einen Moment nachgedacht hatte, kleidete sie sich in einen Zauber, der Fremde dazu brachte, an ihr vorbeizusehen. Taschendiebe und andere Kriminelle waren so faszinierend wie jeder andere Teil der sterblichen Gesellschaft, aber nichts, was sie gerade jetzt erleben wollte.

Stimmen aus Richtung des Fischmarkts sagten ihr, dass es nicht mehr lange bis zur Morgendämmerung sein konnte. Bald würden sich Boote im kleinen Hafen drängen und den Fang des Tages abladen. Dann würden sich die Fischmarktfrauen mit ihren kräftigen Armen und lebhaften Flüchen an die Arbeit machen, ihre Ware an die Köche und die Bediensteten von Köchen, arbeitsame Hausfrauen und schließlich die Armen am Rand des Verhungerns zu vertreiben, die kaufen würden, was niemand sonst wollte, nachdem es zu stinken angefangen hatte.

Sie ließ sich leise und unsichtbar wie ein Geist in Richtung der Docks treiben, denn sie zeigten sich lebendiger als die Straßen vor der Dämmerung. Der Fluss war wenig mehr als ein schwarzes Rauschen, wo kleine Wellen sich an den matschigen

Stränden brachen, deren Kronen gelegentlich von Fackellicht erleuchtet wurden. Hier, in der Dunkelheit, war es leicht, all die Veränderungen zu vergessen, die sie in ihren Bann zogen. Irrith konnte sich halb überzeugen, dass sie in das London hinausgetreten war, das sie zum ersten Mal vor hundert Jahren gesehen hatte. Viele Dinge blieben dieselben.

Tatsächlich war es genau das, was die Veränderungen so faszinierend machte.

Die Sonne ging langsam als blassgraue Scheibe am östlichen Horizont auf und konnte die Wolken kaum durchdringen. Das erlaubte Irrith, die Gebäude um sie herum zu sehen, wo das achtzehnte Jahrhundert jene flüchtige Illusion des siebzehnten ersetzte. Ziegel und Stein, nicht das Holz und der Putz der Vergangenheit, die im Feuer verbrannt waren. Aber einige Orte waren unter ihrer neuen Kleidung vertraut. Reiche Männer tratschten immer noch an der Börse, die Glocken von Bow läuteten immer noch über Cheapside, und eine Kathedrale krönte immer noch die westliche Hälfte der Stadt.

Wie sollte sie all dies von innen nach außen stülpen?

Die Straßen füllten sich langsam mit Menschen. Zu dieser Stunde gehörte London seinen unteren Klassen: den Bediensteten und Arbeitern, Trägern und Bettlern. Männern, die vor Muskeln strotzten, und Männern, die durch Krankheit und Hunger bis aufs Skelett abgemagert waren. Frauen in der eintönigen Kleidung von Hausmädchen, die umhereilten, um für die Mahlzeiten des Tages einzukaufen. Gähnenden Lehrlingen, mürrischen Kutschern, einem halbwüchsigen Mädchen mit einer Schar Hühner. Als sie sie vorbeiziehen sah, dachte Irrith an ihre Worte an Ktistes. Die Gebäude waren nicht so wichtig, aber die Menschen ... Sie waren diejenigen, die Lune und Galen und all ihre Verbündeten zu schützen versuchten.

Ktistes dachte wie ein Architekt. Er sah das Land, ob er obenauf oder darunter war, und die Strukturen, die man daran anpassen konnte. Die Leute waren wichtig für ihn, weil sie nutzen würden, was er baute, aber das war der einzige Punkt, an dem sie in seinen Plänen eine Rolle spielten. Wenn es darum ging, England zu verstecken, dachte er nicht an sie. Er dachte nur an das Land.

Das wird nicht reichen, wurde Irrith klar. London war nicht sein Material. Es war seine Bevölkerung. Lune hatte sie das gelehrt. Und sicher traf dies auch auf andere Orte zu, seien sie Berkshire oder Yorkshire oder Schottland.

Sie musste *alles* davon verstecken: den Boden, die Bäume, die Häuser und Läden und Kirchen, und ganz besonders die Leute.

Wenn die Gebäude nicht die Kleidung waren, was war es dann?

Etwas traf sie hart an der Schulter und ließ Irrith ausgestreckt in den kühlen Matsch fallen.

»Blut und Knochen!«, fluchte sie und erntete von den Arbeitern, die Fässer in eine nahe Taverne schleppten, schockiertes Starren. Irrith fluchte wieder, dann warf sie hastig einen Tarnzauber über ihr Feengesicht, sodass die Arbeiter verwirrt blinzelten und sich wieder an die Arbeit machten. Ein Verbergezauber konnte die Leute dazu bringen, von ihr wegzusehen, aber er tat nichts dazu, sie vor Kollisionen und der Aufmerksamkeit, die diese mit sich brachten, zu schützen.

Zeit, nach unten zu gehen und sich ein ruhiges Plätzchen zu suchen, wo sie ihren Tarnzauber verbessern konnte, um weiterzuwandern.

Doch ehe sie wieder aufstehen konnte, fiel ihr etwas ins Auge – und dann begann sie zu lachen.

Ausgestreckt im Matsch, während die Träger sie wieder anstarrten und Karren an ihren ungeschützten Zehen vorbeiholperten, lachte und lachte Irrith, weil die Antwort genau dort war und England in einen grauen und oft regnerischen Mantel hüllte.
Wolken.

DER ONYXPALAST, LONDON
18. *April* 1758

Lune lehnte in einem seltenen Ausdruck von Frust den Kopf an die Rückenlehne ihres Stuhls. »Ich nehme nicht an, dass sich irgendein kluger Sterblicher einen Plan ausgedacht hat, um das Wetter zu beeinflussen?«

»Einen ausgedacht?«, fragte Galen. »Fast sicher. Ihn erfolgreich ausgeführt? Das ist, fürchte ich, ein anderes Thema.«

Sie seufzte bestätigend. »Dann muss es Feenmagie sein.« Eine bleiche Hand hob sich, und sie rieb sich die Augen. »Wir haben einige Fähigkeiten, Regen zu rufen, wenn wir ihn brauchen, aber nichts mit ausreichender Macht oder Dauer – nicht, um diese ganze Insel zu verstecken, ganz sicher nicht monatelang.«

Schweigen herrschte für einige Minuten im Raum. Sie waren nicht allein. Lune hatte eine kleine Versammlung ihrer engsten Wegbegleiter einberufen: Amadea, die irische Lady Feidelm und Rosamund Goodemeade, deren Schwester anderswo beschäftigt war. Mit einer Miene, die nahelegte, dass sie wusste, wie unwillkommen ihre Worte waren, schlug die kleine Braunelfe vor: »Wir *kennen* Leute, die es vielleicht können.«

Lune zuckte zusammen. Rosamund sagte auf Galens fragenden Blick hin: »Jene, die im Meer leben.«

»Meerjungfrauen?«

»Und seltsamere Dinge«, antwortete Lune und hob den Kopf. »Du hast recht, Rosamund, und falls wir müssen, werden wir sie darum bitten. Aber ich würde sehr gerne eine andere Möglichkeit finden. Für derartige Hilfe stünden wir zutiefst in ihrer Schuld, und das Meeresvolk ist so seltsam, dass ich nicht einmal ansatzweise vorhersagen kann, was es im Gegenzug verlangen würde.«

Eine Fee nannte jemand anderen seltsam? Galen verbiss sich den Drang zu fragen, ob dies bedeutete, dass sie überwältigend normal waren. Die Nervosität, die Lune beim Gedanken zeigte, mit ihnen zu verhandeln, sagte ihm, dass jetzt nicht der richtige Zeitpunkt für einen solchen Scherz war.

Die Zimmertür öffnete sich, und Lewan Erle schlüpfte herein. Der affektierte Lord verbeugte sich akribisch und mit einer Entschuldigung, ehe er mit einem versiegelten Brief in der Hand zur Königin trat.

Sie brach das Siegel und las ihn, erst mit uninteressiertem Blick, dann mit wirklich sehr interessiertem. Als sie ihn zum zweiten Mal fertig gelesen hatte, wandte sie sich an den wartenden Lord. »Er ist im Onyxpalast?«

»Ja, Madam. Aber er hat am Eingang bei Crutched Friars gewartet, bis Greymalkin ihn gefunden hat – ich glaube, er war mindestens eine Stunde lang dort.«

»Sehr höflich.« Lune faltete das Papier wieder und wandte sich an Galen. »Das ist ein Empfehlungsschreiben von Madame Malline le Sainfoin de Veilée, ehemals die Botschafterin vom Cour du Lys. Es empfiehlt einen gewissen Ausländer unserer Aufmerksamkeit, der jetzt ...«

»Immer noch bei Crutched Friars wartet, Madam«, sprang Lewan Erle ein, als Lune innehielt.

Sie reichte Amadea den gefalteten Brief und stand auf. »Wir werden ihn im kleineren ... nein, im größeren Thronsaal empfangen. Und Lord Galen und ich werden uns die Zeit nehmen, uns formeller zu kleiden. Wenn er der erste Fae aus seinem Land ist, der einen Fuß nach England setzt, dann können wir zumindest einen großartigen ersten Eindruck hinterlassen.«

Verblüfft stand Galen ebenfalls von seinem Stuhl auf. »Welches Land ist das, Madam?«

Ein Echo seiner Verblüffung schwang in Lunes Antwort mit. »Arabien.«

Galen konnte nicht anders, als sich zu fragen, ob Lune wie er eine gewisse Stärke aus eleganter Garderobe zog und aus diesem Grund eine Verzögerung angeordnet hatte, während sie beide angemessenere Kleidung anlegten. Ob sie dies tat oder nicht, er war dankbar für den Mantel mit den großen Manschetten und die gepuderte Perücke, in die Edward ihn steckte. Sie halfen ihm, stolz aufrecht zu stehen, als die gewaltigen Bronzetüren des größeren Thronsaals aufschwangen, um den Reisenden hereinzulassen.

Der Saal selbst war ein solch wundersamer Raum, dass Galen hätte denken können, dass jedes zusätzliche Wunder sich hier daheim fühlen würde. Hohe schwarze Säulen dienten als Rahmen für Paneele aus Silberfiligranarbeit und in Facetten geschliffenem Kristall, die einem Raum, der ansonsten düster und unheilvoll gewesen wäre, eine gewisse Leichtigkeit schenkten. Die Gestalt, die eintrat, brachte allerdings eine völlig andere Art von Wunder mit.

Es war nicht so, dass sein Aussehen besonders grotesk gewesen wäre. Sein bärtiges Gesicht war dunkelhäutiger, als Galen von einem Araber erwartete, eher wie bei einem Schwarzen, mit einer kräftigen Hakennase, aber abgesehen davon wirkte er beinahe menschlich. Seine Kleidung war mäßig seltsam, eine lange, gerade Robe, die an den Hüften von einer breiten Schärpe zusammengehalten wurde, und natürlich war sein Kopf in einen sorgfältig gefalteten Turban geschlungen. Auch das war nicht der Grund. In den Jahren, seit Galen unter den englischen Fae war, war ihm deren fremdartige Natur beinahe vertraut geworden – aber dieser Kerl weckte wieder jenes Schaudern, jenes Bewusstsein, dass es immer noch Seltsamkeit jenseits seines Wissens gab.

Die Lords und Ladys, die für diese Audienz versammelt waren, tuschelten und murmelten untereinander, während sie beobachteten, wie er näher kam. Als der Besucher eine höfliche Entfernung von der Plattform erreichte, auf der Lune und Galen saßen, sank er elegant auf beide Knie und neigte seinen Kopf so tief, dass er beinahe den Boden berührte. »*As-salamu alaykum*, oh schöne Königin, oh weiser Prinz. Friede sei mit Euch. Ich heiße Abd ar-Rashid Al-Musafir At-Talib ul-'ilm, aus dem Land, das Ihr als Arabien kennt.«

»Willkommen am Onyxhof, Lord Abd ar-Rashid«, sagte Lune flüssig genug, dass Galen vermutete, dass sie den ausländischen Namen beim Ankleiden geübt hatte. »Nie zuvor wurde unser Reich von jemandem aus Eurem Land besucht. Kommt Ihr als Botschafter zu uns?«

»Nein, oh Königin.« Der Fremde hatte sich aus seiner tiefen Verbeugung aufgerichtet, blieb aber auf den Knien. Das Gestein im Thronsaal trug seine Stimme zu ihnen, die trotz des deutlichen und seltsam Französisch gefärbten Akzents gut zu verstehen war. »Ich bin nur ein Einzelner und bereise schon seit vielen Jahren die Feenhöfe in Europa.«

Galen, der sich damit zufrieden gab, Lune die höfliche Begrüßung erledigen zu lassen, hatte jenes hakennasige Gesicht betrachtet und nach einem Bruchstück an Erinnerung gesucht. Es war das französische Empfehlungsschreiben, das seinem Geist schließlich auf die Sprünge half. Sein Tutor hatte ihm vor Jahren mehrere Bücher gegeben, um die Sprache zu üben, und eines davon hatte etwas wie diese Kreatur erwähnt. Galens Mutter hatte den Band entsetzt konfisziert, sobald sie den Titel gesehen hatte – zu spät, um ihn vor den skandalösen Teilen zu schützen –, aber er hatte genug gelesen, um sich an das Wort zu erinnern. »Wenn Ihr mir die Frage verzeiht, Sir – seid Ihr ein Dschinn?«

Abd ar-Rashids weiße Zähne blitzten in einem verblüffenden Kontrast zu seiner dunklen Haut auf. Lächelnd sagte er: »In der Tat ein Dschinn, oh Prinz. Habt Ihr *Tausendundeine Nacht* gelesen?«

Während er nach nützlichen Erinnerungen jenseits des bloßen Wortes suchte – und nur darin Erfolg hatte, sich immer mehr der skandalösen Teile zu entsinnen –, erhaschte Galen aus dem Augenwinkel einen Blick auf Lune. Ohne auch nur ein Wort auszusprechen oder die ruhige Freundlichkeit ihrer Miene zu verändern, kommunizierte sie irgendwie ihr Vorhaben an ihn: *Du weißt mehr über diesen Fremden als ich. Verfahre mit ihm, wie du willst.*

Gott helfe ihm. Galen hatte zu verschiedenen Staatsangelegenheiten an Lunes Seite gestanden und hatte seine Pflichten als ihr sterblicher Gefährte erfüllt, doch nie zuvor war er in einer solchen Angelegenheit die Hauptstimme gewesen. Und ihm jetzt einen arabischen Fae zu übergeben, der von irgendeiner französischen Dame zu ihnen gesandt worden war, die er nicht einmal kennengelernt hatte ...

Nun, es konnte nicht schaden, höflich zu sein. Hoffte er.

»Was führt Euch nach England, Lord ar-Rashid?«

Das Lächeln verflog einen Herzschlag, ehe sich der Dschinn wieder verbeugte. »Ich bitte um Eure Freundlichkeit, oh Prinz. Ich bin nicht Ar-Rashid, der Eine, der Weiß, sondern nur sein Diener. Ich heiße *Abd* ar-Rashid, was bedeutet: Ich diene dem Gnädigsten, dem Mitleidsvollsten.«

Offenbar *konnte* sein Versuch von Höflichkeit schaden. Galen hatte keine andere Wahl, als weiterzupreschen. »Nein, die Entschuldigung sollte von mir kommen. Das war mir nicht bewusst.« Dann bemerkte er verspätet die Art, wie die Fae bei seinen Worten miteinander getuschelt hatten. *Der Gnädigste und Mitleidsvollste – meint er Gott?*

Hat dieser Fae gerade behauptet, ein Diener Gottes zu sein?

Diese Frage würde noch wahrscheinlicher eine Grube unter ihm auftun, als es die einfache Benutzung von Abd ar-Rashids Namen getan hatte. Galen floh zurück zu seiner ursprünglichen Frage. »Ist es irgendeine Aufgabe, die Euch von Eurem Herrscher gestellt wurde, die Euch an unsere Küsten führt, Lord Abd ar-Rashid?« *Hatten* Dschinns überhaupt Herrscher?

Die Antwort des Arabers erleuchtete ihn nicht. »Das ist es nicht, oh Prinz. All diese Jahre bin ich im Dienst meiner eigenen Neugier durch Europa gereist, und diese führt mich nun nach England.«

Auf die Entfernung, die den Dschinn von der Plattform trennte, war es unwahrscheinlich, dass er bemerkte, wie Lune sich anspannte. Galen an ihrer Seite jedoch konnte es nicht übersehen. »Neugier welcher Art, mein Lord?«, fragte sie.

»Jene eines Gelehrten, oh Königin.« Sein Akzent machte subtile Betonungen schwierig zu erkennen, und im kühlen Licht des Saals hatte Galen gleichzeitig Schwierigkeiten, den

Ausdruck des dunklen Gesichts auszumachen. »Ich komme her, um Euren Prinzen um eine Einführung bei den Gentlemen der Königlichen Gesellschaft zu bitten.«

Hätte er um eine Vorstellung bei König Georg II. gebeten, hätte Galen nicht überraschter sein können. »Die Königliche Gesellschaft? Die Philosophen?« Vielleicht war es irgendein Fehler im Englisch des Dschinns.

Abd ar-Rashid brachte ihn schnell von diesem Gedanken ab. »Einst wuchs eine riesige Blüte an Weisheit in meinem Land, aber in den letzten Jahrhunderten ist sie unter der Hand von Soldaten und den Beamten verwelkt. Arabien war die Mutter von Medizin und Alchemie, Astronomie und der Uhrenherstellung. Nun ist das Kind, das sie aufzog, zum Mann geworden und nach Europa gereist, wo er ein freundlicheres Heim findet. Taqi al-Din wurde von Eurem John Harrison und James Bradley und Isaac Newton beerbt. Ich habe kein Interesse am Krieg und der Funktion einer Regierung. Deshalb komme ich hierher und trete in die Fußstapfen des Wissens.«

Dies klang wie eine geprobte Rede. Tatsächlich vermutete Galen, dass der Dschinn sie am Cour du Lys auf Französisch vorgetragen hatte – natürlich mit passendem Ersatz für die englischen Gelehrten, die er genannt hatte. Verwundert fragte Galen: »Und Ihr glaubt, ich kann Euch Zugang zur Königlichen Gesellschaft gewähren.«

Der Araber zögerte. »Wenn Ihr so freundlich wärt ... wenn Französisch möglich wäre ...« Lune nickte, und Galen glaubte, Erleichterung in jenem dunklen Gesicht aufblitzen zu sehen, als sich der Dschinn wieder verbeugte. In viel flüssigerem Französisch sagte er: »Am Cour du Lys hörte ich, dass die Königin von London einen sterblichen Mann an ihrer Seite hält, der alle Angelegenheiten mit Bezug auf die menschliche Welt entscheidet. Als die Nachricht kam, dass dieser Mann ein Mitglied der Gesellschaft geworden sei, traf ich Arrangements, um hierherzukommen.«

Sein Französisch war gut genug, dass Galen, bei dem die Sprache viel eingerosteter war, Schwierigkeiten hatte mitzukommen, doch er schaffte es zu verstehen, wo die Gerüchte sich irrten. »Ich bin kein Mitglied, Sir«, sagte er und war sich seines eigenen schlechten Akzents schmerzlich bewusst. »Nur ein Besucher bei ihnen.«

Die Unbeweglichkeit des Dschinns kam nach all den Verbeugungen überraschend. »War dies ein Irrtum, oh Prinz? Habe ich um etwas gebeten, das zu geben nicht in Eurer Macht steht?«

Ein winziges Zucken von Lunes Körper verriet Galen, dass sie kurz davor gestanden hatte, zu sprechen, und sich dann zurückgehalten hatte. Er konnte sich denken, warum. Sie schickte Besucher nie mit leeren Händen von ihrem Hof fort. Anders als die meisten Feenreiche setzte sich dieses hier aus Fremden zusammen, die aus einem Dutzend anderer Heimaten gekommen waren, einige nur zu Besuch, andere, die sich in seinem dunklen Schatten angesiedelt hatten. Die Interaktion mit der sterblichen Welt war nicht das Einzige, was diesen Hof von anderen in England unterschied.

Sie schickte Besucher nicht weg – aber ebenso wenig vergab sie Geschenke ohne Hoffnung auf etwas im Gegenzug. »Eine Vorstellung liegt in meiner Macht«, sagte Galen und wünschte sich beim Himmel, dass er irgendeine Vorwarnung hierfür gehabt hätte, sodass er seine Antwort hätte durchdenken können, ohne dass der Dschinn, Lune und die versammelten Höflinge jede seiner Bewegungen beobachteten. »Aber es ist keine Kleinigkeit, Sir, Euch in die Gesellschaft der Gentlemen und

Lords in meinem Bekanntenkreis dort einzuführen. Ihr seid für mich ebenso sehr wie für sie ein Fremder, und dazu noch ein ausländischer Fremder. Ich weiß nicht, wie diese Dinge in Eurem Land gehandhabt werden, aber hier riskiert ein Gentleman, wenn er einen anderen auf diese Weise vorstellt, seinen eigenen guten Namen. Er bürgt bei seinen Freunden, dass der neue Mann ein vertrauenswürdiger Kerl und ihrer Gesellschaft würdig ist. Ich meine dies nicht als Beleidigung an Euch, aber ich kann solche Versicherungen nicht guten Gewissens für jemanden geben, über den ich im Prinzip gar nichts weiß.«

Ihm wurde zu spät bewusst, dass er zurück ins Englische gewechselt hatte. Vielleicht war das ohnehin gut. Er hätte sich blamiert, wenn er versucht hätte, all dies auf Französisch zu sagen. Die Augen des Dschinns hatten sich verengt, aber ob dies ein Zeichen von Feindseligkeit war oder bloßer Schwierigkeiten, ihn zu verstehen, wusste Galen nicht.

Er hoffte auf Letzteres und dass Abd ar-Rashid genug verstand, um die Chance zu sehen, die Galen ihm gewährt hatte. Und tatsächlich verbeugte sich der Dschinn nach einem Moment des Schweigens. »Ich würde hundertmal sterben, oh Prinz, ehe ich mit meinem Verhalten Schande über Euch bringen würde. Ich warte gerne. Vielleicht finde ich in dieser Zeit irgendeinen Dienst für Euch selbst oder Eure Königin und kann Euch meinen Charakter beweisen?«

Nun drehte Galen sich zu Lune und übergab ihr dankbar die Bürde dieser Verhandlung. Der Gedanke, nicht nur einen Fae, sondern einen *heidnischen* Fae den Philosophen der Königlichen Gesellschaft vorzustellen, war so schockierend absurd, dass sein Verstand ihn kaum fassen konnte, aber vielleicht wäre es möglich, Abd ar-Rashid mit einem Zauber als Engländer zu tarnen und sein Englisch zu verbessern. Oder die ganze

Angelegenheit einfach auf Französisch durchzuführen. Inzwischen konnte Lune entscheiden, welchen Preis sie für Galens Hilfe verlangen wollte.

Mit einem kläglichen Zucken ihrer Lippen fragte Lune: »Erstrecken sich die Mächte eines Dschinns zufällig aufs Wetter?«

DER ONYXPALAST, LONDON
28. April 1758

Die Anstrengungen, eine Waffe gegen den Drachen zu finden, hatten Lunes Botschafter weiter als jemals zuvor geführt – aber niemals über Europa hinaus. Zum ersten Mal in ihrer Herrschaft stellte sie fest, dass sie einen Besucher hatte, über den sie rein gar nichts wusste.

Sie erlaubte nicht, dass dieser Zustand lange anhielt. Anderthalb Wochen nach der Audienz des Dschinns rief sie eine kleine Versammlung von Fae zusammen: Sir Adenant, Lady Yfaen und den Puck Beggabow.

Sir Adenant hatte nicht einmal den Staub von seinen Stiefeln gebürstet, so frisch war er aus Frankreich zurückgekehrt. »Mein Bericht, Madam«, sagte er und übergab mit einer Verbeugung einen Stapel Papiere. »Ich hielt es für wichtiger, Euch diese Informationen schnell zukommen zu lassen, als jedes Detail aufzudecken, aber das hier sind die Grundzüge.«

Er war bei Weitem nicht ihr bester Spion, aber er war schon früher in Frankreich gewesen und hatte Freunde am Cour du Lys. »Was habt Ihr erfahren?«

»Er ist definitiv ein Reisender, Madam. Vor Frankreich war er in Italien und Athen. Seine Heimat, sofern er eine hat, ist Istanbul. Aber er scheint mit jenem Kerl, den er erwähnte, Taqi al-Din, vor beinahe zweihundert Jahren dorthin gezogen zu sein, und sie hatten sich in Ägypten kennengelernt.«

Beggabow pfiff. Lune wollte es ihm nachtun. Die meisten Fae fanden sogar jene, die als Botschafter dienten, seltsam. Reisen war nichts, was sie oft taten. Aber vielleicht hatten Dschinns mehr Spaß daran. »Warum all das Herumziehen?«

Adenant breitete die Arme aus. »Anscheinend ist es, wie er gesagt hat, Euer Gnaden. Wissensdurst. Madame Malline hat mir erzählt, dass die letzten Teile seines Namens ›der Reisende‹ und ›der Wissenssucher‹ oder so etwas bedeuten.«

»Was ist mit dem ersten Teil? ›Diener des Einen, der Weiß‹?«

Der Feenritter erschauderte. »Das ist der seltsamste Teil. Es heißt, er sei ein Heide – dass er der mohammedanischen Gottheit folgt. Und er ist auch nicht der Einzige. Er behauptet, dass mehrere Dschinns ›zu den Gläubigen‹ gehören.«

Lady Yfaen lachte, ein helles, ungläubiges Geräusch. »Sicher meint Ihr nicht, dass sie *beten*.«

»Doch«, sagte Beggabow. »Oder zumindest er. Fünfmal am Tag. Ich habe ihn die ganze letzte Woche beobachtet und mich gefragt, was in Mabs Namens er zu tun glaubt.«

Der Puck war einer von Aspells Spionen, der von den Sanisten abgezogen worden war, um Abd ar-Rashid zu folgen. »Wo wohnt er gerade?«, fragte Lune.

»In Wapping«, sagte der Puck. »So offen, wie er nur kann. Lässt sich aussehen wie einen Türken und mietet von irgendeinem Laskar in der Nähe der Frying-Pan-Treppen direkt am Fluss ein Zimmer.«

Nun war Adenant mit dem Pfeifen an der Reihe. »Gibt ihm der Laskar Brot?«

Beggabow schüttelte den Kopf. »Nicht, soweit ich feststellen kann. Er scheint es nicht zu *brauchen*. Eisen macht ihm nichts aus, und ebenso wenig tun das heilige Dinge, wo er doch betet und alles. Wünschte, *ich* könnte diesen Trick lernen.«

Das erklärte, warum er nicht um Schutz im Onyxpalast gebeten hatte. Das hatte Lune nervös gemacht und dahin gehend verunsichert, ob sie ihm diesen anbieten wollte oder nicht. Fremde kamen häufig genug her, aber keine Fremden, deren Fähigkeiten und Motive ihr völlig unklar waren. Und während es zumindest bisher schien, als seien die Motive dieses Dschinns ehrlich genug, waren seine Fähigkeiten immer noch eine gefährliche Unbekannte.

Adenants Bericht enthielt vielleicht etwas davon. Yfaens Beitrag wohl auch. Die Sylphe hatte einen hohen Stapel auf dem Tisch neben ihr, Bücher und lose Blätter gleichsam. »Das hier ist alles, was ich finden konnte, Madam«, sagte sie und senkte entschuldigend den Kopf, als hätte sie nicht ein Monatspensum an Lesematerial gesammelt. »Die *Tausendundeine Nacht*, die er erwähnte – eine französische Übersetzung und zwei englische. Außerdem einige andere Bücher und ein Manuskript von Lady Mary Wortley Montagu. Ich weiß nicht, ob darin irgendetwas über Dschinns steht, aber ihr Mann war vor ungefähr fünfzig Jahren der englische Botschafter in Istanbul, und sie ist mit ihm hingezogen. Das hier hat sie über ihre Erlebnisse geschrieben. Vielleicht hilft es.«

Alles, was Lunes Unwissenheit verringerte, würde helfen. Sie seufzte, weil sie eine große Menge Arbeit vor sich sah. »Ich danke Euch allen dreien. Wenn Ihr noch mehr erfahrt ...«

Beggabow schnippte mit den Fingern, dann wurde er rot und zupfte als Entschuldigung, weil er sie unterbrochen hatte, an seiner Stirnlocke. »Verzeihung, Euer Gnaden, mir ist gerade etwas eingefallen. Ein Jude lebt um die Ecke von dort, wo er wohnt, ein Linsenschleifer namens Schuyler. Euer Araber lässt

ihn und einen Silberschmied an einer Art verspiegelter Schüssel arbeiten. Bin nicht sicher, wofür das ist, aber es ist groß.«
Der Puck hielt seine Arme hoch und deutete etwas mit einem knappen Meter Durchmesser an.

Lune lief es kalt den Rücken herunter. »Ich werde den Lordschatzmeister mehr Brot an Euch ausgeben lassen. Beobachtet ihn, und beobachtet diesen Juden. Wir müssen wissen, wofür die Schüssel ist.«

MAYFAIR, WESTMINSTER
16. Mai 1758

»Mr. St. Clair«, sagte Elizabeth Vesey in einem tadelnden Tonfall, »ich fange an zu glauben, dass Ihr den besten Teil von Euch daheim gelassen habt.«

Eine der Damen lachte ungeniert auf. Sie war eine ältere Frau und keine, die Galen kannte, doch ihre kurze Vorstellung hatte ihm klargemacht, dass sie einen schmutzigen Humor hatte und sich deshalb auch nicht schämte. Obwohl sie ihre Interpretation von Mrs. Veseys Worten nicht ausgesprochen hatte, wurde Galen rot und erntete dafür ein weiteres Lachen.

»Entschuldigung«, sagte er zu seiner Gastgeberin und schüttelte sich, um aufmerksamer zu werden. »Ich war tatsächlich in Gedanken anderswo – obwohl ich Euch versichere, dass es ein angenehmerer Ort als daheim war.«

Zu spät wurde ihm bewusst, wie dies für die skandalliebende alte Frau klingen würde. Ihr drittes Lachen war sogar noch schallender als die ersten beiden. *Na gut*, sagte er sich resigniert. *Lerne, das mit Absicht zu machen, und du gehst vielleicht als witzig durch.*

Doch gesellschaftliche Gründe waren der geringste Teil seines Ansinnens hier und heute Abend. An einem Ende des Raumes bereitete Dr. Andrews gerade sein Material für eine Präsentation vor. Das hier war nicht der eigentliche Blaustrumpfzirkel, sondern eine Versammlung von gelehrten Damen und einigen Gentlemen, und Galen nahm teil, um den Mann weiter zu evaluieren. Die Tage verstrichen, und er war sich dessen schmerzlich bewusst. Allerdings war er sich auch bewusst, dass es ernste Konsequenzen haben konnte, wenn er dem falschen Mann vertraute.

Inzwischen schritten andere Pläne schnell fort, und dies war der Grund, warum er gekommen war. Auf der anderen Seite des Raums unterhielt sich eine respekteinflößende Frau in den frühen Fünfzigern mit Mrs. Montagu. Galen wartete auf einen passenden Moment, dann trat er näher und verbeugte sich vor ihr. »Mrs. Carter, guten Abend. Entschuldigt die Unterbrechung, aber ich habe mich gefragt, ob ich Euch um einen Gefallen bitten dürfte.«

Er musste keinen Respekt vortäuschen. Elizabeth Carters Gelehrtheit und Wortgewandtheit stellten jene der meisten Männer in den Schatten. Ihre Übersetzungen stoischer Philosophie waren berühmt, und es hieß, Griechisch sei nur eine von neun Sprachen, die sie beherrschte.

Von den anderen acht war eine – laut Gerüchten und Mrs. Montagu – Arabisch.

Sie gab ihm einen Wink mit ihrem Fächer, dass er weitersprechen sollte. »Ich bin kürzlich in den Besitz eines seltsamen Gegenstands gelangt«, sagte Galen, »von dem sein ehemaliger Eigentümer behauptet, dass er von irgendwo in den ottomanischen Ländern komme. Es ist eine verspiegelte Schüssel, ziemlich groß, und sie trägt eine Inschrift in einer Sprache, die ich für Arabisch halte. Dürfte ich Euch bitten, sie zu untersuchen und die Worte zu übersetzen, falls möglich?«

Wenn Abd ar-Rashid die Wahrheit sagte, würde die Schüssel ihnen bei ihren Versuchen helfen, den Himmel zu verschleiern. Niemand wollte sie jedoch benutzen, ehe sie irgendeine Bestätigung dafür hatten. Mrs. Carter sagte: »Das könnte eine ›magische Schüssel‹ sein, wie manche sie nennen. Sie werden in jenem Teil der Welt schon seit Jahrhunderten genutzt, und nicht nur von den Arabern. Aber gewöhnlich sind sie recht klein. Ich würde sie mit Freude für Euch untersuchen, Mr. St. Clair.«

Sollte sich die Schüssel als das herausstellen, was der Dschinn behauptete, wäre sie ein großer Segen für Irriths Plan. Galen dankte Mrs. Carter ausschweifend und organisierte, dass die Schüssel zu ihrem Haus geliefert werden sollte. Dies war kaum erledigt, als Galen eine zarte Hand auf seinem Arm spürte und Mrs. Veseys Stimme hörte. »Mr. St. Clair, ich glaube, Ihr seid mit Miss Delphia Northwood bekannt?«

Galen war am tiefsten Punkt seiner Verbeugung, ehe ihm bewusst wurde, dass er diesen Namen kannte ... irgendwie.

»Meine Dame mit den gemischten Metaphern«, sagte er und richtete sich rechtzeitig auf, um zu sehen, wie Miss Northwood ein Lachen unterdrückte. »In der Tat, Mrs. Vesey. Wir haben uns in Vauxhall kennengelernt und hatten seither mehrfach das Vergnügen unserer Gesellschaft.«

Delphia. Hatte Cynthia diesen Spitznamen benutzt? Er passte viel besser zu der jungen Frau als das unförmige Gewicht von »Philadelphia«, ebenso wie ihr Kleid an diesem Abend. Das Blassrosa verlieh ihrer Gesichtsfarbe Wärme, und während nichts ihr Aussehen in Schönheit verwandeln konnte, passte die Einfachheit ihrer Kleidung zumindest zu ihrer gelehrsamen Aura. Miss Northwood lächelte und sagte: »Das haben wir tatsächlich. Mama war höchst ... begierig, mich in der Gesellschaft neuer Freunde zu sehen.«

»Ist sie hier?«, fragte Galen und sah sich um. Eine dumme Frage. Seine einzige vorhergehende Begegnung mit Mrs. Northwood hatte sie als eine Frau gezeigt, die nicht leicht zu übersehen war. Sie ließ keine Gelegenheit verstreichen, jeglichen jungen Mann zu überprüfen, der in die Nähe ihrer Tochter kam.

»Heute nicht. Unsere liebe Sylphe ist eine gute Freundin der Familie und deshalb nach Mamas Meinung eine ausreichende Anstandsdame, um mein gutes Benehmen zu garantieren.« Miss Northwood lächelte Mrs. Vesey an.

Die Mutter des Mädchens hätte dies wahrscheinlich nicht gedacht, wenn sie gewusst hätte, dass ihre liebe Sylphe Kontakt mit einer echten Sylphe, Lady Yfaen, hielt. Ihre Gastgeberin entschuldigte sich mit einem Lächeln, als hätte sie genau dies gedacht, um sicherzustellen, dass Dr. Andrews alles hatte, was er brauchte. Als sie zusahen, wie sie wegging, fügte Miss Northwood an: »Natürlich glaubt Mama, dass heute Abend eine harmlose Party mit Kartenspielen und keinem geistig anstrengenderen Thema als zum Beispiel der derzeitigen Hutmode stattfindet.«

»Ihr habt sie angelogen?«

Sie grinste über seine schockierte Frage. »Erzählt Ihr Eurer Familie die Wahrheit über alles, was Ihr tut, Mr. St. Clair? Nein, ich glaube nicht.«

Er wollte einwenden, dass er Geheimnisse für einen wichtigeren Zweck bewahrte, aber dies hätte ihn für viel zu viele Fragen angreifbar gemacht. Einen Vergleich zwischen seinem Vater und ihrer Mutter zu ziehen, kam ihm ungerecht vor, also fragte er stattdessen: »Würde sie die Präsentation heute Abend nicht billigen?«

»Sie fürchtet – ganz zu recht –, wohin mich das führen könnte. Wie sie mich zu vielen Gelegenheiten erinnert hat, ist es keine angemessene Beschäftigung für eine junge Dame, die nach Respektabilität strebt, nach einem Förderer zu suchen oder mit Verlagen zu diskutieren, und wenn ich hoffe, eine gute Partie zu machen, sollte ich solche Träume beiseiteschieben – zumindest bis nach meiner Heirat, wonach es die Entscheidung meines Mannes sein wird, ob ich schreiben darf oder nicht.« Miss Northwood zuckte nicht besonders leidenschaftlich mit den Schultern. »Sie hat natürlich recht. Aber ich setze mich trotzdem darüber hinweg, wenn ich kann.«

Galen konnte nur mit offenem Mund starren. »Ihr ... Ihr schreibt, Miss Northwood?«

Ihr wehmütiges Lächeln ging mit einem kleinen Erröten einher. »Ich nutze Feder und Papier, Mr. St. Clair. Ich veröffentliche nicht. Noch nicht zumindest.«

Er konnte die Besorgnis ihrer Mutter verstehen. Gelehrsamkeit war für eine Frau nicht schändlich – zumindest fand er das nicht –, aber die öffentliche Aktivität, die damit verbunden war, konnte es sein, besonders, wenn sie Diskussionen über Geschäftsangelegenheiten einschloss wie bei einem gemeinen Schreiberling von der Grub Street. Elizabeth Carter hatte sich in dieser Art betätigt, aber Galen vermutete, dass ihr ruhiges, zurückgezogenes Leben zumindest teilweise eine Strategie war, um ihre Respektabilität zu erhalten. Und war es ein Zufall, dass sie nie geheiratet hatte?

Er suchte nach irgendeinem Hauch von Witz, um die Schatten von Miss Northwoods Gesicht zu nehmen, und sagte: »Wenn Ihr wünscht, kann ich so tun, als würde ich Euch hier nicht sehen, um zumindest eine Eurer Heiratsaussichten zu bewahren.«

In der Pause, die folgte, wurde ihm klar, was er gerade gesagt hatte. Es hätte keinen Unterschied machen sollen. Miss Northwood wusste, dass er nach einer Frau suchte, genau wie er wusste, dass sie – oder zumindest ihre Mutter für sie – nach einem Mann suchte. Es laut auszusprechen, hätte nichts ändern sollen. Dennoch tat es das und brachte eine plötzliche und spürbare Unbeholfenheit, die erst von Mrs. Veseys Stimme durchbrochen wurde. »Meine Damen und Herren, bitte setzt Euch. Wir sind bereit, anzufangen.«

Gewöhnlich zog ihre Gastgeberin es vor, ihre Gäste in verstreute Grüppchen zu organisieren, damit sie bessere Gespräche miteinander genießen konnten, doch für den Vortrag von Dr. Andrews hatte sie die Stühle in Reihen aufgestellt. Galen, der vor seiner Blamage floh, nahm einen Stuhl neben Mrs. Montagu. Miss Northwood war am Ende zwei Reihen hinter ihnen. Er versuchte, sich nicht zu fragen, ob sie seinen Rücken anstarrte, als Dr. Andrews seine Vorlesung begann.

Er fing damit an, Mrs. Vesey zu danken, kam aber bald auf sein Thema. »Der französische Philosoph René Descartes«, sagte Dr. Andrews, »sprach in seinen Schriften von der Trennung zwischen Körper und Geist. Der Körper funktioniert wie eine Maschine entsprechend der Gesetze, die physische Dinge beherrschen, während der Geist immateriell, substanzlos und nicht von physischen Gesetzen begrenzt ist. Doch beide können einander beeinflussen: Wenn ich so meine Hand hebe, tue ich das, weil mein Geist meinen Körper angewiesen hat, es zu tun. Die Leidenschaften des Körpers können gleichsam den Geist beeinflussen, zum Beispiel wenn Zorn einen Mann dazu führt, eine übereilte Entscheidung zu treffen.

Aber was ist das Mittel, durch welches diese Interaktion geschieht?«

Bloße Abstraktion wäre für einen abendlichen Vortrag gewichtig genug gewesen, doch Dr. Andrews ging bald zu Details über und sprach zuerst von Descartes' veralteter Idee, dass die Zirbeldrüse die Verbindungsstelle zwischen Körper und Geist sei. Von dort aus ging es zu den Gehirnhälften und anderen Dingen weiter, die Mrs. Northwood für Damen jeglichen Alters sicher nicht für angemessen gehalten hätte.

Und tatsächlich sah Galen einige angeekelte Mienen, als Andrews tief in die Anatomie eintauchte. Bei anderen jedoch war Faszination die weitaus stärkere Empfindung. Dies war die Art von Frauen, für die Mrs. Carter *Sir Isaac Newtons Philosophie für den Nutzen von Damen erklärt* aus dem Italienischen übersetzt hatte. Physik mochte zwar ein sauberes Thema sein, doch ihre Neugier endete nicht damit.

»Es gibt Gelegenheiten«, sagte Andrews, »wenn kein Arzt sagen kann, was ein Leben zu seinem Ende gebracht hat. Kein ersichtlicher Grund erklärt es. Oder ein Mann erleidet eine Wunde, die ihn besiegt. Ein anderer, der genauso verwundet wurde, lebt weiter. Der ultimative Grund für die Sterblichkeit liegt vielleicht nicht im Körper, sondern im Geist: Wenn dieser sich über die Kontrolle des Körpers hinwegsetzen und zum einzigen Herrn über das Selbst werden kann...« Er verstummte mit einem peinlich berührten, affektierten Lachen. »Nun, ohne eine Umkehr des Sündenfalls wird das wahrscheinlich nicht passieren. Aber wir können zumindest von einem solchen Tag träumen.«

Den Geist schwächen, dachte Galen und war sich nicht einmal sicher, was er mit diesem Ausdruck meinte. *Vielleicht konnte der Drache deshalb nicht getötet werden. Sein Geist ist mächtiger als sein Körper.*

Der Vortrag war beendet. Nachdenklich stand Galen von seinem Stuhl auf und ging zum Tisch an der Seite des Raums, um sich eine Tasse Punsch einzuschenken. Dann stand er da, die Tasse vergessen in seiner Hand, biss sich auf einen Daumennagel und grübelte immer noch.

Mrs. Vesey fand ihn dort. »Also, Mr. St. Clair, neugierige Tratschtanten wollen es wissen – wann habt Ihr vor, ihr einen Antrag zu machen?«

Ihre Frage war so unerwartet und passte so wenig zu seinen derzeitigen Gedankengängen, dass er die Worte beinahe nicht verstand. Sie hätte ebenso gut Arabisch sprechen können. Sobald ihm jedoch klar wurde, was sie meinte, warf er einen Blick durch den Raum zu Miss Northwood, die im Stehen ein lebhaftes Gespräch mit Mrs. Montagu führte. »Ich habe bis zum Ende der Saison, wie Ihr wohl wisst.«

»Sie ist frei«, sagte Mrs. Vesey, »aber wird das wahrscheinlich nicht ewig bleiben. Nicht mit Eltern, die so ehrgeizig sind, ihre Tochter eine gute Partie machen zu sehen.«

Galen wollte glauben, dass Miss Northwood ihm freundlich gesinnt war. Vielleicht war er allerdings nicht der einzige Mann, der so begünstigt wurde. Er seufzte. »Frei – wie ich es nicht bin. Mrs. Vesey, was soll ich nur tun? Wie kann ich guten Gewissens eine Frau nehmen? Es ist eine Sache für einen Mann, Interessen und Geschäfte zu haben, die von seiner Ehe und seiner Frau getrennt sind – jeder hat das –, aber wenn man sie geheim halten muss ...«

Mrs. Vesey schürzte die Lippen, dann sagte sie: »Ihr *könntet* ihr davon erzählen.«

»Von ...« Viel zu laut, besonders für die Worte, die beinahe aus seinem Mund gekommen waren. Galen wartete, bis er gemäßigter sprechen konnte, dann flüsterte er: »Ihr müsst wahnsinnig sein.«

»Muss ich?« Sie wirkte von der Aussicht wenig besorgt. »Ich weiß, dass Ihr nicht der erste Mann in Eurer Stellung seid. Sie können nicht alle Junggesellen gewesen sein, und sicher haben einige es ihren Frauen gesagt.«

Galen hatte keine Ahnung, ob sie das getan hatten oder nicht. Er hatte nie auch nur daran gedacht, die Königin zu fragen. Oberflächlich betrachtet sollte es keinen Grund geben, warum Mrs. Vesey unrecht haben sollte. Immerhin hatte er, wie Lune ihn erinnert hatte, die Autorität, das Geheimnis des Onyxhofs einem Sterblichen zu enthüllen, wenn er dies wollte. Dennoch hatte in seinem Kopf *Sterblicher* immer *Mann* bedeutet. Sogar als er hier stand, ein Flüstern weit entfernt von einer Frau, die jede Woche mit einer Fee Tee trank, hatte er nie daran gedacht, das sanftere Geschlecht einzuschließen.

Aber natürlich adressierte Mrs. Veseys Vorschlag nur das Problem der Geheimhaltung. Sie wusste nichts von seiner Liebe zu Lune, die ihn seiner Frau von dem Augenblick an, in dem sie verheiratet waren, untreu machen würde.

Galen biss die Zähne zusammen. *Ich dachte, dieses Problem hätte ich im Studierzimmer meines Vaters hinter mir gelassen.* Offenbar wollte sein Gewissen nicht so leicht loslassen.

Mrs. Vesey sagte: »Nun, zieht es in Betracht. Ich glaube, Miss Northwood wäre die richtige Partnerin für Euch. Von allen Mädchen könnte sie vielleicht diese Wahrheit akzeptieren. Und wenn Ihr bis zum Ende der Saison wartet, Mr. St. Clair, könntet Ihr sie sehr wohl an einen anderen Gentleman verlieren. Denkt auch *darüber* nach – und während Ihr das tut, bitte bringt diesen Punsch zu Dr. Andrews.«

DER ONYX PALAST, LONDON
18. Mai 1758

Auf ihrem Weg zum Nachtgarten kam Irrith in den Gängen des Onyxpalasts an einer überraschenden Menge an Fae vorbei. Sie fielen ordentlich in zwei Gruppen: Die grob gekleideten, nicht elfenhaften liefen zur Arena, um einen sterblichen Boxer gegen den Yarthkin Hempry kämpfen zu sehen, und die elfenhaften in feiner Kleidung waren auf dem Weg zu einem Maskenball in einem der größeren Säle.

In der Nähe der Abzweigung, die zum Tempel der Waffen führte, rannte sie gegen Segraine und erkannte sie beinahe nicht. Ausnahmsweise wirkte die Ritterin eher wie eine Lady als ein Ritter und trug ein aus Nebel gewobenes Kleid, das ihre Augen betonte. »Hast du nicht vor, dem Boxer zuzusehen?«, fragte Irrith überrascht.

Ihre Freundin starrte finster drein. »Ein Paar Meermänner ist heute Morgen in Queenhithe aufgetaucht. Sie sind gekommen, um mit Ihrer Majestät über die Wolken zu verhandeln. Sie hatte sie nicht erwartet. Das ist vielleicht das erste Mal, dass sie sich dazu herabgelassen haben, so weit flussaufwärts zu kommen. Es *könnte* ein gutes Zeichen sein. Aber es bedeutet auch, dass sie eine große Menge Höflinge beim Ball haben will, um das Meeresvolk zu beeindrucken.«

Der spekulierende Blick von Segraine ließ Irrith hastig sagen: »Ich habe nichts Passendes anzuziehen und könnte auf gar keinen Fall rechtzeitig etwas finden.«

»Und wenn ich losziehe, um ein Kleid für dich aufzutreiben, wirst du verschwinden, während ich dir den Rücken zudrehe.« Segraine machte ein frustriertes Geräusch. »Es gibt Gerüchte, dass Carline in einem Kleid kommen will, das aus *Flammen* gemacht ist. Ich mochte sie lieber, als sie intrigant war. Damals wollte sie etwas und war gewillt, ein winziges bisschen Takt zu zeigen, um es zu bekommen.«

Die Gründe, aus denen Irrith nicht am Ball teilnehmen wollte, mehrten sich immer weiter. Sie sagte: »Ich war zum Nachtgarten unterwegs, um mit Ktistes zu reden. Er sagt, sein Volk hat Wege, um mit den Winden zu sprechen, und ich denke, das könnte mir vielleicht mit den Wolken helfen.«

»Besser die Griechen als das Meeresvolk. Deren Wünsche sind viel verständlicher.« Segraine strich mit den Händen über die falschen Hüften an ihrem Kleid, sodass Nebel sich nach außen kräuselte, und sagte: »Ihre Gnaden erwartet mich. Wenn sie fragt, sage ich, dass ich dich nicht gesehen habe.«

Irrith wartete kaum lange genug, um ihre Dankbarkeit auszudrücken, ehe sie zum Nachtgarten stürmte.

Der Ort war unheimlich still. Gewöhnlich waren dort Fae verstreut, die die Springbrunnen oder die Blumen genossen oder in einer Laube ein Rendezvous hatten, doch an diesem Abend hatte Irrith ihn für sich allein – abgesehen von Ktistes natürlich, der kein Interesse an Maskenbällen zeigte und das Ringen dem Boxen vorzog. Auf dem Weg zu seinem Pavillon an der gegenüberliegenden Seite jedoch bemerkte Irrith, dass eine weitere Person im Garten war.

Galen saß auf einer niedrigen Bank neben einem schlanken weißen Obelisken. Was er dort tat, wusste Irrith nicht. Er hätte bei Lune sein und sich bereitmachen sollen, die Botschafter aus dem Meer zu begrüßen. Jedenfalls war er für den Hof gekleidet, in einen tiefblauen Mantel, der schwer mit silberner Stickerei verziert war, und eine Weste mit Diamantknöpfen. Er saß jedoch unbewegt da, seine Miene zeigte eine komplexe

Mischung aus Melancholie und Grübelei, und sie zog sie an wie eine Flamme die Motte.

Sie machte genug Lärm, dass er sie kommen hörte und aufstand. »Dame Irrith. Lässt Ihre Gnaden mich rufen?«

»Wahrscheinlich«, sagte Irrith. »Ich bin gekommen, um Ktistes zu besuchen. Was machst du hier?«

Der Prinz deutete auf die Tafel am unteren Ende des Obelisken. »Einfach ... nachdenken.«

Irrith trat näher und kniete sich ins Gras, um die Inschrift auf der Tafel besser lesen zu können. Sie stellte sich als Liste von Namen und Daten heraus.

Sir Michael Deven	1590–1625
Sir Antony Ware	1625–1665
Dr. John Ellin	1665–1693
Lord Joseph Winslow	1693–1724
Sir Alan Fitzwarren	1724–1750
Dr. Hamilton Birch	1750–1756

Und darüber in großen Lettern: PRINZEN VOM STEIN.

Die Zahlen gaben ihr ein sehr seltsames Gefühl. Es war eine so menschliche Sache – natürlich, die Männer, derer hier gedacht wurde, *waren* Menschen gewesen. Aber die Jahre ihrer Herrschaft so in Marmor gehauen zu sehen ... Es war, als würde sie gewöhnlich über die Landschaft der Zeit fliegen, und das hier hätte sie kurz hinunter auf die Erde gezwungen.

Hinter ihr fragte Galen: »Du hast einige von ihnen gekannt, oder nicht?«

»Drei.« Irrith streckte unsicher eine Hand aus und strich mit der Fingerspitze über die Namen. »Lord Antony. Jack – er hat seinen Titel selten benutzt. Und Lord Joseph.« Danach war sie in Berkshire gewesen.

»Wie viele waren verheiratet?«

Irrith wirbelte herum und starrte ihn an. Galen hatte immer noch diesen Gesichtsausdruck, die Melancholie und die Grübelei. Und auch etwas dunkle Vorahnung. »Von denen, die ich gekannt habe? Lord Antony und Lord Joseph.«

Nun gewann die Melancholie. »Und der Erste auch, glaube ich. Selbst wenn sie nie in einer Kirche geheiratet haben, weiß ich, dass er die Königin geliebt hat. Und sie hat ihn ebenfalls geliebt.«

Irrith sah an ihm vorbei zu dem Hain aus immer blühenden Apfelbäumen auf der anderen Seite des Pfads. Er verbarg den zweiten Obelisken – den, der Sir Michael Devens Grab markierte. »Ja.«

Galen atmete aus, als würde er versuchen und daran scheitern, seine Düsternis damit zu vertreiben, und ließ sich zurück auf die Bank sinken. Weil sie sich nirgends sonst hinsetzen konnte als neben ihn oder auf das Gras, wählte Irrith Letzteres. Sie konnte die Gefühle, die in seinem Herzen tobten, beinahe *schmecken*, und vielleicht war es genau das, was sie dazu brachte, unbesonnen zu sprechen. »Sie wird dich nicht vom Heiraten abhalten, weißt du. Selbst wenn du wirklich in sie verliebt bist.«

Der Wechsel zu Schock, Schrecken und Verlegenheit kam unmittelbar. Galen stotterte mehrere halb fertige Wörter heraus, ehe ihm ein kohärenter Satz gelang: »Ich bin nicht in sie verliebt!«

»Ach.« Irrith nickte weise. »Dann habe ich es falsch verstanden. Ich dachte, die Tatsache, dass du jede Bewegung beobachtest, die sie macht, fröhlich wirst, wenn sie lächelt, wie ein geschlagener Hund jaulst, wenn sie enttäuscht ist, und binnen eines Herzschlags absolut alles tun würdest, worum sie bittet, bedeutet, dass du in sie verliebt bist. Aber ich bin eine Fee. Ich weiß wenig über solche Dinge.«

Sie schaffte es, Galen nicht auszulachen, obwohl er sie jetzt genau wie die Verkörperung des Wortes *Entsetzt* anstarrte. Es war lustig, aber sie empfand auch einen Hauch Mitleid mit ihm. Es konnte keinesfalls angenehm sein, wenn man sein Herz so sehr an das von jemand anderem band.

Seine Wangen brannten immer noch wie der Sonnenuntergang, als das gequälte Flüstern aus seinem erstarrten Mund trat: »Bitte sag mir, dass sie es nicht weiß.«

»Tut sie nicht«, bestätigte Irrith. Immerhin war er der Prinz. Sie musste tun, was er ihr befahl. Außerdem wäre er nicht fähig, Lune mit den Meermännern zu helfen, wenn er hinging und sich unter einem Felsen eingrub, um aus Scham zu sterben.

»Du *darfst* es ihr nicht erzählen«, sagte Galen. Zum ersten Mal, seit sie ihn kennengelernt hatte, klang er autoritär – wenn auch ein wenig verzweifelt. »Meine ... Gefühle gehen nur mich etwas an. Ihre Majestät sollte nicht mit dem Wissen darüber belastet werden.«

Irrith hörte dem Rest kaum zu. Sie wurde von etwas anderem abgelenkt. »Kein Wunder, dass du beinahe nie ihren Namen benutzt. Andere Prinzen haben das, weißt du. Sie verlangt von ihnen keine Förmlichkeit. Hast du Angst, dass sie es erraten wird, wenn sie dich ihn sagen hört?« Es wäre schwierig, vermutete sie, wie ein feuriger Liebhaber zu klingen, während man mit sperrigen Höflichkeitsformen rang.

Galen sagte steif: »Bis zu dem Zeitpunkt, da ich ihr im Herzen den richtigen Respekt erweisen kann, muss ich mich auf Respekt in der Sprache verlassen.«

Viel Glück, dachte Irrith. »Wie ist das überhaupt passiert?« Sie schlang die Arme um die Knie wie ein Kind, das eine

Geschichte erwartete. Sie hatte einmal einige Jahre damit verbracht, Kinder auszuspionieren, weil sie versucht hatte, das Prinzip einer Familie zu verstehen. Es war ihr immer noch ein Rätsel, aber sie hatte einige unterhaltsame Geschichten gelernt.

Seine Zähne fingen seine Unterlippe, ein charmantes Zeichen plötzlicher Verunsicherung. »Ich habe eines Nachts einen Blick auf sie erhascht, als ich außerhalb Londons unterwegs war. Sie strahlte wie der Mond ...«

Irrith erschauderte. Da war er, genau dort: der Klang von Bewunderung. Er schwang in seiner Stimme mit wie eine tiefe Saite, die einmal angeschlagen wurde.

Galen entwickelte plötzlich intensives Interesse an seinen Fingernägeln. Weil sie unterhalb von ihm saß, konnte Irrith immer noch ein Stück von seinem Gesicht sehen: seine geschwungenen Brauen, die gerade Linie seines Kinns. Nicht seine Augen. »Ich wusste gar nichts über den Onyxhof und kaum mehr über Feen. Unser Kindermädchen hat andere Geschichten erzählt. Aber ich habe London gründlich abgesucht, nach Hinweisen auf meine Vision gejagt, und bin schließlich Dame Segraine zu einem Eingang gefolgt.« Er lachte leise. »Was überhaupt nicht meine allerklügste Entscheidung war. Aber am Ende hat es funktioniert.«

»Du musst schrecklich jung gewesen sein.«

»Neunzehn«, sagte Galen defensiv.

Irrith blinzelte. »Und wie alt bist du jetzt?«

»Zweiundzwanzig.«

Darauf gab es eine zutiefst taktlose Antwort, und Irrith hätte sie vielleicht ausgesprochen, wäre nicht genau in diesem Moment ein Puck den Pfad heruntergerannt gekommen. Er lief an ihnen beiden vorbei, kam rutschend zu einem Halt und sprang zurück, beinahe bevor er seinen Körper umgedreht hatte. »Lord

Galen! Die Königin braucht dringend Eure Anwesenheit ... der Maskenball ...«

Galen war bereits auf den Beinen. Trotz der offensichtlichen Eile des Boten streckte der Prinz eine Hand zu Irrith aus und half ihr aus dem Gras hoch. »Kommst du zum Ball, Dame Irrith?«

Das wäre es beinahe wert gewesen, nur um zu beobachten, wie Galen versuchte, Lune nicht anzuschmachten, doch selbst das konnte sie nicht zu einem solch eleganten Ereignis zerren. »Nein, ich muss mit Ktistes sprechen. Aber ich hoffe, es läuft gut.«

Er verbeugte sich und folgte dann dem ungeduldig zappelnden Boten durch einen nahen Torbogen hinaus.

Als sie allein war, kniete Irrith sich wieder hin und berührte die Tafel. *Dr. Hamilton Birch: 1750–1756.* Es war jetzt ... 1758, dachte sie. Galen war zweiundzwanzig. Neunzehn, als er in den Onyxpalast gekommen war.

Sie wusste nicht, wann sein Geburtstag war oder wann er 1756 auf Lord Hamilton gefolgt war, aber er konnte nicht länger als ein oder zwei Jahre im Onyxpalast gewesen sein, als er Prinz vom Stein geworden war.

Schnelle Thronfolgen hatten sich schon früher ereignet. Meistens lag es daran, dass dem vorhergehenden Prinzen etwas zugestoßen war. Und Hamilton Birch hatte nur sechs Jahre regiert.

Dann Platz für einen verunsicherten jungen Mann gemacht, dessen Hauptqualifikation seine Bewunderung für die Königin zu sein schien.

Irrith *mochte* Galen recht gern. Er hatte eindeutig ein wohltätiges Herz und ein überwältigendes Bedürfnis, Lune treu zu dienen. Er war allerdings auch naiv genug, dass Irrith sich wie eine verbitterte Politikerin fühlte. Warum hatte die Königin ihn gewählt? Besonders in einem so entscheidenden Moment, wo der Onyxpalast selbst in wachsender Gefahr schwebte? Lune musste ihre Gründe gehabt haben, doch Irrith konnte sich nicht denken, welche das waren.

Andererseits kannte Irrith Galen nicht besonders gut. Sie hatte es jedoch geschafft, ein wenig Brot anzusammeln – genug, dass sie einige Zeit damit verbringen konnte, in der Welt oben herumzuschnüffeln. Der Moment war gekommen, beschloss sie, um einen genaueren Blick auf diesen neuen Prinzen zu werfen.

Erinnerung: 16. September 1754

Galen St. Clair ließ den siebten Entwurf einer Notiz, die die Notwendigkeit seiner Entscheidung erklärte, zurück und ritt gen Süden aus London hinaus.

Dunkelheit und die drohenden Tränen ließen sein Blickfeld verschwimmen, als er die neue Brücke von Westminster überquerte und dann auf die freien Felder von Lambeth kam. Galen versuchte, die Tränen fort zu zwingen. Er hatte bereits genug geweint. Alle von ihnen hatten das, von seiner Mutter bis hin zur kleinen Irene.

Alle außer seinem Vater.

Zorn war seine beste Verteidigung gegen die Trübsal. Charles St. Clair hatte sich geweigert, die Details der Katastrophe mitzuteilen, aber Galen hatte sie von Laurence Byrd erfahren. Nun wusste er mit quälend genauen Details, wie sein Vater sein Vermögen auf eine Reihe an zweifelhaften Investitionen gesetzt und durch dieselben verloren hatte. Sie waren nicht bitterarm – sein Vater sagte das immer wieder, jedes Mal lauter, als könne dies die Lage erträglicher machen. Nicht bitterarm, aber sie würden extrem sparen müssen, und selbst das würde die drei St.-Clair-Töchter nicht retten. Ihre Mitgift würde wirklich klein.

Außer es wurde irgendwie Geld gefunden. Und so schrieb Galen einen Brief, versiegelte ihn, legte ihn seinem Vater auf den Schreibtisch und nahm dann ein Pferd nach Portsmouth zur Königlichen Marine. Großbritannien kämpfte gerade im Land Ohio gegen Frankreich. Es bestand Hoffnung auf einen richtigen Krieg und damit zu gewinnendes Geld.

Im Wahn seiner Verzweiflung war dies das Leben, das Galen für sich gewählt hatte.

Er zügelte sein Pferd mitten auf einer schmalen Straße, die von Hecken eingefasst war. Sein Atem rasselte schwer in seiner Brust und überschritt beinahe die Grenze zum Schluchzen. Konnte er das wirklich tun? Seine Mutter und seine Schwestern und den Boden von England selbst verlassen, um in der Hoffnung auf eine bessere Zukunft zur See zu fahren und den Tod herauszufordern?

Es schien ihm, als würde sich die Dunkelheit ein wenig erhellen, als seien die Wolken verflogen und hätten den Mond enthüllt. Galen atmete langsamer, als ihm zwei Dinge bewusst wurden: erstens, dass die Nacht bereits klar war, und zweitens, dass Neumond herrschte.

Er blickte zum Himmel hoch.

Weit über ihm, silbern strahlend vor einem Teppich aus Sternen, ritt eine Göttin. Ihre Hände ruhten locker an den Zügeln eines verzauberten Pferds, und ihr Haar wehte frei wie der Schweif eines prächtigen Kometen. Keine Straße trug ihr Gewicht, und auch keine Schwingen. Das Pferd galoppierte auf der substanzlosen Luft.

Hinter ihr kam eine Heerschar von anderen, doch Galen hatte keinen Blick für sie. Er saß hingerissen da, sein eigenes

Pferd unter ihm vergessen, und drehte sich im Sattel, um die Göttin vorbeiziehen zu sehen. Sein Gedächtnis, seit seiner Kindheit von einer Mutter gebildet, die die Geschichten über die heidnischen Griechen und Römer liebte, flüsterte ihm Namen ins Ohr: *Artemis. Diana. Selene. Luna.*

Perfektion jenseits der Reichweite der Sterblichen.

Und sie ritt nach London.

Das war nicht zu übersehen. Das verzauberte Heer änderte seinen Kurs und landete kurz vor den Rändern von Southwark auf den graswachsenen Wiesen. Galens Herz sehnte sich danach, sie auf die Erde herabsteigen zu sehen. Sie waren Luftwesen, und *sie* am meisten von allen, die nicht von der Schwere der Welt verseucht werden sollten.

Dennoch gehörten sie zu London. Er hatte es in der Gelassenheit ihres schönen Gesichts gesehen: Sie kam nach Hause. Irgendwie war ihr jene schmutzige Stadt, erstickt unter Dung und Kohlenrauch und den Schreien der Armen, jener Schlund, der Vermögen auffraß und die Asche ausspie, lieb. Wo auch immer sie gewesen war, sie freute sich über ihre Rückkehr.

Ich muss erfahren, wer sie ist.

Galen zupfte ohne nachzudenken an seinen Zügeln. Nichts passierte. Sein Pferd hatte sich, wie er sah, gebückt, um an einem dicken Grasbüschel zu knabbern. Knurrend zog er fester und zwang das widerwillige Tier auf eine benachbarte Straße. Doch egal wie sehr er ihm die Sporen gab, er war nicht schnell genug. Zu dem Zeitpunkt, als er Southwark erreichte, war das verzauberte Heer verschwunden.

Sein Herz pochte in einer Leidenschaft, die er nicht in Worte fassen konnte. Jene Vision – wer sie war, *was* sie war und warum sie in London lebte ...

Er konnte nicht fortgehen.

Vor einigen Augenblicken war er unsicher gewesen. Jetzt stand es außer Frage. Er konnte der Pracht, die er gesehen hatte, nicht den Rücken zudrehen. Galen würde bleiben und die Stadt von Westminster bis Wapping absuchen, sogar die Pflastersteine auf den Straßen umdrehen, wenn es sein musste, bis er die Dame wiederfände. Und wenn er dies tat, würde er ihr seine Dienste anbieten, sogar bis in den Tod.

Wieder mit Tränen im Gesicht lenkte Galen sein müdes Pferd heimwärts.

Doch diesmal waren es Tränen der Bewunderung.

DIE *MITRE*-TAVERNE, FLEET STREET
15. *Juni* 1758

Das Gedränge auf der Fleet Street war abends schlimm genug. Um vier Uhr nachmittags war es völlig absurd. Diesmal hatte Galens Entscheidung, in einer Sänfte zu kommen, nichts mit Wirtschaftlichkeit und sehr viel mit gesundem Menschenverstand zu tun. So langsam er auch vorankam, eine Kutsche wäre noch langsamer gewesen. Andrews hatte das gleiche Transportmittel gewählt, und während sie durch das Gedränge krochen, schaffte es der hintere Träger des Doktors, mit Galens vorderem Mann ein komplettes Gespräch zu führen.

Zu dem Zeitpunkt, als der Doktor und er an ihrem Ziel ausstiegen, hatte die frühe Hitze Schweiß aus jeder Pore in Galens Haut getrieben. Andrews war so weit gegangen, seine Perücke abzunehmen, und fächelte sich mit seinem Hut Luft zu, als Galen zu ihm trat. »Gott, ich hasse London im Sommer«, sagte der Mann leidenschaftlich. »Aber das Essen wird das ausgleichen, ich versichere es Euch. Wir haben kürzlich eine Schildkröte geschenkt bekommen. Kommt, folgt mir.«

Sie entkamen dem Lärm der Straße in das ruhigere – allerdings keineswegs ruhige – Innere der *Mitre*-Taverne. Männer saßen überall an den Tischen beim frühen Abendessen, und Kellner hasteten umher und bedienten sie. Galen wurde beinahe von einem mit Tellern beladenen Kerl über den Haufen gerannt, als Andrews ihn zur Treppe führte. Das Nebenzimmer oben war im Vergleich eine Erleichterung, selbst wenn die Luft darin vom Pfeifenrauch stickig und die Gentlemen dort vornehm genug waren, um Galen in den Schatten zu stellen.

Die meisten von ihnen waren Mitglieder der Königlichen Gesellschaft, doch das hier, die ähnlich benannte Gesellschaft der Königlichen Philosophen, war eine viel exklusivere Gruppe. Laut Andrews war ihre Mitgliederzahl auf vierzig beschränkt, und die Gebühren, die eingesammelt wurden, um für ihr wöchentliches Dinner zu bezahlen, hätten Galens Vater einen Schlaganfall beschert. Obwohl es bei Weitem nicht der teuerste oder exklusivste Club in London war, war es mehr als genug, um Galen einzuschüchtern, der erneut nur als Gast anwesend war.

Andrews machte eine Runde mit Vorstellungen. Es war ermutigend, dass eine Anzahl Gentlemen sich an Galen erinnerte. Jene, die es nicht taten, kamen selten oder nie zu den Versammlungen am Crane Court, die jeden Donnerstag nach diesem Dinner stattfanden. Und es gab hier einen weiteren jungen Mann, vielleicht fünf Jahre älter als Galen, der ebenfalls ein Neuling und Gast war. »Henry Cavendish«, sagte Dr. Andrews als Vorstellung, als sie voreinander standen. »Sohn von ... ist Euer Vater hier, Mr. Cavendish?«

Die Antwort kam in Form einer Geste zu einem Mann, an den Galen sich von seiner ersten Versammlung der Königlichen

Gesellschaft erinnerte. Erneut war er in ein Gespräch mit Lord Macclesfield vertieft, der Präsident beider Gesellschaften war. »Ihr seid der Sohn von Lord Charles Cavendish?«

Ein Nicken. Galen warf einen flüchtigen Blick auf Dr. Andrews, weil er vom Schweigen des anderen verwirrt war. Aber sein Begleiter war abgelenkt. »Ah, Mr. Franklin! Gut, Euch wiederzusehen. Hadley hat mir von Euren Ideen zur Verdampfung erzählt ...«

Als sich alle zum Essen setzten, fand Galen sich mit Andrews auf einer Seite und Henry Cavendish auf der anderen wieder, während Franklin – der, wie sich herausstellte, ein Mitglied der Gesellschaft und aus den Kolonien zu Besuch war – gegenüber am Tisch saß. Sein Gespräch mit Andrews hatte sich auf Elektrizität verlagert, über die Galen sehr wenig wusste. Während der Kellner den ersten Gang servierte, widmete Galen sich der Herausforderung, Cavendish in eine Unterhaltung zu verwickeln. »Euer Vater ist der Vizepräsident der Königlichen Gesellschaft, glaube ich. Habt Ihr ebenfalls ein Interesse an den Naturwissenschaften?«

Wieder ein Nicken, als sich der Kerl den Teller hoch mit Fasan, Kabeljau und Schweinefleisch belud. Was würde ihn dazu bringen, den Mund aufzumachen? Vielleicht war er einfach arrogant. Wenn Galen die Stammbäume richtig im Kopf hatte, war Henry Cavendish der Enkel von nicht nur einem, sondern zwei Herzögen. Andererseits war es schwierig, einem Mann, der so schäbig gekleidet war, Arroganz zuzuschreiben. Allein sein Mantel war nicht nur einfach, sondern an den Ärmeln und am Kragen ausgefranst.

Mit der Aussicht konfrontiert, schweigend zu essen oder ansonsten seinen Kameraden zu ignorieren und sich einem anderen Gespräch anzuschließen, wählte Galen eine dritte

Handlungsweise: Er begann über alles, was auch immer ihm in den Sinn kam, zu sprechen und machte häufig Pausen, die Cavendish dazu einluden, etwas beizutragen. Weil er sich nach seiner Umgebung richtete, hielt er den Fokus auf philosophischen Themen, doch innerhalb jener Grenzen ließ er seiner Neugier freien Lauf. Von Lord Charles' Arbeit an Thermometern kam er auf etwas, das Franklin über Elektrizität gesagt hatte, und von dort auf Astronomie, die – wie immer – seine Worte in Richtung Feuer führte.

»Dieses Thema ist für mich von großem Interesse«, gab Galen zu. Irgendwie hatte er es geschafft, sein Weinglas zu leeren, als er seine Kehle befeuchten wollte. Er würde vorsichtiger sein müssen, damit er sich nicht versehentlich betrank und sich zum Narren machte. »Ich bin von einem Bericht fasziniert, den ich gerade über die Arbeit gelesen habe, die ein Deutscher macht, Georg Stahl – wisst Ihr davon?« Er machte eine Pause für das mittlerweile erwartete Nicken. »Ich hätte nie in Betracht gezogen, dass die Kalzinierung von Metall und die Verbrennung von Holz derselbe Prozess sein könnten, die Freisetzung von Phlogiston aus dem Material. Und wer sagt, dass es damit endet? Immerhin kann die Übertragung elektrischer Flüssigkeit Feuer verursachen, wie Blitzeinschläge gezeigt haben. Vielleicht ist jene Flüssigkeit Phlogiston in Reinform oder enthält es zumindest in einem hohen Anteil.«

Weil das allgemeine Geplauder den Raum füllte, hörte Galen die Antwort beinahe nicht. »Wenn es r… wenn es r…« Cavendish hielt inne und versuchte es mit größerem Erfolg erneut. »Wenn es reines Phlogiston wäre, sollten wir erwarten, Elektrizität in die Luft springen zu sehen, wenn ein Holzscheit brennt.«

Dies waren zwei Antworten in einer: eine Widerlegung seiner Idee und eine Erklärung, warum Henry Cavendish seinen

Mund zuvor nicht aufgemacht hatte. Die hohe Stimme des Gentlemans quiekte wie die eines nervösen Mädchens, und die Anstrengung zeigte sich in seinem Blick und an seinem Kiefer, als er sich über die unangenehmen Pausen hinwegzwang.

Galen verspürte sofort Reue, weil er den Mann für arrogant gehalten hatte. Nichts konnte diese unglückselige Stimme ändern, aber sicher machte eine Versammlung von dieser Art, voll Fremder und frei fließender Gespräche, sein Stottern schlimmer. Kein Wunder, dass Cavendish schweigsam war.

Nachdem er jedoch diesen winzigen Erfolg erreicht hatte, hatte Galen nicht vor, seine Mühen zu verringern. »Ich nehme an, das ist wahr. Ich muss gestehen, dass ich Stahls Phlogiston-Theorie gerade erst kennengelernt habe. Ein Freund hat mir letzte Woche das Buch gegeben.« Ein Vorteil von Cavendishs Zurückhaltung: Er würde nicht fragen, wer der Freund war, und deshalb würde sich Galen keine Lüge ausdenken müssen, um Wilhas vom Ticken zu schützen. »Habt Ihr irgendwelche Experimente zu dem Thema durchgeführt?«

Der gequälte Ausdruck in Cavendishs Blick war Galen vertraut: ein tiefes Verlangen, sich seiner Passion zu widmen, das gegen einen ebenso tiefen Widerwillen kämpfte, davon zu sprechen. Ihre jeweilige Situation mochte sehr unterschiedlich sein, doch das Resultat wirkte erstaunlich ähnlich.

»Schwierig«, murmelte Cavendish schließlich nach einer weiteren unerträglichen Reihe an Versuchen, die Worte hinauszubekommen. »Muss Phlogiston isolieren. Könnte man vielleicht mit Eisenspänen und Säure machen – Boyles Experiment. Das Phlogiston aus dem Metall treiben und einfa... und einfa...«

Galen hielt sich gerade noch davon ab, »einfangen« zu sagen. Jemanden von Cavendishs Stand zu unterbrechen, wäre extrem unhöflich gewesen. Außerdem schockierte ihn, schon während sich die Worte in seinem Kopf bildeten, die These, die sie hervorriefen, so sehr, dass er seine Gabel fallen ließ. *Vielleicht ist es bereits eingefangen worden.*

Eingefangen – und auf einen Kometen verbannt.

Salamander waren laut der Fae die Verkörperung von Feuer, und der Drache war dasselbe Konzept, nur größer. Und was war Phlogiston – die Substanz, die aus Holz trat, wenn es verbrannte, und aus Metallen, wenn sie kalzinierten –, wenn nicht der Grundbaustein von Feuer?

»Gefährlich«, sagte Henry Cavendish in einem überartikulierten Quieken, offenbar als Antwort auf irgendeine Spekulation, die er ausgesprochen hatte, während Galen nicht zugehört hatte.

Er lag viel richtiger, als er wusste. »Ich glaube«, sagte Galen, dessen Gedanken beinahe zu schnell vorpreschten, als dass sein eigener Verstand mithalten konnte, »dass ich vielleicht eine Idee für eine andere Möglichkeit habe, das zu schaffen. Eine reine Probe Phlogiston zu erhalten – oder zumindest so gut wie rein. Wenn ich Euch so etwas bringen würde, würdet Ihr ...«

Er musste den Satz nicht einmal beenden. Henry Cavendishs Blick brannte ab dem Ausdruck *reine Probe*. Unter der Unbeholfenheit wurde die Art von Verstand enthüllt, die Galen zu finden gehofft hatte, als er zum ersten Mal zur Königlichen Gesellschaft gekommen war. Dieser Enkel von Herzögen mochte wohl kein neuer Sir Isaac Newton sein, der fundamentale Erkenntnisse in die Welt setzte, aber er wäre auch kein bloßer gelehrter Dilettant, der langatmige Briefe über den interessanten Stein, den er auf seinem Landsitz gefunden hatte, an die Gesellschaft schrieb. Die Passion für Wissenschaft war da und die nötige Intelligenz, um sie zu ergreifen.

Von Galens anderer Seite sagte Andrews: »Reines Phlogiston? Wenn Ihr das erhaltet, Mr. St. Clair, müsst Ihr es sofort mit der Königlichen Gesellschaft teilen! Nicht bloß die Substanz, sondern die Mittel, durch die Ihr es isoliert habt. Das könnte ein unglaublicher Fortschritt sein.«

Viel zu viel Aufmerksamkeit war nun auf Galen gerichtet. Einen Salamander zum Crane Court zu bringen? Das war undenkbar. Indem er seine fallen gelassene Gabel als Vorwand nutzte, um sein Gesicht zu verbergen, murmelte Galen: »Also, ich ... ich bin nicht ganz sicher, ob es funktioniert. Und ich müsste ... äh ... meine Resultate bestätigen, um sicherzugehen, dass sie verlässlich sind. Ihr versteht.«

Der Kellner rettete ihn. Er kam genau in diesem Moment in den Raum, gefolgt von zwei seiner Kollegen, die eine große Silberplatte trugen. Mit einer ausschweifenden Geste nahmen sie die Abdeckung ab, um die versprochene Schildkröte zu enthüllen, und Galens unbedachte Aussage wurde im folgenden Applaus vergessen.

Von den meisten. Andrews allerdings vergaß sie nicht. Während das Gericht serviert wurde, beugte er sich dichter zu Galen und sagte: »Wenn Ihr irgendwelche Unterstützung braucht, Mr. St. Clair, zögert nicht, darum zu bitten. Ich weiß, dass dies von meiner üblichen Forschung ziemlich weit entfernt ist, aber ich wäre äußerst interessiert daran, das Resultat zu sehen.«

»Das könnt Ihr«, sagte Galen, der ohne Vorwarnung zu einer Entscheidung gelangt war. *Ich habe lange genug gezögert. Es gibt hier Köpfe, die dem Onyxhof helfen können – aber nur, wenn sie Informationen haben, mit denen sie arbeiten können.* Cavendish war zu neu. Galen kannte ihn seit weniger als einer Stunde. Andrews andererseits hatte er seit sechs Monaten beobachtet. Die Zeit war gekommen, um eine Entscheidung zu treffen.

Andrews sah die Veränderung in ihm. Noch leiser fragte er: »Was ist, Mr. St. Clair?«

Galen schüttelte den Kopf. Nicht hier, und erst wenn er eine Gelegenheit gehabt hätte, die Königin zu benachrichtigen. Aber sobald das erledigt wäre ...

»Dürfte ich Euch morgen besuchen, Dr. Andrews?« Der ältere Mann nickte. »Ausgezeichnet. Ich habe Euch einige Dinge mitzuteilen, die Ihr, wie ich denke, wirklich sehr interessant finden werdet.«

HOLBORN UND BLOOMSBURY
16. Juni 1758

Galen fragte sich halb, warum niemand etwas über den seltsamen Trommelschlag sagte, der aus dem Inneren der Sänfte kam. Sicher war das Pochen seines Herzens bis zum Fluss zu hören. Lunes ermutigende Worte in der letzten Nacht hatten ihn ausreichend gestärkt, um ihn zur Tür hinauszubringen, doch jetzt, wo er hier war, drohte das Ausmaß dessen, was er vorhatte, ihn zu überwältigen.

Schwung allein trug ihn aus der Sänfte zu dem plötzlich bedrohlichen Eingang hinauf und in die Vorhalle von Dr. Andrews' Stadthaus. Die Worte, die er während der gesamten Versammlung der Königlichen Gesellschaft am Vorabend sorgfältig geprobt hatte, während der Stunden, als er im Bett wachgelegen hatte, während des Frühstücks, das er nicht gegessen hatte, und während seines Wegs zum Red Lion Square, rannten jetzt in seinem Kopf wie panische Mäuse herum, verstreut und inkohärent. Sich einzureden, dass andere das schon früher getan hatten, half nicht. Er hatte sich nicht die Zeit genommen, die beste Methode herauszufinden, den Onyxhof zu enthüllen, und jetzt war es zu spät.

Die offensichtliche Lösung – Andrews mit irgendeinem anderen Thema abzuspeisen und es später wieder zu versuchen – kam nicht infrage. Galen kannte sich als gelegentlichen Feigling, aber das wäre ein Rückzug, den er nicht akzeptieren konnte.

»Kaffee?«, bot Dr. Andrews an, sobald er aus seinem Labor getreten war und sich die Hände in einer Schüssel, die das Hausmädchen gebracht hatte, sauber gewaschen hatte. »Oder vielleicht Brandy?«

Dass ihm sein Gastgeber Schnaps anbot, sagte Galen nur, wie sichtbar seine Nervosität war. Er leckte sich die Lippen und dachte: *Es zu verzögern, wird es nur schlimmer machen. Ich muss das jetzt tun, oder überhaupt nicht.*

»Nein, danke«, sagte er, und irgendwie stärkten ihn diese üblichen Höflichkeitsfloskeln. »Dr. Andrews, ich möchte Euch nicht beleidigen, aber ... sind Eure Bediensteten von der Sorte, die an Schlüssellöchern lauscht?«

Der Blick des älteren Gentlemans wurde härter. »Sie sind mir völlig loyal, Mr. St. Clair, und sie wissen, dass ich keine Indiskretion toleriere.«

Die Kühle galt, wie Galen dachte, nicht ihm. Ein solcher Haushalt, ohne eine Ehefrau, die ihn leitete, war oft eine schlecht geführte Menagerie. Man brauchte eine kluge Wahl bei der Haushälterin und eine strenge disziplinarische Hand, um Tratsch, Diebstahl und allgemein schäbige Dienste zu verhindern. Dr. Andrews hatte diesen Erfolg anscheinend erreicht.

»Was ich Euch zu sagen habe, ist sehr privat«, sagte Galen unnötigerweise. So viel hatte er bereits offensichtlich gemacht. Seine Nerven wollten sich jedoch nicht beruhigen. »Ich möchte nicht an Eurer Kontrolle über Eure Bediensteten zweifeln, aber es wäre desaströs für viele Leute, wenn es sich herumsprechen würde.« Zweifellos war das schon früher in den Jahrhunderten der Existenz des Onyxhofs passiert, und zweifellos hatten die Fae Methoden, um damit umzugehen. Ansonsten wüsste ganz London von ihrer Anwesenheit. Aber sie konnten gnadenlos sein, wenn sie ihre Geheimnisse schützten, und Galen wollte keinesfalls eine Demonstration provozieren.

Andrews deutete auf die Tür. »Wenn Ihr wirklich besorgt seid, Mr. St. Clair, könnten wir in den Feldern um das Findlingsspital spazieren gehen. Es ist ein schöner Tag, und wir sollten keine Sorgen haben, dass wir belauscht werden.«

Erst als sich die Erleichterung in einer kalten Welle über Galen brach, wurde ihm bewusst, wie sehr ihm die Bediensteten Sorgen gemacht hatten. »Das wäre ideal.«

Ohne weitere Umschweife verbeugte Andrews sich und führte ihn durch die Tür. Die Red Lion Street, die von Reihen kleinerer Häuser gesäumt wurde, öffnete sich nur wenige Blocks weiter nördlich in ruhige Wiesen. Eine breite Prachtstraße führte zu dem aus Ziegeln gebauten Findlingsspital, doch Galen und Dr. Andrews gingen nach links über einen Fußweg auf den ehemaligen Cricketplatz.

Hier draußen konnte er viel leichter atmen, und nicht nur, weil die nächsten Menschen weit genug entfernt waren und in den kleinen Gärten, die London mit frischem Gemüse und Blumen versorgten, hart arbeiteten. Das Sonnenlicht war warm, ohne bedrückend heiß zu sein, und die Butterblumen, die an den Seiten des Pfads blühten, entspannten rein mit ihrer fröhlichen Farbe seine Schultern. In einer solchen Umgebung schien die Existenz einer dunklen und verborgenen Welt unter London eher wie ein faszinierendes Kuriosum als eine

Bedrohung. Dies war das größte Risiko: dass der Onyxhof eines Tages jemandem enthüllt würde, der ihn als Feind sah. Galen war fest entschlossen, sich selbst und den Hof vor diesem Fehler zu schützen.

Dr. Andrews gestand ihm die Zeit zu, die er brauchte, um seine Gedanken zu ordnen. Sie schlenderten schweigend weiter, bis Galen tief Luft holte und die Rede begann, die er so sorgfältig vorbereitet hatte.

»Ich muss gestehen, Dr. Andrews, dass ich, obwohl ich dankbar für Eure Gönnerschaft in der Königlichen Gesellschaft bin, von Anfang an ein zusätzliches Motiv hatte, während ich Eure Bekanntschaft pflegte. Ich hoffte, dass Ihr mir vielleicht Unterstützung in einer recht dringenden Angelegenheit gewähren könntet. Die Fragen, die Ihr erforscht – die Natur der Sterblichkeit und die Beziehung zwischen Körper und Geist, Gedanken und Materie –, jene haben sehr direkte Auswirkungen auf mein Problem. Ich sah in Eurer Forschung die Möglichkeit, nicht nur Unterstützung zu erhalten, sondern sie Euch im Gegenzug anzubieten. Versteht Ihr, Sir, in den vergangenen paar Jahren war ich eng mit einer Anzahl Persönlichkeiten verbunden, auf die die Sterblichkeit keinen Einfluss hat.«

Andrews war die gesamte Zeit mit hinter dem Rücken verschränkten Händen und zum Himmel gerichtetem Blick spaziert und hatte die Düfte des Sommers genossen. Nun senkte er sein Kinn, sodass ein Schatten über seinem Gesicht lag, und wandte Galen einen erstaunten Blick zu.

Er sagte jedoch gar nichts, wofür Galen dankbar war. Wenn er jetzt unterbrochen worden wäre, hätte er vielleicht den roten Faden in seiner Erklärung völlig verloren. »Ich bin mir der außergewöhnlichen Natur dieser Behauptung sehr bewusst. Ich versichere Euch, Dr. Andrews, dass ich es ganz ernst meine, obwohl das, was ich Euch gleich erzählen werde, vielleicht anders klingt. Diese Persönlichkeiten leben in London, aber im Geheimen. Sie zeigen sich nie ungetarnt in der Öffentlichkeit. Einige von ihnen sind schon seit Jahrhunderten hier und könnten Euch aus erster Hand erzählen, wie es war, unter den Tudors zu leben. Sie sind nicht völlig unsterblich – sie können getötet werden –, aber beim Fehlen von Gewalt leben sie ewig.«

Hier hielt er inne, um zu schlucken, und wünschte, er hätte irgendein Getränk, um seinen schrecklich trockenen Mund zu befeuchten, und in dieser Pause antwortete Dr. Andrews. »Und wer, wenn ich fragen darf, sind diese außergewöhnlichen Unsterblichen, von denen Ihr sprecht?«

Dr. Johnsons verächtliche Miene stieg unerwünscht in Galens Erinnerung auf. Er hatte das Wort absichtlich vermieden und den Inhalt seiner Erklärung vorangestellt, weil er sich an den Spott jenes großen Mannes erinnerte und ihn kein zweites Mal auf sich ziehen wollte. Aber das Wort musste unvermeidlich ausgesprochen werden.

»Ich spreche, Sir, von Feen.«

Andrews lachte nicht. Er machte überhaupt keinen Mucks.

»Sie sind nicht die dümmlichen Kreaturen aus Shakespeares Fantasie«, sagte Galen. Nun ja, einige von ihnen waren das – aber jene waren nicht wichtig. »Sie existieren in vielen Variationen, von königlich bis ekelhaft, und sie könnten Euch nicht nur vielleicht genau die Geheimnisse lehren, die Ihr erfahren wollt ... Dr. Andrews, sie brauchen Eure Hilfe.«

Sie waren mitten auf dem Pfad zum Stehen gekommen, umgeben von Fingerhüten und Sonnenschein und dem festgetrampelten Sand auf dem Boden. In kurzer Entfernung gingen gewöhnliche Londoner ihrer Arbeit nach, völlig unbelastet von der himmelschreienden üblen Vorahnung, die Galen wieder die Kehle zuschnürte und ihn jeden Augenblick, in dem Dr. Andrews nicht antwortete, mehr würgte.

Er muss mir glauben. Er muss.

»Mr. St. Clair«, sagte Andrews, dann verstummte er.

Sein Kinn war jetzt noch tiefer gesenkt, sodass seine Hutkrempe seinen Gesichtsausdruck verbarg. Er hatte die Hände immer noch hinter dem Rücken, und in der Haltung seiner Schultern sah Galen steife Anspannung. Das war zu erwarten gewesen. Niemand konnte eine solche Enthüllung locker aufnehmen. Doch wenn er erst einen Moment gehabt hätte, um sie zu verarbeiten ...

Andrews hob den Kopf und erwiderte Galens Blick in aufrichtiger Besorgnis. »Mr. St. Clair, ich bin nicht sicher, was Euch besessen hat, um mich mit einer solchen Geschichte hier heraus zu locken. Meine Vermutung ist, dass Ihr von einem Scharlatan getäuscht wurdet – vielleicht von einem, der wilde Versprechungen anbot, das Vermögen Eurer Familie wiederherzustellen, vielleicht von einem, der mit diesen Geschichten über Feen, die einen Retter brauchen, nur Euer bewundernswert gutes Herz ausnutzt. Ich erschaudere, wenn ich daran denke, um welche Hilfe er Euch gebeten hat.«

»Es gibt keinen Scharlatan!«, rief Galen entsetzt. »Dr. Andrews ...«

Der Blick des Gentlemans wurde hart. »Wenn niemand Euch getäuscht hat, dann muss ich daraus schließen, dass *Ihr* versucht, *mich* zu täuschen. Ich möchte nicht wissen, was Eure Bitte gewesen wäre. Sollte ich das erfahren, wäre ich gezwungen, zu Eurem Vater zu gehen und ihm von diesem unglückseligen Treffen zu berichten. Wie es steht, Mr. St. Clair, biete ich Euch so viel an: Ich werde es *nicht* Eurem Vater erzählen, und ich werde Euch auch keinerlei Schwierigkeiten dafür machen, dass Ihr meine Zeit und meinen guten Willen verschwendet habt. Aber im Gegenzug muss ich darauf bestehen, dass Ihr aufhört, zur Königlichen Gesellschaft zu kommen. Ich kann Euch nicht länger guten Gewissens als meinen Gast zulassen, und solltet Ihr Euren Vater überreden, dass er dies wieder tut, werde ich mich bei Lord Macclesfield dagegen aussprechen. Habe ich mich deutlich ausgedrückt?«

Er hätte Galen das Herz aus der Brust reißen und es im Staub zertrampeln können und hätte sich nicht deutlicher ausgedrückt. Galen wünschte, er könne in jenem Staub versinken oder in den Himmel springen und auf Falkenflügeln fliehen – *alles*, was ihn von diesem sonnigen Pfad und von Dr. Andrews' angeekeltem Blick entfernt hätte.

Wie von selbst öffnete sich sein Mund und bildete ohne Anweisung seines Gehirns Worte. »Ja, Sir.«

»Gut.« Andrews verbeugte sich knapp, kaum mehr als ein leichtes Zucken nach vorn. »Ich glaube, Ihr findet von hier aus Euren Weg nach Hause. Auf Wiedersehen, Mr. St. Clair.«

Ungefähr zu dem Zeitpunkt, als Irrith Galen zum Red Lion Square folgte, musste sie zugeben, dass sie ihm nachspionierte.

Wie sonst sollte sie ihre Neugier befriedigen? Er war lächerlich einfach zu verfolgen. Ein einfacher Tarnzauber, und sie konnte ihn beschatten, wo auch immer er hinging. Nicht zu den Versammlungen der Königlichen Gesellschaft, wo sie hätte vorgeben müssen, eines ihrer Mitglieder zu sein, aber andere Orte standen ihr offen. Sie besuchte seinen Lieblingsbuchladen und sah, welche Titel ihn interessierten. Sie lungerte in seinem Lieblingskaffeehaus herum und trank das ekelhafte, bittere

Getränk, während er mit seinen Freunden Glücksspiel betrieb. Sie untersuchte sogar sein Haus mit seinen drei Schwestern und seinem tyrannischen Vater.

Es war kein Spionieren. Es war ...

Also gut, es ist Spionieren.

Und es klang ein wenig schändlich, als sie das zugab. Besonders, weil sie die Aufgabe vernachlässigte, die Lune ihr gestellt hatte, nämlich das Verstecken von England. Es war schön und gut zu sagen, dass sie auf die Verhandlungsergebnisse der Königin mit den Griechen und dem Meeresvolk wartete, aber Irrith hatte Besseres mit ihrer Zeit zu tun, als den Prinzen auszuspionieren.

Sie hatte in Betracht gezogen, sich ins Haus der Wundersamen Menagerie zu schleichen, um zu belauschen, was Galen wohl sagte, aber nun kam es ihr nicht mehr wie eine so gute Idee vor. Sie hatte sich schon fast dazu durchgerungen, nach Hause zu gehen, als Galen wieder herauskam, diesmal in Gesellschaft dieses Mannes. Dr. Andrews. Der Kerl mit dem gefälschten Satyr.

Jemandem über grüne Wiesen zu folgen, war nicht schändlich. In Berkshire war es einer ihrer liebsten Zeitvertreibe. Und sie war darin sehr, sehr gut. Von ihren Zweifeln befreit, schlich Irrith nahe genug heran, um Galens unglaubliche Rede und Andrews' ungläubige Reaktion zu hören.

Sie schluckte einen Fluch hinunter. Als sich die beiden Männer voneinander verabschiedeten und getrennter Wege gingen, kämpfte sie gegen den Drang an, in den Dornbusch zu beißen, der sie verbarg. *Ich hätte Galen warnen sollen. Ich habe es gewusst, als ich ihn über Satyre befragt habe – das ist kein Mann, der an Feen glauben will.* Aber ihr war nicht klar gewesen, dass der Prinz genau das im Sinn gehabt hatte.

Wenn sie sich beeilte, würde sie Andrews vielleicht erwischen, ehe er wieder zu den Häusern käme, und dann konnte sie sicherstellen, dass er diese nie erreichte. Nie die Gelegenheit hatte zu wiederholen, was Galen ihm enthüllt hatte.

Aber nein. Der Prinz glaubte, dass Andrews nützlich war. Sie konnte ihn nicht einfach töten, selbst wenn er seinen fehlenden Nutzen bewiesen hatte.

Das aber gab ihr eine andere Idee.

Irrith sprintete über das freie Feld und verließ sich ebenso sehr auf die Deckung durch Hecken wie durch Feenzauber, um sich verborgen zu halten. Andrews war beinahe an der Hinterseite jener großen Gebäude nahe dem Stadtrand. Sie hatte nur einen Augenblick, um sich zu fragen, ob dies wirklich eine gute Idee war, ehe sie einen Tarnzauber über sich warf und dann auf den Pfad stürmte.

Der Sterbliche blieb abrupt stehen. Er holte überrascht Luft, aber das löste einen Hustenanfall aus. Verärgert wartete Irrith ab, während er ein Taschentuch herausfischte und etwas hineinspuckte. Sobald er wieder Luft bekam, blickte er auf und fragte verblüfft: »Miss Dinley?«

Sie hatte sich an das Aussehen erinnert, das sie für jenen Besuch bei der Menagerie angelegt hatte, aber nicht an den Namen. *Was für ein hilfreicher Kerl.* »Geht es Euch gut, Dr. Andrews?«

Er winkte mit der freien Hand ab und steckte mit der anderen das Taschentuch weg. »Ihr habt mich erschreckt, das ist alles. Was ...« Nun sah er sich um. »Seid Ihr allein hier draußen?«

Die Versuchung, eine komplizierte Rolle zu spielen, nagte an ihr. Unter den Umständen war es jedoch am besten, das hier schnell zu erledigen. »Ich habe Euch mit Galen St. Clair spazieren sehen.« Sie hielt inne und erwiderte Andrews' Blick. »Ich weiß, was er Euch erzählt hat.«

Der Mann starrte sie finster an. »Wenn Ihr eine Freundin von ihm seid, Miss Dinley, dann würde ich Euch bitten, ihm zu raten, mit den Spielchen aufzuhören.«

»Aber ich mag Spielchen«, sagte Irrith – von hinter ihm.

Sie ruinierte beinahe alles, indem sie lachte, als er kreischte und herumwirbelte. Es war ein einfacher Trick, die Art, die Pucks als ihrer Mühen unwürdig verwarfen, aber sie hatte das hier nicht geplant. Sie musste mit dem arbeiten, was sie hatte.

Was ausreichte, um Andrews zu beeindrucken. Oder ihn zu verängstigen, was genauso gut war. »Was ... wie seid Ihr ...«

»Hierher zurückgekommen?« Irrith knickste spöttisch, diesmal wieder von seiner anderen Seite. »Vielleicht habe ich mich schneller bewegt, als Eure alten Augen sehen können.«

Sie deutete seine Intentionen ganz rechtzeitig. Andrews kam keine zwei Schritte weit den Pfad entlang, ehe sie sich wieder bewegte und ihm den Weg versperrte. »Natürlich«, sagte sie, »bin ich älter als Ihr. *Viel* älter. Aber Ihr glaubt nicht an Kreaturen wie mich, nicht wahr, Dr. Andrews?« Sie musste innehalten und sich konzentrieren, aber das war kein Problem. Der Mann würde nirgendwo hingehen. Seine Füße schienen am Boden Wurzeln geschlagen zu haben, als der Zauber, der sie deckte, erzitterte und Miss Dinley durch einen rothaarigen jungen Gentleman in einem geckenhaften Mantel ersetzte. »Ich bin nur ein Scharlatan, der sein bewundernswert gutes Herz ausnutzt.«

Und dann ihr letzter Zug, der ihren Instinkten so sehr widerstrebte, dass sie die Zähne zusammenbeißen musste, um ihn geschehen zu lassen. Irrith, die im Freien stand, die Stadthäuser der Ausläufer von London weniger als eine Viertelmeile hinter ihr, ließ ihren Tarnzauber völlig fallen und zeigte Dr. Rufus Andrews ihr wahres Gesicht.

»Ich versichere Euch«, sagte sie. »Jedes Wort, das Galen St. Clair ausgesprochen hat, war die Wahrheit.«

~·~

Galen hatte keinen Gedanken im Kopf, als er fortmarschierte, außer, irgendwohin zu gehen, wo Dr. Andrews nicht war.

Das gewaltige Ausmaß seines Scheiterns wogte wie ein ertränkendes Meer um ihn herum, und nichts, was er tun konnte, würde seinen Kopf über Wasser halten. Es war überhaupt kein Trost, dass seine Vorsicht ihm gut gedient hatte. Weil Galen nichts von der Lage des Onyxpalasts verraten und keine Fee als Beweis mitgebracht hatte, hatte Andrews keine Möglichkeit, Schaden zu verursachen.

Aber dieselbe Vorsicht hatte es ihm allzu einfach gemacht, Galens Worte einfach abzutun.

Hätte ich gewonnen, wenn ich mehr riskiert hätte?

Galen hob seinen Blick und stellte fest, dass er zum New River Head gewandert war, wo das Reservoir unpassend hell glitzerte. Dahinter lag eine Straße, deren eine Richtung nach London, die andere nach Islington führte. Er hätte die Hilfe der Goodemeades beanspruchen sollen, die ihn nur zu gerne beraten hätten.

Doch er war der Prinz. Es musste einen Punkt geben, an dem er solche Angelegenheiten allein regeln konnte.

Dieser Punkt ist jetzt erreicht. Egal wie ich das gutmache – und gutmachen muss ich es –, ich wage es nicht, um Hilfe zu bitten.

Laute Schritte ließen ihn herumwirbeln. Verzweifelt, wie er war, war Galens erste, übertriebene Befürchtung, dass irgendein Straßenräuber beschlossen hatte, ihn wegen des Goldes, das er nicht dabeihatte, zu ermorden.

Stattdessen sah er Dr. Andrews.

Der alte Mann stolperte über einen Stein und stürzte japsend und hustend zu Boden. Seine Blässe war schlimmer denn je und seine Wangen von roten Flecken überzogen. Galen schoss ihren Streit in den Wind und hastete an seine Seite. »Dr. Andrews! Was ist passiert? Geht es Euch gut?«

Dumme Fragen. Der Mann konnte nicht erklären, was passiert war, weil es ihm natürlich nicht gut ging. Er war ein Schwindsüchtiger, der gerade viel zu weit gelaufen war. Galen erschauderte panisch, als er die hellroten Flecken auf Andrews' Taschentuch sah.

Schon bevor er wieder Luft bekam, begann Andrews jedoch zu versuchen, ihm zu antworten. »F... f...«

Galens Herz wurde schwer wie ein Stein.

»*Fee*«, sagte Andrews und röchelte das Wort beim Einatmen heraus. »Nahe beim ... Findlingsspital. Ein M...« Mehr Husten. »Ein Mädchen.«

Lune? Keine Chance. Galen konnte allerdings nicht mehr als ein paar Minuten marschiert sein. Wer konnte so nahe gewesen sein, um eine solch unmittelbare Veränderung zu verursachen?

Andrews flüsterte jetzt noch etwas. Galen bückte sich tiefer, um es zu hören.

»Es tut mir leid«, sagte der ältere Mann an den Staub zwischen seinen Händen gerichtet. »Es tut mir so leid. Ich habe Euch nicht geglaubt. Aber sie ... ihre Augen ...« Er spuckte blutigen Schleim in den Dreck und sprach deutlicher. »Nicht menschlich. Niemandes Augen sind so grün ...«

Irrith.

Galen richtete sich mit einem Ruck auf und starrte wild um sich, als würde der Irrwisch hinter Andrews hergeschlendert kommen. Irrith war natürlich nirgends zu sehen. »Was hat sie Euch angetan?«

»Es mir gezeigt.« Andrews versuchte jetzt, auf die Beine zu kommen. Gegen sein besseres Urteilsvermögen half Galen ihm. »Was sie war. Ist. Ich ...« Seine Brille hing schief. Er nahm sie ab, dann hielt er inne, gerade bevor er mit seinem schmutzigen Taschentuch über die Gläser reiben konnte. Galen bot ihm ein sauberes an, das er dankbar annahm. »Ich schäme mich zu sagen, dass ich wie ein Kind weggelaufen bin.«

Galen wollte nicht weiterfragen, aber er musste es wissen. »Was hat sie *getan*?«

Andrews produzierte ein Schnauben, das halb Lachen, halb Husten war. »Nichts, was mich zum Weglaufen gezwungen hätte. Ach, ein paar Tricks, um ihr Argument zu unterstreichen. Ihr ... Ihr habt sie nicht geschickt?«

»Natürlich nicht!«, rief Galen. »Ich würde niemals irgendetwas tun, um Euch derartig zu erschrecken.« *Ich bringe sie um. Oder vielleicht küsse ich sie.*

Weil der Blick, den Andrews ihm zuwandte, keinerlei Zweifel mehr enthielt. Diese waren völlig ausgelöscht und von Hoffnung ersetzt worden, die so zerbrechlich wie der Flügel eines Schmetterlings war. »Sie hat gesagt, Ihr hättet die Wahrheit gesagt. Können sie mir wirklich helfen?«

Mit dem blutigen Taschentuch in seiner Hand bekam diese Möglichkeit eine drängende Bedeutung. Galen wollte sie nicht falsch nähren. »Vielleicht. Ich kann nicht sicher sein. Haltet sie jedoch nicht für altruistisch – ich kann Euch versprechen, dass sie im Gegenzug bei einem Problem, das sich ihnen stellt, Eure Hilfe haben wollen.« Er nahm Andrews' zerzaustes Äußeres auf und bemerkte, dass er ein Idiot war. »Lasst mich Euch eine Sänfte holen, um Euch zu Eurem Haus zurückzubringen.« Er hasste es, den Mann allein hierzulassen, selbst für wenige kurze Minuten. Aber Transportmittel trieben sich gewöhnlich nicht müßig am New-River-Reservoir herum und warteten darauf, schwindsüchtige Gentlemen zu retten, die von Feen erschreckt worden waren. Wenn Andrews keine Kuh nach Hause reiten wollte, würde Galen sich auf die Suche machen müssen.

Aber der Doktor hielt ihn mit einer Hand an seinem Arm auf. »Es geht mir gut genug, um zu laufen«, sagte Andrews, »wenn wir langsam gehen. Und Ihr hattet recht, das hier ist etwas, das meine Bediensteten nicht hören sollten. Kommt, Mr. St. Clair, und erzählt mir mehr.«

DER ONYXPALAST, LONDON
16. Juni 1758

Irrith saß mit dem Rücken an die Wand gelehnt, heftete ihren Blick auf die Öffnung, die nach oben nach Newgate führte, und wartete darauf, dass Galen hindurchstürzen würde.

Sie konnte nicht sicher sein, ob er über diesen Weg kommen würde – zumindest nicht bald –, aber sie zog es vor, zu warten, statt sich der Königin mit der Nachricht über den Andrews-Vorfall zu stellen. Galen konnte diesen Teil übernehmen. Das war ohnehin seine Pflicht.

Warum warte ich also auf ihn? Er kann mir später danken. Aber sie wollte eine Chance, sich zu erklären, bevor er zu sehr hinterfragte, warum sie ihm gefolgt war. Vorausgesetzt, sie konnte sich eine glaubhafte Erklärung ausdenken, die nicht die Wahrheit war.

Sie hatte erst eine kurze Zeit gewartet, als Galen tatsächlich in die Kammer heruntergeschwebt kam. Ehe Irrith jedoch irgendwelche Dinge sagen konnte, die sie sich ausgedacht hatte, sah der Prinz sie – und entflammte in plötzlichem Zorn.

»Was hast du dir nur *gedacht*?«, wollte er ohne Umschweife wissen. »Der Mann hätte sterben können, Irrith. Er ist schwindsüchtig! Und was hast du überhaupt da draußen gemacht?«

Zorn ergab genau betrachtet Sinn – aber noch nie hatte sie *Galen* zornig gesehen. Seine sanften blauen Augen enthielten ein Feuer, das sie nicht für möglich gehalten hätte. Irrith musste sich zusammenreißen, damit sie nicht vor ihm zurückwich. Sie nahm alles, was sie konnte, von ihrem üblichen Selbstbewusstsein zusammen und sagte: »Du hast ein Beispiel gebraucht. Etwas, das er nicht ignorieren konnte. Wenn du mir erzählt hättest, dass du so etwas planst …«

»Ich habe es dir nicht erzählt«, zischte Galen durch seine Zähne, »weil ich deine Hilfe nicht gebraucht habe.«

Sie beschränkte ihre Zweifel auf ihre Augenbrauen und versuchte, ihre gesprochene Antwort versöhnlicher zu gestalten. »Es war aber hilfreich, oder nicht?«

Galen biss die Zähne so fest zusammen, sie hätte schwören können, seine Kiefer knirschen zu hören. Es war jedoch kein Zorn – oder falls doch, log sein Blick jetzt. Genau wie seine Antwort. »Ich bin der Prinz vom Stein, verdammt. Ich sollte fähig sein, diese Dinge *ohne* Hilfe zu tun.«

»Und wer hat dir das gesagt?«, fragte sie verblüfft.

»Lune vertraut mir …«

»Dass du alles allein machen musst?« Irrith schnaubte. *Esche und Dorn, er ist wirklich jung.* »Sie kümmert sich um Ergebnisse, Galen, nicht Methoden. Solange du nicht halb London für eine große Führung hier herunterbringst, schert sie sich nicht darum, *wie* du es machst. Oder wen du um Hilfe bittest.«

Aber er tat es. Das war so schmerzhaft offensichtlich. Der Gedanke, dass einige Fetzen gesunden Menschenverstands Lune vielleicht mehr beeindrucken könnten als irgendeine heroische Entschlossenheit, alles allein zu schaffen, lag ihm ganz klar sehr fern.

Galen fragte den Boden: »Hat sie dich geschickt, um mir zu folgen?«

»Nein«, sagte Irrith. Nun waren sie beide peinlich berührt. »Ich ... äh ... habe dich bewacht. Zum Wohl des Onyxhofs.« Das war nahe genug an der Wahrheit, um als diese durchzugehen.

Er lachte tonlos. »Und so hast du mich vor meinem eigenen Fehler gerettet. Ich schätze, du warst besorgt, dass er Dinge sagen würde, die er nicht sollte, irgendjemandem von diesem wahnsinnigen St.-Clair-Jungen und dem Blödsinn, den er verbreitet, erzählen würde. Nun, ich habe jetzt eine Zusicherung von ihm, dass er es geheim halten wird, also kannst du beruhigt sein.«

»Er hat dir nicht geglaubt«, sagte Irrith. Das ärgerte sie immer noch. Der Drang, Galen den Grund dafür verständlich zu machen, brachte sie über den schwarzen Steinboden näher zu ihm. »Männer wie er tun das nicht, nicht mehr. Soweit sie betroffen sind, existiere ich nicht. Und jemand wie du, der glaubt ... Wenn er nicht so wütend gewesen wäre, hätte er dich ausgelacht. Das konnte ich nicht zulassen, für mich *oder* dich.«

Galens Kopf hob sich, und erst jetzt wurde Irrith klar, wie nahe sie ihm wirklich gekommen war. Sie standen nur Zentimeter voneinander entfernt, und dann zuckte sein Blick auf eine Art tiefer, wie sie sie zahllose Male über zahllose Zeitalter hinweg gesehen hatte.

Aber er bewegte sich nicht. Also tat sie es für ihn, überwand diesen letzten Abstand und fing seine Lippen mit ihren eigenen.

Er wich einen Moment später zurück. »Dame Irrith ...«

»Was?«, fragte sie, verwirrt und etwas verletzt. »Ich habe deinen Blick gesehen. Du wolltest mich küssen.«

»Nein! Also, doch, aber ...« Er schüttelte den Kopf und hielt die Hände mitten in die Luft, als wolle er etwas abwehren. »Es ist nicht richtig.«

»Warum nicht?«

Er öffnete und schloss seinen Mund mehrere Male, wie ein Mann, in dem mehrere Antworten darum rangen, als Erste herauszukommen, keine von ihnen ganz zufriedenstellend.

Irrith seufzte. »Du bist nicht verheiratet. Du bist nicht einmal verlobt. Bist du eine Jungfrau?«

»*Was?* Ich ... nein ... das geht dich gar nichts an!«

Als wäre er der erste Gentleman, der die Dienste einer Hure genutzt hätte. Irrith vermutete, dass es eine Hure gewesen war. Die Art von jungem Mann, der Dienstmädchen oder die Nachbarstochter verführte, errötete gewöhnlich nicht so. »Also ist Unzucht nicht das Problem. Glaubst du, dass es mit einer Feenfrau besonders sündig ist? Aber es stört dich nicht, verliebt in ...«

Er musste sie nicht zum Schweigen bringen. Sie schwieg von selbst. Die Antwort war so *offensichtlich*. Aber Irrith war es nicht gewöhnt, mit solchen Dingen zu rechnen. »Sie weiß nicht einmal, was du empfindest.« Das wollte er zumindest glauben.

Galen sagte sehr steif: »Das macht keinen Unterschied. *Ich* weiß es und würde mich schämen.«

»Aber warum solltest du?« Irrith trat vor, er trat zurück. Schritt um Schritt umrundeten sie das Rondell unter dem Eingang. Zum Glück wählte niemand diesen Augenblick, um aus der Stadt herabzustürzen. »Sie liebt dich nicht zurück, und das weißt du. Du wirst nie mit ihr zusammen sein, und das weißt du auch. Warum nicht nehmen, was du haben kannst?«

Galen blieb stehen, kurz bevor er an die gegenüberliegende Mauer gestoßen wäre. »*Liebst* du mich denn?«

Natürlich fragte er das. Irrith konnte sich nicht an die Gesamtheit ihrer Existenz erinnern, aber sicher hätte sie sich daran erinnert, wenn sie je einen anderen Mann getroffen hätte, der so stark von seinem Herzen beherrscht wurde wie Galen. Es definierte ihn – und genau deshalb faszinierte er sie natürlich so sehr.

»Nein«, sagte Irrith. »Aber das muss ich nicht.«

Als sie diesmal nach ihm griff, versuchte er nicht zu entkommen.

TEIL VIER

Conjuctio
Sommer 1758

»*Die Menschen haben eine große Aversion gegen intellektuelle Arbeit, aber selbst wenn man annimmt, dass Wissen leicht zu erhalten wäre, wären mehr Menschen damit zufrieden, unwissend zu sein, als sich auch nur geringe Mühen machen würden, sich dieses anzueignen.*«
DR. SAMUEL JOHNSON
zitiert in »Das Leben von Samuel Johnson, LL. D.«
von James Boswell

Die ersten Dampfschwaden steigen auf. Dünn wie Geister verschwinden sie bald in der Schwärze, aber sie sind da.

Die Oberfläche des Kometen erwärmt sich.

Träge Schwärze verwandelt sich in ein strahlendes Glühen. Von der Sonne ermutigt dehnt sich die Masse aus und schafft so etwas wie Luft um den festen Kern. Zum ersten Mal seit mehr als siebzig Jahren beginnt die Bestie zu atmen.

Kalt. Immer noch zu kalt. Ihr Bewusstsein ist schwerfällig, dumm, wie eine Eidechse, die zu lang im Schatten geblieben ist. Einst war sie mächtig, eine Bestie aus Flammen und Kohlen, die alles auf ihrem Weg verschlang. Die Mühen der Menschen waren nichts, ein Hohn, ein bloßes Spiel für die Kreatur, gegen die sie kämpften. Auf dies reduziert zu sein, die Nahrung der Sonne wie ein Säugling an der Zitze zu trinken, ist wahrlich ein schrecklicher Fall.

Aber mit jedem verstreichenden Augenblick kehren ihre Stärke und ihr Verstand zurück. Träume lösen sich zu Gedanken. Erinnerungen an die Vergangenheit und Pläne für die Zukunft.

Noch sind es Schwaden. Doch sie werden stärker, als die Sonne näher kommt.

MOORFELDER, LONDON
23. Juni 1758

»Wie passend«, sagte Dr. Andrews mit einem unsicheren Lachen. »Ihr bringt mich nach Bedlam.« »Was? Oh – nein, das versichere ich Euch«, sagte Galen hastig, sobald er verstanden hatte, was Andrews meinte. In der Dunkelheit jenseits von Edwards Laterne war die gewaltige Größe des Hospitals von St. Mary von Bethlehem – Bedlam – nichts weiter als ein Schatten vor den Sternen, der über der alten Stadtmauer aufragte. »Obwohl sich vielleicht einige von den Wahnsinnigen ... äh ... zu uns gesellen werden.« Londoner gingen gerne hin und piekten sie zur Unterhaltung mit Stöcken. Der Onyxhof trieb es weiter und lud sie ein, an den Festivitäten teilzunehmen. Heute Nacht im Besonderen hatten die Wahnsinnigen einen Platz bei den Fae.

Der Mittsommerabend war in diesem Jahr schwülwarm. Galen wünschte, es wäre nicht gegen die königliche Würde eines Prinzen, seinen Mantel und die Perücke abzulegen und in seinem Hemd zu tanzen. Andrews hätte ihn jedoch wohl schief angeschaut, selbst wenn Lune es nicht getan hätte.

Und dann gab es da noch Irrith zu bedenken.

Als hätten seine Gedanken sie gerufen, tauchte der Irrwisch in der Lücke auf, die einst das Moorgate gewesen war. Ihre Kleidung war eine alarmierende Stilmischung, maskulin und feminin, sterblich und Fae. Am Oberkörper trug sie etwas wie die Reitkleidung einer Frau mit einer kurzen Jacke, die ihre winzige Taille betonte, und Ärmeln, die sich an den Ellbogen weiteten, aber darunter war eine eng anliegende Hose aus Hirschleder, und auf ihren Locken saß ein charmanter kleiner dreieckiger Hut. Und auch in bunten Farben: Für derartige Anlässe schob der Onyxhof seine Vorliebe für Dunkles beiseite und schmückte sich mit all der Pracht des Sommers. Welcher Vogel auch immer seine Federn für ihre Jacke geopfert hatte, er kam nirgendwo aus dieser Welt.

Irrith knickste, als sie näher kamen, eine unpassende Bewegung, die den Vorteil hatte, dass sie die glitzernde Spinnennetzspitze ihrer Ärmel zeigte. »Lord Galen«, sagte sie. »Dr. Andrews. Ihre Majestät hat mich gesandt, um sicherzustellen, dass Ihr nicht von den Zaubern gefangen werdet.« Ihr Lächeln blitzte sogar in der Finsternis auf. »Sie würde es hassen, wenn Ihr für ein Jahr und einen Tag herumirren müsstet.«

Galen nickte einfach. Seine Kehle war für alles andere zu trocken geworden. Der verschlagene Blick, den Irrith ihm zuwarf, war zurückhaltender, als er vielleicht hätte sein können, aber er löste in ihm trotzdem ein halbes Dutzend widerstreitender Emotionen aus. Eine davon war Erleichterung über die Länge seiner Weste. Andere brachten ihn dazu, wegrennen zu wollen, und zwar schnell.

Stattdessen winkte er Dr. Andrews weiter, während Edward die Lampe löschte. Sie nahmen sich alle an den Händen, während sie gingen, wobei Irrith ein Seufzen von sich gab, das andeutete, wie sehr sie die Gelegenheit vermisste, mit dem Neuankömmling zu spielen. Galen wurde einen Moment von einem betäubenden Schwindel gepackt – kurze Visionen von einer anderen Straße, von mondbeschienenen Wäldern, einem matschigen Dorf –, und dann waren sie um die Ecke des Westflügels von Bedlam und standen auf den unteren Moorfeldern.

London war schon lange aus der Enge seiner Mauern geplatzt und hatte das Land im Norden verschlungen, doch dieser Ort war geblieben, von weniger sichtbaren, aber weitaus dauerhafteren Traditionen als den Steinen jener Mauer verteidigt. Tagsüber waren die Moorfelder ein schäbiges Stück von oft geschundenem Gras, das sich vom Eingang von Bedlam bis zum Artillerieplatz erstreckte. Wäscherinnen aus der Nähe hängten hier immer noch ihre Wäsche zum Trocknen auf. Nachts waren sie ein Tummelplatz für Prostituierte und Strichjungen. Aber am Mittsommerabend gehörten sie den Fae, wie sie es seit der Gründung des Onyxpalasts getan hatten.

Feenlichter tanzten durch die Äste der Bäume, die das untere Feld abtrennten, und warfen buntes Licht auf das unglaublich farbenfrohe Gras. Wo die Pfade einander kreuzten, brannte ein riesiges Feuer, ohne Holz zu brauchen, um es zu nähren, und überall um dieses herum tanzten Feiernde, Fae und Sterbliche gleichsam. Einige trugen hanebüchene Verhöhnungen der übertriebensten sterblichen Moden, aus Moos und Nebel und Laub wiedergegeben. Andere trugen überhaupt nichts. Galen wandte sich errötend von einem üppig gebauten Apfelmädchen ab, das nur wenige weiche Blütenblätter von seinem Baum trug, von denen keines etwas von Bedeutung bedeckte. Fae aus dem Umkreis von Meilen um London scharten sich hier zu Mittsommer und am ersten Mai, und sie brachten ihre ländlichen Sitten mit.

Lune hatte eine prächtige Eskorte angeboten, um den Prinzen und seinen Besucher zum Fest zu geleiten. Gewöhnlich wäre Galen mit der Königin eingezogen, begleitet von all dem Pomp, der für ihre gemeinsamen Staatsangelegenheiten angemessen war, und sie hatte bei dem Gedanken, dass er praktisch allein kommen würde, die Stirn gerunzelt. Aber er hielt es am besten für Andrews, eine Eskorte zu haben, die er erkannte, und einen Auftritt, der weniger Aufmerksamkeit erregen würde. Als er die geweiteten Augen des Doktors sah, der nicht einmal blinzelte, dachte er, dass er die richtige Wahl getroffen hatte.

Und es würde bald genug Pomp geben. Irrith führte sie nach Nordosten, sodass sie das Gedränge am Feuer umgingen. Ein schmutziger, unrasierter Mann lag im Gras auf dem Rücken, pumpte mit den Hüften und stieß ins Nichts, während ein Paar Pucks zusah und lachte. *Wenigstens hat er Spaß*, dachte Galen. Die Streiche, die in dieser Nacht gespielt wurden, waren gewöhnlich von einer freundlichen Art oder zumindest nicht dauerhaft schädlich. Der Vorabend von Allerheiligen war eine viel weniger angenehme Geschichte.

Etwas, das eher Würde ähnelte, herrschte im nordöstlichen Viertel des Felds. Dort waren zwei lange Tafeln vor den Bäumen aufgestellt, auf deren weißer Seide Dutzende appetitlicher Gerichte aufgetischt waren. »Denkt daran«, flüsterte Galen Andrews zu, »esst absolut nichts. Es gibt hier Essen, das sicher ist, aber es gibt auch sehr viele Fae, die es lustig finden würden, Euch zu verleiten.«

»Und sie können sich sogar verstellen, um mich glauben zu lassen, dass Ihr es mir als sicher anpreist«, sagte Andrew. Er lächelte angespannt. »Das werde ich wahrscheinlich nicht vergessen.«

Dann gab es keine Zeit mehr für Warnungen, denn Irrith hatte sie direkt vor die Königin geführt.

Lune saß in einer Lücke zwischen den beiden Tafeln auf einem aus Birke und Horn geschnitzten Thron mit einem Baldachin aus Sternenlicht über ihrem Kopf. Galens eigener Stuhl erwartete ihn zu ihrer Linken. Ein wirklich winziger Hauself stand mit einer Kristallplatte über dem Kopf da, die zum Vergnügen der Königin Erdbeeren und eine Schüssel Sahne bereithielt, aber er wich mit sorgsamer Eile zurück, als er sie näher kommen sah, sodass Lune allein zurückblieb.

Galen verbeugte sich und stupste den kurzzeitig gelähmten Andrews an, damit er dasselbe tat. »Euer Gnaden, ich bringe einen Gast zu diesem Fest. Dr. Rufus Andrews.«

Selbst wenn er sie nicht geliebt hätte, hätte Galen die Königin für den strahlendsten Stern in dieser Nacht gehalten. Er konnte nicht einmal ansatzweise erraten, aus welchem Stoff ihr Kleid gemacht war. Es schwebte wie der Wind selbst, gewichtslos und rein, mit Blauschattierungen, die sich wie lebende Stickereien hindurchzogen. An ihrem Gürtel glitzerten Edelsteine, und jemand hatte blitzende blaue Blumen in ihr Silberhaar geflochten und eine Frisur geschaffen, die irgendwie sowohl königlich als auch sorglos wirkte, als würde die Tiara von Natur aus dort wachsen.

»Ihr seid willkommen, Dr. Andrews«, sagte Lune. Galen erschauderte beim Klang ihrer Stimme. Sie war sehr klar und ließ den Lärm der Tanzenden zu einem entfernten Murmeln verstummen, ohne dass sie sie auch nur heben musste. »Ihr kommt in einer besonderen Nacht zu uns. Wir sind nicht das ganze Jahr über so festlich. Selbst Feen – vielleicht besonders Feen – brauchen Abwechslung. Aber wir hoffen, dass Ihr uns nicht verlassen werdet, wenn wir zu unserem nüchterneren Leben zurückkehren.«

Andrews stand einen Moment mit offenem Mund da, ehe ihm bewusst wurde, dass sie auf seine Antwort wartete. »Ich ... hege keine Befürchtung, dass ich Eure Gesellschaft in irgendeiner Form je leid werde.«

»Wir freuen uns, das zu hören.« Lune deutete mit einer eleganten Hand auf das Fest überall um sie herum. »Wir haben bekannt gemacht, dass Ihr heute Nacht unser besonderer Gast hier seid und unter dem Schutz von sowohl mir als auch Lord Galen steht. Niemand wird Euch Streiche spielen.« Ihr Lächeln wurde verschmitzt. »Außer natürlich, wenn Ihr darum bittet.«

Andrews hielt seinen Hut in den Händen gepackt und verbeugte sich dankbar. »Wenn ich darf, Euer Gnaden – die Neugier drängt mich ...«

Lune gab ihm einen Wink, dass er fortfahren sollte.

»Wie verhindert Ihr eine Störung?« Er nickte über seine Schulter zur eleganten Fassade von Bedlam, die das Chaos in dessen Innerem verbarg. »Eure Bedienstete hat Zauber erwähnt, aber sicher kann es nicht einfach sein, eine derartige Menge davor zu bewahren, die Aufmerksamkeit der Wachen dort zu erregen und außerdem der Menschen, die in den Häusern daneben wohnen.«

Galen sagte: »Der simpelste Teil davon ist eine Illusion, die all jene täuscht, die in diese Richtung blicken. Die Moorfelder scheinen in dieser Nacht verlassen. Schwieriger ist es, jene, die manchmal an diesem Ort herumlungern, davon zu überzeugen, dass sie sich bis morgen anderswo aufhalten sollen.«

»Und dann sind da diejenigen, die trotzdem hierherstolpern«, fügte Irrith an. »Aber das sind meistens die Wahnsinnigen, die unsere Illusionen durchschauen und hier ohnehin willkommen sind.«

Andrews schüttelte den Kopf, dann erstarrte er, weil er offenbar befürchtete, dass er die Königin beleidigt hatte. »Allein diese Illusionen – die Implikationen für die Optik sind erstaunlich.«

Irrith murmelte Galen in einem übertriebenen Flüstern zu: »Lass ihn nicht in die Nähe der Zwerge. Sie würden ihm bis eine halbe Stunde nach Ende der Welt das Ohr abkauen.«

Galen wagte einen Seitenblick auf die Königin. Sie war wie üblich neutral freundlich, aber er glaubte, in ihrem Blick, in der Haltung ihres schwanengleichen Halses zu lesen, dass sie seinen plötzlichen Gedanken verstand und teilte. *Genau mit ihnen müssen wir ihn zusammenbringen. Mit den Zwergen und noch anderen.* Es gab Gelehrte im Onyxpalast, Fae, die ihre Gedanken auf ihre eigene Welt richteten. Nicht viele, aber Wrain wäre ideal dafür – oder vielleicht Lady Feidelm, die irische Fee, die sie vor der Rückkehr des Kometen gewarnt hatte. Sie war aus Connacht exiliert worden, weil sie zu loyal zu den Interessen von London gestanden hatte, und dabei war ihr ihre prophetische Gabe entzogen worden, aber sie hatte immer noch einen bemerkenswerten Verstand. Sie alle mit Dr. Andrews zusammenzubringen, wäre vielleicht wirklich sehr nützlich.

»Ihr habt die freie Nutzung dieses Felds«, sagte Lune, deutlich im Tonfall einer freundlichen Verabschiedung. »Lord Galen wird sich um Eure Bedürfnisse kümmern.«

Andrews verbeugte sich, trat zurück und marschierte dann mit den steifen und schnellen Schritten eines Mannes weg, der Sicherheit erreichen will, ehe seine Knie nachgeben.

Galen folgte ihm, und ebenso Irrith. Es war verstörend, den Irrwisch hier zu haben, so nahe. Sie hatten sich seit jener ersten Nacht nicht berührt, hatten einander kaum überhaupt für zehn

Minuten gesehen. Er war sich überhaupt nicht sicher, wie er sich verhalten sollte. Huren waren ein anderes Thema. Man begegnete ihnen nicht bei gesellschaftlichen Ereignissen. Zumindest nicht der Klasse von Prostituierten, die sich Galen mit dem Taschengeld von seinem Vater leisten konnte.

Irgendjemand hatte ein Grüppchen Lehnstühle aufgestellt, ein bizarrer Hauch plötzlicher Häuslichkeit mitten unter Feenextravaganz. Andrews ließ sich auf einen davon sinken, dann blickte er verschmitzt zum immer noch stehenden Galen hoch. »Wenn ich nicht ganz falsch liege, dann sollte ich mich unter diesem Volk nicht ohne Eure Erlaubnis hinsetzen. Ich sollte Euch Ehre erweisen, wie ich es beim Prinzen von Wales machen würde.«

»Eher wie beim König«, sagte Irrith. »Wenn der König die Königin wäre – das heißt, wenn er seinen Thron hätte, weil er sie geheiratet hat. Und wenn er nicht irgendein dummer Deutscher wäre.«

»Dummkopf der Zweite«, sagte Andrews. Er wirkte amüsiert genug, um Irriths konfuse und unhöfliche Antwort locker aufzunehmen. »Sohn von Dummkopf dem Ersten. In Anbetracht der Eleganz Eurer Königin bin ich nicht über Eure schlechte Meinung von ihm überrascht. Ich nehme nicht an, ich könnte mich in eine sichere Ecke zurückziehen, wo ich ein gutes Gespräch zum Beispiel mit ein oder zwei Feen von weniger einschüchternder Statur führen könnte? Ich muss gestehen, dass ich, als ich herkam, mehr Kreaturen von der Größe meines Daumens erwartet hatte und weniger, die glaubwürdig als einige der Göttinnen der antiken Griechen durchgehen könnten.«

Galen hatte diesen Wunsch bereits vorausgesehen. »Weil Ihr die Griechen erwähnt – hier ist einer, ein Kerl namens Ktistes, der bereits Interesse geäußert hat, Eure Bekanntschaft zu machen. Obwohl seine eigenen Interessen eher bei Architektur und Astronomie liegen, ist er selbst ziemlich gelehrt.«

»Wegen seines Großvaters Kheiron«, fügte Irrith an.

Andrews blinzelte einmal ganz absichtlich. Dann noch einmal. Dann fragte er: »War Cheiron nicht ein Zentaur?«

»Und ist immer noch einer«, antwortete der Irrwisch ihm mit einer reinen Unschuldsmiene. »Ich *glaube*, Ktistes hat gesagt, dass er noch lebt. Aber er hat sich aus dieser Welt zurückgezogen, nachdem das kleine Reich der Römer zerfiel.«

Der ältere Mann vergrub den Kopf in seinen Händen und warf seinen Hut zu Boden. »Gütiger Gott.«

Galen schrie auf, aber zu spät. Das Wort flutete von dort, wo Andrews saß, nach außen, verdunkelte die Feenlichter und ließ das Gras zu seinem üblichen schmutzigen Braun verwittern. Die Musik verstummte, und überall auf den Feldern hörten Fae mit dem auf, was sie gerade taten, und drehten sich um, um in ihre Richtung zu starren.

Andrews spürte es. Er richtete sich auf, und einen Augenblick später dämmerte ihm das Verständnis dessen, was er getan hatte. »Es ... es tut mir leid ...«

Ich muss irgendetwas tun. Galen hielt die Hände hoch und rief, so laut er konnte: »Macht weiter. Es war ein Versehen und wird nicht wieder vorkommen. Bitte, tanzt weiter.«

Die Musik fing wieder an, wobei sie anfangs in der plötzlich stillen Luft dünn klang, aber langsam stieg der Lärm, als die Fae zu ihren Vergnügungen zurückkehrten. Galen atmete die Luft aus, die er angehalten hatte, und drehte sich wieder um, wo er Irrith blass und mit aufgerissenen Augen im Gras sitzen sah. »Ich hoffe«, sagte Galen und versuchte, das Beste daraus zu machen, »dass diese Demonstration Euch helfen wird, in

Zukunft daran zu denken, warum solche Worte hier nicht geschätzt werden.«

Getadelt nickte Andrews. Galen hob seinen Hut für ihn auf und klopfte Grasstücke davon ab, ehe er ihn ihm zurückgab. »Kommt. Ich glaube, es wäre vielleicht am besten, wenn ich Euch zu Ktistes bringe.« Der Zentaur würde irgendwo am Rand der Festaktivitäten sein, weit weg von den giftigen Blicken der nahen Fae, die den Großteil dieses sorglosen Wortes abbekommen hatten.

Sobald Ktistes und der Doktor einander vorgestellt waren, überließ Galen sie ihrer Konversation, weil er vorhatte, sich bei der Königin entschuldigen zu gehen. Bevor er jedoch so weit kam, hielt die Sylphe Lady Yfaen ihn auf. »Lord Galen – ich habe von Mrs. Vesey und Ihrer Gnaden erfahren, dass dieser Dr. Andrews ein Mitglied der Königlichen Gesellschaft ist.«

»Ja«, sagte Galen. »Sein Fehler tut mir sehr leid ...«

Sie winkte ab. »Das macht mir keine Sorgen. Stattdessen ...« Sie biss sich auf die Lippe. »Um es ganz offen auszudrücken ... Wie können wir sicher sein, dass er denen nicht von uns erzählen wird? Tut man dort nicht genau das? Von neuen Dingen zu lernen und dann anderen davon zu erzählen?«

Ihn das zu fragen, stellte sein Urteilsvermögen als Prinz infrage. Aber Galen wusste sehr genau, wie grün hinter den Ohren er in den Augen der Fae war. Es war besser, wenn er auf ihre Besorgnis antwortete, als sich dagegen zu wehren, dass sie sie ansprach. »Genau das tun sie«, bestätigte er, »aber fürchtet Dr. Andrews nicht. Ich habe ihm die Notwendigkeit der Geheimhaltung eingebläut – und ich glaube tatsächlich, dass sein Fehler hier heute Nacht dabei geholfen hat.

Darüber hinaus weiß ich, was er will. Er hat kein Interesse daran, mit seinen ersten, unreflektierten Gedanken zu irgendjemandem zu rennen. Er zieht es vor, die Dinge geheim zu halten, bis er die Welt, genau wie Isaac Newton, mit einem einzigartigen Werk erstaunen kann, das ihr Denken für immer verändert. Wenn er ein derartiges Werk beginnt, werde ich davon erfahren und ausreichend Zeit haben, ihn davon zu überzeugen, dass er Schweigen bewahrt.« Seine Verpflichtung dem Onyxhof gegenüber ließ ihn widerwillig anfügen: »Oder ihn davon abhalten, darüber zu sprechen, wenn nötig.«

Yfaen sank in einen kleinen Knicks. »Ihr kennt ihn besser als ich, Lord Galen. Wenn Ihr seiner Diskretion vertraut, dann werde ich Euch vertrauen.«

Sie sagte es, aber er fragte sich, ob sie es auch so meinte. Yfaen hegte immer noch Zweifel, obwohl sie mit Mrs. Vesey befreundet und daher wohl kaum eine Feindin war. Wie viel schlimmer musste es unter den Sanisten und jenen sein, die ihn als Prinzen verachteten?

Er bezweifelte, dass die Antwort eine war, die er hören wollte. Und es gab keine andere Lösung, als sein Bestes zu tun und zu beten, dass es gut genug sein würde.

DER ONYXPALAST, LONDON
28. Juni 1758

Irriths Kabinett war ihr liebster Trost, beinahe so gut, wie unter die Sterblichen selbst zu gehen, und viel billiger, was Brot betraf. Sie strich mit den Händen über die Regale und kleinen Schubladen und nahm zufällige Objekte heraus: ein besticktes Taschentuch, eine Zahnbürste, ein Medaillon mit einer Haarlocke darin. Eine Kinderpuppe, der ein Arm fehlte. Die polierte Spange von einem Schuh, deren Scharnier durch Blut versteift war. Jedes davon das Bruchstück einer Geschichte, eines Lebens, das nach Leidenschaft oder sterblicher Genialität duftete. Sie konnte Stunden damit verbringen, sie zu betrachten, und sich nie langweilen.

Außer sie wurde unterbrochen. Als es an ihrer Tür klopfte, klappte sie seufzend die Paneele ihres Kabinetts zu und ging nachsehen, wer es war.

Sie wäre weniger verblüfft gewesen, wenn draußen eine Hellebarde gewartet hätte, um auf ihren Hals herabzufahren. Valentin Aspell sagte: »Dame Irrith. Wenn ich einen Moment Eurer Zeit haben dürfte?«

Was in Mabs Namen machte der Großsiegelbewahrer hier? Ihre unmittelbare, misstrauische Antwort war: *Nichts Gutes.* Irrith hatte Valentin Aspell nie gemocht. Soweit es sie betraf, war er eine schleimige, nicht vertrauenswürdige Schlange. Aber er diente der Königin schon seit langer Zeit und war vielleicht in deren Auftrag hier. Widerwillig machte Irrith die Tür weiter auf und ließ ihn herein.

Er überblickte den Raum, als er eintrat. Er war nicht so schön wie die Kammer, die Irrith verloren hatte. Dieser hier war einfacher schwarzer Stein, nur mit ihren spärlichen Möbeln als Kontrast. Das Kabinett war aber hübsch. Es war auch ein sterbliches Ding, aus lackiertem Holz gebaut, mit Messingbeschlägen an seinen vielen Schubladen und Türen, und Irrith hatte es vor langer Zeit mit einem tosischen Schloss ausgestattet. Fae hatten Möglichkeiten, Zauber zu umgehen, aber wenige von ihnen wussten, wie man den komplizierten Mechanismus besiegte – und wenn sie es versuchten, würde das Schloss es ihr mitteilen.

Aspell sagte: »Der Verlust Eurer früheren Kammer tut mir leid. Sie war eine der ungewöhnlicheren im Onyxpalast, und die Königin hatte Euch große Gunst erwiesen, sie Euch zu geben.«

Nun vertraute sie ihm *definitiv* nicht mehr. Irrith hatte Aspell nicht ein einziges Mal Komplimente oder Sympathie nutzen sehen, ohne dass er im Gegenzug etwas erreichen wollte. Aber er war an Leute gewöhnt, die dasselbe Spiel spielten und um das Ziel herumtänzelten, ehe sie es schließlich erstachen. Nicht an Leute wie sie. »Warum seid Ihr hier?«

Es störte ihn nicht so sehr, wie sie gehofft hatte. »Um Euch eine Frage zu stellen«, sagte der Großsiegelbewahrer. »Darf ich mich setzen?«

Irrith wollte es verweigern, aber das wäre kindisch gewesen. Sie winkte ihn auf einen ihrer zwei Stühle – beide davon alt und unbequem, weil sie nicht oft Gäste einlud. Er zog seinen Mantel mit einer flüssigen Bewegung aus und ließ sich auf den verbeulteren der beiden Stühle sinken. »Danke. Dame Irrith, Ihr wart für etwa fünfzig Jahre vom Onyxpalast abwesend, und das schenkt Euch eine gewisse Perspektive, die uns, die wir hier leben, fehlt. Ihr kennt auch die Königin einigermaßen gut.«

»Nicht so gut«, sagte sie misstrauisch. »Ich bin keine ihrer Hofdamen.«

»Gut genug für mein Anliegen. Erzählt mir: Scheint sie Euch so, wie sie früher war?«

Die Frage war sowohl verblüffend als auch besorgniserregend – Letzteres hauptsächlich, weil es Aspell war, der sie stellte, und Irrith allem, was er sagte, misstraute. »Was meint Ihr?«

Er schüttelte den Kopf. »Ich würde es vorziehen, Eure Worte nicht vorwegzunehmen. Eure unbeeinflusste Meinung ist genau das, was ich gerade jetzt brauche.«

Irrith biss sich auf die Lippe und setzte sich auf die Kante des anderen Stuhls. *Hatte* Lune sich verändert?

»Viele Leute sind anders«, sagte sie nach einiger Überlegung. »Das ist eine der seltsamen Sachen an diesem Ort. Fae verändern sich nicht oft, nicht in einer so kurzen Zeit wie fünfzig Jahre, aber die Leute hier schon.« Sie gestikulierte vor Aspell. »Als ich wegging, habt Ihr eine jener enorm langen Perücken mit all diesen Locken getragen. Jetzt ist es ... Ich glaube, man nennt diese Art einen Ramillies? Was übrigens weniger lächerlich aussieht. Schusswaffen und Cricket und Backgammon ...«

Trotz seiner Versicherung, dass er sie nicht anleiten würde, sagte Aspell: »Ich meine nicht unsere Aktivitäten oder Kleidung.«

»Auch Denkweisen«, sagte Irrith. Sie glaubte zu wissen, worum es ihm ging, und wollte es nicht aussprechen. »Eine Schatzkammer zu haben – wer hat je von so etwas an einem Feenhof gehört? Das ist so *ordentlich*. Und ...«

»Dame Irrith«, sagte Aspell, und das reichte.

Sie starrte nach unten, biss sich auf die Lippe und grub mit einer nackten Zehe in dem zerfetzten Läufer, der diesen Boden wohl schon die letzten zwei Jahrhunderte bedeckte. »Ich nehme an, sie ist müde.«

»Müde«, wiederholte er.

»Von allem, was vor sich geht – zu versuchen, eine Vereinbarung mit irgendjemandem in Griechenland zu treffen, damit wir uns in den Wolken verstecken können, und ich weiß, dass sie immer noch nach einer Waffe gegen den Drachen sucht, und dann sind da natürlich all die üblichen Geschäfte bei Hof, Leute, die Intrigen gegeneinander schmieden und oben Schwierigkeiten machen, und es ist eine gute Sache, dass wir nicht immer schlafen müssen, denn wann würde sie die Zeit dafür finden?«

Der Großsiegelbewahrer seufzte lang gezogen. »Dame Irrith ... ich frage Euch nicht aus Böswilligkeit. Ich mache mir Sorgen um die Königin und um den Onyxhof. Wenn Ihr es für einfache Erschöpfung haltet, dann ist das eine Sache. Binnen eines Jahres wird die Gefahr durch den Kometen auf die eine oder andere Weise gebannt sein, und Ihre Majestät kann sich ausruhen. Aber wenn Ihr es für etwas anderes haltet, dann bitte ich Euch zum Wohl des Onyxhofs, erzählt es mir.«

Der Verdacht, der ihr im Kopf herumgeschwirrt war, seit er jene erste Frage gestellt hatte, verhärtete sich zu einer Bleikugel. »Warum wollt Ihr das wissen?«

Aspell hob eine elegante Hand. »Das ist nicht als Falle gedacht, Dame Irrith. Ja, ich habe einige Spione in meinen Diensten, aber ich bin nicht gekommen, um Euch zu indiskreten Worten zu verlocken, für die ich Euch dann ins Gefängnis werfen kann. Ihre Majestät weiß, dass nicht alle Fae, die von solchen Dingen sprechen, sich Sanisten nennen würden, und dass nicht alle, die sich Sanisten nennen, Verräter sind. Es kann auch Loyalität in der Opposition liegen. Das ultimative Ziel auf beiden Seiten ist der Erhalt unserer gemeinsamen Heimat, obwohl sie unterschiedlicher Meinung darüber sind, wie.«

Sie hatte kurz davor gestanden, ihn hinauszuwerfen. Als er jedoch Loyalität erwähnte, löste dies den Knoten um ihr Herz. *Ich will Lune oder dem Onyxpalast nichts Böses. Aber die Situation ... sie besorgt mich.* Sie hatte solche Gedanken sorgfältig gemieden, schon seit sie im *Crow's Head* mit Magrat gesprochen hatte, aus Angst, dass sie sie zu einer Sanistin machen würden.

Und möglicherweise war sie das. Aber das musste kein Verrat sein.

»Vielleicht«, sagte sie, ein solch widerwilliges Geständnis, wie sie es noch nie gemacht hatte. »Es könnte sie vielleicht beeinflussen. Den Palast. Weil die Mauer verschwindet. Sie sind immerhin verbunden, und das hat Lune in der Vergangenheit genutzt – zum Beispiel gegen den Drachen. Der Schaden könnte wohl an ihrer Kraft zehren.«

Der Mund des Großsiegelbewahrers war zu einer ernsten Linie geworden, als sie zu sprechen begonnen hatte. Nun wurde er noch dünner. »Oder sie *gibt* ihm ihre Kraft als Versuch, die Schäden zu verlangsamen. Vielleicht tut sie es sogar unbewusst.«

Das klang nach Lune. Die Frage stahl sich aus Irriths Mund: »Was passiert, wenn ihre Kraft aufgebraucht ist?«

Er sagte gar nichts, sondern hob nur seine schmalen Augenbrauen.

Sie starrte ihn finster an, als sei es doch eine Falle gewesen. »Das wird sie nicht. Sie ist stark. Fünfzig Jahre davon haben an ihr kaum eine Spur hinterlassen. Sie könnte noch hundert Jahre weitermachen. Und Ktistes arbeitet ohnehin daran, den Palast zu reparieren.«

»Ich wünsche ihm dabei alles Glück der Welt.« Aspell seufzte wieder und wirkte melancholisch. »Ich könnte mir auch wünschen, dass Ihre Gnaden in diesen Krisen mehr Unterstützung hätte.«

»Unterstützung?«

Er öffnete den Mund, dann zögerte er. »Ich bin nicht in der Position, um die Wahl der Königin infrage zu stellen. Die Auswahl des Prinzen ist und war immer ihr Vorrecht.«

Galen. Auf gewisse Weise war er die beste Unterstützung, die Lune sich erhoffen konnte. Der junge Mann verehrte sie und würde ohne Zögern alles tun, worum sie ihn bat.

Aber das reichte nicht, oder? Lune brauchte jemanden, der nicht nur *reagierte*, sondern *agierte*. Jemanden, der vorausdachte oder um die Ecke und der Ideen hatte, von denen sie nie auch nur geträumt hätte. Jemanden, bei dem sie darauf vertrauen konnte, dass er Probleme eigenständig löste, sodass sie sich nicht selbst um alles kümmern musste.

Und Galen war nicht dieser Mann.

Er *wollte* das sein. Vielleicht würde er es eines Tages. Er hatte bereits Anzeichen dafür gezeigt. Diese Idee mit Dr. Andrews und der Königlichen Gesellschaft war zumindest anders und würde vielleicht Früchte tragen. Aber er war eher ein Prinz in Ausbildung als ein tatsächlicher Prinz.

Irrith erinnerte sich an den Obelisken im Nachtgarten mit seinen Namen und Daten. »Lune hatte nicht erwartet, den letzten Prinzen so bald zu verlieren, oder?«

Aspell schüttelte den Kopf. Sechs Jahre. Jeder andere von ihnen hatte Jahrzehnte länger durchgehalten. Es brauchte mehr Zeit, um einen angemessenen Nachfolger zu finden und auszubilden.

War Galen wirklich der Beste, den sie hatte finden können?

»Ich habe zu viel gesagt«, murmelte Aspell und schüttelte wieder den Kopf. »Solche Dinge sind die Angelegenheit der Königin und nicht meine. Ich danke Euch, Dame Irrith, weil Ihr ehrlich mit mir gesprochen habt. So unangenehm es auch sein mag, solche Dinge in Betracht zu ziehen, ich habe das Gefühl, es ist überlebenswichtig, sich ihnen zu stellen und sich mögliche Lösungen einfallen zu lassen.«

Wie zum Beispiel, die Königin zu ersetzen. Die verwundete Herrscherin eines verwundeten Reichs. Irrith erschauderte innerlich. Sie wollte Lune nicht abgesetzt sehen, aber wenn der Palast zerfiel ...

Aspell fasste in eine Tasche und zog ein kleines Perlmuttkästchen heraus, das er auf ihr Kabinett stellte. »Für Eure Hilfe, Dame Irrith. Auf Wiedersehen.«

Sie ignorierte das Kästchen stundenlang, nachdem er hinausgegangen war, ehe die Neugier schließlich ihren Widerwillen und ihre Abscheu besiegte. Darin lagen zwei Dinge: ein Medaillon, das eine Miniatur der Geliebten irgendeines Kerls und eine Strähne ihres Haars enthielt, und ein Stück sterbliches Brot.

Irrith klappte das Kästchen zu, schob es in ihr Kabinett und fragte sich, ob sie das Richtige getan hatte.

ROSENHAUS, ISLINGTON
30. *Juni* 1758

Islington wirkte viel näher, als es früher gewesen war. Der Eingang von Aldersgate war immer noch genauso weit vom Heim der Goodemeades entfernt wie immer, aber das Land dazwischen hatte sich verändert. Die Straßen erstreckten sich jetzt weit jenseits von Smithfield und dem Charterhouse, ehe sie plötzlich den Gemüsegärten und grünen Wiesen Platz machten, die Irrith erwartete. Danach war Islington nur einen kurzen Marsch entfernt. Das kam ihr nicht richtig vor – als könne sie eines Tages aus dem Onyxpalast treten und an Häusern und Läden, Kirchen und gepflegten kleinen Parks vorbeilaufen und vor dem *Angel Inn* stehen, ohne die Stadt überhaupt verlassen zu haben.

Ihre Laune half nicht gegen solch unglückliche Gedanken. Gewöhnlich war ein Besuch bei den Goodemeades ein freudiger Anlass, denn sie waren immer beflissen, Gäste zu verpflegen. Heute allerdings war ihr Anliegen kein freudiges.

Nur die Königin selbst wusste, warum sie Galen St. Clair als ihren Prinzen ausgewählt hatte. Aber wenn es zwei Seelen in London gab, die sich Lunes Gründe denken konnten, waren ihre Namen Rosamund und Gertrude.

Die Braunelfen hatten Gäste, als sie ankam, zwei Apfelmädchen und einen Eichenmann aus den Feldern um London. Sie hießen Irrith willkommen, ließen sie sich mit einem Teller Essen und einer Tasse von ihrem ausgezeichneten Met hinsetzen, und vielleicht war das gut so. Die Gastfreundschaft löste ihre angespannten Muskeln und ließ ihre Fragen leichter wirken. Zu dem Zeitpunkt, als sich die Baumgeister verabschiedeten, fühlte sich Irrith bereit für alles, was auch immer die Goodemeades wohl zu ihr sagen würden.

»Also, meine Liebe«, sagte Rosamund, während Gertrude das Geschirr abräumte. »Du bist mit einem Gesicht eingetreten, das so lang war wie eine Woche Trauer, und obwohl es seitdem fröhlicher geworden ist, vermute ich, dass du nicht nur wegen Kuchen und Met gekommen bist. Was besorgt dich?«

Irrith leckte sich Krümel von den Fingern. »Etwas, das zu fragen ich kein Recht habe, aber ich frage trotzdem. Es geht um den Prinzen.«

»Weil er in Lune verliebt ist?«, fragte Gertrude, als sie wieder hereinkam. Ihre plumpen Hände zupften ihre Schürze zurecht. »Armer Kerl. Er würde eine feine Ballade ergeben, aber das muss ein trauriges Leben sein.«

»Hat Lune gewusst, was er empfand, ehe sie ihn auswählte?« Die Braunelfen nickten gleichzeitig. »Hat sie ihn deshalb ausgewählt?«

Gertrude erstarrte. Rosamund beschäftigte sich damit, die letzten paar Krümel von der Tischplatte zu fegen. Irrith schaute von der einen zur anderen und sagte: »Ich verspreche, ich will nichts Böses. Es ist nur ... Ich verstehe das nicht. Er ist kein Politiker, er hat keine Verbindungen in der sterblichen Welt, nicht wie einige der Männer vor ihm. Ich weiß, dass der vorherige furchtbar schnell gestorben ist. Lune hatte erwartet, mehr Zeit zu haben, um Galen auszubilden, nicht wahr?«

Rosamund schürzte die Lippen, dann warf sie die Krümel ins Feuer. »Apropos Fragen, die zu stellen man kein Recht hat ... Aber das hat uns ja kaum je aufgehalten, nicht wahr? Irrith, meine Liebe, ein leises Flüstern hat unsere Ohren erreicht, dass du Lord Galens Bett teilst.«

Wenn sie sich einen Moment genommen hätte, um darüber nachzudenken, hätte sie nie geglaubt, dass sie es geheim halten konnten, nicht im Onyxpalast. Aber das hatte sie nicht getan, und so überraschte sie diese Erwähnung. »Ja. Ich dachte nicht, dass es die Königin stören würde.«

»Tut es nicht. Er ist wohl kaum der erste Prinz, der ein kleines Techtelmechtel mit ihren Untertanen genießt. Es geht eher darum, wie es *dich* beeinflusst. Liebst du ihn?«

Irrith lachte ungläubig. »Liebe? Könnt ihr euch wirklich vorstellen, dass ich mein Herz an irgendeinen Sterblichen kette, der in wenigen Jahren tot sein wird? Wohl kaum. Aber sicher, er interessiert mich.« Diese moderate Beschreibung kam nicht ansatzweise an die Wahrheit heran. *Fasziniert* wäre näher gewesen. *Verzaubert.*

Die Braunelfen tauschten einen ihrer üblichen undeutbaren Blicke. Nach unzähligen Zeitaltern an Übung waren sie darin sehr gut. Rosamund sagte: »Aber du bist auf seiner Seite.«

Weil ihr Valentin Aspells Sorge frisch im Gedächtnis war, musste Irrith nicht raten, was sie wohl meinte. »Also, er scheint fest entschlossen, sich mit seiner Bewunderung der Königin selbst wehzutun – aber nein, ich will das nicht steigern.«

»Gut«, sagte Gertrude unerwartet entschieden. »Weil die Wahrheit in dieser Sache etwas ist, von dem Galen nie erfahren darf.«

Irrith riss die Augen auf. Rosamund legte beruhigend eine Hand auf ihre und sagte: »Also, Gertie, so schlimm ist es auch wieder nicht. Es ist nur so, dass sich die Dinge verändert haben, Irrith, und sie neue Probleme für Lune geschaffen haben, die keiner von uns je vorausgesehen hat.«

»Ist das nicht immer der Fall?«, fragte Irrith mürrisch und dachte an den Kometen.

Die Schwestern seufzten in widerwilliger Zustimmung. »Das Problem in diesem Fall«, sagte Rosamund, »ist, dass es gewöhnlich drei Voraussetzungen für den Prinzen gab, und dass zwei von ihnen nicht mehr sehr gut zusammenpassen.«

Drei Voraussetzungen? »Er muss jemand sein, den Lune mag.«

»Und er muss ein Gentleman sein«, sagte Gertrude.

»Und«, endete Rosamund, »er muss innerhalb der Stadtmauern geboren sein.«

Gertrude hielt eine warnende Hand hoch. »Vielleicht in Hörweite der Glocken. Aber niemand hat sich bisher ganz getraut, das zu testen.«

Irrith dachte an das, was aus der Stadt geworden war – nicht London als Ganzes, sondern die Innenstadt von London, den zentralen Teil und besonders den mit der immer weiter zerfallenden Mauer. Als Galen ihr erzählt hatte, wo er wohnte, hatte er gesagt, dass Leicester Fields nicht mehr so modern war wie früher und dass die besser gestellten Leute weiter nach Westen zogen. Niemand wollte innerhalb der schmalen, krummen, schmutzigen Gassen der Innenstadt leben, die sich sogar durch das Große Feuer kaum irgendwie verändert hatten. Es gab eine breite neue Straße, die vom Fluss zur Guildhall hinaufführte, die südlich von Cheapside Queen Street und nördlich davon King Street hieß, aber das war der größte Unterschied. Der Großteil der Innenstadt war immer noch so, wie er seit Hunderten von Jahren gewesen war, und das war nicht gut genug für die Moderne.

Sie murmelte: »Also war er der einzige passende Gentleman?«

»Es hat nie allzu viele Gentlemen im Onyxpalast gegeben«, erinnerte Gertrude sie. »Also, es gibt überhaupt nicht so viele Gentlemen, oder? Nicht im Vergleich zum gemeinen Volk. Hochadlige sind noch seltener. Also sind die meisten, die nach unten gebracht werden, gewöhnliche Leute. Lord Hamilton war der Enkel eines Viscounts. Trotzdem war er nicht das, was irgendjemand wohlhabend genannt hätte, aber das war gut genug für jene, die es kümmerte. Und dann starb er, und Lune musste jemand Neuen auswählen.«

»Galen war ein kleiner Glücksfall«, fügte Rosamund an. »Seine Mutter bekam ohne große Vorwarnung Wehen, und man konnte sie nicht verlegen. So wurde er in dem Haus geboren, in dem sie zum Dinner war.«

Irrith blinzelte einfach weiter, während sie versuchte, das alles aufzunehmen. Nein, das hatten sie nicht vorausgesehen – wer hätte vorausgesehen, dass London so stark wachsen und all die reichen Leute an seinen westlichen Rand ziehen würden? »Sie wird aufhören müssen, Gentlemen zu wählen. Der Geburtsort hat mit den Zaubern des Palasts zu tun, nicht wahr, und wir können sie wohl kaum bitten, mit jemandem zu arbeiten, den sie nicht mag – aber der Rang, der ist nur wichtig, weil niemand möchte, dass seine Königin mit einem Mann aus dem gemeinen Volk regiert.«

Die Braunelfen wirkten unglücklich. Gertrude sagte: »Wenn sie *kann*. Vor einigen Jahren gab es da einen Apotheker, der vielleicht gut gewesen wäre, aber ihren Lords und Ladys gefiel der Gedanke nicht sehr.«

Rosamund schnaubte. »Und dann wurde er verrückt und stürzte sich von der Brücke von Westminster, also ist es wohl besser so. Kein ausgeglichener Geist, fürchte ich.«

»Galen ist nicht schlecht«, sagte Gertrude hastig. »Ein wenig grün hinter den Ohren, ganz sicher, aber das ist nichts, was die Zeit nicht ändern wird. Besonders, wenn sein Umfeld ihm hilft – ihm Rat gibt, wenn er ihn braucht, solche Sachen. Er ist zu schüchtern, um darum zu bitten, der arme Kerl.«

Kein Wunder, dass Gertrude gesagt hatte, dass er dies nie erfahren durfte. Dies so offen dargelegt zu hören, hätte ihn vor Selbstzweifeln gelähmt. Und damit hatte Galen bereits genug Schwierigkeiten.

»Du wirst ihm helfen, nicht wahr, meine Liebe?« Gertrude warf Irrith einen bettelnden Blick zu, der das Herz eines Steins geschmolzen hätte.

Irrith nickte. »Ja. Das werde ich.«

Wenn ich kann.

SOTHINGS PARK, HIGHGATE
7. Juli 1758

Nichts machte Galen die Bedeutung dieses Abends so klar wie sein erster Anblick von Sothings Park.

Seine Mutter, die neben ihm in der Kutsche saß, atmete durch die Nase aus, was beinahe wie ein verächtliches Schnauben klang, doch der Ausdruck in ihrem Blick war eine Mischung aus Neid, Hoffnung und Bedauern. Es war nicht so, dass Sothings Park besonders beeindruckend war. Aldgrange, der Landsitz der St. Clairs in Essex, war viel größer und schöner, wenn auch leider aus Geldmangel für seinen Erhalt verfallen. Aber die Tatsache, dass die Northwoods es sich leisten konnten, nicht nur ein Stadthaus am Grosvenor Square zu mieten, das allem in Leicester Fields weit überlegen war, sondern auch noch dieses kleine Herrenhaus, gerade weit genug außerhalb von London, um eine schöne Lage zu haben, machte ohne Worte deutlich, was Miss Delphia Northwood im Tausch gegen den Namen St. Clair anbieten konnte.

Die Aussicht heiterte Charles St. Clair ausreichend auf, dass er für diesen Abend *zwei* Kutschen gemietet hatte, und keine davon gewöhnliche Hackneys. Galens Schwestern folgten ihnen in der zweiten, denn die Northwoods hatten sie an diesem Abend alle zum Dinner in Sothings Park eingeladen.

Es war nicht die erste gemeinsame Mahlzeit der beiden Familien. Seit jener Begegnung im Mai bei Mrs. Vesey hatte Galen viermal am Grosvenor Square zu Abend gegessen, zweimal in Begleitung seiner Mutter und seines Vaters, und die Northwoods waren zweimal nach Leicester Fields gekommen. Er hatte Miss Northwoods Schwester Temperance kennengelernt und ihren Bruder Robert nur verpasst, weil der momentan irgendwo in Italien war. Kurzum, Galen war mit der Familie Northwood sehr gut bekannt.

Er wäre weniger nervös gewesen, wenn er zum Abendessen mit den Löwen im Tower von London gekommen wäre.

Die Kutschen blieben vor dem nüchternen Eingang stehen, der im wiederbelebten palladianischen Stil erbaut war. Galen half seiner Mutter beim Aussteigen und fragte sich, ob sie spürte, wie sein eigener Arm zitterte. Er hatte sich wieder im Griff, als sie in den Salon geführt wurden, wo die Northwoods sie erwarteten, doch in seinem Inneren, wo niemand es sehen konnte, lauerte es noch.

Sie gingen bald zum Essen, und der Speisesaal auf dem Piano Nobile war genauso grandios, wie man sich erhoffen konnte. Das freundliche Geplauder zwischen Mrs. St. Clair und ihrer Gastgeberin verriet, dass die Einrichtung dort, vom Mahagonitisch bis zu den Löffeln darauf, Eigentum der Northwoods war und nicht mit dem Haus gemietet wurde. Irene war jung genug, dass ihr daraufhin der Mund offenstehen blieb, ehe Cynthia sie mit einem Ellenbogen zu besserem Benehmen anstieß.

Galen selbst war zwischen widerstreitenden Impulsen gefangen, Miss Northwood anzusehen und überall hin *außer* zu ihr. Sie trug erneut ein für ihr einfaches Aussehen zu elegantes Seidenkleid mit Rüschen und Schleifen und angenähten Perlen, aber sie hätte genauso gut ein Magnet sein können, so schwierig war es, sie nicht anzustarren. Cynthia führte ein lockeres Gespräch mit ihr und zog zum passenden Zeitpunkt Galen mit hinein. Er fasste den Entschluss, auf die Knie zu fallen und ihr zu danken, sobald sie nach Hause zurückkehrten.

Irgendwie überlebte er die unendlichen Gänge des Abendessens und aß so wenig, wie er konnte, ohne beleidigend zu sein.

Die Northwoods hatten beschlossen, zu der modisch späten Stunde um fünf Uhr zu Abend zu essen, und der Salon, in dem sich die Männer nach ihren Getränken wieder zu den Frauen gesellten, hatte einen herrlichen Ausblick auf den Sonnenuntergang und die Gärten von Sothings Park. Galen schaffte es, mit Mrs. Northwood ein glaubwürdiges Gespräch über die Rosen darin zu führen, obwohl seine Zunge sich anfühlte, als würde sie einem Fremden gehören, und als sie sagte: »Ihr solltet hinuntergehen, ehe das Licht fort ist, und sie Euch selbst ansehen«, gab er ohne ein einziges Stottern seine Antwort.

»Das wäre sehr erfreulich. Dürfte ich mich Miss Northwood aufdrängen, dass sie mich herumführt?«

Mrs. Northwoods breites Lächeln allein war ihm Antwort genug. »Ich bin sicher, dass sie das überaus gerne täte.«

Ob sie froh, aufgeregt oder irgendetwas anderes war, sah Galen nicht. Er war zu nervös, um ihr ins Gesicht zu schauen. Sie gingen in peinlichem Schweigen durchs Treppenhaus hinunter, ebenso durch die Tür hinaus, und erst als sie den ersten Rosenbusch erreichten, sagte Miss Northwood etwas, nämlich: »Diesen hier mochte ich schon immer.«

Sie schlenderten über die Pfade, berührten hier eine Blüte, bückten sich dort, um an einer zu riechen, und falls es irgendeine Gnade auf der Welt gab, dachte Galen, dann beobachteten jetzt *nicht* acht Menschen ihre Fortschritte von den Salonfenstern über ihnen.

Vielleicht dachte Miss Northwood gerade dasselbe, denn sie sagte: »Diese Laube ist ein angenehmer Sitzplatz, wenn Ihr Euch gerne ausruhen wollt.«

Sie hatte auch zufällig ein Dach aus grünem Laub, das sie vor neugierigen Blicken schützen würde. Die Sonne stand jetzt tief genug, dass ihr Licht über die Bank brannte, auf die sich Miss Northwood gesetzt hatte, und die Laube recht warm machte, doch wenn es sie nicht störte, dann machte es Galen auch nichts aus.

Er konnte nicht sitzen. Galen holte tief Atem, betrachtete ihr nach oben gewandtes Gesicht und ließ die Luft in einem Schwall heraus. »Ihr wisst, warum wir hier draußen sind.«

Das war nicht das, was er hatte sagen wollen, aber der intelligente Ausdruck in ihren Augen, frei von all der Koketterie und gespielten Unschuld, die in diesem Moment hätte mitschwingen können, brachte ihn dazu, seine eigentlich sorgfältig geplante Eröffnung zu verwerfen. Miss Northwood sagte: »Ganz allein. Es ist nicht schwer zu erraten.«

»Ich möchte ehrlich mit Euch sein«, erklärte Galen ihr und verschränkte seine Finger hinter dem Rücken. »Was vielleicht nicht ratsam ist, nicht, wenn ich hier erfolgreich sein will – aber mein Gewissen erlaubt mir nicht, etwas anderes zu tun. Miss Northwood, Ihr seid Euch der Situation meiner Familie bewusst.«

Sie nickte, und als er immer noch zögerte, legte sie es offen dar. »Ein guter Name, aber nicht das Einkommen, um ihn zu stützen. Wegen, wenn Ihr mir solche Offenheit verzeiht, der finanziellen Unklugheit Eures Vaters.«

Er konnte bei *ihrer* ehrlichen Offenheit kaum zusammenzucken, wenn er bedachte, was er gesagt hatte und was er noch sagen wollte. Und ihre Einschätzung war von einer jungen Frau mit einem Bankier als Vater und einem Gehirn wohl zu erwarten. »In der Tat. Ich habe außerdem drei Schwestern, die eine Zukunft brauchen. Wegen dieser Dinge hat mein Vater mich gedrängt, nicht nur zu heiraten, sondern auch gut zu heiraten. Was heißen will: reich.«

Miss Northwood blickte mit einem resignierten Lächeln zu Boden. »Mir war immer schon klar, dass meine Mitgift den größten Teil meiner Attraktivität auf Verehrer ausmacht.«

Galen musste schlucken, ehe er fortfahren konnte. Das hier wäre drinnen vielleicht einfacher gewesen, wo er ein Glas Wein hätte haben können, um seine Kehle zu befeuchten. Aber dann hätte er vielleicht zu viel getrunken, und außerdem hätten wohl Leute an Schlüssellöchern gelauscht. »Ich bin ein Romantiker, Miss Northwood. Ich wünschte mir von ganzem Herzen, dass ich jetzt vor Euch auf den Knien wäre und eine Liebeserklärung deklamieren könnte, die einen Dichter stolz machen würde. Leider wäre diese falsch. Ich ... ich liebe Euch nicht.«

Ihr Blick war immer noch zum Boden gerichtet, was ihre Gedanken schwer zu deuten machte. Galen sprach hastig weiter. »Ich möchte Euch damit nicht beleidigen. Würde die Sorge um meine Schwestern mich nicht dazu zwingen, würde ich überhaupt nicht planen, zu heiraten. Aber ich muss sie und ihr Glück berücksichtigen. Auch wenn Geld wohl der wichtigste Grund für meinen Vater sein mag, so habe ich allerdings geschworen, dass dies nicht meiner sein wird. Liebe ist vielleicht zu viel, um sie sich zu erhoffen, aber ich würde keiner Frau einen Heiratsantrag machen, die ich nicht respektiere.«

»Respekt.« Das kam als unsicheres Lachen heraus. »Stellt Ihr fest, dass daran Mangel herrscht, was Frauen betrifft?«

»Ich meine nicht den Respekt, den jeder Gentleman vor einer sittsamen jungen Frau empfinden muss«, antwortete Galen ihr. »Ich meine die Art Respekt, die ich vor Mrs. Vesey oder Mrs. Montagu oder Mrs. Carter hege. Respekt vor ihrem Verstand, Miss Northwood.«

Im rosigen Licht konnte er nicht feststellen, ob sie errötete, aber das plötzliche verlegene Zucken an ihrem Kinn legte es nahe.

Galen fuhr mit ruhiger Entschlossenheit fort: »Aber während ich vielleicht eine unromantische Zukunft akzeptiert habe, Miss Northwood, würde ich Euch nicht bitten, dasselbe zu tun. Sagt mir jetzt, ganz ehrlich: Gibt es einen anderen Mann, für den Ihr solche Gefühle empfindet? Ich möchte nicht der Grund Eurer dauerhaften Trennung von dem sein, den Ihr liebt, falls so jemand existiert – oder falls Ihr vorzieht, nach Liebe zu suchen, statt Euch mit mir zufriedenzugeben.«

Sie klappte ihren Fächer für einige schnelle Schläge auf, dann klappte sie ihn wieder zu, stand auf und ging einige Schritte weg. »Es gibt keinen solchen Mann, Mr. St. Clair. Ob es je einen geben würde ... wer kann das sagen?«

Als sie sich umdrehte und ihn ansah, hatte sich ihr Mund zu einer schockierend harten Linie verzogen. Panik stieg in Galens Magen auf und brachte einen sauren Geschmack mit sich, der ihn an seinen desaströsen Spaziergang mit Dr. Andrews erinnerte. Hatte er wieder einen solchen Fehltritt gemacht?

Miss Northwood sagte: »Ihr seid nicht der einzige junge Mann, der Interesse an meiner Hand zeigt. Das wisst Ihr natürlich – aber wisst Ihr, welchen mein Vater am meisten bevorzugt?«

Galen schüttelte stumm den Kopf.

»William Beckfords illegitimen Sohn«, sagte sie und biss jede Silbe mit den Zähnen ab.

Er war schockiert. Miss Northwood nickte, eine angespannte, steife Bewegung. »In der Tat. Er würde Mr. Beckford selbst vorziehen, nur dass Maria Hamilton ihn sich vor zwei Jahren geangelt hat, und jegliche Kinder, die sie haben, werden viel zu lange brauchen, um erwachsen zu werden.«

»Aber ...« Die Worte kamen immer noch langsam. »Ich dachte, Euer Vater wünscht sich Respektabilität.«

»Das tut er, ganz brennend. Andererseits könnte er für mich auf einen Gentleman verzichten, wenn der Reichtum einer Plantage einen Herzog für Temperance erkaufen könnte.« Miss Northwood ballte die Hände zu Fäusten, während der Fächer frei an ihrem Handgelenk baumelte. »Wenn Mr. Beckford den Premierminister überzeugt, die Franzosen in Martinique anzugreifen, was er sich, wie ich weiß, wünscht, dann wäre mein potenzieller Gatte zweifellos der glückliche Empfänger einer eigenen Plantage. Und ich? Wäre die Frau eines Sklavenhalters.«

Mrs. Northwood hatte einen schwarzen Pagen, was sie jenen modebewussten Ladys nachtat, die ebenfalls den Reichtum für solch exotische Anwandlungen besaßen. Galen fragte sich, was Miss Northwood darüber dachte. »Ich muss Euch nicht nach Eurer Meinung zu dieser Aussicht fragen«, sagte er langsam, weil er seine Worte sorgfältig wählte. »Wollt Ihr also andeuten, dass Ihr Euch für mich entscheiden würdet, um dem zu entkommen?«

Die Anspannung in ihren Händen verflog, und sie ließ die Schultern sinken. »Ich schäme mich, Euch auf solche Weise zu benutzen – aber Ihr wart ehrlich mit mir, Mr. St. Clair. Ich halte es nur für gerecht, dies ebenfalls zu sein.«

Nun setzte er sich doch und zog ein Taschentuch heraus, um sich den Schweiß von der Stirn zu wischen. Der warme Duft von Rosen umgab ihn wie eine zu enge Umarmung. »Ich …« Gott, wie verzweifelt er sich irgendetwas wünschte, um seine Kehle zu befeuchten. »Ich schätze, ich fühle mich geschmeichelt, dass ich dem Bastardsohn eines jamaikanischen Plantagenbesitzers vorgezogen werde.«

Sie war in einem Rascheln von Seide an seiner Seite. »Oh, Mr. St. Clair – so habe ich das nicht gemeint. Ich wollte Euch nur verstehen lassen, wovon Ihr mich fernhalten würdet. Nicht von einer geheimen Liebe, sondern von einer Verbindung, die ich um jeden Preis vermeiden will.« Miss Northwood zögerte, dann setzte sie sich auf die Bank ihm gegenüber und strich mit zitternden Fingern den Rock über ihren Knien glatt. »Aber vorher – als Ihr darüber spracht, Euch mit einer unromantischen Zukunft abzufinden – der Ausdruck in Euren Augen … Mr. St. Clair, gibt es eine, die *Ihr* liebt?«

Er knetete das Taschentuch in seinen Händen. Damen hatten einen Vorteil mit ihren Fächern, hinter denen sie sich verstecken konnten. »Ja«, gestand er mit wenig mehr als einem Flüstern. »Auch diese Ehrlichkeit, denke ich, schulde ich Euch. Aber ich werde nie – *kann* nie – mit der fraglichen Dame zusammen sein.«

»Will Euer Vater es nicht erlauben?«

Galen lachte bei dem bloßen Gedanken. »Das würde er nicht, wenn er es wüsste ... Aber nein, Miss Northwood. Die Gründe gehen viel tiefer als die Missbilligung eines Vaters. Es ist auch keine Frage von Reichtum oder irgendetwas Derartigem. Wenn Ihr Euch mich in der Position eines jungen Narren, der in den Mond verliebt ist, vorstellt, habt Ihr einen guten Eindruck davon, wie hoffnungslos meine Situation ist.

In Anbetracht dessen ist nichts daraus zu gewinnen, meine Wahl zu verzögern. Ich verspreche Euch, dass Ihr, welche Gefühle auch immer tief in meinem Herzen stecken, keinen Grund haben werdet, mich für mein Verhalten zu tadeln. Das ist alles, was ich je irgendeiner Frau anbieten kann.«

Er beschäftigte sich damit, das Taschentuch wegzustecken, um ein Maß an Fassung wiederzuerlangen. Als die Aufgabe erledigt war, stellte er fest, dass Miss Northwood mit gefalteten Händen und einem Blick in den Augen dasaß, der verriet, dass sie sich bereitmachte, anzunehmen, trotz – wie er zu Beginn gesagt hatte – der Gründe, die ihr seine Aufrichtigkeit für eine Weigerung gegeben hatte.

Ehe sie antworten konnte, sprach er erneut.

»Ich nehme an, es gibt da noch etwas, das ich anbieten kann. Solltet Ihr unter mein Dach kommen, werdet Ihr nie wieder einen Grund haben, Euren Besuch bei Mrs. Vesey zu verschleiern. Wir werden eine Bibliothek haben, und Ihr könnt alle Bücher dafür kaufen, die Ihr wollt. Ihr dürft alle Vorträge besuchen, die Damen zulassen, jegliche Sprachen lernen, für die Ihr ein Talent habt, und wenn Euer Verstand Euch dazu drängt, dürft Ihr schreiben.« Er dachte, er würde sein Lächeln an dem Kloß in seinem Hals vorbeizwingen müssen, doch es kam mit überraschender Leichtigkeit. »Ich mag Dr. Johnson aus vielen Gründen verachten, doch in dieser Angelegenheit sind er und ich uns völlig einig: Eine gebildete Frau ist eine Zierde nicht nur für ihre Familie, sondern für die Nation, die sie hervorgebracht hat. Ich werde alles in meiner Macht Stehende tun, um Euch zu unterstützen.«

Ihre Lippen teilten sich während seiner Rede und blieben in einem kleinen, erstaunten *Oh* geöffnet. Als er fertig war, verharrte sie einige Augenblicke sprachlos – und dann antwortete sie ihm in einem seltsam atemlosen Tonfall. »Oh, Mr. St. Clair! Ich war ganz bereit zu sagen, dass ich, anders als Ihr, keine Romantikerin bin und bereitwillig ein Angebot von Stabilität, Respekt und Freundschaft akzeptieren würde, selbst wenn meine Alternative nicht so schrecklich wäre. Aber dann habt Ihr diese Worte ausgesprochen, und ich habe festgestellt, dass ein Teil von mir doch romantisch ist.«

Ihre Stimme zitterte bei den letzten Worten, doch das Zittern wurde zu einem Lächeln. Galen stand ohne nachzudenken auf und ging zu ihr hinüber, dann kniete er sich hin und nahm ihre Hände. »Wenn Gespräche über Bücher und das Schreiben Eurer Vorstellung von Romantik entsprechen, Miss Northwood, dann passen wir wirklich sehr gut zusammen. Wenn Ihr zustimmt, meine Frau zu werden, dann werde ich noch in diesem Augenblick gehen, um Euren Vater um Eure Hand zu bitten.«

Die untergehende Sonne verlieh ihr ein rosiges Leuchten. »Ihr werdet nicht sehr betteln müssen, Mr. St. Clair. Ich stimme zu.«

DER ONYX PALAST, LONDON
8. *Juli* 1758

»*Verlobt?*«, rief Irrith ungläubig. »Der Drache ist in wenigen Monaten hier. Ist das der beste Zeitpunkt, um über eine Hochzeit zu reden?«

Galen ließ sich seufzend auf einen Stuhl sinken. »Wahrscheinlich nicht. Aber wenn ich länger gewartet hätte, hätte ich Miss Northwood wohl an einen anderen verloren – außerdem hatte ich meinem Vater versprochen, dass ich vor dem Ende der Saison, das uns nun bevorsteht, eine Frau finden würde.«

Irrith scherte sich kaum darum. Zugegeben, die Oberklasse würde bald zu ihren Landsitzen aufbrechen. Sie waren die *Beau Monde*, die Menschen, die Carline am liebsten mochte. Irrith zog die gewöhnlichen Londoner vor, die das ganze Jahr in der Stadt blieben. »Du wirst aber sehr beschäftigt sein, mit der Hochzeit und damit, einen eigenen Haushalt fern von deinem Vater einzurichten, und mit dem ganzen Rest.«

»Eigentlich nicht.« Galens Lächeln bestand zu gleichen Teilen aus Belustigung und Selbstgefälligkeit. »Einen Ehevertrag auszuhandeln, kann lange dauern, und Miss Northwood und ich haben beide bei unseren Familien klargestellt, dass es uns völlig ausreicht, im Frühling zu heiraten. Was ihr Zeit gibt, es sich anders zu überlegen.«

»Vielleicht verstehe ich eure sterblichen Bräuche falsch, aber ich dachte, es würde als *schlimm* betrachtet, wenn die Dame es sich anders überlegt.«

Er zuckte mit den Schultern. »Für gewöhnlich. Aber ich möchte, dass Miss Northwood sicher ist, dass sie mit ihrer Wahl glücklich ist. Wenn sie sich vor dem Frühling umentscheidet – falls sie sich zum Beispiel in einen anderen verliebt –, darf sie es gerne abblasen. Das habe ich ihr so erklärt.«

Liebe. Irrith hob eine Augenbraue. »Was sagt die Königin dazu?«

Das war ein grausamer Schlag, aber einer, den er früher oder später ohnehin erlitten hätte. Galens moderate Fröhlichkeit verflog sichtlich. »Ich habe es ihr noch nicht erzählt.«

»Du weißt aber, dass sie Spione hat, ja?« Einschließlich Edward Thorne, wie Irrith vermutete, der gerade in einem Nachbarraum war und versuchte, den Schmutz aus Galens Strümpfen zu entfernen, in den sein Herr sich gekniet hatte, um Miss Delphia Northwood einen Antrag zu machen.

Galen beugte sich auf seinem Stuhl vor und ließ den Kopf in seine Hände sinken. Nach einem Augenblick zog er seine Perücke herunter und kratzte sich ausgiebig die Kopfhaut. Der Anblick erinnerte Irrith an das letzte Mal, als sie seinen Kopf unbedeckt gesehen hatte – und auch Galen erinnerte sich bald daran, denn er wurde rot und setzte die Perücke hastig wieder auf. »Dame Irrith ...«

Also waren sie wieder bei Titeln. »Ja, Lord Galen?«, fragte sie zuckersüß.

Es war so leicht, Panik in sein ausdrucksstarkes Gesicht zu rufen. »Wir können nicht ... Ich bin jetzt einer anderen versprochen.«

Er hörte nie auf, sie zu faszinieren, die Art, wie unterschiedliche Teile von ihm unterschiedliche Dinge sagen konnten, alle zur gleichen Zeit. Seine Augen erzählten eine viel unsicherere Geschichte als sein Mund. Es war auch nicht die manipulative Künstlichkeit von jemandem wie Valentin Aspell. Galen *fühlte* all diese Dinge, ehrlich und vollständig, sogar wenn sie einander widersprachen. Wie schaffte er das nur?

Sie würde das Spiel nicht aufgeben, nicht solange seine Augen ihr noch Hoffnung machten. »Versprochen, Galen. Nicht verheiratet.«

»Aber Ihre Gnaden ...«

»Ich dachte, um *das* Thema hätten wir uns bereits gekümmert.«

»Ich kann mich nicht drei Frauen gleichzeitig hingeben!«

Im Nachbarzimmer war es viel zu leise. Irrith hoffte, dass Edward Thorne gut unterhalten wurde. »Du gibst nicht alles von dir selbst – nur Teile. Lune hat deine Liebe. Miss Northwood hat dein Versprechen. Ich brauche keines dieser Dinge. Dein Körper reicht mir.«

Er wurde *sehr* rot und schoss wie ein Schachtelteufel von seinem Stuhl hoch. »Du würdest mich wie eine Art männliche Prostituierte behandeln?«

Woher war dieser Zorn gekommen? Irrith stand ebenfalls auf und ließ durchscheinen, dass sie verletzt war. »Habe ich das gesagt? Habe ich das angedeutet? Was habe ich dir bezahlt, das dir das Recht gibt, mich so zu beschuldigen? Ich handle nur nach dem, was ich in dir gesehen habe. Wenn du mich anschaust, siehst du etwas, von dem du dir wünschst, dass du es sein könntest: eine Person, die sich nicht darum schert, was sittsam ist, die mit Freuden tut, was sie will, eine Person ohne jegliche Fesseln. Und das zieht dich an. Aber du bist zu verängstigt, zu besorgt darüber, was Lune denkt und dein Vater und alle anderen, um das zu tun, was *du* willst, und so habe ich es für dich getan. Wie kann das falsch sein?«

All der Zorn war aus ihm gewichen, während sie sich zu einem Brüllen gesteigert hatte. Er war nicht wirklich wütend, wurde ihr bewusst – nicht auf sie. Auf sich selbst, ja, weil er sich von seinem Vater in eine Ehe verkaufen ließ und weil er etwas wollte, das er, wie er glaubte, nicht wollen sollte. Irrith hatte gelauscht, wie sich die Bauern in Berkshire über das schlimme Benehmen der sogenannten Oberklasse beschwerten, die Geliebte unter demselben Dach wie ihre Ehefrauen hielten, und hatte es für normal gehalten. Und vielleicht war es das, aber nicht für Galen.

Zumindest *wollte* er nicht, dass es das war.

Er hatte sich hinter seinen Stuhl zurückgezogen. Nun folgte sie ihm und kam so dicht an ihn heran, dass sich ihre Knöpfe berührten. »Wenn du heiratest, werde ich fortgehen«, flüsterte Irrith und bemerkte erst, nachdem es herausgekommen war, dass sie zum ersten Mal in ihrem zeitlosen Leben bereit war, einen Sterblichen loszulassen, ehe sie ihn leid wurde, zu *seinem* Wohl. Denn ansonsten würde es ihn zu sehr verletzen. »Lass mich das jetzt genießen, Galen. Du liebst die Königin, und du willst Miss Northwood die Treue halten, und du willst deinen Vater ehren und deinen Schwestern helfen und großartige Dinge erfahren und den Onyxpalast retten – du willst *so viel*, und so intensiv, und es gibt nichts Derartiges für mich, verstehst du? Nichts außer dir.«

Am Ende war sie nicht einmal mehr sicher, ob das Sinn ergab. Das machte allerdings keinen Unterschied, denn diesmal war Galen derjenige, der sich bewegte. Seine Arme hoben sie auf die Zehenspitzen, sodass er ihren Mund leichter erreichen konnte, und für einige Augenblicke vergaß Irrith, auch nur an den lauschenden Edward Thorne zu denken.

Doch der Diener musste schon gewartet haben, denn als Irrith das Gleichgewicht verlor und taumelte, sodass sie aus Galens Umarmung ausbrach, räusperte er sich höflich an der Tür. »Lord Galen«, sagte Thorne, ganz so, als hätte er überhaupt nichts gesehen, »du hast mich gebeten, dich an Dr. Andrews zu erinnern.«

Er hätte genauso gut Griechisch sprechen können. »Ja, danke«, sagte Galen zerstreut, dann kam er mit einem Zusammenzucken zu sich. »Ach, ja. Irrith, es tut mir leid – ich muss mich mit Dr. Andrews treffen, jetzt, wo wir ihm im Onyxpalast einen Arbeitsplatz eingerichtet haben, und ihn einigen Gelehrten vorstellen, die ihre Unterstützung angeboten haben. Wir müssen ihn mit seiner Arbeit anfangen lassen.«

Sie konnte es ihm kaum verdenken. Wenn sie den Palast nicht retteten, würde es keinen Galen mehr geben, mit dem sie spielen konnte. »Darf ich mitkommen?«

»Wenn du willst – obwohl ich befürchte, dass es schrecklich langweilig wird. Wir können nicht erwarten, dass wir unsere Probleme am ersten Tag lösen.« Galen nahm Thornes Hilfe an, um zu glätten, was Irrith unordentlich gemacht hatte.

»Wenn mir langweilig wird, gehe ich.« Andrews war immerhin schwindsüchtig. Sie hoffte nicht, dass er vor ihr tot umfallen würde – das würde Galen überhaupt nicht helfen –, aber es war interessant zu beobachten, wie ein Mann schrittweise starb. »Bis dahin würde ich gerne hören, was er zu sagen hat.«

Nach seiner Idee an Mittsommer hatte Galen eine kleine Gruppe Feengelehrter versammelt, um mit Dr. Andrews zu arbeiten. Lady Feidelm, einen niedriger gestellten Höfling namens Savennis, Wrain, einen spindeldürren Irrwisch, der wirkte, als sei er anderthalb mal so groß wie Irrith, aber ein ebensolches Leichtgewicht. Die vom Tickens sagten, dass sie von Zeit zu Zeit vorbeikommen würden, oder eher Wilhas. Niklas lehnte das mit seiner üblichen ungeselligen Persönlichkeit ab. Ktistes würde ihre Mühen von seinem Gartenpavillon aus verfolgen.

Sie trafen sich in der Kammer, die Galen für Dr. Andrews' Nutzung zur Verfügung gestellt hatte, und setzten sich auf Stühle nahe beim offenen Feuer. »Wie gefällt Euch Euer Labor?«, fragte er und deutete zum anderen Ende des Raums. Diener hatten passende Möbel hereingebracht, und er hatte versucht, Dinge herzubringen, die Dr. Andrews, wie er dachte, vielleicht brauchen würde: Bücherregale, einen Schreibtisch, einen großen Tisch für Experimente. Die richtige Ausrüstung würde warten müssen, bis der Doktor genauere Angaben machte.

»Dieser Ort ist unglaublich«, gab Dr. Andrews zu. »Der Palast, heißt das – obwohl ich das Labor schätze. Wenn man bedenkt, dass all das hier unter den Füßen ahnungsloser Londoner liegt ...« Er schüttelte den Kopf, weil ihm die Worte fehlten.

»Und sie werden ahnungslos *bleiben*, oder?«

Galen funkelte Irrith an. Andrews mochte vielleicht die Drohung, die in jener Frage lag, nicht hören, aber Galen tat es. Zum Glück versicherte Andrews ihr eilig: »Oh ja, meine Liebe. Man hat mir hier eine wundervolle Möglichkeit gegeben. Diese würde ich nicht so einfach verspielen.«

Bei der herablassenden Anrede spannte Irrith sich an. Andrews hatte in der Mittsommernacht seine Furcht vor Irrith verloren, und offenbar hatte Galen nicht ausreichend klargestellt, dass Irrith bei all ihrem jugendlichen Erscheinungsbild sowohl eine Ritterin des Hofstaats als auch hundertmal älter war, als Andrews sich je erhoffen konnte zu werden. Die Neigung eines alten Mannes, jede junge Frau »meine Liebe« zu nennen, gefiel ihr natürlich nicht.

Galen wollte diese Verärgerung hastig glätten und sagte: »Ich kann mir vorstellen, dass Ihr sehr viele Fragen habt – tatsächlich *weiß* ich, dass Ihr sie habt, weil Ihr bereits mehrere mit mir geteilt habt.«

Andrews begann, sie an seinen Fingern abzuzählen. »Warum sind gewisse Aspekte der Religion für die Fae beunruhigend? Warum kann ich ›Himmel‹ sagen, ohne irgendjemanden zu stören, aber nicht andere Wörter? Warum ist Eisen Anathema? Wie werden Zauber geschaffen? Woraus bestehen sie? Warum können die Wahnsinnigen sie durchschauen? Warum schützt geopferte Nahrung, und was würde passieren, wenn jemand andere Dinge als Brot oder Milch opfern würde – Bier vielleicht oder Fleisch? Wie wurde dieser Ort geschaffen, und wie kann er sowohl hier als auch nicht hier im Raum unter London sein?« Weil ihm irgendwo in seinem Abzählen die Finger ausgegangen waren, hielt er inne und fragte mit einem sowohl kleinlauten als auch hilflosen Schulterzucken: »Was *ist* eine Fee überhaupt?«

Irrith starrte ihn mit offenem Mund an. »Ich dachte, Ihr seid ein Doktor, nicht irgendein windiger alter Philosoph.«

»Philosophie ist die Wurzel des Wissens«, erklärte Wrain ihr, nachdem er schweigend Andrews' Litanei gelauscht hatte. »Und der sterbliche Glaube ist, dass man finale Fragen nicht wirklich beantworten kann, ohne zuerst die grundlegenden zu verstehen.«

»Der *sterbliche* Glaube?«, wiederholte Andrews.

Lady Feidelm lächelte ihn an. Sie war eine beeindruckende Kreatur, so groß wie Andrews selbst, aber mit einer freundlichen Art. »Wir arbeiten nicht mit Vernunft wie Ihr, Mr. Andrews. Obwohl wir von Zeit zu Zeit neue Pläne erdenken, wie es Dame Irrith tut, um unser Land vor dem Kometen zu verbergen, experimentieren wir nicht zur Verbesserung unserer Zauber. Was Ihr als Handwerk seht, ist das für uns nicht. Es ist Instinkt und unser tiefstes Wesen.«

Er hatte ein Notizbuch bereitgelegt und stützte es jetzt an der Armlehne seines Stuhls ab, während er mit einem kleinen

Bleistift hineinkritzelte. »Ja – aber so ist auch die Schwerkraft eine Art Instinkt. Objekte denken nicht darüber nach, wie sie zur Erde stürzen. Dennoch kann sie von entschlossenen Köpfen untersucht werden. Mr. St. Clair, ich glaube, ich werde sowohl hier als auch in meinem Haus arbeiten müssen. Obwohl Ihr sehr großzügig wart, mir diese Kammer zur Verfügung zu stellen, gibt es einige Experimente, die ich anderswo durchführen muss, damit ich mich hier nicht unwillkommen mache.«

Die Verblüffung war beinahe universell. Galen sagte: »Sicher habt Ihr nicht vor, mit Eisen oder dem göttlichen Namen zu experimentieren.«

Andrews blickte von seinen Notizen hoch. Er nahm die unterschiedlichen Reaktionen auf, die von Irriths schockiertem Japsen bis zur misstrauischen Überlegung der Gelehrten reichten. »Mr. St. Clair«, sagte der Doktor und legte seinen Bleistift weg, »Ihr habt um meine Hilfe gebeten, um eine Feenkreatur zu besiegen. Um das zu tun, muss ich die Schwächen der Fae verstehen – was deren Wirkung ist und auf welcher Basis sie funktionieren. Ich würde mich sehr freuen, die Meinung dieser Gentlemen und dieser Lady zu hören, aber ohne vernünftige Experimente, fürchte ich, werde ich dem, was sie bereits wissen, nicht viel hinzufügen können.« Er hielt inne, dann fügte er hinzu: »Ich versichere Euch, dass ich niemandem schaden will.«

»Ich werde mit dem Doktor arbeiten.« Das war Savennis, der geschwiegen hatte, seit er Dr. Andrews vorgestellt worden war. Der ruhige Höfling verzog das Gesicht. »Es wird wohl nicht angenehm, aber ich glaube, er hat recht: Es ist notwendig.«

Galen hatte gesehen, was passierte, wenn unvorbereitete Fae von heiliger Macht getroffen wurden. Und selbst jetzt noch schmerzte die Wunde in Lunes Schulter, die Hinterlassenschaft eines Eisenmessers ein Jahrhundert zuvor. Savennis' Mut, sich diesem Verderben überhaupt zu stellen, flößte ihm Ehrfurcht ein. »Ihre Gnaden und ich werden Euch für Euren Dienst belohnen«, versprach er dem bleichen, belesenen Fae. »Und Dr. Andrews, Ihr werdet mich über alles informieren, was Ihr mit Savennis vorhabt, *ehe* Ihr es ausprobiert. Wenn ich sage, dass etwas zu weit geht, werdet Ihr auf mich hören.«

»Natürlich«, murmelte Andrews, und Erleichterung blitzte in Savennis' Blick auf.

Der Austausch hatte eine nervöse Stimmung mit sich gebracht, und Galen tat sein Bestes, um diese zu lindern. »Ich habe arrangiert, dass ein Diener, ein Hauself namens Podder, sich um Eure Bedürfnisse hier kümmert und Eure Berichte der Königin und mir bringt. Darüber hinaus, glaube ich, habe ich für den Moment getan, was ich kann. Ich werde Euch nun weiter philosophieren lassen. Dame Irrith, willst du bleiben?«

Der Irrwisch saß auf seiner Stuhlkante, die Zehen wie ein junges Mädchen nach innen gedreht, aber mit einem nachdenklichen Ausdruck im Gesicht, den kein junges Mädchen je gezeigt hatte. Sie schüttelte langsam den Kopf, dann wurde sie fröhlicher, als ihr ein Gedanke kam. »Du, Lord Galen, hast anderswo etwas zu erledigen, denke ich – der Königin deine freudige Neuigkeit mitzuteilen.«

Er verfluchte sie schon, als Andrews sagte: »Freudige Neuigkeit? Seid Ihr vielleicht verlobt, Mr. St. Clair?«

»Ja«, antwortete er und verbarg seine Panik hinter einem Lächeln. *Sie hat recht, und du weißt es. Du musst es Lune sagen.* »Mit Miss Northwood, von der ich Euch erzählt habe. Wir wollen im Frühling heiraten.«

Andrews schüttelte ihm kräftig die Hand und überschüttete ihn mit guten Wünschen für sie beide, die die Fae wiederholten, als würden sie Sätze in einer Fremdsprache sagen. Irrith beobachtete alles mit gutmütiger Verschmitztheit.

»Ich werde zurückkehren, wenn ich kann«, sagte Galen, als Andrews seine Hand wieder losließ. »Inzwischen mögen all die Mächte des Himmels und des Feenlands Euch in Eurer Arbeit antreiben.«

Galen sank auf dem Teppich vor Lune auf die Knie und sagte: »Euer Gnaden, ich bin hergekommen, um dich darüber zu informieren, dass ich verlobt bin.«

Schweigen antwortete ihm. Sie konnte nicht völlig überrascht worden sein. Sie wusste, dass er nach einer Frau suchte, und die Formalität in seiner Haltung machte dies zu mehr als einem gewöhnlichen Besuch. Aber Lune sagte gar nichts.

Anfangs. Gerade als sich Galen jedoch auf die Lippe biss, sprach Lune. »Meinen Glückwunsch, Lord Galen. Ist deine zukünftige Braut die Miss Northwood, von der ich schon gehört habe?«

»Ja, Madam.« Sie hatte wahrscheinlich Spione geschickt, um die Dame genauer zu untersuchen. Lune war gerne gut informiert.

Er zögerte, dann hob er den Kopf von seiner Betrachtung der üppigen Teppichoberfläche. Lunes Gedanken waren unmöglich zu lesen. »Madam«, sagte er verzweifelt, »bitte glaub mir, wenn ich sage, dass dies nichts verändern wird. Der Onyxhof ist und bleibt die Priorität in meinem Leben.« *Du bleibst die Priorität in meinem Leben.*

Jede Bewegung, die sie machte, war makellos elegant. Lune streckte eine Hand aus und zog ihn auf die Füße. Sogar durch die Schichten seines Mantels und Hemds ließ die Berührung ihn erschaudern. Ihre Schuhe brachten sie beinahe bis auf seine

Höhe. Lune war eine große Frau, und er war kein großer Mann. Es schien passend. Es hätte sich nicht richtig angefühlt, auf sie hinabzuschauen.

Ich liebe dich.

Worte, die er nie sagen konnte.

Lune lächelte, während sie ihre Hand an seine Schulter hob. »Du musst dir keine Sorgen machen, Galen. Niemand zweifelt an deiner Hingabe für diesen Hof, am wenigsten ich selbst. Außerdem solltest du auch selber nicht an dir zweifeln. Du hast uns Dr. Andrews gebracht, der, wie ich ganz sicher bin, eine große Hilfe in unserem Kampf sein wird. Ich danke dir nicht oft genug, außer als bloße Höflichkcitsfloskel, also lass es mich nun sagen: Du hast meine Dankbarkeit für alles, was du getan hast, und alles, was du tun wirst. Und das wird sich nicht ändern, wenn du heiratest.«

Nobel zu sein, fiel ihr so leicht. Er stellte es sich als Relikt aus der Vergangenheit vor, das in dieser Welt außerhalb der Zeit erhalten geblieben war. In diesem gefallenen Jetzt, in dem sogar die Höchsten zum Chaos von Theater und Taverne hinabstiegen, sich selber mit Trinken und Rauchen, Hurerei und Faustkämpfen entweihten, wirkte Lune wie die lebende Erinnerung an wahre, noble Eleganz. Oder vielleicht erreichten nur Fae je dieses Ideal, und Sterbliche sehnten sich höchstens danach, während sie die wahre Ehre nicht erlangen konnten.

»So nachdenklich.« Lune legte einen Finger unter sein Kinn und hob es an. Ihm stockte der Atem. »Es liegt immer so viel hinter deinen Augen, Galen. Das meiste davon Melancholie, denke ich. Es tut mir leid, dass du in einer solch schwierigen Zeit an diesen Hof gekommen bist. Ich fürchte, du hast wenig von seiner Freude und viel von seiner Tragik gesehen.«

Er wollte so sehnlich ihre Hand in seiner fangen. »Eure Tragik«, rang er sich ab, »ist mir teurer als das Beste, was die sterbliche Welt anzubieten hat.«

Lune erstarrte. Nüchterner sagte sie: »Sei vorsichtig mit diesem Gefühl, Galen. Du hast einen Becher Feenwein getrunken. Dein Körper und deine Seele werden immer nach mehr verlangen. Aber wenn du deine Welt verwirfst, um ganz in meiner zu leben, wird dich das brechen. Du wirst ein Schatten deiner selbst werden, verzweifelt und wahnsinnig, wirst von genau dem, was du ersehnst, zerstört, und noch schlimmer – so grausam es auch ist –, du wirst nicht länger diesem Hof dienen. Ich brauche dich als Sterblichen, Galen. Obwohl ich den Preis kenne, den das mit sich bringt.«

Tod. Aber wie konnte er zu ihr sagen, dass es kein Feenwein war, nach dem er sich verzehrte, sondern *sie*? Sie hatten sich einmal geküsst, als sie ihn zum Rang des Prinzen erhoben hatte, um das Band zwischen ihnen zu besiegeln. Er träumte immer noch von jenem Kuss. Und nun stand sie so nahe, bloße Zentimeter entfernt, sodass alles, was er tun müsste, wäre, sich nach vorn zu beugen ...

Galen trat zurück. Verunsichert sagte er: »Ich würde hundertmal für dich sterben. Und für diesen Hof. Ich weiß, dass du ewig leben wirst, und ein anderer Mann würde dich vielleicht beneiden. Aber ich werde sein, was du brauchst, *tun*, was du brauchst, und mein Leben als gut geführt betrachten, wenn es endet.«

»Ich weiß«, flüsterte Lune, und Trauer erfüllte ihren Blick. Zweifellos war er nicht der erste Mann, der das zu ihr sagte. Der Obelisk im Garten trug die Namen jener, die vor ihm gekommen waren. Und sie war genug von der Menschlichkeit berührt, um diese zu betrauern.

Er schluckte den Kloß in seinem Hals hinunter und zwang sich zu einem heiteren Tonfall. »Die Hochzeit ist im Frühling. Bis dahin werden wir uns, wie ich sicher bin, dieser Bedrohung entledigt haben, und ich kann die Fröhlichkeit, von der du gesprochen hast, mit einem freien Herzen genießen.«

Lune nahm seine Ablenkung an und ging über den Teppich, um das kleine Planetarium zu betrachten, das die vom Tickens hier in ihrem Privatgemach installiert hatten. »Ich werde darüber nachdenken müssen, welches Geschenk ich dir und deiner Braut geben soll. Kein Feengold, das verspreche ich dir: etwas Dauerhaftes.«

»Ich halte es jetzt schon in Ehren«, sagte Galen. Er wollte die Antwort locker klingen lassen, doch es gelang ihm nicht ganz. Mit einer Verbeugung fügte er hinzu: »Ich sollte gehen. Lady Feidelm und die anderen sind bei Dr. Andrews, um seine Fragen über Feenangelegenheiten zu beantworten, aber ich würde ihnen gerne helfen.«

Sie nickte, ohne sich zu ihm umzudrehen. »Lass mich wissen, was dabei herauskommt.«

»Das werde ich.« Mit einer Hand auf dem Herzen verbeugte Galen sich erneut und verließ ihr Gemach.

Sobald er weit genug entfernt war, ließ er sich schwer atmend gegen das kühle Gestein sinken. »Du bist wahnsinnig«, flüsterte er vor sich hin, sodass er es in der Finsternis widerhallen hörte. »Verzweifelt und wahnsinnig, und du weißt, dass sie dich nicht liebt.«

Aber wenn er den Onyxpalast rettete, dann wäre er ihrer vielleicht wenigstens würdig.

Sogar eine so starke Fantasie wie seine konnte das Bild nicht aufrechterhalten, wie er in Rüstung ein tapferes Pferd ritt und sich dem Drachen stellte wie ein Ritter aus alten Zeiten. Aber er würde einen Weg finden. Er würde den Palast retten und die Königin, und dann, vielleicht ...

Ein hoffnungsloser Traum. Aber er konnte ihn nicht loslassen.

DER ONYXPALAST, LONDON
3. August 1758

Lune hörte auf, hin und her zu laufen, als der Saaldiener eintrat und sich verbeugte. »Der Großsiegelbewahrer ist hier, wie Ihr befohlen habt, Madam.«

Sie machte eine Geste, dass er hereingeführt werden sollte, und zwang sich, langsam zu atmen, egal wie sehr ihr Frust ihr zu schaffen machte. Sobald Aspell sie gegrüßt hatte und der Saaldiener hinausgegangen war, sagte sie: »Der Haarige How hat mir heute Morgen berichtet, dass eine weitere Lieferung von geopfertem Brot gestohlen worden ist.«

»Das wird Eure Untertanen verstören, Euer Gnaden.«

»Das müsst Ihr mir nicht erklären«, fauchte sie, und er verbeugte sich prompt entschuldigend. Lune zwang sich, ihren Tonfall zu mäßigen. »Ich habe nicht vor, dies zum Allgemeinwissen werden zu lassen, Valentin. Der Palast hat bereits genug Probleme. Aber es bedeutet, dass ich die Ration für Eure Spione reduzieren muss.«

Er runzelte die Stirn. »Madam, sie werden weniger effektiv sein ...«

Noch etwas, das er ihr nicht erklären musste. »Ich fürchte, es ist notwendig, zumindest kurzfristig. Der Vertrag, den ich mit den Griechen geschlossen habe – vorausgesetzt, ich bekomme ihre endgültige Einwilligung –, verlangt nach einiger

Arbeit oben, und die Fae, die diese ausführen, werden Schutz brauchen.«

»Wie Ihr wünscht, Madam.«

Lune schickte ihn beinahe hinaus, hielt aber inne, ehe sie die Worte aussprach. Es gab viele Gründe, die das Verschwinden der Opfer erklären konnten. Tatsächlich war das Problem eines, das sich selbst verstärkte. Weniger Brot, das in den Onyxpalast kam, bedeutete, dass weniger für ihre Untertanen verfügbar war, was sie dazu brachte, es zu horten, was seinen Wert steigen ließ. Einige Fae waren zu einem schockierenden Grad verschuldet. Was wiederum einige kluge Köpfe auf die Idee bringen mochte, den Lieferungen aufzulauern.

Das war eine der weniger sinisteren Erklärungen. Andere waren nicht so unschuldig. »Valentin ... sagt mir Eure Meinung. Könnte das hier ein sanistisches Komplott sein?«

Sein sehniger Körper versteifte sich. »Sanisten? Welchen Vorteil könnten sie dadurch gewinnen, das Opfer abzufangen?«

»Abgesehen davon, mich wie eine miserable Königin aussehen zu lassen?«

Ihre trockene Antwort schien völlig an ihm vorüberzugehen, denn er runzelte die Stirn. »Oder eine andere Möglichkeit. Madam, ich hatte kein Glück, irgendeine Versammlung des führenden Klüngels aufzudecken. Mir kam der Gedanke, dass sie sich vielleicht oben treffen – aber die große Schwierigkeit dabei ist, wie sie sich leisten können, das zu tun. Ich dachte, sie hätten vielleicht Sterbliche an der Hand, die ihnen Brot stellen. Meine Spione haben diese Möglichkeit verfolgt. Wenn sie allerdings diejenigen sind, die Eure Boten überfallen ...«

Sonne und Mond. Falls sie sich wirklich oben trafen, würde Aspell sie nie finden. Die Stadt war zu groß geworden, mit tausend Sterblichen für jeden Fae unten. Es wäre überaus simpel für Verschwörer, sich unter sie zu mischen und zu verschwinden.

Er verbeugte sich trotzdem und sagte: »Ich werde dieser Möglichkeit nachgehen, Madam.«

»Ich werde Eure Spione wohl weiter finanzieren müssen«, sagte sie grimmig. »Einen, um jede Lieferung zu begleiten, wenn sie hereinkommt. Die Diebe zu fangen, ist vielleicht unsere einzige Chance, deren Herren zu finden.«

»Eine ausgezeichnete Idee, Euer Gnaden«, sagte Valentin Aspell. »Ob Sanisten beteiligt sind oder nicht, wir müssen dafür sorgen, dass die Opfer weiterhin kommen. Ich werde meine Leute sofort an die Arbeit schicken.«

DER ONYXPALAST, LONDON
15. August 1758

Magrat hatte dieselbe Haltung wie immer, saß gebückt in ihrer Ecke im *Crow's Head* und hielt einen Ginbecher in der Hand. Ihr lippenloser Mund zuckte, als Irrith näher kam. »Lass mich raten. Du bist gekommen, um deinen Gefallen einzufordern.«

Irrith ließ sich ihr gegenüber auf einen Hocker sinken. »Etwas Kleines, wie ich versprochen habe. Nur die Empfehlung einiger weniger Namen. Ich brauche verstohlene Typen, Goblins oder Pucks, um mir zu helfen, in ein sterbliches Gebäude einzubrechen.«

»Das Haus von diesem Kerl, den der Prinz zu uns gebracht hat? Ich höre Dinge über ihn, weißt du.«

Beinahe jedes Gespräch mit Magrat lief so, dass der Kirchengrimm versuchte, ihren Zuhörer mit vagen Versprechungen über zu verkaufende Informationen zu verlocken. Manchmal waren die Informationen echt, manchmal nicht. »Nicht bei ihm«, sagte Irrith. »Aber ich werde dir nicht erzählen, wo, also mach dir nicht die Mühe zu fragen. Wir werden etwas für den Onyxpalast stehlen, und ich brauche Hände, die mir beim Tragen helfen. Wen empfiehlst du?«

Vom Scheitern ihres Köders enttäuscht stellte Magrat ihren Gin ab und fing an, Möglichkeiten an ihren Fingern abzuzählen. »Scadd. Greymalkin oder Beggabow. Deine alte Freundin Angrisla ...«

»Sie ist hier?«, fragte Irrith überrascht. »Ich dachte, sie sei in den Norden gegangen.«

»Und du bist nach Berkshire gegangen. Manchmal kommen Leute zurück.« Magrat legte ihren Kopf schief, während sie nachdachte. »Der Tote Rick, wenn du jemanden zum Lauschen oder Erschnüffeln von Wachen willst. Lacca. Kohlen-Eddie, vorausgesetzt, du hältst seinen Sinn für Humor aus. Etwas für den Onyxpalast, hast du gesagt – ist das für die Königin?«

Irrith war keine ausreichend gute Lügnerin, um glaubwürdig Nein zu sagen, und ihr Zögern war Antwort genug. »Vorsicht«, warnte Magrat sie. »Manche Leute an diesem Ort sind Sanisten.«

Das Wort ließ Irrith trotz allem, was Aspell gesagt hatte, immer noch zusammenzucken. »Und?«, fragte sie etwas zu laut. »Was mit ihr und dem Palast vorgeht, ändert nichts an der Tatsache, dass wir in Gefahr sind – *alle* von uns. Wenn wir nichts dagegen unternehmen, wird es keinen Palast und keine Königin mehr geben, über die wir streiten können.«

»Pass auf, was du sagst, kleiner Irrwisch.« Die tiefe, brummende Stimme kam vom Nachbartisch, wo ein Thrumpin mit einem Gesicht saß, das jeden Dämonen neidisch gemacht hätte.

»Du bist erst ein knappes Jahr hier – oder weniger –, und du weißt nicht viel. Sie mag zwar sagen, dass alles dazu dient, diesen Ort zu verteidigen, aber manche Dinge, die die Königin tut, machen ihn noch schwächer.«

»Wie zum Beispiel?«, wollte Irrith wissen.

»Wie dieser Kalenderraum«, sagte der Trinkkumpan des Thrumpins. »Warum, glaubst du, hat sie ihn geheim gehalten? Weil er sich von der Zukunft des Onyxpalasts nährt, jedes Mal, wenn jemand hineingeht. Er saugt das Morgen weg! Bald werden wir nichts mehr davon übrig haben!«

Sie hatten jetzt sehr viel Aufmerksamkeit unterschiedlicher Art auf sich gezogen. Ein Kobold mit einem breiten Akzent aus Cornwall lachte. »Ja, sicher – und genau deshalb hat sie uns allen davon erzählt, nehme ich an? Idiot. Wenn er den Onyxpalast zerstören würde, hätten wir nie auch nur ein Flüstern von seiner Existenz gehört.«

»Was ist dann mit den Erdbeben?«, rief der Thrumpin und stand auf. Er war nicht viel größer als der Kobold, aber viel kräftiger gebaut, sodass er über dem Goblin aufzuragen schien. »Kanonen haben sie gesagt – na zur Hölle. Kanonen erschüttern nicht ganz London. Hör mir gut zu, das war der Palast, der beinahe auseinandergefallen ist. Und das hat auch Lord Hamilton getötet!«

»Er ist *sechs Jahre später* gestorben!«, brüllte jemand.

In der Ecke, den Ginbecher wieder in der Hand, kicherte Magrat vor sich hin. »Jetzt hast du es geschafft, Berkshire. Willst du irgendwelche Wetten abschließen?«

»Wetten? Worauf?«

Irrith bekam ihre Antwort einen Augenblick später, als der erste Zinnbecher flog. Wer sein ursprüngliches Ziel war, wusste sie nicht, aber er traf den Thrumpin am Ohr, und der jaulte vor

Zorn. Er versuchte, sich durch die Menge zu drängen, der Kobold schubste ihn zurück, und dann ging der dürre Minengeist zu Boden – entweder von einem Hocker oder einem Fuß von irgendjemandem zu Fall gebracht, unmöglich zu sagen, was es war. Dann ging die Rauferei los, Sanisten gegen Loyalisten, nur dass die beiden Seiten schon früh durcheinanderzukommen schienen, weil verschiedene Goblins und Pucks fröhlich Chaos provozierten, wo sie konnten.

Statt ein Teil dieses Chaos zu werden, tauchte Irrith unter den Tisch und beobachtete, wie die Beine vorbeitaumelten. Magrat tippte sie mit einem Fuß an. »Für diesen Spaß«, sagte der Kirchengrimm und beugte sich herunter, um unter die Tischkante zu sprechen, »gebe ich dir noch etwas gratis: Nimm nicht Lacca.«

»Warum nicht?«, fragte Irrith und zuckte zusammen, als jemand vor Schmerz brüllte.

»Weil sie dort drüben am Arm von diesem Kobold kaut«, sagte Magrat und grinste breit. »Die meisten Sanisten haben nichts Persönliches gegen die Königin. Sie ist anders.«

Ein saurer Geschmack stieg in Irriths Mund auf. *Zu weit. Aspell ist eine Sache, Lacca eine andere.* »Danke für die Warnung«, sagte sie und setzte sich gemütlicher hin, um zu warten, bis die Rauferei endete.

Erinnerung: 8. Februar 1750

Weil es kurz nach Mittag war, waren viele Leute wach und gingen in London ihren Geschäften nach, als die Erde unter ihren Füßen plötzlich bebte wie ein bockendes Pferd.

Die Erschütterung war in allen Nachbarstädten zu spüren, sogar bis in Gravesend, und verursachte viel Panik. Aber nirgendwo wurde irgendeine Person so erzürnt wie in den unterirdischen Kammern der Königin des Onyxhofs.

»Ihr habt mir versichert, dass das sicher wäre!«, wütete Lune.

Gertrude hatte versucht und war daran gescheitert, Ihre Gnaden dazu zu bekommen, sich hinzulegen. Lord Hamilton war lenkbarer. Er saß zumindest auf einem Stuhl und nippte gelegentlich an dem medizinischen Met, den ihm die Hauselfe gegeben hatte. Lune bestand darauf, herumzulaufen, wobei ihre Röcke sich jedes Mal zu einem kleinen Wirbel aufbauschten, wenn sie sich umdrehte.

Wenn Ktistes in ihr Gemach gepasst hätte, hätte sie den Zentauren hier gehabt. So aber standen die vom Tickens allein ihrem Zorn gegenüber. »Es *wwarr* sicherr«, knurrte Niklas unbeeindruckt von der königlichen Wut. »Niemand wurrde verrletzt. Sogarr dieserr Pferrdemann sagt, die Zauberr sind nicht beschädigt. Nurr ein kleines Errdbeben, das ist alles.«

Der Blick aus ihren Augen sandte silberne Dolche in seine Richtung. »Ihr habt ein Erdbeben verursacht! Ich hätte auf meine Instinkte und meinen gesunden Verstand hören sollen, als Ihr zum ersten Mal vorschlugt, *Sprengstoff* zu benutzen.«

»Wir haben keine Wahl, Lune.« Hamilton hatte sich ausreichend erholt, um mit ihr zu diskutieren. Das plötzliche Beben hatte sie beide zusammenbrechen lassen, wo sie standen, obwohl sie es erwartet hatten – eine solche Veränderung an ihrem Reich musste sie einfach beeinflussen; es war das Echo in der Welt oben, das als unangenehme Überraschung kam. Der Onyxpalast existierte und existierte nicht in der Erde unter der Stadt, und offensichtlich hatte die Sprengung jene Grenze überwunden. »Wir brauchen eine Kammer mit hoher Decke, in der wir die Uhr konstruieren können. Es gibt nichts Passendes im Palast, nichts, was gesichert werden könnte. Und wenn wir keine bessere Möglichkeit finden, das Pendel aufzuhängen, als an einem Mondstrahl, dann brauchen wir irgendeine Möglichkeit, um das Licht herunterzuziehen, wofür das Monument unsere beste Option ist. Wir haben Glück, dass wir überhaupt *ein* Zenit-Teleskop innerhalb der Stadtmauern haben.«

Innerhalb der Mauern. Das war ein guter Teil des Problems. »Die Sanisten werden hiermit all die Munition finden, die sie brauchen«, sagte Lune. Ihr zorniges Auf-und-ab-Gehen wurde langsamer, und sie streckte eine Hand aus, um sich an der schwarzen Wand abzustützen. »Wenn ich zugebe, dass wir eine neue Kammer gesprengt und das Wesen des Palasts verändert haben …«

»Dann lüg«, schlug Gertrude fröhlich wie immer vor.

Die Königin nickte, während ihr Zorn sorgfältiger Berechnung Platz machte. »Wir können es nicht verbergen, das steht fest. Aber eine andere Geschichte …« Inspiration richtete sie wieder auf. »Wir brauchen Peregrin. Ein Kanonenschlag könnte es erklären – die Entwicklung einer Waffe gegen den Drachen. Das ist, denke ich, das Beste, was wir hoffentlich daraus machen können.«

»Einen Moment«, sagte Wilhas zaghaft, als Gertrude zur Tür ging. »Es gibt da eine kleine Komplikation.«

Lunes Miene wurde wieder kühl. »Welche?«

»Wwirr müssen es noch einmal tun«, sagte Niklas offen.

Hamilton stöhnte und griff wieder nach dem Met. »Ihr habt nicht weit genug gesprengt?«

Die Zwerge schüttelten den Kopf, Spiegelbilder voneinander in Rot und Blond. »Nicht einmal die Hälfte«, sagte Niklas. »Wwirr brrauchen mehrr Ladung. Noch nicht – es wwirrd etwwas dauerrn, es vorrzuberreiten –, aberr nächsten Monat, denke ich.«

Lune sagte ohne große Hoffnung: »Gibt es irgendeine Möglichkeit zu verhindern, dass es wieder den Palast und die Stadt erschüttert?« Wieder Kopfschütteln. Schließlich sank sie auf einen Stuhl und lehnte den Kopf zurück. Ihre Erschöpfung betraf ebenso sehr ihre Willenskraft wie ihren Körper. »Dann muss ich definitiv mit Peregrin sprechen. Wann wollt Ihr es tun?«

»Am achten Märrz«, sagte Wilhas. »Derr Neumond ist gut fürr diese Dinge. Wwirr haben ihn diesmal knapp verrpasst, und das hat, denke ich, nicht geholfen.«

Auf den Tag genau einen Monat später. Lune rieb sich die Augen, dann sagte sie: »Macht es beim zweiten Mal richtig, Gentlemen. Ein drittes Erdbeben in ebenso vielen Monaten, und die Londoner sind überzeugt, dass das Ende naht.«

MONTAGU HOUSE, BLOOMSBURY
18. *August* 1758

Die blanke Front des Montagu House war gut vom Mondlicht erleuchtet, als fünf Fae die Great Russell Street heraufgeschlendert kamen. Irrith hätte es vorgezogen, auf den Neumond zu warten. Feenzauber wurden durch solche Details immer stärker. Aber sie mussten ihr Ziel so zeitnah stehlen, dass Lune es rechtzeitig bei den Griechen eintauschen konnte, damit diese dabei halfen, rechtzeitig Wolken zu erschaffen, um sich vor dem Kometen zu verbergen. Niemand fühlte sich wohl damit, zwei ganze Wochen zu verschwenden, nur um den Dieben das Leben leichter zu machen.

Sie hielten an der Ecke des Bloomsbury Square inne. Fünf einfache Kerle, die ungeachtet der späten Stunde auf einem

Spaziergang waren. Irrith hoffte, dass keine Wachtmeister vorbeikommen würden, die die Häuser der Wohlhabenden sicherten. Sie spähte die Straße hinunter, dann nickte sie dem scharfgesichtigen Kerl zu, als der sich Kohlen-Eddie getarnt hatte. »Siehst du diese Räume über dem Tor? Genau dort wohnt der Pförtner. Aber lass ihn nicht das Haupttor öffnen. Das wird viel zu laut. Nutze stattdessen die östliche Tür ...«

»Ich hab's nicht vergessen«, sagte der Puck verärgert. »Ich bin heute Morgen darübergeflogen. Östliche Tür im kleinen Innenhof. Gib mir drei Minuten.« Ohne sich die Mühe zu machen, sicherzugehen, dass sie immer noch allein waren, hüpfte er in die Luft und flog die Great Russell Street in Form eines Raben mit schäbigen Federn hinunter.

»Weißt du, wo wir den Ständer suchen müssen?«, murmelte Angrisla ihr ins Ohr. Anders als Eddie hielt die Mara wirklich sehr sorgfältig Wache über dem Platz und den Straßen der Umgebung.

Irrith schüttelte den Kopf. »Lord Galen hat gesagt, dass man alles zum Sortieren ins Montagu House gebracht hat, und die Objekte werden immer noch hin und her geräumt. Er ist aber groß. Wir sollten nicht zu viele Schwierigkeiten haben, ihn zu finden.« Vorausgesetzt, die Griechen hatten recht, dass er überhaupt dort war. Ein altes Stück Bronze sah für Irrith ganz wie das andere aus. Wie konnten sie sichergehen?

Auf der ruhigen Straße hallte das Geräusch eines zurückgezogenen Bolzens wie ein Schuss. Irrith zuckte zusammen und erntete einen angeekelten Blick vom Toten Rick. »Kommt«, murmelte sie, und unter dem Schutz von Tarnzaubern liefen sie alle weiter.

Das warme Wetter bedeutete, dass der Pförtner mit offenem Fenster geschlafen hatte. Es bedeutete auch, dass er splitternackt im Innenhof stand, die Augen geschlossen hatte und sanft schnarchte. Eddie lehnte schmunzelnd an der Stallmauer. »Behalten wir ihn bei uns?«

»Wir machen die Vordertür auf, dann schicken wir ihn wieder ins Bett«, sagte Irrith. »Falls uns doch jemand stört, während wir suchen, ist es einfacher, uns zu verstecken, wenn kein nackter, schlafender Sterblicher herumwandert.«

Der Puck schmollte, aber er wurde für seine Hilfe gut belohnt. Er widersprach nicht. »Hier entlang, meine Damen und Herren«, sagte er stattdessen und deutete auf einen nahen Torbogen.

Sogar mit Zaubern fühlte Irrith sich auf dem riesigen freien Innenhof des Montagu House schrecklich entblößt. Fenster säumten die Fassade des Hauses und die beiden Flügel, aus denen jeder schlaflose Diener herausblicken konnte, und sie dachte ständig, dass sie Bewegung in den Schatten der vorderen Kolonnade sah. Greymalkin, die Letzte aus ihrer Truppe, betrachtete sie mit mitleidsvoller Verachtung. »Vermisst du die Bäume, Berkshire?«

Ja, doch das hätte sie nicht einmal für einen ganzen Laib Brot zugegeben. »Passt einfach weiter auf«, zischte Irrith und blieb nervös stehen, während der Pförtner die Vordertür aufsperrte.

Sobald sie im dunklen Haus waren, war es besser. Sie schickte Eddie, um den Pförtner zurück ins Bett zu eskortieren und dann Wache zu halten, während sie mit den anderen die Anweisungen befolgte, die Galen gegeben hatte, die Treppe zur Linken hinauf und in die Sammlungsräume des Britischen Museums oben.

»Esche und Dorn«, murmelte der Tote Rick, als Irrith die Gardinen aufriss. Sie zuckte zusammen, als sie an die Sanistenzeitung dachte, die jenen Namen angenommen hatte. Er war ein Skriker – war er der Hund gewesen, der sie bei Tyburn angegriffen hatte? Aber er schien die Worte nur als Fluch zu meinen. »Wozu ist all das hier *gut*?«

Neugier, dachte Irrith. Es war wie ihr Kabinett, nur zehnmal so groß – nein, hundertmal. Die obersten Regale waren verglast und wurden von großen Schlössern geschlossen gehalten. Die Schubladen stellten sich, als Greymalkin eine herauszog, als mit Drähten bedeckt heraus, die Öffnungen sogar für ihre schlanken Finger zu klein. Und alles, Regale und Schubladen und geöffnete Truhen auf dem Boden, war mit Objekten von tausenderlei Art vollgestopft. Im Mondlicht, das durch die Fenster hereinfiel, sah sie Münzen und Masken, getrocknete Pflanzen und tote Schmetterlinge, ein Astrolabium und einen polierten runden Kristall von der Größe ihrer Faust.

Sie wollte nichts mehr als die ganze Nacht damit zu verbringen, sich alles anzusehen – nun ja, nicht die toten Pflanzen und Insekten. Jene dienten keinem Zweck, den sie sehen konnte. Aber die Dinge, die von Menschen gemacht waren ... jene konnten sie tagelang beschäftigen.

Besonders, weil es mehr als einen Raum gab. »Gehen wir weiter«, sagte Irrith widerwillig. »Der Ständer muss anderswo sein.«

Die Antiquitäten waren leider über viele Räume verteilt. Die Fae gingen sie schnell durch, kamen an Statue über Statue, Körben und Trommeln vorbei – und sogar die Goblins, die es gewohnt waren, sich im Dunkeln zu bewegen, wirkten schreckhaft. Irrith dachte dauernd, dass sie Stimmen hörte, gerade jenseits der Grenze ihres Verständnisses. Oder *Dinge*, die sich in den Schatten bewegten. Einige dieser Objekte kamen aus weit entfernten Ländern, und sie fragte sich, was sie mit sich gebracht hatten.

»Verdammt«, murmelte sie, beinahe um sich selbst sicherer zu fühlen. Der Ständer musste hier irgendwo sein. Vielleicht oben im Speicher? Galen hatte ihnen nicht sagen können, wo die unsortierten Gegenstände waren. Dem neuen Museum waren so viele Sammlungen anderer Leute gespendet worden, dass man immer noch darum kämpfte, sie in irgendeine Art Ordnung zu bringen.

»Psst!« Angrisla stand am anderen Ende des Raumes. »Was ist hier drinnen?«

»Manuskripte«, sagte Irrith. Die Mara war bereits fort, durch die Tür verschwunden. Der Raum dahinter war stockdunkel, aber das störte einen Nachtmahr kaum. Nach einem Augenblick erschien ihr hässliches Gesicht wieder in der Tür. »Bronze, ungefähr so hoch wie du?«

Irriths Herz machte einen Sprung. »Drei Beine?«

Angrisla nickte, und sie hasteten alle hinein, um es anzusehen.

Es befand sich in einer Ecke des Manuskriptraums, und – Irrith schnaubte – eine chinesische Vase stand darauf. »Sieht nicht nach viel aus«, sagte Greymalkin.

Sie hatte recht. Ktistes hatte so viel Ehrfurcht gezeigt, als er hiervon gesprochen hatte, dass Irrith erwartet hatte ... sie wusste nicht was, aber etwas Grandioseres als das, was sie gefunden hatten. Der Ständer war nichts weiter als ein einfaches bronzenes Dreibein mit nur wenigen Ornamenten an seinen Beinen und einer flachen Schüssel obenauf.

Der Tote Rick schnüffelte daran, als könne seine Nase irgendwie seinen Wert bestimmen. »Wofür wollen die Griechen das eigentlich? Wenn es so nützlich ist, warum würde die Königin es hergeben?«

»Für etwas, das wir selbst nicht tun können«, sagte Irrith. »Ktistes hat erzählt, dass früher irgendeine alte Frau in dieser

Schüssel gesessen und Weissagungen gemacht hat. Aber das wird für uns nicht funktionieren.« Sie stellte die chinesische Vase auf den Boden und gab den anderen einen Wink, dass sie ihr helfen sollten. »Kommt schon. Ich kann das hier nicht allein tragen.«

Angrisla nahm die Schüssel, und der Tote Rick hatte am Ende das Dreibein selbst. Irrith ließ die Vase genau dort, wo der Ständer gewesen war, und schloss die Gardinen und Türen hinter ihnen. Der Diebstahl wäre offensichtlich, aber es war nicht sinnvoll, mehr Spuren zu hinterlassen, als sie mussten.

Draußen auf dem Hof bemerkte sie Lärm, der aus den Räumen am Tor kam. Erstickte Schreie, als hätte ein Mann einen Albtraum, unterbrochen von Kohlen-Eddies schallendem Gelächter. »Blut und Knochen«, fluchte Irrith. Greymalkin grinste. »Lauf zu – bring das Dreibein hier raus. Ich komme in einem Moment mit Eddie nach.« Sie rannte zum Tor.

Oben hockte der Puck am Fuß des Betts des Pförtners und hatte seine Tarnung abgelegt. Der Pförtner und seine Frau zuckten und stöhnten beide, das Bettzeug um ihre Füße verfangen. »Was tust du da?«, wollte Irrith in einem erstickten Flüstern wissen.

Er grinste sie spöttisch an. »Meine Belohnung holen. Die Königin hat gesagt, dass ich danach mit dem Pförtner spielen darf.«

»*Später*«, sagte Irrith und packte seinen Arm. Eddie fiel mit einem Jaulen vom Bett. »Nachdem wir mit dem Dreibein weg sind und sie aufgehört haben, sich Gedanken wegen des Diebstahls zu machen. Dann kannst du kommen und mit ihm spielen, so viel du willst.« Sie ignorierte die Proteste des Pucks und zerrte ihn wieder in den Innenhof hinunter und hinaus auf die Great Russell Street.

Angrisla wartete mit der Schüssel auf der anderen Seite des Bloomsbury Square. Irriths Herz setzte einen Schlag aus. »Wo ist der Tote Rick? Und Greymalkin?«

»Schon vorausgegangen.« Die schwarzen Augen der Mara übersahen nichts. Sie sagte: »Er wird es sicher abliefern, Irrith – keine Sorge. Er ist loyal.«

Wie konnte Angrisla sicher sein, wenn sie aus dem Onyxpalast fort gewesen war? Aber es beruhigte Irrith trotzdem. »Dann lass uns nach Hause gehen und unsere Belohnung von der Königin holen.«

RED LION SQUARE, LONDON
23. August 1758

Als das Hausmädchen an der Tür zu Dr. Andrews' Schlafzimmer klopfte, war die Stimme, die von der anderen Seite kam, beruhigend kräftig. »Herein.«

Sie öffnete sie, knickste und verkündete: »Mr. St. Clair zu Besuch, Sir«, dann trat sie beiseite, um Galen vorbeizulassen. Als er eintrat, sah er den Grund für Dr. Andrews' Kraft: Gertrude Goodemeade, anderthalb Mal so groß, wie sie sein sollte, aber trotzdem als sie selbst erkennbar. Die leere Tasse in ihren Händen verriet, dass sie dem kranken Mann bereits eine Dosis ihres heilsamen Getränks verabreicht hatte, die beste Medizin, die die Fae anzubieten hatten. Galen hatte keine Ahnung, was darin war – abgesehen von einer Basis aus dem namensgebenden Gebräu der Goodemeades –, aber Andrews hatte eingewilligt, es zu trinken. Obwohl der Trank kein Heilmittel für Schwindsucht war, half er ihm dabei, wieder zu Kräften zu kommen, und der kürzliche Zusammenbruch des Doktors machte ihn so verzweifelt, dass er alles angenommen hätte, was ihm eine Chance bot.

Die getarnte Hauselfe knickste vor Galen, obwohl sie davon absah, ihn mit seinem Titel anzusprechen. Andrews sagte: »Mr. St. Clair, wie Ihr seht, bin ich noch nicht tot.«

»Ihr seht viel besser aus«, antwortete Galen aufrichtig. »Noch mehr Verbesserungen, Sir, und Ihr werdet gesünder sein, als Ihr wart, als ich Euch kennengelernt habe.«

Letzteres war eine Übertreibung, mit der er die Laune des Mannes heben wollte. Andrews lag immer noch von Kissen gestützt da, und seine Farbe war überhaupt nicht gut. »So sehr ich das begrüßen würde«, sagte der Doktor, »wäre ich schon zufrieden, ausreichend Kraft zu haben, um aus diesem Bett aufzustehen. Ich möchte unbedingt zurück an meine Arbeit.«

Gertrude schnalzte mit der Zunge. »Also Dr. Andrews – ich bin vielleicht keine Ärztin, aber ich denke, Ihr werdet mir beipflichten, dass ich meinen Teil an kranken Menschen gesehen habe. Ihr wisst sehr gut, dass zu viel Eifer Euch direkt wieder dorthin bringen würde, wo Ihr jetzt seid. Und die Luft an jenem Ort ist zu kühl. Sie wäre nicht gut für Eure Lungen.«

»Sie ist allerdings auch trocken«, sagte Galen. »Hilft das nicht angeblich? Wir könnten immer noch etwas hinbringen, um den Raum aufzuwärmen. Und vielleicht könnten einige seiner ... *subtileren* Eigenschaften helfen.«

Sein Versuch, seine plötzliche Idee anzudeuten, scheiterte. Die anderen beiden wirkten verwirrt. Galen warf einen misstrauischen Blick auf die Schlafzimmertür. Andrews beharrte darauf, dass seine Bediensteten ein Vorbild an Diskretion waren, und Galen hatte zugegebenermaßen nichts gesehen, was dies widerlegte. Trotzdem senkte er seine Stimme, ehe er fortfuhr: »Das Verstreichen der Zeit – oder dessen Fehlen. Menschen werden nicht älter, während sie an jenem Ort sind, oder? Könnte das nicht vielleicht auch das Fortschreiten seiner Krankheit aufhalten?«

Es war ihm wie eine geniale Idee vorgekommen. Deshalb war er tief enttäuscht, als Gertrude den Kopf schüttelte. »Dort sind auch schon Leute an Krankheiten gestorben, Galen. Einer deiner Vorgänger hatte immer Patienten im Tunnel bei Billingsgate, weil der Raum dort sauber und ruhig war. Einige wurden geheilt, das ist wahr, aber nicht alle.«

Er hätte es nicht vor Dr. Andrews ansprechen sollen. Die Miene des Mannes zeigte zerbrochene Hoffnung und den mächtigen Wunsch, sich an das zu klammern, was davon übrig blieb. »Trotzdem ...« Er hielt inne, als müsse er husten, holte aber tief Luft und zwang sich weiter. »Ein Teil meines Problems ist die zunehmende Schwäche, und etwas davon liegt wirklich am Alter. Selbst wenn es mir nur eine kleine Hilfe wäre ...«

»Es wäre besser als nichts«, stimmte Galen zu. »Komm schon, Gertrude – ist es nicht einen Versuch wert?«

»Du kennst die Risiken«, sagte Gertrude in einem drängenden Flüstern. »Dr. Andrews, sicherlich hat man Euch gewarnt. Zu lange unten zu bleiben, bringt seine eigene Art Schwäche mit sich.«

Falls sie gedacht hatte, dass dies irgendjemanden davon abgebracht hätte, lag sie falsch. Andrews sagte bloß: »Ich würde jenes Risiko gegen dieses, das mir jetzt bevorsteht, eintauschen.«

Die Hauselfe biss sich unsicher auf die Lippe und drehte die leere Tasse in ihren Händen. Galen wünschte, sie würde den Mann sehen, der in seinem Nachthemd dalag, bleich und von seiner Krankheit ausgemergelt, den Mann, auf den er seine Hoffnung auf eine Lösung gegen den Drachen gesetzt hatte. Die Fae waren Andrews' einzige Hoffnung zu überleben, und momentan war er ihre. Falls das hier die geringste Chance bot, sein Leben und damit die Zeit, in der sie Lösungen für ihre Probleme finden konnten, zu verlängern ...

»Diese Entscheidung obliegt nicht mir«, sagte sie schließlich und flüchtete sich in mangelnde Autorität. »Sie obliegt dir, Lord Galen, und der Königin. Wenn du es für einen Versuch wert hältst und sie zustimmt, dann soll es so sein.«

»Ich werde sie unverzüglich konsultieren«, sagte Galen, ehe Andrews auch nur darum bitten konnte. Die Bruchstücke an Hoffnung fingen an, sich wieder zusammenzusetzen. Die Furcht, dass sie erneut brechen könnten, ließ ihn jedoch hinzufügen: »Die Königin hat mehr Erfahrung damit als ich. Wenn sie sagt, dass es mehr schaden als nützen würde, muss ich auf sie hören.«

Andrews sank wieder in seine Kissen. »Ich verstehe.«

Dann ließen sie ihn allein, denn egal wie sehr der Trank ihm geholfen hatte, er brauchte trotzdem Ruhe. Kein Bediensteter eilte schuldbewusst davon, als Galen die Tür öffnete, also schien es, dass ihre unklug direkten Worte nicht belauscht worden waren. Gertrude wartete aber, bis sie den Platz draußen erreichten, ehe sie ihn am Ärmel packte.

»Ich habe auch Erfahrungen hiermit, Lord Galen«, sagte sie. Ihr Gesicht passte zu Fröhlichkeit, nicht Ernst, aber ihr Blick machte den ganzen Unterschied wett. »Wenn du ihn nach unten bringst – nicht nur für einen Nachmittag hier, einen Tag dort, sondern für mehrere Tage am Stück –, musst du ihn sorgfältig beobachten. Sterblicher Verstand macht sich unter uns nicht gut, und es ist sein Verstand ebenso sehr wie sein Körper, den du brauchst.«

Einst hatte es sich seltsam angefühlt, mit einer Frau zu sprechen, die kaum über seine Taille reichte. Nun fühlte es sich noch seltsamer an, Gertrude unter einem Tarnzauber zu sehen, der Größe vorspiegelte. Obwohl es nicht so hätte sein sollen, verlieh der Unterschied ihrer Warnung Gewicht. »Ich werde das nicht vergessen, Gertrude. Ich werde ihn selbst beobachten. Er ist immerhin meine Verantwortlichkeit und außerdem mein Freund.«

Das linderte ihre Besorgnis nicht, aber sie nickte. »Dann ist dies das Beste, worum irgendjemand bitten kann.«

DER ONYXPALAST, LONDON
29. August 1758

Nach dem Diebstahl des Dreibeins aus der Sammlung des Britischen Museums verblieben wenige Hindernisse zwischen den Fae und der Schaffung eines Schleiers, um England vor dem Kometen zu verbergen. Galen, der diese Angelegenheit als so gut wie erledigt betrachtete, hatte seinen Teil der Abmachung beinahe vergessen – bis Edward ihm einen Brief brachte, der in einer blumigen, fremdländischen Handschrift verfasst war.

Der Dschinn.

Galen fluchte. Mrs. Carter hatte die Inschrift auf der Schüssel bestätigt. Es war eine Adaption einer arabischen Anrufung, die Wolken und Regen herbeibrachte. Lune hatte Irrith die Erlaubnis gegeben, sie zu nutzen, was bedeutete, dass Abd ar-Rashid ihnen einen echten Dienst erwiesen hatte. Nun musste Galen ihm im Gegenzug einen erweisen.

Zumindest hatte er ein einfaches Mittel, um seine Pflicht abzuwälzen. Galen schrieb an Dr. Andrews, dessen Zustand sich seit seinem Umzug in den Onyxpalast deutlich verbessert hatte. Der Mann schlief jetzt die meisten Nächte unten, während

Podder sich um seine Bedürfnisse kümmerte. Es war leicht, ein Treffen zwischen ihm und Abd ar-Rashid zu organisieren.

Der Dschinn war zu höflich, um sich über die sanfte Nachfrage in jenem einen Brief hinaus über die Verzögerung zu beschweren. Galen war wesentlich besorgter wegen Dr. Andrews. Angesichts der Vertrautheit des Mannes mit den Fae, die er seit Kurzem pflegte, schien es dumm, Abd ar-Rashid als irgendetwas anderes als das, was er war, zu tarnen, aber wie würde der Doktor auf einen Araber reagieren? Wäre diese Fremdheit nur ein weiterer Tropfen in dem Meer, das der Onyxpalast war, oder wäre sie einer zu viel in dem bereits vollen Fass?

Andrews wirkte gefasst und sogar freundlich, als Podder sie hineinführte. Er saß aufrecht auf einem Stuhl, wieder ordentlich angezogen, und wenn er auch nicht aufstand, um sie zu begrüßen, war das leicht mit seinem Gesundheitszustand zu erklären. »Ihr werdet mir verzeihen, hoffe ich, Mr. Abd ar-Rashid«, sagte der Doktor und deutete auf seine sitzende Position, und der Dschinn versicherte ihm dies hastig. »Mr. St. Clair erzählte mir, Ihr seid zum Lernen hergekommen.«

»So ist es«, sagte der Dschinn, während er sich ebenfalls auf einen Stuhl setzte. »Ich hörte von Eurer Königlichen Gesellschaft und wünsche mir, mit ihren Mitgliedern über viele Themen zu sprechen. Ihr seid ein Arzt?«

Andrews lächelte wehmütig. »Das war ich, bis meine Krankheit mich zwang, mich von dieser Arbeit zurückzuziehen. Aber ich würde sagen, ich könnte mir die Mühe für etwas Privatunterricht erlauben. In der Tat erwarte ich, dass Ihr mir mit einigen Instruktionen bei grundlegenden Aufgaben assistieren könntet, was eine große Hilfe bei der Arbeit wäre, um die Mr. St. Clair mich gebeten hat.«

Alle fröhliche Zufriedenheit, die Galen gehabt hatte, sank in seinen Magen und verklebte dort zu etwas wie peinlich berührtem Schock. *Oh Gott. Er hat mich völlig missverstanden.*

Abd ar-Rashids ausgezeichnete Manieren hielten ihn davon ab, irgendetwas unmittelbar Beleidigendes zu sagen, aber er spannte seinen Rücken an. Der Dschinn wählte seine Worte sorgfältig, was, wie Galen vermutete, nichts mit seinem unperfekten Englisch zu tun hatte. »Ich fürchte, es gibt da ein ... Missverständnis? Ein Arzt bin ich bereits und habe die medizinischen Künste seit den Tagen von Ibn Sina studiert.«

»Ja, gut, wir haben seit Avicenna einige Fortschritte gemacht«, sagte Andrews mit einem abwertenden Winken. »Er war gut für seine Zeit, nehme ich an, aber nach siebenhundert Jahren wäre jeder ein bisschen ... hmm ... veraltet?«

»Oh, Doktor«, antwortete der Dschinn in demselben, ebenmäßigen Tonfall, »Ibn Sina schrieb vor siebenhundert Jahren in *Al-Qanun fi al-Tibb,* dass die Krankheit, die Euch quält, auf andere übergehen kann – aber vielleicht haben die Ärzte von England dies vergessen, weil ich sehe, dass Ihr Euch nicht von den Gesunden fernhaltet.«

Andrews wechselte mit bemerkenswerter Schnelligkeit von herablassend zu beleidigt. »Ansteckung? Papperlapapp. Das ist ebenso großer Blödsinn wie die Idee des Herbergswirts, der dachte, sie würde von Feen verursacht. Sie haben mir versichert, dass dem nicht so ist.«

Sobald Galen verspätet seine Stimme wiederfand, strömten die Worte hinaus. »Meine Entschuldigung an Euch beide. Ich fürchte, dieses Missverständnis hier ist gänzlich meine Schuld. Dr. Andrews, Lord Abd ar-Rashid ist ein reisender Gelehrter, der die letzten paar Jahre an den Akademien von Paris verbracht hat. Er hat mich gebeten, ihn den Gelehrten der Königlichen

Gesellschaft vorzustellen, und in Anbetracht seiner ... Natur hielt ich es für das Beste, mit Euch anzufangen. Ich bitte um Verzeihung, wenn ich Euch den falschen Eindruck vermittelt habe, aber er möchte Ideen *austauschen*. Ich hege keinen Zweifel daran, dass sowohl englische als auch arabische Ärzte über die Jahre viele nützliche Dinge gelernt haben, von denen jeder von Euch profitieren könnte – und sicherlich, Gentlemen, habt Ihr mehr gemeinsam als Euch unterscheidet. Die vier Säfte zum Beispiel ...«

Sie teilten in der Tat etwas, als sie sich gegen ihn wandten. »Wir gelehrten Ärzte sind mit dieser Idee fertig«, sagte Abd ar-Rashid, dessen akzentuierte Antwort sich mit Andrews' hitzigen Worten verwob: »Nur Quacksalber und ungebildete Landärzte folgen noch diesem Gedanken.« Dann hielten sie beide inne, wobei jeder den anderen beäugte, wie ein Paar misstrauischer Kater.

»Paracelsus«, sagte Dr. Andrews, als würde er etwas prüfen.

Der Dschinn nickte. »*Iatrochimie* – ich kenne es nicht auf Englisch –, obwohl das Verständnis für Chemie, das ihn leitete, gering war und er oft falsch lag.«

Was für Galen völlig unverständlich war, doch Andrews nickte im Gegenzug widerwillig. Obwohl es unwahrscheinlich schien, dass die beiden einander als Brüder in der Medizin anerkennen würden, betrachtete Andrews zumindest den Araber so, wie er es bei einem vorwitzigen Kind getan hätte. »Eine unterschiedliche Perspektive könnte wohl erfrischend sein, nehme ich an«, gestand der Doktor ein. »Ich wäre interessiert daran zu hören, was Ihr in Paris erfahren habt, Sir. Meine Korrespondenz mit Gentlemen dort ist leider während meiner Krankheit zum Erliegen gekommen.«

Der Dschinn hingegen hatte eine Art Ausdruckslosigkeit wiedererlangt, die, wie Galen vermutete, bedeutete, dass seine Gedanken besser unausgesprochen blieben.« »Lord Abd ar-Rashid«, sagte Galen, »wenn Ihr zustimmen würdet, mit Dr. Andrews zu arbeiten, um ein gewisses philosophisches Problem anzugehen, das wir haben, dann wären Ihre Gnaden und ich höchst dankbar. Wir könnten Euch eine Unterkunft im Onyxpalast und den Schutz durch sterbliches Brot anbieten, falls Ihr dies benötigt.«

Der Dschinn taute beim Angebot der Gastfreundschaft ein wenig auf – oder vielleicht war es das philosophische Problem. Wenn er halb so neugierig war, wie ihn die Berichte darstellten, dann wäre dies für ihn wie die Beutewitterung für einen Bluthund. Und er hatte einige Bekanntschaften mit den Fae des Onyxpalasts gemacht. Wenn er nicht bereits vom Kometen wusste, würde er es bald tun. Galen hatte beschlossen, und Lune hatte zugestimmt, dass es nicht viel zu erreichen gab durch den Versuch, das Geheimnis vor dem Ausländer zu bewahren. Viel besser war es, ihm Ehrlichkeit anzubieten und zu sehen, ob sie seine Hilfe gewinnen konnten.

»Oh Prinz«, sagte Abd ar-Rashid schließlich, »die Unterkunft und das Brot brauche ich nicht. Aber ich schätze das Angebot. Wenn Dr. Andrews einwilligt, tue ich dies auch.«

Das war das Beste, was er wahrscheinlich bekommen würde. Galen konnte nur hoffen, dass diese Partnerschaft mit der Zeit weniger stachlig würde. Abd ar-Rashid würde wohl einen wertvollen Beitrag zu ihrem Gelehrtenzirkel leisten. Er hatte immerhin in fremden Ländern studiert, wo viele seltsame Dinge bekannt waren.

»Gut«, sagte Galen mit herzhafter Freude, als er fühlte. »Dann werde ich Euch Eurer Konversation überlassen, Gentlemen, und mich darum kümmern, Euch einen Salamander zu holen.«

DER ONYXPALAST, LONDON
1. September 1758

Irrith hielt die Stange am ausgestreckten Arm und ging langsam und vorsichtig, um sicherzustellen, dass die Messingkiste, die von dem Holz baumelte, sie nicht versehentlich streifte. Selbst mit dieser Vorsichtsmaßnahme konnte sie die Hitze fühlen, die das Metall ausstrahlte. Der Salamander war *höchst* unglücklich gewesen, als sie den Deckel über seinem Kopf zugeschlagen hatte.

Sie musste statt eines Klopfens das Ende der Stange an die Tür knallen. Podder öffnete sie und wich zurück, als er ihre Last sah. Irrith drängte sich an dem nervösen Hauselfen vorbei und kam in Dr. Andrews' Labor.

Der sterbliche Mann erwartete sie schon zusammen mit Galen und einem dunkelhäutigen Ausländer, den sie bereits zuvor im Onyxpalast gesehen hatte. Er musste der arabische Dschinn sein, den Segraine erwähnt hatte, Abdar-irgendwas.

»Ah, meine Liebe, sehr gut«, sagte der Doktor und winkte sie vorwärts, auf ein Gestell zu, das Irrith als einen von Niklas vom Tickens verworfenen Drachenkäfigen erkannte. Es stand deutlich über dem nackten Boden auf einer Steinplatte, und an jeder Ecke wartete ein Eimer Wasser. »Hier rein, bitte.«

Sie ließ die Messingkiste hineinfallen und zog die Stange heraus. »Er brennt schon, seit ich ihn geschnappt habe«, sagte sie als Erklärung. »Kann die Lasche nicht berühren, aber wenn Ihr etwas habt, das lang genug ist, um hinzukommen ...«

Ihr Diener Podder holte ein Messer mit dünner Klinge und übergab es Galen, der vorsichtig an den Käfig trat. Nach etwas Herumfummeln hob er erfolgreich die Lasche, und der

Salamander schoss sofort aus seinem Gefängnis. Die Kreatur zischte und spie Funken, als sie erkannte, dass sie dennoch weiterhin eingesperrt war.

»Kümmert Euch gut um den hier«, sagte Irrith und lehnte sich auf ihre Stange. »Es war eine Plage, den kleinen Mistkerl zu fangen. Ich habe keine Lust, noch einen zu jagen.«

Dr. Andrews starrte zwischen die Gitterstäbe und kam immer näher. Er sprang zurück, als eine züngelnde Flamme ihm beinahe die Nase versengte. Er rieb sich in unverhohlenem Eifer die Hände und sagte: »Ich fürchte, wir werden wohl mehrere brauchen, meine Liebe. Die Chancen dafür, dass wir beim ersten Versuch pures Phlogiston extrahieren, sind bestenfalls zweifelhaft.«

»Pures *was*?«

»Phlogiston.« Galen lächelte sie an. Er sah glücklich aus, wurde ihr bewusst. Er hatte echten Spaß an solchen Dingen, Kreaturen zu piksen und anzufassen, um herauszufinden, was sie funktionieren ließ. Viel mehr, als er Spaß an der Politik hatte, und das konnte sie sehr gut verstehen. »Feuer – in seiner reinsten Form.«

Irrith grinste zurück. »Dann kann ich Euch die Mühen ersparen. Hier ist Euer Flogi-Dings.« Sie stupste den Salamander mit dem Ende ihrer Stange an. Er attackierte das Holz mit erstaunlicher Schnelligkeit. So rasch sie sie auch zurückzog, sie bewahrte die Spitze nicht davor, Feuer zu fangen. »Seht Ihr?«

Mit zwei spitzen Fingern lenkte Galen das brennende Ende in einen Eimer hinunter, wo es in zischendem Dampf erlosch. »Wir verstehen die Natur des Salamanders, Irrith. Deshalb haben wir dich gebeten, einen zu fangen. Aber wir müssen das Feuer von der Kreatur trennen.«

»Aber das Feuer *ist* die Kreatur«, erklärte Irrith ihm. Eindeutig verstand er es nicht, egal was er behauptete. »Genau das ist ein Salamander: elementares Feuer.«

»Das ist eine veraltete Theorie, meine Liebe«, sagte Andrews. Sie fing schon an, jedes Mal, wenn er sie so nannte, ihre Zähne zusammenzubeißen. Irrith brauchte ihren Titel nicht, aber sie hätte die einfache Höflichkeit ihres Namens geschätzt – besonders, wenn es von jemandem kam, dessen gesamte Lebensspanne von der Wiege bis zum Grab kaum einen Augenblick ihrer eigenen ausmachte. »Robert Boyle hat die Unzulänglichkeit der klassischen Elemente als Mittel, um die Welt zu beschreiben, aufgezeigt, sodass wir jetzt denken, dass es viele weitere Elemente gibt, obwohl es unser Wissen bisher übersteigt, sie zu definieren. Phlogiston ist vielleicht eines davon, aber es ist kein elementares Feuer, und diese Kreatur kann nicht daraus bestehen.«

Irrith hatte den Araber vergessen, der das Gespräch bisher schweigend verfolgt hatte. Sie erschrak, als er sprach. »Die Dame hat recht. Meine Art wurde aus rauchlosem Feuer geschaffen. Dieser Salamander ist vielleicht dasselbe.«

Andrews' Mund bekam einen sauren Zug, und Irrith grinste ihn an. »Seht Ihr? Fae sind anders.«

Die Sterblichen gegen die Unsterblichen. Galen stand sogar neben Dr. Andrews, obwohl der Dschinn ein kleines Stück entfernt war, halb unbeteiligt. In einem besänftigenden Tonfall sagte der Prinz: »So funktioniert es nicht, Irrith. Das ganze Ziel der Naturphilosophie ist es, die Gesetze der Welt zu entdecken – Gesetze, die an allen Orten gleichsam zutreffen müssen und es tun.«

»*Der* Welt! Aber wir sind in einer anderen, oder nicht? Oder halb zwischen zweien, schätze ich.« Sie gestikulierte mit der verkohlten Stange und schwenkte sie in einem flachen Bogen über den Käfig, nur für das Vergnügen, Dr. Andrews ängstlich zusammenzucken zu sehen. »Ich wette, Ihr habt ein Gesetz, das besagt, dass Zeit überall mit der gleichen Geschwindigkeit verstreicht, aber Feenreiche gehorchen diesem auch nicht.«

Galen zögerte, aber Dr. Andrews nicht. »Lasst mich Euch etwas demonstrieren, meine Liebe. Ich habe noch kein Experiment ersonnen, um die Illusionen zu untersuchen, von denen zu Mittsommer gesprochen wurde, aber ich kann Euch etwas Simpleres zeigen.«

Er lief in eine Ecke des Raums, wo verschiedene Prismen, Linsen, Spiegel, Karten und andere Gegenstände auf einem Tisch gestapelt waren. »Mr. St. Clair, seid Ihr mit den Grundzügen der Optik vertraut? Ausgezeichnet. Wenn Ihr mir dann helfen würdet – ich habe vor, Newtons *Experimentum crucis* durchzuführen. Das sollte für den Anfang ausreichen.«

Zusammen stellten die Männer ein Paar Prismen und zwei Karten auf, von denen in eine ein kleines Loch gestanzt war. »Also«, sagte Andrews und hielt ein kleines Kästchen hoch, »das hier enthält ein Feenlicht, das wir als unsere Quelle nutzen können. Zu Newtons Zeit gab es zwei konkurrierende Theorien über Licht: eine, dass ein Prisma seinen Regenbogeneffekt schafft, indem es das Licht ›färbt‹, wenn es durchkommt, und die andere, dass es das Licht nur beugt und seine unterschiedlichen Komponenten durch die unterschiedlichen Wege durch das Prisma darstellt. Letzteres ist die wahre Theorie, wie ich jetzt zeigen werde. Wenn wir unsere Quelle durch das erste Prisma leiten ...« Indem er den an Scharnieren befestigten Deckel des Kästchens hob, schuf er einen Regenbogen auf der ersten Karte. Podder flüsterte den Feenlichtern im Raum etwas zu, sodass sie dunkler wurden und der Regenbogen deutlicher erschien. »Danke, Podder. Wenn wir nun diese Karte so positionieren, dass das Loch das violette Licht durchlässt, können wir diesen Anteil durch ein zweites Prisma leiten, und wenn er die zweite Karte trifft ... Mr. St. Clair, bitte ...«

Galen brachte die Teile in Position. Einen Augenblick später rutschte ihm die Karte aus der Hand und kam raschelnd auf dem Steinboden zum Liegen.

Aber nicht bevor alle einen zweiten, seltsameren Regenbogen gesehen hatten, der über ihre weiße Vorderseite geworfen worden war.

In der beinahe völligen Finsternis stotterte Dr. Andrews: »Ich ... es hätte ...«

»Violett sein sollen.« Die akzentbehaftete Stimme des Dschinns verlieh einer bereits seltsamen Szene einen weiteren Hauch Seltsamkeit. »Wie in Newtons Aufsatz ›Über Farben‹. Aber er hat Sonnenlicht benutzt.«

Kein Feenlicht. Irrith hörte ein Knirschen: Andrews sank auf einen Stuhl, wie eine Marionette, deren Fäden abgeschnitten worden waren. Podder machte den Raum hastig wieder hell, was zeigte, dass der Doktor leichenblass war und kaum atmete.

»Unsere Welt ist anders«, sagte Irrith und fand es sehr tugendhaft von sich selbst, dass sie nur wenig von ihrer Selbstgefälligkeit durchscheinen ließ.

Der Drang zum Prahlen verflog allerdings, als sie Galen sah. Er war noch auf den Beinen, aber er wirkte beinahe so entsetzt wie Dr. Andrews, als sei jemand dahergekommen und hätte ihm gesagt, dass der Himmel leer sei und niemand über ihn wachen würde. »Was?«, fragte Irrith, die jetzt verunsichert war. »Ist das nicht gut? Du hast das, hinter dem du her warst.«

Galens Kopf schwankte blind von einer Seite zur anderen. Er hätte vom Wind gelenkt werden können. »Nein. Es ist nicht gut. Denn wenn die Natur, wie wir sie verstehen, hier nicht genauso funktioniert ...«

Dr. Andrews' Flüstern wäre in einem weniger stillen Raum unhörbar gewesen. »Dann ist nichts, was wir wissen, irgendwie von Nutzen.«

»Das glaube ich nicht.«

Das kam vom Dschinn. Abd ar-Rashid, das war sein Name. Er schaute von Andrews zu Galen zu Irrith, dann fuhr er auf vernünftigere Weise fort. »Es ist nur eine Idee, die vielleicht nicht stimmt. Aber ich frage mich schon einige Zeit ...« Seine scharfen Fingerspitzen tippten gegeneinander, eine nervöse Geste, die ihn viel vertrauter als fremdländisch wirken ließ. »Das, was in Eurer Welt richtig ist, scheint in unserer falsch zu sein. Vielleicht wird das, was in Eurer Welt falsch ist, an Orten wie diesem richtig.«

»Erde, Wasser, Luft und Feuer«, sagte Irrith. Sie schürzte zweifelnd die Lippen. »Für Salamander und Sylphen und so etwas vielleicht – aber wir sind nicht alle elementare Kreaturen.«

»Nein. Aber vielleicht Mischungen aus diesen vier, was auf sterbliche Substanzen nicht zutrifft.«

Andrews war immer noch blass und beunruhigt. »Aber es hat viele falsche Ideen gegeben – mehr falsche Ideen als richtige. Woher sollen wir wissen, welche zutreffen?«

Galen atmete scharf aus. Es hätte vielleicht ein Lachen sein können. Jedenfalls wuchs ein schwacher, wahnsinniger Glanz in seinen Augen. »Genau wie Boyle es gemacht hat und Newton und all die anderen. Wir experimentieren. In einem hohen Tempo, würde ich meinen. Aber sobald der Drache beseitigt ist, haben wir mehr Freizeit, um die Gesetze der Feenwissenschaft zu erforschen.«

Diese letzten Worte bildeten ein so unwahrscheinliches Paar, dass Irrith ihr eigenes Gelächter ersticken musste. Sie wollte den Prinzen nicht verspotten. Andererseits wusste sie genug darüber, was er mit Experimenten meinte, um zu bezweifeln, dass diese funktionieren würden. Sicherlich waren ihre Welt und die Leute, die diese bewohnten, keine Art Uhrwerk, das vorhersehbar war, sobald man die Zahnräder gefunden hatte. Aber er schien zu denken, dass es wert war, dies zu verfolgen, und er wusste genug über Feenangelegenheiten, dass sie darauf vertraute, dass er irgendetwas Nützliches herausbekommen würde.

Abd ar-Rashid sagte: »Alchemie spricht von vier Elementen und drei Prinzipien und so weiter. Diese Ideen kommen aus Arabien, und ich weiß etwas über sie. Vielleicht sind sie hier von Nutzen.«

Das brachte Andrews dazu, sich auf seinem Stuhl aufzurichten und dann wieder auf die Füße zu springen. »Ja. Es ist bei den Sterblichen, die es versucht haben, gescheitert, aber es sollte leicht feststellbar sein, ob wir an diesem Ort andere Resultate erzielen.« Das Händereiben war zurück, diesmal mit brennendem Eifer, der ihn für einen Moment beinahe gesund wirken ließ. »Kommt, meine Herren. Mr. St. Clair hat recht. Wir haben keinen Augenblick zu verschwenden.«

DER ONYXPALAST, LONDON
15. September 1758

Lune kam zu Galen in seine eigenen Gemächer – eine verblüffende Umkehrung ihrer üblichen Gewohnheiten. Sobald sie im Salon saßen, schickte sie Edward Thorne und ihre eigenen

Diener weg und ließ Sir Peregrin die Tür bewachen und sicherstellen, dass niemand lauschte.

»Das delphische Dreibein ist an die Griechen übergeben worden«, sagte sie ohne Umschweife. »Wir haben ihre Einwilligung und ihre Hilfe. In drei Tagen werden wir handeln, um diese Insel vor dem Kometen zu verbergen. Die vollständige Wirkung wird aber erst nach zwei Wochen erreicht sein. Savennis hat Irrith erklärt, dass es effektiver wäre, sie an den abnehmenden Mond statt an den Neumond selbst zu binden. Aber wenn dies getan ist, sollten wir – hoffe ich – einigen Schutz haben.«

Galens Muskeln spannten sich trotz seiner Anstrengungen, sie zu lockern, immer wieder an. »Für wie lange?«

Die Königin schüttelte ihren silbernen Kopf. »Das kann niemand sicher sagen. So etwas wurde noch nie zuvor getan.«

Sie fragte nicht, welche Fortschritte er mit Dr. Andrews und seiner Gelehrtentruppe gemacht hatte. Deren Berichte an sie waren ziemlich gründlich. Bisher war es mehr Theorie als Experiment, aber sie hatten den Gedanken des Dschinns bestätigen können, dass das alte Modell der Masse, das für die natürliche Welt diskreditiert war, auf die übernatürliche immer noch angewendet werden konnte. Es fühlte sich wie ein Rückschritt an: symbolische Gesetze anstelle mechanischer, Effekte eher von Poesie als von Physik geleitet. Die Königliche Gesellschaft hätte geschluchzt, wenn sie davon gewusst hätte. Solange der Zirkel im Onyxpalast sie allerdings zu ihrem Vorteil manipulieren konnte, scherte Galen sich nicht darum, auf welcher Grundlage Feenwissenschaft operierte.

Lune durchbrach seine abschweifende Träumerei. »Es gibt eine weitere Veränderung, von der du wissen solltest.«

Etwas in ihrem Tonfall warnte ihn. Während sich sein Magen wieder verkrampfte, wartete Galen darauf, dass sie fortfuhr.

»Ich werde nicht mit euch dort sein.«

Das traf ihn wie ein Schlag. »In Greenwich?« Sie nickte. »Aber ... warum?«

Statt einer Antwort übergab sie ihm ein gefaltetes Stück Papier, das er schnell als eine der Zeitungen aus dem Onyxpalast erkannte. *Die Esche und der Dorn*, natürlich, und als er es entfaltete, sah er sofort, was ihren Beschluss ausgelöst hatte. Der Artikel war anonym verfasst, aber er hätte ebenso gut die Unterschrift *Ein Sanist* tragen können.

Wie sich alle bewusst sind, haben diese letzten paar Monate das Verschwinden der Quadratischen Galerie gesehen, die viele Fae seit einiger Zeit als Cricketfeld genutzt hatten. Es kann kein Zufall sein, dass dieses Verschwinden direkt auf Mittsommer folgt, als Ihre Majestät die Königin sich daran erfreute, den Feiern auf den Moorfeldern beizuwohnen. Eine Herrscherin ist ihr Reich, und diese Herrscherin und ihr Reich sind gleichsam verwundet. Die Trennung der einen vom anderen kann nur das, was bereits beschädigt ist, weiter schwächen. Das Wohlergehen des Onyxpalasts hängt von der ununterbrochenen Präsenz der Königin ab, die alleine den Zerfall verlangsamen kann.

Galens Ausruf war ein armseliges Ventil für seinen Zorn. »Wenn sie auch nur im Geringsten Acht geben würden, wüssten sie, dass ein weiteres Mauerstück kurz nach Mittsommer abgerissen wurde! Das hier hat gar nichts mit einigen Stunden Abwesenheit deinerseits zu tun.«

»Ich bin sicher, dass sie von der Zerstörung wissen«, sagte Lune mit einem Seufzen tiefer Erschöpfung. »Aber nach ihrer Logik sind die beiden Dinge nicht zu trennen. Wäre ich unten geblieben, wäre die Mauer vielleicht stehen geblieben, oder ihr Verlust hätte keine Auswirkungen gehabt. Und die Logik ist weniger wichtig als das Thema, nämlich, dass ich meine Pflicht im Onyxpalast vernachlässige. Mein gedankenloser Besuch auf den Moorfeldern ist einfach Ausdruck derselben Unvernunft wie mein Beharren, Königin zu bleiben.«

Er gab ihr die Zeitung zurück, ehe er sie noch ins Feuer schleuderte. Er konnte sich der Sanisten nicht entledigen, so sehr er es sich auch wünschte. Stattdessen konzentrierte er sich auf die unmittelbarere Angelegenheit. »Also wirst du nicht in Greenwich sein.«

Lunes Mund verzog sich zu einem verschlagenen Lächeln. »Das habe ich nicht gesagt. Ich werde nicht *mit* euch dort sein. Soweit irgendjemand anderer als du selbst, Peregrin und Lady Ailis weiß, werde ich wie eine gute und tugendhafte Königin in meinen Gemächern bleiben. Aber wahre Tugend – nicht der Blödsinn, den sie von mir verlangen – bedeutet, dass ich getarnt in Greenwich sein werde. So werden sowohl unser Bedarf als auch die Sorgen der Sanisten abgedeckt.«

Das schien nicht wie der klügste Einfall. Fae konnten immerhin einen Tarnzauber entdecken, obwohl einen zu durchschauen so anstrengend war, dass sie sich selten die Mühe machten. Dann erinnerte Galen sich an die Tänzer: zwölf von Lunes Hofdamen und Dienern, die in Roben und Masken an der Zeremonie teilnehmen würden, um Großbritannien zu verbergen. Ailis war Lune in ihrer Größe so ähnlich, dass niemand den Unterschied bemerken würde.

»Ich werde dich das nicht allein tun lassen«, sagte Lune. »Nicht, weil ich dir nicht vertraue, sondern weil ich nicht zu spät feststellen will, dass meine Abwesenheit eine fatale Schwäche an unserer Tarnung verursacht hat. Aber ich befürchte, dass du die letzte Bürde allein tragen musst.«

»Aber die Sanisten.« Galen ballte die Fäuste, bis seine Fingerknöchel schmerzten. »Sich ihren Forderungen zu beugen oder auch nur den Anschein davon zu erwecken – fürchtest du nicht das Beispiel, das dies setzt?«

Ihr Lächeln hatte etwas von seiner Strahlkraft verloren, als sie von der Möglichkeit einer Schwäche gesprochen hatte. Nun verschwand es völlig. »Ja. Aber ich muss meine Schlachten sorgfältig wählen, nicht wahr? Eine Fee hat dieselbe Anzahl Stunden in ihrem Tag wie ein Mensch – außer sie geht an einen Ort außerhalb der Zeit, und ich kann den Streit mit den Sanisten nicht glätten, wenn ich mich in den Kalenderraum einsperre oder ins Exil im Feenland gehe. Dass ich das Problem, das sie darstellen, angehen muss, steht außer Frage. Falls ich es allerdings bis nach dem Drachen verschieben kann, werde ich das tun.«

Galen konnte ihr diesen Wunsch nicht verdenken. Außerdem musste er sie nicht an das *Falls* in jenem Satz erinnern. »Wir brauchen jedenfalls keine Ablenkung. Also gut, Madam. Ich werde dich *nicht* in Greenwich sehen. Und mögen sich unsere Mühen als ausreichend für unseren Bedarf erweisen.«

KÖNIGLICHES OBSERVATORIUM, GREENWICH
18. September 1758

Zum zweiten Mal in einem Jahrhundert überfielen und besetzten die Fae von London das Königliche Observatorium.

Eine so große Aktion auf einem so freien Platz durchzuführen, machte Irrith zutiefst nervös. Das waren nicht die Moorfelder, die von Jahrhunderten an Tradition geschützt wurden und wo die einzigen Leute, die zu später Stunde wach waren, ohnehin nichts Gutes im Sinn hatten. Das hier war eine königliche Einrichtung mit Männern, die oft nachts arbeiteten, und ein Spital voller Marinesoldaten kurz vor dem Fuß des Hügels. Sie versuchte, sich damit zu beruhigen, dass wenigstens der arme kränkliche Bradley einmal eine Nacht gut schlief, aber das reichte nicht lange. Im Observatorium wimmelte es vor Fae, und sie konnte nicht anders, als sich zu fragen, was passieren würde, wenn irgendjemand zufällig mit einer Nachricht für den Königlichen Astronomen den Hügel heraufwandern würde.

Zu Segraine, die an ihrer Seite wartete, sagte Irrith: »Wie genau ist es dazu gekommen?«

»Wozu?«, fragte die Ritterin.

Irrith deutete auf die Fae, die geschäftig über den Innenhof des Observatoriums liefen. »Mein Plan. Er hat so einfach angefangen: uns vor dem Kometen zu verstecken. Irgendwie ist es dazu gekommen, dass wir zwei Feentricks, ein sterbliches Sprichwort, eine Vereinbarung mit griechischen Windgeistern, eine magische arabische Schüssel und ein ganzes Observatorium benutzen.«

»Und eine deutsche Geschichte«, erinnerte Wilhas vom Ticken sie von der anderen Seite. »Obwohl Ihrr zugegeben die

Idee mit derr Flöte hattet, bevorr wwirr Euch vom Rrattenfängerr von Hameln errzählt haben.«

»Zusammen mit einem Haufen Nymphen, Masken, Krügen und genug Irrlichtern, um die ganze Themse auszuleuchten«, sagte Irrith mit resignierter Belustigung. »Ich meine, wir versuchen ja, ganz Großbritannien zu verbergen, und ich hätte wissen sollen, dass dies etwas Großes bedeuten würde, aber – Blut und Knochen, ich habe nichts so *Zusammengewürfeltes* erwartet.«

Segraine zuckte mit den Schultern. »Es ist der Onyxpalast. Ich bezweifle, dass du in ganz Großbritannien einen mehr zusammengewürfelten Feenhof finden wirst.«

Als sie an Wilhas und Niklas vorbei zu Ktistes und der irischen Lady Feidelm blickte, musste Irrith zustimmen. Alles, was fehlte, war Abd ar-Rashid. Aber niemand schien sicher zu sein, wie sehr sie dem Heiden wirklich vertrauen konnten, und so war er für die Bemühungen dieser Nacht nicht eingeladen worden – obwohl er die verspiegelte Schüssel zur Verfügung gestellt hatte, die das Zentralstück ihrer Zeremonie würde. Eine Schüssel, die, wie Gerüchte besagten, für ihren Zweck von einem holländischen Juden hergestellt worden war: ein weiterer Flicken in dem zerlumpten Mantel, der Großbritannien verbergen würde.

Kein Dschinn – und keine Königin. Irrith stellte sich zu Galen, der die Hände hinter dem Rücken verschränkt hielt, als hätte er Angst vor dem, was sie tun würden. »Ich laufe noch in dieser Minute zum Onyxpalast und hole sie, wenn du willst«, murmelte Irrith ihm zu. »Sie sollte hier sein.« Egal, was die Sanisten sagten. Irrith war nicht sicher, ob der Verlust von noch mehr Mauer und mehr Palast irgendetwas mit Lunes Besuch auf den Moorfeldern zu tun hatte, aber selbst wenn, sollte die

Königin trotzdem hier sein. Das war das ganze Konzept des Onyxpalasts: eine Feenkönigin und einen sterblichen Prinzen zu haben, die zusammenarbeiteten.

Galens antwortendes Lächeln zeigte eine seltsame Mischung aus Gelassenheit und Nervosität. »Nein, Irrith – das wird nicht nötig sein. Wir haben alles, was wir brauchen.«

»Das hoffe ich«, murmelte sie und winkte alle in Position. Die Hände der Pucks glühten voller Irrlichter, die ein gruseliges Licht über den Platz warfen. »Weil ich das hier kein zweites Mal tun will.«

Dann brachte sie die Menge zum Schweigen, weil die Tänzer hereinkamen.

Sie waren vom Themseufer den Hügel heraufgekommen, direkt am Greenwich Hospital vorbei, während ihre Feengesichter offen zu sehen waren. Oder eher Gesichter, die nicht ihre eigenen waren: Sie trugen Masken aus schimmerndem Wasser, die sogar ihre Augen bedeckten. Wie sie zum Laufen genug sehen konnten, wusste Irrith nicht. Ihre Roben waren sanfte Nebelschwaden, und sie trugen in den Händen Krüge mit Flusswasser, denn sie repräsentierten die Nephelae, die griechischen Nymphen von Wolken und Regen.

Il Veloce, einer der italienischen Faune aus dem Onyxpalast, fing an, auf einer Syrinx eine mäandernde Melodie zu spielen, die die maskierten Nymphen in einen Kreis um die Spiegelschüssel führte, die im Zentrum des Innenhofs stand. Ihr Tanz war simpel unter ihrer Last, aber ihre Bewegungen formten sachte, fließende Bögen und brachten sie immer weiter nach innen. Eine nach der anderen gossen die Nephelae den Inhalt ihrer Krüge in die Schüssel.

Es wäre hübscher gewesen, wenn es sauber wäre, dachte Irrith mit mürrischem Ekel. Aber hübsch zu sein, war nicht der

Zweck. Zum Wolkenmachen war das schmutzige Wasser der Themse wirklich sehr gut.

Die Härchen an ihren Armen und in ihrem Nacken stellten sich auf als Reaktion auf die Präsenz, die sich über ihnen sammelte. Die Nacht war klar – für den Augenblick –, aber etwas wartete am Himmel, eine Macht, die sowohl fremd als auch vertraut wirkte. Lunes Verhandlungen durch Ktistes hatten die Winde bei ihren griechischen Namen genannt, weil die Griechen wussten, wie man Vereinbarungen mit ihnen schloss, aber sicher waren dies dieselben Winde, die seit Anbeginn der Zeit über England bliesen. *Nenn sie Boreas, Euros, Notos und Zephyros oder einfach Nord, Ost, Süd und West. Es macht keinen Unterschied.* Irgendein Bruchstück ihrer Macht hatte eingewilligt, als temporäre Hirten für das zu dienen, was das auf dem Boden lebende Volk in dieser Nacht schaffen würde.

Die Zeit dafür war gekommen. Galen lief allein über den Innenhof zu der verspiegelten Schüssel. Er drehte sich ein wenig, als er nach einem guten Griff am Rand mit der arabischen Inschrift suchte, und so sah sie die Anstrengung in seinem Gesicht, als er das Ding hochhob. Es war nicht leicht gewesen, als es leer war, und jetzt enthielt es den Inhalt von zwölf Wasserkrügen. Lune hätte dort sein sollen, um ihm zu helfen, dachte Irrith wütend. Stattdessen musste der Prinz seine Füße in den Boden stemmen und die Schüssel ohne Hilfe über seinen Kopf hieven. *Schnell*, flüsterte Irrith innerlich. *Bevor er sie fallen lässt.*

Als hätten sie sie gehört, kamen die Nephelae näher und hoben ihre in Nebel gekleideten Arme an den Rand der Schüssel.

Das Wasser darin begann sich zu rühren.

Anfangs war es nur ein Plätschern, zu schwach, um sicher zu sein, dass es überhaupt da gewesen war. Dann stieg ein Nebel auf, der deutlich über dem Rand zu sehen war und in der Nacht sanft leuchtete. Er wurde dichter und wuchs und bauschte sich langsam nach oben in den leeren und wartenden Himmel.

Sterbliche sagten, dass Wolken, egal wie dunkel, Silberstreifen enthielten. Wenn Wolken die Kleider von Großbritannien waren, dann brauchte man, um jenes Innenfutter nach außen zu stülpen, etwas aus Silber: eine Schüssel, deren verspiegeltes Inneres die Welt umgekehrt zeigte und die Wolken, die in ihrem Herzen geboren wurden, himmelwärts reflektierte. Sie schwebten nach oben, um von ihren Hirten empfangen zu werden. Irrlichter rissen sich aus den Händen ihrer Träger los und tänzelten zum fortgesetzten Flöten von Il Veloce vom Hügelgipfel fort auf die weit entfernten Enden der Insel zu. Verirrte Brisen ließen Irriths Haar über ihre Wangen streifen, ein kleines Zupfen hier und dort, als die Winde über ihnen die nebelhaften Massen der Wolken zu ihrem neuen Heim lockten.

Immer noch ergoss sich der Nebel aus der Schüssel. Eine der Tänzerinnen war die Sylphe Yfaen, eine weitere war eine Flussnymphe. Beide hatten eine gewisse Macht über das Wetter. Irrith hatte aber nie eine solch große Anstrengung von einer von ihnen gesehen. Wie viel Wasser konnte noch in der Schüssel übrig sein, wenn schon so viel Nebel über Greenwich hinausströmte? Es war bei Weitem nicht genug, um die ganze Insel zu bedecken, aber das war der Zweck der nächsten beiden Wochen: aus diesen Samen zu wachsen, bis ganz Großbritannien geschützt war.

Sicher hatten sie dafür jetzt genug. Dennoch stand Galen immer noch da, hielt mit zitternden Armen die Schüssel hoch, den Kopf zurückgeworfen, die Zähne zusammengebissen. Sein Körper spannte sich unter dem Gewicht wie ein Bogen. Irrith rannte beinahe hin, um ihn zu stützen, aber ihre Hände hätten nicht so hoch gereicht, und sie durfte die Zeremonie nicht stören. *Lune hätte hier sein sollen. Er kann das nicht allein tun.*

Wenigstens eine Nephele schien dasselbe zu denken. Ihre Hand zuckte nach vorn, als wolle sie etwas von der Last übernehmen. Aber ob dies die Zeremonie unterbrach oder ob sie einfach zu spät kam, es nützte nichts. Mit einem Schrei ließ Galen die Schüssel fallen. Sie prallte an seiner linken Schulter ab, als er versuchte, sich wegzudrehen, was ihr verbliebenes Wasser verschüttete, und dann krachte der Metallrand auf den Boden, wurde eingedellt, und die Schüssel rollte fort.

Irrith sprintete hin, während sie leise fluchte. Die Nephele stützte Galen jetzt auf seiner heilen Seite, während er eine Flut seiner eigenen Flüche ausstieß. Sogar schmerzgeplagt jedoch blieb er sich seiner Umgebung bewusst. Nicht ein einziges Wort, das zum Himmel gehörte, rutschte ihm heraus.

»Das hast du gut gemacht«, sagte Irrith, obwohl sie wusste, dass er ihr nicht glauben würde. »Wir haben genug, um uns zu schützen.«

»Ja«, murmelte die Nephele, zu leise, als dass irgendjemand außer Irrith und Galen sie hören konnte. »Das hast du wirklich sehr gut gemacht.« Und dann zuckten ihre Augen nach oben, zu Irrith, und sogar durch die schimmernde Ungewissheit ihrer Maske leuchteten sie silbern.

Der Irrwisch hatte genug Geistesgegenwart, um nicht mit der Erkenntnis, die ihr in den Kopf schoss, herauszuplatzen. Sie wartete, bis sie etwas Sicheres sagen konnte, dann schlug sie vor: »Er sollte sich hinsetzen. Sobald er sich besser fühlt, bringe ich ihn zum Onyxpalast zurück. Ich bin sicher, dass die Königin seinen Bericht hören will.«

»Ganz sicher will sie das.« Die Nephele stand mit fließender Eleganz auf und trat zurück. »Danke, Dame Irrith.«

Gern geschehen, Madam. Irrith warf einen Blick um sich auf die herumlaufenden Fae, dann auf Galen. Er stand jetzt ungestützt, drückte seine rechte Hand an die verletzte Schulter und hatte Schweißperlen auf der Stirn. Selbst während er das Gesicht vor Schmerz verzog, blickte er der weggehenden Königin hinterher, und Freude strahlte aus seinem Blick.

Seufzend zog Irrith ihn von der gefallenen Schüssel weg. »Komm schon, Lord Galen. Du hast dich um Großbritannien gekümmert. Jetzt lass andere sich um dich kümmern.«

TEIL FÜNF

Separatio
Herbst 1758

»*Vertraue nicht dir selbst, sondern wisse um deine Fehler.
Nutze jeden Freund — und jeden Feind.*«
ALEXANDER POPE
»Versuch über die Kritik«, II.213-4

Die Bestie hungert. Sie darbt. Es ist zu wenig Nahrung in diesem Gestein, diesem Staub und der gefrorenen Masse. Sie braucht mehr. Da war einst Holz. Da waren Gips und Stroh, Pech und Öl und Teer. Ein Fest für die Flammen. Mehr, als jede Kreatur je fressen konnte, doch je mehr sie verschlang, desto mehr wuchs ihr Appetit, bis die ganze Welt nicht genug war, um ihn zu stillen.

Sie erinnert sich daran. Und sie erinnert sich auch an etwas anderes: Nahrung von einer anderen Art. Da war ein Ort, eine Stadt, ein Schatten darunter. Dort gab es Macht, von einer Art wie die Bestie selbst. Kein Verwandter wie die Sonne und ihr helles Feuer – sondern kühl und dunkel. Aus einer Sonnenfinsternis geboren, aber von Kreaturen geformt, die wie die Bestie aus etwas anderem als Materie bestanden.

Sie nannten sie Drache. Sie kämpften gegen sie, fingen sie und banden sie an dieses gefrorene Gefängnis, verbannten sie in die entferntesten Weiten des Reichs der Sonne.

Der Drache erinnert sich. Und er dürstet nach Rache.

MAYFAIR, WESTMINSTER
23. September 1758

Lieber Mr. St. Clair,
es tat mir sehr leid, von der Verletzung an Eurer Schulter zu hören. Die Klatschkette von Eurer Mutter über Mrs. Northwood und Mrs. Montagu zu mir sagt, dass Ihr in der Fleet Street von einem steigenden Pferd getreten wurdet, woraus ich schließen muss, dass es eine viel interessantere Geschichte gibt, die ich nicht gehört habe. Ich bitte Euch, mich zu besuchen, sobald es Euch möglich ist, damit wir das bei einer Tasse Tee weiter diskutieren können. Ich habe außerdem etwas hier, das Euch, wie ich glaube, interessieren wird.

Eure zuneigungsvolle Sylphe,
Elizabeth Vesey

Niemand würde die Geschichte mit dem Pferd glauben. Deshalb hatte Galen sie nicht auf die Probe gestellt. Stattdessen hatte er die schlechte Meinung seines Vaters über ihn ausgenutzt. Dass sein einziger Sohn von Straßenräubern überfallen worden war, während er zu einem Bordell im Covent Garden lief, war für Charles St.

Clair leicht zu glauben gewesen – besonders wenn es einen Zeugen gab. Auf Lunes Vorschlag hin hatte er den Schmerz mit Wein gedämpft, dann Laurence Byrd aus seiner üblichen mitternächtlichen Feierei gezerrt. Keine zehn Fuß vor der Tür hatte ein Paar getarnter Goblins sich auf sie gestürzt, von denen einer den Schlag gegen Galens Schulter fingiert hatte, ehe beide vor Byrds enthusiastischen Fäusten geflohen waren. Das brachte Galens Vater in eine zutiefst üble Laune, aber keine neugierige, die ihn vielleicht dazu geführt hätte, nachzuforschen, wo sein Sohn so spät in der Nacht gewesen war.

Doch seine Mutter, die dringend den Anschein feiner Manieren bewahren wollte, hatte die Geschichte mit dem Pferd erfunden. Sie diente Galens Zweck. Dies würde in einem respektablen Umfeld die Runde machen und seine Geschichte über Covent Garden glaubwürdiger scheinen lassen. Diese Ausrede gab ihm etwas anderes zu bedenken als die massive Prellung, die seine Schulter spektakulär bunt färbte.

Er sah wirklich schäbig aus, als er sich zu Mrs. Veseys Haus aufmachte. Seine eigenen, eng anliegenden Mäntel waren nicht auszuhalten, und so trug er jetzt einen abgelegten von seinem Vater. Aber ihr konnte er die Wahrheit erzählen, und deshalb freute er sich auf den Besuch.

Bis der Diener ihn in den Salon eskortierte, wo Galen beinahe vor Überraschung seinen Hut fallen ließ.

Delphia Northwood stand von ihrem Stuhl auf und knickste. Neben ihr tat eine unerträglich selbstgefällige Mrs. Vesey dasselbe. Nach einem Augenblick erinnerte Galen sich an seine Manieren und verbeugte sich. »Guten Morgen, Mrs. Vesey, Miss Northwood – ich dachte, Eure Familie sei aufs Land gezogen, jetzt wo die Saison vorbei ist.«

»Das ist sie, Mr. St. Clair«, gab sie zu. »Aber Mrs. Vesey hat mich eingeladen, eine Weile bei ihr zu wohnen.«

»Ihre Mutter hat wegen ihrer kommenden Heirat unter Hitzewallungen gelitten«, vertraute Mrs. Vesey ihm an. »Und wenn wir schon davon reden – kommt schon, Mr. St. Clair, Ihr beide seid bald verheiratet. Sicher ist es nicht zu viel für Euch, Eure Zukünftige mit ihrem Vornamen anzureden? Das würde Euch nicht stören, oder, meine Liebe?«

Miss Northwood errötete und wirkte, als wünschte sie, ihren Fächer nicht auf dem Tisch neben ihrem Stuhl gelassen zu haben. »Nur wenn er darauf besteht, mich Philadelphia zu nennen.«

»Ich habe nichts gegen griechische Namen«, sagte Galen lächelnd. Jonathan Hurst hatte ihn wegen dieses Punkts geneckt und über andere Kerle mit griechischen Namen spekuliert, die vielleicht Gatten für Galens Schwestern ergeben konnten. Was Mayhew natürlich wegen Daphne in Melancholie gestürzt hatte. Aber vielleicht konnte Galen, sobald das Northwoodgeld sicher investiert wäre, seinen Vater überreden, zumindest eine Schwester ihrem Herzen folgen zu lassen.

Mrs. Vesey sah ihn nun erwartungsvoll an. »Dann soll es Delphia sein«, sagte Galen und trat tapfer in dieses neue Territorium der Intimität. Sie zuckte ein wenig zusammen, als würde auch sie die Spannung spüren, die das Wort mit sich brachte.

Ihre Gastgeberin strahlte zufrieden und sagte: »Kommt, lasst uns Tee trinken. Und Ihr, Mr. St. Clair, könnt uns von Eurer armen Schulter erzählen. Tut sie Euch schlimm weh?«

»Nein, es geht mir ganz gut«, antwortete er – eine höfliche kleine Lüge.

Das Teeservice war bereits auf einem Tisch vorbereitet, abgesehen vom heißen Wasser. Dafür klingelte Mrs. Vesey mit einer Glocke, als sie sich wieder setzten. Dann widmete sie ihre Aufmerksamkeit dem Aufsperren des Teekästchens, hatte aber noch genug davon übrig, um ihn zu befragen. »Also, es ist eindeutig völliger Blödsinn, dass Ihr von einem Pferd getreten wurdet, denn ich weiß, dass Ihr nicht mitten auf der Fleet Street zu Fuß unterwegs wärt. Ich bin natürlich keine Tratschtante, und ebenso wenig ist das Miss Northwood. Ihr könnt uns mit der Wahrheit vertrauen. Was ist wirklich passiert?«

Zu spät sah er die Falle, die sie so sorgfältig aufgebaut hatte. Er war voll Vorfreude auf die Gelegenheit, frei zu sprechen, hergekommen. Sie hatte ihn, vielleicht weil sie sich gedacht hatte, dass seine Verletzung etwas mit den Fae zu tun hatte, absichtlich mit Miss Northwood überrascht. Sie hätte genauso gut Yfaen fragen können, aber wie es schien, hatte Mrs. Vesey ihre wahnsinnige Idee nicht aufgegeben, dass Galen seiner zukünftigen Braut den Onyxhof enthüllen sollte.

Als wüsste Mrs. Vesey nicht ganz genau, was sie gerade tat, sagte Galen zurückhaltend: »Die Geschichte ist für diese Gesellschaft nicht geeignet.«

Das brachte genauso wenig, wie er erwartet hatte. Delphia kam ihm jedoch unabsichtlich zu Hilfe, sobald das Hausmädchen das heiße Wasser hereingebracht hatte. »Ich glaube, es ist Tradition, dass junge Männer kurz vor ihrer Hochzeit einen letzten Ausbruch an Torheit genießen. Ich verspreche Euch, Mr. St. Clair, ich werde es Euch nicht verdenken.«

Was ihm die Erlaubnis gab, eine bereinigte Version der Geschichte über Covent Garden zu erzählen. Galen beschränkte sich auf die Attacke der Räuber und weigerte sich, Details zu erklären, was er oder Byrd dort gemacht hatten. Mrs. Vesey sparte sich die Mühe, ihre Ungläubigkeit zu verbergen, und so floh er zu einem sichereren Thema, sobald Miss Northwood angemessen ihr Mitleid für seine Schmerzen und ihr Lob für seine Tapferkeit ausgedrückt hatte. »Werdet Ihr noch lang in London bleiben, Miss ... äh, Delphia?«

Sie warf einen Seitenblick auf ihre Gastgeberin, die in ihren Tee lächelte. »Ja – vorgeblich, um mich auf die Hochzeit vorzubereiten«, sagte seine zukünftige Braut. »Aber Mrs. Vesey hat mich, wie sie vorhin angedeutet hat, vor meiner Mutter gerettet.«

»Und es gibt sehr viel in London, was Miss Northwood noch nicht erlebt hat«, fügte Mrs. Vesey gelassen hinzu. »Für jemanden, der hier aufgewachsen ist, hat sie schockierend wenig von der Stadt gesehen. Vielleicht könnten wir einige Exkursionen organisieren, Mr. St. Clair – was denkt Ihr?«

Ich denke, dass du eine alte Frau bist, die sich in Dinge einmischt, die sie nichts angehen. Aber er konnte dabei nicht wirklich giftig sein. Sein Antrag an Miss Northwood war vom Wunsch nach Aufrichtigkeit getrieben worden. Mrs. Veseys Vorschlag bot ihm eine Möglichkeit, noch weitere Barrieren der Täuschung einzureißen. Daraus konnte er ihr keinen Vorwurf machen.

Trotzdem stand es außer Frage. Die Wahrheit zu berichten, würde bedeuten, Miss Northwood von Lune zu erzählen, und er fürchtete die Konsequenzen, falls die Maske, die seine Bewunderung verbarg, in Anwesenheit seiner zukünftigen Frau verrutschen würde. Außerdem hatte Galen bereits genug, was ihm Sorgen bereitete. »Gut, wenn der Zweck Eures Besuchs ist, den wachsamen Blicken Eurer Mutter zu entkommen, M... Delphia, dann kann ich vielleicht einen Abend im Theater arrangieren. Oder wart Ihr je in der Oper?«

Mittels solcher Ablenkungen brachte er sie zu sichereren Themen. Mrs. Vesey allerdings ließ keine Gelegenheit verstreichen, sich auf kryptische Art auf die Fae zu beziehen, bis sich ein derart intelligentes Mädchen wie Delphia sicherlich fragen musste, welche zweite Konversation vor ihrer Nase geführt wurde. Galen konnte nichts dagegen tun, außer sich vorzunehmen, Mrs. Vesey unter vier Augen zu tadeln, also ertrug er die Peinlichkeit, so gut er konnte, und floh, sobald es nicht mehr schrecklich unhöflich war.

Aber als ihn die Sänfte von der Clarges Street heimwärts trug, schweiften seine Gedanken ständig von Drachen und Feenwissenschaft zu imaginären Konversationen mit Miss Delphia Northwood ab. Seine Erfahrung mit Dr. Andrews hatte ihn eine wertvolle Lektion gelehrt, eine, die er nutzen konnte ...

Lächerlich, sagte er sich selbst deutlich. Dr. Andrews leistete nun wertvolle Beiträge zu ihrer geplanten Verteidigung. Das hier war hingegen eine sentimentale Angelegenheit, nichts weiter, und in ihrem Risiko nicht zu rechtfertigen.

Trotzdem konnte er nicht aufhören, darüber nachzudenken.

Du bist ein Narr, Galen St. Clair. Und das war eine Aussage, gegen die selbst sein hin- und hergerissener, streitsüchtiger Verstand nicht argumentieren konnte.

COVENT GARDEN, WESTMINSTER
3. Oktober 1758

Dreihundertvierundsechzig Nächte im Jahr war Edward Thorne ein treuer Hüter der Geheimnisse seines Herrn.

In der dreihundertfünfundsechzigsten erzählte er Irrith ohne Aufforderung, wo Galen zu finden war.

Oder zumindest seinen groben Aufenthaltsort. Sie fand den Prinzen in der dritten Taverne, die sie durchsuchte. Sie konnte ihn leicht erkennen, obwohl er sich offensichtlich einige Mühe gegeben hatte, sich weniger wie ein Gentleman zu kleiden. Immerhin war nicht jeder Straßenräuber hier ein getarnter Fae, der einen Streich spielte. Galen trug einen ausgebeulten, weiten Mantel über gleichfalls schäbiger Kleidung, aber seine Perücke war zu sorgfältig gekämmt. Irrith sah sie durch die ganze Taverne. Jemand würde sie stehlen, wenn er nicht vorsichtig war.

Er starrte melancholisch in einen Becher, der, wie sie hoffte, keinen Gin enthielt. Magrat hatte sie gewarnt, dass die Armen im nahen Seven Dials ihre Schnäpse immer noch mit Terpentin oder Säure streckten, und Irrith befürchtete, dass Galen ein zu behüteter Kerl war, um das zu wissen.

Als sie einen Hocker in seine Nähe zog, blickte Galen gerade lang genug auf, um sie wahrzunehmen. »Ich bin zu müde für Ratespiele«, lallte er.

»Irrith«, sagte sie. »Ich dachte, du hättest vielleicht gern Gesellschaft.«

Er ging wieder dazu über, den Becher zu betrachten. »Ich brauche kein Kindermädchen.«

»Hab nie gesagt, dass du eins brauchst.« Irrith beugte sich vor und schnüffelte. Das vertraute Brennen von Gin erreichte ihre Nasenlöcher, aber sie roch darin nichts Falsches. *Gut. Er hat die legale Sorte gekauft.* »Eine Frage allerdings, und dann halte ich den Mund und helfe dir, dich selbst unter den Tisch zu trinken. Edward sagt, dass du jedes Jahr in dieser Nacht trinken gehst, aber gewöhnlich an einem schöneren Ort als Covent Garden. Warum diesmal so grimmig?«

Sie hatte schon früher an ihm beobachtet, dass er oft versuchte, seinen Gesichtsausdruck zu disziplinieren, und auch, dass er darin sehr schlecht war. Heute versuchte er es nicht einmal. Irrith sah das volle Ausmaß seiner Beschämung,

Verzweiflung und hoffnungslosen Liebe. Galen würgte einen Schluck des bitteren Gins hinunter, dann sagte er: »Weil ich dieses Jahr verlobt bin.«

Da es Galen war, versuchte Irrith konzentriert zu verstehen, warum das wichtig sein sollte. Zugegeben, es war die Trauernacht der Königin. Bis zur Morgendämmerung würde Lune eine einsame Wache im Nachtgarten halten und um ihren ersten Prinzen trauern, der im Onyxpalast begraben war. Sie tat dies jedes Mal am Jahrestag seines Todes. Es war für Galen eine schmerzhafte Erinnerung, dass ihre Liebe nicht ihm galt – aber warum sollte sein eigener Schritt auf eine Heirat zu ihn zu billigem Gin in einer schmutzigen Taverne treiben? Das brachte Lunes Herz nicht weiter außer Reichweite für ihn, als es bereits war. Irrith versuchte, es zu verstehen, und scheiterte. Stattdessen sagte sie: »Ich glaube, du brauchst Ablenkung. Aber trink erst aus.«

Er hob den Becher, hielt inne und sagte: »Bitte, bei der Liebe zu allem, was unheilig ist – ändere deine Tarnung, bevor ich mit dir irgendwo hingehe.«

Irrith grinste. Sie hatte vergessen, dass sie als grobschlächtiger junger Mann getarnt war. Während Galen den Rest seines Gins leerte, ging sie hinaus und fand eine unbeachtete schattige Ecke. Als sie danach zurückkam, diesmal als Frau, hatte er dem Schänkenwirt einen Schilling für das beste Zimmer im Haus gegeben. Es war kein *gutes* Zimmer, besonders nicht zu einem solchen Preis, aber an diesem Abend war es dem Onyxpalast vorzuziehen – oder Leicester Fields an jedem Abend –, und auch wenn die Matratze von einer Truppe Bettwanzen bewohnt war, war keiner von ihnen in der Stimmung, sich darum zu scheren.

Danach lagen sie gegen die Kälte der Oktobernacht aneinander gekuschelt da. Irrith strich mit einer Hand über Galens kurzes Haar, das an ihren Fingern weich war. Ohne seine Perücke und seinen Mantel und seinen Gehstock, überlegte sie, war er nicht Lord Galen, Prinz vom Stein, und auch nicht der Gentleman Mr. St. Clair. Nur Galen, ein menschliches Herz in Aufruhr, in einen Körper gekleidet, der es kaum halten zu können schien.

Jene fehlenden Teile machten ihn verwundbar. Die Finsternis machte ihn tapfer. »Manchmal denke ich«, flüsterte Galen, »dass es besser wäre, wenn sie es wüsste.«

»Welche sie?«

Eine unüberlegte Frage. Er rollte sich enger zusammen, wie eine Schnecke, die sich in ihr schützendes Haus zurückzog. Doch seine Schutzschicht lag über dem Geländer am Fußende des Betts oder war sorglos auf den Boden geworfen worden. Nach einem Augenblick sagte er: »Beide, nehme ich an.«

Irrith kannte Delphia Northwood nicht. Aber sie kannte Lune. Ehe sie an ihrem eigenen Impuls zweifeln konnte, sagte Irrith: »Die Königin weiß es.«

Das ließ ihn vor ihr zurückweichen, als würde er von einem Bogen abgeschossen, sodass er beinahe aus dem schmalen Bett fiel, ehe er sich am Bettpfosten festhalten konnte. Hilflos rief er: »Oh Gott, nein!«

Das Wort prallte am Schutz durch das Opferbrot ab, doch Irrith zuckte trotzdem zusammen. Dann setzte sie sich auf und betrachtete ihn. Das Licht, das durch das eine schmale Fenster des Raumes kam, war wirklich spärlich, nur das, was von den mangelhaften Laternen am Platz von Covent Garden hereinschien. Es reichte gerade, um die Wölbung seines Schlüsselbeins nachzuvollziehen, die Linie seines unverletzten Arms, der sich an den Bettpfosten klammerte, die rechte Seite seines Gesichts. Nicht genug, um seine Augen zu sehen.

Es gab keinen Ausweg als die Wahrheit. Zumindest etwas davon. Galen musste nicht hören, dass es auch der Rest des Onyxhofs wusste. »Sie weiß es schon seit einer Weile.«

Er blieb drei Herzschläge lang bewegungslos, dann vergrub er sein Gesicht in den Händen.

»Du hast gesagt, es wäre vielleicht besser«, erinnerte Irrith ihn. »Denk darüber nach, Galen – wenn es sie stören würde, wüsstest du davon.«

Seine Antwort wurde von seinen Handflächen gedämpft. »Außer dass ich mich ihr jetzt stellen muss. Im Wissen, dass sie es weiß. Verdammt noch mal, Irrith – warum musstest du mir das erzählen?«

Weil ich dachte, dass es helfen würde. Weil ich immer noch nicht sagen kann, wie dein Herz funktioniert, was dich glücklich macht, was dich in Verzweiflung stürzt.

Diesmal hatte sie eindeutig Letzteres getan. Galen senkte die Hände und sagte: »Sie hätte mich nie auswählen sollen.«

Die Finsternis verbarg ihr zweites Zusammenzucken. Irrith hatte nicht vergessen, was die Goodemeades ihr erklärt hatten. *Wäre dieser Mann Prinz geworden, wenn Lune eine andere Wahl gehabt hätte?*

Das war egal. Er *war* Prinz und mühte sich mit allem, was er hatte, ein guter zu sein. Diese Zweifel waren sein größter Feind. »Lune ist nicht dumm«, sagte Irrith bestimmt. »Du liebst sie. Vertraust du ihr nicht? Sie hätte dich nicht ausgewählt, wenn sie gedacht hätte, dass du nicht geeignet bist.« Egal was ihre Höflinge sagten. Lune hatte diese schon früher ignoriert, wenn sie musste. Hier hätte sie dasselbe getan.

Irrith war nicht sicher, ob er ihr überhaupt zuhörte. Nach einem Augenblick aber sprach Galen. »Denkst *du*, dass ich ein guter Prinz bin?«

Sie war eine ebenso schlechte Lügnerin wie er. Ein einfaches *Ja* wäre offensichtlich banal. Eine längere Versicherung hätte ihre eigenen Zweifel preisgegeben. Und sie hatte sowieso immer Ehrlichkeit vorgezogen. »Ich denke, du hast die schlimmsten Karten von allen Prinzen ausgeteilt bekommen, die ich je gekannt habe. Komet, Sanisten, deine eigene Familie, die sich in dein Leben einmischt ... und dann ist da Lune. Die alten Prinzen hatten alle ihre eigenen Probleme, aber du hattest deines von Anfang an.«

»Also denkst du, dass ich ein Versager bin.«

»Nein. Du hast mich nicht zu Ende sprechen lassen.« Irrith zog die Beine an und beugte sich vor, um seine Augen in den Schatten zu sehen. »Die Prinzen sind alle unterschiedliche Männer, die unterschiedliche Stärken an den Onyxhof bringen. Sie haben jedoch alle eine Sache gemeinsam: Sie sorgen sich zu sehr darum, um aufzugeben. Egal welche Schwierigkeiten sich dem Hof stellen – und glaub mir, da hat es schon viele gegeben –, sie kämpfen weiter. Wenn je der Tag kommt, an dem du wegläufst, *dann* nenne ich dich einen Versager. Aber nicht vorher.«

Sein Rücken hatte sich bei dem Gedanken ans Weglaufen versteift und genau ihren Punkt bewiesen. Galen schien dies auch bewusst zu werden. Er schwang seine Beine über die Bettkante, dann saß er grübelnd da. Eine Hand kratzte geistesabwesend über seine Rippen, und Irrith glaubte, dass sie etwas an ihrem eigenen Bein hochkrabbeln spürte. Sie mochten die Bettwanzen zwar ignorieren, aber die Wanzen ignorierten sie nicht.

»Wenn sie es weiß«, sagte er schließlich, »dann kann ich Miss Northwood auf keinen Fall etwas davon erzählen.«

»Vom Onyxhof?«

Er nickte. »Ich hatte es in Betracht gezogen, aber ... nein. Reine Torheit.«

»Warum? Es besteht immer ein Risiko, dass uns ein Sterblicher angreift oder allen erzählt, dass wir hier sind, aber wir riskieren es trotzdem. Was, befürchtest du, wird passieren – dass sie die Hochzeit absagt, sobald sie erfährt, was du mit der anderen Hälfte deines Lebens machst?«

Seine dahintreibende Hand erstarrte, dann senkte er sie auf den Oberschenkel. »Ich hatte gedacht ...«, setzte Galen an, verstummte aber.

Irrith wartete geduldig. Diesmal war sie ziemlich sicher, dass alles, was sie vielleicht sagen konnte, ihn verschrecken würde.

Galen seufzte in einem weniger melancholischen Tonfall, als sie erwartete. »Ich habe die Möglichkeit in Betracht gezogen, es ihr *nach* unserer Hochzeit zu erzählen. Aber du hast recht. Wenn ich es davor tue, sagt sie diese vielleicht ab.«

Was er als gute Sache betrachten würde. Gerade jetzt dachte er nicht an seine Familie, das konnte Irrith sehen. Nur an Lune und an die Stimme in seinem Kopf, die ihm sagte, dass es nicht richtig war, zwei Herrinnen gleichzeitig zu dienen.

Andererseits würde dies *ihr* eine Gelegenheit geben, Miss Delphia Northwood persönlich zu beobachten. Irrith hatte die junge Dame natürlich ein wenig ausspioniert, weil sie neugierig war, aber nichts Bemerkenswertes entdeckt. Sie mit Galen zu sehen, wäre viel interessanter.

»Ich denke, das solltest du«, sagte Irrith. »Das ist nur gerecht.«

Er machte ein wortloses, frustriertes Geräusch. »Aber ich muss zuerst die Königin fragen. Und das wird ...«

Unangenehm. Gelinde gesagt. Oh, wie Irrith wünschte, bei diesem Gespräch ein Mäuschen sein zu können.

Ein weiteres, tieferes Seufzen. »Ich werde es in Betracht ziehen«, sagte Galen.

Irrith krabbelte dort hinüber, wo er saß, und legte ihm die Hände auf die Schultern. »Morgen. Ich glaube, für heute Nacht hast du genug gegrübelt.«

DER ONYXPALAST, LONDON
13. Oktober 1758

Seit er im Onyxpalast wohnte, hatte Dr. Andrews sich in die Arbeit gestürzt, die die Fae ihm aufgetragen hatten. Podder hatte Notizbücher ausgegraben, die Jack Ellin, einem vorherigen Prinzen, gehört hatten und andeuteten, dass die Lichtbrechung in einem Prisma vielleicht einen unbekannten Effekt auf den Geist des Drachen haben könnte. Deshalb hatten sie für seine Verbannung ein modifiziertes Modell von Newtons reflektierendem Teleskop benutzt. Andrews, der sich an ihre verblüffenden Ergebnisse beim *Experimentum crucis* erinnerte, hatte beschlossen, mit dem Salamander weitere optische Versuche durchzuführen.

Galen wurde durch Mrs. Veseys Beharren aufgehalten, dass er mit Miss Northwood und ihr zu Abend essen sollte, aber sobald er konnte, eilte er nach Billingsgate und stieg in das Labyrinth hinunter, das Andrews' Kammer enthielt. Als er ins Labor trat, fand er Andrews aufgeregt herumlaufend vor. Das Gesicht des Mannes war blass und schweißüberströmt, und die Ränder seiner Augen waren rot. »Was habt Ihr erreicht?«, fragte Galen.

Der Doktor deutete auf das andere Ende des Raums. »Seht selbst. Das Licht ist zu schnell verblasst, als dass ich es versuchen konnte.«

Der Apparat stand vor einem Blatt Papier, das an die Wand geheftet war, ein Prisma auf einem Ständer. Auf der Plattform auf dem Ständer lag eine verkohlte Pinzette und ...

Galen stupste das verschrumpelte Ding mit einer Fingerspitze an. »Was ist das? Es sieht nicht wie ein Salamander aus.«

»Es ist das Herz von einem.«

Galen schoss hoch. Auf dem Tisch daneben lagen ein leerer Käfig und eine unbewegliche Gestalt: der Kadaver des gefangenen Salamanders. Sein Bauch klaffte auf und zeigte eine verkohlte Höhle, wo das Herz gewesen war.

»Ein interessantes Ding«, sagte Andrews, der immer noch auf und ab lief. »Ich würde schwören, dass die Kreatur nichts *außer* einem Herzen hatte. Keine Lungen, keine Därme. Ich kann nicht sicher sein. Sogar den Einschnitt zu machen, ohne verbrannt zu werden, war schwierig. Und alles schien sich subtil zu verändern, als sie starb.«

Schockiert wirbelte Galen herum, um ihn zu konfrontieren. »Ihr habt diese Kreatur aufgeschnitten, als sie noch lebte?«

Das ließ den Doktor endlich stehen bleiben. Andrews sagte völlig entgeistert: »Wie sonst soll ich verstehen, wie sie funktioniert?«

»Aber ... Ihr ...« Galen gestikulierte mit einer Hand in Richtung des Prismas. »Ich dachte, das hier sei ein Experiment mit *Licht*?«

»War es.« Andrews trat vor und nahm die Lederhandschuhe, die er offensichtlich auf den Boden hatte fallen lassen. »Und wie sollte ich dieses Licht bekommen? Oh, sicher, die Kreatur hat Feuer gespuckt, solange sie lebte – aber das war nur Feuer. Ich konnte daran überhaupt nichts Seltsames entdecken. Es ist die *Essenz* der Kreatur, die wir durch das Prisma leiten wollten, und man sagte mir, dass sie zuvor das Herz des

Drachen benutzt haben. Leider ist dieses hier zu schnell ausgebrannt.« Er hielt mit den Handschuhen in der Hand inne. »Die Vivisektion von Tieren ist eine übliche Praxis in der Medizin, Mr. St. Clair. Wir müssen wissen, wie der Körper funktioniert, ehe wir ihn heilen können.«

Galen konnte nicht aufhören, die Leiche des Salamanders zu betrachten. Er wusste gut genug, dass ihre Forschung manchmal unangenehme Dinge einschloss. Er hatte widerwillig Andrews' Arbeit mit Savennis autorisiert, um die Wirkung von Gebeten und Kirchenglocken sowohl mit als auch ohne den Schutz durch Brot sowie die Empfindlichkeit der Fae für die Nähe von Eisen zu beobachten. Das hier ging aber weiter – und Galen hatte nicht daran gedacht, den Salamander unter seiner Autorität einzuschließen. Der war natürlich keine intelligente Kreatur wie Savennis. Trotzdem. Er, als Prinz, hatte einen Sterblichen in den Onyxpalast gebracht, der einen Fae getötet hatte.

»Ihr hättet mich konsultieren sollen, ehe Ihr das getan habt«, sagte er leise.

Andrews, der seine Gerätschaften aufräumte, hielt wieder inne. »Ach. Das war mir nicht bewusst. Wird das die Königin erzürnen?«

»Ich weiß nicht. Und genau deshalb müsst Ihr mich konsultieren.« Galen riss seinen Hut herunter, dann hielt er sich mit Gewalt davon ab, ihn durch den Raum zu schleudern. *Ist das nicht genau das, wofür du ihn hergebracht hast? Um sterbliche Forschungsmethoden auf dein Feenproblem anzuwenden?*

Der Doktor nickte verständnisvoll. »Ich verstehe. Meine Entschuldigung, Mr. St. Clair. Ich wollte keine Schwierigkeiten verursachen.« Dann wurde seine Miene fröhlicher. »Oh – aber mein Erlebnis mit dem Salamander hat mir einen interessanten

Gedanken kommen lassen. Kommt, setzen wir uns, und ich werde Euch alles darüber erzählen.«

Sich hinzusetzen, bedeutete, zum anderen Ende des Raumes zu gehen, weg von der Leiche und ihrem geschrumpften, verkohlten Herz. Galen bezweifelte, dass das ein Zufall war. Er ging willig, winkte aber Andrews' Angebot von Kaffee ab.

»Es hatte damit zu tun, was dieser arabische Kerl gesagt hat«, fing Andrews an, »über Alchemie. Also, die meisten Alchemisten waren Scharlatane oder arme, verblendete Narren, und ich bezweifle sehr, dass irgendeiner von ihnen je eine Unze Gold aus irgendetwas anderem gemacht hat, außer aus den Hoffnungen seiner gutgläubigen Kunden. Aber was, wenn sie hier funktioniert? Unter den Feen?«

Galen runzelte die Stirn. »Dr. Andrews – ich liebe eine gute Spekulation so sehr wie jeder andere, aber wie hilft uns das gegen den Drachen?«

»Tut es nicht«, sagte der Doktor viel aufgeregter, als jene Worte verdienten. »Aber es kann uns vielleicht einen Weg weisen, den Drachen dazu zu bringen, *uns* zu helfen.«

Was die Aufregung erklärte, aber nicht ihren Grund. »Ich kann Euch nicht folgen.«

»Wisst Ihr irgendetwas über Alchemie?« Galen schüttelte den Kopf. »Es ging nicht nur darum, unedle Metalle in Gold zu verwandeln. Diese Transformation, wie sie sich diese vorstellten, bestand aus dem Reinigen von Metall von seinen Fehlern und Unreinheiten, um es in einen perfekten Zustand zu bringen. Und dasselbe, Mr. St. Clair, könnte man mit einem menschlichen Körper machen.«

Galen schüttelte ein zweites Mal den Kopf, weil er immer noch nicht folgen konnte.

»Ich spreche«, sagte Dr. Andrews, »vom Stein der Weisen.«

Er hatte den Ausdruck schon gehört, ganz ähnlich, wie er von Feen gehört hatte, ehe er Lune am Nachthimmel gesehen hatte. Eine närrische Fabel, die etwas Erträumtes, aber nichts Reales andeutete. In diesem Fall das Mittel, um den teuersten Traum der Menschheit zu erreichen.

Unsterblichkeit.

Aber was konnte der Drache damit zu tun haben? Dr. Andrews sagte: »Die Details sind kompliziert – tatsächlich haben die Menschen über die Jahrhunderte unzählige Varianten der Lösung ersonnen, und, wie ich gesagt habe, bezweifle ich sehr stark, dass irgendeine davon funktioniert hat. Viel davon allerdings lässt sich auf zwei Substanzen reduzieren: philosophischen Sulphur und philosophisches Mercurium.

Diese sind nicht mit den Substanzen zu verwechseln, die wir kennen, Schwefel und Quecksilber. Sie repräsentieren Prinzipien, ein Paar an Gegensätzen. Sulphur ist heiß, trocken und aktiv. Es ist Feuer und Luft, das Rot oder der Sonnenkönig, hell strahlend.«

»Mit anderen Worten«, sagte Galen, dessen Mund trocken wurde, »der Drache.«

Andrews nickte. »Es scheint sehr wahrscheinlich, dass diese Bestie die Verkörperung des sulphurischen Prinzips ist. Mr. St. Clair, wenn der Alchemist jene beiden gegensätzlichen Prinzipien zusammenfügen und versöhnen kann ... dann schafft er den Stein der Weisen.«

Hätten sie in Andrews' Haus am Red Lion Square gesessen, wäre ihm das absurd vorgekommen. Der Stein der Weisen? Unsterblichkeit? Aber sie waren im Onyxpalast, wo sogar die profanen Gegenstände wie Stühle und Teppiche und Tische die übernatürliche Qualität des Ortes nicht übertünchen konnten, das geflüsterte Mysterium von Londons Schatten.

Hier konnte es vielleicht möglich sein.

Andrews hätte ebenso gut in Galens Kopf fassen und sein Gehirn umstülpen können. Den Drachen nicht zu bekämpfen oder zu fangen oder zu verbannen, sondern ihn zu *benutzen*. Eine Bedrohung in ein Werkzeug zu verwandeln, und sobald sie das getan hätten ...

Galens Fantasie sprang sofort von ihrer Leine und stellte sich nicht nur die Niederlage des Drachen vor, sondern die Konsequenzen dieses Erfolgs. Ruhm, Vermögen – der König war beinahe fünfundsiebzig. Was würde er den Männern wohl geben, die seine Jugend wiederherstellen konnten?

Eine Dosis Vernunft half. »Wie ich es verstehe, haben die Alchemisten mit Laborgeräten gearbeitet und Dinge gekocht und destilliert. Wie im Namen des Himmels sollen wir Euren philosophischen Sulphur in irgendeine Art Trank zwingen, während er versuchen wird, uns alle bei lebendigem Leib zu verbrennen?«

»Ich habe nicht die geringste Ahnung«, sagte Andrews. Das Strahlen in seinen Augen ließ es Galen kalt den Rücken hinunterlaufen, selbst während die Möglichkeiten, die Andrews' Idee barg, ihn schneller atmen ließen. »Genau das, Mr. St. Clair, müssen wir uns ausdenken.«

DAS GRIECHISCHE KAFFEEHAUS, LONDON
14. Oktober 1758

Unter den meisten Umständen hätte Irrith die Chance genossen, mit dem Brot von jemand anderem in die Stadt zu gehen. Immerhin war jeder Bissen, den sie von jemand anderem erhielt, einer, der nicht aus ihren eigenen mageren Vorräten kam, und dann hatte sie einen ganzen Tag Sicherheit in der Welt oben.

Die meisten Umstände schlossen nicht Valentin Aspell und ein Treffen ein, von dem sie überhaupt nicht sicher war, dass sie daran teilnehmen wollte.

Sie nahmen gemeinsam eine Kutsche, was sie ihm viel näher brachte, als ihr lieb war. Das unangenehme Schweigen dauerte einige Minuten, ehe Irrith fragte: »Wollt Ihr mich keinen Eid schwören lassen?«

Seine dürren Augenbrauen hoben sich. »Einen Eid?«

»Niemandem hiervon zu erzählen.«

Aspell warf einen Blick aus dem Kutschfenster auf die dicht bevölkerten Straßen, die vorbeikrochen. »Dame Irrith, beleidigt nicht meine Intelligenz. Beim ersten Hinweis auf eine solche Bedingung würdet Ihr so weit vor mir weglaufen, wie Ihr könnt – und mit gutem Grund. Eide sind etwas für Verschwörer, die etwas zu verbergen haben. Die Leute, die Ihr heute sehen werdet, praktizieren einen Grad an Heimlichtuerei, ja, weil es leicht für jemanden wäre, unsere Worte gegen uns zu nutzen. Aber ich versichere Euch: Jene, die Ihr treffen werdet, sind nicht anders als Ihr.«

Sie rutschte nervös auf der schmutzigen Sitzbank herum. *Wenn sie nicht anders sind als ich ... dann bin ich nicht anders als sie.*

Aspell hatte ihr versichert, dass der Zweck dieses Treffens war, ein Mittel zu diskutieren, um den Onyxpalast sowohl gegen seinen Zerfall als auch gegen den Drachen zu schützen. Zugegeben, Wolken überzogen den Himmel über ihnen. Das Ritual hatte sein Werk getan. Das entledigte sie aber nicht der Bestie. Und es half nicht dabei, den Zerfall des Palasts umzukehren.

Deshalb das heutige Treffen. Irrith war nicht überrascht, als sie feststellte, dass es oben stattfand. Lune behielt beide Welten gut im Auge, aber es bestand keine Chance, dass sie London so genau beobachten konnte wie den Onyxpalast. Wenn Fae etwas heimlich tun wollten, standen ihre Chancen unter den Menschen besser, deren dicht gedrängte Masse alles, was sie taten, kaum bemerken würde. Deswegen ließ die Wahl Irrith grübeln. Aspell hatte ihr ein Stück Brot übergeben, ohne mit der Wimper zu zucken – nicht, dass er überhaupt oft mit der Wimper zuckte. Diese Art von Freigiebigkeit war nicht normal, besonders nicht heutzutage.

Sie dachte wieder an den Schwarzen Hund, der ihr auf ihrem Weg in die Stadt aufgelauert hatte. Hatte es weitere derartige Attacken gegeben? Falls ja, dann hatte Lune sie verschleiert. *Natürlich würde sie das, nicht wahr? Sie will nicht, dass irgendjemand erfährt, dass sie das Opfer nicht in Sicherheit halten kann.*

Ihr Magen vollführte schon einen nervösen Tanz, bevor sie an ihrem Ziel ankamen und sie feststellte, dass es ein weiteres verdammtes Kaffeehaus unter dem Zeichen der Griechen war. Ein ekelhaftes Getränk. Genau das, was ihre Nerven brauchten. Falls Aspell darauf bestand, dass sie etwas trinken sollte, würde sie wirklich weglaufen.

Sie saßen allerdings nicht an den Tischen. Aspell sprach kurz mit dem Besitzer, dann führte er Irrith in ein Zimmer im ersten Stock, wo ein Kohlenfeuer versuchte, die Luft aufzuwärmen, und sie hauptsächlich nur mit Rauch verpestete. Mehrere Leute warteten dort bereits. Offensichtlich Fae, die unter Zaubern versteckt waren, genau wie der Großsiegelbewahrer und sie selber. Es fühlte sich wie eine Verschwörung an, egal wie sehr Aspell auf ihren guten Intentionen beharrte.

Er zählte sie kurz und nickte. »Wir sind alle hier. Lasst uns anfangen.«

Das war alles? Irrith machte in dem Zimmer nur acht Personen aus, wenn sie sie beide nicht mitzählte. Andererseits wäre es zu verdächtig, wenn zu viele Fae gleichzeitig verschwanden. Zweifellos würden einige von diesen hier ihren Freunden Bericht erstatten. Und Aspell musste irgendwelche Mittel haben, jene zu identifizieren, die kamen, sonst konnte sich ein Spion unter sie mischen, ohne dass es irgendjemand bemerkte. Dafür war er zu schlau.

Sie wünschte, das Wort *Spion* wäre ihr nicht in den Sinn gekommen.

»Wir haben heute einen Neuankömmling unter uns«, sagte Aspell und deutete auf sie. Irrith freute sich über ihre Gewohnheit mit den männlichen Tarnzaubern – dann wurde sie unsicher. Alle im Onyxpalast wussten von dieser Gewohnheit. Hätte sie heute weiblich aussehen sollen? Zumindest war Aspell klug genug, das richtige Pronomen zu nutzen, als er sagte: »Ich habe ihn heute hergebeten, um uns zu erzählen, was er von der Königin gesehen hat.«

Blut und Knochen – sie hatte nicht erwartet, so schnell mit hineingezogen zu werden. Irrith stand auf, machte eine unbeholfene kleine Verbeugung und versuchte, sich einen guten Anfang einfallen zu lassen. »Äh ... die Königin. Sie ist ... Erst dachte ich, es liegt daran, dass sie müde ist. Und, wisst Ihr, das könnte von vielen Dingen kommen. Wir müssen nicht wie Sterbliche schlafen, aber die ganze Zeit zu arbeiten, wie sie es tut – das würde sogar einen Hauselfen erschöpfen.

Aber ich glaube nicht, dass es das ist. Sie ist müde, aber da ist auch noch etwas anderes.«

Irrith schluckte schwer. *Hauself* war ein weiteres Wort, an das sie nicht hätte denken sollen. Es beschwor ein Bild der Goodemeades herauf. Was würden sie sagen, wenn sie wüssten, dass Irrith heute hergekommen war?

Sie war aus einem bestimmten Grund hergekommen. Nicht wegen Aspell oder aus Enttäuschung über Lune und den Onyxhof. Nein, sie war hier, weil sie nicht sehen wollte, wie diese Dinge verloren gingen.

Irrith sagte: »Ich glaube, Ihre Majestät schwindet dahin.«

Als jene Worte draußen waren, war es leichter, fortzufahren. »Meine beste Vermutung ist, dass der Palast an ihrer Kraft zehrt, um sich selbst zusammenzuhalten. Nur ein wenig. Es ist schwierig, den Effekt zu sehen. Ich hätte ihn nicht bemerkt, nur dass ich ...« Sie fing sich, ehe sie etwas sagen konnte, das ihre Identität verraten hätte. »Es geht langsam. Aber wenn Ktistes keine Möglichkeit finden kann, es zu reparieren, und besonders wenn die Sterblichen weitere Teile abreißen ...« Irrith gestikulierte hilflos. »Es wird nur schlimmer werden.«

»Wie zwei Krüppel, die sich gegenseitig stützen«, sagte einer der Fae. »Es bewahrt beide davor, umzufallen, zumindest für eine Weile. Aber es heilt auch keinen von ihnen.«

»Die Königin ist nicht verkrüppelt«, sagte Irrith scharf, weil sie Lunes Hand für einen Moment vergessen hatte. *Das ist außerdem nur eine Hand.* »Und Ktistes hat die Funktion der Eingänge bereits wiederhergestellt, nachdem sie im Feuer verbrannt waren. Er ist klug. Er wird wahrscheinlich eine Möglichkeit finden, auch das hier zu reparieren.«

Aspell machte eine beruhigende Geste. Er hatte sich als Sekretär mit einem bleichen Gesicht getarnt, obwohl er vergessen hatte, Tintenkleckse an seine Finger zu machen. »Alle von uns sind hier, weil wir ein gemeinsames Ziel haben, und das ist der Erhalt des Onyxpalasts. Wenn der Zentaur unser Heim wieder in einen guten Zustand bringen könnte, wären wir alle zufrieden.

Aber das kann er nicht, weil das Fundament zu schlimm eingerissen ist. Die Herrscherin ist ihr Reich. Es kann nicht gesund sein, wenn seine Herrscherin dies nicht ist.«

»Hat irgendjemand versucht, Lune zu heilen?«, fragte Irrith.

Das rief um den Tisch herum Murren hervor. Zweifellos waren sie all das schon früher durchgegangen, vielleicht vor Jahren. Und sie hatte es gerade offensichtlich gemacht, dass sie, wer auch immer sie war, erst kürzlich in den Onyxpalast gekommen war – falls sie sich das nicht schon gedacht hatten.

»Also, *hat* man das?«

Der Mann am gegenüberliegenden Ende des Tischs sagte: »Es gab Gerede darüber, ihr eine Silberhand zu besorgen, wie diesem irischen König. Aber Silber macht einen nicht gesund.«

»Und außerdem«, fügte ein anderer an, »ist da die Eisenwunde. Man kann darüber reden, ihre Hand zu heilen, so viel man will, aber nichts heilt das, was einem Eisen antut.«

Nichts, was *sie* kannten. Irrith fragte sich, ob Abd ar-Rashid es tun konnte. Offenbar machte Eisen seiner Art nichts aus, und er sagte, dass er viel über Medizin wusste. Falls er die Königin heilen konnte, würde dieses ganze Problem verschwinden.

Aber würde es das wirklich? Irrith wusste ehrlich nicht, ob Lune zu heilen, irgendwie dazu beitragen würde, dem Onyxpalast zu helfen. Es mochte die Sanisten ihres besten Arguments gegen sie berauben, und das wäre schon etwas – aber die echten Unzufriedenen würden immer noch behaupten, dass Lune als Königin gescheitert sei, weil ihre erste Pflicht wäre, das Reich zusammenzuhalten.

Aspell sagte ruhig: »Da ist ein weiteres Problem.«

Das Gemurmel und Gestreite wurde leiser. Der Großsiegelbewahrer wartete, bis er völlige Stille hatte, abgesehen vom Lärm aus dem Kaffeehaus im Erdgeschoss, ehe er wieder sprach. »Der Drache.«

»Wir sind vor ihm versteckt«, sagte sofort jemand. »Oder nicht?«

Irrith verbiss sich ihre Antwort. Diese hätte ihre Identität wirklich verraten. Aspell zuckte mit den sehnigen Schultern. »Wir sind versteckt, ja. Und der Drache war gefangen. Und der Drache war verbannt.«

Und alles davon war letztlich gescheitert. Irrith wünschte, sie könnte sich an der Argumentation beteiligen, doch das Verstecken war ja ihre eigene Idee gewesen. Sie war sich von allen Leuten am besten bewusst, dass es vielleicht nicht halten würde.

Sie fragte: »Was hat das mit der Königin zu tun?«

Er legte seine Hände sorgfältig auf den Tisch und senkte den Kopf. Die Talgkerzen im Raum gaben nicht viel besseres Licht ab als das rauchende Feuer, doch trotz der Düsternis wirkte er eher erschöpft als sinister. Irrith wünschte nur, sie hätte sagen können, ob das eine einstudierte Pose war. »Ein unwillkommener Gedanke ist mir gekommen«, sagte Aspell. »Einer, den zu verwerfen, ich mich mächtig bemüht habe, aber er will nicht weggehen. Es ist meine große Hoffnung, dass wir irgendeine andere Verteidigung gegen diese Bedrohung finden. Ich möchte, dass niemand hier daran zweifelt. Wenn wir allerdings keine andere Antwort finden, dann müssen wir dies, unseren letzten, verzweifeltsten Ausweg in Betracht ziehen.«

Irriths Herz schlug mit jedem Wort, das aus seinem Mund kam, schneller. Ob er Böses im Sinn hatte oder nicht, sein Bedarf an einer solchen Vorrede konnte nichts Gutes bedeuten.

Der Großsiegelbewahrer seufzte schwer und fuhr fort. »Während die Königin in der Welt oben nach Antworten jagt, können wir uns nicht erlauben, unsere eigene Welt und die Lektionen, die sie uns lehrt, aus dem Blickfeld zu verlieren. Vor einigen Jahren hat sie sehr viel Zeit damit verbracht, um Rat aus anderen Ländern zu bitten, nach großen Drachen in deren Vergangenheit zu fragen und danach, was man getan hatte, um mit diesen umzugehen. Darin liegt, glaube ich, eine Antwort, die wir in Betracht ziehen müssen.«

»Jetzt sagt es schon«, fauchte Irrith, die unfähig war, die Verzögerung noch länger zu ertragen.

Er hob den Kopf und erwiderte ihr Starren. »Das Opfer einer Frau an den Drachen.«

Niemand sagte irgendetwas. Ein Kerl irgendwo unter Irriths Füßen schrie einem seiner Kumpane fröhlich etwas zu, bis sie nach unten rennen und ihm befehlen wollte, still zu sein. *Ein seltsamer Tag ist das, mit Feen oben und Sterblichen unten.*

Und ein noch seltsamerer Tag, Irrith aus dem Tal, weil du hier stehst und zuhörst, wie Valentin Aspell vorschlägt, Lune an den Drachen zu verfüttern.

Denn das musste es sein, was er meinte. »Ihr könnt das nicht ernst meinen«, sagte Irrith mit tauben Lippen.

»Sie wird den ganzen verdammten Palast mitnehmen!«, rief jemand anderer.

Der Großsiegelbewahrer streckte sich schnell mit erhobenen Händen. »Hört mir zu. Zuallererst sage ich Euch dies: *Ich habe nicht vor, irgendetwas gegen den Willen der Königin zu tun.*«

Das durchbrach die Schale aus Entsetzen, die Irriths Körper umfangen hatte. Ihr Herz, das stehen geblieben zu sein schien, sprang mit einem die Knochen erschütternden Satz wieder an. »Ich spreche nicht für einen Regizid«, fuhr Aspell fort, deutlich genug, dass Irrith einen Moment der Hoffnung widmete, dass irgendjemand etwas getan hatte, um zu verhindern, dass ihre Stimmen aus dem Raum drangen. *Regizid* war kein Wort, mit dem man in irgendeiner von beiden Welten leichtfertig herausplatzen sollte. »Aber lasst mich Euch meine Logik und den Handlungskurs, den ich vor uns sehe, erläutern.«

Wieder wartete er, bis sein Publikum still war. Als es so weit war, sprach er in einem leiseren Tonfall. »Der Drache hat einen Bissen Ihrer Majestät gekostet. Er kennt ihren Duft, wenn man so will.«

Irrith schüttelte den Kopf. »Er kennt den Duft des Onyxpalasts.«

»Gut, beide – allerdings so, wie ich es verstehe, dass der Drachen beide miteinander in Verbindung setzen kann. Und sicherlich, wie die Dinge jetzt stehen, *sind* sie verbunden. Der Verlust Ihrer Gnaden würde beinahe sicher den Verlust des Palastes bedeuten.«

Verlust. Ein delikates Wort, viel weniger hässlich als die beiden, die es ersetzte. *Tod. Zerstörung.*

»Allerdings«, sprach Aspell weiter, »wenn die Königin von ihrem Reich getrennt würde – also nicht länger die Königin wäre –, dann würde sie, glaube ich, immer noch das Interesse des Drachen auf sich ziehen, ohne den Palast in Gefahr zu bringen. Und auf diese Weise könnten wir vielleicht die Bestie von ihrem Ziel ablenken.«

Einige der acht Versammelten drückten sich nervös auf ihren Stühlen herum. Andere zeigten ein eifriges Strahlen, das Irrith überhaupt nicht gefiel. Einer der Nervösen sagte: »Was soll den Drachen davon abhalten, sie zu verschlingen und dann mit dem Rest von uns weiterzumachen?«

Der Mann neben ihm nickte. »Ich habe diese Geschichten auch gehört. Ein Jungfernjahr oder so etwas. So eine Beschwichtigung bedeutet keine Sicherheit. Sie gibt nur eine Atempause.«

»Wir könnten sie aber nutzen, um den Drachen zu fesseln«, sagte ein anderer. »Nicht nur ein Jahr, sondern fünfundsiebzig Jahre Sicherheit – oder sechsundsiebzig, oder wie lang auch immer.«

»Und wie viel hat uns mehr Zeit genützt? Die Königin hat diesen Kalenderraum gebaut, aber er hat ihr keine Antwort gegeben, oder?«

Weitere Stimmen erhoben sich, und die ganze Sache wurde zu einer Streiterei. Irrith hasste solche Diskussionen, aber ihr wurde bewusst, dass das hier von allem, was sie irgendjemanden vorschlagen gehört hatte, einem tatsächlichen Plan am nächsten kam. Es war schon Herbst. Der Komet würde im März seinen sonnennächsten Punkt erreichen. Das bedeutete, dass er sogar jetzt schon näher kam, und nur ein dünner Wolkenschleier schützte sie. Es war ja schön und gut zu sagen, dass die Naturwissenschaft sie retten würde, aber bisher schien sie keine wirkliche Lösung geliefert zu haben.

Die Opferung der Königin war vielleicht die einzige Option. *Und Lune würde es auch tun,* dachte Irrith. Die üblichen Argumente der Sanisten würden wohl auf taube königliche Ohren stoßen, aber der Drache konnte sehr wohl ein anderes Thema sein. Aspell musste gar nichts gegen den Willen der Königin vorhaben: Wenn die Bestie vor ihnen stand und sich keine andere Option präsentierte, dann würde sich Lune wohl freiwillig selbst opfern, zum Wohl ihres Volks.

Was genau das war, was Carline nie verstanden hatte. Egal welche Fehler Lune gemacht hatte, sie hatte die Interessen ihres

Hofs immer über ihre eigenen gestellt. Das war eine seltene Eigenschaft an einem Herrscher, Fae oder Sterblicher. Wem sonst konnte man zutrauen, dass er dasselbe tat?

»Wir werden heute hier nichts entscheiden«, sagte Aspell schließlich über den allgemeinen Lärm. »Wie ich gesagt habe, das ist vielleicht nur ein letzter Ausweg. Aber wir müssen die Möglichkeit im Kopf behalten.«

Er sah nacheinander jeden von ihnen an, während er dies sagte, und als Letzte von allen Irrith. Sie nickte unbeholfen, als sei ihr Kopf an einem Faden aufgehängt, der von irgendeinem unvorsichtigen Puppenspieler gezogen wurde. Ein Teil von ihr wünschte sich innig, dass sie nie an diesen Ort gekommen wäre, um zu hören, dass Lunes Tod vielleicht das Einzige war, was sie retten konnte.

Der Rest von ihr war froh, dass sie es getan hatte. Denn wenn es zu dieser verzweifelten Situation kommen sollte, würde Irrith sich der Königin vor die Füße werfen und flehen. Wenn Lune sie retten *konnte*, dann musste sie.

DER ONYXPALAST, LONDON
15. Oktober 1758

Für Sterbliche war Sonntag ein Ruhetag – oder sollte es zumindest sein. Lune wusste recht gut, dass viele von ihnen heutzutage außerhalb von London spazieren gingen oder weniger respektable Vergnügungen genossen. Galen musste jedoch in den meisten Fällen mit seiner Familie zur Kirche gehen, wie es viele Prinzen vor ihm getan hatten, und so hatte sie sich angewöhnt, ihre Sonntage mit Arbeit zu verbringen, die die sterbliche Welt nicht berührte.

Diese Woche waren dies die Anstrengungen, ihren Hofstaat vom Zerfallen abzuhalten. Nur wenige waren bisher fortgegangen, doch viele weitere planten, das zu tun. Lune brauchte keine Spione, um das zu erfahren. Die Umsichtigeren hatten ein Datum für ihre Abreise gewählt, das auf ihren Annahmen basierte, wann der Drache erscheinen würde. Die Sorgloseren – was die meisten von ihnen waren – dachten, dass sie fliehen konnten, wenn er auftauchte.

Sie hatte vor, Rosamund und Gertrude zu konsultieren, möglicherweise sogar heimlich hinauszuschleichen und zum *Rosenhaus* zu gehen. Unten zu bleiben, damit sich ihr Hofstaat wohlfühlte, drohte, sie wahnsinnig zu machen. Ehe sie jedoch Pläne schmieden konnte, ertönte ein Klopfen an ihrer Tür. »Herein«, rief Lune.

Es stellte sich als ihre Zofe Nemette heraus, die knickste. »Euer Gnaden, entschuldigt die Unterbrechung. Lord Valentin wünscht Euch zu sprechen.«

Gute Neuigkeiten oder schlechte? Nemette konnte diese Frage nicht für sie beantworten. »Schickt ihn herein.«

Der Gesichtsausdruck des Großsiegelbewahrers verriet ihr nicht mehr als ihre Kammerzofe. »Es tut mir leid, Euch mit etwas zu stören, das vielleicht ein sinnloses Gerücht ist, Eure Majestät, aber ...«

Sie winkte ihn an den restlichen Höflichkeitsfloskeln vorbei. Wenn es wichtig genug war, dass er sie aufsuchte, statt auf eines ihrer normalen Treffen zu warten, dann würde sie zuhören.

»Es kann sein«, sagte er, »dass die Sanisten eine ... politischere Lösung für ihre Sorgen in Betracht ziehen, als wir dachten.«

Jetzt verstand sie seine Ambivalenz. Eine »politische« Lösung konnte eine gute Nachricht sein oder nicht. »Von welcher Art?«

»Sie suchen einen Thronfolger für Euch.«

Seine Wortwahl ließ sie innehalten. Jene, die die Macht ohne Erlaubnis übernahmen, wurden gewöhnlich »Thronräuber« genannt. Seine Formulierung deutete etwas Legaleres an. Sofern ein solches Wort für ein Feenreich genutzt werden konnte, wo die Gesetze chaotisch waren, falls sie überhaupt existierten.

Aber ihr Reich hatte mehr Gesetze als die meisten anderen. Und während Feenmonarchen selten ihre Erben designierten, wie es die Sterblichen taten – immerhin konnten sie theoretisch ewig herrschen –, war das hier kein absurder Gedanke.

»Wie habt Ihr davon erfahren?«

Aspell breitete die Hände aus. »Gerüchte aus vierter Hand, fürchte ich. Es kann wohl völlig falsch sein. Aber ich glaube, dass es gestern eine Versammlung der sanistischen Kabale gab. Irgendwo oben.«

Lune legte die Feder beiseite, die sie immer noch hielt, und starrte finster den Fleck an, wo sie getropft hatte. »Wo erwarten sie, diesen Thronfolger zu finden?«

»Nicht Lady Carline – ich bitte um Verzeihung, die ehemalige Lady –, wenn es das war, woran Ihr gerade gedacht habt, Madam. Möglicherweise anderswo in England. Irgendeinen Feenmonarchen, mit dem man Euch überzeugen könnte, vielleicht ein Bündnis zu schließen, und der mit der Zeit hier herrschen würde.«

Als sei sie eine sterbliche Königin, die heiratete und ihrem Gatten die Macht übertrug. Lune reinigte ihre Feder, um ihren Händen etwas zu tun zu geben, während sie nachdachte.

Aspell wartete, dann sagte er feinfühlig: »Madam, ohne dass ich den Sanisten in irgendeiner Weise recht geben möchte ... wäre es nicht vielleicht eine weise Wahl, irgendwelche

Vorkehrungen für Euren Hof zu treffen? Falls es so weit kommen sollte, dass ...«

Er beendete den Satz nicht, denn sie ließ ihn mit einem finsteren Funkeln verstummen. »Erinnert Ihr Euch an Elisabeth Tudor? Auch sie hatte Ratgeber, die sie drängten, einen Erben zu benennen, und auch sie widerstand. Weil sie wusste, dass sie in dem Augenblick, wo sie die Thronfolge verkündet hätte, ihre Stellung geschwächt hätte. Andere hätten angefangen, zum nächsten Monarchen zu blicken, und sie wäre ...«, Lune schürzte die Lippen, »... entbehrlich geworden.«

Sie hörte, wie er langsam Luft holte. Wäre er ein anderer als Valentin Aspell gewesen, hätte sie gesagt, dass er so sein Temperament beruhigen wollte. »Ich erinnere mich an sie«, sagte der Großsiegelbewahrer. »Und ich erinnere mich auch an die Unsicherheit, unter der ihr Volk litt, als es sich fragte, was aus ihm würde, wenn sie fort wäre, und die Intrigen, die daraus resultierten.«

»Ja, gut, anders als Elisabeth Tudor habe ich die Option, ewig zu leben.« Lune stapelte ihre Papiere und stand auf. »Wenn man an irgendwelche meiner Mitmonarchen herantritt, werde ich davon hören. Inzwischen fahrt mit Eurer eigenen Arbeit fort und belästigt mich nicht mehr mit Gerede über einen Thronfolger.«

LEICESTER FIELDS, WESTMINSTER
24. Oktober 1758

Galen erwartete eine Predigt, als er zur Vordertür seines Hauses hineinkam. Oder zumindest einen Ruf ins Studierzimmer seines Vaters. Er konnte kaum davon ausgehen, dass der Mann im Treppenhaus auf die Rückkehr seines missratenen Sohnes wartete. Besonders wenn diese Rückkehr in letzter Zeit so unvorhersehbar geworden war. Aber der Diener nahm seinen Mantel und Hut ohne Kommentar und ließ ihn seinem Leibdiener die Treppe hinauf folgen. »Mach einfach das Bettzeug fertig, Edward«, sagte er mit einem Gähnen. »Ich brauche Schlaf dringender als Essen.« Und wenn es kaum Sonnenuntergang war, er scherte sich nicht darum. Galen konnte sich nicht an das letzte Mal erinnern, als er richtig geschlafen hatte.

Als seine Gedanken von weichen Kissen und warmen Decken erfüllt waren und er der befürchteten Bedrohung durch seinen Vater entkommen war, wähnte Galen sich in Sicherheit. Er war völlig unvorbereitet, als die Tür neben seiner eigenen aufgerissen wurde und Cynthia herauskam, nur in Unterkleid und Korsett, während ihr eine entsetzte Jenny hinterherlief.

»*Da* bist du«, rief seine Schwester und packte ihn am Arm. »Wir müssen reden.«

Sie zerrte ihn in sein eigenes Zimmer, ehe er die Gelegenheit hatte, irgendetwas zu sagen. »Raus«, befahl sie Edward, der, das musste man ihm anrechnen, lange genug standhielt, um auf Galens Nicken zu warten. Dann scheuchte sie das Hausmädchen, das die Augen weit aufriss, ebenfalls hinaus und schloss die Tür hinter ihnen beiden.

Cynthia ließ los, sodass Galen mitten in seinem Zimmer stehen blieb. »Cyn, was stimmt nicht?«

»Das kannst du mir besser erklären als ich«, antwortete sie. »Wo bist du *gewesen*?«

Sein Vater war nicht der Einzige, der fähig war, seine Abwesenheit zu bemerken. Bis jetzt aber war Charles St. Clair der Einzige gewesen, der darüber geschimpft hatte.

Galen sank erschöpft auf einen Stuhl. Es stimmte, in letzter Zeit war er nicht viel daheim gewesen. Zu viel Zeit im

Onyxpalast – vielleicht mehr, als gut für ihn war –, aber was konnte er sonst tun, wenn ihnen die Zeit davonlief? Wäre es nicht um die elf Tage gewesen, die verstreichen würden, hätte er schon lange sein Glück mit dem Kalenderraum versucht. Abd ar-Rashid war gerade dort drinnen. Es sollte Dr. Andrews sein, der die Sache mit dem Stein der Weisen überhaupt vorgeschlagen hatte, aber sein Gesundheitszustand erlaubte das nicht. Wenn der Dschinn herauskäme, hoffte Galen, dass sie eine Möglichkeit haben würden, um Andrews' verrückten alchemistischen Traum in die Tat umzusetzen.

Nichts davon konnte er Cynthia erzählen. »Deine Freunde sind gestern vorbeigekommen«, sagte sie. »Mr. Hurst, Mr. Byrd und Mr. Mayhew. Sie haben gesagt, dass du seit Wochen nicht in deinem Club warst – und auch ihre Briefe nicht beantwortet hast.« Sie nickte zu seinem Schreibtisch, auf dem ein ganzer Stapel ungeöffneter Briefumschläge lag, die er nicht bemerkt hatte. »Ich hatte gedacht, dass du vielleicht mit ihnen feierst, ein letztes bisschen Junggesellen-Ausgelassenheit, bevor du dich mit Miss Northwood häuslich niederlässt ... Das würde dir nicht ähnlich sehen, egal, was Vater glaubt, aber vielleicht hättest du beschlossen, es zu versuchen. Offensichtlich jedoch nicht. Galen, wo bist du gewesen?«

Das war das zweite Mal, dass sie gefragt hatte. *Ein drittes Mal, und ich werde antworten müssen,* dachte er vage. *Wie eine Fee.* Nicht, dass dies auf Feen zutraf, zumindest hatte er es nicht bemerkt. Aber vielleicht waren einige von ihnen auf diese Art gebunden. Es waren schon seltsamere Dinge passiert.

»Oh Gott«, stöhnte er und vergrub sein Gesicht in den Händen. »Ich kann nicht einmal klar denken. Cynthia, meine Liebe ... es tut mir leid.«

Sie sank auf dem Teppich vor ihm auf die Knie und nahm ihn mit einem sanfteren Griff, als sie zuvor genutzt hatte, an den Handgelenken. »Du musst dich nicht entschuldigen! Mutter wäre beinahe über den Mond gesprungen, als du Delphia den Antrag gemacht hast. Du könntest ihr Boudoir anzünden, und sie würde es dir verzeihen. Sogar Vater kümmert sich kaum darum, was du tust, solange du zum Altar marschierst und am anderen Ende einen Scheck von Mr. Northwood einsammelst. Aber ich mache mir *Sorgen* um dich. Wann war das letzte Mal, dass du geschlafen hast?«

Er hätte dies nicht beantworten können, wenn er gewollt hätte. Es war im Onyxpalast gewesen, und er hatte, während er dort war, nicht oft auf seine Taschenuhr geblickt. »Ich hatte vor, jetzt ins Bett zu gehen«, sagte er und hob den Kopf, sodass er zu seinem Kissen nicken konnte. Edward war halb damit fertig geworden, das Bettzeug vorzubereiten, und eine Pfanne mit Kohlen wurde im Kaminfeuer für ihn aufgewärmt.

»Ich werde dich nicht lang aufhalten«, versprach Cynthia. »Aber glaube nicht, dass ich nicht bemerkt habe, wie du meiner Frage ausweichst.«

Zum Glück stellte sie sie kein drittes Mal. Feenschwäche hin oder her, er war nicht sicher, ob er klar genug bei Verstand gewesen wäre, um ihr eine kluge Antwort zu geben. »Ich habe mich um Geschäfte gekümmert«, sagte Galen nach einem Augenblick.

»Spielschulden?«

»Nein!« Er starrte sie entsetzt an, und sie lächelte entschuldigend und strich ihm über den Arm. Galen wünschte, sie hätte den anderen Arm gewählt. Seine immer noch heilende Prellung schmerzte unter ihrer Hand. Er kontrollierte jedoch den Impuls, zusammenzuzucken, um sie nicht dazu zu bringen, über seine angebliche Begegnung in Covent Garden nachzudenken und ob diese wohl etwas mit seinen »Geschäften« zu tun hatte.

Galen nahm ihre Hand in seine und sagte: »Cyn ... Das wird noch eine Weile so weitergehen, befürchte ich. Es ist aber in Ordnung. Ich muss mehr schlafen – damit hast du recht –, und ich verspreche, dass ich das versuchen werde.« Sein Magen knurrte peinlich laut, und er lachte. »Außerdem mehr essen. Ich vergesse manchmal zu essen.«

»Bis du heiratest, wirst du spindeldürr sein«, sagte sie tadelnd. »Du wirst halb der Mann sein, den Delphia heiraten wollte.«

Delphia. Galens Grinsen entglitt ihm. »Ich werde mich vor der Hochzeit mästen. Fett und gichtig, genau wie Vater.« Sie boxte ihn ins Knie. »Aber ganz ernsthaft ... danke.«

»Wofür?«

»Weil du dich sorgst.« Der Schlafmangel brachte ihn zu leicht den Tränen nahe. Er kämpfte gegen den Drang an, obwohl sein Blickfeld etwas verschwamm. »Wie du gesagt hast, alles, worum sich Vater sorgt, ist Delphias Mitgift. Und Mutter ist nicht hier, um sicherzustellen, dass ich esse und schlafe. Du bist es. Und darüber bin ich froh.«

Cyn streckte sich auf den Knien, sodass sie ihn leichter umarmen konnte. Galen legte seine Wange an ihr Haar. Sie war seine Lieblingsschwester, war es schon immer gewesen und das Einzige, was er vermissen würde, wenn Delphia und er ihren eigenen Haushalt einrichteten.

»Du solltest dich besser um dich selbst kümmern«, sagte sie an seiner Schulter. »Oder ich verfolge dich mit einem Teller in einer Hand und einem Kissen in der anderen.«

Neues Gelächter stieg in ihm auf. »Das werde ich.«

Und danke, liebe Schwester, für den Gefallen, den du mir unbewusst getan hast. Dieser Überfall von Cynthia, die sich um sein Wohlergehen sorgte und wegen seiner Abwesenheit neugierig war – er legte die Frage bei, die sein Herz seit Mai gequält hatte.

Er wollte nicht, dass Delphia unter solchen Zweifeln litt.

Mit seinem Vorrecht als Prinz würde er Miss Delphia Northwood vom Onyxpalast erzählen.

Erinnerung: 9. November 1756

Die Bibliothek der Fae war ein Wunder. Galen lachte über den Gedanken. *Alles* an diesem Ort war ein Wunder. Es war mehr als ein Jahr her, seit er Zugang zum Onyxpalast bekommen hatte, und er japste immer noch wie ein Landadliger, der zum ersten Mal nach London kam, und war von jedem neuen Wunder neu erstaunt.

Niemand konnte es ihm jedoch in diesem Fall verdenken. Die Regale erhoben sich auf drei Ebenen um ihn herum, von Silberbalkonen und Leitern aus Elfenbein gesäumt, ein Tempel für das geschriebene Wort. Sicherlich war nicht einmal die große Bibliothek von Alexandria so grandios gewesen. Er sah Werke auf Griechisch und Latein, Französisch und in fremderen Sprachen – und dann, als wollte man ihn zurück auf die Erde holen, bevor seine Gedanken *zu* luftig würden, Regal über Regal an gewöhnlichen Romanen, einschließlich aller dreiundzwanzig Bände von La Calprenèdes *Cléopâtre* und etwas, das aussah wie die gesammelten Werke von Mademoiselle de Scudéry.

»Romane sind bei den Fae sehr populär.«

Er hätte jene klare, melodische Stimme mit verbundenen Augen erkannt. Galen drehte sich um und verbeugte sich tief vor der Königin des Onyxhofs. »Euer Gnaden. Ich habe Euch nicht hereinkommen hören.«

Sie bewegte sich wie ein Geist und trat in der Stille der Bibliothek unhörbar näher. Es waren andere hier drin gewesen, als er eingetreten war – eine irische Lady, die er schon früher gesehen hatte, ein sterblicher Mann, der der Hausmeister an diesem Ort zu sein schien –, aber sie waren verschwunden und hatten ihn mit der Königin allein gelassen.

Die in ihrem weißen Kleid wirklich geisterhaft aussah. Sie trug es aus Trauer, das wusste er. Schwarz war in diesem dunklen Reich eine zu gewöhnliche Farbe, als dass es die Bedeutung haben konnte, die Sterbliche ihm zuwiesen. Gerüchte bei Hof besagten, dass sie es tragen würde, bis sie einen Prinzen gewählt hätte, um den zu ersetzen, der kürzlich gestorben war. Galen wusste nicht, was Lord Hamilton zugestoßen war. Gerüchte hatten darüber sehr viel zu sagen, aber nichts davon passte zu irgendetwas vom Rest. Der Mann war monatelang nicht gesehen worden, außer von Lunes engsten Ratgebern, und dann hatte sie dem Hofstaat eines Tages erklärt, dass er gestorben war.

Die Königin gab ihm einen Wink, ihr zu folgen, und führte ihn von den Romanen weg zu einem der Tische in der Mitte der Bibliothek. Jemand hatte einen Stuhl verrückt, sodass er dem freien Teppich zugewandt stand, und hier setzte Lune sich, und ihre weißen Röcke schwebten nach unten wie eine Wolke. Da stand kein Stuhl für Galen, aber er hätte sich ohnehin nicht wohlgefühlt, wenn er einen genommen hätte. *Sie ist auf der Suche nach mir hergekommen. Warum?*

Als er zum ersten Mal in den Onyxpalast gekommen war, hatte er sich glücklich geschätzt, aus der Ferne einen Blick auf die Königin zu werfen. Er nahm sooft er konnte an ihren

Hofaudienzen teil, einfach weil sie ihm die Chance gaben, sie zu beobachten, königlich wie die Herrschaft selbst, wenn sie auf ihrem gewaltigen Silberthron saß. In den letzten paar Monaten jedoch war sein Glück über alle Maßen gewachsen: Man hatte ihn eingeladen, ihr im kleineren Thronsaal Gesellschaft zu leisten oder sie während eines müßigen Spaziergangs im Nachtgarten zu eskortieren. So hatte er herausgefunden, dass ihr Verstand so großartig war wie ihre Schönheit und sich oft unterschiedlichen Themen zuwandte, von Großbritanniens Streit mit Frankreich bis zur Rezeption der neuesten Oper. In der Tat hatte er genau so die Bibliothek entdeckt. Der Leibdiener des Prinzen, Edward Thorne, hatte ihm erzählt, dass dort viele Zeitungen und Magazine zu finden waren. Wenn Galen das Interesse der Königin behalten wollte, musste er weitläufiger lesen, als sein begrenztes Taschengeld erlaubt hätte.

Nun das – eine Privataudienz ...

Sie sagte ohne Umschweife: »Mr. St. Clair, ich bin heute hergekommen, um etwas zu sagen, das wie ein großzügiges Angebot wirken mag. Ich versichere Euch, das ist es nicht. Nennt es eher einen Gefallen – einen, um den ich Euch zum Wohl meines Hofes bitten muss.«

Er träumte, ganz sicher. Gott wusste, er hatte viele Male davon geträumt: Lune, die zu ihm kam, irgendeine Tat, die nur er vollbringen konnte, und dann ihre Dankbarkeit ... Beschämung und Überraschung ließen ihn seine Antwort stammeln. »Alles für Euch ... das heißt, alles, was ich für Euch tun kann, Madam, werde ich ohne Zögern tun.«

Ihr silberner Blick war ernst. »Nein, Mr. St. Clair. Ich möchte, dass Ihr zögert, denn ich will, dass Ihr dies mit aller nötigen Sorgfalt überdenkt. Ich bin gekommen, um Euch den Titel und das Amt des Prinzen vom Stein anzubieten.«

Es *war* ein Traum. Galen hätte sich gekniffen, nur dass er nicht aufwachen wollte.

»Ihr kennt die Bedrängnis, die diesem Reich droht«, fuhr die Königin fort. »Egal welcher Prinz an meiner Seite steht, er wird in Gefahr sein. Er kann ihr nicht entkommen. Aber ohne einen Prinzen bin ich geschwächt. Der Onyxpalast braucht sowohl eine Herrin als auch einen Herrn. Ich habe Euch gewählt, um Lord Hamilton zu ersetzen, aber die letzte Entscheidung ist Eure. Wenn die Bürde, die ich Euch auferlegen würde, zu groß ist, steht es Euch frei, Euch zu weigern.«

Mit jedem Wort, das sie aussprach, wurde ihm die Realität stärker bewusst. Dies war kein Traum. Sie war wirklich hier, und er auch, und sie wollte, dass er Prinz vom Stein wurde.

Ich bin dafür nicht geeignet.

Er hatte Lord Hamilton gesehen. Ein Gentleman um die Vierzig mit einem scharfen Verstand und guten Verbindungen in der Gesellschaft. Genauso sollte ein Prinz sein. Nicht der zwanzigjährige Sprössling einer verarmten Familie, der kaum ein Jahr im Onyxpalast gewesen war.

Ein Bruchstück davon musste seinen Lippen entglitten sein, denn Lune lächelte. Es war der erste fröhliche Ausdruck, den er seit Lord Hamiltons Tod in ihrem Gesicht gesehen hatte. »Ihr wärt wohl überrascht zu hören, dass Ihr bei Weitem nicht der frischeste Neuankömmling seid, der auf diese Weise befördert wurde. Andere Prinzen hatten schon weniger Zeit. Und sie haben sich sehr gut geschlagen.«

Aber sicher waren sie besser vorbereitet! Er schaffte es, sich diese Antwort zu verbeißen. Unter keinen Umständen durfte er zulassen, dass die Königin von seinen Zweifeln erfuhr. Aber wenn er sich Sorgen *darüber* machte ... dann hatte er sich bereits entschlossen.

Vorbereitet oder nicht, geeignet oder nicht, Lune war gekommen, um ihn um einen Gefallen zu bitten. Er hätte sich den linken Arm abgeschnitten und ihn ihr gegeben, wenn sie ihn darum gebeten hätte. Das hier konnte er auch tun.

Verspätet sank Galen auf ein Knie. Die saphirbesetzte Spitze ihres Schuhs lugte unter dem Saum ihrer Röcke hervor, und darauf heftete er seinen Blick. »Euer Gnaden, alles, was ich bin, alles, was ich habe, und alles, was ich tun kann, steht zu Eurer Verfügung, jetzt und für immer. Wenn Ihr mich als Euren Prinzen wollt, dann kann ich nichts anderes tun, als anzunehmen.«

Und beten, dass ich dich nicht enttäusche.

DER ONYXPALAST, LONDON
30. Oktober 1758

Der sechzehnte Entwurf von Galens geplanter Rede vor Delphia flog zu seinen fünfzehn Vorgängern ins Feuer. Wie ging man vor, um seiner zukünftigen Frau zu erzählen, dass man sich mit Feen herumtrieb?

Er war froh, als er von Edward Thorne gerettet wurde, der an der Tür seines Studierzimmers klopfte. »Der Dschinn ist hier, um dich zu sehen«, sagte sein Kammerdiener.

Er schoss von seinem Stuhl. »Bring ihn herein.« Als Abd ar-Rashid an Edward vorbeiging und einen Stapel Papiere dabeihatte, fügte Galen an: »Oh, und ruf Dr. Andrews her ...«

Der Dschinn hielt eine Hand hoch, um ihn zu unterbrechen. »Wenn ich bitten darf, oh Prinz, würde ich gerne zunächst mit Euch sprechen. Allein.«

Der Diener blieb stehen und sah seinen Herrn an. »Also gut. Dann Kaffee, Edward. Mein Lord, bitte, setzt Euch.«

Er fragte nicht, wie lange der Dschinn im Kalenderraum gewesen war. Wenige wollten danach darüber sprechen, ob es ein Monat oder zehn Jahre gewesen waren. Galen fragte einfach: »Ist es möglich?«

»Das kann man nicht wissen, Lord Galen, ohne das Werk direkt zu versuchen. Aber ja – ich glaube, dass es möglich ist.«

Der Stein der Weisen. Galens Herz setzte einen Schlag aus. »Wie?«

Abd ar-Rashid stand auf und ging zu einem nahen Tisch, dann sah er Galen um Erlaubnis fragend an. Auf sein Nicken trug der Dschinn den Tisch zu ihren Stühlen herüber, sodass er seine Papiere ausbreiten konnte, wo beide sie sehen konnten. Diagramme und Notizen in mehreren Sprachen bedeckten sie, die von Englisch über Latein und Griechisch bis zum unverständlichen Kritzeln von Arabisch reichten. »Die ultimative Intention«, sagte Abd ar-Rashid, »ist, was Eure Alchemisten die ›chemische Hochzeit‹ nannten. Dies ist, laut der Schriften von Jabir ibn Hayyan, die Vereinigung von philosophischem Sulphur mit philosophischem Mercurium: zwei reine Gegensätze, die miteinander versöhnt werden und Perfektion herstellen.«

Sein Englisch hatte sich verbessert. Hatte der Araber wirklich Zeit und Aufmerksamkeit in jenem Raum verwendet, um seine Beherrschung der Sprache zu verbessern? Es machte für jene, die draußen warteten, keinen Unterschied, und sicher gab es genug Tage zu entbehren, aber es sprach Bände über die Hingabe des Dschinns für sein Ziel. »Und diese Perfektion ist der Stein der Weisen«, sagte Galen.

»Ja. Gewöhnlich beginnt der Alchemist mit einer Basissubstanz, der *Prima materia*, und diese unterzieht er in seinem Labor vielen Prozessen – von Kalzinierung bis hin zum

Gefrieren.« Der Dschinn deutete auf eine Liste auf der zweiten Seite. »Er tut dies, um sophischen Sulphur und sophisches Mercurium in ihrer Reinform zu erhalten. Reinheit ist notwendig: Ohne sie hat man dieselbe korrupte Materie, aus der alle Metalle bestehen, statt des Steins der Weisen.«

»Aber wir arbeiten nicht mit Metallen.«

»Nein. Und deshalb wollte ich unter vier Augen mit Euch sprechen.« Abd ar-Rashid setzte sich wieder auf seinen Stuhl und faltete seine Hände wie zum Gebet. Wie ein Christ zumindest. Der Dschinn ging regelmäßig nach oben, um seine angesetzten Gebete auszuführen, fünfmal am Tag, aber Galen hatte ihn nie dabei beobachtet. Er hatte ohnehin seine Schwierigkeiten, sich vorzustellen, dass diese Kreatur sowohl ein Fae als auch ein Verehrer Gottes sein konnte – wenn auch des mohammedanischen Gottes.

Trotz der detaillierten Notizen vor ihm schien Abd ar-Rashid Probleme zu haben, seine Bedenken zu artikulieren. »Die Idee von Dr. Andrews ist, dass der Drache sophischer Sulphur ist. Ich denke, er hat wohl recht. Dies erlaubt uns, die Arbeit der Purifikation zu umgehen – zumindest für diese eine Substanz. Aber man braucht auch sophisches Mercurium.«

Sein Widerstreben war offensichtlich, der Grund dafür nicht. »Das ist eine Herausforderung«, gestand Galen ein, »aber mit dem Kalenderraum, der uns zur Verfügung steht, bin ich sicher, dass wir die Zeit haben, um über eine angemessene Quelle nachzudenken...«

Der Araber starrte noch finsterer drein. »Das habe ich bereits getan, Lord Galen. Aber ich fürchte, die Antwort ist keine, die Ihr hören wollt.«

Galen erstarrte. Nach einem Augenblick sagte er: »Ihr müsst keine Vergeltung von mir fürchten, Lord Abd ar-Rashid, für nichts, was Ihr sagt. Erzählt mir, was Ihr wisst, und wir machen von dort aus weiter.«

Der Dschinn sagte: »Eure Königin.«

Es war eher unerwartet als beleidigend. Galen hatte gerade an die Themse gedacht. Man erzählte, dass sie das Heim eines alten Gottes sei, der in den Tagen des Großen Feuers den Drachen zurückgedrängt habe. Aber seither hatte niemand mit Vater Themse gesprochen außer vielleicht den Flussfae, und vielleicht nicht einmal sie. »Braucht man keinen Wassergeist?«

»Wasser und Erde sind die Elemente, die mit sophischem Mercurium assoziiert werden, ja. Aber es ist auch andere Dinge: feminin, zum Beispiel. Und auch das hier.« Abd ar-Rashid reichte ihm mit einer Verbeugung ein weiteres Papier. Es enthielt eine Skizze, die mit großer Genauigkeit von irgendeinem alten Holzschnitt kopiert war und einen Mann und eine Frau in prächtiger Kleidung zeigte, die sich an der Hand hielten. Die Symbolik der beiden Gestalten war eindeutig. »Wie philosophischer Sulphur der Sonnenkönig ist, so ist Mercurium die Mondkönigin.«

Lune. Sie nannten sie eine Tochter des Mondes. Bei allem, was Galen wusste, war es buchstäblich wahr. Sie sah jedenfalls so aus. Abd ar-Rashid hatte recht. Das war keine Antwort, die Galen hören wollte. »Sie hat bereits einmal gegen den Drachen gekämpft, Sir, und wurde dabei schwer verwundet. Aber nein – wir sprechen nicht vom Kämpfen, nicht wahr? Also wollt Ihr ...« Es erstarb in seiner Kehle.

Abd ar-Rashid sagte: »Wie ich es verstehe, wurde sophischer Sulphur gewonnen, indem das Herz des Drachen aus seinem Körper geschnitten wurde. Die naheliegende Antwort wäre, sophisches Mercurium auf dieselbe Art zu gewinnen.«

Galen legte das Papier überaus sorgfältig weg. »Naheliegend vielleicht – aber nicht akzeptabel.« Er hatte versprochen, den Dschinn für seine Worte nicht zu bestrafen. Daran musste er sich halten. Egal was er in seinem Inneren empfand.

Abd ar-Rashid hielt beschwichtigend eine Hand hoch. »Und genau deshalb habe ich darum gebeten, unter vier Augen mit Euch zu sprechen, Lord Galen. Andere werden darüber nachdenken. Das Bild der Mondkönigin ist in der europäischen Alchemie weit verbreitet. Niemand kann sich mit dem Thema beschäftigen, ohne es zu finden. Und die Verbindung zu Ihrer Gnaden ist klar. Wenn es nicht zu anmaßend ist, dass ich das sage: Seid sehr vorsichtig, mit wem Ihr diesen Plan teilt.«

Die Tür öffnete sich, und Galen fuhr beinahe aus der Haut. Aber es war nur Edward, der das Tablett mit Kaffee und Tassen hereinbrachte. Galen schickte den Leibdiener hinaus und schenkte für sich und den Dschinn ein, weil er den Kaffee brauchte, um seine eigenen Hände zu beruhigen. »Danke«, murmelte er aus reiner Gewohnheit. »Das werde ich. Also vorsichtig sein. Ihr habt gesagt, dass dies eine Sache aus der europäischen Alchemie ist – bietet die arabische Praxis eine Alternative?«

»Wenn sie dies täte, hätte ich sie Euch bereits präsentiert«, sagte der Dschinn mit offensichtlichem Bedauern.

Dann würden sie ihre eigene Alternative finden müssen. Irgendeine andere Quelle für das Mercurium, oder eine Möglichkeit, es zu gewinnen, ohne Lune zu schaden. Sicherlich musste es irgendetwas geben.

Galen verbrannte sich die Zunge am Kaffee, zischte vor Schmerz und stellte ihn ab. »Darf ich diese Papiere sehen?« Abd ar-Rashid überreichte sie mit einer Verbeugung. Ein kurzes Durchblättern sagte ihm sehr wenig. Sein Latein und

Griechisch waren noch eingerosteter als sein Französisch, und das Arabisch überstieg seine Kenntnisse völlig. »Übersetzt diese bitte für mich. Die Originale werden wir unter strengster Sicherheit aufbewahren. Meine Kopie wird nur sehr wenigen gezeigt werden.«

»Dr. Andrews?«

Der Mann hegte solche Hoffnungen für diesen Plan. Galen konnte es ihm nicht verdenken. Der Stein der Weisen heilte angeblich Krankheiten. Einschließlich, vielleicht, Schwindsucht. Aber unter keinen Umständen würde Galen erlauben, dass Lune zu Schaden käme. »Ich werde es ihm selbst erzählen. Die Königin wird entscheiden, was wir dem Hof insgesamt sagen.«

Der Dschinn verbeugte sich erneut und nahm die Papiere zurück. »Ich vertraue auf Eure Weisheit, Lord Galen.«

DER ONYXPALAST, LONDON
31. Oktober 1758

Nach ihrem Besuch im griechischen Kaffeehaus schämte Irrith sich, als ihr für den Ausritt am Allerheiligen-Vorabend eine Position unter den Hofdamen der Königin angeboten wurde.

Es war eine uralte Tradition. Nicht einmal die Bedenken der Sanisten, dass es nicht sicher sei, wenn Lune sich aus dem Onyxpalast entfernte, konnten ihr ein Ende machen. Der Allerheiligen-Vorabend war eine der großen Nächte ihres Jahres, und Lune hatte Pflichten, denen sie nachkommen musste. Sie einem anderen zu übertragen, würde nur mehr Panik verursachen, als es ihre Abwesenheit aus dem Palast je konnte.

Mit der Königin zu reiten, war der heilige Teil der Tradition, falls dieses Wort für eine Feenaktivität genutzt werden konnte.

Andere am Onyxhof würden ihre eigenen, raueren Vergnügungen finden. Dies war der dunkle Spiegel zum sanften Fest an Mittsommer. Schwarze Dinge würden heute Nacht geschehen, Schrecken und Horror und Spuk, bei denen die Goblins vom Hof die Führung übernahmen. Aber während sie sich auf den Straßen vergnügten, würden Lune und ihre Begleiter oben reiten und die Geister der Toten sammeln.

Der Haarige How, der Lordschatzmeister, verteilte Brot an alle. Irrith aß ihres langsam und fühlte das sterbliche Gewicht auf ihrer Zunge. Solche Arbeit steckte in ihm: der Bauer auf seinem Feld, der das Getreide pflanzte und erntete, der Müller, der es zu Mehl mahlte, die Hausfrau auf dem Land, die es zu Brot mischte und knetete und buk. Oder vielleicht war dies einer von den Laiben, die Dr. Andrews opferte, auf einem Marktplatz in London gekauft oder von einem Straßenverkäufer von Haus zu Haus getragen. So viele Menschen, die sich so viel Arbeit machten – und wie viele von ihnen wussten von den Fae, die das Ergebnis essen würden?

Einige mehr, falls sie heute Nacht im richtigen Augenblick nach oben schauten. Aber grandiose Feenspektakel waren seit den Puritanern aus der Mode gekommen. Selbst jetzt war es nicht weise, zu viel Aufmerksamkeit zu erregen, wenn die Leute sonntags auf dem Land spazieren gingen statt in die Kirche. Sie würden reiten, weil die Fae den Toten einen Dienst schuldeten, nicht weil sie ihre Präsenz in London verkünden wollten.

»Heute Nacht hast du eine weitere Gelegenheit, mein Reittalent zu verspotten.«

Irrith erschrak. Weil die Königin selten ohne ein Heer an Bediensteten irgendwo hinging, war es leicht zu vergessen, dass sie sich wirklich sehr leise bewegen konnte. Lune stand hinter ihr und trug schwarze Reitkleidung. Sie trug diese Farbe nur am Allerheiligen-Vorabend, und sie warf einen grimmigen Schatten über ihre übliche Gelassenheit.

Einen Schatten, der jedoch von dem Hund, der an ihrer Seite hechelte, abgeschwächt wurde. Teyrngar, ein Feenhund mit beigem Fell, wusste ganz genau, welche Nacht es war, aber die Feierlichkeit war ihm weniger wichtig als die Gelegenheit, frei zu laufen. Lächelnd kraulte Lune ihn hinter seinen rötlichen Ohren.

Mit ihrer heilen Hand natürlich. Die linke hing wie immer als steife Klaue herab. Irrith fragte sich, ob sie schmerzte, wie es die Eisenwunde sicher tat.

Verspätet erinnerte sie sich an ihre Manieren und ließ sich in einen Knicks sinken. »Ich würde dich nie verspotten, Majestät.«

Lunes Lächeln wurde sehnsüchtig. »Früher hast du das. Ich muss gestehen, dass ein Teil von mir es vermisst.«

Es stimmte, dass die Königin eine schreckliche Reiterin war. Weil sie im Onyxpalast lebte, hatte sie selten Grund, sich auf ein Pferd zu setzen. Aber die furchtbare Last an Wissen und Zweifeln in Irriths Kopf hinderten sie daran, ihren Mund aufzumachen, aus Angst, dass etwas herausrutschen könnte, das es nicht sollte.

»Reite neben mir«, sagte Lune und nahm mit ihrer guten Hand Irriths Arm. »Dann kannst du mich fangen, wenn ich falle.«

Falls sie fallen sollte, wäre es die Schuld ihres Reittiers. Die Goblinpferde und Kobolde verwandelten sich, ehe sie durch den Ausgang an der Old Fish Street nach London hineinliefen, ließen sich auf alle viere fallen und wuchsen in Pferdeform. Aber der Torbogen des Ausgangs war zu niedrig, um einen Reiter durchzulassen, und so liefen sie in Paaren auf den kleinen

Innenhof draußen, wo die Reiter aufstiegen und auf die größere Straße hinausritten. Als sich ihre Kompanie formiert hatte, alle dreizehn Reiter und der Hund, gut von Zaubern getarnt, gab Lune den Befehl – und sie sprangen in den Himmel.

Der Aufstieg raubte Irrith vor Freude den Atem. *Es ist zu lange her, dass ich unter dem Mond geritten bin.* Nicht dass es jetzt irgendeinen Mond gab. Er war in seiner finsteren Phase, und die ständig präsenten Wolken verhüllten die Sterne. Das einzig echte Licht kam von London unter ihnen, wo Laternen die besseren Straßen markierten und Kerzen bis tief in die Nacht brannten. *Trotzdem. Freie Luft – endlich über dem Kohlenrauch – und ein Pferd unter mir, und keine Politik, um die wir uns kümmern müssen.*

Die Old Fish Street war der einfachste Durchgang für pferdeförmige Wesen, aber sie mussten nach Osten reiten, um das Werk dieser Nacht zu beginnen. Irrith staunte, als sie sah, wie weit sich die Stadt erstreckte: am Tower vorbei, an den Docks vorbei, an Häusern, die sich am Fluss entlang aufreihten, das Wasser voll mit Schiffen vor Anker. »Wapping«, sagte Lune an einer Stelle und nickte nach unten. Dort wohnte Abd ar-Rashid. Obwohl er in letzter Zeit mehr im Onyxpalast gewesen war als draußen – er und auch der sterbliche Doktor.

Als sie Lunes ausgewählte Stelle erreicht hatten, gab sie den Befehl, und sie wandten sich wieder nach Westen. Irriths Blick wanderte über den Boden unter ihnen und suchte nach dem charakteristischen Flackern, das einen Geist verriet. Ein Goblin im Tal hatte einmal gesagt, dass dieses Ritual wie eine Hausfrau war, die ihren Boden kehrte: Man erwischte nicht den gesamten Staub, aber ohne die Mühe würde sich der Dreck – oder die Geister – ansammeln, bis man damit nicht mehr leben konnte. Bei der Anzahl an Leuten, die London enthielt, konnte sie sich vorstellen, dass sie mehr Schatten hatte als die meisten anderen Städte.

Schreie ertönten aus drei Kehlen gleichzeitig, aber Irrith war die Erste, die reagierte. Ihr Pferd schoss nach unten und trug sie mit erschreckender Geschwindigkeit zu einem schäbigen Haus. Irrith lehnte sich seitlich aus ihrem Sattel, streckte eine Hand aus und konzentrierte sich, während sie über die beschädigten Dachziegel streifte. Goblins waren darin besser als Irrwische, aber sie war zuerst hier und fest entschlossen, nicht zu verfehlen.

Ein Gefühl griff nach ihren Fingern, wie Nebel. Sie packte es und hievte sich in die Aufrechte, und als ihr Pferd wieder nach oben sprang, hing eine zerfetzte weiße Schliere aus ihrer Faust. Sie stöhnte, als Irrith sich wieder der Kompanie über ihr anschloss und den ersten Fang dieser Nacht mitbrachte. »Mein Kind«, schluchzte die tote Frau, deren Gesicht im Wind flatterte. »Oh, mein armes Kind, verloren, verloren ...«

»Was ist mit deinem Kind passiert?«, fragte Irrith, aber der Geist zeigte keine Anzeichen, dass er sie hörte.

»Wenige von ihnen wollen sich unterhalten«, sagte Lune. Die Königin machte auf ihrem weißen Feenpferd eine herrschaftliche Figur – solange man ignorierte, wie verzweifelt sich ihre gute Hand an die Zügel klammerte. »Diejenigen, die so viel Bewusstsein noch haben, wehren sich oft dagegen, mit uns zu kommen, weil sie wissen, dass sie am Ende der Nacht weiterziehen müssen.«

Teyrngar stürzte sich nach unten, um einen zweiten Geist zu holen. »Was lässt sie bleiben?«, fragte Irrith, die wieder den Boden betrachtete. »Alle von ihnen – diejenigen, die wir jedes Jahr aufräumen, oder diejenigen, die weiter spuken. Das sind nicht *alle* toten Sterblichen. Dafür müssten wir die Stadt jede

Woche reinigen.« Die Kinder allein hätten eine Reihe bis zum anderen Horizont gebildet.

Lune schüttelte den Kopf und starrte mit einem melancholischen Blick über die Stadt hinaus. »Eine Vielzahl von Dingen. Liebe für Verwandte, die noch hier sind – das scheint das Häufigste zu sein. Manchmal ist es stattdessen Hass, besonders bei jenen, die ermordet wurden. Oder Anhänglichkeit an materielle Dinge, ihren Reichtum oder ihr Heim ... Alles, wofür ein Mensch leidenschaftlich empfindet, kann ihn an diese Welt binden.«

Reiter flogen auf und nieder und holten die Ernte dieser Nacht ein. Sie hatten bereits so viele Geister gesammelt, dass Irrith sie nicht mehr exakt zählen konnte, und sie kamen erst jetzt auf dem Weg nach Westen wieder am Tower vorbei. Das östliche Ende von London hatte sehr viele Geister enthalten.

»Oder Interaktion mit Feen«, sagte Irrith.

»Ja«, sagte Lune leise. »Manchmal.«

Zweifellos dachte sie an ihren toten Geliebten. Irrith wünschte, er hätte den Anstand gehabt, im Frühling zu sterben, weiter von Allerheiligen entfernt. Oder einen Geist zurückzulassen, damit Lune ihn in irgendeiner Form haben konnte.

Sie stürzte sich noch mehrere Male nach unten, aber die Goblins, die sich über ihren frühen Sieg ärgerten, überholten sie bei den meisten Geistern. Irrith ritt deshalb hauptsächlich neben der Königin und sichtete Schatten, die andere einfingen. Nachdem sie in kurzer Folge auf drei von ihnen aufmerksam gemacht hatte, sagte sie: »Ich habe mich oft gefragt, wie es sein muss, wenn man weiß, dass es nach dem Tod etwas gibt. Die Hölle wäre natürlich nicht so angenehm, aber es gibt immer die Chance auf den Himmel – und vielleicht ist *irgendetwas*, egal wie schlimm, besser als gar nichts.«

Ein Jaulen rief ihre Aufmerksamkeit nach unten. Das Gespenst Nithen ritt kichernd auf sie zu und zerrte mit einer Hand einen strampelnden Geist am Genick hinter sich her. Dieser hier wollte, wie es schien, nicht gerne weiterziehen. Vielleicht wusste er, dass ihm die Hölle bestimmt war.

Sie verpasste bei all dem Lärm beinahe Lunes Antwort. »Weißt du, man sagt – einige Gelehrte tun das –, dass nicht alle Feenseelen zu ihrem Ende kommen, wenn ihr Leben dies tut. Dass einige weiterziehen, doch wohin, das wissen sie nicht: vielleicht in den Himmel oder die Hölle, oder die tiefen Weiten des Feenlands, oder irgendwo ganz anders.«

Neugierig fragte Irrith: »Glaubst du das?«

»Ja.«

Sie ritten nicht länger in einer geraden Linie über dem Fluss. Weil sich London so weit nach Norden erstreckte, mussten sie sanfte Bögen reiten, um die Stadt abzudecken, und sogar nach Southwark queren. Ihre geisterhafte Horde wurde immer größer. Lune versuchte, sich umzudrehen, um ihre Ränge zu überblicken, doch gab es auf, als sie im Sattel verrutschte. »Ich habe es passieren sehen – zumindest denke ich das. Die fragliche Fee verschwand, also wer kann sagen, was mit ihr passiert ist. Aber ich glaube, dass ihr Geist weitergezogen ist.«

Irrith hatte die Geschichten gehört, sie aber verworfen, wie ... ja, wie Sterbliche Geschichten über Feen verwarfen. Bezaubernde Fiktion. Andererseits waren Feen keine Fiktion, also war es ihr Weiterziehen vielleicht auch nicht. Aber das war nicht die Sicherheit, die Sterbliche hatten, eine von zwei Möglichkeiten, oder vielleicht das Fegefeuer, falls die Katholiken richtig lagen. Es war ein wahres Mysterium, wo nichts als Raten den Pfad erhellte, und alles von diesem Raten konnte wohl falsch sein. Vielleicht gab es für die Fae nichts als schwarze Leere, das Ende aller Existenz.

»Was würdest du wählen?«, fragte Irrith. Sie flogen jetzt über die westliche Stadt, von den Buden von Seven Dials zu den Stadthäusern am Grosvenor Square. Sie fragte sich, wer mehr Geister hinterließ, die Armen oder die Reichen. Die Armen starben sicherlich in größerer Zahl, aber wer klammerte sich fester an diese Welt?

Die Königin senkte den Kopf, bis ihr Kinn beinahe den schwarzen Schatten ihrer Reitjacke berührte. »Manchmal beneide ich die Sterblichen um ihre Sicherheit, dass es weitergeht. Aber wenn ich erschöpft bin, dann halte ich es für besser, zu enden, wie wir es tun – ein wahres Ende, mit nichts danach. Endlich Ruhe.«

Valentin Aspells Stimme flüsterte in ihrer Erinnerung: *Ein Opfer.*

Erschöpfung. Nagte sie so sehr an Lune, dass sie dieses Ende willkommen heißen würde? Besonders wenn es ihr Volk retten würde?

Irrith wünschte plötzlich, sie wäre in dieser Nacht nie nach draußen gekommen, hätte nie Lunes Einladung, an ihrer Seite zu reiten, angenommen. Und sie entbehrte einen zusätzlichen Wunsch, nämlich dass sie auf Puppen aus verwandeltem Stroh reiten würden statt auf zwei Fae, die zweifellos diesem gesamten Gespräch gelauscht hatten.

Zum Glück waren sie beinahe fertig. Lune hatte ihren Ritt gut geplant, zweifellos mit Jahrhunderten an Erfahrung: Als sie über Hyde Park flogen und die Wohnungen von London hinter sich ließen, begannen entfernte Kirchenglocken zu läuten. Zwölf Schläge für Mitternacht, und Irrith verrenkte sich im Sattel, um zu beobachten, wie hinter ihnen die Geister anfingen zu verblassen. Ihr mächtiges Heer, ein dichter Schleier aus Weiß, wurde dünner und zerfiel, während Stimmen ein letztes Mal flüsterten: *Das wird er bereuen. Erinnert euch an mich. Mein Kind...*

Die dreizehn Fae und ihre Reittiere waren allein am Nachthimmel, wo Teyrngar im Kreis um sie herumlief, und es war Allerheiligen.

»Was würdest du wählen, Irrith?« Die Königin tätschelte ihrem Reittier mit der verkrüppelten Hand den Hals, und es wandte sich heimwärts. »Ich bezweifle, dass Er uns in den Himmel lassen würde, aber wenn du die Wahl zwischen den Höllenqualen oder überhaupt nichts hättest.«

Irrith musste nicht einmal darüber nachdenken. »Die Hölle. Alles ist interessanter, als einfach zu *enden*.«

Lunes Lächeln blitzte kurz in der Nacht auf. »Das überrascht mich nicht. Nun, wenn das Schicksal es will, wird diese Wahl sich dir nicht bald stellen.«

DER ONYXPALAST, LONDON
3. November 1758

Trotz des Zeitdrucks, unter dem sie standen, zögerte Galen, irgendjemandem zu erzählen, was Abd ar-Rashid gesagt hatte. Er ließ James Cole, den sterblichen Bibliothekar des Onyxhofs, alle alten alchemistischen Manuskripte ausgraben, die sie besaßen, und verlor sich in einer Flut aus unverständlichem Symbolismus: grüne Löwen und Drachenzähne, spielende Kinder und sich paarende Hunde, abgetrennte Köpfe und Homunculi und seltsame Hermaphroditen. Er konnte wenig Sinn darin erkennen, aber in einer Hinsicht hatte der Dschinn recht: Das Bild der Mondkönigin erschien immer wieder.

Am Ende gab es nichts, was er tun konnte, außer Lune davon zu erzählen. Sie lauschte schweigend, und als er fertig war, sagte sie bloß: »Wir sollten dies mit Dr. Andrews diskutieren.«

Ihn zu sich zu rufen, hätte eine Audienz mit Höflingen oder wildes Getuschel bedeutet, wenn Lune sie wegschickte. Stattdessen gingen die Königin und der Prinz zu seinem Labor. Seit ihrem Gespräch vor einigen Wochen hatte der Doktor einen ganzen Tisch voller Pendel aufgebaut, deren Zweck Galen nicht einmal ansatzweise erriet.

Andrews selbst sah wie eine Leiche aus oder wie jemand, der seit Wochen nicht geschlafen hatte, doch in seinen Augen glänzte fieberhafte Lebenskraft, als er vortrat, um sie zu begrüßen. »Ihr seid zu einem glücklichen Zeitpunkt gekommen – ich habe Euch etwas zu zeigen.«

Ungeachtet Galens halbherzigen Protests hastete der Doktor zu dem Tisch hinüber. »Ich habe diese Pendel mit unterschiedlichen Substanzen unterschiedlich gewichtet«, sagte Andrews, »und sie mit dieser Uhr verglichen.« Er nickte zu dem Regulator, der an der Mauer dahinter positioniert war. »Es ist eine Wiederholung eines Experiments, das Newton in den frühen 1680ern durchgeführt hat, was ihn seine Idee zum Äther verwerfen ließ. Lasst mich Euch demonstrieren ...«

Es war klar, dass er sich nicht leicht ablenken lassen würde, man ihn allerdings antreiben konnte. »Ihr müsst das Experiment nicht wiederholen«, sagte Galen. »Wir vertrauen Eurer Arbeit. Erklärt uns nur Eure Schlussfolgerung.«

»Äther existiert *doch*.«

Lune stand in kurzer Entfernung und hatte die Hände locker in ihren Röcken vergraben. »Ich fürchte, ich habe nicht Lord Galens Bildung, Dr. Andrews. Was bedeutet das?«

»Äther«, wiederholte er und sprach das Wort deutlich aus. »Laut Aristoteles das fünfte Element, die *Quintessenz*. Zu dem Zeitpunkt, als Newton dieses Experiment durchführte, dachte man, dass Äther überall existiert und alle festen Dinge durchdringt. Sein Pendel zeigte, dass das nicht stimmt. Meine Pendel zeigen, dass es stimmt.«

Galen verstand seinen Punkt – in einem gewissen Ausmaß. »Eine weitere Facette der Realität, die an Feenorten anders ist. Aber was bedeutet das?«

»Feenorte! Ganz genau, Mr. St. Clair. Ich schlage vor – obwohl ich wenig Zeit gehabt habe, das zu durchdenken; ich bin gerade erst mit den Berechnungen für die Pendel fertig geworden –, dass es die Präsenz von Äther ist, die Feenorte *definiert* und von gewöhnlichen Räumen unterscheidet. Und darüber hinaus löst dies vielleicht ein Dilemma, über das ich schon einige Zeit nachgrübele.«

Seine Stimme war, wie Galen auffiel, leichter als sonst, als würde Andrews nur aus seiner Kehle sprechen, ohne den Resonanzkörper seines Brustkorbs zu nutzen. Ein Anzeichen für die freudige Erregung des Mannes? Oder ein Symptom seiner Krankheit, die schlimmer wurde? *Ich fürchte, wir werden ihn verlieren, bevor wir fertig sind. Ich würde befürchten, ihn überhaupt zu verlieren, aber ich bin mir nicht sicher, dass wir das vermeiden können – nicht mit irgendwelchen anderen Mitteln als dem Stein der Weisen.*

»Der Drache«, sagte Andrews und riss Galen aus seinen Gedanken, »ist ein Geist aus Feuer. Das haben mir Leute zu vielen Gelegenheiten erklärt. Und ich habe die Geschichte von seinem Exil gehört, als das Licht seines Herzens auf den Kometen projiziert wurde. Aber was ist mit seinem Körper? Ist er ein Geist oder eine Kreatur?«

Lune, die Einzige von ihnen, die ihn mit eigenen Augen gesehen hatte, sagte: »Er hatte einen Körper. Was wir in das Gefängnis steckten, war sein Herz.«

»Woraus bestand dann sein Körper?«, fragte Andrews. »Wenn der Geist Feuer ist, und wenn jene Elemente sich auf diese Welt beziehen ...«

»Äther.« Jetzt verstand Galen, worauf er hinauswollte. »Ihr glaubt, dass Fae-Körper ätherisch sind.«

»Das könnten sie sein. Die Übertragung Eures Drachen auf den Kometen könnte ihm, denke ich, eine luftige Komponente gegeben haben, weshalb ich ihn für sophischen Sulphur halte, der die Eigenschaften von Feuer und Luft teilt. Und derzeit ist er – wenn ich recht habe – Feuer und Luft *ohne* Äther, denn er hat keinen Körper.« Andrews' Lebenskraft schien ganz plötzlich aus ihm zu weichen. Seine Hand griff vage in die Luft. Dann drehte er sich um, suchte und fand einen Stuhl neben seiner Hauptwerkbank, auf den er mit einem Seufzen sank. »Aber wir haben nur eine Hälfte der Gleichung. Wir brauchen immer noch sophisches Mercurium.«

Galen wünschte sich – recht kindisch –, dass Lune diejenige wäre, die Andrews von ihren Bedenken erzählen würde. Aber nein. Dies war seine Verantwortung, und er wusste es. »Genau deshalb sind wir hergekommen, Dr. Andrews. Es gibt da ... ein Problem.«

Er lief einige Schritte, zwang sich, stehen zu bleiben, und verschränkte die Hände hinter dem Rücken. »Wenn das, was Ihr sagt, korrekt ist, dann müssen wir das Prinzip von seiner ätherischen Komponente trennen – ja? Aber die einzig etablierte Methode, um das zu tun, würde die Quelle töten. Und das ist nicht akzeptabel.«

»Die Quelle ...« Andrews' Finger krallten sich in das beschmutzte Taschentuch, das sie hielten. »Mr. St. Clair – habt Ihr eine gefunden?«

»Abd ar-Rashid glaubt, dass er eine gefunden hat«, antwortete Galen, wobei jedes Wort vor Widerwillen bleischwer herauskam.

»Wo?«

Er konnte es nicht aussprechen. Die Anspannung machte ihn stumm. Lune, die bewegungslos stand, tat es für ihn. »In mir.«

Andrews schoss auf die Beine, kam aus dem Gleichgewicht und taumelte, bis er sich am Tisch fing. »Ihr ... Ah, ja, es *muss* feminin sein, schätze ich ...«

»Es ist die Mondkönigin«, sagte sie, und ihr Haar schien bei den Worten heller zu strahlen, wie um ihr Argument zu unterstreichen. »Zusammen mit dem Sonnenkönig. Ich weiß ein wenig über Alchemie, aus alter Erfahrung, und ich glaube, dass der Dschinn recht hat.«

»Aber wir können es nicht tun«, sagte Galen, als er seine Stimme wiederfand. »Zumindest nicht auf dieselbe Art wie beim Drachen. Es gibt zwei Dinge, die Ihr verstehen müsst, Dr. Andrews. Das Erste ist, dass niemand – *niemand* – hiervon hören darf. Wir drei wissen es, und Abd ar-Rashid, aber sogar der Rest der Gelehrten muss unwissend bleiben. Unsere Probleme sind nicht bloß intellektuell, sondern auch politisch. Die Gefahr durch diese Neuigkeit ist sehr groß.«

Der Doktor nickte, wobei er Galens Worte eindeutig nur halb beachtete. »Das Zweite«, fuhr Galen noch drängender fort, »ist, dass wir *nicht* mit irgendeinem Versuch fortfahren werden, den Stein der Weisen zu schaffen, außer wir finden einen Weg, das Prinzip zu extrahieren, ohne Ihrer Gnaden zu schaden. Oder, was das betrifft, irgendeiner anderen Fae, sollte man einen Ersatz finden. Versteht Ihr?«

Andrews' Blick wurde klarer, und diesmal war sein Nicken aufrichtiger – aber auch zögerlich. »Ja, Mr. St. Clair. Eure Majestät. Wenn ich ... äh ... allerdings ein gewisses Argument präsentieren darf ...«

»Ihr dürft immer sprechen«, versicherte Lune ihm. »Wir haben Euch für Eure Gedanken hergebracht. Sie sind für niemanden von Nutzen, wenn Ihr sie nicht teilt.«

Er verschränkte seine knochigen Hände ineinander und fing an, auf und ab zu laufen, wobei er auf sein hinuntergefallenes Taschentuch trat. »Der Stein der Weisen ist mehr als ein Mittel, um Gold zu erschaffen. Er ist Perfektion, und er *erschafft* Perfektion. Er hat das Potenzial, jeden an Gicht leidenden Gentleman in Westminster, jedes fiebernde Kind in Seven Dials zu heilen – unsere Gesellschaft in ein wahres Paradies auf Erden zu verwandeln.

In diesem Moment haben wir, oder glauben, dass wir es haben, eine Hälfte von dem, was nötig ist, was – falls es zutrifft – weiter ist, als jeglicher Alchemist seit Anbeginn der Welt gekommen ist. Auch ist es kein winziger Funke aus einem Salamanderherz: Es ist ein *Drache*. Einer, der seines Körpers beraubt ist, der durch den Weltraum selbst gereist ist. Eine Reinheit und Macht, der keine andere gleichkommt.«

Er hielt inne, um Luft zu holen, und Galen sprach in dieser Pause. »Ihr glaubt, dass dies nicht nur eine Chance ist, den Stein der Weisen herzustellen, sondern unsere *einzige* Chance.«

Andrews rang sich ein schwaches Lachen ab. »So sehr ich mir über irgendetwas sicher sein kann, was allerdings nicht viel heißt. Aber ja – wenn es überhaupt vollbracht werden kann, dann denke ich, dass es gerade jetzt zu schaffen ist. Und vielleicht nie wieder. Und Madam ...« Das Flehen in seinem Gesicht war schmerzhaft anzusehen. »Ist das nicht eine Leistung, die eines Opfers würdig ist?«

Für einen winzigen Moment dachte Galen, dass er ein Glitzern in Andrews' Augen sah. Ein seltsames Licht, das über die Realität hinausblickte – sogar die Realität eines Feenpalasts – in Visionen dessen, was nicht existierte. Nur ein Hauch, das winzigste Flüstern von Wahnsinn ... aber es war dort.

Oder vielleicht hatte Galen es sich eingebildet, weil die Alternative zu schrecklich war, um sie in Betracht zu ziehen. Dass ein Mann in vollem Besitz seiner geistigen Kräfte vorschlagen würde, dass Lune ihr Leben opfern sollte.

Er konnte es nicht ertragen, Lune anzusehen, und hörte deshalb nur ihre Stimme, so kühl und ungerührt wie immer. »Dr. Andrews – dies ist immer noch nichts weiter als Spekulation. Ihr könnt eine hübsche Argumentation aufbauen, dass Alchemie in diesem Reich funktioniert und dass der Drache Euer Sulphur ist. Aber wir haben keine Sicherheit, dass das wahr ist.«

Zu Galens Erleichterung nickte Andrews ohne Anzeichen wahnhafter Illusion. »Das war der Fehler von Aristoteles. Seine Brüder und er dachten, dass die Welt allein durch Vernunft zu verstehen sei, ohne Bedarf an experimenteller Überprüfung. Unsere Lage wird leider durch die Unmöglichkeit angemessener Nachprüfung verkompliziert. Wenn der Drache kommt, haben wir nur eine einzige Chance, ihn zu transformieren. Ich bin mir des Unsicherheitsfaktors bewusst, Madam, und werde alles tun, was ich kann, um diesen zu reduzieren. Aber ich flehe Euch an – so schändlich es auch von mir ist, dies zu sagen –, bitte denkt darüber nach, was wir gewinnen könnten.«

Galens Mund war trocken geworden. Es war kein Wahnsinn, so sehr er sich auch wünschte, dass er es wäre. Wenn sich ihre Schlussfolgerung als korrekt herausstellen sollte, dann wäre der Nutzen unendlich hoch.

Aber ebenso wäre es der Preis.

Galen hasste sich für diesen Gedanken und drehte sich endlich zu Lune. Zu ihr ebenso sehr wie zum Doktor sagte er: »Aber wir *werden* einen anderen Weg finden. Genau dazu, Dr. Andrews, dient das Experimentieren. Wie Bergleute werden wir Metall aus dem Erz ziehen.« Er verfluchte seine Wahl der Metapher in dem Augenblick, als sie seinen Mund verließ und ihm seine Fantasie Erinnerungen an das Einschmelzen lieferte. Das Erz überlebte den Prozess nicht unbeschadet.

Trotzdem nickte Andrews. Seine Miene war wieder nachdenklich. »Es wird schwierig, Mr. St. Clair, ohne die Unterstützung Eurer Gelehrten an jenem Thema zu arbeiten. Zwei sterbliche Männer und ein heidnischer Fae – wir werden allein wahrscheinlich nicht weit kommen.«

Lady Feidelm, Wrain, Savennis. Weiterhin die vom Tickens und Ktistes. Lune bewegte sich zum ersten Mal, seit sie eingetreten war, und überblickte den Raum. Nicht die Möbel, sondern die Mauern und Einrichtung. »Wir können sicherstellen, dass nichts, was hier drin gesagt wird, belauscht wird. Ich würde die Anzahl auf ein Minimum beschränken – nur jene, die mit Euch hier arbeiten. Das wird, denke ich, sicher genug sein.«

Also nicht die Zwerge oder der Zentaur. Galen fragte sich, ob es ein bloßer Zufall war, dass sie die Ausländer ausschloss. *Gut, Lady Feidelm ist Irin. Sie ist aber schon länger hier und hat ihre Treue zu diesem Hof bewiesen.* Und Abd ar-Rashid – aber sie konnten ihn kaum ausschließen, wenn er derjenige war, der sie überhaupt erst auf die Mondkönigin hingewiesen hatte.

»Seid vorsichtig«, sagte Galen und beugte sich der Notwendigkeit. »Und arbeitet schnell. Je früher wir eine Alternative haben, desto sicherer sind wir alle.«

Und nicht nur vor dem Drachen.

DER ONYXPALAST, LONDON
14. November 1758

Irrith wohnte nur selten dem Hofzeremoniell bei. Der Pomp konnte manchmal amüsant sein, aber die Geschäfte, die Lune während dieser Zeit abhandelte, interessierten sie sehr wenig. Es war allerdings der eine Ort, an dem sie sicher sein konnte, dass sie Valentin Aspell finden würde – abgesehen von seinen Gemächern, und ihn dort zu besuchen, hätte zu viel Aufmerksamkeit erregt.

Der größere Thronsaal wirkte, als sie ankam, viel leerer, als sie ihn in Erinnerung hatte. Selbst ein ganzer Hofstaat, zu dem alle im Onyxpalast gerufen wurden, machte den gewaltigen Raum nicht voll, aber die versammelten Lords und Ladys wirkten wie eine Handvoll Würfel, die in einer übergroßen Kiste rappelten. Irrith beugte sich zu Segraine hinüber, die an diesem Tag keinen Dienst hatte, und flüsterte: »Wo sind denn alle?«

Die Ritterin schüttelte beinahe unmerklich den Kopf. »Jedes Mal weniger. Einige sind noch in der Stadt, ziehen sich aber zurück. Andere sind ganz gegangen.«

Wie Carline es vorausgesagt hatte. Und der Komet war noch nicht einmal gesichtet worden.

Lune rief Sir Peregrin, den Hauptmann der Onyxwache, zu sich. Vier Ritter folgten ihm, die eine lange, schmale Kiste trugen, die sie auf den Boden stellten, als sie sich hinknieten.

Der Hauptmann sagte: »Eure Majestät, der Yarthkin Hempry hat ein Stück vom Jotuneis an einen Stab aus Eschenholz geheftet.« Er gab einen Wink, und die Ritter öffneten die Kiste, sodass ein gewaltig langer Speer zu sehen war, dessen Ende aus demselben beinahe unsichtbaren Material glitzerte, mit dem Irrith sie vor einem Jahr hatte kämpfen sehen. »Ich habe diese vier ausgewählt, um Eure Speerritter zu sein: Sir Adenant, Sir Thrandin, Sir Emaus und meinen Leutnant Sir Cerenel. Sie werden bereitstehen, um eine Schlacht gegen den Drachen zu schlagen und den Speer zur Verteidigung des Onyxpalasts in sein feuriges Herz zu stechen.«

Sie wussten nicht, ob der Drache einen Körper haben würde, wenn er zurückkehrte, aber er *würde* ein Herz haben. Zumindest dessen waren sie sich sicher. Lune dankte den Speerrittern und hielt eine Rede, der zu lauschen Irrith sich nicht die Mühe machte. Sie wartete ungeduldig, bis das Hofzeremoniell beendet war, dann ließ sie sich in Aspells Richtung treiben, weil sie es besser wusste, als direkt auf ihn zuzulaufen. Trotzdem funkelte der Großsiegelbewahrer sie finster an, als sie näher kam. »Ich bin ziemlich beschäftigt, Dame Irrith.«

»Ich habe Euch etwas zu erzählen«, flüsterte sie. Er war derjenige, der sie da mit hineingezogen hatte. Wenn ihre Unfähigkeit, gut zu schleichen, ihn störte, war es seine eigene verdammte Schuld.

Seine dünnen Lippen bewegten sich als Antwort kaum. »*Crow's Head*. In zwei Stunden.«

Für ein derartiges Treffen war es wahrscheinlich der sicherste Ort im Onyxpalast, wenn man die dort verstreuten Ausgaben von *Die Esche und der Dorn* bedachte. Und es wäre nicht leicht, Spione an Hafdean vorbeizuschleusen, dem mürrischen Hauselfen, der die Taverne bewirtete. Irrith, die keine Taschenuhr besaß, ging früh und setzte sich unter den konservierten Menschenkopf, der mitten an der Wand hing. Magrat war nicht an ihrem üblichen Platz. Vielleicht war der Kirchengrimm unterwegs, um einige religiöse Leute zu erschrecken.

Schließlich stupste Hafdean sie im Vorbeigehen an. Irrith hatte weder Aspell noch irgendjemanden unter einem Zauber hereinkommen sehen, aber sie war nicht überrascht. Sie ging durch eine Tür an der Hinterseite des Hauptraums und fand sich in einer kleinen Kammer wieder, die zweifellos einen zweiten, versteckten Ausgang hatte. Aspell lief dort auf und ab. »Ihr solltet Euch dies besser nicht zur Gewohnheit machen, Dame Irrith. Was wollt Ihr?«

»Euch etwas erzählen, das Lune nicht öffentlich macht«, sagte Irrith und ignorierte seinen beleidigenden Tonfall. »Ich glaube, nur der Prinz und sie wissen davon.« Galen hatte es angesprochen, als sie gemeinsam im Bett gelegen hatten, wobei er nicht so sehr ein Gespräch mit Irrith geführt, als sich alles vom Herzen geredet und seine Befürchtungen ausgesprochen hatte, als würde dies sie vertreiben. »Wisst Ihr, woran Dr. Andrews gerade arbeitet?«

Der Großsiegelbewahrer winkte ab. »Irgendeine sterbliche Sache, die Experimente und Kalkulationen beinhaltet. Savennis und diese anderen belesenen Typen helfen ihm.«

Wie sie vermutet hatte. Die Königin hielt dies wirklich sehr unter Verschluss. Aber Aspell musste davon wissen, damit er nichts Überstürztes täte.

Irrith erzählte ihm vom Stein der Weisen, so gut sie es verstand. »Er ist noch nicht fertig. Sie brauchen die andere Hälfte, dieses Mercurium, und offenbar wird dies schwierig herzustellen. Trotzdem ist es anders als alles, was sich irgendjemand in den letzten fünfzig Jahren ausgedacht hat, und ich glaube, dass es wahrscheinlicher funktioniert als diese verdammten Speerritter.«

Aspell war stehen geblieben, während sie gesprochen hatte. Nun lehnte er an der schmutzigen Wand und verschränkte die Arme. »Und Ihr erzählt mir davon, weil ...«

»Weil Ihr wissen müsst, dass sie wirklich einen Plan haben. Nicht den Drachen zu fangen oder zu töten, sondern ihn zu *verwandeln*. Das ist besser als ... als das, worüber Ihr gesprochen habt. Letztes Mal.« Sogar im *Crow's Head* – vielleicht besonders im *Crow's Head* – fühlte sie sich nicht wohl dabei, das direkt zu benennen.

Er wirkte amüsiert. »Also habt Ihr mir diese vertrauliche Sache erzählt, damit ich weiß, dass wir eine zusätzliche Hoffnung haben. Und damit ich deshalb den anderen Plan nicht zu weit verfolge?«

»Ja!«, rief sie wütend und ballte die Hände zu Fäusten. »Ihr habt gesagt, dass es ein letzter Ausweg wäre. Ich erkläre Euch jetzt, dass wir andere haben, die davor kommen könnten.«

Sein dünner Mund verhärtete sich zu einer steinernen Linie. »Dame Irrith, ich glaube, Ihr versteht etwas sehr Wichtiges nicht: Wenn es wirklich zu jener Extremsituation kommt, werden wir sehr wenig oder keine Zeit zum Handeln haben. Ein letzter Ausweg ist in seiner Natur das, was man tut, wenn die Alternative eine unmittelbare Katastrophe ist. Wir können unsere Vorbereitungen nicht abbrechen, bis es die *Sicherheit* eines Erfolgs mit irgendeinem anderen Plan gibt – und in Wahrheit nicht einmal dann, denn diese Bedrohung ist zu gewaltig, um Nachlässigkeit zu erlauben.«

Bei aller Vernunft in seinem Argument führte es trotzdem zu einem komischen Gefühl in Irriths Magen. »Aber welche

Vorbereitungen? Ihr habt gesagt, Ihr würdet nichts gegen den Willen der Königin tun.«

»In der Tat.« Er kam näher, viel näher, als ihr lieb war, und senkte seine Stimme, sodass nicht einmal die Goblins mit den schärfsten Ohren am Schlüsselloch belauschen konnten, was er als Nächstes sagte. »Ihr wisst bereits, was ich meine, Dame Irrith. Die Königin muss diesem Opfer selbst zustimmen. Und wenn sie das rechtzeitig tun soll, um London zu retten, dann darf es nicht als Überraschung kommen. Ihr Kopf muss auf die Idee vorbereitet werden. Wenn der Moment kommt, wird es keine Zeit für Erklärungen oder Argumente geben.«

Es lief Irrith kalt den Rücken hinunter, als hätte jemand die tiefsten, schwärzesten Wasser der Themse über ihren Kopf geschüttet. Er hatte recht – auch damit, dass sie es bereits wusste. Was war jenes Gespräch mit Lune am Allerheiligen-Vorabend denn gewesen, wenn nicht ein Versuch, den Gedanken an den Tod in Lunes Kopf zu setzen?

Sie flüsterte: »Galen würde sie nie lassen. Er liebt Lune zu sehr. Er würde sterben, ehe er sie zu Schaden kommen lassen würde.«

»Kann man ihn darauf vorbereiten?«

Lune aufzugeben? Keine Chance. Also würde sie sie vielleicht beide verlieren: Lune beim Versuch, die Stadt zu retten, und Galen beim Versuch, *sie* zu retten.

Es fühlte sich an, als hätte jemand Eisenketten um ihr Herz gelegt. Sie wollte keinen von beiden verlieren. Selbst verletzt hatte Lune immer noch Irriths Respekt und Bewunderung. Wäre da nicht die doppelte Bedrohung durch Zerfall und den Drachen, hätte Irrith keinen Wunsch, sie ersetzt zu sehen. Wer sonst konnte diesen wahnsinnigen Hof, Feen und Sterbliche und Botschafter aus entfernten Ländern, im Gleichgewicht halten?

Aber es half wenig, die Königin zu retten und ihren Hof zu verlieren. »Also wollt Ihr, dass ich sicherstelle, dass sie darüber nachgedacht hat. Bevor der Drache kommt.«

»Ihr steht ihr nahe«, sagte Aspell, immer noch in diesem so gut wie unhörbaren Murmeln. »Und sie respektiert Eure Ehrlichkeit. Wenn Ihr es zu ihr sagt, wird sie zuhören. Sie mag nicht zustimmen – nicht sofort –, aber der Gedanke wird in ihrem Kopf bleiben.«

Irrith dachte, dass er ihren Einfluss viel zu hoch einschätzte. Sie hätte sich nicht Lune »nahestehend« genannt. Aber ein Versuch konnte nicht schaden. Falls sie irgendeine bessere Lösung fanden, dann würde Lune sich überhaupt nie dieser Wahl stellen müssen.

»Also gut«, murmelte sie und starrte blind ihre Zehen an. »Ich werde tun, was ich kann.« *Soll er denken, ich meine nur das, worum er gebeten hat.*

Sie würde mit Lune sprechen, ja. Den Rest ihrer Zeit würde sie im Tempel der Waffen verbringen und trainieren, um gegen den Drachen zu kämpfen. Wenn es dazu kommen sollte, dass Lune sich opferte, würde das erst passieren, nachdem Irrith alles getan hatte, um es zu verhindern.

Ich weiß nicht, ob ich bereit bin zu sterben, um sie zu schützen. Aber bei Esche und Dorn, ich bin bereit zu kämpfen.

DER ONYXPALAST, LONDON
21. *November* 1758

Abd ar-Rashid war wieder in den Kalenderraum gegangen, um über Möglichkeiten nachzusinnen, sophisches Mercurium ohne Gefahr für Lune zu gewinnen. Er würde elf Tage lang nicht herauskommen. Lune selbst verbrachte die Hälfte ihrer Zeit mit den Goodemeades und nutzte deren zahlreiche freundschaftliche Bande, um unentschlossene Fae zum Bleiben zu bewegen. Nichts davon waren Angelegenheiten, bei denen Galen helfen konnte, und Dr. Andrews war zu dringend nötiger Erholung zurück zum Red Lion Square gegangen.

In dieser kurzen Atempause beschloss Galen, dass er eine gewisse Sache viel zu lange vor sich hergeschoben hatte, und machte sich auf die Suche nach Irrith.

Er fand sie letztlich im Tempel der Waffen, wo er gar nicht nach ihr suchte. Der Irrwisch war mit Dame Segraine befreundet, und er dachte, die Ritterin wüsste vielleicht, wo er sie finden konnte. Stattdessen war er verblüfft, als er Irrith entdeckte, die mit den Musketenzielen übte, während sie den Mund zu einer wilden Grimasse verzogen hatte.

Die Meister des Tempels hatten schon lange den Standpunkt bezogen, dass die klugen Leute bei Hof all die Tricks und Fallen vorbereiten konnten, die sie wollten. *Sie* würden für eine Schlacht bereitstehen und alle anderen trainieren, die dasselbe tun wollten. Wenn alles andere scheiterte, würde der Onyxhof diese letzte Verteidigungslinie haben, die Körper und Schwertarme seiner tapfersten Untertanen.

Oder Musketenhände, in diesem Fall. Elfenschüsse, ihre übliche Munition, würden gegen den Drachen nichts nützen. Sie nutzten sie zum Üben, doch wenn die Zeit kam, würden es Eisenkugeln sein, die sie ins Fleisch ihres Feindes sandten. Niemand hegte viel Hoffnung, dass sie mehr schaffen würden, als die Kreatur zu verärgern, die einst ihr Eisengefängnis zerstört hatte. Trotzdem konnte man diesen Ärger vielleicht nutzen, um Chancen für die Speerritter und ihre eisige Klinge vorzubereiten.

Der Gestank von Schwarzpulver verklebte seine Kehle, aber er wartete, bis Irrith mit ihrem derzeitigen Schuss fertig war. Der Irrwisch biss das Ende einer Patrone ab, goss etwas Pulver in die Pfanne ihrer Muskete, ließ den Rest der Patrone in den Lauf fallen, stopfte diesen, dann entsicherte und hob sie ihre Waffe. Galen zählte während dieser Handlung die Zeit ab: beinahe dreißig Sekunden. Nicht einmal annähernd der Standard eines Soldaten. Und ihrem finsterer werdenden Starren nach zu urteilen, als sie die Waffe senkte, wusste sie das auch.

Er legte ihr eine Hand auf die Schulter. Bei all dem Musketenfeuer von ihr selbst und ihrem Umfeld musste sie halb taub sein. Irrith erschreckte sich so sehr, dass er froh war, gewartet zu haben, bis ihre Waffe leer war. Dann erkannte sie ihn und folgte seiner winkenden Hand vom Übungsgelände weg.

»Hast du nicht einmal zu mir gesagt, dass du nicht vorhättest zu kämpfen?«, fragte er, sobald sie im ruhigeren Raum der Waffenkammer waren.

Eine seltsame Mischung aus Entschlossenheit und Schuldgefühlen antwortete ihm. »Ich bin nicht gut in eurer Alchemie«, sagte Irrith und legte ihre Muskete beiseite, um sie zu säubern. »Das hier gibt mir wenigstens etwas zu tun.«

Galen lächelte. »In diesem Fall habe ich etwas, das deinen Talenten vielleicht eher angemessen ist.«

Die Hoffnung, die in ihrem Blick aufleuchtete, verdüsterte sich, als er fortfuhr. »Es hat nichts mit dem Kometen zu tun. Aber wenn ich das jetzt nicht durchziehe, fürchte ich, dass mich der Mut verlässt. Und ich werde Hilfe brauchen, um es auf die Weise zu tun, die ich gerne hätte.«

Irrith betrachtete ihn misstrauisch. »Um was zu tun?«

»Miss Philadelphia Northwood«, sagte Galen, »vom Onyxhof zu erzählen.«

HYDE PARK, WESTMINSTER
1. Dezember 1758

Nicht einmal das erste Nagen des Winterwinds konnte die Modebewussten vom Hyde Park fernhalten, einer ihrer liebsten Bühnen, um sich zur Bewunderung ihrer Rivalen und Niedrigergestellten zur Schau zu stellen. Von ihrem Ausguck auf einem Baum konnte Irrith das entfernte Rumpeln von Kutschen hören, von denen die meisten den Ring in der Mitte des Parks umkreisten. So sehr sie es auch versuchen mochte, sie konnte den Reiz dieses Zeitvertreibs nicht verstehen. Sie fuhren immer wieder herum, wie Kreisel, aus keinem anderen Grund, als um ihre Fahrzeuge und Pferde und Diener vorzuzeigen. In Wetter wie diesem gäbe es keine modische Kleidung zu sehen und wenig Konversation. Warum die Zeit verschwenden?

Ich nehme an, genau das ist der Sinn – Zeit zu verschwenden, weil man welche übrig hat. Irrith verhöhnte diese Extravaganz, sogar während sie sie beneidete. Die steigende Anspannung im Onyxpalast hatte sie so gründlich infiziert, dass sie sich über alles ärgerte, was wie eine Ablenkung von ihrer Aufgabe wirkte. Wie zum Beispiel, Spielchen mit der zukünftigen Frau des Prinzen zu spielen.

Was genau der Gedanke war, der sie dazu bewegt hatte, ihre Hilfe zuzusagen. Wenn das Spielen von Spielchen mit einem Sterblichen wie eine Zeitverschwendung schien, dann war Irrith wirklich weit gefallen.

So saß sie an diesem düsteren Dezembertag auf einem Baum etwas nördlich von den kalten Gewässern des Serpentine und wartete, bis eine bestimmte Kutsche näher kam.

Galen sollte sowieso verdammt sein. Der Plan, den er ihr beschrieben hatte, war eine Farce, an der sie sich schämte, teilzunehmen. Irrith ließ ihre Beine von dem Ast baumeln, ignorierte die eisige Luft und beschloss, dass sie das hier auf ihre eigene Art machen würde. Und wenn das Delphia Northwood Angst machen sollte ... Tja, dann würde die Frau es ohnehin nicht lang im Onyxpalast aushalten.

Sie hörte auf, mit den Beinen zu schaukeln, als das Holpern von Rädern näher kam. Als Irrith durch das Laub blickte, sah sie eine Kutsche, die über den unebenen Pfad rollte, der dem Nordufer des Serpentine folgte. Sie war schon ziemlich nahe. Irrith musste sich beeilen und legte einen passenden Tarnzauber an, ehe sie sich leicht wie ein Blatt auf den Boden unter ihr fallen ließ. Dann rannte sie vor der Kutsche heraus und riss in einer befehlshaberischen Geste eine Hand nach oben.

Die Pferde scheuten sehr zufriedenstellend. Der Mann, der die Zügel hielt, fluchte, dann erschrak er über seine eigenen schlechten Manieren, die von den Damen im Inneren nicht geschätzt würden. Irrith grinste ihn an. Nach außen hin war der Kutscher ein Bediensteter von Mrs. Vesey, aber das war genauso sehr eine Lüge wie ihr eigenes Erscheinungsbild. Unter dem Tarnzauber war er Edward Thorne. Galen hatte es für besser gehalten, diese gesamte Angelegenheit in die Hände derer zu legen, die wussten, worum es hier ging. Die Einzige, die heute hier *nichts* wusste, war Miss Northwood.

Die vielleicht oder vielleicht auch nicht die zukünftige Mrs. St. Clair war. Gerade jetzt lag dies in Irriths Hand.

»Du, aus dem Weg«, rief Edward mit lauter Stimme und schüttelte die Zügel. Er machte es bemerkenswert gut, es so klingen zu lassen, als würde er versuchen, die Pferde weiter zu treiben, doch es war sehr viel Lärm mit sehr wenig Wirkung, und die Tiere würden nirgendwo hingehen, bis Irrith es ihnen befähle. Er warf ihr allerdings ein verunsichertes Stirnrunzeln zu. Galen hatte sehr spezifische Instruktionen gegeben, und eine davon war gewesen, dass der Fremde, der sie im Hyde Park aufhalten würde, eine Frau sein würde.

Irrith schlug ihren langen Mantel zurück, als sie sich in eine tiefe Verbeugung sinken ließ, den Hut über ihrem Herzen. Dann streckte sie Edward die Zunge heraus, falls er sich noch nicht gedacht hatte, dass sie sich unter dem männlichen Tarnzauber verbarg. Aber sie musste ihre Miene schnell unter Kontrolle bringen, als Miss Northwoods Kopf in einer breiten Kapuze aus einem Kutschfenster schaute, um nachzusehen, was das Problem war.

Ihre Augen wurden sehr groß, als sie Irrith sah.

Der Irrwisch ging mit gezielten Schritten an Edward vorbei, der mittlerweile auf Instruktion des Prinzen eine Haltung von ausdrucksloser, blickloser Trance eingenommen hatte. Miss Northwood wich verängstigt zurück und murmelte ihrer Begleiterin in der Kutsche etwas kaum Hörbares zu. Einen Augenblick später kam Irrith auf ihre Höhe und öffnete die Tür, um festzustellen, dass Mrs. Vesey bereit war, ihre Rolle zu spielen.

»Meine Damen«, sagte Irrith mit einer höflichen Verbeugung, »ich entschuldige mich für die Störung. Aber heute Mittag muss ich auf einer Wiese in diesem Park erscheinen und mich meinem Todfeind in einem Duell stellen, und wenn ich irgendeine Hoffnung haben will, ihn zu besiegen, muss ich das Glück aus einem Jungfrauenkuss tragen.«

Sie wünschte, sie hätte einen Spiegel, in dem sie ihre eigene Tarnung hätte sehen können. Für diese hatte sie jegliches Detail hinzugefügt, das sie sich denken konnte: einen Männeranzug ganz in Grün, Haar so silbern wie das von Lune, eine frische Hagedornblüte, die aus ihrem Knopfloch wuchs und die Dezemberkälte ignorierte.

Und ein Gesicht, das, wenn auch nicht ihr eigenes, so feenhaft wie jegliches Gesicht im Onyxpalast war.

Miss Northwood schien die übertriebene Spitze ihres Ohres anzustarren. Mrs. Vesey sagte in einem Tonfall voll künstlichem Bedauern: »Oh, guter Sir, ich würde gerne – aber ich bin schon viele Jahre verheiratet. Delphia, meine Liebe ...«

Die junge Frau schrak hoch wie eine Katze und starrte Mrs. Vesey wild an. »Was?«

»Ein Kuss für den Gentleman«, erinnerte ihre Freundin sie. »Damit er sein Duell gewinnen kann.«

Sie sollte eigentlich eine Frau sein, die um eine Nadel bat, um ihre winzigen Feenkühe davon abzuhalten, zu streunen. Dies war aber Hyde Park, wo Männer ihre illegalen Duelle abhielten, und das war eine viel interessantere Geschichte. Zum Glück stellte Mrs. Vesey sich schnell darauf ein. Miss Northwood andererseits ...

Das kurze Aufblitzen ihrer Zunge über ihre Lippen verriet die Verunsicherung der jungen Frau. Trotzdem musste Irrith ihre Nervenstärke bewundern, als sie sagte: »Sir, ich fürchte, Ihr seid nicht menschlich.«

»Nein, das bin ich nicht«, bestätigte Irrith fröhlich.

Obwohl dies offensichtlich war, ließ das Geständnis Miss Northwood die Augen aufreißen. »Woher ... woher soll ich wissen, dass Ihr es verdient, Euer Duell zu gewinnen?«

Ein Glücksgefühl begann Irriths Herz zu kitzeln. Sollte Carline doch die schönen Menschen sammeln. Irrith zog jene mit Temperament vor. »Macht das einen Unterschied?«, fragte sie. »Ich werde Euch im Tausch für Euren Kuss Glück schenken, und der Ausgang des Duells geht Euch kaum etwas an.«

»Es macht aber einen Unterschied«, beharrte Miss Northwood, deren Blick in einem verzweifelten Flehen um entweder Bestätigung oder Unterstützung, möglicherweise beides, zu Mrs. Vesey wanderte. »Ich würde Euch nicht beim Gewinnen helfen wollen, wenn Ihr es nicht verdient. Und um einen *Kuss* zu bitten«, fügte sie an, als sie sich für ihr Thema erwärmte. »Das ist sehr unangemessen, Sir. Ich kenne Euch nicht.«

Vielleicht wäre die Nadel doch die bessere Idee gewesen. Irrith suchte nach einer Antwort. Sie hatte eigentlich alles getan, was sie tun musste. Der Gedanke war, Miss Northwood Feen treffen zu lassen, dann sollte Mrs. Vesey ruhig deren Existenz gestehen, woraufhin sie der jungen Frau raten würde, mit Galen zu sprechen, als hätte er dies nicht selbst organisiert. Viel zu kompliziert, Irriths Meinung nach, aber nach Dr. Andrews hatte er seine Lektion gründlich gelernt: erst Feen, später Erklärungen.

Aber sie weigerte sich, so leicht aufzugeben. Sie hatte um einen Kuss gebeten, und sie würde einen bekommen. »Es muss nur auf die Wange sein«, sagte Irrith. »Ich bin ein Gentleman, das versichere ich Euch. Was Eure Zweifel an meiner Ehrenhaftigkeit betrifft ...«

Nun, sie hatte Brot gegessen. Das würde dies hier nicht zu einem Genuss machen, aber zumindest würde es sie nicht verletzen. »Wenn eine von Euch Damen ein Kreuz bei sich hat?«

Mrs. Vesey riss die Augen auf. Sie sah Miss Northwood an, und Miss Northwood sah sie an. Beide schüttelten den Kopf. *Dieses moderne Zeitalter,* dachte Irrith, gefangen zwischen Verärgerung und Belustigung. *Vor einiger Zeit konnte man keinen Stein werfen, ohne jemanden mit einem Kreuz zu treffen.* Resigniert sagte sie: »Ich hatte vor, auf ein Kreuz zu schwören, dass ich heute niemandem schaden will, der es nicht verdient. Aber Ihr habt meinen Plan verdorben – und, wie ich hinzufügen könnte, dieses Treffen auch, das eigentlich eine kurze und mysteriöse Begegnung sein sollte. Seht, ein magischer Fremder im Hyde Park! Aber nein, Ihr musstet ja *diskutieren*.«

Sie blickte auf und entdeckte einen völlig außergewöhnlichen Ausdruck in Miss Northwoods Gesicht. Der stellte sich als Gelächter heraus, das jetzt aus der Kehle der jungen Frau platzte und ihre Augen strahlen ließ. Sogar Mrs. Vesey begann zu kichern. Edward Thorne saß völlig still da, aber Irrith konnte sehen, dass er sich unbedingt umdrehen und etwas sagen wollte.

»Hier.« Miss Northwood beugte sich vor und gab Irrith einen flüchtigen Kuss auf die Wange. »Für Euer Glück, und es tut mir leid, dass ich nicht weiß, wie ich mich angemessen verhalten soll, wenn mir eine Fee auflauert.«

Irrith runzelte gespielt die Stirn vor ihr. »Würde Euch recht geschehen, wenn ich Euch keine Belohnung geben würde. Aber Ihr habt mich amüsiert, und dafür schenke ich Euch zwei Dinge. Erstens, wenn Ihr nach Hause zurückkehrt, werdet Ihr Euren Lieblingsrosenstrauch in voller Blüte vorfinden. Zweitens, ich werde Eure Träume segnen, Miss, damit Ihr in ihnen Glück findet.« Und sie machte eine tiefe Verbeugung vor Miss Northwood.

»Danke«, sagte die junge Frau ernst.

Überhaupt nicht wie Lune. Und, was das betrifft, überhaupt nicht wie ich. Aber Irrith konnte sehen, warum Galen sie ausgewählt hatte – und, obwohl das Geständnis ihre Zähne schmerzen ließ, sie konnte ihm die Wahl nicht verdenken.

Allein deswegen verdiente diese Begegnung es, richtig zu enden, selbst wenn der Mittelteil schiefgegangen war. Irrith ließ sich vor ihren Augen verschwinden, dann streifte sie im Vorbeilaufen Edward Thornes Bein, als sie sich davonstahl, hinter den Baum, auf dem sie sich zuvor versteckt hatte. Sie lauschte, wie er aus seiner »Trance« erwachte und nach den Damen rief. Mrs. Vesey beruhigte ihn, und dann fuhren sie weiter, sodass Irrith sich das folgende Gespräch nur vorstellen konnte.

Überhaupt nicht das, was Galen geplant hatte. Aber es würde seinen Zweck erfüllen.

Und ich muss zum Rosenhaus, oder dieser Busch wird eine bittere Enttäuschung, wenn Miss Northwood nachsehen geht.

LEICESTER FIELDS, WESTMINSTER
2. Dezember 1758

»Oh, *Gott* sei Dank bist du heute Morgen daheim.« Cynthia hastete durch Galens Schlafzimmer, wobei sie den halb bekleideten Zustand ihres Bruders und Edwards bedeutungsvolles Räuspern völlig ignorierte. »Du wirst unten gebraucht. Delphia ist mich besuchen gekommen, aber du bist derjenige, mit dem sie sprechen will, nur dass sie dich nicht besuchen kann, ohne dass es anstößig wäre. Mama ist mit Daphne unterwegs, dem Himmel sei Dank, und ich kann Irene zum Schweigen bringen. Solange du schnell bist, wird Papa es nie erfahren. Aber du musst *sofort* nach unten kommen.« Edward hüstelte erneut. »Nachdem du dir etwas angezogen hast, natürlich.«

Galen saß mit verquollenen Augen da und starrte während ihrer gesamten Ansprache auf den Teppich. *Verdammt. Zu früh!* Der Plan war gewesen, dass Mrs. Vesey einen Besuch in ihrem Haus arrangierte, wo sie in größerer Sicherheit sprechen konnten – und sogar das hatte ihn so besorgt, dass er in der letzten Nacht kaum geschlafen hatte. Aber Miss Northwood war offenbar zu ungeduldig, um zu warten.

Außer sie hatte kein Gespräch im Sinn. Vielleicht war sie nach Leicester Fields gekommen, um ihre Verlobung zu lösen.

Dieser Gedanke erschreckte ihn so unangenehm, dass er wach wurde. Edward war bereits mit einem Hemd, einer Hose und allem anderen da, was er brauchte. Galen trug momentan nur eine Unterhose. Cynthia errötete ein wenig und zog sich zurück, damit er sich ankleiden konnte. Galen legte hastig alles an, in solcher Eile, dass er beinahe ohne seine Perücke hinausging. Zum Glück war sein Leibdiener wacher als er.

An der Tür zum Salon blieb er stehen und versuchte, sein Herz langsamer schlagen zu lassen. Aber das Pochen weigerte sich, auf Befehle seines Willens zu hören, und so erschütterte es immer noch seine Rippen, als er hineinging und feststellte, dass Delphia Northwood mit seiner Schwester auf dem Sofa wartete.

»Ich werde nach Irene sehen«, sagte Cynthia mit einem verschmitzten Kichern und schlüpfte an Galen vorbei. Was sie ihrer Meinung nach vorhatten, konnte er sich nur vorstellen. Sicherlich war es bei Weitem nicht die Wahrheit. Welche Wahrheit das auch immer sein mochte.

Wie sah eine Frau aus, wenn sie sich in den Kopf gesetzt hatte, eine Verlobung zu lösen? Er hatte keine Ahnung. Miss Northwood ließ sich nichts anmerken. Der feste Griff ihrer behandschuhten Hände ineinander hätte alles oder nichts bedeuten können. Er stand in unbeholfenem Schweigen da, weil er nicht wusste, was er überhaupt sagen konnte.

In letzter Zeit irgendwelche Feen gesehen?
Sind wir noch verlobt?
Kühler Morgen, nicht wahr?

Miss Northwood sagte: »Habt Ihr diesen Vorfall jetzt arrangiert, damit ich Zeit hätte, einen Weg aus dieser Heirat zu finden?«

Galens Herz versuchte, direkt aus seinem Mund zu springen. Er brauchte drei Versuche, um es wieder hinunterzuschlucken. Dann sagte er zögernd: »Ich nehme an, es wäre dumm von mir, so zu tun, als hätte ich ihn *nicht* arrangiert.«

»Ja. Das wäre es.« Sie stand auf, die Hände immer noch fest verschränkt, und blieb dann stehen, als wüsste sie nicht, wohin sie gehen sollte. »Warum habt Ihr das getan?«

Er blickte zum Boden. Da war ein kleiner Schmutzfleck auf dem Teppich, kurz vor seinem linken Fuß, nicht frisch. Das Hausmädchen hätte ihn wegputzen sollen. »Ich wollte, dass Ihr es wisst, weil es mir ungerecht schien, Euch über den größten Teil meines Lebens im Unklaren zu lassen. Es ist jetzt passiert, weil, ja, weil ich dachte, Ihr solltet die Gelegenheit haben zu entkommen, wenn Ihr das wollt. Und ich habe es auf eine solch umständliche Art arrangiert, weil ...« Die Worte blieben ihm im Hals stecken. »Weil ich mir nicht vorstellen konnte, in Mrs. Veseys Salon zu sitzen und Euch alles zu erklären, als würde ich einen Vortrag über irgendein fremdes Land halten. Ich wollte, dass Ihr es seht. Und ich dachte, das hier sei eine sichere Möglichkeit, es zu tun, denn wenn Ihr nach dem Erlebnis panisch gewesen wärt, dann hätte Mrs. Vesey Euch gar nichts erzählt, und ich würde wissen, dass dies nichts ist, was ich je mit Euch teilen könnte.«

Aber Mrs. Vesey *hatte* es ihr erzählt, ganz klar. Das schenkte ihm ein winziges bisschen Hoffnung.

Ihr plötzliches Ausatmen machte ihm bewusst, dass sie die Luft angehalten hatte. »Wie überaus charakteristisch«, sagte Miss Northwood und setzte sich schnell wieder genau dorthin, wo sie zuvor gewesen war.

»Charakteristisch?«, fragte Galen und wagte es, seinen Blick zu heben.

Sie erwiderte ihn mit einem wehmütigen Lächeln. »Für Euch. In Sothings Park habt Ihr gesagt, Ihr seid ein Romantiker, und ich kann sehen, dass das wahr ist. Ein Gentleman ganz in Grün, ein Duell im Hyde Park ... Viel interessanter, nehme ich an, als ein Vortrag in Mrs. Veseys Salon. Obwohl dieser später kam, nachdem wir zurückgefahren waren.«

Gentleman? Duell? Was in Mabs Namen hat Irrith getan? Galen war in der letzten Nacht nicht zum Onyxpalast gegangen, denn er war zu nervös gewesen, um die Geschichte zu hören. Nun, was auch immer der ungehorsame Irrwisch getan hatte, es hatte so viel erreicht. Es hatte Delphia gezeigt, was sie sehen musste, und Mrs. Vesey hatte ihr erzählt, was sie wissen musste.

Nun lag die Entscheidung bei ihr.

Er trat vor und kniete sich vor ihre Füße, aber nicht zu nahe. »Dies ist die Angelegenheit, die mich beschäftigt, Delphia. Sie wird mich bis zu dem Tag, an dem ich sterbe, beschäftigen. Da ist sehr viel, von dem nicht einmal Mrs. Vesey weiß und von dem ich Euch erzählen werde, wenn Ihr es hören wollt. Einiges davon ist nicht so angenehm. Aber alle Geheimnisse in meinem Leben erwachsen aus diesem einen. Wenn Ihr daran nicht teilhaben wollt – wenn Ihr einen Gatten vorzieht, dessen Geheimnisse von einer gewöhnlicheren Art sind –, dann sagt es jetzt, und wir werden unsere Verlobung beenden. Ich werde Euch helfen, eine Möglichkeit zu finden, Mr. Beckfords Sohn zu vermeiden.«

Miss Northwoods Finger verkrampften sich bei dem Namen. Dann entspannten sie sich langsam, ein Stück nach dem anderen.

»Nein, Mr. St. Clair. Ich werde Euch trotzdem heiraten – unter einer Bedingung.«

»Nennt sie«, hauchte Galen.

Sie fand und erwiderte seinen Blick, und in ihren Augen sah er sowohl eiserne Entschlossenheit als auch einen Hauch freudiger Neugier. »Dass das Geheimnis mir ebenso wie Euch gehört. Nehmt mich zum Onyxpalast mit.«

DER ONYXPALAST, LONDON
8. *Dezember* 1758

Schon seit er zum Rang des Prinzen aufgestiegen war, hatte sich Galen selten die Zeit genommen, den Feenpalast, der so viel von seinem Leben einnahm, wirklich anzusehen. Obwohl er dort viele Stunden verbrachte, bemerkte er den Palast selbst fast nie. Er war zu beschäftigt, Theorien mit den Gelehrten zu diskutieren, Lune Bericht zu erstatten, gelegentlich mit Irrith zu schäkern. Seine Umgebung war im Vergleich zu seinen Sorgen von geringer Bedeutung.

Delphia ließ sie ihn mit neuen Augen sehen.

Alles war ein Wunder für sie, von dem schnellen, aber sanften Fall durch den Eingang am Newgate bis zur Pracht des größeren Thronsaals. Sie staunte über die schlichte Eleganz des schwarzen Gesteins, das nie irgendwelche Gebrauchsspuren zu zeigen schien. Sie erfreute sich an den Feenlichtern, die ihren Schritten folgten. Sogar die groteskesten der Hofgoblins scheiterten daran, sie aus der Fassung zu bringen. Natürlich zeigten jene, denen sie begegnete, ihr bestes Benehmen. Dafür hatte Lune gesorgt. Aber ihre Gesichter allein hätten gereicht, um jegliche junge Frau mit einem weniger stahlharten Kern in Panik zu versetzen.

Er präsentierte sie der Königin in der intimeren Atmosphäre von Lunes Privatgemächern. Lune empfing sie freundlich und zeigte keinen Hauch von Ungeduld über die Entscheidung des Prinzen, Zeit mit dieser Sache zu verbringen. Galen selbst sagte wenig. Irgendein grausamer Humor vonseiten des Schicksals – oder vielleicht Irriths – hatte den Irrwisch an jenem Tag bei der Königin anwesend sein lassen. *Die Frau, die ich liebe, die Frau, der ich versprochen bin, und die Frau, mit der ich ins Bett gehe, alle in einem Raum. Ich schätze, ich kann niemandem außer mir selbst die Schuld geben.*

Er lehnte Irriths Angebot ab, sie auf ihrem Rundgang durch den Palast zu begleiten. Welche Streiche sie im Sinn hatte, wusste er nicht, und er wollte es nicht herausfinden. Stattdessen schlenderten Delphia und er allein dahin – wirklich allein, ohne auch nur Edward in ihrem Gefolge. »Euer Leibdiener kommt mit Euch her?«, fragte sie überrascht, und er erzählte ihr vom Feenvater des Mannes.

»Das macht viele Dinge einfacher«, sagte er, als sie sich dem Saal der Statuen näherten, wo die besten Skulpturen des Onyxpalasts ausgestellt waren. »Ich habe hier im Palast Gemächer und bleibe oft dort. Falls Ihr gehört habt, wie Cynthia sich über meine Abwesenheit beschwert, liegt das daran. Einen Leibdiener zu haben, der mir in beiden Welten helfen kann, ist einfacher, als zwei zu balancieren. Die Diener, die sich um mein Quartier kümmern, sind allerdings Fae.«

»Vielleicht kann ich ...«, setzte Delphia an, dann verlor sich der Rest davon in einem Japsen. Sie standen oben an einer Treppe, die ihnen einen prächtigen Ausblick auf die lange Galerie schenkte, auf der sich an beiden Seiten Statuen aufreihten. Einige waren in Imitation einer sterblichen Angewohnheit aus Italien und Griechenland geplündert worden. Andere waren älter und gröber oder einfach seltsamer, aus gar keinem Land oder keiner Periode genommen, von der Galen wusste. Er hatte diesen Ort nie gemocht. Die erstarrten Reihen aus Gestalten machten ihn zu nervös. Aber Delphia, die dies zum ersten Mal sah, war fasziniert.

Dann wurde ihm bewusst, dass ihr Blick auf das gegenüberliegende Ende der Galerie geheftet war, wo eine Treppe wieder nach oben zu einer Plattform, den gegenüberliegenden Türen und einer einzelnen Statue führte, die auf einem Ehrenplatz stand.

Sie bahnten sich langsam ihren Weg darauf zu, denn es gab andere Sehenswürdigkeiten in diesem Saal. Auf dieser Seite einen gewaltigen Kopf, so lebensecht, dass er von einem Riesen mit edlem Gesicht hätte genommen sein können, gegenüber ein seltsames Gewirr aus Marmor, das mit honigfarbenen Adern durchzogen war, eine Gestalt, die halb aus einem Baumstamm herauskam. Aber bloßer Stein hatte auf die Dauer nur begrenzten Reiz, sodass sie bald die Treppe hinaufstiegen und vor der Skulptur standen, die Galen im ganzen Onyxpalast am wenigsten mochte.

Die Flammen, die um die zentrale Gestalt züngelten, strahlten genug Hitze ab, um ihre Echtheit zu beweisen, aber nicht genug, um den Beobachter zurückzutreiben. Sie bewegten sich jedoch, kräuselten und wanden sich und schufen die Illusion, dass die Gestalt, die in ihnen gefangen war, sich ebenfalls bewegte. Sie überragte die Köpfe von Galen und Delphia, die Hände um halb feste Flammen geschlungen, die gewaltigen Schultern gebeugt, wie um ihren Feind zu zerreißen, und so groß war die Kunstfertigkeit des Bildhauers, dass es unmöglich war zu sagen, wer siegte, der Riese oder die Flammen.

Delphia hielt eine Hand hoch, sodass ihre Finger vor dem rötlichen Licht glühten, und hauchte: »Was ist das hier?«

»Eine Gedenkstätte.« Galen schlang seine Arme um seinen Körper, obwohl es unmöglich war zu frieren, während man auf der Plattform stand. »Die Antwort dieses Reichs auf das Monument für das Große Feuer. Wart Ihr je dort?«

Sie nickte. »Der Ausblick von seiner Galerie ist wundervoll.«

»Es gibt hier Leute, die sich an jenes Feuer erinnern – die es mit eigenen Augen gesehen haben. Die es bekämpft haben.« Die züngelnden Flammen, die sich schlangenhaft um die Statue wanden, fesselten seinen Blick und wollten ihn nicht loslassen. »Ich habe Euch erzählt, dass es weniger angenehme Dinge gibt, solche, von denen Mrs. Vesey nichts weiß. Das hier ist eines davon.«

Delphia wandte sich von ihrer Betrachtung ab und ließ ihre Hand sinken. »Was meint Ihr?«

Mit dem Kinn deutete er auf die Statue. »Das hier soll einen Riesen in der Schlacht mit dem Drachen darstellen. Das Feuer war mehr als nur Flammen, Delphia. Es war eine gewaltige Bestie, die versuchte, ganz London zu verschlingen – und bei einem großen Teil davon Erfolg hatte. Während die Sterblichen gegen den Brand kämpften, bekämpften die Fae seinen Geist. Und am Ende setzten sie ihn gefangen.«

Weil das Licht hinter ihr stand, war Delphias Miene schwer zu deuten, aber er glaubte, sie die Stirn runzeln zu sehen. »Ein großer und schrecklicher Teil der Geschichte ... aber Ihr seht aus, als würde er Euch sogar jetzt noch Sorgen bereiten.«

»Er bereitet uns allen Sorgen«, flüsterte er. »Weil er zurückkommt, Delphia. Der Komet, auf den alle warten – das ist das Gefängnis des Drachen. Wenn ich in den vergangenen Monaten müde und abgelenkt und abwesend war, dann war es, weil der Tag nicht fern ist, da sich das hier wiederholen könnte.« Und er nickte erneut in Richtung der Statue, den Fae, der in seinen Kampf mit der Bestie verbissen war.

Sie warf einen Blick über ihre Schulter, dann zurück auf ihn. »Ihr meint – eine Art Schlacht?«

»Wir hoffen nicht. Aber ich fürchte ...« Er erschauderte und schlang die Arme fester um seinen Oberkörper, als könne er es damit aufhalten. »Ich fürchte, dass all unsere klugen Pläne zu nichts führen und es dazu kommen *wird.* Eine Schlacht gegen eine unsterbliche Bestie, um London zu retten. Und Leute werden sterben. Fae und vielleicht auch Sterbliche.«

Vielleicht ich selbst. Der Gedanke erschreckte ihn, und dennoch klammerte er sich daran, als könne Vertrautheit die scharfen Kanten abschleifen, die Furcht unfähig machen, ihn zu verwunden. Galen wollte nicht sterben, aber er wollte sogar noch weniger als Feigling leben. Sollte es zu einer Schlacht kommen ...

Hier im Onyxpalast konnte er Gottes Namen nicht aussprechen, aber er konnte ihn in seinen Gedanken anflehen. *Bitte, oh Herr, gibt mir den Mut, mich dieser Aussicht wie ein Mann zu stellen.*

Delphia trat vor, hob die Hände und zögerte dann. Aber es war außer ihnen beiden niemand im Saal der Statuen, und so machte sie weiter, wie sie angefangen hatte, schlang ihre Arme um seinen steifen Körper und legte ihre Wange an seine. Nach einem Augenblick entfaltete Galen seine eigenen Arme und legte seine Hände an ihre Taille, wo er die straffe Rüstung ihres Korsetts spürte. Irrith trug selten eines – ein Vergleich, den er nicht anstellen sollte, nicht, wenn Delphia seine Frau würde.

»Ich verstehe nicht alles, was du gerade gesagt hast«, murmelte sie. »Kometen und Drachen und alles davon. Aber ich bin sicher, es wird alles gut.«

Bedeutungslose Worte. Wie sie zugab, hatte sie kein Verständnis für die Umstände – die Macht des Drachen, die Details in ihrem Plan, irgendetwas davon. Trotzdem musste er diese Versicherung hören, so leer sie auch war.

Ich bin sicher, es wird alles gut.

Galen löste sich aus ihrer Umarmung und zwang sich, sich auf ihr Gesicht und nicht die feurige Gedenkstätte dahinter zu konzentrieren. »Danke. Jetzt komm. Es gibt noch mehr – und angenehmere – Teile des Onyxpalasts zu sehen.«

DER ONYXPALAST, LONDON
25. Dezember 1758

An gewissen Tagen – dem ersten Mai, Mittsommer, dem Vorabend von Allerheiligen – zogen die Fae in die Welt der Sterblichen hinaus, um ihre uralten Traditionen zu leben.

Während der Weihnachtszeit blieben sie unten.

Galens Gesellschaft beraubt und dementsprechend gelangweilt ging Irrith in den Nachtgarten. Dort verbrachte sie den Tag damit, immer absurdere Würfelspiele mit Ktistes zu spielen, indem Irrwisch und Zentaur sich abwechselten, mit jeder Runde eine neue Regel hinzuzufügen. Sie warfen den Würfel auf den geschliffenen Brettern seines Pavillons und plauderten mit entschiedener Sorglosigkeit über unbedeutende Themen, bis Irrith, als sie aufstand, um sich zu strecken, draußen einen Blick auf etwas erhaschte.

Eine Stechpalmennymphe, der Geist eines der Bäume im Garten, stand auf dem taubehafteten Gras, legte den Kopf in den Nacken und starrte nach oben.

»Was ist los?«, fragte Ktistes. Irrith antwortete nicht. Mittlerweile trugen ihre Füße sie schon die Rampe hinunter aufs Gras, ins Freie, wo sie die Decke über ihr sehen konnte.

Ein Komet leuchtete über dem Nachtgarten.

Die Feenlichter, die den Himmel bildeten, hatten sich zusammengezogen, sodass der Großteil der Decke schwarz und leer war. Der Schweif des Kometen stach wie ein Schwert aus dieser Schwärze hervor und hing an einem Kern aus einer Helligkeit, die zu schmerzhaft war, um sie direkt anzusehen. Er erstreckte sich beinahe von einer Seite des Gartens bis zur anderen, ein strahlendes Vorzeichen des Untergangs.

Das Klappern von Ktistes' Hufen auf dem Holz klang hinter Irrith leer wie der Tod. Dann war der Zentaur da, und sie legte eine Hand an seine Flanke, weil sie sich abstützen musste.

»Jemand hat ihn gesehen«, flüsterte er – ein winziges Geräusch dafür, dass es aus einem so riesigen Körper kam. »Wir müssen herausfinden, wer.«

Macht das einen Unterschied?, fragte Irrith sich. Ihre Muskeln waren so fest angespannt, dass sie dachte, ihre Knochen würden vielleicht brechen. *Unsere Zeit ist abgelaufen.*

Der Komet – und der Drache, den er trug – war zurückgekehrt.

TEIL SECHS

Dissolutio
Winter 1758

»*Substanz und Form in mir sind nur ein Name,
denn keinen von beiden beanspruche ich richtig,
ein geringerer Geist, und doch genieße ich solche Kraft,
dass sie alle materiellen Wesen zerstören wird.*«
»Ein Rätsel«
ELIZABETH CARTER zugeschrieben
The Gentleman's Magazine, November 1734

Als er von Blicken berührt wird, schrumpft die Entfernung zu nichts. Ein Mann auf einem nachtschwarzen Feld, der zum Himmel aufblickt und seine Wunder über deren natürliches Maß hinaus vergrößert sieht.

Den Kometen sieht.

Der Drache spannt sich in seinem Gefängnis an. Sein Wesen ist Licht, Teil des wachsenden Strahlens, das den dunklen Kern des Kometen umfängt. Materie könnte die Entfernung zwischen diesem Reisenden und dem nachtschwarzen Feld nicht überwinden, doch Licht kann es, Licht tut es.

Die Freiheit wartet.

Freiheit, ja – aber wenig mehr. Dort gibt es keine Macht. Gras und Bäume und den Mann mit dem beobachtenden Blick. Diese Dinge könnten verbrannt werden, und darin würde Freude liegen.

Der Drache will mehr als Freude.

Er will die Stadt und den Schatten unter ihr.

Geduld. Nach so vielen Jahren hat die Bestie deren Bedeutung gelernt. Das Licht strömt jetzt nach außen, ein Banner durch die Leere. Es ist eine Kriegserklärung, die mit jedem verstreichenden Moment größer wird. Andere Blicke werden kommen, Verbindungen zwischen der Erde und dem weit entfernten Kometen schmieden, und mit der Zeit wird – muss – eine zur Beute des Drachen führen.

Er kann warten.

Vorerst.

DER ONYX PALAST, LONDON
6. Januar 1759

»Es war ein Deutscher.« Ausnahmsweise kam Galen herein, ohne für eine Verbeugung innezuhalten, und hielt den gefalteten Brief hoch, den Wilhas ihm übergeben hatte. »Johann Palitzsch in Sachsen. Ein Gentleman-Bauer, wenn man das glauben kann. Er praktiziert Astronomie als Zeitvertreib.«

Die Leute, die versammelt waren, um ihn anzuhören, waren ein wild zusammengewürfelter Kriegsrat, der um den großen Tisch im Raum saß. Peregrin und sein Leutnant Sir Cerenel, die jene repräsentierten, die bereit waren zu kämpfen. Cuddy für die Zwerge, die immer noch in ihrer Werkstatt waren und über Niklas' neuesten Versuch mit einer Falle fluchten. Die alchemistischen Gelehrten: Dr. Andrews und Lady Feidelm, Wrain und der erschöpfte Savennis und sogar der Dschinn Abd ar-Rashid. Irrith. Rosamund Goodemeade. Und Lune selbst, die angespannt hinter ihrem eigenen Stuhl stand, während sie die behandschuhten Hände hinter dem Rücken verschränkt hielt.

Die Königin sagte: »Und ihm ist nichts passiert.«

Sie formulierte es als Aussage, aber die Anspannung in ihrem Blick verriet, dass sie nicht sicher war. Galen beruhigte sie hastig. »Überhaupt nichts, oder die hannoverschen Fae hätten es gesagt. Der Drache ist nicht herabgesprungen.«

Lune atmete langsam aus und entspannte ihre heile Hand. »Dann ist damit unsere erste Frage beantwortet. Entweder braucht er eine größere Annäherung an die Erde, oder er will wirklich diesen Ort und gibt sich mit keinem anderen zufrieden. Obwohl ich dies nicht mit einer Sichtung durch irgendjemanden in England überprüfen will, sei es in Greenwich oder nicht.«

Was alle Blicke zu Irrith führte. Der Irrwisch grinste, obwohl es angespannt wirkte. »Sie hätten Glück, wenn sie den Mond finden würden durch die Bewölkung, die wir gerade haben.«

Galen erwiderte ihr Lächeln. »Lord Macclesfield sagt, dass Messier sich schon seit November beschwert, dass der Himmel über Paris sehr häufig bewölkt ist. Er konnte kaum überhaupt irgendwelche Beobachtungen machen.«

»Aber wird das *halten*?«, fragte Wrain.

Irrith runzelte zweifelnd die Stirn. Weil diese Versammlung in Lunes Ratskammer abgehalten wurde, konnte Ktistes nicht zu ihnen stoßen. Der Irrwisch war der Einzige, der für die Wolken sprach. »Wie viel länger brauchen wir sie?«

Früher hätte Galen seine Notizen konsultieren müssen, doch zu diesem Zeitpunkt waren die Daten in sein Gedächtnis gemeißelt. »Das Perihel ist Mitte März. Wir können aber nicht wissen, wie lange der Komet danach noch sichtbar bleibt. Um sicherzugehen, sagen wir drei Monate, die Umkehrung von Palitzschs Sichtung. Können wir bis Mittsommer versteckt bleiben?«

Der Irrwisch kaute auf seiner Unterlippe. Ihre Hände waren um ihre Knie geschlungen und ihre Schultern gebeugt. »Vielleicht«, sagte sie lang gezogen. »Ich werde Ktistes fragen müssen. Aber wir *könnten* es schaffen, so lange durchzuhalten.«

Erleichtertes Seufzen erklang überall im Raum, von beinahe jedem dort. Nicht jedoch von Irrith oder Galen oder Lune.

Die Königin blickte ihm in die Augen, und er sah, wie sich seine eigenen Gedanken in ihr spiegelten. *Sie denken, dass wir die Frage vermeiden können. Sie bis zum nächsten Jahrhundert verschieben können.* Und vielleicht konnten sie das, falls die Wolken hielten. Aber sie kannten beide das Risiko der Nachlässigkeit: Alles, was es brauchte, war ein Fehler, einen Riss im Schleier, und sie konnten sich mit einer Schlacht konfrontiert sehen, auf die sie nicht vorbereitet waren.

Nein, es ist mehr als das. Sogar wenn wir es sicher wüssten ... Lune hat das Warten satt. Und ich genauso.

Die Zeit ist gekommen, uns unserem Feind zu stellen.

Der Gedanke hätte ihn erschrecken sollen. In gewisser Hinsicht tat er das. Aber Galen stellte zu seiner Überraschung fest, dass selbst Furcht nicht ewig halten konnte. Das Omen im Nachtgarten, Palitzschs Sichtung des Kometen, hatte eine Wunde aufgerissen, die seit Jahren geeitert hatte. Er musste diesen Augenblick nicht länger fürchten. Er war nach langer Zeit endlich gekommen, und nun würden sie reagieren.

Lune richtete sich auf, und mit dieser einfachen Bewegung legte sich ein königlicher Anschein auf ihre Haltung. Hier in der beengten Ratskammer flößte sie ebenso viel Respekt ein, wie sie es getan hätte, würde sie auf ihrem Thron sitzen. »Danke, Dame Irrith. Warne uns, wenn die Deckung in Gefahr scheint, zu versagen.«

Ihre Blicke suchten und fesselten jede Person im Raum, von Dr. Andrews bis zu Wrain. »Versteht dies: Wir haben vor, auf diese Bedrohung zu reagieren. Wir verbergen uns, nicht wie Mäuse, die hoffen, dass der Adler über uns hinwegfliegen wird, sondern wie Katzen, die auf den besten Augenblick zum Zuschlagen warten.

Lord Galen schätzt, dass unsere Gefährdung mindestens bis Mittsommer andauern wird. Ich sage jetzt, dass wir nicht so lange warten werden. Sir Peregrin, wie gut vorbereitet sind Eure Ritter?«

Der Hauptmann der Onyxwache stand auf und verbeugte sich. »Euer Gnaden, sie würden heute kämpfen, wenn Ihr sie dazu aufrufen würdet.«

Ihre herrische Haltung wurde etwas weicher, und sie warf ihrem Hauptmann einen verschmitzten Blick zu. »Dessen bin ich mir sicher. Aber wie steht es mit ihren Fähigkeiten?«

»Sie sind bereit«, versicherte er ihr. »Die Speerritter und auch die anderen. Sie werden von jetzt an trainieren, bis Ihr sie braucht, weil ein Soldat seine Fähigkeiten immer in Übung halten muss. Aber wenn sie heute kämpfen sollten, würde ich sie mit Stolz in die Schlacht schicken.«

»Gut. Ihr seid unsere dritte Verteidigungslinie. Die Wolken sind die erste. Was uns zu den Alchemisten bringt.« Lune blickte zu Dr. Andrews. Galen hielt die Luft an und fragte sich, ob sie vorhatte, etwas fürchterlich Dummes zu tun. Er schmolz beinahe vor Erleichterung, als sie sagte: »Lord Galen und ich haben Euch die Aufgabe gestellt, eine angemessene Prozedur zu finden, um sophisches Mercurium zu gewinnen. Habt Ihr schon eine?«

Andrews, der von Anfang an dünn gewesen war, war zu einem Skelett abgemagert, das von wenig mehr als leidenschaftlicher Hoffnung zusammengehalten wurde. Seine fiebrigen Augen wanderten ruhelos, unfähig, Lunes Blick zu erwidern. »Ich bin nicht sicher, Madam. Es gibt immer noch grundlegende Fragen ...«

»Dr. Andrews«, unterbrach Galen ihn, ehe der Mann vor den anderen etwas Unkluges sagen konnte. »Ich verstehe Eure Unsicherheit, aber die Zeit, um Fragen auszuweichen, ist vorbei. Ihr müsst nicht sagen, dass es morgen fertig ist. In einigen Wochen – vielleicht Mitte Februar – wird der Komet zu nahe an der Sonne sein, als dass irgendjemand ihn sehen kann, selbst mit einem Teleskop. Die Wolken können uns bis dahin schützen. Danach bezweifle ich, dass ihn irgendjemand bis frühestens zum Perihel Mitte März sichten kann. Das gibt uns mehr als zwei Monate. Könnt Ihr bis dahin bereit sein?«

Der Doktor leckte sich die Lippen, dann sagte er: »Ja.«

Andrews' Antwort mochte eher geraten als ein Versprechen sein, aber Galen wertete sie trotzdem als Sieg. Ohne ein Datum, auf das sie abzielten, konnten die Gelehrten endlos über diese Fragen diskutieren und nie zu einem festen Schluss kommen. Eine Grenze zu setzen, würde ihnen guttun. Und falls die Prozedur bis dahin wirklich nicht fertig wäre, konnten sie die Zeit immer noch ausdehnen – solange die Wolken durchhielten.

»Dann habt Ihr bis zum Perihel«, sagte Galen. »Danach wird der Komet näher an die Erde kommen, und unsere Gefährdung ist am größten. Sobald Ihr bereit seid, werden wir die Wolken wegschicken, den Drachen herabrufen und das hier beenden.«

Andrews nickte und wischte sich den Schweiß von der blassen Stirn.

Lune stand immer noch allein hinter ihrem Stuhl. Galen ging um den Tisch und stellte sich an ihre Seite. Ausnahmsweise – vielleicht zum ersten Mal – fühlte es sich richtig an. Königin und Prinz, Schulter an Schulter gegen die Bedrohungen, die sich ihrem Hof stellten.

Ihrem Hof. Seinem ebenso wie Lunes.

»Dann bis März«, sagte Lune. »Mögen das Schicksal und das Feenland uns alle segnen.«

DER ONYXPALAST, LONDON
25. Januar 1759

Wenn irgendjemand Irrith bei ihrer Ankunft im Onyxpalast gefragt hätte, wie sie ihre letzten Wochen vor der Konfrontation mit dem Kometen verbringen würde, hätte sie zuversichtlich ein wildes Abenteuer auf den Straßen von London vorausgesagt, in dem sie Schänken und Läden und die Häuser von Sterblichen besuchte und die Stadt genoss, als würde sie sie vielleicht nie wiedersehen.

Stattdessen teilte sie ihre Zeit zwischen dem Tempel der Waffen und dem Labor von Dr. Andrews auf und wünschte, sie könnte an einem von diesen Orten von größerem Nutzen sein. Aber sie hatte ihren Teil getan. Ihre erste Verteidigungslinie hielt, und andere waren weit qualifizierter als sie, um zur zweiten und dritten beizutragen. Besonders auf der alchemistischen Seite. Galen hatte jedoch ihr Bett verlassen, und das Labor war der Platz, wo sie ihn am sichersten fand.

Ihn und den halben Onyxpalast. Natürlich eine Übertreibung, aber gerade jetzt waren Galen und Dr. Andrews, Wrain und der arme Savennis, Lady Feidelm und Abd ar-Rashid im Raum. Sogar Podder war zum Dienst verpflichtet worden. Als Irrith eintrat, saß er mit einem Taschenmesser und einem Haufen Federn da und schnitzte an jede eine frische Spitze.

Es stimmte nicht ganz, dass Irrith keinen Nutzen hatte. »Lune hat vom Cour du Lys gehört«, verkündete sie den verschiedenen Sterblichen und Fae. »Messier glaubt, dass er den Kometen von Paris aus gesichtet hat.«

Galen schlug das Buch zu, das er gerade konsultiert hatte. »Verdammt. Ist es schon öffentlich?«

Irrith grinste. »Nein. Der französische König – der Feenkönig – hat Lune einen Gefallen getan. Delisle, der Kerl, der das Observatorium in Cluny unter sich hat, hat Messier befohlen, vorerst noch nichts zu verkünden. Messier rast vor Wut.«

»Gut«, sagte Galen, während er seine Finger um den Rand des Buchs krallte. »Das Schweigen, nicht die Wut. Je weniger Leute davon wissen, desto besser.«

Sie lächelte ihn an, aber er war so abgelenkt, dass er es nicht erwiderte. Was seine Skrupel wegen seiner Heirat nicht geschafft hatten, hatte die Sichtung des Kometen erreicht. Galen hatte dieser Tage wenig Zeit für irgendetwas außer Vorbereitungen.

Niemand hatte das. Irrith war nicht bewusst gewesen, als wie kompliziert sich dieser »alchemistische Plan« wirklich herausstellen würde. Sie schlenderte zu Abd ar-Rashid und schaute dem Araber stirnrunzelnd über die Schulter. Er skizzierte gerade sorgfältig etwas, aber sie konnte darin keinen Sinn erkennen. »Was ist das?«, fragte sie.

Der Dschinn antwortete, ohne aufzublicken. »Wir brauchen ein Gefäß, einen Alembik, in dem wir unser Werk durchführen können. Der Plan ist, das Monument für das Große Feuer zu nutzen. Die Kammer in seinen Grundmauern.«

Das erklärte die allgemeine Form, aber ... »Was ist mit dem Zeug an der Spitze?«

Der Bleistift hob sich von seiner Linie und hielt inne. »Spiegel«, sagte Abd ar-Rashid. Sein Akzent hatte sich so sehr verbessert, dass sie in der Antwort Ungeduld bemerken konnte. »Und Linsen. Man erzählt mir, dass eine Beobachtung von London aus den Drachen herunterbringen wird, aber das

Monument ist ein Zenith-Teleskop. Es kann nicht auf sein Ziel gerichtet werden. Weil der Komet nicht direkt darüber fliegen wird, müssen wir den Blick des Beobachters umlenken.«

Sie konnte die Schwierigkeit recht leicht verstehen, aber nicht Abd ar-Rashids Skizze von einer möglichen Antwort. Viel simpler war die Frage, die Dr. Andrews dem ganzen Raum völlig ohne Vorwarnung stellte. »Was passiert, wenn ein Fae stirbt?«

Podder ließ sein Taschenmesser fallen. Irrith fragte: »Was meint Ihr?«

Der Doktor hatte stirnrunzelnd einige Notizen in seiner Hand betrachtet. Nun legte er sie weg und starrte stattdessen stirnrunzelnd die gegenüberliegende Wand an. »*Nachdem* ein Fae stirbt, sollte ich sagen. Angenommen, dieser Drache wird getötet statt gefangen oder verwandelt. Wird sein Körper gemäß dem üblichen Lauf solcher Dinge verwesen?«

Das war zumindest ein Thema, über das zu sprechen Irrith qualifiziert war. »Er wird nicht verrotten, nein. Sie zerfallen einfach mit der Zeit zu Staub, Knochen und alles.«

»Nicht Staub«, korrigierte Wrain sie. »Nichts.«

Sie streckte ihm die Zunge heraus. »Ich habe das poetisch gemeint.«

»Und manchmal braucht es überhaupt keine Zeit«, fügte Feidelm hinzu. »Der Körper verschwindet einfach.«

»Ich nehme an, das erklärt, warum niemand je einen Feenfriedhof gefunden hat«, überlegte Andrews. Er tippte sich mit dem zerrupften Ende seiner Feder an die Wange. »Und der Geist?«

»Der stirbt auch«, sagte Wrain.

Er klang grimmig, wie es die meisten Fae taten, wenn sie über ihren eigenen Tod sprachen. *Wir denken nicht gerne daran – dass unsere Ewigkeit zu einem Ende kommen kann.* Aus irgendeinem Grund war es jetzt sogar noch verstörender, in diesem gut erleuchteten Raum, als es am Allerheiligen-Vorabend gewesen war. Irrith schlang die Arme um ihren Körper und sagte: »Aber nicht immer. Ziehen nicht einige Fae weiter?«

»Wohin? In den Himmel, dessen Herr uns nicht liebt? Oder nach unten, wo die Teufel herrschen? Vielleicht denkt Ihr, sie ziehen ins Feenland.« Wrains Schnauben zeigte, was er davon hielt. »Abergläubischer Blödsinn, von panischen Fae erzählt, die glauben wollen, dass sie sich danach auf etwas freuen können.«

Es schmerzte Irrith, weniger weil sie selbst daran glaubte, sondern weil Lune das tat. »Ihre Majestät sagt, dass sie einst eine Fee weiterziehen gesehen hat.«

»Ach? Wohin? Und woher wusste sie, dass es so war?«

Irrith fummelte an einem Mikroskop neben ihr herum. »Das hat sie nicht gesagt.«

Andrews wirkte seltsam erfreut. Er kritzelte eine Reihe an Notizen in ein nahes Buch, während sich seine Lippen in einem tonlosen Murmeln bewegten. Manchmal verstörte der Mann Irrith, und zwar nicht nur, weil er sterben würde. Seine Leidenschaft für Ideen grenzte ans Unnatürliche.

Sie wünschte sich ein anderes Thema, eines, das sie nicht dazu bringen würde, an Aspell und Lune zu denken. Eine Ablenkung präsentierte sich in Form des Prinzen, der stocksteif aufrecht dasaß, das Buch in seinen Händen vergessen. »Galen? Was ist los?«

Anfangs schien er sie nicht zu hören. Dann stellte sie sich vor ihn, und er zuckte zusammen und erwachte. »Ist dir etwas eingefallen?«, fragte Irrith.

»Verschwinden.« Er sprach das Wort aus, als sei es eine Erleuchtung, aber sie schüttelte den Kopf, weil sie ihn nicht verstand. »Wie Lady Feidelm gesagt hat. Manchmal verschwindet der Körper einfach. Warum?«

»Lune hat gesagt, das ist mit der Fee passiert, von der sie gesprochen hat«, erinnerte Irrith sich. »Derjenigen, von der sie dachte, dass sie ... weitergezogen ist.«

»Ja! Ganz genau! Was, wenn es das ist? Was, wenn die Fae, die verschwinden, diejenigen sind, die weiterziehen statt zu enden?«

Sein aufgeregter Ausruf hatte nun die Aufmerksamkeit aller auf ihn gezogen. Dr. Andrews sagte: »Irgendeine Eigenschaft von Äther vielleicht ...«

Galens Hände flogen durch die Luft und schnitten ihm das Wort ab. »Nein, nein – also, ja, vielleicht, aber nicht so, wie Ihr denkt. Ihr habt selbst einen Vortrag darüber gehalten, Dr. Andrews. Erinnert Ihr Euch nicht? In Mrs. Veseys Haus. Über kartesische Philosophie, die Trennung von Körper und Geist. Was, wenn das eines der Gesetze ist, das hier anders ist, an Feenorten – oder, genauer, bei Feenkörpern?«

Irrith hatte Mühe, ihn zu verstehen, weil ihn das so extrem aufgeregt hatte. »Du meinst, dass Geist und Körper nicht getrennt sind? Dass *unser* Geist und Körper es nicht sind?«

»Geist als Materie.« Galen packte sie an den Armen, die erste Berührung, die sie teilten, seit Delphia Northwood in den Onyxpalast gekommen war. »Das, genau das hier – *das bist du*, Irrith. Keine Trennung. In Elementen ausgedrückt, ach, ich weiß nicht ... vielleicht ist Feenmaterie einfach ein Gedanke, den der Feengeist dem Äther auferlegt. Oder so etwas. Das würde erklären, was ein Tarnzauber ist, wo er herkommt. Aber wenn ein Fae getötet wird, sterben Körper und Geist gemeinsam, weil sie sich nicht unterscheiden, und das, was zurückbleibt, zerfällt bald zu nichts. Wenn der Geist allerdings weiterzieht ...«

»Verschwindet der Körper«, flüsterte Irrith.

Feidelm trat näher, sodass die große Sidhe sowohl Irrith als auch Galen überragte. »Das würde erklären, warum der Drache alle Versuche, ihn zu töten, überlebt hat. Wir haben es schon zuvor gesagt: Sein *Geist* ist mächtig. Diesen müssen wir töten.«

Irrith war sich immer noch nicht sicher, ob der Gedanke ihr Gehirn zu weit überstieg, um ihn zu verstehen, oder so simpel war, dass sie nicht verstand, warum er Galen nicht schon früher eingefallen war. Aber der Teil mit dem Tod ... Das war eine ganz andere Sache. Wrains Zweifel waren zu nachdenklichem Grübeln verflogen. Savennis starrte seinen eigenen Arm an, als hätte er ihn nie zuvor gesehen. Abd ar-Rashid wirkte besorgt, und sie wusste nicht, warum.

Andrews war so bleich geworden, dass sie dachte, er würde vielleicht umkippen, aber seine Augen glitzerten wie Diamanten. »Perfekt«, hauchte er.

Galen drehte sich scharf um und ließ Irriths Arm los. »Was meint Ihr?«

»Oh ...« Andrews blinzelte, dann holte er sein Taschentuch heraus, um sein ständig schweißüberzogenes Gesicht abzutupfen. »Wenn Ihr recht habt ... Der Drache hat derzeit keinen Körper, wie ich es verstehe. Ja? Solange wir ihn von jeglicher Ätherquelle fernhalten, wird er weiter körperlos bleiben.«

»Ihn von Feenorten fernhalten, meint Ihr«, sagte Galen.

Irrith schüttelte den Kopf. »Nein, das denke ich nicht. Der Drache wurde oben geboren, im Feuer. Weißt du noch? Also ...«

Die Worte blieben ihr im Hals stecken und erstickten sie. »Oh, Blut und Knochen.« Feenflüche reichten nicht. »Oh, *zur Hölle.*«

Alle starrten sie an, bis sie darum kämpfen musste, sich nicht zu winden. »Steht es nicht in diesen Büchern von Euch? All dieses alchemistische Blabla? Wie oben, so unten. Und auch andersherum. Der Onyxpalast hallt nach London, über Äther oder was auch immer. Ich glaube – ich glaube, wir haben den Drachen *gemacht*.« Genau wie Carline gesagt hatte.

Andrews spie einen Fluch aus und schleuderte sein Taschentuch davon. Aber er wirkte seltsam ungerührt und ruhig, als er sagte: »Dann muss es schnell getan werden. Wenn wir reines Mercurium in die Grundmauern des Monuments bringen und dann die Wolkendecke durchbrechen und den Sulphur herunterrufen können, sodass sie sich vereinen, bevor eines davon die Chance hatte, kontaminiert zu werden ... vielleicht, wenn wir die Kammer mit Eisen auskleiden?«

Die anderen begannen, über Theorien zu diskutieren, eine Konversation, der Irrith nichts hinzufügen konnte. Ausnahmsweise war sie froh darüber. Ein kalter Kloß hatte sich in ihrer Magengrube gebildet. Alchemie war egal. Alles, woran sie denken konnte, war Aspells Plan.

Wenn Lune vom Drachen verschlungen wird...

Es bedeutete eigentlich dasselbe, was es immer bedeutet hatte. Wenn Fae starben, war es das Ende. Falls es Ausnahmen gab, waren sie selten, und hatte Lune nicht gesagt, dass ihr der Gedanke an ein wahres Ende manchmal gefiel? Aber Galens Idee, die eine Erklärung für etwas gab, über das Irrith gewöhnlich lieber überhaupt nicht nachdachte, machte es irgendwie ein Dutzend Mal schlimmer. Der Drache würde nicht einfach Lunes Körper fressen. Er würde ihren Geist verschlingen.

Irrith wünschte sich, plötzlich und sehnlichst, dass die Fae jemanden hätten, zu dem sie beteten, wie die Sterblichen zu ihrem himmlischen Vater beteten. Sie schworen bei Mab, einer der uralten Mächte des Feenlands, aber das war nicht dasselbe. Sie wachte nicht über sie oder half ihnen, wenn sie sie brauchten. Und genau das wollte Irrith gerade jetzt, jemanden, den sie um Hilfe anflehen konnte, sodass Galen und Dr. Andrews und der ganze Rest dieser klugen Köpfe einen Weg finden würden, dass das hier funktionierte, um sicherzustellen, dass es nie zu jener schrecklichen Entscheidung kommen würde.

Ich würde Galen bitten zu beten, aber ich bezweifle, dass der Allmächtige sehr daran interessiert ist, Fae zu helfen.

Aber vielleicht würde Er zum Wohl Londons Interesse daran zeigen. Sie würde Galen später fragen. Irgendwann, wenn sie allein wären – falls das je wieder vorkäme.

»Ich werde es Lune erzählen gehen«, bot sie in das Geplauder der anderen hinein an. Nur Feidelm schien sie zu hören und nickte, ehe sie irgendeinen Punkt beantwortete, den Andrews vorgebracht hatte. Im Angesicht ihrer Aufregung völlig unbeachtet seufzte Irrith und ging zurück zur Königin.

ST.-JAMES-PARK, WESTMINSTER
12. Februar 1759

»Wenn kühler Nebel die Briten davon abhalten würde, in Parks spazieren zu gehen«, hatte Delphia an diesem Mittag zu ihrer Mutter gesagt, »dann würden wir sie überhaupt nie nutzen.«

Sie war nicht die Einzige, die dieser Ansicht war, wie es schien, denn Galen und sie waren bei Weitem nicht allein im St.-James-Park. Sie hatten sogar trotz des trüben Wetters die Herzogin von Portland mit einer Freundin spazieren sehen. Die Monate in Grau hatten allen aufs Gemüt gedrückt, bis sie sich verzweifelt nach Licht sehnten, egal wie schwach. Und um die Wahrheit zu sagen, war er ein wenig dankbar für den Nebel. Der bedeutete, dass Mrs. Northwood sich zurückfallen ließ und in ihren Mantel wickelte, während sie gereizt vor sich hinmurmelte, sodass sie beide frei waren, offener zu sprechen – solange sie vorsichtig waren.

Solche Freiheit war in diesen Tagen schwer zu finden. Weil Delphia den elterlichen Haushalt bald verlassen würde, waren ihre Gelegenheiten, Zeit bei Mrs. Vesey zu verbringen, stark eingeschränkt, und jetzt verband sie das große Gewicht eines Geheimnisses, eine Freude, die sie teilen, der sie aber nicht oft frönen konnten. Delphia hatte dem Onyxhof etwas Brot geopfert, und im Tausch kam Lady Yfaen sie besuchen, wenn möglich. Das war ihre primäre Quelle an Kontakt mit den Fae.

Delphia sagte: »Ich hörte, du hast irgendeine großartige philosophische Entdeckung gemacht.«

Er errötete und sah zum Boden – nie eine weise Idee im St.-James-Park, wo es einfacher war, die Dinge, auf die man treten konnte, zu ignorieren, als zu versuchen, sie alle zu meiden. Kühe und Hirsche streiften frei durch den Park, mit unvermeidlichen Konsequenzen. »Nicht sehr großartig. Es gibt immer noch eine Anzahl Dinge, bei denen wir unsicher sind. Obwohl wir nicht versuchen müssen, sie alle im nächsten Monat zu beantworten, Mab sei Dank.«

Ein Lächeln blitzte bei diesem Namen über ihre Gesichtszüge. »Sie haben dich gut trainiert, nicht wahr? Ich habe in jener Hinsicht einen Vorteil, nehme ich an. Junge Damen aus gutem Haus sollen den Namen des Herrn nicht missbrauchen, und meine Mutter hat mich so gut erzogen, wie sie konnte.« Sie schlenderten eine Weile schweigend weiter, nickten jenen zu, an denen sie vorbeikamen, und als sie wieder sicher davor waren, belauscht zu werden, fragte sie: »Wie lange bist du schon bei ihnen?«

Irrith hatte ihm vor beinahe einem Jahr dieselbe Frage gestellt. Galen konnte nicht anders, als beim Gedanken an den Irrwisch Wehmut zu verspüren. Er hatte sie verletzt, als er sich zurückgezogen hatte, sehr zu seiner Überraschung. Er hatte sich für nicht mehr als ihr Spielzeug gehalten, dessen sie bald genug überdrüssig würde. Aber als er Delphia in die Welt der Fae gebracht hatte, hatte er nicht guten Gewissens weiter Irriths Bett teilen können.

»Vier Jahre oder so«, sagte er und glättete seine Handschuhe, um sein Unwohlsein über seine Gedanken zu verbergen. »Obwohl ich sie schon einige Monate zuvor zum ersten Mal gesehen habe.«

»Und wie lange kämpfst du schon mit dem Problem des Kometen?«

Gegen seinen Willen wanderte sein Blick nach oben. Die Wolken waren so dicht wie immer, und er dankte Gott und Mab gleichsam dafür, so deprimierend sie auch waren. »Ich selbst? Vier Jahre oder so. Für sie allerdings sind es schon mehr als fünfzig Jahre.«

Delphia erschauderte. Er bezweifelte, dass es von der Kälte kam. »So lange. Ich kann mir nicht vorstellen, so zu leben – nicht über Jahrzehnte.«

»Sie sehen Zeit nicht so wie wir«, sagte Galen. Während das stimmte, war es nicht die gesamte Wahrheit. Die lange Wartezeit *hatte* an den Fae genagt, dachte er. Sie waren es gewohnt, die Ewigkeit zu verbringen, ohne sehr auf die Jahre zu achten, und zählten wenige Dinge in kleineren Einheiten als »ein Zeitalter«. Für ein halbes Jahrhundert hatten sie jetzt jedoch mit einem Auge auf dem Kalender gelebt. Die Belastung zeigte sich.

Podder, der der Diener von sieben Prinzen vom Stein gewesen war, war letzte Woche verschwunden. Er war nicht der Einzige, der gegangen war.

»Ich muss gestehen«, sagte Delphia, »ich hatte nicht erwartet, dass sie Philosophen und Gelehrte haben. Wenn ich überhaupt an solche Kreaturen gedacht habe, habe ich sie assoziiert mit ... ach, ich weiß nicht. Blumen und Butterfässern, schätze ich.«

»Jene Dinge haben ihren Platz. Ich sollte dich den Goodemeades vorstellen. Aber die Fae kopieren alles, was ihnen gefällt, und ignorieren den Rest. Sie sind sehr neugierige Kreaturen, Delphia«, sagte Galen. Der Name war über die Monate angenehmer geworden, obwohl er darauf achtete, ihn nie in der Nähe von irgendjemandem zu benutzen, der die Vertrautheit vielleicht unangemessen fände. »Du würdest Lady Feidelm mögen, denke ich. Sie ist auch sehr am Lernen interessiert.«

Delphia lächelte und zog ihren Mantel enger um sich. »Ihr habt nicht nur einen Feen*hof* unter Londons Füßen, ihr habt eine Universität da unten.«

Sein Lachen war zu laut. Ein schuldbewusster Blick über seine Schulter sagte ihm, dass Mrs. Northwood es gehört hatte. Aber was, fragte er sich, würde sie tun? Die Hochzeit abblasen? Der Ehevertrag war unterschrieben und die Zeremonie für in einem Monat geplant. Sie würde das nicht alles wegwerfen, nur weil ihre Tochter und ihr zukünftiger Schwiegersohn einen Scherz geteilt hatten. »Mit langweiligen Vorlesungen und der Verleihung von leeren Titeln? Ich denke nicht.«

»Dann eine Akademie, wie sie Plato in Athen hatte. Immerhin hast du selbst gesagt, dass es noch unbeantwortete Fragen gibt. Sicher wirst du sie nicht vernachlässigen, nur weil dir nicht länger gleich ein Stern auf den Kopf fallen wird.«

Jetzt war er mit dem Erschaudern dran, und sie legte ihm eine Hand auf den Arm. »Es tut mir leid. Ich sollte nicht über etwas scherzen, das dich so besorgt.«

Er legte als Antwort seine eigene Hand über ihre, bevor sie sich wieder trennten und Delphia ihren Arm zurück unter den Schutz ihres Mantels steckte. So sehr Galen auch die halbe Einsamkeit schätzte, die der Aufenthalt im Freien ihnen schenkte, er fing an zu frieren. Sie konnten nicht viel länger hier draußen bleiben.

Delphia hatte wohl dasselbe gedacht, denn sie sagte: »Ich freue mich, wenn wir verheiratet sind und Zeit miteinander verbringen können – oder sogar für einige Stunden verschwinden –, ohne Verdacht zu erregen.« Dann errötete sie und sagte: »Ich ... das soll nicht heißen, dass das mein *einziger* Grund ist ...«

Galen zog ihren Arm wieder heraus, brachte sie beide im Gras zum Stehen und drehte Delphia so, dass sie ihn ansah. Ehe Mrs. Northwood sie einholen konnte, setzte er einen Kuss auf die Hand seiner zukünftigen Braut und sagte: »Ich verstehe das. Und ich empfinde dasselbe. Sei nur noch etwas länger geduldig, Miss Northwood, und du wirst bekommen, wonach du dich sehnst.«

DER ONYXPALAST, LONDON
12. *März* 1759

Das Labor war leer, als Irrith es betrat. Abd ar-Rashid war in Wapping und sprach mit dem holländischen Juden, der ihre Schüssel gemacht hatte, um Linsen und Spiegel zu organisieren. Wrain und Lady Feidelm waren ebenfalls oben, um das Monument für das Große Feuer zu untersuchen und nachzusehen, ob sie die Kammer in seinen Grundmauern irgendwie vor Kontamination durch Äther abschirmen konnten.

Galen war daheim bei seiner Familie, denn morgen würde er heiraten.

Irrith hatte aber erwartet, zumindest Savennis oder Dr. Andrews vorzufinden. Ohne sie wirkte das Labor einsam und verlassen. Papier lag überall ausgebreitet, auf das Notizen in einem halben Dutzend verschiedener Sprachen und Handschriften geschrieben waren. Regale, die für Bücher gedacht waren, waren so gut wie leer, weil ihre ehemaligen Bewohner in Stapeln auf den Tischen und am Boden aufgetürmt waren. Kalte Asche füllte den Kamin, um den sich kein Podder kümmerte.

Irrith strich mit den Fingern mal über ein Mikroskop, mal ein Pendel, mal irgendeinen chemischen Apparat, dessen Zweck sie nie erfahren hatte. Sie nahm ein Blatt, in dessen oberster Zeile in großen Lettern stand: *Extraktion von sophischem Mercurium.* Der Rest davon war leer. Es flatterte aus ihrer Hand auf den Boden.

Das war nicht das, was sie sich vorgestellt hatte. In den langen Zeitaltern ihres Lebens hatte sie jede Art von Kampf gesehen, von einem Messerstich in den Rücken bis hin zu Armeen im Krieg, aber nie einen, der so sehr im Kopf gekämpft wurde. Es mochte natürlich doch noch auf Armeen hinauslaufen. Genau dafür waren Peregrins Speerritter da. Aber Galen und seine Gelehrten versuchten gerade, den Drachen mit nichts weiter als Ideen zu besiegen: eine Art von Krieg, die sie nie zuvor gesehen hatte.

In einem Augenblick seltener Unachtsamkeit hatte sie die Tür hinter sich offen gelassen. Wie lange Irrith nicht allein gewesen war, konnte sie nicht sagen, aber als sie sich umdrehte, stellte sie fest, dass Lune im Eingang stand.

Irrith zuckte natürlich zusammen, und ihre Hand schoss in ihre Tasche und packte die Pistole, die sie in diesen Tagen immer bei sich trug. In ihrer anderen Tasche war ein Kästchen aus Weißdorn, dessen freundliches Holz sie gegen die drei Eisenkugeln in seinem Inneren schützte. Falls die Wolken plötzlich versagten und der Drache brüllend herunterstieße, wäre sie vorbereitet.

Aber es war Lune, nicht der Drache. Sobald sich ihre Nerven beruhigt hatten, dachte Irrith daran, zu knicksen. »Eure Majestät.« Dann spähte sie zur Tür hinaus in den leeren Korridor hinter ihr. »Du bist ... allein?«

Lune lächelte mit wehmütiger Belustigung und schloss die Tür hinter sich. »Ja. Nach so vielen Jahren vergesse sogar ich, dass es eine Zeit gab, als ich allein durch dieses Reich streifen konnte, ohne Hofdamen und Bedienstete und all den anderen Pomp, der einer Königin folgt. Ich wollte unter vier Augen mit Dr. Andrews sprechen – aber wie es scheint, ist er nicht hier.«

»Ich glaube, er ist nach Hause gegangen.«

»Gut.« Lune nahm einen Mörser und einen Stößel hoch, betrachtete seinen Inhalt und stellte ihn wieder ab. »Galen sagte, dass er Probleme hatte, ihn dazu zu überreden.«

»Er stirbt«, sagte Irrith offen. »Und er glaubt, hier zu sein, könne ihn retten, zumindest für eine Weile. Aber ich glaube, es macht ihn ein bisschen wahnsinnig.«

Die silbernen Augen verfinsterten sich. »Gertrude hat große Angst vor dieser Gefahr. Aber Galen hat argumentiert, und ich habe zugestimmt, dass Dr. Andrews' Zustand das Risiko wert ist. Wir brauchten seinen Verstand, und er würde nicht lange Zeit haben, um wahnsinnig zu werden.«

Brauchten. Lune sprach davon, als sei das Thema erledigt. »Sind wir also bereit? Ich weiß vom Plan mit dem Monument, aber haben sie ihr Mercurium gefunden?«

»Sie haben es vor langer Zeit gefunden«, murmelte Lune und biss sich auf die Lippe. Bei den meisten Fae wäre es gar nichts gewesen, aber bei ihr war es wie ein Banner, das ihren inneren Aufruhr verkündete. »Nur gibt es da ... ein Problem.«

Sie hatten eine Quelle für das sophische Mercurium? Dies war das erste Mal, dass Irrith davon hörte – obwohl sie zugegebenermaßen die Debatten der Gelehrten kaum verstand. Sie wusste, dass sie es aus einigen im Wasser lebenden Fae ziehen wollten, aber es gab, wie Lune sagte, irgendein Problem. Irrith runzelte die Stirn, als sie versuchte, sich daran zu erinnern.

Dann schaffte sie es, und wünschte, sie hätte das nicht. »Sie befürchten, dass es die Flussfae töten würde.«

Lune biss sich wieder auf die Lippe. Für einen Augenblick war sie wie eine Statue, starr und stumm. Dann atmete sie ein und antwortete mit einer einfachen Wahrheit. »Nicht die Flussfae. Mich.«

Irrith japste. Niemand hatte ein Wort davon geflüstert, nicht in der gesamten Zeit, die sie im Labor verbracht hatte – nun, natürlich hatten sie das nicht. Wer würde so etwas aussprechen, wenn er nicht musste? Aber tausend Dinge ergaben jetzt mehr Sinn, die sie nicht verstanden hatte, wenn Wrain sie murmelte oder Feidelm in eine so abstrakte Sprache wechselte, dass sie über alles oder nichts hätte sprechen können.

Tausend Dinge – und zuallererst unter ihnen die Verzweiflung in Galens Blick. Er wollte natürlich den Onyxpalast retten, aber manchmal wirkte sie viel tiefer, und jetzt verstand Irrith, warum.

Sie betrachtete Lune, bemerkte die Schatten unter ihren hohen Wangenknochen, die scharfe Linie der Muskeln in ihrem Nacken. Sie verfiel, ja – aber langsam. Sie konnte noch sehr lange Zeit durchhalten. Wenn es dazu einen guten Grund gab. »Galen würde sterben, um diesen Ort zu retten«, sagte Irrith und korrigierte sich dann. »Um *dich* zu retten. Ich glaube nicht, dass du für ihn sterben würdest ... aber würdest du es für London und den Onyxpalast tun?«

Lune stand schweigend mit gesenktem Kopf da und faltete die langfingrigen Hände über dem Rock ihres einfachen Kleids. Irrith hätte sie dies nie fragen können, wenn Bedienstete anwesend waren oder auch nur vor der Tür warteten, aber nun waren nur sie beide hier, und für diese kurze Zeit konnte sie mit der Elfenfrau statt der Herrscherin sprechen. Der Unterschied war wichtig für sie, obwohl sie nicht hätte sagen können, warum.

»Es hat Zeiten gegeben, als ich das beinahe getan habe«, sagte Lune schließlich, ohne den Kopf zu heben. »Ich hielt mich zurück, weil ich glaubte, dass am Ende mein Tod – oder sogar meine Abdankung – mehr Probleme schaffen als lösen würde. Es gibt hier Fae, die meine Ideale teilen, aber keiner von ihnen könnte, denke ich, diesen Hofstaat regieren. Und jene, die effektiv herrschen könnten, würden es nicht auf eine Weise tun, die ich akzeptieren kann.

Also war es einfach, Nein zu sagen, als es bloß um die Argumente der Sanisten ging. Aber jetzt ist da der Drache. Und jetzt ... weiß ich es nicht.«

Irriths Hände ballten sich zu Fäusten. Sie war sich ihrer Finger, ihrer Knochen, ihrer Gelenke – ihres Körpers – lebhaft bewusst. Ihres ungeteilten *Selbst*. »Vielleicht würdest du aber nicht sterben. Ich verstehe nicht wirklich, worüber sie gesprochen haben, aber es klingt, als sei das, hinter dem sie her sind, nur du in einer anderen Form, deine Seele, getrennt von dem Äther, der dich körperlich macht. Also wärst du nicht wirklich tot, oder? Du wärst nur ... anders.«

Sie starrten einander an, während sich keine von ihnen bewegte, als sei beiden derselbe Gedanke in den Kopf geschossen. Lune sagte: »Der Stein der Weisen ...«

»*Wäre* er denn ein Stein?«, fragte Irrith, immer noch ohne zu blinzeln. »Galen hat mir erzählt, dass die Alchemisten dachten, er sei eine Art Pulver, rot oder glänzend oder was auch immer – aber woher sollten sie das wissen? Keiner von ihnen hat ihn je hergestellt, nicht wirklich. Und wir arbeiten nicht mit Metallen, nicht wahr?« Sie arbeiteten mit Geistern. Dem des Drachen und dem von Lune.

Wäre nicht auch das Resultat ein Geist?

Die Worte schienen aus Lune herauszusprudeln, ohne dass sie sich dafür anstrengen musste. »Ich möchte den Onyxpalast retten.«

»Und der Drache will ihn zerstören«, endete Irrith. »Wer von euch beiden gewinnt?«

Ihre Antwort war Furcht in silbernen Augen. Lune war stark und entschlossen, ja. Aber stark genug, um den Drachen zu besiegen?

»Wir könnten falsch liegen«, sagte Lune nachdenklich. »Das ist reine Spekulation, und keine von uns ist eine Gelehrte. Trotzdem ...« Ihre Schultern streckten sich, und die Elfenfrau war verschwunden. An ihrer Stelle stand die Königin. »Ich muss dir kaum erklären, dass du mit niemandem über das hier sprechen darfst. Ich werde es mit Galen diskutieren – nein, er ist beschäftigt. Also mit jemand anderem. Ich danke dir, Irrith. Du hast mir viel zu bedenken gegeben.«

Sie ging zur Tür hinaus und ließ Irrith wieder allein im Labor. Diese starrte blind an die gegenüberliegende Mauer und sank mit überschlagenen Beinen auf den Boden.

Der Stein der Weisen mochte vielleicht doch nicht ihre Rettung sein. Was ihnen ... was übrig ließ? Aspells Plan mit dem Opfer?

Kälte fuhr Irrith in die Knochen. Bis Lune es angesprochen hatte, hatte sie nicht viel über die Frage nachgedacht, was mit dem Onyxhof passieren würde, falls seine Königin ... fortgehen würde. Mit dem Palast, ja, aber nicht mit dem Hof selbst, den Fae und den Sterblichen, mit all ihren gegensätzlichen Wünschen. Wer würde sie in Lunes Abwesenheit zusammenhalten? Wer *konnte* das?

Aspell vielleicht. Aber er zeigte keine Anzeichen, dass er das wollte. Nach dem, was Irrith gesehen hatte, war er widerwillig zum Sanisten geworden, nur weil ihn die Situation dazu gezwungen hatte. Also wer dann? Einer von den anderen, die an jenem Tag im Kaffeehaus gewesen waren?

Sie wusste nicht einmal, wer sie waren – noch weniger, welche Ambitionen sich hinter ihren Masken verbargen. Und je mehr sie darüber nachdachte, desto mehr verkrampften sich ihre Muskeln vor Furcht. Der Großsiegelbewahrer mochte zwar darauf beharren, dass er nichts gegen den Willen der Königin tun würde, aber diese unbekannten anderen ...

Irrith lief mit kleinen, angespannten Schritten auf und ab, während sie grübelte. Wenn sie versuchte, Aspell nach deren Namen zu fragen, würde er sie ihr nicht sagen. Er würde denken, dass sie sich bereitmachte, sie zu verraten. Und vielleicht tat sie das. Aber es gab jemand anderen, den sie fragen konnte – jemanden, der es vielleicht wissen würde, der so eingeschüchtert werden konnte, dass er es verriet, und der sich nicht sehr darum scheren würde, was danach passierte.

Irrith machte sich auf die Suche nach Carline.

Feidelm saß eine ganze Minute lang völlig schweigend da, nachdem Lune ihr mitgeteilt hatte, was Irrith und sie diskutiert hatten. Der lebhafte Blick der Sidhe war weit entfernt. Als er wieder scharf wurde, zeigte er frustriertes Bedauern. »Nie mehr als jetzt wünschte ich, ich hätte meine prophetische Gabe noch. Ich könnte in die Zukunft blicken und Euch sagen, ob jene Gefahr real ist.«

Solche Gefallen waren genau der Grund gewesen, warum sie jene Gabe verloren hatte. Spannungen zwischen dem sterblichen England und Irland stiegen und fielen, aber lösten sich nie ganz auf, und das färbte ebenfalls die Beziehungen zwischen deren Feenhöfen. Der König und die Königin von Connacht wollten nicht, dass eine ihrer Seherinnen ständig Lune half, selbst wenn sich der Onyxhof nicht mehr wie früher in die nationale Politik einmischte.

Feidelm daran zu erinnern, würde überhaupt nichts nützen. »Ihr habt mehr Gaben als nur das Voraussagen«, sagte Lune. »Was sagt Eure Weisheit Euch?«

Die irische Fee senkte den Kopf und faltete die Hände. »Dass Dame Irrith und Ihr recht habt – und wir es, sogar wenn es unsicher ist, nicht riskieren können.« Sie seufzte und spannte die Fingerknöchel an. »Wir haben so hart mit der Frage gekämpft, *wie* wir diese Sache machen sollen, dass wir keine Gedanken an das verschwendet haben, was danach passieren würde. Aber das hätten wir tun sollen.«

Die Brillanz der Idee hatte sie alle mitgerissen. Nicht nur, etwas Böses aufzuhalten, sondern es in etwas Gutes zu verwandeln. Das bedeutete mehr für Galen als für die Fae, die bereits unsterblich waren. Und am meisten von allen bedeutete es für Dr. Andrews, dessen Leben durch dieses Mittel vielleicht zu retten war.

Lune fragte: »Ist Dr. Andrews jetzt daheim?«

Feidelm nickte. »Mit Savennis, glaube ich. Das Letzte, was ich gehört habe, war, dass er darauf beharrte, er hätte eine Möglichkeit gefunden, um sophisches Mercurium zu extrahieren, ohne der Quelle zu schaden. Savennis versuchte, eine Flussnymphe zu finden, die ihnen assistieren würde.« Sie atmete aus, nicht ganz ein Lachen. »Ich weiß nicht, was sie ihrer Meinung nach tun. Nichts, was Andrews darüber sagt, ergibt auch nur den geringsten Sinn. Vielleicht ist er wirklich wahnsinnig geworden.«

Wenn er seinem eigenen Tod so direkt ins Auge sah – da konnte wohl jeder Mann den Verstand verlieren, sogar ohne die Berührung des Feenlands. Und nun würde Lune seine letzte Hoffnung zerschmettern müssen.

Es wäre jedoch besser, wenn sie auf Galen wartete. Nicht nur wollte sie vermeiden, seine Autorität als Prinz zu unterminieren, sondern er war auch mit Dr. Andrews befreundet, besser als irgendwelche Fae. Das würde dies vielleicht weniger grausam machen. Inzwischen ...

Feidelm richtete sich unter Lunes Blick auf. »Ich weiß, was wir tun. Wrain und ich werden in den Kalenderraum gehen. Wir werden nicht aufgeben. Falls man dies sicher machen kann, werden wir eine Möglichkeit finden, oder wir finden etwas anderes.«

Sie hatten immer noch die Wolken. Sie hatten immer noch Zeit.

SOTHINGS PARK, HIGHGATE
13. *März* 1759

Beim Hochzeitsmahl nach der Zeremonie galten die lautesten Gespräche dem St.-Clair-Landsitz in Essex und wie man ihn zum ersten Mal seit Jahren öffnen würde, sodass Galen und die neue Mrs. St. Clair dort residieren konnten. Sein Vater und Mr. Northwood diskutierten bereits Investitionen, die Delphias Mitgift für solche Renovierungsarbeiten vervielfachen würden, während man immer noch Teile davon für Galens Schwestern sparte, und Irene erzählte jedem, der zuhören wollte, dass ihr Bruder Pferde züchten sollte, sobald er seinen eigenen Landsitz hätte. Doch Aldgrange war das Thema von unmittelbarem Interesse, denn beide Familien waren sich einig, dass das glückliche Paar bei erster Gelegenheit aus London wegziehen und das Landleben genießen solle.

Zum Glück war die »erste Gelegenheit« noch Monate entfernt. Aldgrange benötigte viele Putzarbeiten und Reparaturen, ehe es zum Bewohnen geeignet wäre. Vor Ende der Saison würden Galen und Delphia nirgendwohin ziehen.

Inzwischen würden sie in Sothings Park wohnen, wobei Mr. Northwood für ihren Unterhalt dort bezahlen würde. Galen musste zugeben, dass es sowohl einfacher als auch angenehmer sein würde, als unter den Augen seines Vaters zu leben. So seltsam es auch klang, er war jetzt Herr seines eigenen Haushalts. Wenn er seine Stunden dem Onyxpalast widmete, musste er sich vor niemand anderem als Delphia verantworten. Und sie verstand das.

Ich habe die richtige Entscheidung getroffen, es ihr zu erzählen. Anspannung mochte zwar sein Herz umfangen, als sie nach dem Festmahl durch die Gärten schlenderten, aber zumindest erwuchs nichts davon aus Heimlichtuerei.

Als würde sie über jene Anspannung nachdenken, legte Delphia ihren Kopf in den Nacken und beschattete ihre Augen mit einer Hand, dann suchte sie die Wolken ab. »Selbst wenn der Himmel klar wäre«, sagte Galen, »könntest du ihn nicht sehen. Er ist zu nah an der Sonne.«

Sie senkte ihre Hand. »Perihel – habe ich recht?«

»Ja.« Heute stand der Komet in seiner größten Annäherung an die Sonne. In den folgenden Tagen würde er sich der Erde nähern. Schreiber von Pamphleten und halb gebildete Prediger sagten seit Jahren den resultierenden Weltuntergang voraus. Galen fragte sich manchmal, ob sie irgendwie die Feenbedrohung geweissagt hatten. Oder vielleicht hatte irgendein Sanist ihnen davon erzählt, um die Autorität der Königin zu untergraben. Ein feuriges Chaos, das alles Leben auf der Erde zerstörte ... Er betete, dass es nicht dazu kommen würde.

Dies war ein armseliges Thema, um an seinem Hochzeitstag darüber nachzudenken. »Im Moment sind wir recht sicher«, sagte Galen. »Selbst Teleskope können den Kometen nicht finden, sogar bei klarem Himmel. Lass uns über fröhlichere Themen reden – solche vielleicht, die nichts mit der Welt unten zu tun haben.«

Sie umrundeten eine Hecke und stellten fest, dass Lune sie erwartete.

Die Feenkönigin stand ohne Tarnung mitten auf dem Pfad. Ihr Silberhaar glänzte trotz des Wolkenlichts. Die Kreatur zu treffen, die er anbetete, gerade heute, mit seiner neuen Frau an seinem Arm, stieß Galen eine Lanze ins Herz.

Sein Schmerz war umso schlimmer, weil Lune ihn offensichtlich unabsichtlich verursacht hatte. »Ich bin gekommen, um euch beiden meinen Glückwunsch zu überbringen«, sagte sie und neigte den Kopf nacheinander zu Galen und Delphia.

Wenn sie hier war und ihr wahres Ich zeigte, musste ein halbes Dutzend Fae anderswo in den Gärten sein und Wache halten, um sicherzustellen, dass niemand zufällig vorbeikam. Und noch mehr, die ihr Geheimnis unten im Onyxpalast bewahrten, damit die Sanisten nicht erfuhren, dass sie fortgegangen war. All diese Mühe, nur für Glückwünsche. Betrachtete Lune es wirklich als so wichtig, zu kommen und ihnen an ihrem Hochzeitstag zu gratulieren?

Gratulieren und noch etwas mehr. »Ich habe Geschenke, die ich euch geben möchte«, sagte Lune. Ihre Hände waren leer. Versteckte sich irgendeine Hauselfe in der Hecke, die bereit war, Dinge wenn nötig zu übergeben? Nein, ihre Geschenke waren von einer immateriellen Art. »Für euch beide gemeinsam, das Versprechen eines Segens. Ihr müsst nicht fürchten, Kinder an Krankheiten zu verlieren. Ihnen wird es nie an guter Gesundheit mangeln.«

Gertrude hatte einst gesagt, dass die Königin dies für die Kinder all ihrer Prinzen tat. Fae hatten beinahe nie eigene, deshalb waren die Nachkommen von Sterblichen in ihren Augen unschätzbare Wunder. Galen verbeugte sich, murmelte einen Dank, und Delphia tat es ihm nach.

Als Nächstes sah die Königin zu seiner jungen Braut. »Für Mrs. St. Clair eine Position in meinem Haushalt als Hofdame in den Privatgemächern – die erste Sterbliche, der je eine solche Position angeboten wird.«

Delphias Augen weiteten sich. Galen bezweifelte, dass sie überhaupt etwas erwartet hatte, besonders nicht für sich selbst. Ganz sicher hatte sie nicht das hier erwartet. Hofdamen in den Privatgemächern waren wenige an der Zahl und standen der Königin nahe. Sogar Irrith wurde nicht zu ihnen gezählt. Delphia sank in einen verspäteten Knicks, dieser tiefer als der letzte, und stotterte erneut ihren Dank.

Dann war Galen an der Reihe. Er wusste, dass Lune ein Hochzeitsgeschenk versprochen hatte, aber was sie wohl für ihn aussuchen würde, konnte er nicht einmal ansatzweise erraten.

»Ich habe viele Dinge für dich in Betracht gezogen, Lord Galen«, sagte sie sanft. Trauer zuckte um ihre Mundwinkel, so schwach, dass jemand, der ihr Gesicht nicht jahrelang betrachtet hatte, es nicht gesehen hätte. »Am Ende konnte ich an nichts Besseres als dies denken: zu sagen, dass du einen Wunsch von mir frei hast. Worum auch immer du bittest – was auch immer dich an diesem Tag erfreut –, ich werde es dir gewähren.«

Sein Herz schmerzte so brennend, dass er dachte, es würde vielleicht stehen bleiben. Galen freute sich auf perverse Art über den Schmerz. Er bewahrte ihn davor, die Worte auszusprechen, die ihm durch den Kopf schossen.

Schenke mir noch einen Kuss von deinen Lippen, wie damals, als du mich zum Prinzen gemacht hast.

Er wäre lieber gestorben, als das zu sagen, während Delphia an seiner Seite stand. Zu dem Zeitpunkt, als sich seine Kehle genug entkrampft hatte, dass er sprechen konnte, hatte er den Drang besiegt – aber nun hatte er gar nichts mehr, was er sagen konnte. Worum konnte er sie bitten, was er sich dringend genug wünschte, um seinen einen Wunsch dafür zu verwenden? Alles, was ihm einfiel, war zu trivial oder würde Delphia verletzen. *Ich möchte etwas wählen, wofür mich keine von beiden hassen wird. Etwas, worauf sie stolz sein können.*

Beide von ihnen, Delphia ebenso wie Lune. Während es zwischen ihm und seiner neuen Frau keine Romanze gab, so gab es doch Freundschaft, und er wollte ihrer würdig sein.

Diese Gedanken, hier im Garten von Sothings Park, wo er Delphia bestimmte Versprechen gegeben hatte, schenkten ihm die Inspiration, die er brauchte. »Euer Gnaden«, sagte Galen förmlich, »ich würde gerne eine Akademie im Onyxpalast gründen.«

Nun waren alle drei von ihnen an diesem Tag überrascht worden. »Eine Akademie?«

Er hörte den weichen Hauch von Delphias erfreutem Lachen und fühlte sich ermutigt. »Ja. Eine Gesellschaft aus jenen, die Interesse an der Natur eurer Welt haben. Eine Institution, die gelehrte Köpfe aus allen Ländern, Sterbliche und Fae gleichsam, anziehen könnte, zum Zweck, die Art von Fragen zu verstehen, über die wir im letzten Jahr zu grübeln angefangen haben.«

So verblüfft sie auch war, Lune nickte. »Wenn du dir das wünschst – dann natürlich.« Ihre Miene wurde nachdenklich. »Tatsächlich könnte das eine große Hilfe für Ktistes sein, dessen Mühen leider vernachlässigt wurden, seit wir uns um das Problem mit dem Kometen kümmern. Ich frage mich ...«

Dann unterbrach sie sich mit einem Lachen. »Nein. Die Akademie, ja. Aber ich werde euch nicht hier festhalten, um Probleme zu diskutieren. Nicht zu einem solch glücklichen Anlass.« Lune trat näher und streckte ihre schlanken Hände aus. Galen nahm eine und Delphia die andere. »Meinen Glückwunsch an euch beide, Lord Galen, Lady Delphia. Genießt euren Hochzeitstag, und mögen diesem viele weitere glückliche Tage folgen.«

Trotz der Unzahl an guten Gründen, warum er sich zurückhalten musste – die Anwesenheit seiner Frau, die Förmlichkeit des Augenblicks –, murmelte Galen, was er nie zuvor auszusprechen gewagt hatte, nicht im Angesicht der Königin. »Danke ... Lune.«

DAS *TURK'S HEAD*, BOW STREET
15. März 1759

Irrith war sich bei der Wegbeschreibung, die man ihr gegeben hatte, überhaupt nicht sicher. Die Bow Street war leicht zu finden, und ein geschnitzter Türkenkopf hing über dem Sturz einer gut beleuchteten Tür, aber das Interieur wirkte wie ein Kaffeehaus – nicht der Ort, den sie suchte. London hatte viele *Turk's Heads*, von denen die meisten Kaffee verkauften. Vielleicht hatte man sie an den falschen Ort gelotst.

Trotzdem ging sie hinein und wurde angesprochen, bevor sie drei Schritte weit gekommen war. »Wie kann ich Euch helfen, mein feiner junger Herr?«

Irrith übertrug ihren Verdacht auf den grinsenden Mann an ihrem Ellenbogen. »Ich glaube nicht, dass Ihr das könnt. Ich suche nach einem Badehaus.«

Sein Grinsen wurde nur breiter. »Aber das ist hier, guter Herr!« Eine Hand machte einen einladenden Bogen zu einer Tür an der gegenüberliegenden Wand. »Der Bagnio ist gleich in dieser Richtung. Obwohl ich leider sagen muss, dass er diesen Abend von einer Gruppe illustrer Gentlemen und deren Begleitung besetzt ist. Ich würde Euch aber gerne ein ausgezeichnetes Abendessen servieren und etwas ...«

Ihr finsteres Starren ließ ihn verstummen, ehe er »Kaffee« sagen konnte. *Gentlemen und ihre »Begleitung«? Ich bin am richtigen Ort, ganz klar.* Aber nicht gut genug gekleidet, um vorzugeben, dass sie zu illustren Leuten gehörte. Und sie war nicht gut genug im Lügen, um sich an dem Mann vorbeizumogeln, selbst wenn sie ihren Tarnzauber tauschte.

Ein simpler Feenzauber funktionierte genauso gut. Irrith kramte in ihrer Tasche und zog eine goldene Guinee heraus. Dem Mann quollen bei deren Anblick beinahe die Augen aus dem Kopf. Sie fragte sich verschmitzt, ob diese zurück in seinen Schädel sinken würden, wenn er am nächsten Tag ein totes Blatt fand. »Ich bringe ein Geschenk für eine der Damen«, sagte Irrith und tätschelte ihre andere Tasche. »Im Auftrag meines Herrn. Ich werde sie nicht lange belästigen.«

Der Mann ließ die Münze so schnell verschwinden, dass er ebenfalls ein Fae hätte sein können, und legte verschlagen einen Finger an seine Nase. »Vielleicht für Kitty Fisher? Sie hat sich mit diesem Reitunfall auf der Mall einen ziemlichen Namen gemacht – ich habe schon zwei Lieder darüber gehört. Man sagt, sie sei eine richtige Schönheit, Sir, wenn ich so frei sein darf. Euer Herr wird aber gegen einige wichtige Männer ankommen müssen, um ihre Zuneigung zu gewinnen.« Und mit diesen Worten öffnete er die Tür zum Bagnio.

Nun waren es Irriths Augen, die drohten, ihr aus dem Kopf zu fallen. Oh, sie hatte von diesen Orten gehört, war aber so sehr mit anderen Dingen beschäftigt gewesen, dass sie nie die Zeit gefunden hatte, einen zu besuchen. Sie fand sich mitten in einem orientalischen Traum wieder. Gefliese Becken, züchtig durch geschnitzte Trennwände abgetrennt, ließen Dampf in die Luft steigen – ein gänzlich unzureichender Schleier, um die vielen halb bekleideten oder ganz nackten Leute zu bedecken, die sich im Raum aufhielten.

Nicht ganz so viele, wurde ihr bewusst, sobald ihre anfängliche Verblüffung nachließ. Vielleicht insgesamt ein Dutzend: drei Damen, der Rest Männer, die es sich alle gut gehen ließen.

Ein Kerl trieb entspannt in einem Becken, zwei andere lagen ausgestreckt mit Wein und gezuckerten Früchten da und unterhielten sich mit viel Gelächter über irgendein Thema. Eine blonde Frau saß auf dem Rücken eines vierten und knetete seine Schultern, während sie ihm etwas ins Ohr flüsterte. Die anderen beiden Damen – um ihnen einen Titel zuzugestehen, den sie nicht verdienten – schäkerten auf Kissen mit den übrigen Männern. Und genau dort fand Irrith natürlich ihr Ziel.

Wieder einmal hatte Carline sich keine besondere Mühe gemacht, sich zu tarnen, abgesehen von einem dünnen Anschein von Sterblichkeit. Es gab keinen Grund, warum sie das sollte. Ihre üppige Schönheit war für diese Art von Zeitvertreib perfekt geeignet. Verführung war immer schon ihr Lieblingsspiel gewesen, und sie spielte es sehr gut. Irrith war nicht überrascht, dass ihr Abschied von London eine Nacht in einem Bagnio sein sollte mit so vielen gut aussehenden und wohlhabenden Männern, wie es ihr möglich war. Carlines dunkelhaarige Freundin widmete ihre Aufmerksamkeit gerade einem recht unansehnlichen Kerl mit einem breiten Mund und unvorteilhaften Stielaugen. *Er muss sehr viel Geld haben,* dachte Irrith zynisch. Carline selbst hatte sich den feinsten aus der Gruppe geschnappt, einen Mann mit starkem Kinn und kräftigen Schultern, der in einem engen Mantel gut ausgesehen hätte und ohne einen noch besser aussah. Er beschäftigte sie so sehr, dass sie nicht aufblickte, als Irrith nähertrat.

Der Unansehnliche tat es jedoch und runzelte die Stirn. Seine Begleiterin rümpfte die Stupsnase. »Ein Freund von dir, George?«

Er schüttelte den Kopf. Irrith verbeugte sich tief vor ihnen und dachte schnell nach. Das »Geschenk« war nur eine Idee gewesen, um am Besitzer des Bagnio vorbeizukommen, aber nun hatte sie mehr Aufmerksamkeit, als sie wollte, und keinen guten Ausweg. »Guten Abend, meine erhabensten Lords«, sagte sie, um Zeit zu gewinnen, während sie sich eine bessere Lösung überlegte. Schweiß drang bereits durch ihr Hemd in ihren Mantel, und die Nervosität machte das nicht besser. »Ich bin auf der Suche nach einer ... äh ... Dame ...«

Spöttisches Gelächter folgte ihrer gestotterten Aussage. »Miss Fisher«, sagte einer der Männer in einem kühlen Tonfall, »ist heute Abend nicht verfügbar. Wie Ihr zweifellos sehen könnt.« Er deutete auf die Frau mit der Stupsnase.

»Nicht sie«, sagte Irrith und deutete auf Carline. »Das ist die, die ich suche. Mein Herr hat mich mit einem Geschenk für sie geschickt.«

Carline hatte immer noch nicht von ihrem kichernden Schäkern mit dem breitschultrigen Mann aufgeblickt. »Tom«, rief der hässliche George, und Kitty Fisher stupste den Kerl mit einer Zehe an. »Konkurrenz um den Liebreiz deiner Caroline.«

Die beiden lösten sich voneinander, und Carline drehte endlich ihr Gesicht mit einem Schmollmund zu Irrith. Der Irrwisch beobachtete, wie sie Schritt für Schritt verstand: Erst sah sie einen Gentleman, dann jemanden unter einem Tarnzauber, und dann wurde sie nervös. Weil sie nicht wusste, wer unter der Tarnung war, würde sie das Schlimmste befürchten – als ob Lune die Aufmerksamkeit für eine abtrünnige Lady auf ihrem Weg aus London hinaus zu entbehren hätte.

Aber Irrith konnte jene Furcht nutzen. Ihre Hand strich über ihre Tasche, und eine schreckliche Idee schoss ihr in den Kopf. Sie verbeugte sich vor dem breitschultrigen Tom und fragte: »Darf ich ihr das Geschenk überreichen?«

Er starrte finster, aber Kitty stupste ihn wieder an. »Mach schon, Tom. Oder hast du Angst, dass deine ... äh ... *Geldbörse* nicht tief genug ist, um sie zu behalten?«

Sein finsteres Starren wechselte das Ziel, aber George hob beruhigend eine Hand, und Tom rutschte wenig gnädig weg und ließ Carline allein auf ihrem Sofa.

Irrith kniete sich vor die Feendame und zog das Kästchen aus ihrer Tasche. Dann umschloss sie es mit den Händen, sodass niemand außer Carline es sehen konnte, und klappte den Deckel auf.

Alles Blut wich Carline aus dem Gesicht. Während Kitty und die anderen johlten und anfingen, über das Geschenk zu spekulieren, murmelte Irrith: »Fünf Minuten von deiner Zeit – und ein paar Informationen. Dann kannst du hingehen, wo auch immer du willst.«

Für einen Augenblick schien es, als sei Carline unfähig, sich zu bewegen. Dann schob sie sich so schnell vom Sofa, dass Irrith beinahe auf den Hintern fiel. »Fünf Minuten«, sagte sie mit erstickter Stimme. »Nicht mehr.« Ihre nackten Füße stampften hart auf den Boden, als sie in die gegenüberliegende Ecke des Bagnio marschierte.

Das Gelächter verstummte, und Tom betrachtete Irrith mit unverhohlenem Misstrauen. »Verzeihung«, sagte sie und lief hastig hinter Carline her, ehe irgendjemand beschließen konnte, sich einzumischen.

Carline wartete mit fest unter den Brüsten verschränkten Armen, die den feuchten Stoff ihres Unterkleids dehnten. Wäre Irrith an solchen Dingen interessiert gewesen, wäre es vielleicht eine wirksame Ablenkung gewesen, doch Carline schien es kaum zu versuchen. »Wer hat dich geschickt?«, wollte sie wissen, bevor Irrith überhaupt zum Stehen gekommen war.

»Das ist egal. Solange du mir erzählst, was ich wissen will, wird es für das, was in diesem Kästchen ist, keinen Bedarf geben.« Wenn Carline überhaupt klar nachgedacht hätte, hätte sie erkannt, dass Eisenmunition in einem Kästchen keine große Bedrohung war und das Laden der Pistole in Irriths anderer Tasche ihr Zeit zum Fliehen gegeben hätte. Aber sie hatte sehr viel getrunken – schon seit Tagen, wenn man ihrer Dienerin glauben konnte –, und die Furcht war lauter als ihr Verstand.

Carline schluckte schwer. »Wenn du mich erschießt ... das hier sind wichtige Männer, weißt du.«

»Ich habe nicht vor, dich zu erschießen«, sagte Irrith ungeduldig. »Alles, was du tun musst, ist mir zu erzählen, wer die Sanisten sind. Nicht die Leute, die *Die Esche und der Dorn* lesen und sich im *Crow's Head* prügeln. Ich meine die Anführer, die, die Pläne schmieden. Sie tragen Tarnzauber, wenn sie sich treffen, aber ich würde mein ganzes Kabinett darauf verwetten, dass zumindest einige von ihnen deine Unterstützer waren, als du Königin werden wolltest. Wer sind sie?«

Die Anspannung wich bei der Erwähnung eines Kabinetts ein wenig aus ihren Schultern. »Irrith?«

Blut und Knochen. Sie biss die Zähne zusammen. »Namen, Carline. Du gehst sowieso fort. Es ist egal, was du jetzt sagst. Ich muss wissen, wer sie sind.«

Carline warf einen schnellen Blick über die Schulter zu den anderen, die nicht vorgaben, sie nicht zu beobachten. Kitty flüsterte gerade George etwas ins Ohr. »Nianna Chrysanthe hat mich unterstützt. Hafdean, der Wirt im *Crow's Head*. Das Gespenst Nithen. Valentin Aspell.«

Sie versuchte, sich irgendeinen von diesen unter den Zaubern im griechischen Kaffeehaus vorzustellen. »Warte – Aspell? Er hat vor so langer Zeit mit dir zusammengearbeitet?«

Der gesamte Körper der Lady wurde steif. Alle Kunstfertigkeit und Nettigkeit verschwanden.

»Was meinst du, er hat dich unterstützt? Was hat er getan? Sag es mir!«

Muskeln traten in Carlines lieblichem Gesicht hervor, ihr Kiefer verkrampfte sich. Ihr Blick brannte aus dieser steifen Maske heraus, als würde sie versuchen, allein durch Leidenschaft zu kommunizieren.

Irrith musste darum kämpfen, Luft zu holen. »Du ... du stehst unter einem Eid, nicht wahr?« Keine Antwort, aber natürlich würde es keine geben. Fae konnten ihr geschworenes Wort nicht brechen, und Carline hatte Aspell ihres gegeben. Irgendein Schlupfloch hatte ihr erlaubt, es sich herausrutschen zu lassen, dass er sie unterstützt hatte – Irrith war sicher, dass das mit Absicht gewesen war –, aber nichts sonst.

Der Verstand des Irrwischs fühlte sich an, als würde er dreimal so schnell arbeiten wie normal. »Er hat mehr getan, als dich nur zu ermutigen. Er hat dir *geholfen*. Auf Weisen, von denen er es nicht riskieren konnte, dass Lune davon erfuhr, also hat er dich schwören lassen.« Die Antwort war offensichtlich, jetzt wo sie nach ihr suchte. »Er hat dir vom Londonstein erzählt.«

Carline konnte nichts sagen, um dies zu bestätigen oder zu leugnen, aber nun trat Mitleid auf ihre Miene, und sie legte eine Hand auf Irriths Schulter. »Du bist wieder in die Politik gestolpert, nicht wahr? Arme Närrin. Ich wünsche dir viel Glück dabei, aus dem Netz zu entkommen, das dich jetzt gefangen hat, so wie du meinem entkommen bist. Es gibt einige im Onyxpalast, die es verdienen würden, die Konsequenzen daraus zu erleiden.«

Irrith riss sich nicht los. »Aber ich ... ich war bei ihnen. Die Dinge, die ich getan habe, die Dinge, die ich ihnen berichtet habe – wenn ich Lune davon erzähle ...«

Die gefallene Lady lächelte verbittert. »Ja. Eide sind eine Möglichkeit, Leute zu binden, aber Schuld ist eine andere. Verrate sie, und du verrätst dich selbst. Besonders nach deiner Geschichte mit mir, die überhaupt nicht gut aussehen wird. Sei froh, dass du eine gnädige Königin hast. Sie wird dich wahrscheinlich nur verbannen.«

Ich werde London verlieren. Der Gedanke schmerzte, aber Irrith freute sich brennend, als ihr klar wurde, dass es egal war. Und zwar nicht wegen des Drachen. Selbst wenn es keine andere Gefahr gegeben hätte, hätte sie es Lune erzählt. Sie war damit fertig, Valentin Aspell zu helfen.

»Genieß Frankreich«, sagte Irrith. Dann lief sie sehr schnell aus dem Bagnio, vorbei an dem Besitzer in seinem Kaffeehaus, und sobald sie draußen auf der Straße war, rannte sie los.

Erinnerung: 21. Dezember 1705

»Man hat es schon versucht, Valentin.« Carline atmete in einer theatralischen Zurschaustellung von Frust aus. »Ihr seid nicht die Art von Fae, der das Gestern vergisst, sobald der neue Tag beginnt. Leute haben schon früher Anstalten gemacht, den Thron des Onyxpalasts zu stehlen, und sind gescheitert.«

Der schlangenartige Lord hatte sich in einer Haltung auf ihren bequemsten Stuhl drapiert, die Gelenke zu verlangen schien, wo gewöhnliche Wesen keine hatten. »Und Leute haben es auch *geschafft*. Lune hat das. Oder habt *Ihr* Eure Geschichte vergessen? Sie war nicht immer Königin an diesem

Hof, Carline. Habt Ihr Euch nie gefragt, wie dieser Wechsel zustande kam?«

Carline funkelte ihn finster an und ließ sich elegant auf ihren zweitbesten Stuhl sinken. »Invidiana ist gestorben. Wenn Ihr zu Regizid ratet, dann könnt Ihr jetzt meine Gemächer verlassen. Ich kann kein Blut sehen.«

Er löste seinen Arm von der Rückenlehne seines Stuhls und beugte sich mit einem ernsten Blick vor. »Man braucht kein Blut. Alles, was man braucht, ist, dass das Reich Euch als seine Herrscherin anerkennt.«

Sie warf lachend den Kopf nach hinten. Die Decke ihres Gemachs war eine kunstvolle Schnitzerei aus schwarzem Gestein. Sie sprach sie spöttisch an. »Oh, großer Onyxpalast – willst du mich zu deiner Königin machen?«

»Ihr sprecht mit dem falschen Teil«, sagte Aspell. »Sicher habt Ihr die Gerüchte gehört. Um den Onyxpalast zu kontrollieren, braucht Ihr den Londonstein.«

Ihr Gelächter verstummte. Carline senkte den Kopf und stellte fest, dass der Großsiegelbewahrer lächelte. Nervosität ließ sie mit einer der Schleifen spielen, die ihre Korsage verzierten. Dann zwang sie sich, aufzuhören. »Leichter gesagt als getan. Seine Position ist das am besten gehütete Geheimnis dieses Orts.« Sie biss sich auf die Lippe. »Außer Ihr ...«

»Wisst, wo er ist? Nein. Wie Ihr sagt, das wird streng gehütet. Die Königin und Lord Joseph wissen es natürlich. Ich glaube, die Goodemeades wissen es auch, so nützlich *das* auch sein mag. Sir Cunobel und Sir Cerenel waren dort, als Lune den Palast für sich beanspruchte. Sie wissen es vielleicht.«

Die Lady starrte finster drein. »Cunobel ist schon lange nach Schottland verschwunden, und Cerenel ... ha! Ihr hättet mehr Glück, wenn Ihr Blut aus einem Stein zwingen wolltet.«

»Und noch jemand«, sagte Aspell. »Leichter auszuquetschen als ein Stein. Dame Irrith.«

Der rustikale kleine Irrwisch aus Berkshire. Das war wirklich vielversprechend, dachte Carline, während sie mit einem Fingernagel über ihre bemalten Lippen strich. Unwahrscheinlich, dass sie überredet oder gekauft werden konnte – aber die arme, einfach gestrickte Kreatur war nicht über Manipulation erhaben, egal wie gerne sie das dachte. Freundschaft wäre der einfachste Weg. Irrith misstraute Höflingen, reagierte aber gut auf Freunde.

Aber nicht, wenn deren Wohltätigkeit zu fehl am Platze schien. Carline heftete einen misstrauischen Blick auf Valentin Aspell. »Warum bietet Ihr mir diese Hilfe an?«

Er zuckte mit den Schultern und lehnte sich wieder zurück, diesmal in eine wachsame Haltung. »Ich habe meine Gründe.«

»Kommt, Valentin – Ihr müsst nicht schüchtern sein. Wir haben uns einander zur Geheimhaltung verschworen, und ich bin von allen Leuten wohl die Unwahrscheinlichste, die Euch einen Vorwurf aus etwas blankem Ehrgeiz machen würde.« Sie stand auf und trat näher zu ihm, dann strich sie mit einer Hand über die Schulter seines Mantels. »Ihr seid bereits Großsiegelbewahrer, also muss es etwas Größeres sein, das Ihr wollt, was Lune Euch niemals geben wird ... König vielleicht? Wollt Ihr an meiner Seite herrschen?«

Er legte seine Finger über ihre eigenen, kalt und trocken. »Ich glaube, dass Ihr einen Sterblichen in dieser Stellung brauchen werdet. Lune ist ihnen überaus zugetan, aber ihr Beharren, Prinzen so bald wie möglich zu ersetzen, lässt mich vermuten, dass dahinter mehr als bloße Zuneigung steckt.«

»Das ist kein Leugnen.«

Das Licht aus dem offenen Feuer warf seine Augen in Schatten. »Ich habe meine Gründe, Carline. Belasst es dabei.«

Zweifel krochen in Carlines Herz. Sogar mit einem so leichten Ziel wie Irrith bestand ein Risiko. Und sollte sie erwischt werden, würden die Eide, die der Großsiegelbewahrer und sie einander geschworen hatten, es ihr schwermachen, ihn zu beschuldigen. Sobald sie den Londonstein für ihn gefunden hätte, würde sie vielleicht feststellen, dass ihre Nützlichkeit zu einem Ende käme.

Oder etwas anderes. Aspells Motive waren ihr nie klar gewesen. Er genoss Macht, war aber zufrieden damit, abzuwarten, bis jene über ihm ihren eigenen Sturz verursachten. Falls er irgendetwas tat, um diesen zu beschleunigen, hatte sie ihn nie dabei erwischt.

Bis jetzt. Die Veränderung besorgte sie, weil sie deren Grund nicht kannte.

Sie würde bei ihm misstrauisch bleiben müssen. Egal welches Spiel Aspell spielte, sie hatte nicht vor, sich davon überraschen zu lassen.

DER ONYXPALAST, LONDON
15. *März* 1759

»Er hat gesagt, dass er nichts gegen deinen Willen tun möchte.« Die Erinnerung schmerzte sie bitterlich im Gedächtnis. »Und ich habe ihm *geglaubt*.«

Die Elfenfrau, mit der Irrith in Dr. Andrews' verlassenem Labor gesprochen hatte, war verschwunden. Die Kreatur, der sie nun gegenüberstand, war in jedem Detail die Königin des Onyxpalasts. Lune saß mit einer steifen Haltung da, die Hände unnatürlich still auf den Armlehnen ihres Stuhls, flankiert von

Sir Peregrin Thorne und Dame Segraine. Die Königin hatte der Geschichte von Irriths Kontakt mit den Sanisten kommentarlos zugehört. Nun saß sie noch einen Augenblick lang schweigend da, der Blick so leer und ausdruckslos wie zwei Silbermünzen.

Sir Peregrin fragte kühl: »Und was sollte Eure Rolle in all dem sein?«

Irrith kniete bereits. Nun senkte sie ihr Kinn und grub die Finger in den mitternachtsblauen Teppich. »Er ... er hat gesagt, dass der Gedanke bereits im Kopf Ihrer Gnaden sein müsste, damit sie schnell die Entscheidung treffen würde, wenn der Zeitpunkt gekommen wäre.«

Ein sanftes, scharfes Ausatmen: das erste Geräusch, das Lune gemacht hatte, seit Irrith angefangen hatte. »Dann hat er vielleicht die Wahrheit gesagt«, sagte sie mit rasiermesserscharfer Ironie. »Mein Wille. Meine Entscheidung zu sterben. Sobald er arrangiert hätte, dass es so wäre.«

»Ihr zollt ihm zu viel Anerkennung, Madam«, murmelte Segraine. Irrith hatte sie gebeten, bei dieser Audienz anwesend zu sein. Lune mochte gnädig sein für eine Königin, aber Irrith wollte trotzdem eine Freundin im Raum haben. »Er wird Irrith genau abgewogen haben, ehe er irgendetwas zu ihr gesagt hat. Er weiß, dass sie einem direkten Regizid nie zustimmen würde. Aber nur weil er all diese feinen Worte ausgesprochen hat, bedeutet das nicht, dass er Euch nicht ins Maul des Drachen schleudern würde, wenn Ihr Euch falsch entscheiden würdet.«

Irrith drehte sich der Magen um. *Immer noch wie ein Säugling im Wald.* Immer noch eine Marionette, die die Höflinge tanzen lassen konnten. Carline benutzte Freundschaft, um sie in die Falle zu locken. Aspell hatte ihre Ideale benutzt. Die ganze Zeit vorgegeben, dass er dasselbe wollte wie sie, obwohl doch sein Verrat in Wahrheit schon lange begonnen hatte, bevor der Onyxpalast angefangen hatte, zu zerfallen.

Sie senkte ihren Kopf noch weiter. »Majestät ... was willst du jetzt tun?«

Leder knirschte, als Lune ihre gute Hand streckte. »Sanistische Ansichten sind in manchen Teilen des Onyxhofs weit verbreitet. Ihre führende Kabale zu eliminieren, würde das nicht ändern – obwohl es zumindest verhindern würde, was du beschrieben hast. Leider hat Lord Valentin meine Bemühungen, diese Kabale aufzudecken, geleitet. Dank ihm haben wir nichts Besseres als Verdachtsmomente und dein Wort, dass er ihr Anführer ist. Wir haben keine sichere Anschuldigung, die wir gegen ihn vorbringen könnten und die in einem Prozess Gewicht hätte.«

Wofür brauchst du einen Prozess? Töte ihn einfach! Aber Irrith hatte Grund, der Königin dankbar zu sein für ihren Sinn für Gerechtigkeit und ihre Imitation sterblicher Bräuche, um diese zu erreichen. »Euer Gnaden, ich meinte – was willst du jetzt mit mir tun?«

Sir Peregrin machte ein brüskes Geräusch, das vielleicht ein Knurren oder ein wütendes Lachen sein konnte. Irrith wagte es nicht, zu Segraine aufzublicken. Sie konnte die Last von Lunes Blick auf ihr fühlen. *Er wollte, dass ich genau hiervor Angst habe. Und das habe ich. Schlimm genug, dass ich ihm gefolgt bin, aber noch viel schlimmer, dass ich geschwiegen habe. Dass ich Monate verstreichen ließ, ohne ihr davon zu erzählen.*

»Warum hast du dich mit den Sanisten getroffen?«

Irrith konnte aus dieser Frage nichts lesen. Lune war zu gut darin, ihre Gedanken aus ihrer Stimme fernzuhalten. Nicht, dass sie irgendeine andere Antwort hätte geben können, ungeachtet des Gefühlszustands der Königin. Alles, was sie hatte, war die Wahrheit. »Weil der Monarch das Reich *ist*. Ich glaube nicht, dass es zerfällt, weil du verwundet bist, Madam, aber – ich weiß nicht, ob es repariert werden kann, solange es eine Herrin hat, die nicht heil ist.«

Das war definitiv ein Knurren von Sir Peregrin. Lune allerdings gab eine ruhige und erschöpfte Antwort. »Ich auch nicht. Ich bin aber noch nicht bereit, aufzugeben.«

»Das sollst du auch nicht!« Es platzte ohne jegliche höfliche Anrede heraus und riss Irrith in die Aufrechte, als hätte jemand an einer Schnur gezogen. Sie lehnte sich auf ihre Fersen zurück, rang die Hände und sagte: »Er will, dass du denkst, du solltest. Alle von ihnen wollen das, alle Sanisten, und sie sind zu begierig, die einfache Antwort zu akzeptieren, statt nach etwas anderem zu suchen. Aber Aspell ist das Herz davon. Warte nicht auf einen Prozess. Gib mir die Erlaubnis, und ich gehe und ersteche ihn noch in diesem Augenblick!«

Die Königin lachte, mindestens so sehr aus Verblüffung wie aus allem anderen. »Ein sehr freundliches Angebot. Leider ist es eines, das ich nicht annehmen kann. Das würde ihn zu einem Märtyrer machen und die anderen ermutigen. Nicht nur hast du nicht meine Erlaubnis, Irrith, sondern du hast unseren königlichen Befehl, dass du Valentin Aspell *nicht* ermorden darfst.«

Irrith ließ den Kopf hängen. »Ja, Madam.«

»Was deine Bestrafung betrifft«, sagte Lune und hielt inne.

Obwohl der Irrwisch wusste, dass sie schweigen sollte, sagte sie es trotzdem: »Ich habe kein Recht, darum zu bitten, aber – wenn du mich verbannen willst, dann bitte, lass mich lang genug bleiben, um mich dem Drachen zu stellen.«

Sir Peregrin japste ungläubig. Lune sagte: »Meine Untertanen schleichen in der Nacht davon, und du bittest darum zu bleiben.« Trotz allem erleuchtete ein helles Strahlen ihre Stimme. »Also gut, Dame Irrith. Für den Moment ist deine Bestrafung, dass dir verboten ist, fortzugehen, bis wir uns des Drachen entledigt haben. Danach werden wir Weiteres entscheiden.«

DER ONYXPALAST, LONDON
16. März 1759

Die Königin hatte ihr verboten, Aspell zu töten, aber nicht, andere Dinge auszuhecken.

Irrith hockte auf einem Strebebogen und beobachtete die Tür zu Valentin Aspells Gemächern. Sie saß schon eine Weile dort oben und grübelte über ihre Optionen nach. Ein Teil von ihr war in Versuchung, ihn trotzdem zu erstechen. Vielleicht war es das wert, garantiert verbannt zu werden, nur um ihn loszuwerden.

Das sollte jedoch nicht ihr erster Zug sein. Momentan dachte sie darüber nach, einzubrechen und nachzusehen, was sie finden konnte, aber sie vermutete, dass das bereits jemand auf Lunes Befehl getan hatte. Außerdem würde Irrith nicht wissen, wonach sie suchen sollte. Der Großsiegelbewahrer würde wohl kaum ein Notizbuch herumliegen lassen, auf dessen Einband in großen Lettern *PLÄNE FÜR HOCHVERRAT* stand.

Als sie hier saß, fühlte sie sich jedoch besser. Mehr auf ihr Ziel konzentriert: Beweise zu finden, die man nutzen konnte, um Valentin Aspell ein Ende zu bereiten.

Konnte sie ihn anlügen? Irgendwie vorgeben ... nein, sie verwarf den Gedanken, bevor sie ihn überhaupt zu Ende gedacht hatte. Irrith konnte sich nicht verstellen, und das wusste sie.

Es hieß, dass Lune wirklich sehr gut darin gewesen war, bevor sie Königin geworden war, und sich monatelang als menschliche Frau getarnt hatte. Manche sagten, dass sie deshalb so seltsame sterbliche Ideen hatte – dass sogar das »sichere« Brot aus dem Opfer einen Makel aus Sterblichkeit hinterließ, wenn man es lang genug aß. Irrith glaubte, dass es mehr damit zu tun hatte, einen sterblichen Mann zu lieben, aber vielleicht gingen die beiden Dinge Hand in Hand. Doch all diese Gedanken lenkten sie nur ab von der Tatsache, dass sie nicht wusste, was sie tun sollte. Irrith schrak wegen einer Bewegung unter ihr aus der Grübelei auf.

Sie hatte schon aus Verstecken in Bäumen Leute ausspioniert, und das hier unterschied sich nicht sehr davon. Ihr Blut pochte in ihren Ohren, als sie den Kobold aus dem *Crow's Head* erkannte, den Sanisten, der jene Rauferei mit angezettelt hatte. Er klopfte an Aspells Tür und übergab dem Hauselfen, der aufmachte, ein gefaltetes Stück Papier.

Irrith beugte sich vor, weil sie auf etwas Interessantes hoffte, aber der Hauself verbeugte sich bloß und schloss die Tür, und der Kobold ging weg. Frustriert schlug sie mit einer Hand an das Gestein. Zu sehen, wie Aspell eine Botschaft von einem bekannten Sanisten erhielt, war überhaupt nicht nützlich...

Die Tür öffnete sich erneut, und Aspell kam heraus.

Unwillkürlich grinste Irrith. Sie mochte zwar keine gute Lügnerin oder Diebin oder Ritterin sein – aber heimlich jemandem zu folgen? *Das kann ich gut.*

Sie sprang von Strebe zu Strebe, bis sie das Ende der Galerie erreichte. Dann musste sie sich leider auf den Boden fallen lassen, was bedeutete, in größerer Entfernung zu folgen, mit einem Zauber, der ihre Schritte lautlos machte. Aspell hatte keinen solchen Zauber benutzt, was sie die Stirn runzeln ließ. Wenn er sich nicht die Mühe machte, diskret zu sein, dann hatte das hier vielleicht nichts mit den Sanisten zu tun, Kobold hin oder her.

Ihre Gedanken konzentrierten sich so auf diese Frage und die Herausforderung, weder ihre Beute zu verlieren noch sich dieser zu verraten, dass sie ihrem Weg wenig Beachtung schenkte. Mit Schrecken wurde ihr klar, dass sie an der einzig verbliebenen Abzweigung in den Korridoren vorbeigelaufen waren und nur noch ein Ziel vor ihnen lag.

Der Ausgang von Newgate.

Blut und Knochen! Aspell ging nach oben. Kein Bedarf, das zu verbergen – es war ganz normal –, und sobald er dort droben wäre, wäre es leicht für ihn, jegliche Verfolger abzuschütteln. Und Irrith, die verzweifelt in ihren Taschen kramte, wurde bewusst, dass das wenige Brot, das sie hatte, in Ktistes' Pavillon lagerte.

Aspell trat in die Kammer. Sie kam näher, in den Schatten einer der Säulen, die den Torbogen stützten, und sah ihn einen Zauber anlegen. Dann flüsterte die Luft, geisterhaft leise, als er auf das Rondell stieg und nach oben schwebte.

Irrith biss die Zähne zusammen. *Ich sollte ihn gehen lassen. Zu schwierig, ihm zu folgen, zu gefährlich, und welche Beweise habe ich, dass es das Risiko überhaupt wert ist?*

Beweise machten keinen Unterschied. In ihrem Herzen hatte Irrith geschworen, dass sie einen Grund finden würde, Aspell zu stürzen. Es war die einzige Möglichkeit, ihre eigene Schuld zu tilgen.

Mit einem leisen Fluch begann Irrith, ihren eigenen Tarnzauber aufzubauen.

NEWGATE UND HOLBORN
16. März 1759

Das Glück schien sie abwechselnd anzulächeln und zu verhöhnen. Erst sandte es den Kobold zu Aspell. Dann legte es kein Brot in ihre Tasche. Nun gab es ihr das Geschenk einer Stadt in der finsteren Nacht, wenn beinahe niemand auf der Straße wäre, um Eisen zu schwenken oder den Allmächtigen anzurufen und damit Irriths ungeschützten Tarnzauber zu zerschmettern. Trotzdem fragte sie sich, welches Pech darauf folgen würde.

Sie bekam ihre Antwort, als sie aus Gewohnheit nach oben blickte, um die Zeit zu schätzen.

Ein abnehmender Mond schien am Himmel, dessen Licht durch Wolkenfetzen brach.

Irriths Herz versuchte, direkt durch ihre Rippen zu platzen. Sie drückte tatsächlich die Hände auf ihre Brust, als würde ihr das helfen, sein plötzliches Pochen zu verlangsamen. Weil sie von Mauern umgeben war, konnte sie nur ein kleines Stück Himmel sehen. Der Rest schien immer noch von Wolken verschleiert zu sein. Hatte Galen nicht gesagt, dass der Komet gerade in der Nähe der Sonne war? Die Sonne würde erst in einigen Stunden aufgehen. Der Komet konnte auf keinen Fall sichtbar sein. Sie waren immer noch sicher.

Aber die Wolken hatten angefangen zu versagen.

Irrith zwang sich zur Konzentration. Sie konnte jetzt nichts dagegen tun, und wenn sie nicht weiterlief, würde sie das Einzige verlieren, was sie gerade tun *konnte*. Wohin war Aspell gegangen?

Zum Glück stellte sich die wahrscheinliche Möglichkeit als richtig heraus. Der Eingang von Newgate wurde in diesen Tagen ähnlich wie der Bogen an der Fish Street dank des Wachstums von Westminster und den Gebieten dazwischen sehr oft benutzt, und sie sah einen Flammenschein, der den Snow Hill hinunter unterwegs war. Aspell und jemand anders – ein Mensch, wie es aussah, der eine Laterne trug, um ihm den Weg zu erleuchten. Ein echter Mensch, kein Fae unter einem Zauber. Er musste den Großsiegelbewahrer schon erwartet haben, und das war wohl der Inhalt des Zettels des Kobolds gewesen.

Grinsend folgte Irrith ihnen. Bald waren sie auf der viel breiteren Straße von Holborn und liefen immer noch nach Westen. Falls sie zu irgendeinem geheimen Treffen gingen, konnte es überall in Holborn oder im Norden von Westminster sein, aber es war sicher nicht in dem Kaffeehaus, in das Aspell sie zuvor mitgenommen hatte. *Zu einfach zu erraten wahrscheinlich. Er denkt wie ein Spion, gut genug, um sich nicht zu wiederholen.*

In plötzlicher Panik warf sie einen Blick hinter sich, sah aber niemanden. Natürlich nicht: Er war immer noch Lunes Großsiegelbewahrer und hatte keinen Grund zur Annahme, dass die Königin irgendeinen Verdacht geschöpft hatte. Und der Laternenträger warf gelegentlich einen Blick zurück, aber weil das Licht ihn blendete, hatte er keine Chance, sie zu bemerken. Irrith hatte genug Zeit in der Stadt verbracht, dass sie hier beinahe so gut darin war, sich zu verbergen, wie im Tal – außer wenn das gelegentlich vorbeikommende Stück Eisen sie nervös machte.

Als sie schließlich nach rechts abbogen, begann ihr Herz beinahe so schnell zu pochen wie als sie den Mond gesehen hatte. Sie war schon zweimal zuvor auf dieser Straße gewesen. Einmal mit Segraine und einmal, als sie Galen gefolgt war.

Sie liefen zum Red Lion Square.

In der finsteren Nacht, wenn niemand da war, der sie sehen konnte. Irrith beschleunigte ihre Schritte und riskierte damit ihre Entdeckung. Aspell hatte so viel von letzten Auswegen gesprochen – aber sie hatten noch einen anderen, nicht wahr? Den alchemistischen Plan. Sie hatte ihm selbst davon erzählt. Nur dass sie ihm nicht alles erklärt hatte: die Rolle, die Lune vielleicht spielte, und die mögliche Gefahr, die sie entdeckt hatten. Ob die Gelehrten die Frage mit dem Stein der Weisen geklärt hatten, wusste Irrith nicht, aber das war egal. Soweit Aspell wusste, wies die Alchemie einen Weg, den Onyxpalast zu retten, ohne Lune zu schaden.

Außer er und der kräftige Mann bei ihm taten etwas, um dies zu verhindern.

In ihrer Hast fiel Irrith beinahe einer Gefahr zum Opfer. Ein Wachtmeister, der eine kreuzende Straße herunterkam, ließ sie in die Schatten zurückweichen, in die Hocke gehen und die Luft anhalten. Zum Glück war er ein fauler Kerl, der pfiff, während sein eigener gähnender Laternenjunge voraustrottete, und strengte sich nicht wirklich an, um über sein rauchendes Licht hinaus zu sehen. Als er vorbei war, waren Aspell und sein Mann jedoch bereits am Red Lion Square.

Sie lugte vorsichtig um die Ecke eines Gebäudes und sah nichts außer einem leeren Platz. Sie trat weiter hinaus und betrachtete die Fassade von Andrews' Haus. Die blaue Tür war schwarz und still, und die Fensterläden waren in der Nacht geschlossen.

Das Schloss an der Vordertür überstieg ihre Fähigkeiten, und die Läden an den Fenstern im Erdgeschoss waren dank ihrer Höhe über dem Grundstücksboden außer Reichweite. Wie sollte sie hineinkommen?

Gegen ihren Willen wanderte Irriths Blick nach unten, und sie krümmte sich vor Panik.

Der Grundstücksboden. Er lag unter einer Reihe Stufen, die Zugang zum Keller gaben, wo die Küche liegen musste. *Diese* Fensterläden würde sie vielleicht öffnen können – aber zuerst würde sie an dem Eisengeländer vorbeimüssen, das Passanten davor bewahrte, die Treppe hinunterzufallen.

Sie war so weit gekommen. Genau jetzt würden Aspell und dieser Mann vielleicht in Dr. Andrews' Schlafzimmer schleichen und dem alten Arzt ein Ende machen, ehe die Schwindsucht dies tun konnte. Und dann würde das, was er wusste, mit ihm sterben.

Darüber nachzudenken, würde die Aufgabe überhaupt nicht einfacher machen. Irrith biss sich in die eigene Hand und zwang sich die Stufen hinunter, während sie spürte, wie ihr Zauber um sie herum bröckelte. *Denk nicht an das Eisen, das dich umschließt. Denk nicht daran, wie ein unvorsichtiges Streifen deines Ellenbogens – oh,* Mab *– denk nicht daran, geh einfach weiter ...*

Sie musste ihre Hand aus dem Mund ziehen, als sie den Treppenabsatz erreichte, sodass sie sich um das Fenster kümmern konnte. Das schlanke Messer, das sie in ihrem Mantel trug, war perfekt, um es zwischen die Fensterläden zu schieben und herumzufummeln, bis sie spürte, wie sich der Riegel hob. Als sie es aber zurückzog, war das Feensilber seiner Klinge abgestumpft und vom Eisen der Nägel an den Fensterläden geschwärzt. Würgend nahm Irrith das Holz mit den Fingerspitzen und zog es zurück, bis die Paneele aufschwangen. Dann schob sie die untere Fensterscheibe nach oben und kümmerte sich kaum darum, wie viel Lärm sie machte, bis sie sich durch den Spalt in den Keller dahinter quetschen konnte.

Hier war es nicht viel besser. Eisen schrie sie von überall in der Küche an: Töpfe, Haken, mehr Dinge, als sie sich vorstellen wollte. Irrith taumelte blind weiter und würgte, als ihre Hand ein Scharnier berührte. Sie erstickte ihren Schrei, zerrte die Tür auf und stürzte in die gesegnete Dunkelheit des Ganges hinaus. Sie floh an den Treppenabsatz und blieb dort japsend stehen, während sie ihre schmerzende Hand mit der anderen hielt. *Ich bin eine Närrin. Eine gedankenlose Närrin.*

Carlines spöttische Stimme ertönte in ihrem Kopf. *Und was willst du tun, wenn du nach oben kommst, kleiner Irrwisch? Diese beiden angreifen, ganz auf dich allein gestellt?*

Ja, wenn ich muss. Sie hatte ihre Pistole. Aber nur Eisenmunition. Konnte sie es überhaupt ertragen, die Waffe zu laden?

Entweder das oder das Messer, und das wiederum würde bedeuten, in die Reichweite der kräftigen Arme des Laternenträgers zu kommen. Aber gerade als Irrith den Willen aufbrachte, nach oben zu gehen, hörte sie etwas, das sie dort hielt, wo sie stand.

Stimmen. Die von Valentin Aspell, säuselnd und schleimig, überall wiederzuerkennen. Und eine heisere, geflüsterte Antwort, die aus einer Brust kam, die zu mehr nicht mehr fähig war.

Dr. Andrews.

»Werdet Ihr bis zum Morgen noch leben?«, fragte der Großsiegelbewahrer zynisch.

»Ja. Ich muss.« Eine Hustenpause. »Ich habe nicht so lange durchgehalten, nur um jetzt zu sterben.«

»Wir werden Brot brauchen.«

Irrith spannte sich an. Brot wäre in der Küche. Aber wie es schien, war Andrews vorbereitet, denn sie hörte ein weiches Klirren, wie von einer Schüssel, die auf den Boden gestellt wurde. »Oder sollte es die Türschwelle sein?« Aspell musste den Kopf geschüttelt haben, denn Andrews rezitierte die üblichen Sätze, um das Brot an die Fae zu opfern. Als das getan war, sagte er: »Schickt Eure Leute in Paaren. Ich will keinen Verdacht erregen.«

»Dr. Andrews«, sagte Valentin Aspell mit einem Unterton, der scharf genug war, um Blut fließen zu lassen, »nehmt Euch nicht heraus, mir mein Geschäft zu erklären.«

Schritte, dann die Vordertür, die sich öffnete und schloss. Er war fort.

Irrith sank mit offenem Mund auf die unterste Stufe. *Was war das gewesen?*

Sie musste sich nicht lange fragen. Wieder Schritte, diese leicht und unsicher, aber in Richtung der Oberkante der Treppe. *Blut und Knochen!* Sie konnte nicht zurück in die Küche – nicht zu all diesem Eisen ...

Ihre Augen hatten sich genug an die Finsternis gewöhnt, dass sie eine zweite Tür sah, nahe an ihrer Hand. Irrith schob diese auf, schlüpfte hindurch und betete, dass dahinter keine weitere Welt aus Eisen wäre.

Die Kammer roch nach Alkohol und weniger angenehmen Dingen, aber kein Eisen kratzte an ihren Nerven. Leider lachte das Glück sie wieder aus. Licht kam durch den Türspalt und verkündete eine näher kommende Kerze. Irriths Hand ertastete einen Tisch, und sie duckte sich darunter, gerade bevor die Kerze den Raum betrat.

Andrews war trotz der nächtlichen Stunde angekleidet. Sie beobachtete, wie seine Füße wacklig durch den Raum schlurften, während hinter ihm Licht aufleuchtete, als er eine Reihe Lampen anzündete. Das zeigte zwei weitere Tische abgesehen von dem, unter dem sie sich versteckte, alle drei von ihnen große, schwere Dinger, und Regale an den Wänden. Dann das Rascheln von Papier, als er durch die Seiten eines Buchs blätterte.

In die Ecke gedrängt, unter dem Tisch verborgen, fragte Irrith sich, was sie tun sollte. Aufstehen und sich zeigen? Aber dann würde sie erklären müssen, was sie in Andrews' Keller tat und ob sie jenes seltsame und besorgniserregende Gespräch gehört hatte. Jede Art von Kooperation zwischen den Sanisten und ihm besorgte sie. Wie konnte Aspell ...

Ihr ganzes Gesicht verzog sich zu einem stummen Schrei. *Meine Schuld. Wieder. Ich habe ihm vom alchemistischen Plan erzählt. Er muss zu Dr. Andrews gegangen sein. Aber was haben sie vor?*

Leises Klingeln: Der Doktor läutete mit einer Glocke. Einen Augenblick später wiederholte er es drängender. Sie hörte ihn husten, dann etwas murmeln, das zu leise war, um es auszumachen. Seine Füße schlurften aus dem Raum und wieder die Treppe hinauf. Irrith segnete den Diener, der gerade nicht reagierte, schlich unter dem Tisch hinaus und hatte vor zu entkommen, solange sie konnte.

Der Schock versteinerte sie.

Auf einem der anderen Tische lag eine zerfallene, unbestimmte Form, so weit zerstört, dass sie nur noch sagen konnte, dass sie einst sehr klein gewesen war. Die andere war viel neuer: eine Flussnymphe, bleich und kalt und starr.

Und die dritte ...

Irrith taumelte von dem Tisch weg, der sie geschützt hatte. Savennis' verschwommene Augen starrten blind an die Decke, als würden sie sich weigern, das klaffende Loch in seiner Brust anzusehen. Alkohol und weniger angenehme Dinge: Sie hatte altes Blut gerochen. Es befleckte den Tisch, die Fesseln, die Savennis hielten, die Ritzen zwischen den Steinplatten am Boden, wo kein mühevolles Schrubben es noch entfernen konnte.

Ihr Kopf weigerte sich, die Teile zusammenzufügen, die Leichen und das Blut und die Messer, die Ebereschenketten, die kein Fae brechen konnte, und die Krüge mit Alkohol, die Dinge enthielten, die sie nicht erkennen wollte. Dr. Andrews. Valentin Aspell. Es gab hier ein Gesamtbild, aber sie konnte es durch den Schrei, der ihren Verstand füllte, nicht sehen.

Sie rannte los. Selbst Eisen konnte sie nicht aus der Küche fernhalten, von ihrem einzigen Weg in die Sicherheit. Sie war durch das Fenster und die Treppe hinauf, ehe sie bemerkte, dass sie sich bewegte, rannte vom Red Lion Square weg, zurück in so etwas wie Sicherheit.

Aber es war Zeit vergangen. Die Menschen begannen sich im finsteren Licht vor der Dämmerung zu bewegen. Sie versuchte, einen Tarnzauber anzulegen, und verlor ihn, ehe sie zehn Schritte weit gekommen war. Irrith griff verzweifelt nach allem, was sie über London wusste, jeder schwarzen Gasse, jedem versteckten Winkel, jeder Reihe an Dächern, die ihr einen Weg fernab dessen, wo Leute sie sehen konnten, anbot. Sie musste es zurück in den Onyxpalast schaffen. Musste Aspell aufhalten, was auch immer er für den Morgen plante. *Sie musste.*

Sie schaffte es nach Holborn hinunter, vorbei am freien neuen Marktplatz am Fleet, wo die Verkäufer anfingen, ihre Waren aufzubauen, durch das gebrochene Maul von Newgate, bis sie auf dem Dach zur Pfandleihe war, die den verborgenen Eingang enthielt.

Kirchenglocken erwischten sie dort, und sie stürzte.

DER ONYXPALAST, LONDON
16. März 1759

Der Saaldiener hatte offenbar neue Instruktionen bekommen. »Lord Galen, Prinz vom Stein, und seine Ehefrau Lady Delphia!«

Die entsprechende Lady errötete bei dem ungewohnten Titel, marschierte aber mit ihrem Arm an seinem tapfer vorwärts. Galen nickte bei den Knicksen und Verbeugungen, die man vor ihnen machte, und trat zu Lune auf ihrem Thron. »Lord Galen«, sagte die Königin mit einem Lächeln, das ihren besorgten Blick wärmte. »Wir haben nicht erwartet, euch so bald nach eurer Hochzeit hier zu sehen.«

»Der Komet mag immer noch im Licht der Sonne verborgen sein«, sagte Galen, »aber das ist keine Entschuldigung für Faulheit meinerseits. Und meine Ehefrau war erpicht darauf, mehr Zeit im Onyxpalast zu verbringen.« Nun, wo sie dies viel leichter tun konnte. Niemand konnte sich beschweren, wenn Mr. und Mrs. St. Clair beschlossen, gemeinsam fort zu spazieren.

»Lady Delphia«, sagte Lune und bekam als Antwort einen weiteren Knicks. »Wenn du so eifrig bist, werden wir dich an Lady Amadea verweisen, unsere Oberste Kammerherrin, die dich mit den anderen Damen bekannt machen wird.«

Amadea wirkte recht erfreut, obwohl einige der anderen offensichtlich nicht so sicher waren. Galen küsste seiner Frau die Hand und ließ sie gehen. Sie würde sich in Begleitung der Obersten Kammerherrin gut machen.

Ein kurzes Gespräch wurde an der Tür hinter ihm geführt, und jemand übergab dem Saaldiener eine Nachricht, die er wiederum einem nahen Lord überreichte, der sie mit einer Verbeugung zu Lune brachte. Die Königin entfaltete sie, und Galen sah, dass Überraschung sie wie eine Welle durchströmte. »Lord Galen, wenn du so freundlich wärst ...«

Er folgte ihr in die kleine Privatkammer hinter dem Saal. Seine Neugier musste nicht lange anhalten. Lune sagte in einer Stimme, die nicht weiter als zu ihnen beiden drang: »Dr. Andrews schreibt, dass er endlich erfolgreich war. Sophisches Mercurium, in einer Form extrahiert, die wir nutzen können, wie wenn wir einem Patienten Blut abnehmen. Er hat mich zum Red Lion Square eingeladen, um es mir anzusehen.«

»Nur dich?«

»Du, Lord Galen, solltest eigentlich noch in Sothings Park sein und dein Eheglück genießen. Zweifellos sucht dort ein Brief ohne Erfolg nach dir. In einem Augenblick gehen wir wieder hinaus, und meine Höflinge werden hören, wie ich dich nach Holborn schicke, um dich mit Dr. Andrews zu besprechen.«

Belustigung regte sich in ihm. Das fühlte sich gut an. Der Knoten aus Anspannung, der sein Herz gefesselt hatte, seit Abd ar-Rashid zum ersten Mal die Mondkönigin erwähnt hatte, löste sich endlich. Lune wirkte nicht ganz so erleichtert, aber ihre Entschlossenheit war unverwechselbar. »Du wirst in Newgate auf mich warten?«

»Ich dachte, der Markt am Fleet wäre ein angemessener Treffpunkt. Wir sehen uns dort in einer halben Stunde.«

RED LION SQUARE, HOLBORN
16. März 1759

Sie teilten sich eine Kutsche, in deren Enge ihre Knie einander beinahe streiften, und kamen kurz vor Mittag am Haus von Dr. Andrews an. Der Diener eskortierte sie zum Salon auf dem

Piano Nobile hinauf. Genau hier hatte Andrews seine Menagerie ausgestellt, ehe die Krankheit ihn gezwungen hatte, diese aufzulösen. Der Raum war weniger komfortabel als der hintere Salon, und trotz der Kühle in der Luft brannte kein Feuer im Kamin: eine ungewöhnliche Nachlässigkeit von Andrews' gewöhnlich makellosen Bediensteten. Auch war Andrews nicht dort.

Sie hörten das Husten des Mannes, ehe er den Raum betrat. Galen war schockiert. Andrews hatte endlich zugestimmt, zum Wohl seines Verstandes weniger Zeit im Onyxpalast zu verbringen. Wie es schien, hatte sein Körper den Preis dafür gezahlt. Oder vielleicht wäre dieser Verfall ohnehin geschehen, wenn er den Kampf gegen die Krankheit, die ihn tötete, endlich aufgegeben hätte. Er hätte im Bett sein und seine letzten Tage in jeglichem Komfort, den man schaffen konnte, ertragen sollen, doch anscheinend war sein Wille zu stark, um ihm dieses Aufgeben zu erlauben.

Lune sah es auch. Sie glitt an Galen vorbei, nahm Dr. Andrews am Arm und half ihm auf einen Stuhl. »Danke«, flüsterte der Mann, seine Stimme nur ein Geist dessen, was sie früher gewesen war.

Dann sah er Galen, und die Überraschung löste einen weiteren Hustenanfall aus. Als dieser endete, röchelte Andrews: »Mr. St. Clair – Ihr solltet in Sothings Park sein.«

»Ich bin gekommen, um das Mercurium zu sehen«, sagte Galen, seine eigene Stimme so leise, als würde er am Totenbett von jemandem stehen.

Andrews schüttelte den Kopf. »Ich habe es noch nicht.«

Lune und Galen tauschten einen verwirrten Blick. »Aber in Eurem Brief stand ...«

»Brauche Euch.« Er deutete auf Lune. »Es funktioniert nicht mit einer Nymphe. Wir brauchen die Verbindung zum

Onyxpalast. Genau wie der Drache durch seine Übertragung auf den Kometen eine Verbindung mit Luft eingegangen ist, so werdet Ihr von Eurem Reich vervollständigt.«

»Dr. Andrews, *nein*.« Es schmerzte umso mehr, weil Galen geglaubt hatte, dass ihr Problem endlich gelöst sei. »Wenn dieses Mercurium von einer Verbindung mit dem Onyxpalast abhängt, kann es nicht genutzt werden. Die Macht des Palasts ist es, was der Drache ersehnt. Ihr würdet unserem Feind genau das geben, wofür wir gekämpft haben, es von ihm *fern*zuhalten.«

Andrews' Atem rasselte hörbar in seiner Brust, und er hielt sein immer präsentes Taschentuch gepackt, als sei es das Einzige, was seinen Geist in seinem Körper verankerte. »Wir haben keine andere Wahl, Mr. St. Clair. Wenn die Macht des Drachen so gewaltig ist, wie Ihr sagt, dann muss sie von einer ebenso starken Quelle ausgeglichen werden. Nur der Onyxpalast wird reichen. Ansonsten wird der Sulphur das Mercurium vernichten, und das Werk ist verloren.«

Galen stand langsam auf. Er zitterte am ganzen Körper, und der dunkle, nackte Raum des Salons schien sich um ihn zu schließen und seine Welt allein auf ihn selbst und Dr. Andrews zu beschränken. Er wollte nicht fragen, aber er musste. Die Rettung von London hing davon ab. »Wie ... wie würde die Extraktion vorgenommen?«

Der sterbende Mann blickte Galen endlich in die Augen, und was er dort enthüllt sah, lähmte ihn vor Schrecken.

Andrews flüsterte: »Es tut mir leid.«

Die Türen zum Salon öffneten sich. Herein kamen sechs Leute, die Galen nicht erkannte: gewöhnliche Arbeiter, oder so wirkten sie zumindest, denn er wusste ohne Zweifel, dass sie getarnte Fae waren.

Sanisten.

»Es gibt kein Blutabnehmen«, sagte Andrews. »Keine Extraktion des notwendigen Elements, ohne dem Patienten zu schaden. Ich habe es versucht, Mr. St. Clair, aber sie sind alle gestorben. Wenn es irgendeine andere Möglichkeit gäbe, ich schwöre es Euch, dann würde ich sie nutzen, aber ...«

»Dr. Andrews.« Lune sprach seinen Namen aus, richtete sich aber an alle von ihnen, voll Mut und solcher Würde, dass sie sogar den abgehärtetesten Mörder zögern ließ. »Ich verstehe Eure Verzweiflung, aber Ihr müsst mir zuhören. Der Stein der Weisen ist nicht Eure Rettung. Nicht, wenn er aus dem Drachen erschaffen wird. Er ist eine Kreatur der Zerstörung. Selbst wenn Ihr mich und all die Macht des Onyxpalasts gemeinsam dafür nehmt, werde ich nicht fähig sein, ihn aufzuhalten.«

Andrews erschauderte. »Aber er ist Perfektion. Er *schafft* Perfektion.«

»Und das mag er wohl tun – indem er das vernichtet, was nicht perfekt ist.« Lune breitete die Arme aus und schien die ganze Stadt in ihrer Geste zu umfangen. »Nachdem London verbrannt war, reichten Männer Pläne beim König ein, großartige Projekte, um es in das Juwel Europas zu verwandeln, das alte Gewirr aus Straßen auszulöschen, um etwas Besseres zu schaffen. Sie sind gescheitert. Aber wenn London wieder brennen würde – nun, dann hätten sie eine weitere Chance. Dr. Andrews, Ihr *könnt* das nicht tun. Es wird uns alle zerstören.«

Für einen zeitlosen, atemlosen Augenblick dachte Galen, sie hätte ihn überzeugt. Andrews' Mund zuckte, als die Verunsicherung die Verzweiflung durchbrach.

Dann traf der Doktor seine Wahl.

Was er gesagt hätte, um sich zu entschuldigen, erfuhr Galen nie. Er stürmte blindlings vorwärts, doch einer der Sanisten war da, ehe er zwei Schritte weit kam, packte ihn und zerrte ihn zurück. Ein anderer hielt Lune mit kräftigen Armen fest. »Ihr hättet nicht kommen sollen, Mr. St. Clair«, japste Dr. Andrews zwischen Hustenanfällen. »Ich wollte Euch das hier ersparen. Es tut mir leid. Es tut mir leid ...«

Galen schrie. Es dauerte nicht länger als einen Herzschlag, ehe Stille den Raum umfing. Ein dritter Sanist trat mit Fesseln aus Ebereschenholz vor, um Lunes gute und verkrüppelte Hand aneinander zu binden. Ihre silbernen Augen suchten nach ihm, und ihre Berührung traf Galen bis auf die Knochen.

Immer noch schreiend und mit dem Gefühl, dass es seine Brust zum Bersten brachte, obwohl nichts seine Ohren erreichte, kämpfte Galen wie ein wildes Tier. Er riss sich von seinem Fänger los und schnappte das erste Objekt, was ihm in die Hände kam, seinen Stuhl, und schwang ihn wie in einer Wirtshausrauferei. Der Sanist blockte ihn verächtlich ab und schlug ihm ins Gesicht. Sterne explodierten überall in Galens Gesichtsfeld. Er spürte die Wand unter seinen Händen, die ihn aufrecht hielt. Dann traf ihn ein zweiter Schlag in die Magengrube, raubte ihm den Atem und drängte ihn zurück. Er hob die Hände als schwache Verteidigung, doch es half ihm nichts, als die Faust ein drittes Mal auf ihn eindrosch.

Dieser Schlag ließ ihn rückwärts stolpern, außer Kontrolle, und gegen das Fenster.

Glas zersplitterte an seinem Rücken. Das hölzerne Fensterbrett erwischte seine Knie. Galen warf seine Hand hoch und versuchte, sich zu fangen. Schmerz flammte in seiner Handfläche auf – er verlor den Halt – dann taumelte er über den hervorstehenden Sturz der Vordertür unter ihm, tastete verzweifelt nach einem Halt an dessen Rand und stürzte dann ins Freie. Galen schlug auf der Vordertreppe auf und rollte dann ausgestreckt auf die Straße.

Er blickte hoch und sah das Gesicht seines Angreifers am Fenster, der ihn in überraschtem Zorn anstarrte. Galen japste nach Luft, die nicht kommen wollte, taumelte auf die Füße und rannte humpelnd zur Ecke des Platzes. Keine Schreie erklangen hinter ihm – natürlich nicht, der Stillezauber –, aber er rannte, als würden die Höllenhunde ihn jagen, denn bald würden sie das. Hinaus nach Holborn, und da war eine Hackneykutsche. Er warf sich hinein, ignorierte den erschrockenen Protest des Mannes darin und holperte in die gesichtslosen Massen auf der Straße, wo kein Verfolger ihn finden konnte.

NEWGATE, LONDON
16. *März* 1759

Als der Kutscher anhielt, um ihn hinauszuwerfen, schüttete Galen dem Mann den gesamten Inhalt seiner Börse in die Hände und verlangte, dass er zurück in die Stadt gebracht würde.

Erst als er in der Newgate Street wieder hinausstolperte und sein Taschentuch um seine blutende linke Hand schlang, wurde ihm sein Fehler bewusst. Dies war der offensichtliche Eingang, den er aufsuchen würde, wenn er zum Onyxpalast zurückkehrte. Galen wirbelte in der engen Gasse herum, versuchte, in alle Richtungen gleichzeitig zu blicken, und stürzte beinahe.

Dann blickte er nach oben und stürzte wirklich, direkt in den Matsch.

Eine Hand hing über die Dachkante an der Hinterseite der Pfandleihe. Eine unbewegte Hand, wie ihm klar wurde – eine Hand, die zu zart war, um irgendeinem Menschen zu gehören. Galen sprang auf die Füße und schlich halb geduckt weiter, bereit, wieder loszurennen.

Als die Finger nicht einmal zuckten, kletterte er auf eine Kiste und schaute über die Dachkante.

Irrith lag bewusstlos da, über die Ziegel des hinteren Anbaus des Gebäudes ausgestreckt. Galen dachte, dass sie vielleicht tot war. Ihre Haut hatte eine graue Blässe, als ob das Licht ihrer Seele beinahe erloschen wäre. Aber als er ihr Gesicht in seine Hände nahm, rührte sie sich ganz schwach.

Galen versuchte, seine aufgeschnittene Hand zu schützen, als er Irrith unbeholfen nach vorn zog und vom Dach zerrte. Der Inhalt ihrer Taschen regnete herab und gefährdete seine Füße, aber er schaffte es, sie auf seine Schulter zu heben und zum Boden zu tragen. Hatten die Sanisten sie angegriffen? Aber wenn ja, warum hatten sie sie am Leben gelassen?

Das Flattern von Flügeln gab ihm eine halbe Sekunde Vorwarnung. Galen hatte gerade genug Zeit, Irrith abzulegen, ehe die näher kommende Fae sich mitten in der Luft verwandelte und aus dem Himmel stürzte, um in einer menschenähnlichen Gestalt zu landen. Sie war eine Kreatur mit scharfem Gesicht, keine, die Galen beim Namen kannte, aber ihr raubtierhaftes Grinsen verriet ihr Vorhaben deutlich genug. Und sie stand zwischen ihm und der relativen Sicherheit der Straße.

Schon seit er vom Red Lion Square geflohen war, verbrannte die Scham darüber, dass er Lune zurückgelassen hatte, Galen bei lebendigem Leib. Nun lag Irrith hilflos im Matsch vor seinen Füßen. Sobald die Goblinfrau mit ihm fertig wäre, würde der Irrwisch nicht mehr lange durchhalten.

Nein.

Dieses einzelne Wort war der einzige klare Gedanke in Galens Kopf, als er sich auf den herausgefallenen Inhalt von Irriths Taschen stürzte. Er schenkte ihm Schnelligkeit: Galen richtete sich mit der Pistole in seinen Händen auf, gerade bevor der Goblin ihn erreichte, und feuerte aus nur einem Fuß Abstand.

Der Hammer der Pistole krachte herunter – und nichts passierte.

Sie war im verzweifelten Versuch, sich zu ducken, zum Stehen gekommen. Nun lachte sie und hob die Klauen.

Galen schlug sie mit der leeren Pistole auf den Kopf. Der Goblin taumelte. Er schlug sie wieder, ein drittes Mal, ein viertes Mal, prügelte sie in den Matsch, bis seine schweißüberzogene Hand den Halt verlor und ihm die Waffe entglitt. Aber mittlerweile bewegte sich der Goblin nicht mehr.

Er vertraute nicht darauf. Jeden Augenblick würde sie jetzt wieder aufstehen, und dann wäre er verloren, denn er war kein Soldat oder Raufbold. Er war ein Gentleman und nie näher an eine Schlacht gekommen als in seinem Fechtunterricht als Jugendlicher.

Galen zerrte Irrith aus dem Matsch. Wie er es schaffte, dass sie beide gleichzeitig in die enge Nische am Eingang passten, würde er nie erfahren. Aber einen Augenblick später waren sie in der relativen Sicherheit des Onyxpalasts, und dann begann er, nach Hilfe zu schreien.

DER ONYXPALAST, LONDON
16. März 1759

Seine Schreie schienen die Fae aus jeder Ecke des Palasts zusammengerufen zu haben, und die Hälfte von ihnen drängte sich jetzt im Raum. Galen wusste nicht einmal, wo sie waren. Es war das Gemach irgendeines Höflings, dachte er. Was auch immer am nächsten gewesen war, als Hilfe dahergerannt gekommen war. Aber das Resultat war Chaos, und sie *verschwendeten Zeit.*

Er brüllte laut genug, dass Gertrude den Verband fallen ließ, den sie gerade um seine Hand wickelte, und wurde mit plötzlichem schockiertem Schweigen belohnt. »*Raus*«, knurrte er. »Ich brauche Sir Peregrin und Sir Cerenel – die Goodemeades können bleiben – und die Gelehrten, holt mir Lady Feidelm, Abd ar-Rashid, alle von ihnen, die Ihr finden könnt. Alle anderen, *raus hier.*«

Sir Adenant nahm seine Befehle auf und wiederholte sie, dann scheuchte er beinahe alle aus dem Raum. Nun konnte Galen Rosamund sehen, die sich über Irrith beugte und versuchte, Wärme zurück in die schlaffen Hände des Irrwischs zu reiben. »Was ist mit ihr los?«

»Eisen«, sagte die Braunelfe, ohne aufzublicken. »Und heilige Dinge, und alles andere. Sie war ohne Brot dort oben, Galen, ich weiß nicht wie lange.«

Würde sie sich erholen? Er konnte die Zeit für diese Sorge nicht entbehren, nicht gerade jetzt. Gertrude verknotete den Verband, als Sir Peregrin mit seinem Leutnant hereinkam. Abd ar-Rashid war nicht weit hinter ihnen. Das waren genug für den Anfang.

Galen erzählte ihnen vom Red Lion Square. Er wollte kurz und bündig sein, doch jedes Wort ließ sein Gesicht schmerzen, und seine Gedanken wurden immer wieder in alle vier Winde zerstreut. Gertrude drückte ihm eine Tasse Met in die heile Hand, und er trank sie aus, zitterte aber fast schlimm genug, um sich zu verschlucken. Wo waren die restlichen Gelehrten? Abd ar-Rashid schüttelte den Kopf, als Galen danach fragte. »Lady Feidelm und Wrain sind im Kalenderraum. Savennis kann ich nicht finden.«

»Er ist tot.«

Das hauchdünne Flüstern kam von Irrith. Rosamund hatte sie in das Bett des Höflings gesteckt, dessen Gemächer sie besetzt hatten, wo sie wie ein kleines Kind aussah, das von einer Krankheit verzehrt wurde. Ihre lebhaften Augen waren zu einem matten, schmutzigen Grün abgestumpft. »Im Keller. Andrews hat experimentiert. Sie sind alle tot.«

Ich habe es versucht, Mr. St. Clair, aber sie sind alle gestorben.

Die Worte des Doktors hallten in seinem Kopf wider. Der sezierte Salamander, das Labor unter Andrews' Haus – die Fragen danach, was passierte, wenn ein Fae starb. *Jesus. Lune.*

Galen taumelte blind zur Tür. »Wir müssen *jetzt* los. Sie ... sie ist vielleicht schon tot ...«

Cerenel fing ihn ab, ehe er weit kommen konnte. Rosamund eilte mit hastigen tröstenden Worten an seine Seite. »Das ist sie nicht, Junge. Du würdest es wissen, wenn sie tot wäre. Der Palast würde es dir sagen. Aber du musst planen, bevor du hin stürmst, weil sie dich ganz sicher schon erwarten werden.«

»*Wir haben keine Zeit!*«

Abd ar-Rashids akzentuierte Stimme brachte ihn zurück auf den Boden, unvernünftig ruhig im Vergleich zu seiner eigenen Panik. »Ich denke, vielleicht haben wir das doch. Falls ich Dr. Andrews gut genug verstehe.«

Galen hörte auf, gegen Cerenels Hände anzukämpfen. »Was meint Ihr?«

Der Dschinn verschränkte stirnrunzelnd die Arme. »Er sucht nach der Mondkönigin, ja? Dann wird er den Mond wollen. Voll wäre am besten, aber das hat er verpasst. Er wird nicht warten, bis er wiederkommt. Aber die ... Extraktion wird heute Nacht sein.«

»Warum hat er sie dann jetzt gefangen?«, wollte Peregrin wissen. »Wenn uns das Gelegenheit zum Reagieren gibt?«

»Weil er Zeit zur Vorbereitung braucht.«

Cerenel erlaubte Galen, zurückzutreten. Die Pause hatte das Feuer in seinen Adern abgekühlt. Nun begann er endlich die Prügel zu spüren, die er bezogen hatte, die pochende Hitze in seiner Hand, den Protest seines rechten Knöchels, wenn er das Gewicht darauf verlagerte. Aber der Met verlieh ihm die Kraft, weiterzumachen.

Alle sahen ihn an. Den Prinzen vom Stein, und in Lunes Abwesenheit die Stimme der Autorität im Onyxpalast.

Er versuchte, sich am unangenehmen Pochen seines aufgeschürften Gesichts vorbei zu konzentrieren. Abd ar-Rashids ruhige Antwort auf Peregrin klang plausibel, aber er vermutete, dass sie mehr geraten war, als der Dschinn zugab. Falls die Extraktion jetzt stattfand ...

»Lune sollte allein gehen«, murmelte er, hauptsächlich für sich selbst. »Nicht mit mir.«

»Aspell muss wissen, dass sie manchmal heimlich aus dem Palast geschlichen ist«, sagte Irrith und setzte sich gegen Gertrudes Beharren, sie im Bett zu halten, auf.

»Aspell? Der Großsiegelbewahrer?«

Peregrin bleckte in einem Knurren die Zähne. »Der Sanist. Dame Irrith hat uns davon erzählt, während Ihr fort wart.«

Der Ritter meinte das wahrscheinlich nicht als Anschuldigung, aber es schmerzte Galen dennoch. Irrith wischte sich verschwitztes Haar aus dem Gesicht und sagte: »Ich bin ihm zum Haus von Dr. Andrews gefolgt. Ich wusste nicht, was sie vorhatten, aber ich habe versucht, hierher zurückzukommen, um die Königin zu warnen.«

Sie teilten dieselbe Scham, dasselbe Scheitern. Er sah es in ihrem Gesicht, wie sie es zweifellos in seinem sah.

Also war der Plan gewesen, dass die Königin heimlich gehen sollte, allein oder höchstens mit einem Bediensteten. Es gab keinen Grund, Dr. Andrews zu verdächtigen, und keinen Grund, eine Leibwache mitzunehmen. Zu dem Zeitpunkt, bis ihre Abwesenheit bemerkt und ihr Aufenthaltsort bestimmt würde, wäre es zu spät gewesen.

»Aber sie wissen jetzt, dass wir es wissen«, sagte Galen. Er ließ sich steif auf den nächsten Stuhl sinken. »Andrews wird nicht sein Kellerlabor nutzen. Mittlerweile werden sie fort sein. Aber wohin?«

Schweigen. Die versammelten Fae blickten von einem zum anderen, suchten Antworten und fanden keine.

Andrews konnte nirgends sonst hin, nicht soweit Galen wusste. Er konnte im Gebäude der Königlichen Gesellschaft keine Feenfrau töten. »Hat Aspell außerhalb des Palasts irgendwelche vertrauten Aufenthaltsorte?«

Wieder Schweigen, Kopfschütteln. Es stachelte Galens Zorn an. »Kommt schon! Es muss irgendetwas geben. Wo können sie sicher sein? Abd ar-Rashid, gebt mir die alchemistische Antwort. Welcher Ort ist für das Werk, das er tun will, am besten?«

Der Dschinn schloss die Augen und begann in schnellem Arabisch vor sich hin zu murmeln, unverständlich für sie alle. Dann, immer noch ohne aufzublicken, wechselte er ins Englische. »Waschung. Das Material in mercurischen Wassern waschen, um Albedo zu erreichen, den weißen Zustand vor der Erschaffung des Steins. Er wird sie reinigen müssen … Er hätte dies nicht in seinem Haus getan, denke ich, selbst wenn er nicht entdeckt worden wäre. Er braucht eine Wasserquelle fern von Eisen oder anderen Dingen, die ihr schaden würden.«

Galens Kopf bot eine gewaltige Liste an Wasserquellen in London. »Die Teiche im St.-James-Park. Die Reservoire von Chelsea. Der Serpentine. Nicht Holywell – New River Head ...«

»Nein«, murmelte Rosamund und fiel ihm ins Wort. »Denk nach, Galen. Die Themse.«

Die Antwort war so offensichtlich, dass er sie übersehen hatte. Abd ar-Rashid schürzte angeekelt die Lippen. »Sie ist ein offenes Abwasser. Überhaupt nicht sauber.«

»Aber das Herz von London und mit dem Onyxpalast verbunden«, sagte Galen. »Was teilweise das ist, worauf Andrews sich verlässt. Rosamund hat recht. Er wird die Themse benutzen.«

Abd ar-Rashid allerdings hatte beim Zustand des Gewässers recht. Also irgendwo flussaufwärts, wo es weniger verschmutzt war. Galen dachte an seine Besuche in Vauxhall zurück, was er von der Barke aus gesehen hatte. Westminster – nein, zu viele Anleger. Die sumpfigen Ufer von Lambeth vielleicht. Oder Vauxhall selbst? Aber während alles davon streng genommen Lunes Autorität unterstand – die sich auf mehr als nur den Onyxpalast selbst erstreckte –, würde er sie, je weiter er wegging, umso weiter vom Londonstein und dem Herz ihres Reichs entfernen. Und Aspell wusste von dem Stein. Sicher hatte er das Andrews erzählt.

Galen starrte blind die gegenüberliegende Mauer an und sah im Geiste die Fahrt flussaufwärts. Die Docks, die vorbeizogen, die feinen Häuser an der Strand, den Palast von Westminster.

Flussaufwärts und hinunter. Säuberung vor der Extraktion. Kein einzelner Ort würde reichen, sondern ...

»Was ist mit einer Barke?«

Ein Leuchten trat in Abd ar-Rashids dunkle Augen. Er teilte etwas von Dr. Andrews' Fehler, dachte Galen: den Willen, eine Idee ohne Sorge um deren Konsequenzen wegen ihrer eigenen

Schönheit zu lieben. »Ein bewegliches Labor für das volatile Prinzip. Ja, das würde gut funktionieren.«

Wirklich sehr gut – wenn sie nicht von Lunes Tod sprechen würden. »Flussaufwärts anfangen, wo das Wasser sauberer ist, und dann heruntertreiben. Wenn es ihre Verbindung zum Onyxpalast ist, die er will, dann wird die ... die *Extraktion* in der Stadt passieren. Unter dem Mond, nehme ich an.« Galen schluckte Galle hinunter.

Peregrin sagte: »Vorausgesetzt, all diese Spekulationen sind korrekt. Wir haben nichts als Logik, um sie zu stützen.«

Gertrude hatte Irrith überredet, dass sie sich wieder hinlegen sollte, oder vielleicht hatte es einfache Erschöpfung für sie getan. Die Braunelfe sagte: »Wir könnten vielleicht eine Möglichkeit haben, das festzustellen. Ich weiß nicht, wie weit das reicht, aber – die Themse ist mit dem Onyxpalast verbunden, und ebenso sind es der Prinz und die Königin. Wenn sie auf dem Fluss ist, könnte er es vielleicht sagen. Sobald sie nahe genug ist, zumindest.«

Der Onyxpalast. Eine stille Präsenz in Galens Hinterkopf, die ihm so vertraut geworden war, dass er selten daran dachte. Konnte er sie nutzen, um die Königin zu finden?

Er konnte es jedenfalls versuchen. »Inzwischen«, sagte Galen, »halten wir gar nichts für sicher. Sir Peregrin, ich werde dem Lordschatzmeister befehlen, auszugeben, was auch immer benötigt wird. Durchsucht diese Stadt von einem Ende zum anderen. Wenn Lune irgendwo in London ist, findet sie – vor heute Abend.«

»Ich würde dich mitnehmen, aber du brauchst Ruhe.«

Irrith schüttelte den Kopf – oder rollte ihn zumindest über ihr Kissen, so gut sie konnte. »Nicht einmal wenn ich könnte,

Galen. Carline hat mich einmal beinahe dazu verlockt, ihr zu erzählen, wo der Londonstein lag. Ich bin glücklicher, wenn ich nicht weiß, wo er jetzt ist.« Solange es Schlangen wie Aspell im Palast gab, wollte sie nichts wissen, was sie nicht verraten durfte.

Er drückte ihre schlaffe Hand. Selbst dieser leichte Druck zwang ihre Knochen zusammen – wie er es zweifellos immer getan hatte, doch jetzt war sie sich dessen bewusst, wie sie sich der Zerbrechlichkeit ihres ganzen Körpers bewusst war. Irrith fühlte sich, als sei sie von Kopf bis Fuß mit einer Eisenkeule verprügelt worden und als könne ein weiterer Schlag sie zerbrechen. »Es tut mir leid«, sagte er.

Sie war sich nicht sicher, ob einer von ihnen wusste, wofür genau er sich entschuldigte. Ein ungewohntes Kitzeln stach in ihren Augen. »Galen – ich glaube, Podder war in diesem Keller. Er ist nicht weggelaufen.«

Es berührte ihn kaum. Seine Furcht und Wut wegen Lune ließen wenig Raum für irgendetwas anderes. Aber Galen nickte. Dann, als keinem von ihnen noch etwas Weiteres einfiel, was er sagen wollte, wandte er sich zum Gehen.

Als er halb an der Tür war, kam seine Frau in den Raum.

Delphia Northwood – nein, Delphia *St. Clair* – japste beim Anblick ihres neuen Ehemannes. Irrith hatte keine Ahnung, was Galen gemacht hatte, während sie bewusstlos in Newgate lag, aber sein Hemd war schmutzig, das Rückenteil seines Mantels war zu Fetzen zerrissen, und sein Gesicht begann, unter dem Blut anzuschwellen. Wenig überraschend, dass die Frau entsetzt war. »Was im Himmel ...«

Er hielt seine linke Hand hoch, schien den Verband daran zu bemerken und ersetzte sie mit seiner rechten. »Delphia, es tut mir leid. Ich habe keine Zeit zum Erklären. Ich muss Lune finden. Etwas Schreckliches ist passiert, und ich ... ich muss jetzt gerade Prinz sein.«

Irrith beobachtete, wie die Worte bei Delphia St. Clair ankamen. Sah die Frau den Unterschied in Galen, unter dem Blut und den Verbänden? *Ich muss jetzt gerade Prinz sein.* Er *war* der Prinz, vielleicht zum ersten Mal überhaupt. Er stand nicht nur an Lunes Seite und erfüllte seine Pflichten wie verlangt, sondern traf Entscheidungen, gab Befehle. Die Veränderung zeigte sich in seiner Haltung, der Linie seines Kiefers. Die Herausforderung war gekommen – die Krise, nicht nur die schleichende Bedrohung durch den Kometen –, und er war angetreten, um sich ihr zu stellen.

Wie es ein Prinz vom Stein tun sollte.

Delphia ließ ihn gehen, nur mit einer kurzen Berührung ihrer Hand an seiner Schulter. Dann stand sie da, den Blick gesenkt und schweigend, und Irrith hätte all ihr verbliebenes Brot darauf verwettet, dass die Frau dachte, sie sei allein im Raum.

Aber Gertrude würde in einem Augenblick mit Met für Irrith zurückkommen, und dann wäre es peinlich, zuzugeben, dass sie jene Unterhaltung belauscht hatte, ohne irgendetwas zu sagen. *Ich könnte so tun, als würde ich schlafen.*

Stattdessen räusperte sie sich und beobachtete, wie Delphia versuchte, nicht vor Schreck aus der Haut zu fahren. »Es wird nicht enden, wisst Ihr«, sagte Irrith. »Dieser Kampf, ja – so oder so, er wird heute Nacht vorbei sein. Aber es wird immer eine Tatsache bleiben, dass Galen Prinz sein muss. Er wird immer wieder wegrennen und Euch zurücklassen.« Nicht nur zu Lunes Wohl, sondern für den gesamten Onyxhof.

Die sterbliche Frau trat langsam einen Schritt nach dem anderen vor, die Hände über dem Rock gefaltet. Sie betrachtete

Irrith mit neugierigem Blick und einem Hauch Mitleid. Aber nur einem Hauch. Der Rest war stählern.

»Ich bin nicht zurückgelassen«, sagte Delphia St. Clair. »Ich bin eine Hofdame in den Privatgemächern der Königin. Ich werde mir meinen eigenen Platz hier an diesem Hof schaffen, und wenn mein Gatte seine Pflicht tut, werde ich ihm das nicht nachtragen.«

Irrith rang sich ein schwaches Lächeln ab. Sie mochte diese Frau wirklich, die Bewunderung statt Mitleid auslöste. »Gut gesprochen. Wenn Ihr das wirklich so meint, dann schlage ich vor, dass Ihr nach oben geht, wo Eure Worte uns nicht verletzen ... und betet, dass Ihr morgen noch eine Königin habt, der Ihr dienen könnt.«

In einer winzigen Nische, die gut im Onyxpalast versteckt war, stand Galen da, hielt beide Hände hoch und berührte mit ihnen die raue Oberfläche des Londonsteins.

Er sah nach nichts aus: ein abgerundeter Stumpf einer schiefen Säule, der aus der Decke über ihm hervorragte und dessen Spitze durch den jahrhundertelangen Missbrauch tiefe Ritzen hatte. Seine Bedeutung für London oben war halb vergessen, genau wie der Stein selbst halb verwittert war.

Aber in der schattenhaften Reflexion der Stadt, die der Onyxpalast war, gab es keinen Ort von größerer Bedeutung. Dies war die Achse, der Punkt, wo die beiden Welten sich zu einer verbanden und Galen sein gesamtes Reich mit seinem Geist berühren konnte.

Den Palast, der zerfiel und hier und dort verblich. Die Mauer, die mit jedem Jahr, das verging, weiter zerstört wurde. Den Hügel der St.-Pauls-Kathedrale im Westen, den Hügel des Towers im Osten. Den Walbrook, der unter der Stadt begraben vom Norden zu den größeren Wassern der Themse im Süden floss.

Die Themse.

Genau dorthin lenkte Galen seine Gedanken, tastete nach außen und suchte die andere Hälfte des Palasts. Er widmete einige Aufmerksamkeit dem Wasser flussabwärts und mehr dem Land und den Straßen oben, falls Lune dort wäre, aber den größten Teil seines Wesens sandte er flussaufwärts, am Fleet vorbei, an der Strand vorbei, an Westminster vorbei, streckte sich immer weiter und weiter, griff verzweifelt nach jeglicher kleinen Erschütterung, die vielleicht die Anwesenheit der Königin andeutete.

Er hielt ihr Bild vor sich wie ein Leuchtfeuer, das silbern und rein glänzte. Die Mondkönigin, wie Dr. Andrews gesagt hatte. Eine Göttin jenseits seiner Reichweite, doch vielleicht konnte er ihr dieses eine Mal dienen, wie es ihrer würdig war, und sie vor jenen retten, die diese Pracht aus ihrem Fleisch schneiden und an das Feuer verfüttern wollten.

Bevor sie gerettet werden konnte, musste sie gefunden werden.

Weiter. Und weiter. Und *weiter*, bis sein Geist bis zum Zerreißen gespannt war.

Dort.

DER FLUSS THEMSE, LONDON
17. März 1759

Die Barke näherte sich Westminster kurz nach Mitternacht und trieb still auf den schwarzen Wassern der Themse. Selbst die Schiffer, die das Boot lenkten, arbeiteten ohne Geräusch und gingen ihren Aufgaben nach wie Marionetten, weil ihr

Verstand von ihren Feenpassagieren vernebelt wurde. Sie schenkten jenen Passagieren nur so viel Aufmerksamkeit, wie nötig war, um zu vermeiden, dass sie über sie stolperten, und beachteten die Kabine mit dem Stoffdach mitten auf dem Deck überhaupt nicht, wo ein kühles Licht leuchtete, anders als jede Flamme einer Lampe.

Die Fae waren auch still, bis der Kobold Orlegg seinen Nachbarn mit dem Ellenbogen anrempelte und auf einen Schatten auf dem Wasser vor ihnen deutete. »Tarnzauber. Ein großer, auf der Brücke von Westminster.«

Die gesamte Feenkompanie, außer jenen in der Kabine, blinzelte durch die Dunkelheit, um die Wirkung zu durchschauen. Der Erste, dem es gelang, schnaubte. »Haben die Bögen einen halben Schritt verschoben, die ganze Brücke lang. Wie es scheint, stört es sie nicht zu riskieren, dass ihre Königin ertrinkt.«

Orlegg knurrte. »Die wissen, dass wir kommen.«

Die Sanisten handelten schnell. Einer verzauberte die Schiffer und überzeugte sie, die Barke direkt auf etwas zuzusteuern, das wie ein massives Steinpier wirkte. Ein anderer öffnete die Tür zur Kabine und flüsterte denen drinnen etwas zu. Orlegg ließ den Rest zur Schlachtvorbereitung antreten.

Die Loyalisten würden ihre verwundete Königin nicht ohne einen Kampf aufgeben – und so würden die Sanisten ihnen einen liefern.

Entlang der gesamten Strand, der breiten Straße, die von Westminster in die Stadt führte, warteten Leute in den Schatten. Der Lordschatzmeister hatte seine Schatzkammer so gut wie geleert und Fae für die lange Nacht der Bereitschaft gerüstet. Eine Kompanie hatte sich in den Nischen der Brücke von

Westminster verborgen und hoffte, die Barke in ihrem täuschenden Tarnzauber zu erwischen, sodass sie von oben auf diese hinunterschwärmen konnten. Bisher war alles, was sie erwischt hatten, zwei kleine Ruderboote, die Gentlemen von ihren spätnächtlichen Vergnügungen nach Hause fuhren.

Aber falls Fae auf der Barke waren, würde diese Falle wenig helfen. Und so verteilte sich der Rest der Streitmacht des Onyxpalasts, all jene, die der Königin treu waren, entlang der Strand und wartete, um sich auf ihr Ziel zu stürzen.

Sobald sie es gefunden hätten.

Segraines Klinge zischte aus ihrer Scheide und durch die Luft, ehe Irrith auch nur zurückspringen konnte. Die Spitze kam genau an der Seite ihres Halses zum Halten. »Blut und Knochen – Irrith! Was in Mabs Namen machst du hier?«

Der Irrwisch schob mit zwei vorsichtigen Fingern das Schwert weg. »Die Königin retten.«

»Nur über meine Leiche – oder eher über deine eigene. Du kannst kaum stehen.«

»Ich *kann* stehen«, stellte Irrith heraus und fing an, ihre Pistole zu laden. Nur Elfenschuss. Das Eisen in ihrer Tasche hob sie für den Drachen auf. »Wenn du keine Zeit damit verschwenden willst, mich zurück in den Palast zu zerren, bleibe ich hier.«

Die Ritterin knirschte mit den Zähnen. »Irrith, wir schaffen das ohne dich ...«

»Es ist meine Schuld, verstehst du? Ich bin diejenige, die Aspell erzählt hat, was Andrews gerade tat, und wenn ich nicht wäre ...«

Sie bekam nie eine Chance zu sagen, wie die Dinge vielleicht anders gelaufen wären. Knochenbrecher drückte eine klauenbewehrte Hand auf ihren Mund. »Wenn du nicht wärst, hätten wir vielleicht eine Chance, den Wachtmeistern zu entgehen«, zischte ihr das Gespenst ins Ohr. »Geh weg oder sei still, aber wenn du weiter so brüllst, werde ich dich selbst in der Themse ertränken.«

Irrith verstummte und sah Segraine in die Augen. Die Ritterin biss die Zähne zusammen, nickte aber. Knochenbrecher ließ seine Hand sinken, Irrith lud ihre zweite Pistole, und sie warteten darauf, dass die Barke kam.

◈

In den schwarzen Wassern der Themse bewegten sich weitere Schatten.

Die Fae aus dem Fluss, Nymphen und Asrai und Draca, hatten in den vergangenen Jahren immer weniger Freude an der Stadt gefunden. Ihre landlebenden Verwandten konnten sich aus dem Schmutz von London in den Onyxpalast zurückziehen, aber im unterirdischen Spiegel von Queenhithe war es, wie in einem Teich zu leben. Hier draußen im Fluss mussten sie mit all dem Müll der Sterblichen kämpfen und mit Wasser, das mit jedem Jahr schmutziger wurde.

Heute Nacht aber schwammen sie ohne Jammern hinaus. Sie strömten aus dem Eingang von Queenhithe und bildeten eine Linie über den Fluss, dann schwammen sie auf der Suche nach der Barke flussaufwärts. Es waren natürlich andere Schiffe auf der Themse. Die größeren Schiffe jedoch wurden von den uralten Steinen der Brücke von London flussabwärts aufgehalten, und zu dieser nächtlichen Stunde pflügten nur einige kleine Jollen über die Wasseroberfläche. Ihre Suche war – oder hätte es sein sollen – sehr einfach.

Aber sie waren nicht die einzigen Schatten im Wasser.

Es gab keine Vorwarnung. Nur eine Klaue, die aus dem Nirgendwo schnellte, eine Asrai packte und sie nach unten zog.

Unter Wasser konnte sie nicht schreien. Sie verschwand ohne ein Geräusch.

Ein Draca war das nächste Ziel, und er wich nicht schnell genug aus. Blut strömte in die Düsternis, und dann sah er seinen Feind.

Die Schwarzzähnige Meg scherte sich wenig um die Politik im Onyxpalast. Alles, was sie kannte, war Wut. Der vergiftete Fleet, der schon lange unter Müll und Fischabfall, Leichen und Kot erstickte, hatte die bösartige Flusshexe noch bösartiger gemacht, bis alles, was sie wollte, Packen und Zerstören war. Valentin Aspell bot ihr eine Chance an, dies zu tun. Sie musste nur aus ihrem Gewässer in die Themse kommen und die Fae dort davon abhalten, flussaufwärts zu schwimmen.

In der Finsternis unter Wasser tobte die Schlacht, unsichtbar für jene weiter oben. Selbst die im Wasser lebenden Fae konnten ihre Feindin kaum sehen, bevor sie bei ihnen war. Aber eine Nymphe riss sich los, stürzte sich in panischer Schnelligkeit flussaufwärts und versuchte verzweifelt, ihre beschworene Aufgabe auszuführen.

Sie musste nicht weit schwimmen. Unter der Deckung von Dunkelheit und Zaubern war die Barke beinahe zur Mündung des Fleet und der Grenze des Onyxpalasts gekommen.

Ihre Hände rissen ungeschickt und voller Panik an dem Kästchen, das an ihre Taille gebunden war. Dann war der Deckel offen, und das Irrlicht sprang heraus, hüpfte aus dem Wasser in die Luft über ihr und markierte das Ziel für jene, die darauf warteten, dass sie angreifen konnten.

❦

Der Himmel war in jeder anderen Nacht außer dem Allerheiligen-Vorabend zu gefährlich für große Streitmächte. Aber Vögel erregten keine Aufmerksamkeit, besonders vor dem dunklen Wolkenhintergrund. Ihre scharfen Augen erkannten das Leuchtsignal auf dem Fluss unter ihnen, und sie schrien eine Warnung durch die Luft.

Ein einsamer Reiter galoppierte über den Himmel, flussabwärts von der Brücke von Westminster aus. Das Feenpferd streckte seine Beine, so weit es konnte, stürzte nach unten, um die Barke zu suchen, und sein Reiter Sir Cerenel ließ die Zügel los, um die Waffe bereitzumachen, die er hielt.

Nicht alles vom Jotuneis war zum Speer für den Drachen verarbeitet worden. Der Elfenritter beugte sich seitlich aus dem Sattel und schleuderte einen Splitter in den Fluss unter ihm.

Er traf das Wasser und versank halb darin. Nicht weiter: Bis dahin war der Fluss um ihn herum gefroren, Eiskristalle breiteten sich in alle Richtungen aus, sogar in den weichen Schlamm des Flussbetts hinunter, und setzten die Barke kurz vor der Mündung des Fleet fest.

Und bildeten eine Brücke von einem Ufer zum anderen, eine Straße, über die die Retter reiten konnten.

Galen hatte sich im Holzlager an der Dorset Street positioniert, nur Meter vom offenen Ufer des Fleet entfernt. Sir Peregrin hatte ihn dies tun lassen, weil der Hauptmann glaubte, dass sie die Barke viel weiter flussaufwärts erwischen würden. Aber Galen dachte, als er das Eis über die Oberfläche der Themse rauschen sah, dass irgendein schrecklicher Teil von ihm immer geglaubt hatte, dass es zu dem hier kommen würde, einer letzten, verzweifelten Chance, Lune zu retten.

Er hörte das Klappern von Hufen und näher kommende Schritte die Temple Street herunter, die Kompanie, die am King's Bench Walk bereitgestanden hatte, aber er konnte nicht auf sie warten, nicht einmal einen halben Augenblick. Galen gab dem Feenpferd, das er ritt, die Sporen und stürmte auf das Eis hinaus.

Die Oberfläche war unglaublich trügerisch, durch die unnatürliche Schnelligkeit ihres Gefrierens holprig, aber trotzdem noch glatt. Sein Pferd schrie und stürzte zwanzig Fuß vor der Barke, sodass Galen außer Kontrolle über das Eis schleuderte. Aber das rettete den Prinzen. Als ein Goblin über die Reling sprang, ein Schwert in der Hand, rutschten auch die Füße des Angreifers unter ihm weg.

Eine Kugel schlug nahe an Galens Kopf Splitter aus dem Eis. Irgendjemand auf der Barke war klüger. Der Prinz kroch halb und schlitterte halb in die Deckung an der hölzernen Flanke des Schiffs und schnappte sich das Schwert, das der Goblin hatte fallen lassen. Die Kreatur versuchte, auf ihn zuzustürmen, aber mittlerweile war der Rest von Galens Kompanie da. Sir Adenant überritt ihn.

Hinter ihnen kam Segraines Kompanie, angekündigt von den flammenden Augen von Knochenbrecher. Und Irrith, leichenblass, als würde sie gleich zusammenbrechen, doch sie hob ihre Pistole, um auf einen Sanisten zu schießen.

Galen biss die Zähne zusammen, stand auf und kletterte über die Reling der Barke. Schüsse knallten immer noch um ihn herum, aber sie konnten sich nicht erlauben, auch nur eine Sekunde zu verlieren, falls Andrews beschloss, dass er nahe genug an sein Ziel gekommen war. Der Prinz kletterte an Bord und fand sich einem Schiffer mit leerem Blick gegenüber. Eine Klinge, die hinter dem Mann aufblitzte, verriet ihm, dass ein Fae den Sterblichen als Schutzschild benutzte. Aber der Hieb wurde halb blind ausgeführt, und Galen wich ihm locker aus, dann schubste er den Schiffer rückwärts. *Da – die Kabine ...*

Kühles Licht strahlte nach oben, als jemand die Plane wegriss, die als Dach diente. Mit bis zum Hals pochendem Herzen blickte Galen nach oben.

Wolken bedeckten immer noch den Großteil des Himmels, aber hier und dort waren zerfetzte Löcher erschienen, und eines von ihnen enthüllte den Mond.

Nur das raue Kratzen in seiner Kehle verriet ihm, dass er schrie. Galen stürzte sich vorwärts, benutzte das Schwert eher wie einen Knüppel als eine Klinge und scherte sich nicht darum, wen er durchstieß oder wie. Weitere Fae schwärmten mit ihm auf die Barke, aber die Sanisten standen bereit, und das enge Deck begrenzte die Anzahl der Gegner auf nahezu Gleichstand. Dann sank der Kobold vor ihm mit einem Jaulen zu Boden, und Galen sah Irrith, die mit einem Messer auf Achillessehnen-Höhe tief in der Hocke war. »Komm schon!«, rief sie und griff erfolglos nach dem Knauf der Kabinentür.

Sie trat gerade rechtzeitig aus dem Weg, um Galens Angriff auszuweichen. Er traf die Tür mit der Schulter, die er sich im letzten Herbst geprellt hatte, und spürte den Aufprall durch seinen gesamten Körper, aber die Kabine war ein wackliges Ding. Der Riegel brach und ließ Galen in den Raum dahinter stürzen.

Er wusste, was er sehen würde, schon bevor er wieder auf den Füßen war. Valentin Aspell, der mit einem Zischen auf Galen zusprang. Dr. Andrews, der im kalten Feenlicht wie der Tod selbst aussah.

Und Lune, die mit Ebereschenholz an den Tisch gekettet war, auf dem sie lag, nackt und für das Messer verwundbar.

Die Feenlichter erloschen ohne Vorwarnung. Aspell zuckte unwillkürlich zusammen und riss eine Hand hoch, um sein Gesicht zu schützen, als ihn drei kleine, dunkle Kugeln trafen und auf die Bodenbretter fielen. In diesem Augenblick sprang

Galen. Er hatte sein Schwert irgendwo verloren, aber er hatte immer noch sein Gewicht, und es reichte, um Aspell in dem beengten Raum rückwärts gegen Dr. Andrews taumeln zu lassen.

Sie stürzten miteinander zu Boden, alle drei von ihnen, und das Messer klirrte fort. Dann war jemand anderer dort – Peregrin, der Aspell wegriss, ihn auf die Bodenbretter zwang und Flüche in sein Ohr knurrte.

Niemand musste dasselbe mit Andrews tun. Der Sterbliche lag röchelnd da, zu schwach, um auch nur zu husten. Galen kletterte von ihm herunter und stand auf, dann starrte er mitleidslos hinab. Nur mit einer gewaltigen Willensanstrengung hielt er sich zurück, um nicht auf die Hand zu stampfen, die das Messer gehalten hatte.

Doch ein Wimmern lenkte ihn von seiner Rache ab. Lune zuckte schwach gegen ihre Fesseln, bis Irrith vorwärts kroch und die drei Eisenkugeln zurückholte, die sie auf Aspell geworfen hatte, und sie wieder in deren Weißdornkästchen steckte. Galen schüttelte seinen zerfetzten Mantel ab und warf ihn über die Königin, sodass sie ein wenig bedeckt war, während er die Nägel suchte und herauszog, die ihre Ebereschenholzketten hielten.

Die Barke schaukelte unter seinen Füßen. Irgendjemand hatte das Jotuneis weggenommen. Der Fluss begann, wieder aufzutauen. Galen half Lune auf die Füße, stützte sie auf das freie Deck hinaus und übergab sie widerwillig an Sir Cerenel, dessen Feenpferd sie sofort in Sicherheit tragen würde. Sie hatten ihr eindeutig kein Brot gegeben, weil sie ihre Feenseele unverfälscht brauchten, und Galen vermutete, dass Andrews noch etwas mehr getan hatte. Die Knie der Königin waren so schwach wie die eines neugeborenen Kindes. Aber sie hatte die

Kraft, ihre Lippen an Galens Wange zu drücken und ein halb zusammenhängendes Danke zu murmeln, ehe sie fort war.

Er drehte sich um und sah, wie Irrith ausgestreckt am Kabineneingang lag, das Weißdornkästchen gerade noch so in ihren schlaffen Fingern. Der Irrwisch wandte einen verschwommenen Blick zu ihm hoch und sagte: »Wir haben es geschafft.«

Galen war zu erschöpft, um mehr zu tun, als zu nicken. Als er an Irrith vorbei auf die zusammengekrümmte Gestalt von Dr. Andrews blickte, dachte er: *Ja. Wir haben Lune gerettet. Aber wir haben den Stein der Weisen verloren.*

RED LION SQUARE, LONDON
18. *März* 1759

Das schwache Röcheln von Dr. Andrews' Atem war das einzige Geräusch im Zimmer. Draußen ging die Welt weiter, ungeachtet des Kometen am Himmel über ihnen und all der Taten, die dieser inspiriert hatte. Die Wolken hielten immer noch, aber nicht perfekt. Der Schutz, den sie ihnen diese vielen Monate gewährt hatten, versagte endlich.

Der Mann im Bett würde nicht erleben, wie es zu Ende ging.

Galen sagte: »Warum habt Ihr das getan?«

Erst dachte er, dass Andrews hustete. Es stellte sich als Lachen heraus, bitter wie Galle. »Warum? Ihr steht da, seht mir beim Sterben zu und fragt *Warum*.«

Um sein eigenes Leben zu retten natürlich. »Dafür wolltet Ihr eine unschuldige Frau ermorden. Und nicht nur sie, sondern Savennis, Podder ...«

»Ich habe alles versucht, Mr. St. Clair.« Andrews lag schlaff unter seinen Decken, nun unfähig, auch nur seine Hände zu heben. »Wenn ich es auf irgendeine andere Weise hätte tun können, hätte ich das getan. Aber der Sand in meinem Stundenglas war beinahe aufgebraucht. Als der Großsiegelbewahrer zu mir kam und seine Hilfe anbot...« Er musste eine Pause zum Luftholen machen. »Die anderen waren Testobjekte meiner Methoden. Ich musste sicher sein, dass es funktionieren würde. Als ich das war – dann ja. Um mich selbst zu retten und diese Stadt und die gesamte Menschheit, würde ich töten. Wer würde das nicht?«

Galen dachte daran, was Lune gesagt hatte. Dass der Drache Perfektion durch Zerstörung bringen würde. Wie viele würde eine solche Kreatur wirklich retten?

Es machte keinen Unterschied. »Ich würde das nicht«, sagte Galen. »Kein moralischer Mann würde das.«

Andrews antwortete nicht. Nachdem er einige Momente gewartet hatte, wurde Galen bewusst, dass er nie wieder sprechen würde. Der Prinz stand da und beobachtete schweigend, wie sich die eingefallene Brust des Mannes hob und senkte, bis sie sich nicht mehr bewegte.

Dann ging er nach unten, um Dr. Andrews' treuen, nie Fragen stellenden Bediensteten mitzuteilen, dass ihr Herr tot war.

TEIL SIEBEN

Calcinatio
Frühling 1759

»*Es ist Saturns Nachkomme, der einen Brunnen hält,
in dem Mars ertrinkt & dann erblickt Saturn sein Gesicht darin,
das frisch & jung scheinen wird, wenn die Seelen beider vermischt
sind, denn jeder muss vom anderen ergänzt werden.
Dann wird ein Stern in den Brunnen fallen.*«
Isaac Newton
Unveröffentlichte alchemistische Notizen

Die Sonne ist gekommen und gewachsen, von einem Funken zu einer Sphäre aus unsterblichen Flammen. Nun weicht sie wieder in die Finsternis zurück.

Und immer noch wartet der Drache.

Ungeduld brennt so hell wie sein Licht. Das größere Strahlen der Sonne hat kurz die Verbindungen zwischen dem Drachen und der Erde getrennt. Die Augen waren fort, und selbst seine eigenen angestrengten Mühen konnten den entfernten Punkt seines Ziels nicht ausmachen. Dann dachte er, er hätte seine Chance verloren. Als der Kontakt wiederkam, sprang er beinahe hinunter, um sich am ersten Ding, was er fand, zu laben.

Beinahe. Beinahe. Das Versprechen der Macht reicht, um ihn unter Kontrolle zu halten.

Nicht mehr viel länger jedoch. Sein Instinkt, zu zerstören, ist zu intensiv. Wenn er die Stadt und den Schatten und jene, die ihn an den kalten schwarzen Himmel verbannt haben, nicht haben kann, wird er stattdessen irgendetwas anderes nehmen. Wieder stark werden, stärker, als er je war, bis er alles verschlingt.

Dann wird er Macht haben, und die ganze Welt dazu.

DER ONYX PALAST, LONDON
28. März 1759

Valentin Aspell wirkte viel gelassener, als ihm hätte erlaubt sein dürfen. Der verräterische Großsiegelbewahrer saß entspannt auf einem Stuhl, als der Wächter die Tür zu seiner Zelle aufsperrte. Man hatte ihm diesen Komfort erlaubt, obwohl es in dem nackten Steinraum unter dem Tower von London wenig sonst gab. Als er Lune und ihre Eskorte sah, stand er auf und ließ sich elegant auf ein Knie sinken. »Eure Majestät.«

Die Königin blieb stehen, nachdem sie ein kleines Stück in den Raum getreten war, und ließ Sir Peregrin und Sir Cerenel zwischen sie und den Gefangenen treten. Irrith war froh, dass sie an ihrer Seite bleiben konnte. Aspells Blick tat nichts weiter, als kurz in ihre Richtung zu zucken, aber das war mehr als genug. Irrith erschauderte und wünschte, sie wäre nicht gekommen. Lune brauchte sie aber. Was auch immer Dr. Andrews getan hatte, sie hatte Tage gebraucht, um sich davon zu erholen. Er hatte sie nicht so sehr geschwächt als ... losgelöst. Die Willensanstrengung war offensichtlich gewesen, jedes Mal, wenn Lune sich auf ihre Worte konzentrierte, ihren Körper bewegte, sprach. Irrith fragte sich insgeheim – und würde nie irgendjemandem die Frage laut stellen –, ob es stimmte, dass zu viel sterbliches Brot, sogar von der sicheren, geopferten Art, eine Fee färben konnte und ob Andrews dies aus ihr herausgewaschen hatte. Welche menschlichen Eigenschaften Lune auch immer angenommen haben mochte, jetzt waren sie vielleicht aus ihr verschwunden.

Sie wirkte jedenfalls nicht menschlich, als sie den knienden Aspell betrachtete. Sie ließ ihr Schweigen wachsen, Herzschlag um Herzschlag, bis Irrith selbst etwas sagen wollte, nur um es zu brechen, und dann befahl sie: »Erklärt mir, warum ich Euch nicht hinrichten sollte.«

Es gab so viele Antworten, die Aspell hätte geben können. Das sei nicht Lunes übliche Art. Es würde die Sanisten erzürnen. Er hätte eine letzte Waffe oder ein Angebot, das es klüger – oder zumindest nützlicher – machen würde, ihn am Leben zu halten.

Stattdessen antwortete er: »Weil ich alles, was ich getan habe, zum Wohl des Onyxpalasts getan habe.«

Irrith konnte sich nicht davon abhalten, ein verblüfftes und ungläubiges Geräusch zu machen. Aspells Höflichkeit war zu groß, als dass er den Kopf gehoben hätte. Er blieb auf dem Knie, den Blick zum kalten schwarzen Boden seiner Zelle gerichtet. Lune wartete, bis das Geräusch verstummte, ehe sie sagte: »Wenn Eure Verbrechen nur aus meiner Entführung und dem angestrebten Mord für Andrews' Plan bestehen würden, würde ich Euch vielleicht glauben. Wenn sie sich nicht weiter erstrecken würden als auf das, was Dame Irrith mir erzählt hat, Euren Plan, mich dem Drachen zu opfern, Eure derzeitige Beteiligung an der sanistischen Verschwörung, würde ich Euch vielleicht immer noch glauben. Aber Eure Schuld ist älter als das, Aspell. Ihr habt Euch sogar schon mit Carline verschworen, bevor der Palast zu zerfallen begann.« Sie hielt inne, dann fragte sie: »Leugnet Ihr das?«

»Nein, Euer Gnaden. Aber ich bleibe bei meiner Verteidigung.«

»Carline auf den Thron zu setzen, wäre gut für den Onyxpalast?« Die Frage platzte aus Irrith hervor, ehe sie sich zurückhalten konnte. Lune machte keinen Versuch, sie unterbrechen. »Sie wäre eine *furchtbare* Königin gewesen! Und das wisst Ihr!«

Aspell zögerte. Seine Ruhe war nicht vorgetäuscht, wie Irrith klar wurde. Das hier war nicht irgendein politisches Spiel. Er meinte wirklich ernst, was er sagte. »Madam, mit Eurer Erlaubnis würde ich gerne auf Dame Irriths Anschuldigung antworten.«

Lune bewegte nur eine Hand, aber Aspell musste sie gesehen haben, denn er fuhr fort: »Carline war ... nicht ideal, das ist wahr. Aber sie hatte einen Vorteil gegenüber anderen, die vielleicht passender gewesen wären: Sie hätte kontrolliert werden können. Solange sie ihren Spaß gehabt hätte, wäre sie willens gewesen, mir im Onyxpalast freie Hand zu lassen.«

»Und genau das wolltet Ihr, nicht wahr?«

»Überhaupt nicht – nicht, wenn ich die Welt so hätte haben können, wie ich wollte. Die Macht, die ich jetzt habe – hatte –, hat mich sehr zufriedengestellt. Aber andere, die den Thron vielleicht geraubt hätten, wären wohl ebenfalls mit Fehlern behaftet und viel weniger lenkbar gewesen.«

Irrith wollte sich an Cerenel vorbeidrängen und ihn erwürgen. *Genau das hasse ich am meisten – gespaltene Zungen, die gleichzeitig von Hochverrat und Patriotismus sprechen. All die Verrenkungen, all die Lügen, bis sogar der Lügner seine eigenen Worte glaubt.* »Seht Ihr so Eure Königin? Unlenkbar und mit Fehlern behaftet?«

»Ja.« Das Wort war kühl und kompromisslos. »Euer Gnaden ... Ihr habt schon einen Makel, seit das Eisenmesser damals in Eure Schulter stach.«

Bevor der Drache ihre Hand verbrannt hatte, bevor das erste Stück des Onyxpalasts angefangen hatte zu zerfallen. Bevor Irrith die Königin von London auch nur kennengelernt hatte. Lune sagte: »Und doch habt Ihr mir gedient, obwohl ich verwundet war und nie geheilt sein würde.«

Ein Beben in Aspells Schultern, ein schlangenhaftes Schulterzucken. »Anfangs schien es keinen Unterschied zu machen. Dieser Ort ist eine Ausnahme zu vielen Regeln der Feenart. Ihr hättet eine weitere sein können. Aber dann warnte Lady Feidelm uns vor der Rückkehr des Kometen, und ich sah eine zweite Zerstörung voraus. Um offen zu sprechen, Madam – denn ich denke, dass ich dadurch nichts zu verlieren habe –, wenn Ihr das getan hättet, was Ihr solltet, hättet Ihr einen Thronfolger ausgesucht und vorbereitet, um den Onyxpalast einem Monarchen zu übergeben, der heil ist. Eure fortgesetzte Weigerung, das zu tun, und Euer Scheitern, sich beider Bedrohungen, die dieses Reich gefährden, zu entledigen, überzeugten mich, dass es keine andere Wahl gab.«

»Keine andere Wahl als Regizid.« Irrith spie das Wort wie das Gift aus, das es war.

Er hob den Kopf, um sie anzusehen. Wie er gesagt hatte, er hatte durch Unehrlichkeit nichts zu verlieren. »Wenn Regizid die einzige plausible Chance bietet, den Palast zu retten – ja. Mit Bedauern. Die Zeit zwang mich zum Handeln, versteht Ihr. Dr. Andrews' Plan kam mir viel erfolgversprechender vor als mein eigener, aber er schwebte am Rand seines eigenen Grabs. Wenn es getan werden sollte, musste es *jetzt* getan werden, ohne genug Zeit, um Ihre Majestät zu einer

Kooperation zu überreden.« Er seufzte. »Ich habe gewürfelt und verloren.«

Mit einer Kälte, die ihr bis in die Seele fuhr, wurde Irrith bewusst, was hinter seiner Ruhe lag. *Er hat nichts zu verlieren – nicht nur, weil Lune ihn vielleicht hinrichtet, sondern weil er glaubt, dass dieses ganze Reich nun dem Untergang geweiht ist.*

Und was glaubte die Königin? Nur Lune selbst wusste das. Die silbernen Augen verrieten nichts. Irrith konnte sich nicht entscheiden, was schlimmer war: blanker Ehrgeiz oder diese hinterlistige Rhetorik, die einen Weg bahnte, der vernünftig und unvermeidbar zu erschreckendem Verrat führte.

Aspell senkte den Kopf wieder und ignorierte Irrith. »Euer Gnaden, Ihr habt gefragt, warum Ihr mich nicht hinrichten solltet. Das ist die Verteidigung, die ich anbiete. Der Erhalt des Onyxpalasts verlangt Eure Absetzung, und so habe ich diese verfolgt. Ich entsage nichts, was ich getan habe, obwohl ich die ungeschickte und ineffektive Vorgehensweise bereue. Ich erwarte Euer Urteil.«

Irrith hätte ihn ohne Zögern getötet. Ja, Fae pflanzten sich selten fort, und ja, Aspell zu töten, würde seinen Geist wahrscheinlich für immer vernichten – es war ihr *egal*. Er war ein Verräter, und wenn es die Sanisten erzürnte, ihm den Kopf abzuschlagen, dann sollte es so sein. Sie konnten sich um die Rebellion kümmern, sobald sie sich des Drachen entledigt hätten.

Außer der zerstörte sie alle, in welchem Fall es keinen Sinn ergab, jetzt Mühen an die Sanisten zu verschwenden.

Aber Irrith war nicht Lune mit deren Verantwortung und Wissen über Politik und vielleicht seltsam menschlichen Ideen. Falls sie sie noch hatte.

Die Königin sagte: »Ihr werdet Euch einem förmlichen Prozess stellen, sodass all meine Untertanen erfahren können, dass die sanistische Verschwörung sich in ihrem Ausmaß auf versuchten Regizid erstreckte. Aber das Urteil zu sprechen, behalte ich mir vor – und ich werde Euch nicht töten, Aspell.«

Seine Schultern bebten. Dies war vielleicht keine Gnade. Es gab Schicksale, die weniger angenehm waren als der Tod.

»Außerdem«, fuhr die Königin fort, »werde ich Euch nicht ins Exil schicken, damit Ihr im Ausland Schwierigkeiten anzetteln könnt. Ich denke eher daran, zu einem älteren Vorgehen zurückzukehren.

Niklas vom Ticken ist daran gescheitert, einen funktionierenden Drachenkäfig zu bauen, aber er versichert mir, dass er einen gewöhnlichen Fae auf eine sicherere – aber weniger grausamere – Art festhalten kann als das Eisen, das wir bei jener Bestie benutzt haben. Ihr, Valentin Aspell, werdet für einhundert Jahre schlafen, auf eine solche Weise, die sicherstellt, dass niemand Euch befreien kann, ehe Euer Urteil abgesessen ist.«

Irrith wurde die Intention schon bewusst, während Lune sie aussprach. »Zu der Zeit, wenn Ihr aufwacht«, sagte die Königin, »werden wir, wie ich erwarte, dieses Problem gelöst haben. Entweder ist der Onyxpalast wieder heil, oder ich bin nicht länger seine Herrin. So oder so, Eure Bedenken werden beigelegt sein.«

Aspell sagte gar nichts. Welche Antwort konnte er geben? Ihr zu danken, wäre absurd gewesen. Alles andere wäre eine Aufforderung zu größerer Härte gewesen. Für ihren eigenen Teil dachte Irrith, dass dies ebenso gut war wie jeder andere Ausweg aus dieser Situation und sogar besser als einige. Lune hatte schon viel härtere Urteile gefällt.

Sie folgte der Königin aus Aspells Zelle, lauschte, als die schwere Bronzetür hinter ihnen ins Schloss fiel, und erschauderte bei deren Klirren. *Wird ihn in hundert Jahren noch ein Onyxpalast erwarten?*

ROSENHAUS, ISLINGTON
4. April 1759

Galen war überrascht, als er in Sothings Park eine Nachricht erhielt, die ihn nach Islington rief. Zugegeben, er war schon seit einiger Zeit nicht mehr zu Besuch bei den Goodemeades gewesen. Er war so mit der Verbesserung des alchemistischen Plans beschäftigt gewesen, dass er wenig Zeit für politische Lektionen von den Braunelfen übrig gehabt hatte.

Hätte ich Aspells Verrat verhindern können, wenn ich nicht abgelenkt gewesen wäre? Statt seine Zeit mit Andrews' wahnwitzigem Plan zu verschwenden. Er würde es nie erfahren, und das Zweifeln nützte niemandem etwas.

Zumindest konnte er eine Kutsche nehmen. Die Northwoods hatten in Sothings Park eine, und er konnte sie nutzen, wie er wollte. Als er eine plötzliche Idee hatte, suchte er Delphia, die in eine Diskussion mit der Haushälterin vertieft war und mehr als froh wirkte, gerettet zu werden. »Ich muss geschäftlich nach Islington, und ich dachte, du würdest mich vielleicht gerne begleiten, um einige Freunde zu besuchen.«

Er betonte das Wort »Freunde« etwas. Es war beinahe zu einem Code zwischen ihnen geworden, eine Möglichkeit, sich auf den Feenhof zu beziehen, wenn andere in der Nähe waren. Delphia hatte die Goodemeades im Onyxpalast kennengelernt, aber nie ihr Heim gesehen. Sie lächelte bei dem Vorschlag. »Lass mich ein angemessenes Kleid für den Besuch anziehen, und ich komme.«

Sollten die Bediensteten ihn doch für in seine neue Ehefrau verschossen halten und begierig darauf, absurd viel Zeit in ihrer Gesellschaft zu verbringen. Galen kümmerte das nicht. Sobald Delphia den Eingang zum *Rosenhaus* kannte, konnte sie es allein besuchen.

Er half ihr in die Kutsche, winkte den Bediensteten fort, dann folgte er ihr hinein. Delphia wartete, bis sie die Auffahrt hinunterrollten, bevor sie sagte: »Die Wolken reißen auf.«

Also hatte sie bemerkt, wie er nach oben geblickt hatte. Eine normale Person hätte die Tage immer noch bewölkt genannt. Galen hörte endlose Beschwerden von Familie und Freunden über das unablässig graue Wetter. Aber die Wolken ballten sich jetzt, statt eine lückenlose Decke zu bilden. Manchmal gab es sogar einen Fetzen klares Blau. Galen sagte: »Vielleicht haben wir noch einen Monat. Wenn wir Glück haben.« Lune versuchte, die Griechen wieder zu kontaktieren, aber Galen bezweifelte, dass es viel nützen würde. Früher oder später würden die Wolken versagen.

Delphia fummelte an ihren Handschuhen herum. Sie war schon lange genug im Onyxpalast, um sich von der Furcht anstecken zu lassen, wie der restliche Hofstaat. »Was wirst du tun?«

Galen starrte zum Fenster hinaus und versuchte, dem Himmel keine Beachtung zu schenken. »Kämpfen. Das ist alles, was wir jetzt noch tun *können*.«

Landstraßen brachten sie nach Islington und zum gut besuchten *Angel Inn*. Delphia sagte nichts, sondern beobachtete nur interessiert, als Galen sie zum Rosenstrauch führte und damit sprach. Er lenkte sie mit einer Verbeugung in das enthüllte Treppenhaus, dann folgte er ihr hinunter.

»Lady Delphia!« Die Braunelfen waren ganz Lächeln und Knicksen und boten Erfrischungen an. Im Gegenzug war seine

Frau voll Bewunderung für ihr komfortables Heim. Besonders Gertrude erwärmte sich für die Komplimente und bot ihrem Gast bald an, ihr die anderen Räume zu zeigen, sodass Galen allein mit Rosamund zurückblieb.

In dem Augenblick, als sie fort waren, verschwand das Lächeln aus dem Gesicht der kleinen Hauselfe, als hätte es nie existiert. »Schnell«, sagte Rosamund, »solange Gertrude sie beschäftigt. Oh, Galen – ich fürchte, das war kein guter Zeitpunkt, um sie herzubringen.«

Sie machte eine Geste, und der ausgetretene Teppich faltete sich aus dem Weg und enthüllte Bodenbretter, die von Jahrhunderten an Füßen poliert waren. »Es tut mir leid«, sagte Galen verwirrt. Er konnte sich nicht vorstellen, was Rosamund da gerade tat. »Ich ... ich wollte ihr nur euer Heim zeigen ...«

»An jedem anderen Tag, ja, natürlich. Aber die Königin muss unter vier Augen mit dir sprechen. Geh schon. Ich werde etwas erfinden, das ich deiner Frau erzählen kann.«

Während Rosamund sprach, schoben sich die ausgetretenen Bodenbretter ebenso zur Seite, wie es der Teppich getan hatte, und enthüllten eine zweite Treppe. Galen hatte nicht lange Zeit, sich darüber zu wundern. Die Braunelfe gestikulierte ungeduldig – um nicht zu sagen befehlshaberisch –, und so stieg er hinunter, in eine kleine Kammer, deren Existenz er nie vermutet hatte.

Die Bodenbretter versiegelten sich so schnell über ihm, dass sie ihm beinahe den Hut vom Kopf schoben, und er hörte ein leises Rascheln, als sich der Teppich an seinen Platz zurückrollte. Ein Murmeln von Stimmen sagte ihm, dass Gertrude und Delphia zurückgekehrt waren, und dann hatte er keine Gedanken mehr für die Leute oben übrig, denn er stellte fest, dass andere unten warteten.

Lune saß mit ihrer Obersten Kammerherrin vor einem kleinen offenen Kamin. »Wir können sprechen«, sagte sie, obwohl sie ihre Stimme leise hielt. »Dieser Raum schützt die Geheimnisse derer in ihm.«

Er folgte mit dem Blick dem Winken ihrer Hand nach oben und sah, dass sich ein Netzwerk aus Wurzeln über die Decke ausbreitete, außer am oberen Ende der Treppe. Ihre raue Oberfläche war mit winzigen Blumen übersät – Rosen. Dasselbe Gelb wie die am Strauch über ihnen. »*Sub rosa*«, hauchte Galen, als er es verstand. Ein uraltes Emblem der Heimlichkeit. Zweifellos war es unter den Fae mehr als nur ein Symbol.

Warum hatte Lune ihn hierhergerufen?

Die Frage ließ es ihm kalt den Rücken hinunterlaufen. Sie hatten schon früher sensible Themen besprochen und nie mehr Privatsphäre gebraucht als die, die ihnen der Onyxpalast und Lunes Leibwache boten. Er bezweifelte auch, ob es nur der Schock über Aspells Verrat war.

Was konnte sie überhaupt zu sagen haben, das solche mächtigen Sicherheitsmaßnahmen erforderte?

Es konnte nur ein Thema betreffen. Galen machte aus Gewohnheit seine Verbeugung, dann blieb er stehen und hielt seinen Hut in einer Hand. Lune deutete auf einen Stuhl, der für ihn frei war, aber er ignorierte ihn. »Wir haben verloren, nicht wahr? Die Wolken können nicht wieder aufgebaut werden.«

»Das stimmt wohl«, gab Lune zu. »Irrith und Ktistes haben Il Veloce mit seiner Flöte hinausgeschickt. Er versucht gerade, die Wolken so in Stellung zu bringen, dass sie zumindest den Anblick des Kometen verdecken. Das ist alles, was wir tun können. Aber nein, Galen: Wir haben nicht verloren.«

Hoffnung regte sich in seinem Herzen. Die andere Seite der Medaille, die er sich nicht einmal in Betracht hatte ziehen lassen: der Komet, ja, aber gute statt schlechter Nachrichten. »Dann haben wir einen Plan?« Wrain und Lady Feidelm waren vor einigen Tagen aus dem Kalenderraum gekommen, hatten sich aber seither mit der Königin zurückgezogen.

Lune nickte, gelassener und undurchschaubarer, als er sie je gesehen hatte. Es war Amadea, die ihre Besorgnis verriet. Die Oberste Kammerherrin wusste ganz klar nicht, was ihre Königin vorhatte – aber sie befürchtete ebenso klar, dass es nichts Gutes wäre. Und als er ihre Nervosität sah, befürchtete Galen das auch.

Lune sagte: »Es ... es ist keine sichere Sache. Peregrins Speerritter werden tun, was sie können. Vielleicht reicht das. Aber Wrain sagt, und da stimme ich zu, dass der Geist des Drachen – und deshalb sein Körper – zu stark ist, um auf solche Weise besiegt zu werden. Daher brauchen wir irgendeinen anderen Plan, auf den wir zurückgreifen können, falls es passiert, dass sie scheitern.«

Die förmliche Kadenz ihrer Rede spannte seine Nerven noch fester. Sie sprach unter zwei Umständen so, wurde Galen bewusst: Wenn sie Hof hielt und wenn die Bürde ihrer Gedanken so schwer war, dass sie sie nur widerwillig teilte.

In anderen Worten, wenn sie Angst hatte.

Sie sah auch, dass es ihm bewusst wurde. Ihre Blicke trafen sich, und sie verwarf die Förmlichkeit für einfache, erschreckende Offenheit. »Wenn wir den Drachen nicht töten können, dann werde ich mich ihm opfern.«

»*Nein!*« Galen sprang vor, sodass ihm der Hut aus der Hand fiel. »Nein, Lune, du kannst nicht ...«

»Warum nicht?«

»Weil es genau das ist, was Aspell wollte!«

»Und vielleicht hatte er recht.« Sie bewegte sich nicht von ihrem Stuhl, stand nicht einmal auf. Ausnahmsweise überragte er sie, und das fühlte sich falsch an. »Ein letzter Ausweg. Eine Wahl zwischen meinem eigenen Tod und dem Tod meines Reichs – nicht nur des Onyxpalasts, sondern auch von London. Tausende von Sterblichen, *Hunderttausende*, die schon seit Jahren einen Feuertod bei der Rückkehr des Kometen fürchten, ohne je zu wissen, warum. Würde ich es ertragen, weiterzuleben, wenn diese Katastrophe kommt?«

Galens Hände schmerzten. Er hatte sie zu Fäusten geballt, ohne ein Ziel, um diese zu nutzen. »Aber was, wenn das scheitert? Was, wenn wir sowohl dich als auch den Palast verlieren?«

Die friedliche Gelassenheit in Lunes Blick versetzte ihn in Panik. »Dann werde ich zumindest alles getan haben, was ich kann.«

Bis hin zum Opfer ihrer Seele, vom Drachen vernichtet. Galen fühlte sich plötzlich leicht, als würde er davonschweben. Sein Atem kam zu schnell. War sein Geschrei nach oben gedrungen oder hatten die wachsamen Rosen seine Rufe von Delphias Ohren ferngehalten? Er fragte sich, ob die Goodemeades davon wussten. Sie waren Lunes Freundinnen, über das Band von Untertan zu Herrscher hinaus. Sicher konnten sie nicht zusehen, während sie solch einen Wahnsinn vorschlug!

Aber sie kennen sie. Vielleicht wissen sie, dass sie sich nicht umstimmen lässt.

Er schob diesen Gedanken mit beinahe physischer Kraft weg. Die Oberste Kammerherrin saß, als er sie um Unterstützung heischend ansah, mit weißem Gesicht und starrem Blick da. Lune legte eine Hand auf ihre. »Du weißt, warum du hier bist, Amadea. Ich werde den Onyxpalast nicht ohne eine Herrin zurücklassen. Falls es zu dieser Situation kommt, werde ich meinem Anspruch entsagen, und du musst ihn an meiner Stelle annehmen.«

Ihr Mund sagt falls; *ihr Verstand sagt* sobald. Amadea schüttelte den Kopf, wenig mehr als ein Zittern. Lunes Hand spannte sich an. »Du musst. Der Hofstaat braucht eine Königin – eine Königin, denke ich, und keinen König, weil er auch einen Prinzen vom Stein braucht.« Sie wandte ihre Aufmerksamkeit wieder zu Galen. »Sie wird deine Hilfe benötigen.«

Er wich einen Schritt zurück, dann noch einen. Sein eigener Kopf bewegte sich hin und her, eine langsame Weigerung. »Nein.«

»Galen, wir haben keine Wahl.«

»Doch. Tun wir. Oder ich zumindest.« Er hätte vor Anspannung steif sein sollen, aber das war er nicht. Sein Körper fühlte sich locker, geschmeidig an. Bereit zu springen. »Es wäre eine Beleidigung für die Männer, die vor mir gegangen sind, wenn ich dich sterben ließe, während ich überlebe.«

»Galen ...«

Er brachte sie mit einer Hand zum Schweigen. »Nein. Ich schwöre bei Eiche und Esche und Dorn, dass ich mein Leben geben werde, bevor ich dich sterben lasse.«

Ein Echo seiner Eide, als er Prinz vom Stein geworden war. Lunes Gesicht erblasste zu reinem Weiß. Galen verbeugte sich vor ihr, dann ging er die Treppe hinauf, durch den versteckten Eingang, vorbei an den Goodemeades und Delphia, aus dem *Rosenhaus* hinaus, und blickte nicht zurück.

DER ONYXPALAST, LONDON
6. *April* 1759

»Ich bitte um Verzeihung, Majestät – du bist eine *Idiotin*.«

Lune zuckte bei der Anschuldigung nicht zurück und protestierte auch nicht. Irrith hätte weitergesprochen, sogar wenn die Onyxwache mit Schwertern da gewesen wäre, um sie aufzuhalten. »Du weißt, wie er ist. Du weißt, dass er in dich verliebt ist. Und du dachtest, er würde dabei zusehen, wie du dich selbst in Gefahr bringst?«

Mehr als nur Gefahr, aber keine von ihnen wollte es direkt aussprechen. Nicht hier, im Onyxpalast. Irrith hatte es von den Goodemeades gehört. Wenn sie zu den Zellen unter dem Tower gehen und Aspell aus seinem hundertjährigen Schlaf hätte zerren können, hätte sie ihm ins Gesicht gespuckt. *Er hat trotzdem gewonnen, selbst nachdem er besiegt wurde.*

Und Irrith selbst war teilweise schuld. Sie war die echte Idiotin. Nicht die Königin.

Galen und ich. Wir sind beide zu dumm, um ohne Aufsicht hinausgelassen zu werden.

Sie waren allein im Raum, mit strenger Bewachung draußen vor der Tür. Lune saß mit gesenktem Kopf da, aber nachdenklich, nicht büßend. Ihre schlanken Hände ruhten auf dem Tisch mit den geschwungenen Beinen an ihrer Seite, als würde sie für ein Porträt posieren – wahrscheinlich irgendeine Studie in Melancholie.

»Liebst du ihn?«

Die Frage ließ Irrith fast das Gleichgewicht verlieren. »Wen? Galen?«

Die Königin nickte.

»Nein. Tue ich nicht.«

Ein bleicher Finger tippte auf die perlenbesetzte Tischplatte. Nach einer seltsamen Pause, während der Irrith die Gedanken in ihrem Kopf nicht einmal ansatzweise erraten konnte, sagte Lune: »Du bist aber seine Geliebte.«

Ein Großteil des Onyxpalasts wusste das wahrscheinlich, ohne dass man königliche Spione brauchte. »Das war ich. Bis er geheiratet hat. Er wollte seiner Frau treu bleiben.«

»Aber er liebt sie nicht.« Lune verlagerte ihr Gewicht und lehnte sich immer noch nachdenklich auf ihrem Stuhl zurück. Es war keine müßige Grübelei: Sie war eher wie eine Eule, die eine passende Beute suchte. »Ich habe sie genau beobachtet, weil ich dachte, dass er es vielleicht tut, aber nein. Sie empfinden nichts weiter als Freundschaft füreinander. Mit der Zeit würde diese vielleicht zu Liebe wachsen ... aber nicht schnell genug.«

Irrith bereute es, schon als sie es aussprach: »Schnell genug wofür?«

Der Mund der Königin wurde zu einer Linie, die Irrith schon früher gesehen hatte, Entschlossenheit im Angesicht von Unmöglichkeit. »Um ihn zu retten. Er würde sein Leben vielleicht nicht wegwerfen, wenn er das Gefühl hätte, dass es jemand anderen verletzen würde. Leider hat er seine Pflicht für seine Familie getan – deren Wohlstand ist wiederhergestellt – und hat noch keine Kinder. Ich bin die Einzige, die er liebt, und er weiß zu gut, dass ich ihn nicht ebenfalls liebe. Ich würde seinen Tod betrauern, aber nicht tief genug.«

Ihr silberner Blick ruhte auf Irrith, die sich plötzlich wie die Maus fühlte, auf die die Eule gewartet hatte. »Du könntest diese Wahl treffen.«

Ihn zu lieben. Es *war* vonseiten der Fae eine Wahl. Genau deshalb verehrten sie Geschichten über sterbliche Leidenschaft.

Die Idee, dass Liebe ohne Vorwarnung einschlagen und jede Vernunft wegreißen konnte, war fremdartig und verwirrend. Zuneigung konnte auf diese Art geschehen, sogar Verliebtheit, aber nicht Liebe. Diese brauchte eine bewusste Entscheidung, sein Herz zu verschenken.

Schon seit sie diese Königin kennengelernt hatte, die einen sterblichen Mann liebte, hatte sie sich gefragt, wie es sein würde.

Aber sie kannte auch den Preis.

»Erklär mir eines«, sagte Irrith, verschränkte die Arme und drückte die Ellenbogen fest an ihren Körper, als würde sie die Kälte in ihr vertreiben wollen. »Was Dr. Andrews mit dir gemacht hat, diese ›Waschung‹. Hat sie die Trauer weggenommen, die du um Michael Deven empfindest?«

Der erste Prinz vom Stein, schon vor hundert und mehr Jahren gestorben. Lune sagte: »Nein.«

Also konnte selbst Alchemie die Trauer einer Fee, die ihr Herz verschenkt hatte, nicht beenden. Irrith schüttelte den Kopf. »Dann nein. Das werde ich nicht tun. Selbst wenn es ihn aufhalten würde, hätte ich höchstens was – noch fünfzig Jahre? Sechzig, falls er sehr gesund ist? Dann eine Ewigkeit an Trauer. Und er würde mich dafür hassen, dass ich ihn gezwungen hätte, zwischen dir und mir zu wählen.« Falls es überhaupt eine Wahl war. Nur weil eine Person liebte, bedeutete das nicht, dass die andere es tun würde. Galens fruchtlose Hingebung bewies das.

Etwas durchbrach endlich die Gelassenheit, die Lune die ganze Zeit gezeigt hatte, schon seit ihrer Rettung vor Dr. Andrews' Messer. »Er wird sein Leben wegwerfen«, sagte sie hilflos. »Aus keinem besseren Grund, als sich zu ersparen, dass er mich sterben sieht.«

Ganz ähnlich zu dem, was Lune selbst zu tun vorgeschlagen hatte. Aber es war kein gerechter Vergleich: Sie hatte zumindest einige Hoffnung, den Drachen zu besänftigen, wenn auch nur für eine Weile.

»Halte ihn auf«, sagte Lune. »Bitte, Irrith. Ich kann es nicht.«

Die einzige Möglichkeit, ihn aufzuhalten, wäre es, eine bessere Antwort zu finden. Eine, die nicht entweder mit einer toten Königin oder einem toten Prinzen endete, noch viel weniger mit beiden.

Irrith wusste nicht, ob eine derartige Antwort existierte. Aber es würde nichts helfen, das zu sagen, und so antwortete sie: »Das werde ich.«

GREAT MARLBOROUGH STREET, SOHO
9. April 1759

Einige unbeholfene Gespräche bei Treffen der Königlichen Gesellschaft und den Abendessen davor bedeuteten keine richtige Bekanntschaft. Galen scherte sich jedoch wenig um solche Konventionen – nicht jetzt. Sobald er Henry Cavendishs Adresse herausgefunden hatte, ging er direkt dorthin und machte den Bediensteten klar, dass er sich nicht abweisen lassen würde. »Ich muss Mr. Cavendish in einer höchst dringenden Geschäftsangelegenheit sehen. Er ist der einzige Mann, der mir helfen kann.« *Ich bete nur, dass wenigstens er das kann.*

Henry wohnte bei seinem Vater, Lord Charles, und so war der Hausdiener an wesentlich wichtigere Besucher gewöhnt. Er war nicht leicht zu beeindrucken. Aber auf Galens Beharren überbrachte er dem jungen Herrn die Nachricht, dass ein sehr entschlossener Wahnsinniger an der Tür war.

Und sei es durch seine Entschlossenheit oder das Mitleid seines Ziels, Galen wurde durchgelassen. Bald wurde er in einen kleinen Salon geführt, wo er versuchte, kein Loch in den Teppich zu machen, während er auf und ab lief, ehe Henry Cavendish hereinkam. Der Mann war so schäbig gekleidet wie immer. Galen betete nur, dass es in dieser privateren Atmosphäre einfacher würde, ihn zum Sprechen zu bringen. »Mr. Cavendish«, sagte er, während er sich angedeutet verbeugte, »ich entschuldige mich für meine vehemente Herangehensweise, aber ich habe ein sehr großes Problem und sehr wenig Zeit, um es zu lösen. Ich muss Euch bitten, mir alles zu erzählen, was Ihr über Phlogiston wisst.«

Cavendish war verblüfft. Was auch immer für Geschäfte seiner Meinung nach Galen zu seiner Tür geführt hatten, sicherlich war es nicht das gewesen. Es war vielleicht eher Überraschung als sein Stottern, die ihn zögern ließ, als er sagte: »Phlogiston? Ah ja ...« Seine hohe Stimme wurde noch höher, und es dauerte ewig, bis die nächsten Worte herauskamen. »Ihr habt gesagt, Ihr könntet eine Probe bekommen.«

Vor Ewigkeiten, beim Dinner in der *Mitre*-Taverne. Kurz bevor er Dr. Andrews den Onyxhof enthüllt hatte. Galen verfluchte seine Entscheidung: Was hätte man wohl vollbringen können, wenn er diesem jungen Mann statt dem wahnsinnigen Schwindsüchtigen vertraut hätte?

Möglicherweise gar nichts. Vielleicht wäre es sogar schlimmer geworden. Es war ohnehin zu spät. Die Fae würden nie erlauben, dass er einen zweiten Wissenschaftler zu ihnen brächte. Nicht jetzt, wo das Ende so kurz bevorstand. Cavendish würde blind arbeiten müssen. »Ich ... ja. Das habe ich. Das heißt, ich *glaube*, dass ich es habe«, warnte er, als sein Gastgeber vor Neugier zum Leben erwachte. »Ich bin nicht sicher. Aber das, was ich habe, ist *extrem* gefährlich, Mr. Cavendish – sehr destruktiv –, und ich muss eine Möglichkeit finden, um es wieder sicher zu machen, bevor es mehr Schaden anrichten kann.«

»Dann lasst uns gehen!« Jeder Hauch von Stottern war verschwunden, zusammen mit Cavendishs unbeholfener Schüchternheit. Er versuchte sogar, Galen am Arm zu packen.

Galen wich zurück. »Nein. Verzeihung, Mr. Cavendish, aber ...« Er suchte verzweifelt nach einer Ausrede. »Sein destruktives Potenzial ist zu riesig. Ich möchte Euch nicht beleidigen, aber falls irgendjemand anderer erfahren würde, wie man Phlogiston isoliert, *bevor* ich ein Mittel entdecke, um es wieder sicher zu machen, könnten die Konsequenzen katastrophal sein.«

Ein gewöhnlicher Mann wäre beleidigt gewesen. Cavendish war bereits in seinen eigenen Gedanken verloren und sprach mit sich selbst. »Soweit wir es verstehen, existiert Phlogiston in allen brennbaren Materialien. Wenn sie verbrennen, wird Phlogiston in die Luft freigesetzt. Wenn man eine Kerze in einem versiegelten Krug abbrennt, geht sie mit der Zeit aus. Das liegt, denke ich, daran, dass die Luft all das Phlogiston absorbiert hat, das sie halten kann.«

»Wie kommt es überhaupt in diese Materialien?«

Cavendish schüttelte den Kopf. »Ich weiß es nicht.« Er begann, auf und ab zu laufen, während er in einer offensichtlich gewohnten Geste auf einem Fingerknöchel kaute. »Vielleicht produzieren Bäume es, wenn sie wachsen? ... Aber das hilft Euch nicht. Ihr wollt nicht noch *mehr* herstellen. Noch nicht jedenfalls.«

Galen verschränkte seine Finger. Er hatte Handschuhe und sogar seinen Gehstock vergessen und wünschte sich nun verzweifelt etwas, mit dem er seine nervösen Hände beschäftigen konnte. »Dann also es stattdessen zerteilen. Aber nein – es ist elementar. Es kann in keine anderen Substanzen zerteilt werden. Was ist mit seinem Gegenstück?«

»Gegenstück?«

»Wie in der Alchemie. Feuer stand Wasser entgegen, kalt und nass statt heiß und trocken. Was wäre das in modernen Ausdrücken? Nicht Wasser selbst, so viel weiß ich. Es muss etwas anderes, Fundamentaleres sein, vielleicht eine Eigenschaft des Wassers, die Phlogiston entgegengesetzt wäre.«

Aber Cavendish gestikulierte schon, dass er aufhören sollte. »Nein, nein. Wie Ihr gesagt habt – das ist Alchemie. Und es funktioniert nicht. Phlogiston hat kein ›Gegenstück‹, zumindest keines, dessen ich mir bewusst bin. Damit es ein Gegenstück haben könnte, müsste es in einer Welt wie der von Aristoteles existieren, ordentlich und planvoll. Aber die Welt ist nicht so.«

Nicht diese Welt. Galens Kehle war wie zugeschnürt, machte es ihm schwer zu schlucken und schnitt ihm die Luft ab. Nur in der Feenwissenschaft gab es solche Muster, und diese hatten auf die Antwort gedeutet: Lune. Die Mondkönigin; sophisches Mercurium. Aber das würde sie töten, und dann würden sie sich einem perfektionierten und nicht mehr aufzuhaltenden Drachen stellen müssen.

Cavendish hüpfte plötzlich, wo er stand, ein Sprung mit steifen Beinen, der komisch gewesen wäre, wenn Galen weniger verzweifelt gewesen wäre. »Die Luft sättigen! Wenn sich Phlogiston vom Holz in die Luft bewegt und aufhört, wenn die Luft gesättigt ist, dann könnte es vielleicht von einem Material aufgehalten werden, das bereits komplett damit gefüllt ist.«

»Holz?«

Der junge Wissenschaftler schüttelte beide Hände auf Höhe seines Kopfes, als wolle er eine Ablenkung vertreiben. »Zu zerbrechlich. Gold? Obwohl ich nicht sicher bin, wie man die Substanz hineinbekommen würde, ohne die Reinheit zu verlieren. Wenn Ihr mich Eure Probe sehen lassen würdet ...«

Gold. Nicht Eisen. Galen hatte keine Ahnung, ob es funktionieren würde, aber Cavendish hatte ihm erklärt, was er wissen musste. Der Trägerstoff musste etwas sein, das mit Feuer gesättigt war. Und die Fae hatten Gold, das, wie sie sagten, aus der Sonne selbst gezogen war. Wenn irgendetwas reichen würde ...

»Danke, Mr. Cavendish«, sagte er, wobei in seiner Hast, sie herauszubekommen, die Worte beinahe übereinander stolperten. »Ich muss gehen, meine Entschuldigung, aber ich werde Euch wissen lassen, was passiert – das hat mich auf eine Idee kommen lassen ...«

Während Cavendishs Proteste ihm folgten, floh Galen zur Tür hinaus und die Treppe hinunter. Dann rannte er los, um die Zwerge zu suchen.

CINNAMON STREET, WAPPING
12. *April* 1759

Irrith war seit hundert Jahren nicht in den östlichen Teilen von London gewesen. Es gab jetzt viel *mehr* östliches London, und während sie es aus der Luft gesehen hatte, als sie am Allerheiligen-Vorabend mit der Königin ausgeritten war, war es ganz anders, es zu Fuß zu durchqueren. Sie kam an allen Arten von seltsamen Leuten vorbei, von denen kaum jeder Fünfte Engländer war, wie es schien: Iren, Schwarze, Laskaren und so weiter, die dicht gedrängt unter den Werkstätten lebten, die die Docks und die Schiffe, die den Fluss übersäten, versorgten.

Sie kannte ihren Weg in der Gegend nicht und wusste auch nicht, wohin sie laufen sollte. Sie brauchte über eine Stunde mit Herumfragen, bis sie jemand zum Laden des Juden Schuyler leiten konnte. Es war ihr einziger Hinweis auf die richtige Richtung: Abd ar-Rashid wohnte neben dem Holländer, der die Linsen und Spiegel für das Monument und die Schüssel gemacht hatte, die sie benutzt hatten, um die Wolken herbeizurufen. Niemand hatte seit dem Tod von Dr. Andrews den Dschinn gesehen, und so musste sie die Suche in die eigene Hand nehmen.

Das Mädchen in dem Laden hörte Irrith schweigend zu, als der Irrwisch versuchte, die Schüssel zu beschreiben. Dann verschwand sie, immer noch ohne ein Wort, hinter der Gardine hinter dem Tresen. Einen Augenblick später kam ein grauhaariger Jude heraus. »Warum sucht Ihr nach ihm?«, fragte Schuyler, dessen Misstrauen sogar trotz seines Akzents deutlich war.

»Ich brauche seine Hilfe«, sagte Irrith und bemerkte zu spät, dass sie vielleicht als Frau sympathischer geklungen hätte. Schuyler wirkte, als würde er erwarten, dass sie den Araber angriff, wenn sie ihn fand. *In dieser Gegend ist das wahrscheinlich eine gerechtfertigte Befürchtung.* Die Docks mit all ihren betrunkenen Seeleuten waren nur einen Steinwurf entfernt.

Nach einem Augenblick deutete Schuyler mit dem Daumen in eine Richtung. »Ende der Straße. Dort ist ein Haus mit Laskaren. Er wohnt im obersten Stockwerk.«

Sie fand die dunkelhäutigen Seeleute und die Treppe zum Dachgeschoss. Irrith nahm drei Stufen auf einmal und hämmerte ganz oben an die Tür.

Der Mann, der sie öffnete, sah nicht wie ein Araber aus. Außerdem wirkte er nicht ganz wie ein Fae. Was auch immer Abd ar-Rashid tat, um sich zu tarnen, es fühlte sich nicht an wie ein englischer Tarnzauber. Aber sie wusste, dass es eine Illusion war, und sie wusste, dass er es war.

Und er wusste, dass sie es war – oder zumindest ein Fae. Er wich scharf zurück. Irrith hielt beruhigend ihre Hände hoch. »Ich bin es. Irrith. Ich bin nur hier, um Euch etwas zu fragen.«

Der seltsam wirkende Mann zögerte, aber er winkte sie schließlich hinein und schloss die Tür hinter ihr.

»Es wäre viel einfacher gewesen, Euch zu finden, wenn Ihr nicht verschwunden wärt«, sagte Irrith, während sie sich umsah. Der Dschinn schien in einem einzigen Raum mit wenigen Besitztümern zu wohnen: einem schmalen Bett, einigen Kissen, einem Bücherregal. Sie vermutete, dass exotische Seide unwahrscheinlich war, wenn er versuchte, als Engländer oder was auch immer er darstellen wollte zu leben. Seine Kleidung war nicht englisch, obwohl sie weniger auffällig war als das, was er gewöhnlich trug.

»Ich weiß«, sagte er, und seine Stimme war dieselbe, mit Akzent und allem. »Das war meine Hoffnung.«

Sie drehte sich um und sah ihn überrascht an. »Ihr wolltet nicht gefunden werden? Warum?«

Seine Illusion fiel auch nicht ab wie ein Tarnzauber. Sein Fleisch sah aus, als würde es sich bewegen, sich in eine andere Form rütteln, und wurde dabei dunkler. Es beruhigte sich zum vertrauten Gesicht des Dschinns und einem finsteren Starren. »Ich habe dem Prinzen und Dr. Andrews Alchemie vorgeschlagen. Ich habe die beste Quelle für sophisches Mercurium entdeckt. Ich habe dabei geholfen, einen Plan für die Nutzung jenes Mercuriums zu ersinnen. Ich, als Ausländer, habe all diese Dinge getan, und deshalb hat Dr. Andrews versucht, Eure Königin zu ermorden. Und Ihr fragt, warum ich nicht gefunden werden will?«

Daran hatte Irrith nicht gedacht. Weder Galen noch Lune gaben ihm die Schuld, soweit sie wusste, und niemand anderer hatte irgendetwas gesagt, das sie gehört hatte – aber andererseits hatte sie auch keine Zeit damit verbracht, sich um so etwas zu kümmern.

Sie zupfte sich peinlich berührt am Kinn. »Wie lange werdet Ihr Euch noch verstecken?«

»Es gibt ein Schiff, das in fünf Tagen nach Kairo aufbricht.«

»Kairo? Wo ist ...« Es war egal, wo Kairo war. »Ihr *geht fort*?«

Er nickte.

»Was, Ihr wollt einfach weglaufen? Hofft besser, dass wir die Wolken noch fünf weitere Tage halten können. Ansonsten verbrennt Euer Schiff wohl, bevor Ihr an Bord gehen könnt.« Die Bodenbretter knirschten mächtig unter Irriths Füßen, als sie auf ihn zu stampfte. »Und Ihr hofft besser *nicht*, dass Ihr je zurückkommen könnt. Denn wenn Ihr weglauft, werden die Leute *wirklich* denken, dass Ihr etwas mit dem Plan von Dr. Andrews zu tun hattet.«

Der Dschinn war mindestens einen Fuß größer als sie. Er blieb stehen, als sie zu ihm hoch funkelte. »Das tun sie bereits. Wie kann ich sie vom Gegenteil überzeugen?«

Das wollte er. Sie hörte es in seiner Stimme, und sie glaubte es. Irriths Zorn verflog und ließ ihr übliches Grinsen zurück. »Ihr könnt mir helfen. Weswegen ich überhaupt gekommen bin. Es läuft gerade eine Herausforderung, um festzustellen, wer sein Leben nutzloser wegwerfen kann, die Königin oder der Prinz. Ich versuche, sie aufzuhalten. Aber gerade jetzt ist unser einziger anderer Plan, den Drachen mit einem großen Eisspeer zu erstechen. Wir brauchen etwas Besseres.«

Abd ar-Rashid runzelte nachdenklich die Stirn und ging weg, dann zog er zwei mitgenommene Kissen aus der Truhe am Fuß seines Betts. Er gab Irrith einen Wink, sich auf eines zu setzen, und bis sie das getan hatte, waren eine Kaffeekanne und zwei Tassen aus dem Nirgendwo erschienen. Innerlich seufzend nahm sie eine an und hoffte, ihn ablenken zu können, ehe sie sie trinken musste.

»Abgesehen vom Speer«, sagte sie, »gibt es zwei andere mögliche Pläne. Einer ist, dass Galen glaubt, man könnte Gold nutzen, um den Drachen gefangen zu halten. Ich verstehe sein Argument nicht ganz, aber es hat mit diesem Floggi... ach, mir fällt das Wort nie ein...«

»Phlogiston«, murmelte er.

»Ja, damit. Irgendein Wissenschaftler, den Galen kennt, sagt, dass es in Materialien geht, die noch nicht voll davon sind, und deshalb könnte er nirgendwo hin, wenn wir ihn in etwas fangen, das bereits voller Feuer ist. Sie haben vor, Sonnengold zu nutzen.«

Das Stirnrunzeln des Dschinns wurde tiefer, und er hielt seinen Kaffee in den Händen, als würde dieser die Antwort enthalten. »Weil Gold nicht kalziniert. Es schmilzt aber, und das sehr leicht. Diese Falle würde vielleicht für eine Weile funktionieren, ja – aber nicht lange.«

Wie Irrith befürchtet hatte. »Könnt Ihr eine Möglichkeit finden, sie vom Schmelzen abzuhalten?«

»In der Zeit, die wir haben? Das bezweifle ich sehr.«

Wir. Er würde nicht auf dieses Schiff nach Kairo steigen, vermutete Irrith. Nicht, wenn der Onyxhof nicht in den nächsten fünf Tagen zerstört wurde. »Die andere Möglichkeit ist der Stein der Weisen. Selbst wenn wir jedoch sophisches Mercurium hätten, befürchtet die Königin, dass es nur einen Drachen erschaffen würde, den *niemand* zerstören kann und der London trotzdem niederbrennen würde.«

Abd ar-Rashid zuckte zusammen, und sein Kaffee spritzte beinahe auf den Boden. »Aber – der Stein der Weisen ist Perfektion. Etwas, das anderen Perfektion *bringt*. Sicherlich ...«

Irrith hob die Augenbrauen. »Wollt Ihr Londons Zukunft auf ›sicherlich‹ verwetten? Vielleicht ist der beste Weg, um Dinge zu perfektionieren, sie zu zerstören, sodass an ihrer Stelle etwas Besseres gebaut werden kann.«

Panik trat in die dunklen Augen des Dschinns. »Daran hatte ich nicht gedacht.«

Keiner von euch hat das. Genau das war das Problem, wenn man Gelehrte zusammenbrachte. So klug sie auch waren, manchmal vergaßen sie, dass ihre Ideen mehr als hübsche Formen in ihrem Kopf waren.

Er nippte an seinem Getränk und runzelte wieder die Stirn. »Nein, wir wollen keinen perfekten Drachen. Selbst angenommen, wir hätten das Mercurium, mit dem wir einen herstellen könnten.«

Sie wollten das Gegenteil. Und das ließ Irrith eine derart verblüffende Idee durch den Kopf schießen, dass sie ihren eigenen Kaffee verschüttete. Er verbrühte ihr die Hände, aber sie bemerkte es kaum. »Was, wenn es andersherum wäre?«

»Was meint Ihr?«

»Alchemie perfektioniert Dinge, richtig?« Sie stellte ihre Tasse weg, ehe sie den Rest von deren Inhalt verschütten konnte. »Was, wenn Ihr in die andere Richtung gehen würdet? Umgekehrte Alchemie. Nutzt sie, um etwas *Unperfektes* zu machen. Wir haben die ganze Zeit gesagt, dass der Drache zu mächtig ist, um ihn zu töten. Aber wenn wir ihn schwächen, ihn verwundbar machen können ...«

Es war wilde Spekulation und vielleicht völliger Blödsinn. Der Dschinn jedoch riss die Augen auf, und Irrith sah, dass er einfach über dem Kissen schwebte, auf dem er saß. Seine Gedanken waren anderswo, und sein Körper folgte nur. »Ihn mit etwas kombinieren, das *nicht* rein ist. Die Alchemisten haben viele unreine Dinge kombiniert, weil sie ihr eigenes Werk missverstanden haben, und kein besonderes Ergebnis erreicht – aber sie haben mit stummen Substanzen gearbeitet, nicht mit Dingen aus dem Feenland.« Sein Blick wurde schärfer, als sei sein Geist von einer Reise in die Möglichkeiten zurückgekehrt. »Ich weiß nicht, ob es funktionieren würde.«

Irrith biss sich so hart auf die Lippe, dass sie beinahe blutete. »Das muss es.« Die Alternative war zu schrecklich, um daran zu denken. Lune tot oder Galen oder beide. *Wir müssen es versuchen.*

DER ONYXPALAST, LONDON
13. April 1759

Galen kam durch die Eingangstür seiner Gemächer und blieb für einen Augenblick ausdruckslos stehen. Der offene Kamin war kalt und schwarz. Die einzige Beleuchtung kam von einem Feenlicht, das zu seinem Wandleuchter zurückhuschte, als sein begrenztes Bewusstsein bemerkte, dass jemand eingetreten war. Darüber hinaus war der Raum still.

Natürlich. Edward war in Sothings Park. Podder war tot, und die Ritter, die Galen hier unten beschützten, wussten nicht, dass er zurückgekehrt war. In seiner Abwesenheit reichten Zauber, um seine Gemächer zu sichern, während sich die Ritter für die Schlacht bereitmachten.

Er sollte ein Feuer anzünden. Der Onyxpalast war ein kühler Ort, und die Düsternis bedrückte ihn. Aber er stand immer noch da, als er bemerkte, dass ein Blick auf ihm ruhte.

Galen drehte sich um und stellte fest, dass Irrith in der offenen Eingangstür stand. Bei ihrem Anblick setzte sein Herz einen Schlag aus. Sie hatte die zivilisierte Mode des Onyxpalasts gegen gröbere Kleidung ausgetauscht – vielleicht das, was sie im Tal trug. Eine kurze Tunika über einer Hose, die eine Figur zeigte, die, wenn auch schlank, nicht jungenhaft war. Sie trat von einem Fuß auf den anderen, zupfte mit den Händen am Saum ihrer Tunika und sagte: »Ich ... habe nach dir gesucht.«

Und auf ihn gewartet, danach zu urteilen, wie schnell sie aufgetaucht war. Galen gelangte zum offensichtlichen Schluss. »Gehst du fort?«

Verblüffung ließ sie erstarren. »Was? Nein! Denkst du so über mich, als jemanden, der wegrennt?«

Er erinnerte sich, wie sie mit der Pistole in der Hand übers Eis gestürmt war, um Lune zu befreien. Die Spuren ihres ungeschützten Aufenthalts in der Welt oben waren jetzt größtenteils verblasst, aber in ihr war immer noch eine Leere, Schatten an ihren Wangen und unter ihren Augen. Nein, sie war nicht der Typ, der wegrannte.

»Es tut mir leid«, sagte Galen und drehte sich wieder zum offenen Kamin. Es war leicht, hier in diesem Feenpalast die Arbeit seines Dieners zu machen. Alles, was es brauchte, war ein geflüsterter Befehl, und Feuer entflammte auf dem leeren Gitterrost. »Ich war bei den vom Tickens. Die Neuigkeiten sind nicht gut. Niklas sagt, dass Gold den Drachen nur kurze Zeit halten würde, bevor es schmelzen würde.«

Irrith schloss die Tür hinter sich. »Abd ar-Rashid hat dasselbe gesagt. Aber er hat vorgeschlagen – also, ich habe das, aber er hat zugestimmt –, dass wir den Drachen vielleicht schwächen könnten, wenn wir das alchemistische Zeug schlecht machen. Mit Absicht. Ihn mit etwas Unreinem kombinieren, um ihn unperfekt zu machen. Und deshalb verwundbar.«

Schweigen folgte, in dem Galen sich vorstellte, er könne das Schlagen ihrer beider Herzen hören. Die Teile schwebten in seinem Kopf und fügten sich nicht ganz zusammen. Ein Gefäß aus Sonnengold. Gefüllt mit etwas, dem Phlogiston fehlte, das den Drachen anziehen würde, wie Luft in ein Gefäß gesogen wurde, aus dem sie herausgepumpt worden war. Etwas Unreines, sodass sie die »chemische Heirat« der Philosophen mit gegensätzlicher Intention durchführen konnten.

Aber was für ein Ding?

»Wasser und Erde«, sagte Irrith wie ein Schuljunge, der sich an seine – ihre – Lektionen erinnerte. »Kalt und nass. Es muss Feuer in sich haben, aber es muss auch einen Makel haben. *Nicht* Lune. Etwas, das verwundbar ist.«

»Etwas«, flüsterte Galen, »das sterblich ist.«

Ihr Mund öffnete sich gradweise, als ob all die Welt sich verlangsamt hätte. Irrith stand völlig still auf der Teppichkante und atmete nicht. Nicht mehr als Galen.

»Sterblich«, wiederholte er bestimmter. »Den Geist des Drachen an ein Gefäß binden, das zerstört werden kann – das *getötet* werden kann. Man müsste vielleicht nicht einmal irgendetwas tun. Die bloße Präsenz von solcher Macht würde das Gefäß vielleicht vernichten, und indem sie das tut, den Drachen mitreißen.« Wie konnten die Worte so gelassen, so ruhig sein, als würde er nur von Wissenschaft ohne Anwendung auf das Leben reden?

Irriths Stimme war nicht so ruhig. »Es gibt haufenweise streunende Hunde in Lo...«

»Nein.« Galen schüttelte schon den Kopf, bevor sie zu Ende gesprochen hatte. »Es muss mehr als ein Hund sein.«

»Dann ein Bettler. Gibt auch einen Haufen von denen. Wir schnappen einen an einer Ecke auf der Straße ...«

»Einen Unschuldigen?«, wollte er wissen. Seine Gelassenheit entglitt ihm. »Jemanden, der nichts über diese Welt, diesen Krieg weiß, zur Schlachtbank geführt, ohne auch nur zu verstehen, warum? Lieber will ich verdammt sein! Es muss ein Freiwilliger sein, Irrith.«

Seine Aussage hing in der Luft. Sie konnte die Liste ebenso gut durchgehen wie er. Edward Thorne war ein halber Fae. Mrs. Vesey? Delphia? Es gab im Palast oder seinem Umfeld noch andere, verschiedene Geliebte und Haustiere von Feenhöflingen, viele von ihnen ohne Bewusstsein über die weitere Feenwelt, deren Politik und Gefahren. Es wäre seine Pflicht als Prinz, unter sie zu gehen, einen nach dem anderen zu befragen, wer sein Leben zum Wohl von London geben würde.

Und vielleicht würde einer zustimmen. Vielleicht.

Aber er würde sich nie dazu durchringen können, zu fragen.

Sie schüttelte den Kopf, anfangs eine winzige Bewegung, dann eine vehementere. »Nein, Galen.«

»Ich bin willens«, sagte er, und obwohl es heiser klang, war es doch die Wahrheit.

»Nein, nein, *nein* ...« Irrith wirbelte herum und lief durch den Raum, die Hände in der Luft, wie um seine Aussage abzuwehren, und dann packte sie ohne Vorwarnung den nächstbesten Gegenstand, der ihr in die Hände fiel, und schleuderte ihn durch den Raum. Porzellan zersprang an der gegenüberliegenden Wand. »Nein! Das wirst du nicht tun!«

»Doch. Das werde ich.« Seltsame Freude füllte die Leere in ihm und trieb die Furcht zurück. »Wer wäre besser geeignet,

Irrith? Wenn der Prinz sich nicht zum Wohl seines Volks opfern will, wer wird es dann tun? Ich werde meine Verbindung zum Palast aufgeben...«

Das Feuerlicht strahlte in Irriths Gesicht und enthüllte Zorn. »Denkst du, das wird sie dazu bringen, dich zu lieben?«

Das Gewicht ihrer Frage zerrte ihn zurück auf die Erde. »Was?«

»Lune. Genau deshalb tust du das, oder? Weil du sie liebst, und weil du irgendeine große Geste machen willst, um es zu zeigen, indem du ganz allein den Onyxhof rettest. Du denkst, dass sie dich dann endlich lieben wird. Du bist ein *Idiot*, Galen. Ihr Herz wurde vor Jahrhunderten verschenkt, und zwar nicht an dich.«

Er zuckte zusammen. Das traf zu sehr ins Schwarze. Er *hatte* von so etwas geträumt, zu viele Male, aber sicherlich konnten solche Träume das Tageslicht nicht überleben. »Nein. Ich ... ich weiß, dass sie mich nie lieben wird.«

»Was dann?« Ihre Verachtung platzte heraus wie ein Peitschenhieb. »Dass sie es verstehen wird, wenn du tot bist? All diese Jahre warst du im Palast, hast sie zu ihren Füßen verehrt, von allen Höflingen ausgelacht, die das schon tausendmal gesehen haben, einen armen kleinen Sterblichen, der sich nach seiner geliebten Fee verzehrt. Aber sobald du *tot* bist, oh ja, *dann* werden wir es verstehen. Wir werden sehen, was deine Hingebung wert war.

Du wirst aber nicht da sein, um das zu erleben. Weil du tot sein wirst. Stellst du dir vor, wie du vom Himmel herunterblickst und uns alle um dich trauern siehst, wie du es verdienst?« Irriths Augen brannten grün in einem unmenschlichen Licht. »*Was lässt dich annehmen, dass du überhaupt in den Himmel kommst?*«

Galens Herz pochte einmal, hart genug, um seinen gesamten Körper zu erschüttern, und dann blieb es stehen.

Die schlanke Gestalt des Irrwischs war vor Emotion steif. Das Einzige, was sich bewegte, war ihr Brustkorb, der sich unter ihren flachen Atemzügen hob. Dann wurde er langsamer, und Irrith sagte ruhiger, aber mit nicht weniger Wucht: »Ich kenne deinen göttlichen Herrn nicht. Aber ich weiß so viel: Er liebt keinen Selbstmord. Und wie würdest du es nennen, wenn sich ein Mann aus Liebe zu einer Feenkönigin in den Tod stürzt?«

Er hatte keine Antworten. Sein Herz schlug wieder, aber er bekam keine Luft. Ihre Fragen dröhnten in seinem Kopf, ihr Echo vervielfachte sich, statt zu verhallen, und alles, was er sehen konnte, waren Irriths grüne Augen, die glänzten, wie es keine menschlichen Augen konnten.

Und Lunes Gesicht, das perfekte Porträt, das sich in sein Gedächtnis gebrannt hatte, als er sie über Southwark zum ersten Mal gesehen hatte, wo sie am Nachthimmel gestrahlt hatte. Seine Göttin.

Irrith machte den Mund auf, wie um noch etwas zu sagen. Aber kein Geräusch kam heraus, und dann wirbelte sie herum und war fort. Sie knallte die Tür hinter sich zu und ließ ihn mit dem stillen Feuer allein.

DER ONYXPALAST, LONDON
15. April 1759

Es war nicht die Trauernacht der Königin, aber der große Garten des Onyxpalasts war leer. Auf Lunes Befehl war sogar Ktistes hinausgegangen und hatte sie mit den Bäumen und dem Gras, den Springbrunnen und dem Bach und den Feenlichtern, die in einem Bildnis des Kometen an der Decke über ihr brannten, allein gelassen.

Sie schlenderte ohne Ziel, ohne zu sehen, einen Pfad hinauf und einen anderen hinunter, verloren im Labyrinth ihrer eigenen Gedanken. In den letzten beinahe einhundertsiebzig Jahren hatte Lune sich vielen Herausforderungen für den Onyxpalast und ihrer Herrschaft über ihn gestellt. Mehr als einmal hatte sie gedacht, sie hätte das Ende dieses Weges erreicht und sei dazu verdammt, ihr Reich, ihre Herrschaft oder sogar ihr Leben zu verlieren. Und immer hatte sie eine Möglichkeit zum Weitermachen gefunden.

Immer – bis jetzt.

Das Gewicht des Drachen lastete bereits auf ihr. Sie erinnerte sich an jene sengende Berührung, die vernichtende Wucht seiner Aufmerksamkeit. Bald würde sie sie von Neuem spüren. Die letzten Wolken rissen auf. Sie würden nicht bis Ende des Monats durchhalten. Die Berichte aus Paris besagten, dass Messier Schwierigkeiten hatte, den Kometen zu sichten, weil er im morgendlichen Zwielicht versteckt war, und ihn bald vielleicht gänzlich verlieren würde. Doch danach würde er am Abendhimmel wieder auftauchen. Sie würden sich dem Drachen stellen müssen, ob sie bereit waren oder nicht.

Sie war doch nicht allein. Jemand wartete auf dem Pfad vor ihr.

Galen.

Die makellose Eleganz seiner Kleidung ließ in ihrem Kopf eine Alarmglocke schrillen. Sie hatte so etwas schon früher gesehen – hatte es selbst getan. Er hatte sich sorgfältig angekleidet, weil es eine Form von Rüstung war, eine Art, sich auf eine Schlacht vorzubereiten.

Sie hatten nicht direkt miteinander gesprochen, seit er aus dem *Rosenhaus* geflohen war. Sie wusste, welche Schlacht er erwartete, und war darauf vorbereitet.

Aber Galen überraschte sie, indem er sich mit derselben makellosen Sorgfalt verbeugte, die sein Erscheinungsbild auszeichnete. »Euer Gnaden, ich bringe gute Neuigkeiten. Ich weiß, wie man den Drachen töten kann.«

Töten. Nicht fangen oder verbannen oder besänftigen. Ihm ein Ende machen. Und ihre Sicherheit für immer garantieren.

Warum sah der Prinz dann nicht glücklicher aus?

Förmlichkeit stieg ungebeten auf ihre Lippen. Sie verwarf diese. Das war das Spiel, das *er* spielen wollte, und sie vertraute ihm nicht. Stattdessen fragte sie direkt: »Wie?«

»Es braucht eine gewisse Vorbereitung«, sagte er. »Mit deiner Erlaubnis werden Abd ar-Rashid und ich zu diesem Zweck in den Kalenderraum gehen – obwohl ich weiß, dass wir es uns schlecht erlauben können, elf Tage zu verlieren. Aber das Prinzip, Madam, ist vernünftig.

Viel davon ist der vorherige Plan. Wir werden das Monument nutzen, um den Drachen in die Kammer in dessen Grundmauern herabzurufen. Diese wird mit Gold ausgekleidet, um ihn an der Flucht zu hindern, während eine alchemische Verbindung durchgeführt wird. Aber nicht mit sophischem Mercurium: Stattdessen werden wir ihn in eine sterbliche Form binden. Falls dies nicht unmittelbar im Tod des Wirts und damit dem Tod des Drachen resultiert, ist er dann zumindest verwundbar, wie er es zuvor nicht war.« Er verbeugte sich wieder. »Euer Gnaden, ich werde diese Pflicht selbst auf mich nehmen.«

Pflicht. Binden. Elegante Worte, um die harte Bedeutung dessen, was er meinte, zu dämpfen.

Er hatte immer noch vor, zu sterben.

Galen wich ihrem Blick nicht aus. Er war besser im Lügen geworden, hatte diese Kunst aber nicht perfektioniert. Unter der Oberfläche lag Furcht, und er versuchte sein Bestes, um sie nicht zu zeigen.

Furcht, die von Sicherheit kontrolliert gehalten wurde. Das Prinzip *war* vernünftig. Jedes Detail ihrer Situation hatte sich zu tief in Lunes Gedächtnis gegraben, als dass sie sich in jener Hinsicht etwas vormachen konnte. Sich selbst zur Besänftigung des Drachen zu opfern, war bestenfalls eine schwache Möglichkeit. Sogar Aspell hatte das gewusst. Den Drachen an Sterblichkeit zu binden, hatte eine viel bessere Erfolgschance.

Er war nicht hergekommen und hatte eine Diskussion erwartet, wurde ihr bewusst. Die Rüstung war nicht für sie. Sie war für ihn selbst, um die Furcht unter Kontrolle zu halten.

Sie fragte sich, ob er diesen Augenblick absichtlich gewählt hatte, ihren Spaziergang durch den Garten verfolgt hatte, bis sie an diesen Punkt gekommen war, oder ob es reiner Zufall war, der sie in die Nähe der Zwillingsobelisken gebracht hatte. Michael Devens Grab und das Denkmal für ihre vergangenen Prinzen.

Alle von ihnen starben irgendwann. Einige an Krankheiten, andere durch Unglücke. Einer hatte sein Leben gegeben, um sie auf die Rückkehr des Drachen vorzubereiten. Keiner von ihnen konnte ewig leben.

Aber sie hatte nicht erwartet, Galen so bald zu verlieren.

Sie hatte ihm nicht geantwortet. Er stand stocksteif immer noch da, wo er gewesen war, als sie stehen geblieben war, und erwartete die Antwort, von der sie beide wussten, dass sie sie geben musste.

Ehe sie sie jedoch geben konnte, fragte sie: »Was ist mit deiner Familie?«

Es war grausam, aber notwendig. Seine Ruhe bröckelte ein wenig. »Meine Schwestern«, sagte er mit einem Hauch Verunsicherung, »sind versorgt. Delphias Unterhalt wird in unserem Ehevertrag geregelt.«

Worte, die von einem Anwalt hätten stammen können, die ihr aber die Antwort auf ihre eigentliche Frage gaben. »Du hast es ihr noch nicht gesagt.«

Sein Kinn zitterte, dann biss er die Zähne zusammen. »Nein. Aber das werde ich.«

Lune konnte sich nicht denken, wie die Frau das aufnehmen würde. Delphia war ihr noch nicht vertraut genug. Aber die Sorgen einer einzigen sterblichen Frau würden ihre Umstände nicht ändern – geschweige denn, vermutete sie, Galens Entschlossenheit. Er würde das vollbringen, und wenn sich die Hölle selbst auftun sollte.

Und sie hatte keinen Grund, der gewichtig genug war, um es ihm zu verweigern.

»Dann triff deine Vorbereitungen, Lord Galen«, sagte sie förmlich und entließ ihn mit einem Knicks, Königin an Prinz. »Die Ressourcen dieses Hofs stehen dir zur Verfügung.«

Erinnerung: 15. April 1756

»Ich denke, das Einzige, was schlimmer wäre, als mich für Monate am Stück in diesem Raum einzusperren«, sagte Cuddy, »wäre es, mich für Monate am Stück in diesem Raum einzusperren, um *Mathematik* zu betreiben.«

Die Stimme des Pucks hallte im Korridor wider, als Lune näher kam. Sie verbarg ein Lächeln, ehe sie durch die Säulen in die Werkstatt der Zwerge trat. Einige Fae, wie die vom

Tickens, mochten sehr viel Liebe zur Handwerkskunst hegen, aber keiner von ihnen hatte Spaß an Mathematik. Selbst diese verrückten Brüder machten ihre Arbeit aus Instinkt, nicht Berechnung. Für Letzteres brauchten sie einen Sterblichen.

Vor elf Tagen hatten Cuddy und die Zwerge Bücherstapel zur Kammer der gewaltigen Uhr getragen: Lehrbücher in Algebra, elementare Werke in Kalkulation und Newtons großartige *Principia Mathematica*, Flamsteeds Beobachtungen von 1682, Halleys *Astronomiae cometicae synopsis*, das ihre Probleme überhaupt erst ausgelöst hatte. Es gab Gerüchte, dass ein französischer Mathematiker versuchen würde, die Flugbahn und das Perihel des Kometen zu berechnen, aber Lune und ihr Hof konnten sich nicht erlauben zu warten. Der Kalenderraum war die einzige Lösung, und so hatte sich Lord Hamilton selbst für diese Herkulesaufgabe angeboten. Er wusste wenig über dieses Wissenschaftsfeld, aber das war nichts, was ausreichendes Studium außerhalb der Zeit nicht lösen konnte.

Sie hatte sich von Herzen bei ihm bedankt, als er hineinging, und würde dies wieder tun, wenn er herauskam. Allein dort drin eingesperrt zu sein, nur mit der riesigen Uhr als Gesellschaft ... Cuddys Scherz beiseite, selbst die Arbeit konnte nicht genug sein, um einen Mann von dieser schrecklichen Präsenz abzulenken. Sie hoffte, dass Hamilton nicht in einigen Augenblicken herausgetaumelt käme, um zu sagen, dass er es nicht tun konnte, dass er nur drei Tage ausgehalten und gar nichts erreicht hätte.

Die Zeit war gekommen, um es herauszufinden. Wilhas packte die Sonnenuhr an der Tür und zerrte das Portal auf.

Zuerst hielt sie Hamiltons langsame, stolpernde Schritte für ein Zeichen bloßer Erschöpfung. Er konnte im Kalenderraum nicht gut geschlafen haben. Aber dann kam er näher, in den Schein der Feenlichter in der Werkstatt, und sie sah seinen Kopf. Keine Perücke. Er hatte keine in den Raum mitgenommen. Diese langen, verfilzten Locken waren sein eigenes Haar – und schneeweiß.

Der Prinz vom Stein hob seinen Kopf und zeigte der Welt sein von der Zeit gegerbtes Gesicht.

Lune blieb die Luft im Hals stecken. *Sterblich. Er ist sterblich. Zeit außerhalb der Zeit – wir wussten, dass er keine Nahrung brauchen würde, aber wir haben nicht an das Altern gedacht.*

Wie lange war er dort drinnen?

Hamilton streckte eine faltige Hand aus. Die Papiere darin zitterten, bis Lune sie nahm. »Perihel am dreizehnten März 1759«, sagte er in einer zerbrechlich dünnen Stimme, die seit Jahren nur mit den Mauern gesprochen hatte. »Die Franzosen werden mehr als einen Mathematiker brauchen, wenn sie ihre Antwort wollen, bevor der Komet gekommen und verschwunden ist. Die Arbeit ist gewaltig. Ich fürchte, ich habe zu lange gebraucht, um die Kalkulationen zu lernen – es war schwierig, sich dort drinnen zu konzentrieren ...«

Er taumelte. Alle hatten wie versteinert dagestanden, aber jetzt sprang Wilhas in die Kammer und kam mit einem Stuhl zurück. Dessen Kissen war bis auf die Fäden abgetragen, seine Polsterung zusammengedrückt, bis es beinahe so hart war wie das Holz selbst. Hamilton sank mit einer Bewegung darauf, die von endloser, erschreckender Gewohnheit sprach.

Lune ging vor ihm in die Hocke, die Papiere in ihrer Hand vergessen. Ein einziger Blick hatte ihr das ungleichmäßige Kritzeln gezeigt, das seine frühere, makellose Handschrift ersetzt hatte. »Hamilton – hast du es nicht *gemerkt*?«

Sein Blick heftete sich auf sie. Mit einem kalten Schaudern, das sie nicht gespürt hatte, seit sie den Thron bestiegen hatte, sah Lune einen vertrauten Wahnsinn in seinen Augen. Er war gealtert wie in der sterblichen Welt, aber sein Verstand litt unter den Auswirkungen von zu langer Zeit in einem Feenreich. Oder vielleicht waren es nur die Isolation und das unvermeidliche Ticken der Uhr gewesen.

»Doch«, sagte er sanft, als würde er mit einem Kind sprechen. »Aber zu dem Zeitpunkt, als ich das tat ... war es bereits zu spät, um in mein altes Leben zurückzukehren. Jahre waren vergangen. Die Leute hätten Fragen gestellt. Also beschloss ich, das Werk zu vollenden. Aber es war schwierig, und manchmal habe ich vergessen, was ich gerade tat ...«

Cuddys Füße streiften über den Boden, als er sein Gewicht verlagerte. Hamilton starrte ihn an. »Die Zahlen sind aber richtig«, beharrte der Prinz mit einem Hauch seiner alten Stärke. »Das habe ich sichergestellt. Erst als ich dreimal nacheinander dasselbe Resultat hatte, bin ich herausgekommen.«

Lune schmeckte Asche. Hamilton war nicht der jüngste Prinz, den sie je gewählt hatte, aber selbst wenn man die Auswirkungen seiner zerstörten Gesundheit mit einbezog, musste er mindestens zwanzig Jahre drinnen gewesen sein. Wahrscheinlich mehr. Sechs Jahre ihr Prinz, und er würde kein siebtes mehr erleben. Sie hatte befürchtet, einen Gefährten an den Drachen zu verlieren, aber sie hätte sich nie vorstellen können, dass es so passieren würde.

Er legte seine zitternde Hand auf ihre, wo sie auf einem vom Rock bedeckten Knie ruhte. »Ich werde dir suchen helfen«, versprach er mit einer Aufrichtigkeit, die ihr Tränen in die Augen treten ließ. »Es gab einige vernünftige Burschen am Hof. Sie sind noch hier, ja? Sie sind nicht fortgegangen?«

»Nein, Hamilton«, flüsterte sie. »Sie sind nicht fortgegangen.«

Der alte Prinz nickte, sodass sein weißes Haar wie ein Vorhang um sein Gesicht fiel. »Einer von ihnen wird sich gut machen, da bin ich sicher. Einer von ihnen wird sich wirklich sehr gut machen.«

DER ONYXPALAST, LONDON
30. April 1759

Die Werkstatt war still, das Werkzeug weggeräumt. Sogar die Uhren hatte man ausgehen lassen. Ihre Zeiger standen auf seltsamen Zeiten. Ein Großteil des Onyxhofs wartete im großen Thronsaal, vor dem Silberthron der Königin und dem Thron des Prinzen versammelt, um ihre Herrscher sprechen zu hören. Und bald schon würde dieser Zeitpunkt kommen.

Sobald sich die Tür zum Kalenderraum öffnete.

Die Eskorte wartete schweigend: Zwerge, Gelehrte, eine Ehrengarde aus Rittern und drei Frauen. Irrith und Delphia St. Clair flankierten Lune auf beiden Seiten, und keine von den dreien sah den anderen in die Augen. *Einst haben wir ihn unter uns aufgeteilt,* dachte Irrith, deren Knochen vor Anspannung schmerzten. *Jetzt gehört er keiner von uns.*

Lune war, oder wirkte zumindest so, ihr übliches Selbst: friedlich wie der Mond und ebenso kühl. Delphia zeigte der Welt eine versteinerte Maske. Sicherlich hatte sie nicht erwartet, kaum einen Monat nach der Hochzeit verwitwet zu werden. *Es wird nicht enden,* hatte Irrith in der Nacht, als sie die Königin retten wollten, zu ihr gesagt. *Er wird immer wieder wegrennen und Euch zurücklassen.* Wohin er jetzt weglief, von dort kehrte kein Mann zurück.

Ein harter Kloß saß in ihrer eigenen Kehle und schmerzte jedes Mal, wenn sie schluckte. Sooft sie sich auch daran erinnerte, dass Galen sterblich war und dass Sterbliche starben, der Kloß weigerte sich zu verschwinden. Er war Zorn und Verrat und Furcht, und er war auch Trauer, was sie von allem am wütendsten machte. Sie sollte das nicht erleiden müssen, wenn sie nicht gewählt hatte, ihn zu lieben. Er sollte ihr nichts bedeuten, wie eine weitere kaputte Puppe, die ein wenig zu früh gegangen war.

Sie wusste aber, dass es eine Lüge war. Lune trauerte um all ihre Prinzen, nicht nur um den, den sie liebte. Nicht so tief, und wenn die Zeit verging, verblassten sie in ihrem Kopf. Aber jede Fee, die dicht bei Sterblichen lebte, deren Art imitierte, deren Brot aß, fühlte zumindest einen Hauch von Schmerz, wenn die Nahestehenden starben. Nächstes Jahr wäre Irriths Trauer vergessen.

Aber es schmerzte *jetzt*, und sie hasste es.

Die Sonnenuhr begann sich zu drehen. Cuddy trat vor und packte ihren schrägen Zeiger, dann warf er sein schlankes Gewicht nach hinten, um zu helfen, die Tür aufzuziehen.

Nur ein anderer Sterblicher war je in jene Kammer gegangen und hatte die Tür hinter sich geschlossen. Irrith hatte die Geschichte von Hamilton Birch mit grausigen Details gehört, seit Galen in den Raum gegangen war. Ihre Fantasie hatte reichlich Möglichkeiten heraufbeschworen, was heute herauskommen würde.

Abd ar-Rashid trat zuerst durch das Portal. Falls die Anstrengungen der Kammer auf ihm lasteten, zeigte er kein Anzeichen dafür. Aber er nickte Lune zu, und dann kam Galen heraus.

Der Prinz wirkte beinahe unverändert. Keine Falten in seinem Gesicht, kein Weiß in seinem Haar. Es wäre leicht gewesen, sich vorzustellen, dass der Kalenderraum keine Wirkung auf ihn gehabt hatte – bis man ihm in die Augen blickte. Dort sah Irrith Veränderungen, für die es keine Worte gab. Er war älter im Geist, wenn nicht im Körper, und er hatte einen Teil von sich selbst im Kalenderraum gelassen. Alles in ihm, was Feuer gewesen war.

Galen verbeugte sich vor der Königin und sagte: »Ich bin bereit.«

Sowohl Steifheit als auch nervöses Zappeln waren aus seinem Körper gewichen. Er stand da, die Hände locker an seiner Seite, sein Atem langsam und gemessen. Wie ein Mann, der bereit war für die Schlacht ...

Nein. Es würde keine Schlacht geben. Nur Aufgabe und Tod. Er stand da wie ein Märtyrer, bereit für die Löwen.

Lune fragte leise: »Wünschst du die Dienste eines Priesters?«

Irrith verschluckte sich. Hatte Galen es ihr erzählt? Die schrecklichen Worte, die sie ihm entgegengeschleudert hatte, als sie ihm erklärt hatte, dass er zur Hölle verdammt war?

Der Prinz schüttelte den Kopf. »Nein«, sagte er ebenso leise. »Ich habe jetzt tagelang meditiert und mich vorbereitet. Das darf ich nicht verlieren. Lass uns zum Hofstaat sprechen und die Sache zu Ende bringen.«

Die Königin stellte die Frage nicht erneut. Während ihre Kehle vor unausgesprochenen Worten schmerzte, folgte Irrith der kleinen Prozession aus der Werkstatt zum großen Thronsaal, wo Galen des Prinzenamts enthoben würde.

Es war einmal zuvor getan worden, wie Irrith wusste, um einen Prinzen seines Titels zu entheben. Michael Deven hatte die Stellung vor seinem eigenen Tod übergeben, damit »Prinz vom Stein« ein Amt würde, das von einem Mann zum anderen übergeben würde, statt ein Privileg, das allein ihm gehörte.

Doch auf Galen wartete kein Nachfolger. Amadea hatte die vergangenen elf Tage damit verbracht, eine Liste zusammenzustellen. Es gab Möglichkeiten. Keiner davon war ein Gentleman. Lune würde unter ihnen auswählen, nachdem das hier erledigt wäre – falls es dann noch einen Onyxhof gäbe.

Galen überreichte Lune das Londonschwert, das Zentralstück ihrer königlichen Insignien. Sie entließ ihn mit vielen feinen Phrasen aus seinen Verpflichtungen als Prinz. Alles davon diente der Schau. Viele von den zusehenden Fae wussten mittlerweile vom Londonstein, wenn auch nicht, wo dessen Fecnscite lag. Sie wussten, dass die wahre Entbindung in jener verborgenen Kammer kommen würde, wo Lune Galen einst an den Schlüsselstein ihres Reichs gebunden hatte. Selbst Michael Deven hatte jenem Band nie entsagt. Aber diese Zeremonie diente ihrem eigenen Zweck, weil die Zauber des Palastes nicht die Einzigen waren, die dem Prinzen Lebewohl sagen mussten.

Lune wandte sich an ihren Hofstaat und sprach, wobei sie ihre Stimme bis in die entfernten Ecken des Saals und hoch in die Kristallpaneele über ihnen hallen ließ. »Sobald die Sonne untergeht, werden wir von der Gefahr erlöst sein, die uns seit den Tagen von Karl II. gepeinigt hat. Galen St. Clair wird, obwohl er nicht mehr Prinz ist, uns das größte Opfer schenken, das uns irgendein Mensch schenken kann. Er wird sein Leben geben, um den Geist des Feuers an seine eigene Sterblichkeit zu binden, und indem er dies tut, wird er ihn zerstören. Erinnert Euch daran. Erinnert Euch an ihn. Lasst den Onyxpalast sein Opfer ehren, bis der letzte Stein fällt und die letzte Fee von Englands Ufern fortzieht.«

Eine Welle breitete sich von der Plattform aus, als Fae auf dem kalten Marmor auf die Knie gingen. Völliges Schweigen folgte danach, als hielte der ganze Hofstaat die Luft an. Dann

Schritte: ungleichmäßig, zwei, die nicht länger wie eins gingen. Hand in Hand stiegen Galen und die Königin hinab und durchquerten den Saal, dann gingen sie durch das riesige Bronzeportal hinaus, das sich mit einem Geräusch schloss, als würde sich die Tür eines Mausoleums schließen.

DAS MONUMENT, LONDON
30. April 1759

Die Sonne starb am östlichen Horizont einen blutigen Tod und überzog die letzten verbliebenen Wolkenfetzen mit tiefrotem Licht. In London herrschte immer noch geschäftige abendliche Aktivität, Kutscher und Träger und Hausfrauen tauschten vertraute Flüche aus, doch es war entfernt und gedämpft. Magie, so stark wie jene, die gewöhnlich an Mittsommer die Moorfelder verbarg, verschleierte diesen kleinen Platz und leerte ihn, damit die Fae ihn benutzen konnten.

Das Monument für das Große Feuer von London dominierte die Fläche. Seine breite, quadratische Grundfläche war mit Bildhauereien verziert. Drei Seiten trugen lateinische Inschriften, die vierte eine ausladende Allegorie über die Zerstörung der Stadt. Irrith war bereits sechsmal daran vorbeigelaufen und hasste das Werk mit jedem Mal mehr. Dieses steife Bildnis beschrieb den infernalischen Schrecken jener Tage nicht im Geringsten.

Aber es war leichter, die Bildhauerei anzusehen als die Säule darüber. Das Monument ragte zweihundertzwei Fuß in die finster werdende Luft, eine gewaltige einzelne Säule, von einer Urne aus Flammen aus beschlagener Bronze gekrönt. Winzige Schatten bewegten sich dort oben: die vom Tickens, die die

Linsen und Spiegel platzierten, die Schuyler zu diesem Zweck gemacht hatte. Der Komet, sagte man, spukte am südlichen Horizont, unter dem Sternbild der Wasserschlange, gerade am Rand des Zwielichts. Sobald sie ihre Ausrüstung vorbereitet und die Luke an der Urne geöffnet hätten, würden sie die letzten verbliebenen Wolken vertreiben, und dann würde jemand von der Kammer ganz unten aufblicken und den Kometen sehen können.

Galen würde hinaufblicken können. Irriths Eingeweide verkrampften sich.

Die Speerritter warteten auf den Pflastersteinen des Monument Yard, bewaffnet und gerüstet und vom geopferten Brot geschützt. Knochenbrecher führte eine Truppe Goblins an, die als Unterstützung dienten. Sie trugen wie Irrith Schusswaffen, die mit Eisenmunition geladen waren, und Messer, die aus übrigen Splittern des Jotuneises gemacht waren. Der Rest der Onyxwache war an den Palasteingängen stationiert, falls alles andere scheiterte und die Bestie ihnen entkam. Falls Galens eigene Sterblichkeit den Drachen nicht tötete, würden sie es tun.

Hofften sie.

Irrith blieb in der Nähe der Tür zum Monument stehen, weil es am Rand des Platzes eine Bewegung gab. Die Prozession war klein: nur Lune, Sir Peregrin Thorne, sein halb menschlicher Sohn Edward und Galen. Keine Delphia St. Clair. Irrith konnte es ihr nicht verdenken, dass sie nicht gekommen war, um ihren Mann sterben zu sehen.

Galen trug nur ein Hemd und Kniebundhosen, Strümpfe und Schuhe. Keinen Mantel, keine Weste, keine Perücke. Im Licht der Laterne, die Edward hielt, war der kastanienbraune Glanz seines Haars stärker denn je. Irrith starrte ihn an, als wolle sie ihn in ihr Gedächtnis einbrennen, damit sie sich noch in einem Jahrhundert daran erinnern konnte, und dann schloss sie ihre Augen in einer plötzlichen Weigerung. *Nein. Lass los.*

Das Licht wurde dunkler. Sie öffnete die Augen und sah, wie Edward die Laterne löschte und die Ritter und Goblins salutierten. Verspätet tat sie dasselbe. Lune drückte ihre Lippen auf Galens Stirn. Nur das. Keine letzten Worte. Vielleicht hatte sie sie unten gesprochen, als sie allein in der Kammer mit dem Londonstein gewesen waren. Oder vielleicht gab es nichts, was sie sagen konnte.

Der ehemalige Prinz zögerte. Für einen Augenblick dachte Irrith, dass er sprechen würde. Dann schien er sich zu weigern. Sie erstarrte, zwischen Panik und Hoffnung hin- und hergerissen.

Galen drehte sich ohne Vorwarnung um und marschierte zum Monument. Die anderen standen ein kleines Stück entfernt, und so waren sie hinter ihm. Irrith, die in der Nähe der Tür wartete, sah sein Gesicht.

Furcht. Die weiße Linie seiner Lippen, die Anspannung in seinem Kiefer, die Sehnen, die sich scharf über dem offenen Kragen seines Hemds abzeichneten. Was Galen auch vor den anderen verbarg, Irrith sah es: das Entsetzen eines Mannes, der in den Tod ging.

Tränen ließen ihr Gesichtsfeld verschwimmen, und dann war er fort.

Er war diesen Weg im Geiste tausendmal gegangen.

Durch die Tür in den engen Raum dahinter. Zu seiner Linken eine Treppe: kaum breit genug für zwei Leute nebeneinander. Sie führte nach oben auf die Aussichtsplattform und zu der Flammenurne. Zu seiner Rechten eine zweite Treppe: gröber und enger. Sie führte in die Finsternis hinab.

Er nahm den zweiten Weg.

Ein Dutzend Stufen, dann eine scharfe Kurve, dann noch fünf. Galen stieg vorsichtig hinunter. Sie wagten es nicht, ihm ein Feenlicht mitzuschicken, und er hatte nicht daran gedacht, um eine Kerze zu bitten. Die Kammer ganz unten war erstickend eng, beinahe klein genug, um die gegenüberliegenden Wände mit seinen ausgestreckten Armen zu berühren. Die Decke wölbte sich zu einer flachen Kuppel mit einer runden Öffnung in der Mitte. Im schwachen Licht, das von oben durchdrang, positionierte Galen sich unter dem Loch und blickte nach oben.

Das Sonnengold, das die Wände überzog und mit alchemischen Symbolen bemalt war, war in der Düsternis unsichtbar. Durch die Öffnung aber konnte er die Treppe sehen, die sich immer wieder wand, mehr als dreihundert Stufen insgesamt. Die Luke an der Spitze, innerhalb der Urne verborgen, war noch geschlossen. Aber bald schon würden die vom Tickens sie öffnen, und dann würde er durch die Linsen und Spiegel den Kometen anblicken, dessen Rückkehr Halley vor mehr als fünfzig Jahren vorausgesagt hatte.

Er würde den Drachen sehen, und der Drache würde ihn sehen.

Die Wärme des Sonnengolds berührte die Kälte im Inneren nicht. Abd ar-Rashid hatte ihn im Kalenderraum vorbereitet: Congelatio, Distillatio, Fermentatio, Conjunctio, Separatio, Dissolutio. Alchemische Prozesse, ihre Reihenfolge umgekehrt, während Galen alle Dinge aus Feuer aus seinem Körper und Geist gereinigt hatte. In ihm war kein Zorn, kein Handlungswille. Er war ein leeres Gefäß, das ein vernichtendes Licht erwartete.

Doch Furcht war kein Ding aus Feuer. Und so blieb die Furcht.

Dreihundert und mehr Stufen, ein spiralförmiger Pfad zum Himmel. Galen stand in der Dunkelheit darunter. Es war wirklich passend. Irriths Worte hatten ihn tief getroffen, weil sie wahr waren. All das hier war so gekommen, weil er Lune liebte. Wegen ihr war er nach London zurückgekehrt, seinem Herzen statt seiner Verpflichtung gegenüber seiner Familie gefolgt. Wegen ihr hatte er die ganze Stadt durchsucht, bis er eine Tür in ihr verborgenes Reich gefunden hatte. Er hatte den Titel des Prinzen angenommen, den zu tragen er nie verdient hatte. Er hatte die Treue, die er Delphia schuldete, verraten, im Geiste, wenn auch nicht in der Tat. Nichts davon war richtig. Und nun suchte er seinen eigenen Tod.

Ich verdamme mich gerade selbst zur Hölle.

Keine Absolution von einem Priester konnte das ändern. Keine vorauseilende Buße konnte die Sünde sühnen, die danach begangen wurde, den willentlichen Selbstmord. Das Feuer des Drachen wäre nur ein Vorgeschmack auf die Feuer, die nach dem Jüngsten Gericht auf ihn warteten. Irrith hatte mit jedem Teil davon recht.

Dennoch stand er hier, unter dem Monument, und hörte das metallische Klirren, als die Zwerge über ihm arbeiteten. Denn als Irrith ihn verlassen hatte, war er in der Stille seiner Gemächer stehen geblieben, Tränen feucht auf seinem Gesicht, und hatte an London und an den Onyxhof gedacht. Fae und Sterbliche, die leiden, vielleicht sterben, würden, wenn der Drache nicht aufgehalten wurde. Die Goodemeades und Abd ar-Rashid. Edward und Mrs. Vesey. Lady Feidelm, Wrain, Sir Peregrin Thorne. Seine Schwestern. Delphia. Irrith.

Lune.

Wenn er diese Wahl verweigerte, dann würden sie alle brennen. Besser, jetzt zu sterben, als das passieren zu lassen.

Selbst wenn es bedeutete, in die Hölle zu gehen.

Er akzeptierte es, nahm es an, klammerte sich mit verzweifelter Kraft an den Gedanken, damit seine Nerven nicht einbrachen und er floh. Licht strömte den Schacht herunter: Die Luke war offen. Das Gold um ihn herum begann zu glühen, die alchemischen Embleme glitzerten in einem kühlen Strahlen und verwandelten die Kammer in eine Falle und ein Gefäß für die Verwandlung. Galen breitete seine Arme weit aus, warf den Kopf zurück und starrte zum wartenden Himmel hinauf.

Komm schon. Komm zu mir. Lass uns unser gegenseitiger Tod sein.

Sein ganzer Körper bebte, zitterte wie ein Blatt im Wind. Tränen strömten an seinem Gesicht herunter, und er presste die Kiefer so hart aufeinander, dass seine Zähne vor Druck schmerzten. *Das ist er. Mein letzter Augenblick, und ich schluchze, weil ich zur Hölle fahre – oh,* Gott ...

Er konnte durch die Tränen nichts sehen. Aber er fühlte den Moment, als sich die Verbindung bildete: ein schreckliches Bewusstsein, unmenschlich über alles hinaus, was der Onyxpalast enthielt. Gewaltig und fern, aber von einer Bösartigkeit erfüllt, die nie vergaß. Die Wolken waren aufgerissen, und der Komet brannte am Himmel, und der Drache *sah ihn.*

Seine eigene Totenklage füllte seine Ohren. *Gott, bitte rette mich, Christus, oh* Christus ...

Licht schoss durch den Himmel, eine Lanze vom Horizont zu Linse zu Spiegel, hinunter durch die Säule, und Galen schrie.

⁓⁓⁕⁓⁓

Alle von ihnen zuckten zusammen, als der Schrei erklang. Er fuhr in Irrith hinein wie ein gezacktes Messer, ein Ton, den keine sterbliche Kehle hervorbringen sollte, ein Ton, der bis zum Ende ihrer unsterblichen Zeitspanne bei ihr bleiben würde.

Und dann hörte er auf.

Sie blinzelte den Geist dieses aufblitzenden Lichtes weg und sah, wie sich die Speerritter bereit machten und die gewaltige Eislanze hoben. Niemand wusste sicher, was jetzt passieren würde. Die einfache Tatsache, an Sterblichkeit gebunden zu sein, würde den Drachen vielleicht auf der Stelle töten – oder Flammen würden vielleicht aus der Tür schlagen, die Säule selbst in einem Hagel aus Steinsplittern explodieren, wenn das goldene Gefängnis versagte und die Bestie sich befreite. Sie mussten warten, bis ihr Feind herauskam oder genug Zeit verstrichen war, dass sich jemand ins Innere wagte und hinabstieg, um nachzusehen, ob Galen St. Clair tot war.

Geräusche von drinnen: das Schleifen eines Schuhs, ein kurzes Japsen nach Luft. Und dann taumelte Galen zur Tür heraus, stolperte die beiden Stufen herunter und fiel vor ihnen auf die Knie.

Sir Peregrin stand mit erhobener Faust da, bereit, das Signal zu geben.

Galens Stimme war heiser, von seinem unerträglichen Schrei zerrissen. »*Wo ist er hin?*«

Irriths Herz pochte schmerzhaft in ihrer Brust. Die Speerritter waren zu diszipliniert, um von dem Körper wegzusehen, von dem sie erwarteten, dass er ihr Ziel würde, aber Peregrins Blick schoss zu Lune, die weiter hinten stand und eine Hand auf ihre Brust presste. Die Königin befeuchtete ihre Lippen, senkte die Hand und sagte: »Was meinst du? Was ist passiert?«

Galen schüttelte den Kopf. Seine Finger krallten sich hart an die Pflastersteine, sodass seine Fingerknöchel hell wurden. »Ich weiß nicht. Er ist die Säule heruntergekommen – ich habe ihn gefühlt – dann *durch* mich.« Sein Körper wand sich in einem halben Husten, halben Würgen. »Ich glaube, er ist nach unten. In den Kalenderraum.«

Der direkt unter dem Monument lag. Panik stieg wie Galle in Irriths Kehle auf. Die wenige Farbe, die die Königin im Gesicht hatte, wich. Es war kein richtiger Eingang, nicht wie die anderen. Diese Öffnung ließ nur Mondlicht durch, den Strahl, an dem das Pendel der gewaltigen Uhr hing. Der Drache hätte über diesen Weg nicht entkommen können sollen.

Sollte nicht und *konnte nicht* waren zwei unterschiedliche Dinge.

Lune holte scharf Luft, schloss die Augen und suchte zweifellos mit ihrem Gefühl für den Palast nach dem Drachen. Sie schüttelte den Kopf. »Es ist von hier oben zu schwierig zu spüren. Der Kalenderraum existiert nicht ganz im Palast. Wir müssen nach unten. Wenn ich ihn dort fangen kann …«

Peregrin brüllte bereits Befehle. Die Wachen an den Eingängen, unter Segraines Befehl, mussten sich wie ein Netz zusammenziehen und versuchen, den Drachen zu erwischen, falls er aus dem Kalenderraum entkam. Cerenel und die anderen Speerritter machten sich im Laufschritt zum Eingang von Billingsgate auf.

Lune zögerte. Ihre Augen waren wieder offen, und sie ruhten auf Galen, der immer noch auf dem Boden vor dem Monument zusammengesunken war. Er stemmte eine Handfläche gegen seinen Oberschenkel und versuchte, aufzustehen, aber sein ganzer Körper zitterte vor Anstrengung.

Er war nicht länger Prinz. Wenn Lune die Macht des Onyxpalasts gegen den Drachen rufen musste, konnte er nichts tun, um ihr zu helfen. Er konnte nicht einmal stehen, ganz zu schweigen von Kämpfen.

Dennoch versuchte er aufzustehen.

Irrith trat vor und sah die Königin an. »Ich werde ihn tragen, wenn ich muss. Du gehst nach unten. Galen und ich werden dich dort finden.«

Ein kurzes Nicken. Das war alles, wofür Lune Zeit hatte. Dann hob sie ihre Röcke und rannte los.

»Schaffst du es nach Billingsgate?«, fragte Irrith, als sie mit Galen allein auf dem Monument Yard war. »Oder muss ich dich doch tragen?«

Er hatte sich auf die Füße gezwungen, stand aber immer noch halb gebückt und mit zitternden Schultern da. In der Privatsphäre ihrer Gedanken setzte Irrith auf »tragen«. Aber Galen schüttelte den Kopf. »Nicht Billingsgate.«

»Was?«

Ein weiterer Hustenanfall. Als dieser endete, röchelte Galen: »Müssen aus dem Zentrum verteidigen. Londonstein. Er ist auch ein Eingang. Reagiert vielleicht noch auf mich.«

Ein Eingang. Sie hätte nicht überrascht sein sollen: Das war der zentrale Punkt, wo sich Feenlondon und das sterbliche London vereinigten. Galen stolperte schon an den Grundmauern des Monuments vorbei, taumelte wie ein gingetränkter Bettler, bewegte sich aber schnell. Die sterbliche Seite des Londonsteins war fast so nah wie Billingsgate. Irrith hastete ihm hinterher, wobei sie einen Tarnzauber über sie beide warf, damit niemand versuchen würde, den halb bekleideten Mann und die Fee, die ihm hinterherjagte, aufzuhalten.

Sie wichen den Karren und Kutschen, Sänften und Fußgängern aus, die sich immer noch am Fish Street Hill drängten, dann bogen sie in die Gasse, die etwas weiter unten zur Cannon Street wurde. Irrith konnte den Turm von St. Swithins vor ihnen sehen, direkt beim Stein, der jetzt an der Nordseite der

Straße stand. Sie waren beinahe dort, als Galens Fuß sich an etwas im Matsch fing, er wieder stürzte und schwer auf den Boden schlug.

»Vergiss deinen Stolz«, murmelte Irrith und holte den gestürzten Mann ein. Sie konnte ihn wenigstens stützen, wenn nicht tragen. Ehe Galen protestieren konnte, schob sie einen Arm unter seinen Brustkorb und hievte ihn auf die Beine.

Seine Haut brannte heiß durch den dünnen Stoff seines Hemds.

»Du hast Fieber«, sagte sie naiv – und dann sah sie seine Augen.

Pupillen, Iris und das Weiße: alles verschwunden und von lodernden Flammen ersetzt.

Der Instinkt ließ sie rückwärts springen, einen Augenblick bevor seine Hand sich um ihre Kehle schließen konnte. Flüche schossen ihr durch den Kopf, panisch und inkohärent. Dies war nicht der Drache, gegen den sie zuvor gekämpft hatten, die gefräßige, beinahe verstandslose Bestie, deren Verschlagenheit sich nur auf Zerstörung beschränkte. Nein, sie hatten ihm einen menschlichen Verstand geschenkt, einen klugen dazu. Einen Verstand, der alles über den Onyxpalast wusste: nicht nur seine Macht kannte, sondern seine Geheimnisse, vom Kalenderraum bis zur Wahrheit über den Londonstein.

Die Bestie, die Galens Körper trug, erschauderte, ein unmenschliches, bis ins Mark gehendes Beben. Irrith zuckte instinktiv zurück, als sie sich aus den infernalischen Tagen des Feuers an jene Bewegung erinnerte ...

Aber nichts passierte.

Sie roch Rauch, den schrecklich appetitlichen Geruch von Fleisch am Spieß – aber keine Flammen züngelten zu ihr heraus. Die brennenden Augen weiteten sich. Dann, als ihm klar wurde, dass seine Kräfte von menschlichem Fleisch begrenzt wurden, tat der Drache das Einzige, was er konnte.

Er rannte zum Stein.

Irrith stürmte ihm hinterher. Sie war die Schnellere von den beiden und schlug ihre Beute ein zweites Mal zu Boden. Sie verfehlten knapp ein Dienstmädchen, das sich schläfrig gähnend seinen Weg die dunkle Straße entlang bahnte. Ein unmenschliches Knurren stieg aus Galens Kehle auf, und ein Fuß krachte ihr ins Gesicht, hart genug, dass Irrith Sterne sah. Sie rollte sich weg, dann zwang sie sich wieder auf die Beine, weil ein einziger Gedanke den Einschlag seines Fußes überlebt hatte: *Ich muss ihn vom Stein fernhalten.*

Sie waren bereits auf der Abchurch Lane. Irrith schnappte sich eine ihrer Pistolen und feuerte, aber das Rennen erschwerte ihr das Zielen. Ihr Schuss schlug in der Fassade eines Ladens ein. Fluchend zog sie die andere heraus und blieb einen Augenblick stehen, während sie sich auf Galens Rücken konzentrierte.

Ihr zweiter Schuss flog zielgenauer – aber nicht genau genug. Er traf seine Hüfte und ließ ihn seitlich gegen eine Ziegelmauer taumeln, kaum drei Schritte vor seinem Ziel.

Irrith rannte schon wieder. Sie ließ beide verbrauchten Pistolen auf den Boden fallen und zog ihre letzte Waffe, das Messer aus Jotuneis. Er schubste sie zur Seite, als sie näher kam, aber der Stoß diente ihr ganz gut. Er schleuderte sie über das letzte Stück und brachte sie zwischen Galen und den Londonstein.

Nein. Es ist nicht Galen. Galen ist im Monument gestorben.

Aber zu ihrem Entsetzen sah sie etwas von ihm in der verzerrten Grimasse seines Gesichtes. »Irrith«, sagte er und spie ihren Namen wie einen Fluch. »Einen Tag Verräterin, am nächsten treu. Kannst du es dir nicht noch einmal anders überlegen? Für mich?«

Sie spannte ihre Finger um das Messer. Dessen Kälte versengte ihre Hand. Der Drache hielt guten Abstand davon, als er sich von der Mauer wegschob. Sein Hemd begann zu rauchen, winzige Flammen kräuselten sich, wo der Stoff seine Haut berührte. »Seltsam«, sagte sie atemlos und versuchte, ihn lange genug aufzuhalten, bis sich ihr immer noch schwirrender Kopf beruhigt hätte. Der Stein war direkt hinter ihrem Rücken. Wenn er auch nur einen Finger daran bekam ... »Du weißt die Dinge, die Galen weiß – wusste –, und doch kennst du mich überhaupt nicht.«

Er lachte, und das Geräusch selbst verbrannte sie. »Tue ich das nicht? Ich weiß, dass du ein Feigling bist. Du hättest mich lieben können, aber du hattest zu viel Angst. Nicht vor der Trauer – vor der Möglichkeit, dass deine Liebe nie erwidert würde. Dass mich sogar dieses ultimative Geschenk nicht aus meiner hoffnungslosen Hingebung an Lune reißen könnte und du so zurückbleiben würdest, wie ich es war, dich nach jemandem sehnst, der für immer außerhalb deiner Reichweite liegt.«

»Sag dieses Wort nicht«, fauchte Irrith am erstickenden Kloß in ihrem Hals vorbei. »*Ich*. Du bist nicht Galen.«

»Die Hälfte von mir schon.«

»Der Körper bedeutet gar nichts.«

»Alles vom Körper, die Hälfte vom Geist. Genau das hat die Alchemie bedeutet, Irrith. Eine Vereinigung von zwei getrennten Geistern zu einem, die sich aneinander festhalten wie Mann und Frau. Obwohl in diesem Fall der Mann die Frau *ist*.« Der Drache verzog Galens Mund zur Travestie eines Lächelns. »Er hat das Feuer willkommen geheißen wie einen dämonischen Liebhaber.«

Feuer, das seinen Körper von innen verbrannte. Sie hatten nicht falsch gelegen. Die Verbindung hatte den Drachen geschwächt. Würde ihn vielleicht sogar mit der Zeit töten. Aber wie lange würde das dauern?

Sie sah wieder die Panik in Galens Gesicht, als er in den Tod gegangen war. *Mit weit geöffneten Augen in die Hölle marschiert.* Konnten die Qualen der Verdammnis irgendwie schlimmer sein als das hier, sein Geist an eine Kreatur gekettet, die jene, die er liebte, vernichten wollte?

Als könne er ihre Gedanken lesen, grinste der Drache und breitete Galens Arme weit aus. »Denkst du, dass der Tod ihn befreien wird? Wir sind jetzt ein Geist. Töte ihn, schicke ihn in die Hölle, und ich werde mit ihm gehen, denn ich *bin* Galen St. Clair.«

Sie sprangen beide.

Der Drache war auf Irrith vorbereitet, weil er sie kannte, wie Galen sie gekannt hatte. Ein sengender Arm schwang herum, um ihren Stich abzublocken. Aber Galen kannte Waffen, wie ein Gentleman es tat, mit Regeln und Höflichkeit und Ehre, und er konnte nicht abblocken, was er nicht erwartete.

Irriths rechte Hand wurde weggeschlagen – aber dort war das Messer nicht mehr. Ihr gemeinsamer Schwung ließ sie hart aufeinanderprallen, ihr leichtes Gewicht gegen Galens sengenden Körper, und ihre linke Hand riss die Klinge hoch in seinen Brustkorb.

Sie stolperten, kaum Zoll vom Stein entfernt. Dann fand Irrith ihr Gleichgewicht und trieb ihn zurück, drängte seine steife Gestalt an die Ziegelmauer dahinter. Elementares Eis und elementares Feuer rangen, strahlten Wellen aus Hitze und Kälte aus, bis sie schreien und sich in Sicherheit bringen wollte. Aber sie blieb dort, versenkte das Messer bis zum Griff zwischen seinen Rippen, funkelte in jene Augen aus Flammen hinein, bis das Licht in ihnen flackerte und erstarb und Gruben aus schwarzer Asche zurückließ. Als Irrith losließ, glitt der Körper schlaff zu Boden. Der Messergriff fiel klirrend ab, seine Klinge weggeschmolzen.

Sie stand japsend und zitternd da und starrte hinab auf die Leiche von Galen St. Clair.

Sein blindes Gesicht schien sie anklagend anzustarren. Schmerz verkrampfte sich in ihr, schärfer als das verschwundene Messer. *Es tut mir leid. Es tut mir so leid. Ich habe dich nicht geliebt – ich konnte nicht.*

Wenn sie ihn geliebt hätte, hätte sie ihn nie töten können.

Langsam wurde sich Irrith bewusst, dass Blicke auf ihr ruhten. Niemand stand in der Nähe, aber Sterbliche beobachteten sie aus sicherer Entfernung, lugten durch Fensterläden und halb offene Türen, flüsterten in den Schatten miteinander. Von weiter weg hörte sie Schreie und rennende Schritte: zweifellos ein Wachtmeister. Ihre Tarnung war irgendwann abgefallen, und nun stand sie über dem Körper eines toten Mannes, ihr Feengesicht vor der Welt entblößt.

Sie konnte ihn nicht dort zurücklassen, wo er auf der Straße im Schmutz lag. Irrith biss die Zähne zusammen, bückte sich und nahm Galens leblose, schlaffe Hand. Mit enormer Anstrengung hievte sie ihn über ihre Schulter, dann baute sie einen weiteren Tarnzauber für sie beide auf. Es war schwierig, wenn so viele Leute zusahen, aber die Finsternis half. Sie entwischte die Cannon Street hinunter, trug den toten Prinzen und brachte ihn zur letzten Ruhe heim.

DER ONYXPALAST, LONDON
1. Mai 1759

Fae wussten wenig über Beerdigungen. Jene Sterblichen, die bei ihnen starben, wurden generell zurück in die Welt gebracht, aus der sie gekommen waren, in ihre Betten oder in einen Graben, je nach der Freundlichkeit desjenigen, der sie dort ablegte. Die Fae begruben ihre eigenen Toten nicht. Es bestand kein Bedarf, weil deren Leichen schnell zu nichts zerfielen, wenn die Geister, die ihnen Form gegeben hatten, in Vergessenheit gerieten.

Die Prinzen vom Stein wurden immer zu ihren Familien zurückgebracht, um mit christlichen Riten begraben zu werden. Nur Michael Deven lag im Onyxpalast begraben, unter einem Hain aus immer blühenden Apfelbäumen im Nachtgarten, auf ewig nahe bei der Feenkönigin, die ihn liebte.

Michael Deven – und nun Galen St. Clair.

Für ihn versammelten sich die Fae in feierlichem Ernst und reihten sich am Pfad durch den Nachtgarten auf. Oder zumindest so nahe an Feierlichkeit, wie ihnen gelang: Manche waren von dieser halb sterblichen Zeremonie verwirrt, und manche zeigten zu scharfe Neugier über seinen Tod, fasziniert von der Erfahrung, die unter ihnen so selten geschah. Aber Ritter der Onyxwache standen am Pfad entlang Spalier, und Knochenbrechers loyale Goblins lauerten dahinter. Jeder, der daran dachte, die Beerdigung des Prinzen zu entweihen, verschwand sofort und mit minimalem Aufruhr aus dem Blickfeld.

Die mit einem Leichentuch verhüllte Bahre kam auf einer von Feenpferden gezogenen offenen Kutsche durch den Torbogen. Vor ihr marschierte eine Ehrengarde aus fünf Elfenrittern und einem halb sterblichen Leibdiener. Edward Thorne und sein Vater Sir Peregrin führten den Marsch Seite an Seite an.

Die klagende Melodie einer Flöte wob sich durch die stille Luft und gab den Takt für ihre langsame Prozession vor. Fae knieten nieder, als sie vorbeizogen. Die Bahre überquerte den Walbrook, vorbei an den hängenden Ästen von Weiden, und kam unter neue Trauernde: die Sterblichen aus dem Onyxpalast, all jene, die Galens Autorität als Prinz unterstanden hatten. Sie versammelten sich selten an einem Ort, jene Sterblichen, und ergaben, als sie gemeinsam dastanden, eine seltsame Gruppe. Männer aus allen Klassen, von den Wohlhabenden zu Anwälten und Kunsthandwerkern, Arbeitern und den bescheidenen Armen. Frauen, einige schön, einige von Krankheiten gezeichnet. Alt und jung, und eine große Gruppe Kinder, die in ein Reich der Wunder fortgelockt worden waren, ihre Augen weit, als sie beobachteten, wie der Trauerzug vorbeizog.

Schließlich erreichte die Prozession ihr Ende: den Obelisken, der die Prinzen vom Stein auflistete. Eine kleine Flamme brannte an seinem Fundament, und eine neue Zeile war in die Tafel gemeißelt worden:

MR. GALEN ST. CLAIR 1756 – 1759

Eine kleine Gruppe wartete dort. Mrs. Vesey stützte Delphia St. Clair, die Trauerkleidung trug, die die besten Feenschneiderinnen für sie genäht hatten. Lune stand allein da, in dasselbe Weiß gekleidet, das sie jeden Oktober trug, wenn sie kam, um Michael Deven zu betrauern.

Und Irrith, in Grün gekleidet, die Scharfrichterin, die der Beerdigung beiwohnte.

Die Ehrengarde hob die Bürde der Kutsche auf das Gras hinunter. Irrith starrte das Leichentuch an, das über den Sarg gelegt war, dankbar für seine Präsenz. Sie zog es vor, sich an den Mann zu erinnern, den sie zum ersten Mal gesehen hatte, als er seine Hand zu dem matschigen, fluchenden Irrwisch ausgestreckt hatte, der gerade durch den Eingang von Newgate gestürzt war. Doch jedes Mal, wenn sie blinzelte, sah sie die gähnende Leere in Galens Augen, vom Drachen ausgebrannt. Und nichts konnte ihre Ohren gegen die Erinnerung an jene sengende Stimme schützen, die sie mit der erbarmungslosen Wahrheit verspottete. *Töte ihn, schicke ihn in die Hölle, und ich werde mit ihm gehen, denn ich bin Galen St. Clair.*

Sie hatten den Onyxpalast gerettet, aber nichts konnte der Bestie jenen Sieg rauben.

Galens Familie würde eine Puppe beerdigen, die als ihr Sohn und Bruder getarnt war, und Galen für das Opfer irgendeiner Krankheit oder eines Unfalls halten. Irrith hatte nicht nach der Lüge gefragt. Dort würde es dann christliche Riten geben, aber hier, im Herzen des Onyxpalasts, konnten sie kaum welche aufsagen. Delphia hatte auf keinen bestanden. Sie verstand, was dieser Hof für Galen bedeutet hatte und wo er sich gewünscht hätte, beerdigt zu werden.

Sobald die Träger das Leichentuch gefaltet und sich in eine Reihe zurückgezogen hatten, trat Lune vor und legte ihre Hand ins Gras.

Sie waren nicht sicher, ob sie dies ohne die Hilfe eines Prinzen tun konnte. Vielleicht würde es doch noch zum Schaufeln kommen, der Demütigung, ein Grab auszuheben und Erde über den Sarg zu werfen. Der Palast reagierte auf Königin und Prinz zusammen, eine Fee und einen Sterblichen. Aber entweder konnte Lune ihn auf diese kleine Weise allein befehligen oder der Palast erkannte die Beerdigung seines ehemaligen Herrn, denn nach einigen atemlosen Augenblicken begann die Bahre, unter die Erde zu sinken. Das Gras schloss sich über dem Sargdeckel, und immer noch kniete die Königin. Dann atmete sie endlich aus und stand auf.

Dies war die ganze Zeremonie – aber Lune sah jeden von ihnen an und wiederholte die Worte, die sie im großen Thronsaal gesprochen hatte. »Erinnert Euch an ihn.«

Irrith, die das Gelächter des Drachen in ihrem Kopf hörte, wünschte sich, sie könnte vergessen.

An jenem Abend kam die Nachricht vom sterblichen Haustier von irgendjemandem: Ein Londoner namens John Bevis hatte in der Nacht des dreizehnten April den Kometen gesichtet.

Die Bevölkerung von London hatte Halleys Voraussage so gut wie vergessen. Ihre Befürchtungen vor einem feurigen Untergang waren zu früh entflammt dank des falschen Alarms bei dem Kometen vor zwei Jahren. Die fortgesetzte Unfähigkeit ihrer Astronomen, den zurückkehrenden Kometen zu sichten, hatte den Rest ihrer Befürchtungen beigelegt. Jetzt war er nur ein Stern, der seinen geschrumpften Schweif hinter sich herzog, ein Objekt von astronomischem Interesse und wenig mehr.

Die Botschaft wurde Lune in ihrem Privatgemach überbracht, wo sie mit nur den Goodemeades als Gesellschaft saß. Ein Großteil ihres Hofstaats war oben auf den Moorfeldern und feierte den ersten Mai und die Befreiung von fünfzig Jahren Angst. Keine sanistischen Sorgen hielten Lune unten, nicht dieses Mal. Sie konnte sich einfach nicht dem Fest anschließen. Nicht während sie ihr weißes Trauerkleid trug.

Sie dankte dem Saaldiener, der die Nachricht überbracht hatte, und schickte ihn weg, dann verfiel sie erneut in Schweigen.

Die beiden Braunelfen hatten ihr schon früher Gesellschaft geleistet und Ruhe und Melancholie erlaubt, wenn sie sie brauchte. Falls sie sprachen, lag es daran, dass sie es für notwendig hielten. Trotzdem verhinderte das kein Aufwallen von Missbilligung, als Gertrude sagte: »Du solltest zu ihnen gehen.«

Abgesehen von der Tatsache, dass sie nirgendwohin gehen wollte ... »Ihnen?«

»Irrith und Delphia.«

Lune wischte sich mit einer müden Hand die Augen. »Mrs. St. Clair wird mich nicht sehen wollen, denke ich, geschweige denn irgendwen aus dieser Welt. Nicht nach dem, was wir ihrem Mann angetan haben.«

»Dann hast du sie nicht sehr gut kennengelernt«, sagte Rosamund. »Sie ist hier, im Onyxpalast. Genau jetzt. Aber wenn du sie allein lässt, dann wirst du sie ziemlich bald verlieren. Und Irrith denkt darüber nach, ins Tal zurückzukehren. Also wenn du beide von ihnen an deinem Hof behalten willst, solltest du zu ihnen gehen.«

Die Goodemeades waren die Einzigen, die so offen mit ihr sprechen konnten. Diese beiden und der Prinz vom Stein. Galen hatte dieses Privileg nie selbst genutzt, zu fasziniert von ihr – zu ehrfürchtig –, um sich solch eine Vertrautheit herauszunehmen. Sie hatte gehofft, dass mit der Zeit seine Ehrfurcht zu etwas Angenehmerem abstumpfen würde.

Aber seine Zeit war zu kurz gewesen.

»Findet sie«, sagte Lune. »Wir werden uns privat treffen.«

Der Salon von Galens Gemächern lag immer noch da wie Tage zuvor, mit Stühlen, die zum offenen Kamin gedreht waren, einem Buch, das falsch herum auf einem Tisch lag, Porzellanscherben, die am Boden verstreut waren. Es war leicht zu glauben, dass der Prinz jeden Moment zur Tür hereinspazieren würde. Herzukommen, war schmerzhaft, aber Lune hielt es für die richtige Wahl. Man konnte sich vor seinem Geist nicht verstecken. Besser, sich ihm direkt zu stellen.

Delphias Gesicht zeigte die Spuren von Schlaflosigkeit und Tränen, obwohl sie jetzt gefasst war, wie ein Gemälde von Trauer. Irriths Miene bestand aus etwas Kühlerem und Brüchigerem: Marmor vielleicht, mit Makeln überzogen, der unter einem falschen Hammerschlag zerspringen würde.

Lune hatte Delphia schon förmlich ihre Kondolenz bekundet, vor den Augen des ganzen Hofstaats. Nun drückte sie ihr informell ihr Beileid aus. »Mir fehlen die Worte, um dir zu sagen, wie dankbar ich Galen bin. Das ist wenig Trost für dich, da bin ich sicher. Zweifellos wünschst du dir, er wäre noch am Leben. Oder sogar, dass er dich überhaupt nie geheiratet hätte, sodass dir dieser plötzliche Verlust und das Wissen, wie es dazu kam, erspart geblieben wären.«

Die junge Witwe schüttelte den Kopf. »Der Verlust, ja. Galen war ein guter Mann, und ich betrauere seinen Tod. Aber hätte ich ihn nicht geheiratet, hätte mir etwas viel Schlimmeres bevorgestanden. Und noch dazu hätte ich nie von dieser Welt erfahren.« Sie zögerte. »Ich ... ich weiß, dass du mir wegen ihm erlaubt hast, zu euch zu kommen. Wenn es aber möglich wäre, würde ich gern bleiben.«

Es war Lune nie in den Sinn gekommen, dass Delphia vielleicht glauben würde, ihre Position sei zurückgenommen. *Rosamund und Gertrude ist es aber in den Sinn gekommen.* Sie segnete die abwesenden Braunelfen für ihre Einsicht. »Galen war zwar das Mittel, durch das du unsere Aufmerksamkeit erregt hast, aber das macht dich nicht zu seiner Dienerin, die hinausgeworfen wird, sobald er fort ist. Du wirst immer bei uns willkommen sein, Lady Delphia.«

Das einfache Gesicht der Frau lief in einem zarten Rosa an. Sie strich mit einer Hand über das Buch, das auf dem Tisch lag, und sagte: »In der Tat, wenn es nicht zu dreist ist ... die

Akademie, die Galen dir an unserem Hochzeitstag vorgeschlagen hat. Er und ich hatten schon früher davon gesprochen. Ich würde gerne sehen, wie sie geschaffen wird.«

Sterbliche und Feengelehrte, die das Werk fortsetzten, das Galen hier angefangen hatte. Dr. Andrews und Savennis waren tot, aber es gab andere. Falls Delphia mit einem Araber arbeiten wollte, vermutete Lune, dass Abd ar-Rashid gerne dabei helfen würde. »Genehmigt, und mit Vergnügen.« Es wäre ein angemesseneres Denkmal als eine einfache Flamme.

Während alledem hatte Irrith steif an der Seite gestanden, ganz ohne die lockere Eleganz, die ihre übliche Haltung auszeichnete. Ihre Hände fummelten an einer Porzellanscherbe herum, die sie vom Boden aufgesammelt hatte. Lune suchte nach den richtigen Worten, die ihre Fassung nicht zerbrechen lassen würden. »Irrith ... ich kann verstehen, falls du fortgehen willst. Die Tat, die du zum Wohl dieses Hofs ausgeführt hast, ist keine, die die Leute preisen können, egal wie notwendig sie war. Aber du sollst wissen, dass auch du hier immer willkommen bist, wenn du zurückkehren willst.« Es stand jetzt außer Frage, sie für die sanistische Angelegenheit zu bestrafen, selbst wenn Lune das geplant hätte.

Der Irrwisch nickte und sagte gar nichts. Was quälte sie? Es war nicht der Schmerz eines Herzens, das im Tod verloren war. So weit war Lune sich sicher. Dennoch hing ein Schatten über Irrith, dessen Wurzeln tief gründeten.

In der Hoffnung, den Irrwisch aus der Reserve zu locken, sagte sie sanft: »Tatsächlich schulde ich dir sehr viel. Bitte mich um etwas, irgendetwas, und es gehört dir.« Abgesehen von ihrer Abdankung – aber nach Valentin Aspell würde Irrith nie darum bitten.

Leider war die Wirkung nicht die, die sie geplant hatte. Die grünen Augen verschwammen, und Irrith ließ den Kopf hängen. »Du kannst mir nicht geben, was ich will.«

»Vielleicht könnte das jemand anderer?« Der Irrwisch schüttelte den Kopf, ein schnelles Zucken mit hängenden Schultern. Die Verneinung von mehr als nur einer Möglichkeit. »Wir kennen einander seit einem Jahrhundert, Irrith. Was auch immer es ist, du musst keine Angst haben, es vor mir auszusprechen.«

»Nicht vor dir.« Das Zusammenzucken, das folgte, machte deutlich, dass es ihr gegen ihren Willen herausgerutscht war.

Es waren nur drei von ihnen im Raum, und Delphia konnte so gut zählen wie alle anderen. Mit der Schroffheit einer Frau, die die Worte aus ihrem Mund zwingen musste, sagte sie: »Die Damen an diesem Hof tratschen genau wie die Damen überall. Ich weiß, dass Ihr sein Bett geteilt habt. Und ich ... ich werde Euch Eure Trauer nicht übelnehmen.«

Der Irrwisch schüttelte vehement den Kopf, sodass die rotbraunen Locken peitschten. »Nein. Ich habe ihn nicht geliebt. Nicht auf die Art, wie wir es tun – nicht *echte* Liebe, die Art, die für immer wehtut.«

Aber in ihrer Stimme lag Trauer, selbst wenn sie von einer vergänglichen Art war. Delphia faltete die Hände wie zum Gebet und bot eine fehlgeleitete sterbliche Beruhigung an. »Wir können uns damit trösten, dass er bei ... dass er jetzt an einem besseren Ort ist.«

Sie hatte das Falsche gesagt. Nicht nur ein christlicher Trost und bedeutungslos für die Fae. Nein, dies war der Hammerschlag, der Irriths Maske zerschmetterte und das Entsetzen darunter freilegte. »Nein, ist er nicht! Er hat sich umgebracht, und jetzt ist er in der *Hölle!*«

Das Wort hallte durch den Raum wie ein Donnerschlag – und dann veränderte sich die Luft.

⁙

Anfangs dachte Irrith, dass Tränen ihr Gesichtsfeld verschleierten. Und das taten sie, aber die Gestalt blieb, sogar als sie die Feuchtigkeit wegblinzelte.

Sie bildete sich über dem Teppich, im Zentrum des Dreiecks, das die drei schufen. Erst weißer Nebel, beinahe zu dünn, um ihn zu sehen. Dann wurde er dichter, fester, und Schattierungen durchdrangen ihn wie beim langsamen Färben, erreichten jedoch nie ganz die Buntheit von Leben.

Delphia sank schockiert zu Boden, und Irrith tat beinahe dasselbe.

Jene, die an die Fae gebunden waren, blieben nach dem Tod manchmal unter ihnen.

Der Geist von Galen St. Clair wirkte anfangs verwirrt, unsicher, wo er war. Dann sah er Delphia auf dem Boden, danach Irrith und Lune, die links und rechts von ihr standen. Er drehte sich von einer zur anderen, halb schwebend, und Irriths Herz versuchte, vor Erleichterung zu zerspringen, als sie seine Augen frei von jeglichen Flammen sah.

»Der Drache«, flüsterte er.

Sie musste es dreimal versuchen, bevor es herauskam: »Tot. Er... erinnerst du dich?«

Die Frage ließ ihn erschaudern. Galen war gekleidet, wie er es im Tod gewesen war, frei von aller Rüstung aus Eleganz, doch sein Hemd war heil. Keine Narben von den Flammen der Bestie zeigten sich irgendwo an ihm. »Ich... ich erinnere mich an Schmerz.«

»Du hast gebrannt«, sagte Irrith, deren Stimme so schlimm zitterte, dass sie beinahe nicht zu verstehen war. »Es hätte dich am Ende getötet. Und vielleicht hätte das den Drachen getötet. Aber ich ...«

»Zerstörung.« Galen hatte vielleicht gar nichts von dem gehört, was sie gesagt hatte. Er war im Nebel seiner eigenen Erinnerungen verloren. »Zuerst als reiner Selbstzweck. Das war das Feuer des Drachen. Dann Zerstörung, um andere leiden zu lassen. Und das war *mein* Feuer.«

Sein Blick heftete sich auf Irrith, schnell wie ein Pfeil. »Ich habe dich verletzt.«

Sie schüttelte den Kopf so heftig, dass Schmerz in ihrem Nacken aufflammte. »Nein. Das warst nicht du.«

»Doch. Das Ich, das der Drache war. Wir beide als eins ...« Er strich sich mit einer geisterhaften Hand über den Brustkorb, wo sie ihn erstochen hatte. »Das Eis hat die Flammen gelöscht. Ich glaube, irgendein Teil davon ist immer noch in mir – ich erinnere mich an den Kometen und die Leere des Weltraums. Aber da ist kein Feuer mehr.«

Die Tränen kamen erneut. Dann hatte sie zumindest so viel für ihn getan: Diese Bestie würde seine Qualen nicht steigern. Ein schwacher Trost.

Die geisterhafte Substanz von Galens Körper erschauderte, dann festigte sie sich wieder. Er sah sich um, als sähe er seine Umgebung zum ersten Mal, und sagte: »Ich dachte, ich wäre in der Hölle.«

Lune lächelte. Ein seltsames Strahlen war über sie gekommen: Gelassenheit, so unerschütterlich wie die Grundfeste der Erde. »Nein, Galen. Deine Seele ist nicht für die Hölle bestimmt.«

»Aber er hat sich selbst *umgebracht*«, sagte Irrith. »Sogar ich weiß, wo Selbstmörder hinkommen.«

Delphia schob sich auf die Füße, vorsichtig wie ein Krüppel, der zum ersten Mal läuft. Sie sagte: »Ich werde die Worte der

Heiligen Schrift nicht direkt zitieren, nicht an diesem Ort – aber sie erklärt uns, dass die größte Liebe von allen ist, sein eigenes Leben zum Wohle anderer hinzugeben.«

»Zum Wohl von Feen.« Die Worte schmeckten in Irriths Mund bitter, umso mehr, weil sie hoffen wollte, es aber nicht wagte. »Wir sind in den Augen des Himmels nicht wichtig.«

»Doch, sind wir.« Die Freude in Lunes Lächeln war wie nichts, was Irrith je zuvor gesehen hatte. »Wir sind keine Kreaturen des Himmels, doch wenn Liebe unsere beiden Welten eint, verdammen selbst die Engel dies nicht. Ich habe das vor langer Zeit selbst gesehen.«

Sie klang wie eine Wahnsinnige. Die strahlende Sicherheit in ihrem Blick jedoch löste den Schmerz, der in Irriths Brustkorb gesessen hatte, seit Galen sich zum ersten Mal als Opfer angeboten hatte. *Er ist nicht verdammt. Er hat sein Leben hingegeben – aber nicht seine Seele.*

Durch ihre eigenen würdevollen Tränen sagte Delphia: »Zieh weiter, Galen. Der Himmel erwartet dich.«

Er zögerte. Irrith dachte, dass irgendein Rest von Furcht ihn zurückhielt, bis er den Kopf schüttelte. »Ich will euch nicht verlassen.«

Lune verlassen – aber er sagte es zu allen dreien von ihnen, seiner Frau, seiner Geliebten und seiner Königin. Irriths Kehle schnürte sich voll plötzlicher Hoffnung zusammen. »Er ist ein Geist«, sagte sie, als hätte niemand das bemerkt. »Er spukt im Palast. Er muss nirgendwohin gehen, oder?«

Sie blickte hoffnungsvoll zu Lune, während sie das sagte, sah aber, dass das Strahlen der Elfenfrau verblasste. »Müssen – nein. Aber Galen ... lass dich nicht auf diese Weise festhalten.«

»Es ist kein Festhalten, wenn ich es wähle«, sagte er, und all die Leidenschaft seiner Seele lag in diesen Worten.

Trauer umspielte Lunes Lippen. Der Verfall, der über sie gekommen war, die Erschöpfung über den Niedergang des Onyxpalasts, hatte ihre Schönheit nur prägnanter gemacht. »Aber denk daran, was du wählst. Für heute wäre es ein Segen. Du würdest bei jenen bleiben, die du liebst. Was ist aber mit morgen und dem nächsten Tag und all den kommenden Tagen? Ewig durch diese Hallen zu schweben, während die Sterblichen dahinscheiden und die Feenerinnerungen in Vergessenheit geraten, bis selbst deine Freunde kaum mehr wissen, wer du bist und warum sie sich einst etwas aus dir gemacht haben.«

Irrith wollte darauf beharren, dass es nicht so sein würde. Aber dann dachte sie an vergangene Prinzen – oder versuchte es. Lord Antony, Jack Ellin, Lord Joseph. Die Namen waren da, als sie nach ihnen suchte, und sogar die Gesichter. So vergaßen Fae nicht. Als sie jedoch versuchte, sich an Jacks Sinn für Humor zu erinnern oder an den Respekt, den sie für Lord Joseph gehegt hatte, als er die Nachricht von der Rückkehr des Kometen erhalten hatte ... gar nichts. Sie hätten ebenso Leute aus einem Geschichtsbuch sein können, nicht Männer, die sie gekannt hatte.

Dies würde auch Galen passieren. Die einzige Möglichkeit, sich an solchen Erinnerungen festzuhalten, war zu lieben. Und dann wäre sein Bleiben eine endlose Quelle von Schmerz für sie beide.

»Dieser Ort würde ein Gefängnis für dich werden«, sagte Lune sanft und bedauernd. »Verdamme dich nicht zu dieser Hölle.«

Sein Gesicht war angespannt, als wollte er weinen, doch der Tod hatte ihn aller Tränen beraubt. »Ich kann diesen Ort aber nicht verlassen. Wenn ich wüsste, dass alle Gefahr vorüber wäre – der Drache ist fort, aber die Zauber zerfallen immer noch. Wie kann ich euch verlassen, sodass ihr euch dem allein stellen müsstet?«

Er konnte nicht gehen, und er konnte nicht bleiben. Irrith erinnerte sich an das Stöhnen der Geister am Allerheiligen-Vorabend – dann dachte sie an andere Geister. Jene, die sie nicht jedes Jahr fortbrachten.

»Dann komm zurück«, sagte sie.

Niemand verstand sie. Irrith suchte nach einer Erklärung. »In Berkshire gibt es ein Herrenhaus, in dem der Geist irgendeiner Dame spukt. Nicht die ganze Zeit. Nur in ihrer Hochzeitsnacht. Ich habe keine Ahnung, wo sie den Rest der Zeit hingeht, aber könnte Galen das nicht tun? Einmal im Jahr zurückkommen – zumindest, bis dieser Ort sicher ist?« Bis das Sehnen, das ihn an diese Welt band, genug verblasste, dass er loslassen konnte.

Lune antwortete nicht sofort. Stattdessen wandte sie sich an Delphia. Jede normale Frau hätte wohl aus Verwirrung oder Frömmigkeit oder einfachem Instinkt widersprochen, aber Galen hatte eine geheiratet, die ihn verstand. Sie nickte. Dann sagte Lune: »Ich kann nicht versprechen, dass es so sein wird. Das, fürchte ich, übersteigt meine Macht. Aber ich kann die Tür offen lassen. Wenn du zurückkehren willst, wird dich nichts hier davon abhalten.«

Es war keine Gewissheit. Aber für Galen war es genug. Ein Lächeln zog sich über sein Gesicht, wie die Morgendämmerung, wenn es nach den endlosen bewölkten Monaten aufklarte. Das Bild breitete sich wie Balsam über Irriths Gedächtnis aus, überdeckte die Schrecken der Cannon Street und der schwarzen Höhlen in seinen Augen, und die Erleichterung ließ sie beinahe in Tränen ausbrechen. »Auf Wiedersehen – für den Moment«, flüsterte sie und hörte, wie Delphia und Lune es ihr mit ihren eigenen Verabschiedungen nachtaten.

Und das Licht wuchs. Es kam von überall und nirgendwo und leuchtete durch die verblassende Substanz von Galens geisterhaftem Körper. Es hätte brennen sollen, wie Kirchenglocken und Gebete. Irrith spürte darin dieselbe heilige Macht, die Berührung des Göttlichen. Es hätte brennen *können*, wenn es gewollt hätte. Aber das Licht trat ohne Schaden durch sie hindurch, glänzte in den Tiefen von Londons Feenreich, und dann war es fort, als sei es nie gewesen.

Irrith holte tief Luft, atmete langsam aus und sagte zur Königin: »Ja. Ich werde bleiben.«

EPILOG

KÖNIGLICHES OBSERVATORIUM, GREENWICH
6. Oktober 1835

Frederick Parsons trat vom Okular weg und grinste. »Und da ist er. Genau wie vor sechsundsiebzig Jahren.«

Sein Begleiter hob trocken beide Augenbrauen. »Nicht *genau*so, würde ich meinen. Darf ich sehen?«

Frederick winkte ihn vor. Sein Begleiter musste sich tiefer bücken, um das Okular zu erreichen, doch trotz der unangenehmen Haltung blieb er lange Zeit in dieser Stellung und betrachtete den Himmel über ihm.

Weit in der Entfernung – unvorstellbar weit, wenn auch nicht unberechenbar – brannte ein »Stern« am Himmel. Sie waren nicht die einzigen Neugierigen in Greenwich, die gekommen waren, um die Rückkehr von Halleys berühmtem Kometen zu beobachten, aber sie waren die Einzigen, die ihr eigenes Teleskop mitgebracht hatten. Das Königliche Observatorium war noch weit genug außerhalb der Gaslaternen und des schmutzigen Rauchs von London geblieben, dass es eine gute Stelle bot, von der aus man solche Wunder sehen konnte.

Andere Kometen kamen und gingen natürlich, aber sie interessierten Frederick nicht so wie dieser. Er war erst vor zwanzig Jahren geboren worden: viel zu spät, um seine letzte

Erscheinung gesehen zu haben, und viel zu früh, um irgendeine Hoffnung auf die nächste zu haben. Das hier war seine einzige Chance, den Kometen zu beobachten, der beinahe London zerstört hatte.

Sein Begleiter jedoch hatte ihn von Frankreich aus beobachtet. Yvoir hatte den großen Charles Messier selbst ausspioniert und heimlich die Gelegenheit ergriffen, die eigene Ausrüstung des Astronomen zu nutzen, als Messier eines Nachts hustend im Bett gelegen hatte. Er behauptete, dass er die böswillige Präsenz des Drachen gefühlt hätte, aber Frederick dachte, dass der Fae das erfunden hatte.

»Wir sollten uns eine Möglichkeit einfallen lassen, Master Ktistes hier heraufzuzerren«, sagte Frederick, der sich langweilte, während er beobachtete, wie Yvoir den Himmel beobachtete. »Du könntest einen Zauber über ihn legen, um den Pferdekörper zu verbergen.«

»Ihn zu verbergen, lässt ihn nicht verschwinden«, sagte Yvoir immer noch gebückt. »Ich habe keine Lust, ihn für einen Ausflug den Fluss hinunter auf ein Dampfboot zu stecken. Außerdem ist es jetzt wohl kaum mehr wichtig. Das hier ist eine historische Kuriosität, nichts weiter. Die Akademie hat andere Sorgen.«

Frederick schniefte und gab seine beste Imitation eines alten Mannes. »Heutzutage gibt es keinen Respekt mehr vor der Geschichte – nicht einmal vor unserem armen gemarterten Gründer.« Er grub mit seiner Schuhspitze einen Stein aus dem Dreck. »Man erzählt, dass er im Palast spukt, weißt du. Aber ich glaube es nicht.«

»Lady Delphia hat es geglaubt«, erklärte der französische Fae ihm. »Und weil sie die Schirmherrin der Galenischen Akademie war, würde ich sagen, dass du derjenige bist, der keinen

Respekt vor der Geschichte hat, mein Freund.« Er richtete sich endlich auf, mit der Geschmeidigkeit der Fae, um die selbst Frederick mit seinen jungen Gelenken ihn nur beneiden konnte.

Zumindest bis die Ungeduld das verdrängte. Frederick sagte: »Also gut. Wir haben den Kometen gesehen. Können wir jetzt zurückfahren? Wrain behauptet, dass er endlich ein funktionierendes Modell seiner ätherischen Maschine hat, und ich will nicht die Gelegenheit verpassen, ihn auszulachen, wenn sie wieder kaputt geht.«

Gemeinsam packten der Fae und der Sterbliche ihr Teleskop ein und rannten dann den Hügel des Observatoriums hinunter, wo sie im Licht des Vollmonds und der Sterne und des wandernden Kometen liefen, der sein helles Banner über den Himmel zog.

DANKSAGUNG

Wie die anderen Bücher über den Onyxhof verdankt *Fallender Stern* den Leuten, die mir bei meinen Recherchen geholfen haben, sehr viel. In London schließt das Mick Pedroli vom Dennis-Severs-Haus ein, der mich zum Lebensstil im achtzehnten Jahrhundert beraten hat; Eleanor John vom Geffrye Museum für Antworten über Hauseinrichtung; Rupert Baker und Felicity Henderson von der Royal Society Library, weil sie Kometenbücher und viele staubige Bände mit Protokollen der Royal Society herausgeholt haben; Dr. Rebekah Higgitt und Dr. Jonathan Betts vom Royal Observatory für Hilfe bei der Geschichte des Observatoriums und des Uhrenbaus; Susan Kirby, Alan Lilly und Mimi Kalema von der Tower Bridge Authority, weil sie mich sehr früh an einem Samstagmorgen in den Keller des Monuments gelassen haben, und Dr. Kari Sperring und ihren Mann Phil Nanson, weil sie mich in Cambridge herumgeführt und sogar auf eine Bootsfahrt mitgenommen haben.

Ich habe auch zu einer Vielzahl arkaner Themen sehr viel Hilfe per E-Mail gebraucht. John Pritchard hat mir ein fantastisches Diagramm über das Monument geschickt; Ian Walden hat mich zur einheimischen Flora beraten; Farah Mendlesohn war meine Frau für jüdische Geschichte; Ricardo Barros von der Mercurius Company hat mir geholfen, Tänze des achtzehnten Jahrhunderts zu verstehen; Rev. Devin McLachlan hat dasselbe für anglikanische Theologie des achtzehnten Jahrhunderts getan, und Dr. Erin Smith hat die Astronomie zum Funktionieren gebracht. Für Informationen über die ottomanisch-arabische Gesellschaft, die arabische Sprache und die Natur von Dschinns schulde ich Yonatan Zunger, Saladin Ahmed und Rabeya Merenkov Dank. Sherwood Smith hat die deutschen Übersetzungen für mich übernommen, und Aliette de Bodard wusste nicht nur, was Iatrochemie ist, sondern konnte mir erklären, wie man sie auf Französisch sagt.

Die spätabendlichen Gespräche waren diesmal mit Adrienne Lipoma und meinem Mann Kyle Niedzwiecki mit Unterstützung von Jennie Kaye. Sie haben mich sehr freundlich endlos mit ihnen über das Buch sprechen lassen und mehr als einen hilfreichen Vorschlag gemacht.

Und dann sind da all die Autoren, die Bücher geschrieben haben, die ich benutzt habe. Sie sind zu viele, um sie hier aufzulisten, aber wie immer ist die Bibliografie auf meiner Webseite verfügbar:

www.swantower.com

Der Nebula- und Hugo-Award-Gewinner endlich auf Deutsch:
Die Sammlung der drei Novellen BINTI: ALLEIN,
BINTI: HEIMAT und BINTI: NACHTMASKERADE

»Bereiten Sie sich darauf vor, sich in Binti zu verlieben.«
– Neil Gaiman

BINTI

von Nnedi Okorafor

Paperback mit Klappen | 400 Seiten | **€ 18,—** (D)
ISBN 978-3-95981-653-3

Weitere Informationen auf www.cross-cult.de

»RED RISING ist eine der fesselndsten Jugendbuchdystopien auf dem Markt.«
– Sonja Stöhr, phantastisch!

Sie nannten ihn Vater, Befreier, Kriegsherr, Sklavenkönig, Schnitter. Es ist das zehnte Jahr des Krieges und das dreiunddreißigste seines Lebens.

RED RISING: Asche zu Asche

von Pierce Brown

Paperback mit Klappen | 736 Seiten | **€ 16,— (D)**
ISBN 978-3-95981-808-7

Weitere Informationen auf www.cross-cult.de

»Aufregende Action und eine Fülle gut gezeichneter Figuren kennzeichnen Salvatores Reihenbeginn, was Fans und neue Leser gleichermaßen erfreuen wird.«
Library Journal

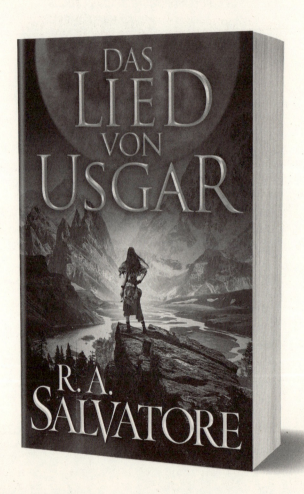

HEXENZIRKEL 1: Das Lied von Usgar

von R. A. Salvatore

Paperback mit Klappen | 704 Seiten | € 16,— (D)
ISBN 978-3-95981-812-4

Weitere Informationen auf www.cross-cult.de

»Dieses Buch ist einfach nur großartig. Ich habe jeden Moment davon genossen. Innovative Magie, eine mitreißende Handlung und eine interessante Welt. Ich hatte einen Riesenspaß.«
– Brandon Sanderson

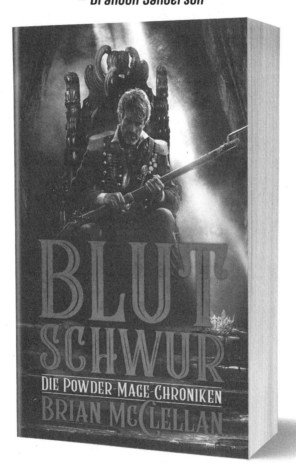

DIE POWDER-MAGE-CHRONIKEN 1:
Blutschwur

von Brian McClellan

Paperback mit Klappen | 784 Seiten | € 16,— (D)
ISBN 978-3-95981-668-7

Weitere Informationen auf www.cross-cult.de

»Eine geschickte Mischung elisabethanischer Hofintrige und epischer Fantasy.«
Library Journal

»Spektakulär recherchiert, wunderschön ausgedacht und absolut charmant ... magisch und faszinierend.«
Fantasy Book Critic

DER ONYXPALAST 1:
Die Schattenkönigin

von Marie Brennan

Paperback mit Klappen | 480 Seiten | **€ 14,— (D)**
ISBN 978-3-95981-686-1

Weitere Informationen auf www.cross-cult.de